D1747986

下門

Jo Nesbø

KOMA

Kriminalroman

Aus dem Norwegischen
von Günther Frauenlob

Büchergilde Gutenberg

Die Originalausgabe erschien 2013
unter dem Titel *Politi*
bei Aschehoug, Oslo.

Lizenzausgabe für die Büchergilde Gutenberg,
Frankfurt am Main, Zürich, Wien
www.buechergilde.de
Mit freundlicher Genehmigung
der Ullstein Buchverlage, Berlin

© 2013 by Jo Nesbø
© der deutschsprachigen Ausgabe
2013 by Ullstein Buchverlage GmbH, Berlin
Alle Rechte vorbehalten
Gesetzt aus der Sabon
bei LVD GmbH, Berlin
Druck und Bindung: GGP Media GmbH, Pößneck
Printed in Germany 2014
ISBN 978-3-7632-6692-0

Prolog

Sie lag hinter der Tür und schlief.

Der Eckschrank roch im Innern nach altem Holz, Pulver und Waffenöl. Schien die Sonne durch das Fenster des Raums, fiel ein dünner Streifen Licht durch das Schlüsselloch und ließ die Pistole auf dem mittleren Brett matt aufblitzen. Es war eine russische Odessa, eine Kopie der etwas bekannteren Stetschkin-Pistole.

Die Waffe hatte ein bewegtes Leben hinter sich. Sie war mit den Kulaken von Litauen nach Sibirien gezogen, war zwischen den verschiedenen Hauptquartieren der Urkas in Südsibirien hin und her gewandert, hatte einem Ataman gehört – einem Anführer der Kosaken, der mit seiner Odessa in der Hand von der Polizei getötet worden war –, bevor sie schließlich in den Besitz eines waffensammelnden Gefängnisdirektors in Tagil gelangt war. Zu guter Letzt war die hässliche, kantige Maschinenpistole von Rudolf Asajev, der vor seinem Verschwinden den Osloer Drogenmarkt an sich gerissen und mit seinem neuen Opioid Violin ein Monopol aufgebaut hatte, nach Norwegen gebracht worden. Und hier befand die Waffe sich noch immer, genauer gesagt im Holmenkollveien in Oslo, im Haus von Rakel Fauke. Das Magazin der Odessa umfasste zwanzig Kugeln des Kalibers Makarov 9x18 mm, und sie schoss sowohl Einzelschüsse als auch Salven. Jetzt waren noch zwölf Kugeln im Magazin. Drei Patronen waren für Kosovo-Albaner verwendet worden, die Asajev Konkurrenz auf dem Drogenmarkt gemacht hatten, doch nur eine davon hatte Fleisch zu schmecken bekommen.

Zwei weitere Schüsse hatten Gusto Hanssen getötet, einen jungen Dieb und Dealer, der Geld und Drogen von Asajev unterschlagen hatte. Die letzten drei Kugeln waren erst vor kurzem abgefeuert worden, die Pistole roch noch immer danach. Sie hatten den früheren Polizisten Harry Hole, der im Mordfall Gusto Hanssen ermittelte, in Brust und Kopf getroffen, am gleichen Tatort, in der Hausmanns gate 92.

Die Polizei hatte den Hanssen-Fall noch nicht gelöst. Der 18-jährige Junge, der zuerst festgenommen worden war, musste wieder auf freien Fuß gesetzt werden, unter anderem weil es der Polizei nicht gelungen war, ihn mit der Mordwaffe in Verbindung zu bringen. Dieser Junge hieß Oleg Fauke. Er schrak jede Nacht aus dem Schlaf auf und starrte ins Dunkle, weil er wieder und wieder die Schüsse hörte. Nicht die, mit denen er Gusto getötet hatte, sondern die anderen, die er auf den Polizisten abgefeuert hatte, der in seiner Jugend so etwas wie ein Vater für ihn gewesen war. Harry Hole. Von dem er sich gewünscht hatte, dass er seine Mutter Rakel heiratete. Harrys Blick brannte vor Oleg im Dunkeln, und die Gedanken des Jungen wanderten immer wieder zu der Pistole im Eckschrank, die er niemals wiedersehen wollte. Die niemand je wiedersehen durfte. Die für alle Ewigkeiten dort drinnen schlafen sollte.

Er lag hinter der Tür und schlief.

Das bewachte Krankenhauszimmer roch nach Medizin und Farbe. Neben dem Bett stand ein Monitor, der jeden Herzschlag aufzeichnete.

Isabelle Skøyen, Sozialsenatorin im Osloer Rathaus, und Mikael Bellman, der frisch ernannte Polizeipräsident, hofften, dass sie ihn niemals wiedersehen müssten.

Dass niemand ihn je wiedersah.

Dass er für alle Ewigkeit dort drinnen schlief.

TEIL I

Kapitel 1

Ein langer, spätsommerlicher Septembertag ging zu Ende. Das Licht verwandelte den Oslofjord in geschmolzenes Silber, und die Hügel ringsherum, die bereits den nahenden Herbst ankündigten, glühten in warmen Farben. Es war einer dieser Tage, an denen die Osloer darauf schworen, dass sie diese Stadt niemals, niemals verlassen würden. Die Sonne ging langsam hinter dem Ullern unter, und die letzten Strahlen strichen flach über die Landschaft und fielen auf niedrige, bescheidene Mietshäuser, die noch die ärmlichen Ursprünge der Stadt erkennen ließen, auf toprenovierte Penthousewohnungen mit Terrassen, von denen fast das Öl tropfte, welches das Land ganz plötzlich zu einem der reichsten der Welt gemacht hatte, und auf die Junkies am oberen Ende des Stensparks. Die Stadt war klein und wohlgeordnet, und doch gab es dort mehr Drogentote als in anderen europäischen Städten, die achtmal größer waren. Das Licht fiel auf Gärten mit Trampolinen, die mit Netzen gesichert waren und auf denen nie mehr als drei Kinder gleichzeitig hüpften, weil dies so in der Gebrauchsanweisung stand. Und auf die bewaldeten Hügel, die den Osloer Kessel, wie er genannt wurde, einrahmten. Die Sonne konnte sich noch nicht von der Stadt trennen und streckte ihre Strahlenfinger aus, als wollte sie den Abschied in die Länge ziehen.

Der Tag hatte kalt und klar begonnen, und das Licht war fast wie in einem Operationssaal gewesen. Im Laufe des Tages waren die Temperaturen gestiegen, der Himmel war tiefblau geworden, und die Luft hatte die angenehme Stofflichkeit bekommen, die den September zum schönsten Monat des Jahres machte. Und als die Dämmerung sich weich und vorsichtig über die Stadt legte, duftete es im Villenviertel an den Hängen hinauf zum See Maridalsvannet nach Äpfeln und sonnenwarmen Kiefernwäldern.

Erlend Vennesla näherte sich dem höchsten Punkt der letzten Steigung. Er spürte die Milchsäure in seinen Muskeln, konzentrierte sich aber weiter darauf, vertikal und mit leicht nach innen zeigenden Knien seine Klickpedale zu treten. Die richtige Technik war wichtig. Erst recht, wenn man müde wurde und das Hirn plötzlich Lust verspürte, die Position zu ändern, um weniger erschöpfte, aber eben auch weniger effektive Muskeln zu belasten. Er spürte, wie der Fahrradrahmen jedes Watt, das er trat, absorbierte und ausnutzte, wie er beschleunigte, wenn er einen größeren Gang einlegte, sich aufrichtete und im Stehen fuhr, um die Frequenz beizubehalten, etwa neunzig Tritt pro Minute. Er sah auf seine Pulsuhr. Hundertachtundsechzig. Dann richtete er das Licht seiner Stirnlampe auf das am Lenker befestigte GPS, das über eine Detailkarte des Großraums Oslo und einen aktiven Sender verfügte. Das Fahrrad hatte inklusive Sonderausstattung mehr gekostet, als ein frisch pensionierter Kriminalbeamter sich eigentlich leisten konnte. Aber jetzt, wo das Leben andere Herausforderungen bot, war es wichtig, sich in Form zu halten.

Weniger Herausforderungen, wenn er ehrlich war.

Die Milchsäure biss immer fester in seine Schenkel und Waden, aber der Schmerz weckte bereits die Vorfreude auf das Fest der Endorphine, das auf ihn wartete, wenn er es geschafft hatte. Die mürben Muskeln. Das gute Gewissen. Das Bier auf dem Balkon gemeinsam mit seiner Frau, vorausgesetzt, die Temperaturen gingen nach Sonnenuntergang nicht gleich wieder so drastisch in den Keller.

Und dann war er oben. Die Straße wurde flacher, und vor ihm lag der See Maridalsvannet. Er ließ das Rad rollen. Mit einem Mal war er auf dem Land. Es war schon absurd, dass man nach fünfzehn Minuten schnellem Radfahren aus dem Zentrum einer europäischen Hauptstadt plötzlich von Feldern, Höfen und Wald umgeben war, durch dessen abendliches Dunkel zahllose Wege führten. Der Schweiß ließ seine Kopfhaut unter dem koksgrauen Bell-Fahrradhelm jucken, der so viel gekostet hatte wie das Fahrrad, das er seiner Enkelin Line Marie zum sechsten Geburtstag geschenkt hatte. Aber Erlend Vennesla behielt den Helm auf. Die meisten tödlichen Fahrradunfälle waren auf Kopfverletzungen zurückzuführen. Er sah auf seine Pulsuhr. Hundertfünfundsiebzig. Hundertsiebenundsiebzig. Ein willkommener, leichter Windhauch trug entfernten Jubel aus der Stadt zu ihm nach oben. Das musste aus dem Ullevål-Stadion kommen, in dem an diesem Abend ein wichtiges Länderspiel lief, Slowakei oder Slowenien, aber Erlend Vennesla stellte sich einen Moment lang vor, der Jubel gelte ihm. Es war eine Weile her, dass ihm zuletzt applaudiert worden war. Vermutlich war das bei seiner Verabschiedung im Hauptsitz des Kriminalamts oben in Bryn gewesen. Es hatte Sahnekuchen gegeben, und sein Chef, Mikael Bellman, der seitdem die Karriereleiter immer weiter nach oben geklettert war, hatte ihm zu Ehren eine Rede gehalten. Erlend hatte den Applaus entgegengenommen, alle Blicke erwidert, sich bedankt und gespürt, wie sein Hals sich zusammengezogen hatte, als er, ganz den Traditionen des Kriminalamts entsprechend, seine einfache, kurze und auf Tatsachen basierende Dankesrede gehalten hatte. Als Ermittler hatte er seine Höhen und Tiefen erlebt, wobei ihm die ganz großen Fehler erspart geblieben waren. Auf jeden Fall soweit er wusste, ganz sicher konnte man sich ja nie sein. Ein paar Fragen waren nie endgültig beantwortet worden. Fragen, auf die man jetzt, da die DNA-Analysetechnik so weit fortgeschritten war, dass die Polizeileitung angedeutet hatte, ein paar alte Fälle wieder aufrollen zu wollen, Antworten zu bekommen riskierte. Unerwartete Antworten. Ergebnisse. Solange es sich um ungeklärte Fälle handelte, war das natürlich in Ordnung, aber Erlend verstand nicht, wieso man Ressourcen darauf verwenden wollte, in alten, längst aufgeklärten und erledigten Fällen herumzuwühlen.

Trotz des Lichtes der Straßenlaternen wäre er fast an dem Holzschild vorbeigefahren, das in den Wald zeigte. Da war es. Genau so, wie er es in Erinnerung hatte. Er bog von der Straße ab, kam auf einen weichen Waldweg und fuhr so langsam, wie es ging, ohne das Gleichgewicht zu verlieren, weiter. Der Lichtkegel seiner Stirnlampe, die er außen auf dem Helm angebracht hatte, schweifte über den Weg und blieb an den dunklen Kiefern auf beiden Seiten hängen. Schatten huschten vor ihm her, ängstlich und scheu, verwandelten sich und verschwanden im Dickicht. Genau so hatte er es sich vorgestellt, als er sich in ihre Situation zu versetzen versucht hatte. Rennend, mit einer Lampe in der Hand, auf der Flucht, eingesperrt und vergewaltigt, drei lange Tage.

Als Erlend Vennesla das Licht sah, das in diesem Moment vor ihm eingeschaltet wurde, dachte er für den Bruchteil einer Sekunde, dass es ihre Taschenlampe war, dass sie wieder auf der Flucht war und er auf einem Motorrad saß und ihr immer näher kam. Das Licht vor Erlend flackerte, bevor es auf ihn gerichtet wurde. Er blieb stehen, stieg vom Rad ab und richtete die Stirnlampe auf seine Pulsuhr. Unter hundert. Nicht schlecht.

Er löste den Kinnriemen, zog den Helm ab und kratzte sich am Kopf. Mein Gott, wie gut das tat. Dann schaltete er die Stirnlampe aus, hängte den Helm an die Lenkstange und schob sein Fahrrad auf das Licht der Taschenlampe zu. Der baumelnde Helm stieß gegen sein Handgelenk.

Als das Licht nach oben zuckte, blieb er stehen. Die hellen Strahlen blendeten ihn. Und geblendet dachte er, dass er doch noch ziemlich keuchte, erstaunlich, bei dem niedrigen Puls. Er ahnte eine Bewegung hinter dem großen, zitternden Kreis aus Licht. Dann ging ein Pfeifen durch die Luft und im selben

Moment schoss ihm durch den Kopf, dass er den Helm nicht hätte absetzen sollen. Die meisten tödlichen Fahrradunfälle ... Der Gedanke geriet ins Stocken, die Zeit hakte, die Bildleitung wurde für einen Augenblick unterbrochen.

Erlend Vennesla starrte überrascht nach vorn und spürte einen warmen Schweißtropfen über seine Stirn laufen. Er sprach, aber seine Worte ergaben keinen Sinn, als gäbe es einen Kopplungsfehler zwischen Hirn und Mund. Wieder hörte er das leise Pfeifen. Dann nichts mehr. Alle Geräusche waren weg, nicht einmal seinen eigenen Atem hörte er noch. Und er bemerkte, dass er kniete und das Fahrrad langsam in den Graben kippte. Vor ihm tanzte das gelbe Licht, verschwand aber, als die Schweißtropfen seine Nasenwurzel erreichten, ihm in die Augen flossen und ihm die Sicht nahmen. Erst jetzt begriff er, dass das kein Schweiß war.

Der dritte Schlag fühlte sich an, als würde ein Eiszapfen durch seinen Kopf in seinen Hals, ja bis in seinen Körper getrieben. Alles gefror.

Ich will nicht sterben, dachte er und versuchte, schützend einen Arm zu heben, doch er konnte sich nicht bewegen, nicht ein Glied, er war gelähmt.

Den vierten Schlag registrierte er nicht mehr, aber aus dem Geruch der nassen Erde schloss er, dass er inzwischen am Boden lag. Er blinzelte mehrmals und konnte plötzlich auf einem Auge wieder sehen. Direkt vor sich erkannte er ein paar große, dreckige Stiefel im Schlamm. Die Absätze lösten sich vom Boden, dann die ganzen Stiefel. Und landeten wieder. Dieser Prozess wiederholte sich, erst gingen die Absätze hoch, dann die Sohlen. Als ob sich derjenige, der schlug, vom Boden abstieß, um noch mehr Kraft in seine Schläge legen zu können. Der letzte Gedanke, der ihm durch den Kopf ging, war, dass er nicht vergessen durfte, wie seine Enkelin hieß, er musste ihren Namen behalten.

KAPITEL 2

Anton Mittet nahm den halbvollen Plastikbecher aus der kleinen roten Nespresso-D-290-Maschine, bückte sich und stellte ihn auf den Boden. Einen Tisch gab es nicht. Dann drehte der Polizist die längliche Schachtel um, fischte eine weitere Kapsel heraus, überprüfte automatisch, ob die dünne Metallfolie des Deckels auch nicht perforiert war, und steckte sie in die Espressomaschine. Er stellte einen leeren Plastikbecher unter den Hahn und drückte auf einen der leuchtenden Knöpfe.

Während die Maschine zu prusten und stöhnen begann, sah er auf die Uhr. Es war bald Mitternacht. Wachablösung. Er wurde zu Hause erwartet, wollte die Neue aber trotzdem erst noch in ihre Aufgabe einweisen, schließlich kam seine Kollegin direkt von der Polizeischule. Er glaubte sich zu erinnern, dass sie Silje hieß. Anton Mittet starrte auf den Hahn. Hätte er auch für einen männlichen Kollegen Kaffee gemacht? Er wusste es nicht, aber eigentlich war es ihm auch egal, er dachte schon lange nicht mehr über solche Fragen nach. Es war so still geworden, dass er die letzten, klaren Tropfen in den Plastikbecher fallen hörte. Eigentlich hatte das, was am Schluss kam, weder Farbe noch Geschmack, aber es war wichtig, alles mitzunehmen, schließlich würde es für die junge Frau eine lange Nacht werden. Ohne Gesellschaft, ohne Abwechslung, einzig mit der Aufgabe, an die kahlen farblosen Betonwände des Reichshospitals zu starren. Wahrscheinlich war er deshalb auf den Gedanken gekommen, vor seinem Nachhauseweg noch einen Kaffee mit ihr zu trinken. Er nahm die beiden Becher und ging zurück. Seine Schritte hallten von den Wänden wider. Er passierte verschlossene Türen, hinter denen nichts anderes war als weitere kahle Wände, das hatte er überprüft. Mit dem Reichshospital hatten die Norweger für die Zukunft geplant, wohl wissend, dass die Bevölkerungszahl wuchs und es irgendwann mehr ältere, kränkere und anspruchsvollere Menschen geben würde. Man hatte Weitsicht gezeigt, wie die Deutschen mit ihren Autobahnen und die Schweden mit ihren Flughäfen. Aber hatten die wenigen Autofahrer, die in den dreißiger Jahren in einsamer Majestät über die mastodontischen Betontrassen durch das bäuerliche Deutschland gefahren waren, oder die schwedischen Passagiere, die in den sechziger Jahren durch die überdimensionierten Hallen Arlandas gelaufen waren, auch das Gefühl gehabt, dass es spukte? Dass irgendetwas umging, obwohl alles neu und unbesudelt war und noch niemand bei einem Verkehrsunfall oder Flugzeugabsturz ums Leben gekommen war? Dass das Licht der Scheinwerfer jeden Augenblick eine Familie am Straßenrand einfangen konnte, die ausdruckslos ins Licht starrte? Blutig, blass, der Vater durchbohrt, die Mutter mit verdrehtem Kopf und das Kind mit auf einer Seite abgerissenem Arm und Bein? Dass durch den Plastikvorhang des Gepäckbandes in der Ankunftshalle von Arlanda plötzlich verbrannte, noch immer glühende Leichen kamen, die mit dem Gummi verschmolzen und aus deren weit aufgerissenen, dampfenden Mündern stumme Schreie drangen? Keiner der Ärzte hatte ihm sagen können, wofür dieser Flügel verwendet werden sollte, sicher war nur, dass hinter diesen Türen einmal Menschen sterben würden. Die unsichtbaren Körper mit ihren ruhelosen Seelen waren längst da.

Anton bog um eine Ecke, und ein neuer Flur erstreckte sich vor ihm, notdürftig beleuchtet, ebenso kahl und weiß und sich symmetrisch nach hinten verjüngend, so dass die uniformierte, junge Frau auf dem Stuhl am Ende des Flurs wie ein Miniaturbild auf einer großen weißen Leinwand aussah.

»Hier, ich habe Ihnen einen Kaffee mitgebracht«, sagte er, als er vor ihr stand. War sie zwanzig? Zweiundzwanzig?

»Danke, aber ich habe selbst welchen dabei«, antwortete sie und nahm eine Thermoskanne aus dem kleinen Rucksack, den sie neben ihren Stuhl gestellt hatte. In ihrer Stimme war eine kaum hörbare Melodie, die Reste eines nördlichen Dialekts?

»Der hier ist besser«, sagte er noch immer mit ausgestreckter Hand.

Sie zögerte und nahm den Becher.

»Und gratis«, sagte Anton, legte die Hand hinter den Rücken und rieb diskret die heißen Fingerkuppen an dem kalten Stoff der Jacke. »Die Maschine ist nur für uns, sie steht hinten im Flur beim ...«

»Ich weiß, ich habe sie gesehen, als ich gekommen bin«, sagte sie. »Aber in der Dienstanweisung steht, dass wir die Tür des Patienten unter keinen Umständen aus den Augen lassen sollen, weshalb ich mich selbst versorgt habe.«

Anton Mittet nahm einen Schluck aus seinem Becher. »Richtig gedacht, aber es führt nur ein Flur hierher. Wir sind im dritten Stock und zwischen hier und der Kaffeemaschine gibt es keine Türen, die zu anderen Treppen oder Eingängen führen. Es ist unmöglich, an uns vorbeizukommen, selbst wenn wir Kaffee holen.«

»Gut zu wissen, ich werde mich trotzdem an die Vorschrift halten.« Sie lächelte ihn kurz an, nahm dann aber einen Schluck aus dem Plastikbecher, als wollte sie damit die unausgesprochene Zurechtweisung abmildern.

Anton fühlte sich ein wenig auf den Schlips getreten und wollte gerade sagen, dass man mit genügend Erfahrung durchaus auch einmal selbständig denken durfte, doch bevor er sich die Worte richtig zurechtgelegt hatte, ging sein Blick nach hinten in den Flur. Eine weiße Gestalt schwebte auf sie zu. Er hörte, dass Silje sich erhob. Die Gestalt nahm klarere Formen an und wurde zu einer üppigen blonden Frau im Kittel des Pflegepersonals. Er wusste, dass sie Nachtschicht hatte und morgen Abend freihaben würde.

»Guten Abend«, sagte die Schwester mit verschmitztem Lächeln, hielt zwei Spritzen hoch, ging zur Tür und legte die Hand auf die Klinke.

»Moment«, sagte Silje und trat vor. »Ich muss Sie bitten, mich einen Blick auf Ihr Schild werfen zu lassen. Und könnten Sie mir das heutige Passwort nennen?«

Die Schwester sah Anton überrascht an.

»Außer mein Kollege hat Sie schon überprüft«, sagte Silje.

Anton nickte: »Geh nur rein, Mona.«

Die Schwester öffnete die Tür, und Anton blickte ihr nach. In dem schwach beleuchteten Raum konnte er die Apparate, die um das Bett herumstanden, und die Zehen des Mannes erkennen, die am Fußende unter der Bettdecke hervorragten. Der Patient war so groß, dass sie ein längeres Bett hatten beschaffen müssen. Die Tür schloss sich.

»Gut«, sagte Anton und lächelte Silje an, sah aber gleich, dass seine Kollegin das nicht mochte. Fühlte sie sich benotet? Hielt sie ihn für einen Chauvinisten? Aber verdammt, sie war ja noch nicht mal mit der Ausbildung fertig, und bei den ersten Praxiseinsätzen war es doch wohl in Ordnung, von erfahrenen Kollegen zu lernen. Er blieb stehen und wippte auf den Füßen, unsicher, wie er mit der Situation umgehen sollte.

Sie kam ihm zuvor.

»Keine Sorge, ich habe die Dienstanweisung studiert. Und Sie werden doch wohl von Ihrer Familie erwartet.«

Er setzte den Becher an die Lippen. Was wusste sie sonst noch über ihn? War das eine Andeutung, eine Anspielung auf Mona und ihn? Wusste sie etwa, dass er sie ein paarmal abends nach der Schicht nach Hause gefahren hatte und dass es dabei nicht geblieben war?

»Der Bärchenaufkleber auf Ihrer Tasche«, erklärte sie lächelnd.

Er nahm einen großen Schluck und räusperte sich. »Ich habe Zeit, und das ist Ihre erste Wache. Vielleicht sollten Sie die Gelegenheit für Fragen nutzen, wenn Sie irgendetwas wissen wollen. Es steht nicht immer alles in der Dienstanweisung, wissen Sie.« Er verlagerte sein Gewicht auf das andere Bein. Hoffte, dass sie den Text zwischen den Zeilen verstand.

»Wie Sie wollen«, sagte sie mit dem irritierenden Selbstvertrauen, das man in dieser Form nur mit Anfang zwanzig hatte. »Der Patient da drinnen, wer ist das eigentlich?«

»Das weiß ich auch nicht. In der Dienstanweisung steht, dass er anonym ist und es auch bleiben soll.«

»Aber Sie wissen etwas?«

»Tue ich das?«

»Mona. Sie duzen niemanden, mit dem Sie nicht auch länger geredet haben. Was hat sie Ihnen erzählt?«

Anton Mittet sah sie an. Sie war recht hübsch, aber ohne Wärme oder Charme und für seinen Geschmack zu dünn. Ihre Haare waren ungekämmt, und ihre Oberlippe sah aus, als würde sie von zu kurzen Sehnen nach oben gezogen, so dass zwei ungleiche Schneidezähne zu sehen waren. Aber sie strahlte Jugend und Frische aus. Und in ihrer schwarzen Uniform steckte ein straffer, austrainierter Körper, das roch er förmlich. Sollte er ihr sagen, was er wusste? Weil das seine Chancen, bei ihr zu landen, um null Komma null eins Prozent erhöhte oder weil Frauen wie Silje im Laufe von nur fünf Jahren zur leitenden Hauptkommissarin oder Spezialermittlerin und damit zu seiner Vorgesetzten avancierten? Er würde wegen der Sache in Drammen für immer und ewig einfacher Polizist bleiben. Der Vorfall bremste seine Karriere wie eine unüberwindbare Mauer, war wie ein Fleck, der nicht wegzuwischen war.

»Mordversuch«, sagte Anton. »Hat viel Blut verloren, hat bei der Einlieferung kaum noch Puls gehabt und liegt seither im Koma.«

»Und warum wird er bewacht?«

Anton zuckte mit den Schultern. »Ein potentieller Zeuge. Wenn er überlebt.«

»Und was weiß er?«

»Ach, irgendwelche Drogensachen. Aber auf hohem Niveau. Wenn er aufwacht, kann er mit seinen Informationen vermutlich wichtige Leute im Osloer Heroingeschäft zu Fall bringen. Und natürlich sagen, wer ihn zu töten versucht hat.«

»Die glauben also, dass der Täter zurückkommt, um seinen Job zu Ende zu bringen?«

»Wenn bekannt wird, dass er noch am Leben ist und wo man ihn finden kann: Ja. Vermutlich sind wir deshalb hier.«

Sie nickte. »Und? Wird er überleben?«

Anton schüttelte den Kopf. »Sie gehen davon aus, ihn noch ein paar Monate am Leben erhalten zu können, aber die Chancen, dass er jemals wieder aus dem Koma aufwacht, sind gering. Egal ...« Anton verlagerte das Gewicht wieder auf das andere Bein, ihr musternder Blick war auf die Dauer unangenehm. »Bis dahin müssen wir auf ihn aufpassen.«

Anton Mittet verließ sie mit einem Gefühl der Niederlage. Er ging die Treppe hinunter zur Rezeption und trat nach draußen in den Herbstabend. Als er sich auf dem Parkplatz in sein Auto setzte, klingelte sein Handy.

Es war die Einsatzzentrale.

»Mord im Maridalen«, sagte Null eins. »Ich weiß, dass Sie eigentlich für heute fertig sind, aber die brauchen da oben dringend Hilfe bei der Absicherung des Tatorts. Und da Sie ohnehin schon Uniform tragen ...«

»Wie lange?«

»Sie werden in spätestens drei Stunden abgelöst, allerspätestens.«

Anton war überrascht. Eigentlich unternahmen sie zurzeit alle nur erdenklichen Anstrengungen, um Überstunden zu vermeiden. Die Kombination aus korrekter Regelauslegung und begrenztem Budget ließ normalerweise keine praktische Lö-

sung zu. Also musste dieser Mord etwas Besonderes sein, vermutete er. Hoffentlich war das Opfer kein Kind.
»Okay«, sagte Anton Mittet.
»Ich schicke Ihnen die GPS-Koordinaten.«
Das war eine Neuerung. Durch das GPS mit der Detailkarte vom Großraum Oslo und den aktiven Sender konnte die Einsatzzentrale jeden sofort orten. Vermutlich hatten sie deshalb ihn angerufen. Er war am nächsten.
»Gut«, sagte Anton. »Drei Stunden.«
Laura war schon im Bett, aber sie mochte es, wenn er nach der Arbeit gleich nach Hause kam, weshalb er ihr eine SMS schickte, bevor er sich ins Auto setzte und in Richtung Maridalsvannet fuhr.

Anton brauchte kein GPS. An der Einfahrt des Ullevålseterveien standen bereits vier Polizeiwagen und dahinter wies ihm das orangeweiße Absperrband den Weg.
Anton nahm die Taschenlampe aus dem Handschuhfach und ging zu dem Beamten, der an der Absperrung stand. Im Wald huschten Lichter hin und her, und ein Teil des Weges war von den festmontierten Scheinwerfern der Kriminaltechniker hell erleuchtet, bei denen er immer an Filmaufnahmen denken musste. Eine gar nicht so abwegige Assoziation, denn seit neuestem machten sie nicht nur Fotos, sondern filmten das Opfer und den Tatort auch mit einer HD-Videokamera, um auch nachträglich noch den Tatort absuchen und verschiedene Bereiche, die ihnen zuvor nicht als relevant erschienen waren, einzoomen zu können.
»Was ist passiert?«, fragte er den Kollegen, der mit vor der Brust verschränkten Armen zitternd vor der Absperrung stand.
»Mord.« Die Stimme des Mannes war belegt, und seine rotgeränderten Augen unterstrichen die Blässe seines Gesichts.
»Das habe ich gehört. Wer leitet den Einsatz?«
»Die Kriminaltechnik. Lønn.«

Anton hörte Stimmen aus dem Wald. Sie waren zahlreich.

»Sonst ist noch keiner da? Weder Kripo noch Leute vom Kriminalamt?«

»Die kommen schon noch. Nachher wimmelt es hier bestimmt von Leuten. Der Tote ist gerade erst entdeckt worden. Sind Sie meine Ablösung?«

Noch mehr Leute? Und trotzdem soll ich Überstunden machen? Anton musterte den Kollegen genauer. Er trug einen dicken Mantel, zitterte aber trotzdem immer mehr. Dabei war es gar nicht kalt.

»Waren Sie als Erster hier?«

Der Beamte nickte stumm und sah zu Boden. Stampfte mit den Füßen auf.

Verdammt, dachte Anton. Also doch ein Kind. Er schluckte.

»Ah, Anton, hat Null eins Sie geschickt?«

Anton blickte auf. Er hatte die beiden nicht gehört, die aus dem dichten Wald gekommen waren.

»Ja, ich soll irgendjemanden ablösen«, sagte Anton zu der Frau. Er wusste, wer sie war. Es gab wohl niemanden, der sie nicht kannte. Beate Lønn, die Leiterin der Kriminaltechnik, hatte den Ruf einer Art *Rain Man*-Frau, was sie ihrer seltenen Fähigkeit zu verdanken hatte, Gesichter wiederzuerkennen. Die Polizei nutzte das, um Kriminelle auf körnigen, schlechten Überwachungsvideos zu identifizieren. Es hieß, sie könne selbst maskierte Täter erkennen, wenn sie früher schon mal verhaftet worden waren, und die Datenbank in ihrem kleinen blonden Kopf umfasse mehrere Tausend Bilder. Dieser Mord war definitiv etwas Besonderes, normalerweise schickten sie nicht mitten in der Nacht ihre Chefs los. Neben dem blassen Gesicht der schmächtigen Frau wirkte das ihres Kollegen beinahe feuerrot. Seine sommersprossigen Wangen zierte ein knallroter Backenbart. Die Augen standen ein wenig vor, als herrschte in seinem Kopf ein etwas zu hoher Druck, was seinem Gesicht einen staunenden Ausdruck verlieh. Aber das Auffälligste war die Mütze, die zum Vorschein kam, als er sich die weiße Kapuze vom Kopf zog: eine große Rastamütze in Grün, Gelb und Schwarz, den Farben Jamaikas.

Beate Lønn legte dem zitternden Beamten die Hand auf die Schulter. »Fahr nach Hause, Simon. Du musst ja niemandem sagen, dass ich dir das empfohlen habe, aber am besten gönnst du dir einen starken Drink und gehst dann ins Bett.«

Der Beamte nickte und war drei Sekunden später mit hängendem Kopf in der Dunkelheit verschwunden.

»Ist es schlimm?«, fragte Anton.

»Sie haben nicht zufällig Kaffee dabei?«, fragte die Rastamütze und öffnete eine Thermotasse.

»Nein«, sagte Anton.

»Es ist immer klug, Kaffee mitzubringen, wenn man an einen Tatort fährt«, sagte die Rastamütze. »Da man nie weiß, wie lange man bleiben muss.«

»Ist gut, Bjørn, das ist nicht sein erster Mordfall«, sagte Beate Lønn. »Drammen, oder?«

»Stimmt«, sagte Anton und wippte auf den Füßen. Jedenfalls in etwa, dachte er und hatte das unangenehme Gefühl zu wissen, warum Beate Lønn sich an ihn erinnerte. Er holte tief Luft. »Wer hat die Leiche gefunden?«

»Das war er«, sagte Beate Lønn und nickte in Richtung des Beamten, der gerade den Motor seines Wagens angelassen hatte.

»Ich meine, wer hat den Mord gemeldet?«

»Die Frau des Toten hat angerufen, weil er nach einer Fahrradtour nicht nach Hause gekommen ist«, sagte die Rastamütze. »Er wollte eine Stunde weg sein, und als er nicht kam, hat sie sich Sorgen um sein Herz gemacht. Er hatte ein GPS mit aktivem Sender dabei, so dass sie ihn schnell gefunden haben.«

Anton nickte langsam und sah vor sich, wie zwei Polizisten, ein Mann und eine Frau, an einer Tür klingeln. Wie sie sich räuspern und die Frau mit ernstem Blick ansehen, um ihr schon anzudeuten, was sie dann mit Worten, unsäglichen Worten wiederholen. Wie das Gesicht der Frau sich gegen das Gehörte wehrt, dann den Kampf verliert, sich vor Schmerz verzerrt, das Innere nach außen kehrt und nichts mehr zurückhalten kann.

Das Bild von Laura, seiner eigenen Frau, tauchte auf.

Ein Krankenwagen kam ohne Sirene oder Blaulicht auf sie zu. Allmählich dämmerte es Anton. Die schnelle Reaktion auf eine gewöhnliche Vermisstenmeldung. Das GPS mit Sender. Die vielen Leute. Die Überstunden. Der erschütterte Kollege, den sie nach Hause hatten schicken müssen.

»Es ist ein Polizist«, sagte er leise.

»Ich tippe, dass die Temperatur hier etwa anderthalb Grad niedriger als unten in der Stadt ist«, sagte Beate Lønn und wählte mit ihrem Handy eine Nummer.

»Könnte stimmen«, murmelte die Rastamütze und nahm einen Schluck aus der Thermotasse. »Noch keine Verfärbung der Haut. Irgendwann zwischen acht und zehn?«

»Ein Polizist«, wiederholte Anton. »Deshalb sind alle hier, nicht wahr?«

»Katrine?«, sagte Beate. »Kannst du was für mich überprüfen? Es geht um den Sandra-Tveten-Fall ... Richtig.«

»Verdammt!«, platzte die Rastamütze heraus. »Ich habe gesagt, ihr sollt warten, bis der Leichensack da ist.«

Anton drehte sich um und sah zwei Männer aus dem Dickicht kommen. Sie trugen eine der Bahren der Kriminaltechnik zwischen sich. Ein paar Fahrradschuhe ragten unter der Decke hervor.

»Er kannte ihn«, sagte Anton. »Deshalb hat er so gezittert, nicht wahr?«

»Ja, sie haben in Økern zusammengearbeitet, bevor Vennesla zum Kriminalamt gegangen ist.«

»Hast du das genaue Datum?«, fragte Lønn ins Telefon.

Ein Aufschrei war zu hören.

»Ja, verdammt noch mal ...«, schimpfte die Rastamütze.

Anton drehte sich um. Einer der Träger war am Wegrand ausgerutscht, der Lichtkegel seiner Lampe fiel jetzt auf die Bahre, auf die zur Seite gerutschte Decke und auf ... ja auf was? Anton riss die Augen auf. War das ein Kopf? War das, was da am oberen Ende eines zweifelsohne menschlichen Körpers hing, tatsächlich mal ein Kopf gewesen? In den Jahren vor seinem Fehler, als Anton noch im Morddezernat gewesen war, hatte er viele Leichen gesehen, aber keine wie diese. Die sanduhrförmige Masse ließ Anton an sein sonntägliches Frühstück denken, an Lauras hartgekochte Eier mit Resten von Schale und dem am Rand verkleckerten und auf dem Eiweiß angetrockneten Eigelb. Konnte das wirklich ein ... *Kopf* sein?

Anton stand da und blinzelte ins Dunkel, während er die Rücklichter der Ambulanz verschwinden sah. Und ihm ging auf, dass er die Szenerie hier erst vor kurzem schon einmal gesehen hatte. Die weißgekleideten Gestalten, die Thermotasse, die Füße, die unter der Decke herausragten, alles genau wie im Reichshospital. Als wäre das eine Art Vorwarnung gewesen.

Der Kopf ...

»Danke, Katrine«, sagte Beate.

»Was ist denn?«, fragte die Rastamütze.

»Ich habe mit Erlend genau hier gearbeitet«, sagte Beate.

»Hier?«, fragte die Rastamütze.

»Ja. Genau hier. Er war damals Leiter der taktischen Ermittlung. Das ist bestimmt zehn Jahre her. Sandra Tveten. Vergewaltigt und ermordet. Noch ein Kind.«

Anton schluckte. Kind. Wiederholung.

»Ich erinnere mich an den Fall«, sagte die Rastamütze. »Seltsames Schicksal, an seinem eigenen Tatort zu sterben. War dieser Sandra-Fall nicht auch im Herbst?«

Beate antwortete nicht, sondern nickte nur langsam.

Anton blinzelte immer wieder. Es stimmte nicht, er hatte doch schon einmal eine solche Leiche gesehen.

»Verdammt!«, fluchte die Rastamütze leise, »du meinst doch nicht etwa, dass ...?«

Beate Lønn nahm ihm die Thermotasse ab, trank einen Schluck, gab sie ihm zurück und nickte.

»Scheiße«, fluchte die Rastamütze.

Kapitel 3

»Déjà-vu«, sagte Ståle Aune und starrte in das dichte Schneetreiben über der Sporveisgata, auf der das morgendliche Dezemberdunkel einem kurzen Tag wich. Dann drehte er sich wieder zu dem Mann um, der vor seinem Schreibtisch saß. »Ein Déjà-vu ist das Gefühl, etwas zu sehen, das man vorher schon einmal gesehen hat. Wie genau das im Hirn abläuft, wissen wir aber nicht.«
Mit »wir« meinte er generell alle Psychologen, nicht bloß Therapeuten. »Manche glauben, dass es müdigkeitsbedingt zu einer Verzögerung der Informationsübertragung im bewussten Teil unseres Gehirns kommt, so dass die Information, wenn sie ankommt, im Unterbewusstsein schon eine Weile da ist. Das äußert sich dann als das Gefühl, etwas wiederzuerkennen. Das mit der Müdigkeit könnte erklären, warum Déjà-vus meistens am Ende der Arbeitswoche auftreten, aber im Grunde ist die Tatsache, dass der Freitag der Déjà-vu-Tag schlechthin ist, auch schon alles, was die Forschung dazu erbracht hat.«
»So ein Déjà-vu meine ich nicht«, sagte der Patient. Klient. Kunde. Die Person, die in etwa zwanzig Minuten am Empfang zahlen und damit ihren Beitrag zur Finanzierung der psychologischen Gemeinschaftspraxis in dem vierstöckigen, charakterlosen und trotzdem unmodernen Gebäude in der Sporveisgata in Oslos mittelfeinem Westen leisten würde. Ståle Aune erschlich sich einen Blick auf die Uhr hinter dem Kopf des Mannes. Achtzehn Minuten.

»Es ist eher wie ein Traum, den ich wieder und wieder habe.«

»*Wie* ein Traum?« Ståle Aunes Blick glitt wieder über die Zeitung, die aufgeschlagen auf der geöffneten Schreibtischschublade lag, so dass der Patient sie nicht sehen konnte. Die meisten Therapeuten saßen heutzutage auf einem Stuhl unmittelbar vor ihrem Patienten. Als der massive Schreibtisch in Ståles Praxis geliefert worden war, hatten es sich seine Kollegen denn auch nicht verkneifen können, ihn grinsend daran zu erinnern, dass es laut moderner Therapietheorie am besten war, keine physische Barriere zwischen sich und dem Patienten zu haben. Ståles Antwort war sehr knapp ausgefallen: »Am besten für den Patienten, das kann sein.«

»Es ist ein Traum. Ich träume ihn immer wieder.«

»Dass sich Träume wiederholen, ist ganz normal«, sagte Aune und fuhr sich mit der Hand über den Mund, um ein Gähnen zu unterdrücken. Sehnsuchtsvoll dachte er an seine geliebte alte Couch, die aus seiner Praxis entfernt worden war und jetzt im Gemeinschaftsraum unter einer Hantelstange stand und nur noch als psychotherapeutischer In-Joke diente. Als die Patienten noch auf der Couch lagen, war es nämlich viel leichter gewesen, Zeitung zu lesen.

»Ich will diesen Traum aber nicht haben.« Dünnes, selbstbewusstes Lächeln. Dünnes, wohlfrisiertes Haar.

Willkommen beim Traumexorzisten, dachte Aune und versuchte sich an einem ebenso dünnen Lächeln. Der Patient trug Nadelstreifenanzug, einen grauroten Schlips und schwarze, glänzende Schuhe. Aune saß in einer Tweedjacke da und hatte sich eine bunte Fliege unter sein Doppelkinn gebunden. Seine braunen Schuhe hatten schon lange keine Bürste mehr gesehen.

»Wenn Sie mir erzählen würden, worum es in diesem Traum geht?«

»Das habe ich doch gerade gesagt.«

»Schon, aber vielleicht könnten Sie noch etwas mehr ins Detail gehen?«

»Er fängt wie gesagt da an, wo *Dark Side of the Moon* endet. »Eclipse« verklingt mit dem Gesang von David Gilmour.« Der Mann spitzte die Lippen, ehe er in ein derart manieriertes Englisch wechselte, dass Aune förmlich vor sich sah, wie er sein Teetässchen mit abgespreiztem kleinem Finger an die gespitzten Lippen führte. »*And everything under the sun is in tune but the sun is eclipsed by the moon.*«

»Und das träumen Sie?«

»Nein! Das heißt, doch. Also, auch die Platte hört so auf. Optimistisch. Nach einer Dreiviertelstunde Tod und Wahnsinn. Wahrscheinlich soll man denken: Ende gut, alles gut. Alles wieder in bester Harmonie und Ordnung. Aber dann, ganz am Ende des Albums, hört man im Hintergrund eine Stimme murmeln. Ganz leise. Man muss die Lautstärke richtig aufdrehen, um die Worte verstehen zu können, aber dann hört man sie richtig deutlich: *There is no dark side of the moon, really. Matter of fact, it's all dark.* Alles ist dunkel. Verstehen Sie?«

»Nein«, sagte Aune. Laut Lehrbuch hätte er jetzt fragen müssen, ob es ihm wichtig wäre, dass er ihn verstand, aber er konnte sich nicht dazu aufraffen.

»Das Böse gibt es nicht, weil alles böse ist. Der Weltraum ist dunkel. Wir sind von Natur aus böse. Das Böse ist der Ursprung, das Natürliche. Aber manchmal, manchmal gibt es irgendwo ein bisschen Licht. Nur dass das nur vorübergehend ist. Wir müssen alle zurück ins Dunkel. Und genau das passiert in meinem Traum.«

»Reden Sie weiter«, bat Aune, drehte seinen Stuhl um und sah nachdenklich aus dem Fenster. Er war diesen Patienten so leid, diese Mischung aus Selbstmitleid und Selbstzufriedenheit. Der Mann erachtete sich allem Anschein nach als einzigartig, ein Ansatzpunkt, in den man sich als Psychologe richtiggehend verbeißen konnte. Er hatte ganz sicher schon einmal eine Therapie gemacht. Aune sah einen Knöllchenjäger breitbeinig wie einen Sheriff unten über die Straße laufen und fragte sich, zu welchen anderen Berufen er, Ståle Aune, sich eignen würde. Die Antwort lag auf der Hand. Zu keinem. Außerdem liebte er die Psychologie und navigierte nur allzu gern durch den Grenzbereich zwischen Bewusstem und Unbewusstem, wobei er den schweren Ballast seines Fachwissens ebenso nutzte wie seine Intuition und Neugier. Das redete er sich auf jeden Fall immer wieder ein. Aber warum wünschte er sich dann nichts mehr, als dass sein Gegenüber endlich den Mund hielt und aus seinem Büro verschwand? Aus seinem Leben? Lag das an der Person selbst oder an seiner Arbeit als Therapeut? Ingrids unausgesprochenes, schlecht verstecktes Ultimatum, endlich weniger zu arbeiten und mehr für sie und ihre Tochter Aurora da zu sein, hatte Veränderungen erfordert. Er hatte die zeitraubende Forschung ebenso an den Nagel gehängt wie die Beratungstätigkeit für das Morddezernat und die Vorlesungen an der Polizeihochschule und arbeitete nun stattdessen nur noch als Therapeut mit festen Arbeitszeiten. Auf den ersten Blick schien er die Prioritäten damit richtig gesetzt zu haben. Denn was vermisste er an dem, was er aufgegeben hatte? Fehlte es ihm, die Seelen kranker Menschen zu ergründen, die andere auf derart grausame Weise umgebracht hatten, dass es ihm den Schlaf raubte, um dann – wenn er irgendwann doch eingeschlafen war – von Hauptkommissar Harry Hole geweckt zu werden, der ihm wieder und wieder unmögliche Fragen stellte? Vermisste er es, wie Hole ihn nach seinem eigenen Verständnis in einen ausgehungerten, übernächtigten, monomanen Jäger verwandelt hatte, der alle und jeden anfauchte, die ihm bei seiner Arbeit in die Quere kamen und der dabei Kollegen, Familie und Freunde mehr und mehr von sich stieß? Ja, verdammt, er vermisste das. Er vermisste das *Wesentliche* dieser Arbeit.

Er vermisste das Gefühl, Leben zu retten. Nicht das Leben eines rational denkenden, potentiellen Selbstmörders, bei denen er sich manchmal zu der Frage hinreißen ließ, warum so ein Mensch nicht einfach sterben konnte, wenn er das Leben so leid war und man ihm doch nicht zu helfen vermochte.

Er vermisste es, ein Aktivposten zu sein, derjenige, der eingriff, der einen Unschuldigen aus den Klauen eines Schuldigen riss und tat, was niemand sonst tun konnte, weil er – Ståle Aune – der Beste war. So einfach war das. Ja, er vermisste diesen Harry Hole. Er vermisste die Stimme des mürrischen, versoffenen Mannes mit dem großen Herzen am Telefon, die ihn aufforderte – oder besser gesagt, ihm befahl –, seinen Dienst für die Allgemeinheit zu leisten und Familienleben und Nachtschlaf zu opfern, um einen der Elenden dieser Gesellschaft zu retten. Aber am Osloer Dezernat für Gewaltverbrechen gab es keinen Hauptkommissar Harry Hole mehr, und die anderen hatten ihn nie angerufen. Sein Blick huschte wieder über die aufgeschlagene Zeitungsseite. Es ging um eine Pressekonferenz. Der Mord an dem Polizisten im Maridalen lag jetzt schon fast drei Monate zurück, und die Polizei hatte noch immer keine Spur, geschweige denn einen Verdächtigen. Solche Fälle waren es gewesen, bei denen er früher angerufen worden war. Der Mord hatte am gleichen Ort und Datum stattgefunden wie ein alter, ungeklärter Fall. Das Opfer war ein Polizist, der an den damaligen Ermittlungen beteiligt gewesen war.

Stattdessen musste er sich um die Schlaflosigkeit eines überarbeiteten Geschäftsmanns kümmern, den er noch nicht einmal leiden konnte. Gleich würde Aune die nötigen Fragen stellen, um ein posttraumatisches Stresssyndrom ausschließen zu können. Der Mann vor ihm war durch seine Alpträume nicht in seiner Funktion eingeschränkt, es ging ihm nur darum, seine eigene Produktivität wieder auf ein Topniveau zu bringen. Danach würde Aune ihm etwas zu lesen geben, eine Kopie des Artikels »Imagery Rehearsal Therapy« von Krakow und – an die anderen Namen erinnerte er sich plötzlich nicht mehr –, und ihn bitten, seine Alpträume aufzuschreiben und diese Aufzeichnungen beim nächsten Mal mitzubringen. Dann würden sie sich zusammen eine Alternative ausdenken, einen glücklichen Schluss für den Alptraum, den sie dann mental einüben würden, bis der Traum ihm entweder angenehmer erschien oder ganz einfach verschwand.

Aune hörte das monotone, einschläfernde Schnarren der Stimme seines Patienten und dachte, dass die Ermittlungen des Mordes im Maridalen vom ersten Tag an auf der Stelle getreten waren. Nicht einmal die auffälligen Übereinstimmungen mit dem Sandra-Fall, was Datum, Ort und Person betraf, hatten das Kriminalamt oder das Morddezernat vorangebracht. Und jetzt forderten sie die Bevölkerung auf, noch einmal über den Tag nachzudenken und mögliche Hinweise zu geben, so irrelevant diese ihnen auch erscheinen mochten. Das war das Thema der gestrigen Pressekonferenz gewesen. Aune hatte den Verdacht, dass das bloß ein Spiel für die Galerie war, um den Eindruck zu erwecken, dass sie etwas taten und nicht bloß paralysiert in der Ecke saßen. Wobei es genau danach aussah: nach einer hilflosen und hart kritisierten Ermittlungsleitung, die sich nun resigniert an ein Publikum wandte, in der Hoffnung, dass die es vielleicht besser konnten.

Er sah sich die Bilder der Pressekonferenz an. Erkannte Beate Lønn wieder und Gunnar Hagen, den Chef des Morddezernats, dessen kräftige, dichte Haare seine Glatze wie eine Mönchstonsur umrahmten. Sogar Mikael Bellman, der neue Polizeipräsident, hatte teilgenommen, schließlich ging es ja um einen Mord an einem Kollegen. Sein Gesicht war angespannt. Schmaler, als Aune es in Erinnerung hatte. Die medienfreundlichen, etwas zu langen Locken hatten irgendwann auf dem Weg nach oben, zwischen seinem Job als Leiter des Dezernats OrgKrim und Chef des gesamten Präsidiums, fallen müssen. Aune dachte an Bellmans fast androgyne Schönheit, unterstrichen von den langen Wimpern und dem bronzenen Teint mit den charakteristischen weißen Pigmentflecken. Nichts davon war auf den Bildern zu sehen. Ein unaufgeklärter Polizistenmord war natürlich der schlechtmöglichste Start für einen neuen Polizeipräsidenten, dessen Blitzkarriere auf Erfolg basierte. Dass er unter den Drogengangs in Oslo aufgeräumt hatte, konnte schnell wieder in Vergessenheit geraten. Der pensionierte Erlend Vennesla war formell gesehen zwar nicht im Dienst getötet worden, aber den meisten war zweifelsohne klar, dass der Mord an ihm irgendetwas mit dem Sandra-Fall zu tun haben musste. Deshalb hatte Bellman absolut jeden seiner Leute, der kriechen oder laufen konnte, mobilisiert und sogar externe Kreise eingeschaltet. Nur nicht ihn, Ståle Aune. Er war von ihren Listen gestrichen worden. Nicht weiter verwunderlich, er hatte selbst darum gebeten.

Und mit dem Eintritt des frühen Winters hatte sich Schnee auf die Spuren gelegt. Spuren, die längst erkaltet waren. Wenn es überhaupt noch Spuren waren. Beate Lønn hatte auf der Pressekonferenz das auffällige Fehlen konkreter Spuren angesprochen. Natürlich hatten sie alle Personen überprüft, die irgendwie mit dem Sandra-Fall in Verbindung gestanden hatten. Verdächtige, Angehörige, Freunde, ja sogar Venneslas Kollegen, die gemeinsam mit ihm an dem Fall gearbeitet hatten. Aber auch da hatte es keine Resultate gegeben.

Es war still geworden im Raum, und Ståle Aune erkannte an dem Gesichtsausdruck seines Patienten, dass dieser gerade eine Frage gestellt haben musste und jetzt auf die Antwort des Psychologen wartete.

»Hm«, sagte Aune, stützte das Kinn auf seine Faust und begegnete dem Blick seines Gegenübers. »Was denken Sie selbst darüber?«

Der Blick des Mannes war verwirrt, und einen Augenblick lang fürchtete Aune, er könnte nach einem Glas Wasser oder irgendetwas Ähnlichem gefragt haben.

»Was ich darüber denke, dass sie lächelt? Oder über das starke Licht?«

»Beides.«

»Manchmal glaube ich, dass sie lächelt, weil sie mich mag. Andere Male glaube ich, dass sie es tut, weil sie will, dass ich irgendetwas mache. Aber wenn sie aufhört zu lächeln, erlischt dieses starke Licht in ihren Augen, und dann ist es zu spät, denn dann sagt sie nichts mehr. Deshalb glaube ich, dass es der Verstärker ist. Oder was meinen Sie?«

»Äh ... Verstärker?«

»Ja.« Pause. »Davon habe ich doch erzählt. Der, den Vater immer ausgeschaltet hat, wenn er in mein Zimmer gekommen ist und gesagt hat, dass ich diese Platte jetzt lange genug gespielt habe, dass man von der Musik sonst noch wahnsinnig wird. Ich habe Ihnen doch erzählt, wie das kleine rote Lämpchen neben dem Schalter immer dunkler und dunkler wurde. Und in diesem Moment war ich überzeugt, dass ich sie verloren hatte. Dass sie deshalb am Ende des Traums so stumm ist. Sie ist der Verstärker, der keinen Ton mehr von sich gibt, nachdem Vater ihn ausgestellt hat. Und dann kann ich nicht mehr mit ihr reden.«

»Sie haben Platten gehört und an sie gedacht?«

»Ja. Immer. Bis ich etwa sechzehn war. Und nicht Platten. Die Platte.«

»Immer nur *Dark Side of the Moon*?«

»Ja.«

»Aber sie wollte Sie nicht?«

»Das weiß ich nicht. Vermutlich nicht. Damals nicht.«

»Hm. Unsere Zeit ist zu Ende. Ich gebe Ihnen bis zum nächsten Mal etwas zu lesen mit. Und dann möchte ich, dass wir einen Schluss für die Geschichte in Ihrem Traum finden. Sie soll reden. Sie soll Ihnen etwas sagen. Etwas, das Sie von ihr hören möchten. Vielleicht, dass sie Sie mag. Können Sie sich dazu bis zum nächsten Mal ein paar Gedanken machen?«

»Okay.«

Der Patient stand auf, nahm seinen Mantel von der Garderobe und ging zur Tür. Aune setzte sich an den Schreibtisch und warf einen Blick auf den Kalender, der ihm deprimierend voll vom Computerbildschirm entgegenstrahlte. Und ihm wurde bewusst, dass es wieder passiert war: Er hatte den Namen seines Patienten komplett vergessen. Zum Glück stand er im Kalender. Paul Stavnes.

»Nächste Woche, gleiche Zeit, Paul?«
»Ja, klar.«
Ståle notierte sich den Termin. Als er wieder aufsah, war Stavnes bereits gegangen.

Er stand auf und nahm die Zeitung mit ans Fenster. Wo zum Henker blieb eigentlich die so lange versprochene globale Erwärmung? Er sah auf die Zeitungsseite, wollte aber nicht mehr lesen und warf sie weg. Die immer gleichen Schlagzeilen der Zeitungen reichten jetzt langsam. Ermordet. Grobe Gewalt gegen den Kopf des Opfers. Erlend Vennesla hinterlässt Frau, Kinder und Enkelkinder. Freunde und Kollegen geschockt. »Er war so ein netter Mensch, hatte ein so warmes Herz.« »Man musste ihn einfach mögen.« »Freundlich, ehrlich und tolerant, dieser Mann hatte keine Feinde.« Ståle Aune holte tief Luft. *There is no dark side of the moon, not really. Matter of fact, it's all dark.* Er blickte auf sein Telefon. Sie hatten seine Nummer. Aber es blieb stumm. Genau wie das Mädchen in dem Traum.

Kapitel 4

Der Leiter der Mordkommission, Gunnar Hagen, fuhr sich mit der Hand über die Stirn, hoch zu der lagunenartigen Öffnung im Haaransatz und weiter über das dichte Haaratoll an seinem Hinterkopf. Vor ihm saß seine Ermittlungsgruppe. Bei einem normalen Mord hätte es sich um etwa zwölf Personen gehandelt. Aber ein Mord an einem Kollegen war nicht normal, so dass das K2 bis zum letzten Platz gefüllt war. Knapp fünfzig Personen, die krankgemeldeten Mitarbeiter mitgerechnet exakt dreiundfünfzig Beamte, arbeiteten an dem Fall. Es würde sicher nicht lange dauern, bis weitere krank wurden – der Druck der Medien war für alle eine große Belastung. Das Positivste, was man über diesen Fall sagen konnte, war, dass er die beiden Ermittlungseinheiten des Landes – die Kriminalpolizei und das Kriminalamt, Kripos – zusammengeschweißt hatte. Die Rivalität war beiseitegeschoben worden, und man zog an einem Strang, um endlich den Täter zu finden, der einen ihrer Kollegen ermordet hatte. In den ersten intensiven, hochmotivierten Wochen war Hagen überzeugt gewesen, den Fall schnell lösen zu können. Auch wenn technische Spuren ebenso fehlten wie Zeugen, mögliche Motive, Verdächtige oder auch nur Anhaltspunkte. Einfach weil Wille und Bereitschaft so groß waren und sie über nahezu unbegrenzte Ressourcen verfügten.

Die Apathie, die ihm jetzt aus den grauen, müden Gesichtern entgegenblickte, war in der letzten Zeit immer deutlicher geworden. Und die gestrige Pressekonferenz – die mit ihrer Bitte um Hilfe jedweder Art einer Kapitulation verdammt nahegekommen war – hatte die Kampfmoral nicht unbedingt erhöht. Neben dem Vennesla-Fall hatten sie auch beim Gusto-Hanssen-Fall den Status von aufgeklärt zu ungelöst ändern müssen, nachdem Oleg Fauke entlassen worden war und Chris »Adidas« Reddy sein Geständnis zurückgezogen hatte. Ein Positives hatte der Vennesla-Fall aber doch: Der Polizistenmord überschattete den Mord an dem Drogenabhängigen Gusto so vollständig, dass die Presse nicht ein Wort darüber verloren hatte, dass auch dieser Mordfall noch immer ungelöst war.

Hagen blickte auf das Blatt, das vor ihm auf dem Rednerpult lag. Zwei Zeilen. Zwei Zeilen für die Morgenbesprechung.

Gunnar Hagen räusperte sich. »Guten Morgen. Wie die meisten von Ihnen bereits wissen, sind nach der gestrigen Pressekonferenz eine ganze Reihe von Hinweisen eingegangen, denen wir nun nachgehen müssen. Insgesamt sind es bis jetzt neunundachtzig Tipps. Einige davon sind wirklich interessant.«

Er brauchte nicht auszusprechen, was alle längst wussten: Nach bald drei Monaten Ermittlungen waren sie zu der frustrierenden Erkenntnis gelangt, dass fünfundneunzig Prozent der Hinweise reiner Bullshit waren. Sie kamen von ihren alten Bekannten, die immer anriefen, von Besoffenen, von Leuten, die den Verdacht auf jemanden lenken wollten, der ihnen die Freundin ausgespannt oder die Treppe nicht geputzt hatte. Ein Scherz oder einfach nur der Versuch, ein wenig Aufmerksamkeit zu erhaschen oder jemanden zu haben, der ihnen zuhörte. Mit »einige davon« meinte er exakt vier Hinweise. Und dass diese wirklich interessant waren, war eigentlich eine Lüge, da man ihnen bereits nachgegangen war. Und auch diese Hinweise hatten nur ins Leere geführt.

»Wir haben heute hohen Besuch«, sagte Hagen und hörte selbst, dass man das als Sarkasmus deuten konnte. »Der Polizeipräsident möchte ein paar Worte an Sie richten. Mikael ...«

Hagen klappte die Mappe zu und klopfte damit gegen das Rednerpult, als enthielte sie einen ganzen Stapel interessanter Dokumente und nicht bloß diesen einen Zettel. Er hatte Bellman extra beim Vornamen genannt, um seine sarkastische Bemerkung zu überspielen, und nickte dem Mann zu, der weiter hinten neben der Tür stand.

Der junge Polizeipräsident, der mit verschränkten Armen an der Wand lehnte, wartete einen kurzen Augenblick, bis alle sich umgedreht hatten und ihn sahen. Dann stieß er sich mit einer ebenso kraftvollen wie geschmeidigen Bewegung von der Wand ab und trat mit raschen, entschlossenen Schritten ans Rednerpult. Auf seinen Lippen lag der Anflug eines Lächelns, als dächte er an etwas Amüsantes, und als er entspannt vornübergebeugt die Unterarme aufs Pult legte und sie direkt ansah, um anzudeuten, dass er kein fertig geschriebenes Manuskript hatte, dachte Hagen, dass Bellman nun bitte schön auch servieren sollte, was sein Auftritt versprach.

»Einige von Ihnen wissen vielleicht, dass ich klettere«, sagte Mikael. »Und wenn ich an Tagen wie heute aufwache und aus dem Fenster sehe, in den Nebel starre und im Radio höre, dass es noch mehr Schnee geben und auch der Wind noch zunehmen soll, denke ich an einen Berg, den ich einmal besteigen wollte.«

Bellman machte eine Pause, und Hagen stellte fest, dass die ungewohnte Einleitung ihre Wirkung nicht verfehlte. Bellman hatte ihrer aller Aufmerksamkeit. Bis auf weiteres. Hagen wusste aber, dass die Bullshit-Toleranz der überarbeiteten Gruppe minimal war und dass niemand sich Mühe geben würde, das zu verbergen. Bellman war zu jung, war noch nicht lang genug ihr Chef und war die Karriereleiter zu schnell aufgestiegen, um von ihnen viel Geduld erwarten zu können.

»Der Berg hat zufällig den gleichen Namen wie dieser Raum oder der Vennesla-Fall: K2. Der zweithöchste Berg der Welt. *The Savage Mountain.* Zum Besteigen der härteste Berg, den es gibt. Auf jeden vierten Bergsteiger, der es geschafft hat, kommt einer, der bei dem Versuch umgekommen ist. Wir wollten damals den südlichen Teil des Berges besteigen, auch *The Magic Line* genannt. Das ist bis jetzt erst zweimal gelungen und wird von vielen als eine Art ritueller Selbstmord eingeschätzt. Beim geringsten Wetterwechsel sind Sie und der Berg eingehüllt in Schnee und Temperaturen, für die kein Mensch geschaffen ist, zumindest nicht, wenn einem weniger Sauerstoff als unter Wasser zur Verfügung steht. Und weil es sich um den Himalaya handelt, ist allen klar, dass es Wetterwechsel *gibt*. Und zwar andauernd.«

Kurze Pause.

»Warum wollte ich also ausgerechnet diesen Berg besteigen?«

Neue Pause. Dieses Mal länger, als wartete er auf eine Antwort. Noch immer umspielte dieses Lächeln seine Lippen. Die Pause wurde lang. Zu lang, dachte Hagen. Polizisten sind keine Anhänger von theatralischer Effekthascherei.

»Weil ...«, Bellman klopfte mit dem Zeigefinger auf die Platte des Rednerpults, »... *weil* es der härteste Berg der Welt ist. Physisch und mental. Mit dem Aufstieg ist nicht eine Sekunde Freude verbunden, nur Probleme, totale körperliche Anstrengung, Angst, Höhenkrankheit, Sauerstoffmangel, lebensgefährliche Panik und eine noch gefährlichere Apathie. Und auf dem Gipfel angekommen, geht es nicht darum, den Triumph des Augenblicks zu genießen, sondern sich bloß den Beweis zu sichern, dass man wirklich dort war, und ein oder zwei Bilder zu machen. Man darf sich nicht dem Irrglauben hingeben, das Schlimmste überstanden zu haben, und abschalten, sondern man muss voll konzentriert bleiben, seine Arbeit machen, systematisch und programmiert wie ein Roboter und dabei die ganze Zeit die Situation einschätzen. *Die ganze Zeit.* Wie ist das Wetter? Welche Signale gibt der Körper? Wo befinden wir uns genau? Wie lange sind wir schon unterwegs? Wie geht es den anderen im Team?«

Er trat einen Schritt vom Rednerpult zurück.

»Denn der K2 leistet Widerstand und stemmt sich dir die

ganze Zeit entgegen. Auch wenn es nach unten geht. Widerstand und Gegenwehr. Und genau *deshalb* wollten wir diesen Berg bezwingen.«

Es war still im Raum. Vollkommen still. Kein demonstratives Gähnen oder Fußgescharre unter den Stühlen. Mein Gott, dachte Hagen, er hat sie.

»Zwei Worte«, sagte Bellman. »Ausdauer und Zusammenhalt. Ursprünglich wollte ich noch Ambition nennen, aber dieses Wort ist nicht wichtig genug, hat im Vergleich zu den beiden anderen nicht genug Bedeutung. Vielleicht fragen Sie sich, was Ausdauer und Zusammenhalt nützen, wenn es weder ein Ziel noch Ambition gibt. Kampf um des Kampfes willen? Ehre ohne Belohnung? Ja, genau das. Kampf um des Kampfes willen. Ehre ohne Belohnung. Wenn in ein paar Jahren über den Vennesla-Fall geredet wird, dann wegen der Widrigkeiten und Hindernisse. Weil alles so unmöglich schien. Weil der Berg zu hoch war, das Wetter zu schlecht, die Luft zu dünn. Weil alles schiefging, was schiefgehen konnte. Und es wird die Geschichte dieser Widrigkeiten sein, die den Fall auf ein fast mystisches Niveau heben und zu einer der die Zeit überdauernden Lagerfeuergeschichten machen wird. Genau wie die meisten Bergsteiger es nicht einmal an den Fuß des K2 schaffen werden, kann man ein ganzes Leben als Ermittler führen, ohne jemals auf einen Fall wie diesen zu stoßen. Wäre dieser Fall nach wenigen Wochen gelöst gewesen, würde man sich schon in wenigen Jahren nicht mehr daran erinnern. Denn was haben alle legendären Kriminalfälle der Geschichte gemeinsam?«

Bellman wartete. Nickte, als hätte man ihm die gewünschte Antwort gegeben, die er nun verkündete.

»Sie haben *Zeit* erfordert, *Widerstand* geleistet.«

Eine Stimme flüsterte neben Hagen: »Churchill, *eat your heart out*.« Er drehte sich zur Seite und sah Beate Lønn, die sich mit einem schiefen Lächeln auf den Lippen neben ihn gestellt hatte.

Er nickte kurz und sah in die Runde. Alte Tricks, vielleicht, aber sie wirkten noch immer. Wo er vor wenigen Minuten nur schwarzes, verkohltes Holz gesehen hatte, glühte es dank Bellman jetzt wieder. Hagen wusste aber, dass es nicht lange brennen würde, wenn die Resultate weiterhin ausblieben.

Drei Minuten später war Bellman mit seiner Motivationsrede fertig und verließ breit grinsend und unter Applaus das Rednerpult. Auch Hagen klatschte pflichtbewusst, während ihm davor graute, wieder auf das Podium zu müssen. Ihm stand der ultimative *Showstopper* bevor, denn er musste ihnen sagen, dass die Ermittlungsgruppe auf fünfunddreißig Mann reduziert werden würde. So lautete Bellmans Order. Und sie hatten sich darauf geeinigt, dass diese Info nicht von ihm kommen sollte. Hagen ging nach vorn, legte seine Mappe ab, öffnete sie, räusperte sich und tat so, als blätterte er darin. Dann hob er den Blick, räusperte sich noch einmal und lächelte schief. »*Ladies and gentlemen, Elvis has left the building.*«

Stille, kein einziger Lacher.

»Okay, es stehen ein paar Änderungen an. Einige von Ihnen werden anderen Aufgaben zugeteilt werden.«

Verloschen. Eiskalt.

Als Mikael Bellman im Atrium des Präsidiums aus dem Aufzug trat, sah er gerade noch jemanden im Nachbarfahrstuhl verschwinden. War das Truls? Unwahrscheinlich, er war nach der Asajev-Sache doch noch immer in »Quarantäne«. Bellman ging durch den Haupteingang nach draußen und kämpfte sich durch das Schneetreiben bis zu seinem wartenden Wagen. Als er den Chefsessel des Präsidiums übernommen hatte, war ihm erklärt worden, dass er theoretisch Anspruch auf einen Fahrer hätte, dass seine drei Vorgänger diesen Luxus aber abgelehnt hatten. Sie waren der Meinung gewesen, so etwas würde in Zeiten allgemeiner Kürzungen falsche Signale aussenden. Bellman hatte sich davon nicht beeindrucken lassen und sich klar gegen die kleinliche, sozialdemokratische Sparsamkeit entschieden. Er wollte seine Arbeit so effektiv wie nur möglich gestalten und außerdem allen in der Hierarchie unter ihm Stehenden zeigen, dass harte Arbeit und beruflicher Aufstieg gewisse Vorteile mit sich brachten. Der Chef der Öffentlichkeitsarbeit hatte ihn anschließend zur Seite genommen und ihm vorgeschlagen, nur auf die Effektivität zu setzen und das mit den Vorteilen wegzulassen, sollte die Presse ihn auf diese Frage ansprechen.

»Rathaus«, sagte Bellman, als er sich auf den Rücksitz setzte.

Der Wagen löste sich vom Straßenrand, umrundete die Kirche in Grønland und steuerte in Richtung Plaza und Posthochhaus, das trotz all der neuen Gebäude rund um die Oper noch immer die Skyline von Oslo dominierte. Doch an diesem Tag gab es keine Skyline, sondern nur Schneetreiben. Drei vollständig unabhängige Gedanken gingen Bellman durch den Kopf: Verfluchter Dezember. Verfluchter Vennesla-Fall. Und verfluchter Truls.

Mikael hatte Truls weder gesprochen noch gesehen, seit er seinen Schulfreund und Untergebenen Anfang Oktober suspendiert hatte. Letzte Woche allerdings glaubte er ihn vor dem Grand Hotel in einem geparkten Auto entdeckt zu haben. Die großen Bargeldeinzahlungen auf Truls' Konto hatten ihn gezwungen, seinen treuen Mitarbeiter zu suspendieren, da Truls sich zu der Herkunft dieses Geldes nicht hatte äußern können – oder wollen. Dabei wusste Mikael natürlich, woher das Geld stammte. Es war der Lohn für seine Arbeit als Brenner – als Beweissaboteur – für die Drogenliga von Rudolf Asajev. Truls war blöd genug gewesen, dieses Geld direkt auf sein Konto einzuzahlen. Sein einziger Trost war, dass es weder über das Geld noch über Truls irgendeine Verbindung zu Mikael gab. Nur zwei Personen auf dieser Welt wussten über Mikaels Zusammenarbeit mit Asajev Bescheid. Die eine war Sozialsenatorin und mitschuldig und die andere lag im Koma in einem abgesperrten Flügel des Reichshospitals, dem Tode nah.

Sie fuhren durch das Viertel Kvadraturen. Bellman betrachtete fasziniert den Kontrast zwischen der schwarzen Haut der Prostituierten und dem weißen Schnee auf ihren Haaren und Schultern. Und er sah, dass neue Dealer das nach Asajev entstandene Vakuum gefüllt hatten.

Truls Berntsen. Er hatte Mikael während seiner gesamten Jugend in Manglerud zur Seite gestanden wie ein Putzerfisch dem Hai. Mikael mit seinem Führungswillen, seinem Aussehen und seiner Redegewandtheit war der Kopf gewesen, Truls »Beavis« Berntsen hatte seine Furchtlosigkeit, seine Fäuste und seine beinahe kindliche Loyalität beigesteuert. Mikael hatte im Handumdrehen überall Freunde gefunden. Truls hingegen war unzugänglich gewesen, abstoßend und wurde deshalb von allen gemieden. Trotzdem hatten ausgerechnet diese beiden, Berntsen und Bellman, immer zusammengehangen. Sie waren in der Klasse und auch später auf der Polizeischule immer nacheinander aufgerufen worden, Bellman zuerst, dicht gefolgt von Berntsen. Auch als Mikael mit Ulla zusammengekommen war, hatte Truls nur zwei Schritte hinter ihm gestanden. Doch mit den Jahren war Truls etwas zurückgeblieben, weder im Privatleben noch karrieremäßig hatte er Mikaels natürlichen Auftrieb gezeigt. Aber in der Regel war Truls leicht zu steuern und berechenbar gewesen, er sprang, wenn Mikael von ihm verlangte zu springen. Doch manchmal strahlten seine Augen dieses Schwarz aus, und dann hatte Mikael plötzlich das Gefühl, ihn nicht wirklich zu kennen. Wie damals bei dem jungen Mann, den sie festgenommen hatten, den Truls mit seinem Schlagstock in blinder Wut verprügelt hatte. Oder bei dem Kerl im Kriminalamt, der sich als warmer Bruder entpuppt hatte und Mikael anmachen wollte. Da auch andere Kollegen zugegen gewesen waren, hatte Mikael eingreifen müssen, damit ja nicht der Eindruck entstand, dass er so etwas durchgehen ließ. Er hatte Truls mit zu der Adresse genommen, an der der Mann wohnte, und diesen nach unten in die Garage gelockt, wo Truls mit seinem Schlagstock auf ihn losgegangen war. Erst kontrolliert, dann immer rabiater, während das Blitzen in seinen Augen mehr und mehr von ihm Besitz ergriff, bis er irgendwann ausgesehen hatte, als stünde er unter Schock. Mikael hatte ihn schließlich bremsen müssen, damit er den Mann nicht umbrachte. Loyal war Truls ohne jede Frage. Dabei aber auch eine tickende Zeitbombe, und genau das machte Mikael Bellman Sorgen. Als Mikael ihm mitgeteilt hatte, die Dienstaufsicht habe beschlossen, ihn zu suspendieren, bis die Herkunft des Geldes auf seinem Konto geklärt sei, hatte Truls nur schulterzuckend gesagt, das sei seine Privatsache. Als ginge ihn das alles nichts an. Dann war er gegangen. Als hätte Truls »Beavis« Berntsen einen Ort, an den er gehen konnte, ein Leben jenseits des Jobs. Auch in diesem Moment hatte Mikael das Schwarz in seinen Augen gesehen. Wie eine Zündschnur, die langsam in einem schwarzen Grubenschacht abbrannte, ohne dass etwas geschah. Aber man weiß nicht, ob sie unterwegs erloschen oder bloß sehr lang ist, und so wartet man voller Spannung, ahnend, dass es umso schlimmer knallen wird, je länger es dauert.

Der Wagen fuhr auf die Rückseite des Rathauses. Mikael stieg aus und ging über die Stufen nach oben zum Eingang. Manche Leute behaupteten, dies sei der eigentliche Haupteingang, dass die Bauzeichnung durch ein Versehen gedreht worden sei. Als das bemerkt worden war, war der Bau schon so weit fortgeschritten, dass man den Fehler unter den Tisch gekehrt und so getan hatte, als wäre nichts geschehen. Man hoffte einfach darauf, dass diejenigen, die über den Oslofjord auf die Hauptstadt Norwegens zugesegelt kamen, nicht erkannten, dass es eigentlich der Dienstboteneingang war, den sie vor sich hatten.

Die italienischen Ledersohlen gaben ein sanftes Knarren von sich, als Mikael Bellman über den Steinboden zur Rezeption marschierte und von einem strahlenden Lächeln empfangen wurde.

»Guten Tag, Herr Polizeipräsident. Sie werden erwartet. In der zehnten Etage, das Büro ganz hinten links.« Auf dem Weg nach oben musterte Bellman sich selbst im Spiegel des Aufzugs und dachte, dass er im doppelten Sinne des Wortes auf dem Weg nach oben war. Trotz des Mordfalles. Er rückte den Seidenschlips zurecht, den Ulla ihm in Barcelona gekauft hatte. Doppelter Windsorknoten. Er hatte Truls schon in der Schule beigebracht, wie man einen Schlips band. Aber ihm hatte er nur den dünnen, einfachen Knoten gezeigt. Die Tür am Ende des Flures war angelehnt. Mikael schob sie auf.

Das Büro war kahl. Der Schreibtisch aufgeräumt, die Regale geleert, und an der Tapete waren noch die hellen Stellen zu erkennen, an denen früher Bilder gehangen hatten. Sie saß in einem der Fensterrahmen. Ihr Gesicht hatte die konventionelle Schönheit, die Frauen gerne als »attraktiv« bezeichneten, strahlte aber trotz der lockigen blonden Puppenhaare keinerlei Wärme oder Sinnlichkeit aus. Sie war groß und athletisch mit breiten Schultern und kräftigen Hüften, die für den Anlass in einem engen Lederrock steckten. Die Beine hatte sie übereinandergeschlagen. Das Maskuline in ihrem Gesicht – unterstrichen durch die markante Hakennase und die blauen, kalten Wolfsaugen – und ihr herausfordernder, neckender Blick hatten Bellman schon bei ihrer ersten Begegnung einiges verraten. Er hatte Isabelle Skøyen gleich als eine Macherin eingeschätzt, als eine risikobereite Cougar.

»Schließ ab!«, sagte sie.

Er hatte sich nicht geirrt.

Mikael schloss die Tür hinter sich und drehte den Schlüssel herum. Dann trat er an eines der anderen Fenster. Das Rathaus überragte die bescheidene Baumasse Oslos mit seinen vier- oder fünfstöckigen Häusern. Dem Rathaus gegenüber thronte die siebenhundertjährige Festung Akershus auf ihrer Anhöhe, umgeben von kriegsversehrten Kanonen, die aufs Wasser gerichtet waren. Der Fjord selbst schien eine Gänsehaut zu haben und in den eiskalten Windböen zu zittern. Es hatte zu schneien aufgehört, und unter den bleigrauen Wolken badete die Stadt in blauweißem Licht. Isabelles Stimme wurde von den kahlen

Wänden zurückgeworfen: »Nun, mein Lieber, was hältst du von der Aussicht?«

»Beeindruckend. Wenn ich es richtig in Erinnerung habe, hatte der frühere Sozialsenator ein kleineres Büro und noch dazu deutlich weiter unten.«

»Nicht die Aussicht«, sagte sie. »Die hier.«

Er wandte sich ihr zu. Oslos frisch ernannte Senatorin für soziale Dienste und Drogenfürsorge hatte die Beine gespreizt. Ihr Slip lag neben ihr im Fensterrahmen. Isabelle hatte mehrfach betont, wie unsinnig sie es fand, sich zwischen den Beinen zu rasieren, doch als Mikael in die Wildnis starrte und dabei murmelnd die Charakteristik der Aussicht wiederholte – beeindruckend –, dachte er, dass es doch auch so etwas wie einen Mittelweg geben müsse.

Sie ging mit energischen Schritten auf ihn zu und wischte ihm ein unsichtbares Staubkorn vom Kragen. Auch ohne die Stilettos wäre sie einen Zentimeter größer als er gewesen, doch jetzt überragte sie ihn richtiggehend, ohne dass ihn das einschüchterte. Im Gegenteil, ihre physische Größe und dominante Persönlichkeit waren für ihn eine interessante Herausforderung. Sie forderten ihn als Mann mehr, als Ulla das mit ihrer grazilen Gestalt und ihrer Fügsamkeit jemals tun konnte.

»Ich finde es nur recht und billig, dass du es bist, der mein Büro einweiht. Ohne deine ... Bereitschaft zur Zusammenarbeit hätte ich diesen Job wohl kaum bekommen.«

»Und umgekehrt«, sagte Mikael Bellman und sog den Duft ihres Parfüms ein. Er kannte ihn. War das ... Ullas? Dieses Tom-Ford-Parfüm, wie hieß es noch gleich? *Black Orchid*. Das er ihr immer aus Paris oder London mitbrachte, weil es in Norwegen nirgends zu kriegen war. Der Zufall kam ihm recht merkwürdig vor.

Er sah das Lachen in ihren Augen, als sie seine Verblüffung bemerkte. Sie verschränkte ihre Finger hinter seinem Nacken und lehnte sich lachend nach hinten. »Tut mir leid, ich konnte einfach nicht widerstehen.«

Nach dem Einweihungsfest in ihrem neuen Haus hatte Ulla sich beklagt, dass ihr Parfüm verschwunden war. Schon damals hatte sie angenommen, dass einer ihrer prominenten Gäste es gestohlen haben musste. Er selbst hatte auf Truls Berntsen getippt, schließlich wusste er, dass Truls in ihrer Jugend in Ulla verliebt gewesen war. Was er aber natürlich nie erwähnt hatte, weder ihr noch Truls gegenüber. Ebenso wenig wie er Truls wegen des Parfüms zur Rede gestellt hatte. Schließlich war es besser, er klaute Ullas Parfüm als ihre Slips.

»Hast du mal darüber nachgedacht, dass das vielleicht genau dein Problem ist?«, sagte Mikael. »Dass du es einfach nicht sein lassen kannst?«

Sie lachte weich. Schloss die Augen, und ihre langen, breiten Finger lösten sich hinter seinem Nacken voneinander und streichelten über seinen Rücken nach unten bis unter seinen Gürtel. Dann sah sie ihn enttäuscht an.

»Was ist los, mein Bulle?«

»Die Ärzte sind sich nicht mehr sicher, dass er stirbt«, sagte Mikael. »In letzter Zeit hat es sogar Anzeichen gegeben, dass er doch noch aus dem Koma aufwachen könnte.«

»Inwiefern? Bewegt er sich?«

»Nein, aber sie sehen Veränderungen im EEG, weshalb sie jetzt mit neurophysiologischen Untersuchungen begonnen haben.«

»Ja und?« Ihre Lippen waren dicht vor ihm. »Hast du Angst vor ihm?«

»Ich habe keine Angst vor ihm, sondern vor dem, was er sagen könnte. Über uns.«

»Warum sollte er etwas derart Dummes tun? Er ist allein, er kann damit nichts gewinnen.«

»Lass es mich so sagen, meine Liebe«, sagte Mikael und schob ihre Hand weg. »Der Gedanke daran, dass es da draußen jemanden gibt, der bezeugen kann, dass du und ich mit einem Drogenboss zusammengearbeitet haben, um unsere Karrieren anzuschieben ...«

»Jetzt hör mir mal zu«, sagte Isabelle. »Das Einzige, was wir getan haben, war doch wohl, vorsichtig korrigierend in die Kräfte des Marktes einzugreifen. Das ist gute, alte Arbeiterparteipolitik. Wir haben Asajev das Monopol für seine Drogen überlassen und alle anderen Drogenbarone verhaftet, weil Asajevs Dope weniger Drogentote gefordert hat. Alles andere wäre falsch gewesen.«

Mikael musste lächeln. »Wie ich höre, hast du deine Rhetorik in deinen Debattierkursen ziemlich verbessert.«

»Wollen wir das Thema wechseln, Liebster?« Sie legte ihre Hand um seinen Schlips.

»Du weißt aber schon, wie das in einem Verfahren dargestellt werden würde? Dass ich das Amt des Polizeipräsidenten bekommen habe und du Sozialsenatorin geworden bist, weil es so aussah, als hätten wir persönlich die Straßen Oslos gesäubert und dafür gesorgt, dass es nicht mehr so viele Tote gibt, während wir in Wirklichkeit dabei zugesehen haben, wie Asajev alle Beweise vernichtet, seine Konkurrenten umbringt und Dope verkauft, das viermal so stark und suchtbildend ist wie Heroin.«

»Huh, ich werde wahnsinnig feucht, wenn du so redest ...« Sie zog ihn an sich heran. Ihre Zunge war in seinem Mund, und er hörte das Knistern ihres Strumpfes, als sie ihr Bein an ihm rieb. Sie zog ihn hinter sich her, während sie langsam zum Schreibtisch zurückwich.

»Wenn er aufwacht und zu reden anfängt ...«

»Halt den Mund, ich habe dich nicht herbestellt, um mit dir zu reden.« Ihre Finger arbeiteten mit seinem Gürtel.

»Wir haben ein Problem, das wir lösen müssen, Isabelle!«

»Das verstehe ich, aber als Polizeipräsident musst du auf bestimmte Prioritäten achten. Und in diesem Moment setzt das Rathaus *diese* Prioritäten.«

Mikael packte ihre Hand, bevor sie zugreifen konnte.

Sie seufzte. »Okay, lass hören, was du dir ausgedacht hast.«

»Wir müssen ihn unter Druck setzen, ihm klarmachen, dass sein Leben auf dem Spiel steht.«

»Warum *unter Druck* setzen? Warum bringen wir ihn nicht einfach um?«

Mikael lachte. Bis er kapierte, dass sie es ernst meinte und dafür nicht einmal Bedenkzeit brauchte.

»Weil ...« Mikael hielt ihrem Blick stand. Er versuchte, der souveräne Mikael Bellman zu sein, der vor einer halben Stunde vor seiner Ermittlungsgruppe gestanden hatte. Er suchte nach einer Antwort, aber sie kam ihm zuvor.

»Weil du dich nicht traust. Sollen wir in den Gelben Seiten nachschauen, ob wir unter *Aktive Sterbehilfe* jemanden finden? Du gibst den Befehl, die Bewachung abzuziehen, weil ihr die Ressourcen anderweitig braucht, irgendwas wird dir da schon einfallen, und dann bekommt der Patient unerwartet Besuch von den Gelben Seiten. Also, unerwartet für ihn. Oder nein, schick doch deinen Schatten. Beavis. Truls Berntsen. Der tut für Geld doch alles, oder?«

Mikael schüttelte ungläubig den Kopf. »Der Leiter des Dezernats für Gewaltverbrechen, Gunnar Hagen, hat die Bewachung angeordnet. Und außerdem würde es, gelinde gesagt, merkwürdig aussehen, wenn der Patient zu Tode käme, nachdem ich gegen Hagens Order beschlossen hätte, die Bewachung aufzugeben. Außerdem können wir keinen weiteren Mord gebrauchen.«

»Jetzt hör mir mal zu, Mikael. Kein Politiker ist besser als seine Berater. Deshalb muss man sich, will man bis ganz an die Spitze, immer mit Menschen umgeben, die klüger sind als man selbst. Und ich frage mich langsam, ob du wirklich klüger bist als ich, Mikael. Zum einen schaffst du es nicht, den Polizistenmörder zu schnappen. Und jetzt weißt du nicht einmal, wie du das simple Problem mit dem Mann im Koma lösen sollst. Wenn du mich obendrein noch nicht einmal ficken willst, muss ich mich doch wohl fragen, was ich eigentlich mit dir soll? Kannst du mir darauf eine Antwort geben?«

»Isabelle ...«

»Ich deute das als ein Nein. Also hör zu, wir machen das so ...«

Er konnte nicht anders als sie bewundern. Sie strahlte Kontrolle und kühle Professionalität aus, war dabei aber derart risikobereit und unberechenbar, dass ihre Kollegen auf ihren Stühlen immer ganz nach vorne rutschten, wenn sie mit ihr zu tun hatten. Manche Leute sahen in ihr so etwas wie eine tickende Zeitbombe, aber diese Menschen hatten nicht erkannt, dass es zu Isabelle Skøyens Spiel gehörte, Unsicherheit zu verbreiten. Sie hatte es in kürzerer Zeit weiter gebracht und mehr erreicht als alle anderen. Und würde – wenn sie fiel – umso tiefer und hässlicher abstürzen. Mikael Bellman erkannte sich zwar in Isabelle Skøyen wieder, aber sie war so etwas wie eine Extremausgabe von ihm selbst. Und das Merkwürdige war, dass sie ihn, statt ihn mitzureißen, immer vorsichtiger werden ließ.

»Vorläufig ist der Patient noch nicht aufgewacht, also unternehmen wir erst einmal nichts«, sagte Isabelle. »Ich kenne einen Anästhesiepfleger aus Enebakk, ein sehr zwielichtiger Typ. Er versorgt mich mit Pillen, die ich als Politikerin nicht einfach auf der Straße kaufen kann. Er macht – wie Beavis – für Geld beinahe alles. Und für Sex alles nur Erdenkliche. Apropos ...«

Sie setzte sich auf den Rand ihres Schreibtisches, hob die Beine an, spreizte sie und riss seine Hosenknöpfe mit einem Ruck auf. Mikael packte ihre Handgelenke und sagte: »Isabelle, lass uns bis Mittwoch im Grand warten.«

»Lass uns nicht bis Mittwoch im Grand warten!«

»Doch, ich fände das wirklich besser.«

»Ach ja?«, sagte sie, riss ihre Hände los, öffnete seine Hose und sah nach unten. Ihre Stimme klang guttural: »Sieht so aus, als wärst du überstimmt, mein Lieber.«

KAPITEL 5

Es war dunkel und kalt geworden. Ein blasser Mond schien in Stian Barellis Zimmer, als er von unten die Stimme seiner Mutter hörte.

»Telefon für dich, Stian!«

Er hatte den Festnetzanschluss klingeln hören und gehofft, dass der Anruf nicht für ihn war. Unwillig legte er die Wii-Fernbedienung zur Seite. Er lag nur zwölf unter Par und hatte noch drei Löcher zu spielen; seine Chancen, sich für das Masters zu qualifizieren, waren verdammt gut. Er spielte als Rick Fowler, das war der einzige coole Spieler in Tiger Woods Masters. Außerdem war er kaum älter als er, gerade mal einundzwanzig. Noch dazu mochten sie beide Eminem und Rise Against und trugen gern Orange. Natürlich konnte sich Rick Fowler längst eine eigene Wohnung leisten, während Stian noch bei seinen Eltern in seinem alten Kinderzimmer wohnte. Aber nur so lange, bis er das Stipendium für die Uni in Alaska bekam. Alle *halfway decent* norwegischen Alpinisten wurden dort aufgenommen, wenn ihre Resultate bei der Junioren-WM einigermaßen waren. Das Problem war nur, dass es aus sportlicher Sicht bislang noch niemandem genutzt hatte, dorthin zu gehen. Aber wenn schon. Es gab Frauen, Wein und Ski. Was wollte er mehr? Vielleicht konnte er dort sogar – sollte ihm Zeit dafür bleiben – irgendein Examen machen. Einen Abschluss, mit dem er einen brauchbaren Job fand. Endlich Geld für eine eigene Wohnung. Ein besseres Leben. Er war es leid, unter den Postern von Bode Miller und Aksel Lund Svindal in einem zu kurzen Bett zu schlafen, Mutters Frikadellen zu essen und sich beständig Vaters Regeln beugen zu müssen. Und ebenso war er es leid, aufmüpfige Kinder zu trainieren, die laut ihren schneeblinden Eltern das Talent eines Aamodt oder Kjus hatten, und an diesem blöden Lift in Tryvannskleiva für einen Lohn arbeiten zu müssen, den sie nicht einmal indischen Kinderarbeitern angeboten hätten.

Stian nahm den Hörer, den seine Mutter ihm hinstreckte.

»Ja?«

»Hallo, Stian, hier ist Bakken. Ich habe gerade einen Anruf bekommen, dass der Kleivalift läuft.«

»Jetzt, um diese Uhrzeit?« Stian sah auf die Uhr. Es war Viertel nach elf. Normalerweise wurde der Lift um neun abgeschaltet.

»Kannst du vielleicht kurz hochfahren und nachsehen, was da los ist?«

»Jetzt?«

»Außer natürlich, du hast gerade was wirklich Wichtiges zu tun.«

Stian ließ die Ironie an sich abprallen. Er wusste, dass er zwei enttäuschende Saisons hinter sich hatte und der Verbandsleiter das nicht auf mangelndes Talent zurückführte, sondern darauf, dass Stian seine Zeit möglichst mit Trägheit, physischem Verfall und generellem Nichtstun füllte.

»Ich hab kein Auto«, sagte Stian.

»Du kannst meins nehmen«, sagte seine Mutter schnell. Sie war mit verschränkten Armen neben ihm stehen geblieben.

»Sorry, Stian, aber das hab ich gehört«, sagte Bakken trocken. »Bestimmt hat sich da bloß wieder einer von diesen blöden Skatern von der Heming-Rampe einen dummen Scherz erlaubt.«

Stian brauchte auf der kurvigen Straße hinauf bis zum Tryvannsturm zehn Minuten. Der 118 Meter hohe Fernsehturm ragte wie ein langer Speer aus dem Berg am nordwestlichen Stadtrand Oslos.

Er parkte auf dem verschneiten Parkplatz, auf dem ansonsten nur ein roter Golf stand, nahm die Skier aus der Dachbox, schnallte sie an und skatete an dem Hauptgebäude vorbei bis nach oben zum Endpunkt des Tryvann Express, dem höchsten Punkt des Skigebietes. Von dort konnte er nach unten zum See und zu dem kleineren Bügellift Kleiva blicken. Obwohl der Mond schien, konnte er nicht sehen, ob sich die Stangen mit den T-förmigen Bügeln bewegten, das Brummen der Maschine war aber unverkennbar.

Als er über die Kante fuhr und in langen Bogen nach unten carvte, dachte er, wie seltsam still es hier oben in der Nacht doch war. Eine Stunde nach Schließen der Anlagen war die Luft immer noch erfüllt vom Echo der Stimmen, den fröhlichen Schreien der Jungs, dem überdrehten Kreischen der Mädchen, dem Kratzen der Stahlkanten auf dem Eis und dem testosterongesteuerten Geschrei der Jugendlichen nach Aufmerksamkeit. Auch das Licht schien nach dem Ausschalten der Scheinwerfer noch eine ganze Weile zwischen den Bäumen hängenzubleiben, bis es irgendwann langsam, aber sicher stiller wurde. Und dunkler. Und noch ruhiger. Bis die Stille sich in alle Senken gelegt hatte und das Dunkel vollends aus dem Wald gekrochen kam. In diesem Moment verwandelte sich Tryvann in einen anderen Ort, einen Ort, der selbst für Stian, der sich hier wie in seiner Westentasche auskannte, so fremd wurde, dass er ebenso gut auf einem anderen Planeten hätte sein können. Einem kalten, dunklen, unbewohnten Planeten.

Es war so dunkel, dass er vorsichtig fahren und vorausahnen musste, wie sich der Schnee und das Gelände unter seinen Skiern verhielten. Aber genau das war sein Talent. Die besten Resultate erzielte er bei Schneetreiben, Nebel und fahlem Licht. Er fühlte, was er nicht sah, hatte die *clairvoyance*, die manche Skifahrer einfach besaßen, andere – die meisten – hingegen nicht. Er spielte damit und fuhr langsam, um den Genuss in die Länge zu ziehen. Dann war er unten und fuhr vor das Lifthäuschen.

Die Tür war aufgebrochen worden.

Holzsplitter lagen im Schnee, und die offene Tür starrte ihn schwarz an. Erst in diesem Moment wurde Stian klar, wie mutterseelenallein er war. Es war mitten in der Nacht, und er befand sich an einem vollkommen verlassenen Ort, an dem gerade erst ein Verbrechen begangen worden war. Vermutlich nur ein Dummer-Jungen-Streich, aber ganz sicher war er sich nicht, dass es bloß ein *Streich* war und er wirklich *allein*.

»Hallo!«, rief Stian und versuchte das Brummen des Motors und das Klappern der Bügel zu übertönen, die mit dem leise singenden Drahtseil angerauscht kamen und sich wieder entfernten. Im selben Moment bereute er sein Rufen. Das Echo kam ihm von der anderen Talseite entgegen und mit ihm auch das Echo seiner Furcht. Denn Angst hatte er. Seine Gedanken waren nämlich nicht bei den Worten »Verbrechen« und »allein« stehen geblieben, sondern weiter zurückgegangen bis zu der alten Geschichte. Tagsüber, wenn es hell war, dachte er nie daran, aber wenn er abends Dienst hatte und fast keine Skiläufer mehr da waren, kam diese Geschichte mit dem Dunkel aus dem Wald gekrochen. Es war außerhalb der Saison gewesen, in einer schneefreien, klaren Winternacht in den späten Neunzigern. Das Mädchen war vermutlich im Zentrum betäubt und dann hier hochgebracht worden. In Handschellen und Kapuze. Man hatte sie vom Parkplatz hierherbugsiert, die Tür aufgebrochen und sie in der Hütte vergewaltigt. Das fünfzehnjährige Mädchen sollte so klein und zierlich gewesen sein, dass der oder die Täter sie im bewusstlosen Zustand problemlos vom Parkplatz bis nach unten getragen hatten. Man konnte nur hoffen, dass sie wirklich die ganze Zeit über bewusstlos gewesen war. Außerdem hatte Stian gehört, dass das Mädchen mit zwei großen Nägeln an die Wand genagelt worden war, an beiden Schultern unter dem Schlüsselbein, so dass der oder die Täter sie im Stehen vergewaltigen konnten, bei minimalem

Körperkontakt mit den Wänden, dem Boden oder dem Mädchen. Aus diesem Grund hatte die Polizei auch keine DNA-Spuren, Fingerabdrücke oder Kleiderfasern gefunden. Vielleicht stimmte das alles aber auch gar nicht. Sicher war nur, dass sie das Mädchen an drei Orten gefunden hatten. Der Torso mit dem Kopf hatte unten im See gelegen, die beiden Hälften ihres Unterleibs weit vom Tatort entfernt im Wald unweit der Wyller-Loipe und am Ufer des Aurtjerns, so weit voneinander entfernt und noch dazu in entgegengesetzten Richtungen vom Tatort, dass die Polizei von zwei Tätern ausgegangen war. Aber das war auch schon alles, was sie herausgefunden hatten. Theorien. Die Täter – wenn es denn Männer waren, denn Sperma war nie gefunden worden – waren nie gefasst worden. Doch der Verbandschef und andere Klugscheißer erzählten den jungen Clubmitgliedern, die ihre erste Abendschicht in Tryvann vor sich hatten, nur zu gerne, dass man in stillen Nächten manchmal Geräusche aus der Hütte hörte. Schreie, die das andere Geräusch, das Einschlagen von zwei Nägeln, beinahe übertönten.

Stian löste die Skischuhe aus den Bindungen und trat vor die Tür. Er ging leicht in die Skihocke und versuchte seinen rasenden Puls zu ignorieren.

Mein Gott, was erwartete er denn zu sehen? Blut und Kot? Gespenster?

Er schob die Hand durch den Türspalt, fand den Lichtschalter, drehte ihn herum und starrte in den hell erleuchteten Raum.

An der rohen Holzwand hing ein Mädchen an einem Nagel. Sie war fast nackt, nur ein gelber Bikini bedeckte die strategischen Teile ihres sonnengebräunten Körpers. Es war Dezember und der Kalender aus dem letzten Jahr. An einem sehr stillen Abend vor ein paar Wochen hatte Stian vor diesem Bild onaniert. Sie war schon sexy, aber die Mädchen, die draußen vor dem Fenster vorbeifuhren, erregten ihn viel mehr. Die Tatsache, dass sie nur einen halben Meter von ihm entfernt waren, während er sein hartes Glied in der Hand hielt. Besonders die Mädchen, die sich allein einen Bügel nahmen, die steife Stange mit geübter Hand zwischen ihre Beine schoben und dann die Schenkel zusammendrückten, so dass der Bügel ihren Po nach oben drückte. Der Bogen in ihrem Rücken, wenn die Feder zwischen Bügel und Stahlseil sich wieder zusammenzog und sie nach oben schleppte, auf die Lifttrasse, von ihm weg.

Stian ging in die Hütte. Hier war ganz eindeutig jemand gewesen. Der Plastikschalter, mit dem sie den Lift starteten, war abgebrochen und lag in zwei Teilen unten am Boden, nur noch der Metallstift ragte aus dem Kontrollpanel. Er nahm den kalten Stift zwischen Daumen und Zeigefinger und versuchte, ihn herumzudrehen, aber er glitt immer wieder ab. Dann trat er an den kleinen Sicherungsschrank in der Ecke. Die Metalltür war verschlossen, und der Schlüssel, der gewöhnlich daneben an der Wand hing, fehlte. Merkwürdig. Er ging zurück zum Kontrollpanel. Versuchte, den Hebel der Schalter abzuziehen, die das Flutlicht und die Musik steuerten, erkannte aber schnell, dass sie verklebt oder verschweißt waren und er sie nur kaputtmachen würde, wenn er es versuchte. Er brauchte etwas, womit er den Metallstift einklemmen konnte, vielleicht eine Zange. Als er die Schublade des Tisches aufzog, der vor dem Fenster stand, hatte er eine Vorahnung. Die gleiche Art Vorahnung, wie wenn er blind Ski fuhr. Er spürte, was er nicht sah, dass nämlich draußen im Dunkeln jemand stand und zu ihm hereinsah.

Er hob den Blick.

Und sah in ein Gesicht, das ihn mit großen, weit aufgerissenen Augen anstarrte. Sein eigenes Gesicht, seine eigenen angsterfüllten Augen spiegelten sich gleich doppelt in dem Fenster.

Stian atmete erleichtert auf. Verdammt, war er leicht aus der Ruhe zu bringen.

Aber dann, als sein Herz wieder zu schlagen begonnen und er seinen Blick auf die Schublade gerichtet hatte, fing er aus dem Augenwinkel dort draußen eine Bewegung ein, ein Gesicht, das sich von seinem Spiegelbild losriss und schnell nach rechts ins Dunkel verschwand. Wieder zuckte sein Blick nach oben. Erneut sah er nur sein eigenes Spiegelbild. Aber dieses Mal sah er es nicht doppelt.

Oder doch? Er hatte schon immer zu viel Phantasie gehabt. Das hatten auch Marius und Kjella gesagt, als er ihnen anvertraut hatte, dass es ihn geil machte, an das vergewaltigte Mädchen zu denken. Natürlich nicht die Vergewaltigung und Ermordung. Wobei, die Vergewaltigung eigentlich schon. Das war ihm klargeworden, als er mit ihnen geredet hatte. In erster Linie aber wohl, dass sie so klein und zierlich gewesen war. Und dass hier in der Hütte ein Schwanz in ihrer Möse gesteckt hatte. Dieser Gedanke erregte ihn wirklich. Marius hatte gemeint, er sei echt krank, und Kjella, dieser Idiot, hatte es natürlich gleich rumposaunt, dass Stian gern bei der Vergewaltigung dabei gewesen wäre. Tolle Freunde, dachte Stian und durchwühlte die Schublade. Liftkarten, Stempel, Stempelkissen, Stifte, Klebeband, eine Schere, ein Taschenmesser, ein Quittungsblock, Schrauben und Muttern. Verdammt! Er ging auf die nächste Schublade los, aber auch da war weder eine Zange noch der Schlüssel. Dann ging ihm auf, dass er ja eigentlich bloß die Stange mit dem Nothalteknopf zu finden brauchte, die sie draußen vor der Hütte immer in den Schnee steckten, damit jeder die Anlage stoppen konnte, falls etwas passierte. Und es passierte ja immer etwas. Kinder, die den Bügel an den Hinterkopf kriegten, Anfänger, die aus der Spur flogen, wenn der Lift mit einem Ruck loslegte, den Bügel dann aber nicht losließen, so dass sie auf dem Rücken liegend den Berg nach oben geschleift wurden, oder Idioten, die sich produzieren wollten und weit aus der Spur fuhren, um bei der Fahrt an den Waldrand zu pinkeln, und sich dabei die Kreuzbänder lädierten.

Er durchsuchte die Schränke. Die Stange war etwa einen Meter lang, aus Metall und wie ein Speer angespitzt, damit man sie in den harten, eisigen Schnee bohren konnte. Stian schob vergessene Handschuhe, Mützen und Skibrillen zur

Seite. Im nächsten Schrank fand er den Feuerlöscher, einen Putzeimer samt Aufnehmer, die Erste-Hilfe-Tasche und eine Taschenlampe, aber keine Stange.

Es war natürlich möglich, dass sie die vor der Hütte vergessen hatten, nachdem sie den Lift ausgeschaltet hatten.

Er nahm die Taschenlampe mit, ging nach draußen und lief einmal um die Hütte herum. Doch er konnte keine Stange finden. Verdammt, wer klaute die Stange, ließ aber die Liftkarten liegen? Stian glaubte etwas zu hören, drehte sich zum Waldrand um und leuchtete mit der Taschenlampe zwischen die Bäume.

Ein Vogel? Ein Eichhörnchen? Manchmal kamen auch Elche hier herunter, aber die versteckten sich dann nicht. Wenn er nur diesen blöden Lift abschalten könnte, um besser hören zu können.

Als er zurück in der Hütte war, spürte er, dass ihm drinnen wohler war. Er nahm den zerbrochenen Schalter, legte die Teile um den Metallstift und versuchte, ihn zu drehen, aber sie rutschten immer wieder auseinander.

Er sah auf die Uhr. Es war bald Mitternacht. Er hätte gerne noch die Golfrunde in Augusta zu Ende gespielt, bevor er ins Bett ging. Einen Moment lang überlegte er, den Verbandschef anzurufen. Verdammt, er musste doch nur diesen blöden Stift um neunzig Grad drehen!

Sein Kopf zuckte automatisch hoch, und sein Herz setzte aus.

Es war so schnell gegangen, dass er sich nicht sicher war, ob es wirklich geschehen war, aber was auch immer das gewesen war – ein Elch war es *nicht*. Stian wählte die Nummer des Verbandschefs, aber seine Finger tippten immer wieder auf die falschen Tasten.

»Ja?«

»Hier ist Stian. Jemand ist eingebrochen und hat den Schalter kaputtgemacht. Und die Stange mit der Notabschaltung ist weg. Ich kann den Lift nicht ausschalten.«

»Und der Sicherungsschrank?«

»Verschlossen und der Schlüssel ist weg.«

Er hörte den Mann leise fluchen. Dann hielt er die Luft an und sagte: »Bleib da, ich komme!«

»Bring eine Zange und so was mit.«

»Zange und so was«, wiederholte der Verbandschef, ohne seine Verachtung zu verbergen.

Stian hatte längst eingesehen, dass der Respekt dieses Mannes immer proportional zu dem Rang auf der Ergebnisliste war. Er steckte das Handy in die Tasche und starrte nach draußen ins Dunkel. Dann dachte er, dass alle ihn sehen konnten, wenn in der Hütte Licht brannte, er aber nichts sah. Er stand auf, zog die Tür mit einem Ruck zu, schaltete das Licht aus und wartete. Die leeren Bügel kamen von oben zu ihm herunter und schienen zu beschleunigen, wenn sie um das Rad am Ende des Lifts gezogen wurden, ehe sie die Reise zurück nach oben antraten.

Stian blinzelte.

Dann kam ihm etwas in den Sinn. Warum hatte er nicht daran gedacht?

Er drehte alle Schalter auf dem Kontrollpanel herum, und mit dem Flutlicht schallte Jay-Zs *Empire State of Mind* aus den Lautsprechern durch das Tal. So, jetzt war es hier oben wenigstens nicht mehr so totenstill.

Er trommelte mit den Fingern auf den Tisch und sah noch einmal auf den Metallstift. Ganz oben hatte er ein Loch. Er stand auf, nahm die Schnur, die an der Seite des Sicherungsschranks hing, legte sie doppelt und fädelte sie durch das Loch. Dann legte er sie einmal um den Stift und zog vorsichtig. Das könnte funktionieren. Er zog fester. Der Faden hielt. Noch fester und der Stift bewegte sich, schließlich ruckte er mit aller Kraft an dem Faden.

Das Geräusch des Liftmotors erstarb mit einem langgezogenen Seufzer, gefolgt von einem leisen Pfeifen.

»*There, motherfucker!*«, rief Stian.

Er nahm das Telefon, um den Verbandschef anzurufen und ihm zu sagen, dass er den Auftrag nun doch ausgeführt hatte.

Dann kam ihm in den Sinn, dass es ihm sicher nicht recht sein würde, wenn er mitten in der Nacht lautstark Rap hörte, und er schaltete die Musik aus.

Er lauschte dem Klingeln des Telefons, das plötzlich das einzige Geräusch war, das er hörte. Jetzt geh schon dran! Plötzlich war auch das Gefühl wieder da, dass er nicht allein war, dass jemand ihn anstarrte.

Stian Barelli hob langsam den Blick.

Und spürte, wie die Kälte sich von einem Fleck an seinem Hinterkopf aus ausbreitete, als gefröre er zu Stein, als starrte er in das Antlitz der Medusa. Aber es war nicht Medusa. Es war ein Mann in einem langen schwarzen Ledermantel. Seine Augen waren wie im Wahn weit aufgerissen, und sein Mund stand offen. Wie bei einem Vampir lief aus jedem seiner Mundwinkel Blut, und er schien zu schweben.

»Ja? Hallo? Stian? Stian, bist du da? Was ist denn los?«

Aber Stian antwortete nicht. Er war aufgesprungen, hatte den Stuhl umgeworfen und war nach hinten an die Wand getaumelt, wo er Miss Dezember mit dem Rücken vom Nagel gezogen und zu Boden geworfen hatte.

Er hatte die Stange mit dem Nothalteknopf gefunden. Sie ragte aus dem Mund des Mannes, der an einem der Liftbügel hing.

»Dann ist er Runde für Runde mit dem Lift rauf und runter gefahren?«, fragte Gunnar Hagen, legte den Kopf zur Seite und studierte die vor ihm hängende Leiche. Der Körper war irgendwie deformiert, wie bei einer Wachsfigur, die im Begriff war, zu schmelzen und langsam zu Boden zu sacken.

»Das hat der Junge uns so gesagt, ja«, erwiderte Beate Lønn, stampfte mit den Füßen im Schnee auf und sah über den hell erleuchteten Hang nach oben. Ihre weißgekleideten Kollegen hoben sich kaum von dem Schnee ab.

»Spuren gefunden?«, fragte der Dezernatsleiter, doch sein Tonfall ließ erkennen, dass er die Antwort bereits erahnte.

»Unmengen«, sagte Beate. »Die Blutspuren ziehen sich vierhundert Meter lang den Berg bis zum Ende des Liftes nach oben und dann wieder vierhundert Meter lang bis hier zu uns nach unten.«

»Ich meinte Spuren, die mehr zeigen als das Offensichtliche.«

»Fußspuren im Schnee. Vom Parkplatz über eine Abkürzung direkt hier runter«, sagte Beate. »Das Profil entspricht den Schuhen des Opfers.«

»Der ist hierher*gelaufen*?«

»Ja, und er kam allein, wir haben nur seine Spuren gefunden. Oben auf dem Parkplatz steht ein roter Golf, wir machen gerade eine Halterfeststellung.«

»Keine Spuren vom Täter?«

»Was meinst du, Bjørn?«, fragte Beate und drehte sich zu Holm um, der mit einer Rolle Absperrband in der Hand auf sie zukam.

»Bis jetzt nichts«, sagte er außer Atem. »Keine anderen Fußspuren. Aber es gibt natürlich haufenweise Skispuren. Bis jetzt keine sichtbaren Fingerabdrücke, Haare oder Kleiderfasern, aber vielleicht finden wir ja was am Zahnstocher.« Bjørn Holm nickte in Richtung der Stange, die aus dem Mund des Opfers ragte. »Ansonsten können wir nur hoffen, dass die Rechtsmediziner was finden.«

Gunnar Hagen schüttelte sich in seinem Mantel. »Das hört sich so an, als würdet ihr selbst nicht mehr daran glauben, hier noch etwas zu finden.«

»Nun«, sagte Beate Lønn, und Hagen kannte dieses »Nun«. Damit hatte Harry Hole in der Regel seine schlechten Neuigkeiten eingeleitet. »Am vorigen Tatort haben wir auch weder DNA noch Fingerabdrücke gefunden.«

Hagen fragte sich, ob es die Minusgrade waren, die Tatsache, dass er geradewegs aus dem warmen Bett kam, oder die Worte der Leiterin der Kriminaltechnik, die ihm eine solche Gänsehaut verursachten.

»Wie meinst du das?«, fragte er und rüstete sich innerlich.
»Ich will damit nur sagen, dass wir wissen, wer das ist«, sagte Beate.
»Hattest du nicht gesagt, ihr hättet beim Opfer keinen Ausweis gefunden?«
»Das ist richtig. Und es hat auch eine Weile gedauert, bis ich ihn erkannt habe.«
»Du? Ich dachte, du vergisst nie ein Gesicht?«
»Es verwirrt den *Gyrus fusiformis*, wenn beide Wangenknochen eingeschlagen sind. Aber trotzdem, das ist Bertil Nilsen.«
»Wer?«
»Deshalb habe ich dich ja angerufen. Er ist ...« Beate Lønn holte tief Luft. Sag es nicht, dachte Hagen.
»Polizist«, übernahm Bjørn Holm.
»Hat in der Polizeidienststelle Nedre Eiker gearbeitet«, sagte Beate. »Es gab damals einen Mordfall, aber das war noch vor deiner Zeit hier im Dezernat. Nilsen hat das Kriminalamt kontaktiert, weil er meinte, gewisse Ähnlichkeiten zu einem Fall in Krokstadelva zu sehen, an dem er zuvor schon einmal gearbeitet hatte. Er hat sich angeboten, nach Oslo zu kommen und zu helfen.«
»Und?«
»Ein Reinfall. Er ist gekommen, hat die Ermittlungen aber eigentlich nur verzögert. Der oder die Mörder wurden nie gefasst.«
Hagen nickte. »Wo ...?«
»Hier«, sagte Beate. »In der Hütte vergewaltigt und zerteilt. Ein Teil des Körpers wurde unten im See gefunden, ein anderer einen Kilometer südlich von hier und der dritte sieben Kilometer weiter nördlich am Aurtjern. Deshalb hat man damals auf mehrere Täter getippt.«
»Verstehe. Und das Datum ...?«
»... passt auf den Tag genau.«
»Wie lange ...?«

»Vor neun Jahren.«

Es knackte im Walkie-Talkie. Hagen sah, wie Bjørn das Funkgerät ans Ohr legte und leise etwas sagte. Dann ließ er es wieder sinken. »Der Golf auf dem Parkplatz ist auf eine Mira Nilsen registriert. Sie hat dieselbe Adresse wie Bertil Nilsen. Vermutlich seine Frau.«

Hagen atmete mit einem Stöhnen aus, und die warme Luft gefror zu einer weißen Wolke. »Ich muss das dem Polizeipräsidenten melden«, sagte er. »Haltet das mit dem Mord an dem Mädchen noch zurück.«

»Die Presse wird das herausfinden.«

»Ich weiß. Ich werde dem Polizeipräsidenten trotzdem raten, die Spekulationen erst einmal den Medien zu überlassen.«

»Klug«, sagte Beate.

Hagen lächelte sie kurz an, er war dankbar für diese bitter nötige Aufmunterung. Dann sah er über den Hang nach oben und dachte an den Rückweg, der vor ihm lag, bevor er noch einmal schaudernd zu der Leiche aufblickte.

»Weißt du, an wen ich bei dem großgewachsenen, dünnen Mann denken muss?«

»Ja«, sagte Beate Lønn.

»Ich wünschte mir, wir hätten ihn jetzt hier bei uns.«

»Er war nicht groß und dünn«, sagte Bjørn Holm und nickte in Richtung der Leiche am Stahlseil. »Also der hier, Nilsen. Der ist erst im Laufe der Nacht so groß geworden. Sein Körper fühlt sich wie Gelee an. Ich habe das Gleiche schon bei Menschen erlebt, die tief abgestürzt sind und sich alle Knochen gebrochen haben. Ist das Skelett erst im Arsch, hat der Körper kein Gerüst mehr, dann folgt alles der Schwerkraft, bis die Totenstarre einsetzt. Witzig, nicht wahr?«

Alle drei richteten ihren Blick schweigend auf den Toten. Dann drehte Hagen sich abrupt um und ging.

»Zu viele Informationen?«, fragte Holm.

»Vielleicht ein bisschen zu detailliert, ja«, sagte Beate. »Und ich wünschte mir auch, er wäre hier.«

»Glaubst du, dass er irgendwann zurückkehrt?«, fragte Bjørn Holm.

Beate schüttelte den Kopf. Bjørn Holm war sich nicht sicher, ob das eine Reaktion auf seine Frage oder auf die ganze Situation war. Dann drehte er sich um und richtete seinen Blick auf einen Kiefernzweig, der am Waldrand im Wind schwankte. Ein kalter Vogelschrei hallte durch die Nacht.

TEIL II

Kapitel 6

Die Glocke über der Tür klingelte wild, als Truls Berntsen von der kalten Straße in die feuchte Wärme trat. Es roch sauer nach fettigem Haar und Haarwasser.

»Haareschneiden?«, fragte der junge Mann mit der schwarz glänzenden Tolle. Truls war sich ziemlich sicher, dass er sich diese Frisur in einem anderen Salon hatte schneiden lassen.

»Zweihundert?«, fragte Truls und wischte sich den Schnee von den Schultern. März, der Monat der enttäuschten Hoffnungen. Er zeigte mit dem Daumen über die Schulter, um sich zu vergewissern, dass das Plakat über der Tür noch immer die Wahrheit sagte. Männer 200. Kinder 85, Rentner 75. Truls hatte gesehen, dass manche sogar ihre Hunde mit in den Salon nahmen.

»Immer der gleiche Preis, Freund«, sagte der Friseur mit pakistanischem Akzent und deutete auf einen der freien Stühle. Auf dem dritten saß ein Mann, den Truls in die Schublade Araber steckte. Finsterer Terroristenblick unter frisch gewaschenem Pony, der noch nass auf der Stirn klebte. Ein Blick, der seinem auswich. Vielleicht roch er an ihm den Schweinespeck, wenn er ihn nicht gleich als Polizisten einordnete. Vielleicht war das ja einer von denen, die unten an der Brugata dealten. Nur Hasch. Araber waren vorsichtig mit härteren Drogen. Vielleicht stellte der Koran Speed und Heroin ja mit Schweinefleisch gleich? Oder er war ein Zuhälter, das Goldkettchen könnte so etwas andeuten. Dann war er aber ein kleinerer Fisch, denn die großen kannte Truls alle.

Er kriegte das Lätzchen umgelegt.

»Hast lange Haare gekriegt, Freund.«

Truls mochte es nicht, von Pakistanis Freund genannt zu werden, ganz besonders nicht von schwulen Pakistanis, die einen dann auch noch anfassen sollten. Der Vorteil der Schwulen in diesem Laden war aber, dass sie nicht erst durch deine Haare streichelten, ihre Hüfte an deine Schulter drückten, dich im Spiegel ansahen und fragten, wie du es denn dieses Mal haben wolltest, sondern gleich drauflosschnitten. Sie fragten nicht, ob sie deine fettigen Haare erst waschen sollten, sondern benetzten sie bloß mit Wasser aus einer Sprayflasche, überhörten mögliche Instruktionen und fuhrwerkten mit Kamm und Schere, als nähmen sie an der australischen Schafschermeisterschaft teil.

Truls sah auf die Titelseite der Zeitung, die auf der Ablage vor dem Spiegel lag. Es war der immer gleiche Refrain: Welches Motiv hatte der sogenannte Polizeischlächter? Die meisten Spekulationen konzentrierten sich auf einen Verrückten, der die Polizei hasste, oder auf einen extremen Anarchisten. Einige brachten ausländische Terroristen ins Spiel, aber die bekannten sich in der Regel zu ihren Taten, was hier nicht der Fall war. Keiner bezweifelte, dass die beiden Morde zusammenhingen, Tatort und Daten sprachen dafür eine viel zu deutliche Sprache. Eine Zeitlang suchte die Polizei nach einem Kriminellen, der sowohl von Vennesla als auch von Nilsen verhaftet, verhört oder irgendwie sonst gekränkt worden war. Aber es gab keine solche Verbindung. Dann hatte man eine Weile mit der Theorie gearbeitet, dass der Mord an Vennesla die Tat eines Einzelnen war, der sich für eine Verhaftung gerächt oder ihn vielleicht aus Eifersucht, Gier oder einem anderen, ganz normalen Motiv ermordet hatte. Und dass der Mord an Nilsen von einem anderen Täter begangen worden war, der aber so klug gewesen war, den Mord an Vennesla zu kopieren, damit die Polizei sich mit ihren Ermittlungen auf einen Serienmörder konzentrierte und gar nicht erst an den naheliegenden Orten suchte. Die Polizei hatte die Morde entgegen allen Erwartungen tatsächlich erst einmal wie zwei unabhängige Fälle untersucht und im persönlichen Umfeld der Opfer ermittelt, ohne etwas zu finden.

Danach war man wieder an den Ausgangspunkt zurückgekehrt. Ein Polizistenmörder. Die Presse war ihnen gefolgt und hatte weiter gebohrt und Fragen gestellt: Warum gelingt es der Polizei nicht, die Person zu finden, die zwei ihrer Kollegen auf dem Gewissen hat?

Truls spürte sowohl Zufriedenheit als auch Wut, wenn er diese Überschriften las. Mikael hatte bestimmt gehofft, dass die Presse ihren Fokus auf andere Dinge richten und die Morde vergessen würde, wenn erst einmal die Weihnachtszeit und das neue Jahr kamen. Aber sie ließen ihn nicht in Frieden, er durfte nicht einfach der neue, forsche Sheriff der Stadt sein, *the whiz kid*, der Wächter der Stadt. Aber ebenso wenig durfte er derjenige sein, der die Sache verbockte und mit Verlierermiene im Blitzlichtgewitter resignierte Untauglichkeit ausstrahlte.

Truls brauchte die Zeitungen nicht aufzuschlagen, er hatte sie zu Hause gelesen und laut über Mikaels unschlüssige Äußerungen über den Stand der Ermittlungen gelacht. »Zum jetzigen Zeitpunkt kann ich dazu keine Stellung nehmen ...« – »Es gibt keine Hinweise, dass ...« Diese Phrasen stammten aus Bjerknes und Hoff-Johansens Lehrbuch *Ermittlungsmethoden*, genauer gesagt aus dem Kapitel »Umgang mit den Medien«. Das Buch war Pflichtlektüre auf der Polizeischule, und diese aussagefreien Sätze wurden darin empfohlen, um die Journalisten nicht mit »kein Kommentar« abspeisen zu müssen. Ganz generell wurde den Beamten ans Herz gelegt, Adjektive möglichst zu vermeiden.

Truls hatte auf den Bildern nach dem verzweifelten Gesichtsausdruck gesucht, den Mikael immer bekommen hatte, wenn die größeren Jungs aus der Nachbarschaft in Manglerud zu dem Schluss gekommen waren, dass es an der Zeit war, diesem ach so hübschen Aufschneider mal wieder die Fresse zu polieren, und er Hilfe brauchte. Truls' Hilfe. Und natürlich war Truls zur Stelle gewesen und hatte sich grün und blau schlagen lassen, während Mikael immer unverletzt und hübsch geblieben war. Hübsch genug für Ulla.

»Nicht zu *viel* abschneiden«, sagte Truls und sah die Haare von seiner blassen, hohen, leicht vorgewölbten Stirn fallen. Diese Stirn und sein kräftiger Unterbiss waren der Grund, dass er häufig als dumm eingestuft wurde. Eine Tatsache, die manchmal von Vorteil war. Manchmal. Er schloss die Augen. Versuchte sich zu entscheiden, ob in Mikaels Blick tatsächlich Verzweiflung gelegen hatte oder ob er sich das nur wünschte.

Quarantäne. Suspendierung. Ausweisung. Abweisung.

Sein Gehalt bekam er noch immer. Mikael hatte sein Bedauern ausgedrückt, hatte ihm eine Hand auf die Schulter gelegt und gesagt, dass es zum Besten aller sei, auch zu Truls' Bestem. Bis die Juristen entschieden hatten, welche Konsequenzen es haben musste, dass ein Polizist Geld erhalten hatte, dessen Herkunft er nicht preisgeben wollte. Mikael hatte sogar dafür gesorgt, dass Truls einige seiner Zulagen behielt. Nicht deshalb ging er also zu einem billigen Friseur. Er war schon immer hierhergegangen. Es gefiel ihm, exakt die gleiche Frisur zu haben wie der Araber neben ihm. Die Terroristentolle.

»Worüber lachst du, Freund?«

Truls verstummte abrupt, als er das Grunzen hörte, dem er seinen Spitznamen Beavis verdankte. Mikael hatte ihm diesen Namen verpasst. Während eines Fests auf der weiterführenden Schule hatte er zur Belustigung aller lauthals rausposaunt, dass Truls dieser Zeichentrickfigur von MTV wirklich wie ein Ei dem anderen glich und sich sogar so anhörte! War Ulla damals dabei gewesen? Oder hatte Mikael seinen Arm damals um ein anderes Mädchen gelegt? Ulla mit dem zarten Blick, dem weißen Pullover, der schlanken Hand, die sie einmal in seinen Nacken gelegt und ihm etwas ins Ohr gebrüllt hatte, um das Dröhnen der Kawasakis an einem Sonntag in Bryn zu übertönen. Dabei wollte sie natürlich nur wissen, wo Mikael war. Trotzdem spürte er noch immer die Wärme dieser Hand, es hatte sich angefühlt, als wollte diese Hand ihn zum Schmelzen bringen, und an diesem Vormittag auf der Autobahnbrücke wäre er fast in die Knie gegangen. Der warme Atem an seinem Ohr und an seiner Wange hatte all seine Sinne in Spannung versetzt, so dass er – obwohl sie in einer Wolke aus Benzin, Abgasen und verbranntem Gummi der unter ihnen durchrasenden Motorräder standen – die Marke ihrer Zahncreme erkennen konnte, dass ihr Lipgloss nach Erdbeeren schmeckte und ihr Pullover mit Milo gewaschen worden war. Und dass Mikael sie geküsst und sie gehabt hatte. Oder hatte er sich das nur eingebildet? Auf jeden Fall erinnerte er sich, dass er ihr geantwortet hatte, nicht zu wissen, wo Mikael sei. Obwohl er es ganz genau wusste und ein Teil von ihm es ihr gerne erzählt hätte, um ihren sanften, reinen, unschuldigen und gutgläubigen Blick zu brechen, und um ihn, Mikael, zu zerstören.

Aber natürlich hatte er es nicht getan.

Warum sollte er? Mikael war sein bester Freund. Sein einziger Freund. Und was hätte er damit erreicht, wenn er ihr gesagt hätte, dass Mikael oben bei Angelica war? Ulla konnte jeden haben, den sie wollte, und ihn, Truls, wollte sie nicht. Solange sie mit Mikael zusammen war, hatte er wenigstens die Möglichkeit, in ihrer Nähe zu sein. Doch ja, er hätte die Gelegenheit gehabt, aber kein Motiv.

Damals nicht.

»Gut so, Freund?«

Truls sah seinen eigenen Hinterkopf in dem runden Plastikspiegel, den der Homofriseur hochhielt. Terroristencut mit Selbstmordattentäterscheitel. Er grunzte, stand auf und legte zwei Hunderter auf die Zeitung, um keinen Körperkontakt zu riskieren. Dann ging er raus in den März, der weiterhin nichts anderes war als ein unbestätigtes Frühlingsgerücht. Er warf einen Blick hoch zum Polizeipräsidium. Quarantäne. Dann ging er in Richtung U-Bahnhof Grønland. Das Haareschneiden hatte neuneinhalb Minuten gedauert. Er hob den Kopf, ging schneller. Dabei hatte er nichts vor. Nichts. Doch, etwas gab es zu tun. Aber das verlangte nur, wovon er reichlich hatte: Zeit zu planen, Hass und die Bereitschaft, alles zu verlieren. Er warf einen Blick in das Schaufenster eines Asia-Ladens und konstatierte, dass er endlich aussah, wie er war.

Gunnar Hagen starrte auf die Tapete an der Wand über dem leeren Stuhl des Polizeipräsidenten. Sein Blick klebte an den dunklen Feldern. Solange er denken konnte, hatten dort die immer gleichen Bilder gehangen. Fotografien früherer Polizeipräsidenten, die sicher als Inspiration gedacht waren, doch Mikael Bellman schien gut auf die inquisitorischen Blicke seiner Vorgänger verzichten zu können.

Hagen wollte mit den Fingern auf die Armlehne trommeln. Aber es gab keine Armlehne, auf die er trommeln konnte. Bellman hatte auch die Stühle austauschen lassen. Jetzt gab es nur noch harte, ungemütliche Holzstühle. Hagen war zu ihm bestellt worden, und der Assistent im Vorzimmer hatte ihn hereingebeten und gesagt, der Polizeipräsident käme gleich.

Die Tür ging auf.

»Da bist du ja!«

Bellman ging um seinen Schreibtisch herum, ließ sich auf seinen Stuhl fallen und verschränkte die Hände hinter seinem Kopf.

»Gibt es Neuigkeiten?«

Hagen räusperte sich. Bellman weiß ganz genau, dass es nichts Neues gibt, dachte er, schließlich hatte er die Order, ihn fortlaufend über alle Entwicklungen im Zusammenhang mit den beiden Mordfällen zu informieren. Ergo hatte er ihn kaum deshalb vorgeladen. Aber er tat, um was er gebeten worden war, und erklärte, dass sie noch immer keine konkreten Spuren hatten, mal von der offensichtlichen Tatsache abgesehen, dass es sich bei beiden Opfern um Polizisten handelte, die an den Tatorten früherer, unaufgeklärter Morde gefunden worden waren, an deren Ermittlungen sie selbst beteiligt gewesen waren.

Bellman stand mitten in Hagens Ausführungen auf und stellte sich mit dem Rücken zu ihm ans Fenster. Er wippte auf den Zehenspitzen und tat einen Moment lang so, als hörte er ihm zu. Dann unterbrach er ihn.

»Hagen, du musst diesen Fall lösen!«

Gunnar Hagen hielt inne und wartete auf eine Fortsetzung. Bellman drehte sich um. Die weißen Pigmentflecken in seinem Gesicht schimmerten leicht rosa.

»Ich weiß aber nicht, ob du die Prioritäten richtig setzt. Ist es richtig, im Reichshospital rund um die Uhr Wachen zu blockieren, wenn ehrliche Polizisten ermordet werden? Solltest du nicht die gesamte Mannschaft für die Ermittlungen einsetzen?«

Hagen sah Bellman überrascht an. »Die Leute im Krankenhaus sind nicht von uns. Die stammen von der Wache Oslo Zentrum, ergänzt durch Polizeischulstudenten im Praktikum. Ich kann mir kaum vorstellen, dass die Ermittlungen darunter leiden, Mikael.«

»Nicht?«, fragte Bellman, ohne sich umzudrehen. »Ich will trotzdem, dass du diese Personenschutzmaßnahme noch einmal überdenkst. Ich sehe nach so vielen Monaten wirklich keine akute Gefahr mehr für das Leben dieses Patienten. Außerdem ist inzwischen wohl allen klar, dass er nie mehr dazu in der Lage sein wird, irgendetwas zu bezeugen.«

»Im Gegenteil, es gibt Anzeichen der Besserung.«

»Diese Sache hat keine Priorität mehr.« Die Antwort des Polizeipräsidenten kam schnell, fast aggressiv. Dann atmete er tief durch und setzte wieder sein charmantes Lächeln auf: »Aber der Personenschutz ist natürlich deine Sache. Ich will mich da wirklich nicht einmischen. Verstanden?«

Hagen hätte am liebsten ganz spontan mit »Nein« geantwortet, es gelang ihm aber, sich zurückzuhalten. Er nickte nur kurz und versuchte in Gedanken zu ergründen, was Bellman eigentlich wollte.

»Gut«, sagte Bellman und klatschte in die Hände. Das war sein Signal, dass die Besprechung zu Ende war. Hagen wollte aufstehen – ebenso desorientiert wie bei seinem Kommen –, blieb aber sitzen.

»Wir haben uns Gedanken über eine andere Vorgehensweise gemacht.«

»Ach ja?«

»Ja«, sagte Hagen. »Wir denken darüber nach, die Ermittlungsgruppe in mehrere kleinere Einheiten aufzuteilen.«

»Warum das?«

»Um alternativen Ideen mehr Raum zu bieten. Große Gruppen haben Kapazitäten, sind aber nur selten dazu geeignet, in neuen Bahnen zu denken.«

»Und es muss in ... neuen Bahnen gedacht werden?«

Hagen überhörte den Sarkasmus. »Wir drehen uns im Kreis und starren schon so lange auf die gleichen Sachen, dass wir betriebsblind geworden sind.«

Hagen sah sein Gegenüber an. Als ehemaliger Ermittler kannte Bellman dieses Phänomen nur zu gut: Die Gruppe verbiss sich an den Ausgangspunkten, Vermutungen wurden zu Fakten, und die Gruppe verlor die Fähigkeit, alternative Hypothesen aufzustellen. Trotzdem schüttelte Bellman den Kopf.

»Kleine Gruppen haben weniger Durchschlagskraft, Hagen. Wer die Verantwortung hat, ist unklar, man steht sich gegenseitig im Weg, und die gleiche Arbeit wird mehrfach gemacht. Eine große, gut koordinierte Gruppe ist immer besser. Auf jeden Fall, solange sie einen starken, guten Leiter hat ...«

Hagen spürte die Unebenheiten auf der Oberseite seiner Backenzähne, als er sie zusammenbiss, und hoffte, dass man ihm nicht ansah, wie sehr Bellmans Unterstellung ihn traf.

»Aber ...«

»Wenn ein Leiter die Taktik ändert, wird das oft als Verzweiflungstat gedeutet, das ist dann schon fast so etwas wie das Eingeständnis seines Scheiterns.«

»Aber wir *sind* gescheitert, Mikael. Es ist März. Seit dem ersten Mord sind sechs Monate vergangen!«

»Keiner folgt einem Leiter, der versagt hat, Hagen.«

»Meine Mitarbeiter sind weder blind noch dumm, die wissen ganz genau, dass wir auf der Stelle treten. Und sie wissen auch, dass gute Leiter in solchen Situationen die Fähigkeit haben müssen, einen neuen Kurs einzuschlagen.«

»Gute Leiter wissen, wie sie ihre Mannschaft motivieren können.«

Hagen schluckte. Würgte hinunter, was er am liebsten gesagt hätte. Dass er schon auf der Offiziersschule Führungstechniken gelehrt hatte, als Bellman noch mit Knallerbsen spielte. Wenn Bellman so verdammt gut darin war, seine Untergebenen zu motivieren, warum motivierte er dann nicht auch ihn – Gunnar Hagen – ein bisschen? Aber die Worte runterzuschlucken, die Bellman am wenigsten hören wollte, war er dann doch zu müde und frustriert.

»Wir hatten Erfolg mit der unabhängigen Gruppe, die Harry Hole geleitet hat, erinnerst du dich? Die Morde in Ustaoset wären nicht aufgeklärt worden, wenn ...«

»Ich denke, du hast mich gehört, Hagen. Eher würde ich über eine neue Ermittlungsleitung nachdenken. Als Chef ist man für das Vorgehen seiner Mitarbeiter verantwortlich, und das scheint mir im Augenblick nicht mehr wirklich ergebnisorientiert zu sein. Wenn es sonst nichts mehr gibt, hätte ich gleich eine andere Sitzung.«

Hagen traute seinen Ohren nicht. Er stand mit steifen Beinen auf, als wären sie auf dem niedrigen Stuhl eingeschlafen, und stolperte zur Tür.

»Übrigens«, sagte Bellman hinter ihm, und er hörte, wie dieser ein Gähnen unterdrückte. »Irgendwelche Neuigkeiten im Gusto-Fall?«

»Wie du selbst gesagt hast«, erwiderte Hagen, ohne sich umzudrehen, und ging weiter zur Tür, damit Bellman nicht mitbekam, wie sehr die Adern an seinen Schläfen pochten. »Diese Sache hat keine Priorität mehr.«

Mikael Bellman wartete, bis die Tür ins Schloss gefallen war und er hörte, wie sich der Dezernatsleiter im Vorzimmer verabschiedete. Dann ließ er sich auf den ledernen Bürosessel mit der hohen Lehne fallen und sackte in sich zusammen. Er hatte Hagen nicht zu sich gerufen, um sich nach den Polizistenmorden zu erkundigen, und er fürchtete, dass Hagen das mitbekommen hatte. Der Grund war der Anruf von Isabelle Skøyen gewesen, den er vor einer Stunde erhalten hatte. Natürlich hatte sie wieder in die Kerbe gehauen, dass ein paar unaufgeklärte Polizistenmorde sie beide als untauglich und schwach dastehen ließen. Und dass sie, im Gegensatz zu ihm, von den Stimmen der Wähler abhängig war. Er hatte ihr ausweichend geantwortet und darauf gewartet, dass sie endlich fertig war, als sie schließlich die Bombe hatte platzen lassen.

»Er wacht langsam auf.«

Bellman hatte die Ellenbogen auf den Tisch gestemmt und den Kopf in die Hände gestützt. Er starrte auf den glänzenden Lack des Schreibtisches, in dem seine Konturen sich verzerrt spiegelten. Frauen fanden ihn schön. Und Isabelle hatte klipp und klar ausgesprochen, das Ganze liefe nur, weil sie schöne Männer liebte. Deshalb hatte sie auch Sex mit Gusto gehabt. Diesem bildhübschen Jungen. Elvishübsch. Männer verstanden es oft falsch, wenn Männer hübsch waren. Mikael dachte an den Typen im Kriminalamt, der versucht hatte, ihn zu küssen. Er dachte an Isabelle. Und an Gusto. Und stellte sich die beiden zusammen vor. Sie drei. Er stand abrupt von seinem Stuhl auf und trat wieder ans Fenster.

Es sei in die Gänge geleitet, hatte sie gesagt. *In die Gänge geleitet.* Jetzt brauchte er nur noch zu warten. Eigentlich hätte ihn das ruhiger machen sollen, offener und freundlicher seiner

Umgebung gegenüber. Doch wieso hatte er dann Hagen das Messer in die Eingeweide gestoßen und die Klinge mehrmals umgedreht? Um ihn zappeln zu sehen? Um ein anderes gequältes Gesicht zu sehen, das ebenso leidend aussah wie sein Spiegelbild auf der Tischplatte? Bald hatte das Elend ein Ende. Jetzt lag alles in ihren Händen. Und wenn das, was getan werden musste, erledigt war, konnten sie weitermachen wie bisher. Dann konnten sie Asajev, Gusto und auf jeden Fall den, über den anscheinend niemand zu reden aufhören konnte, vergessen. Harry Hole. Jeder ging irgendwann ins große Buch des Vergessens ein, so war das einfach, und so würde es irgendwann auch mit den Polizistenmorden sein.

Alles war wie immer.

Mikael Bellman wollte in seinem Inneren nachspüren, ob er das auch wirklich alles wollte, aber er entschied sich dagegen. Natürlich wollte er das.

Kapitel 7

Ståle Aune holte tief Luft. Er stand an einem dieser Scheidewege, die es in jeder Therapie gab, einem Punkt, an dem man eine Wahl treffen musste.

»Ist es denkbar, dass es in Ihrer Sexualität etwas Unerfülltes gibt?«, fragte er, eine der beiden Alternativen wählend.

Der Patient sah ihn an und lächelte dünn und mit schmalen Augen. Seine schlanken Hände mit den ungewöhnlich langen Fingern hoben sich. Es sah aus, als wollten sie den Schlipsknoten in dem Nadelstreifensakko zurechtrücken, taten es dann aber nicht. Ståle hatte diese Ausweichbewegung auch schon bei anderen Patienten gesehen. Sie kamen häufig bei Menschen vor, die es geschafft hatten, bestimmte Zwangshandlungen abzulegen, aber nicht die einleitende Bewegung dazu, eine angedeutete Handlung, die nun gar keinen Sinn mehr ergab. Wie eine Narbe oder ein Hinken. Ein Echo. Eine Mahnung, dass nichts ganz verschwindet, dass alles irgendwo einen Abdruck hinterlässt. Wie die Kindheit. Menschen, die man kennt. Etwas, das man gegessen und nicht vertragen hat. Eine vergessene Leidenschaft. Das Gedächtnis der Zellen.

Die Hand des Patienten fiel wieder in seinen Schoß. Er räusperte sich kurz, und seine Stimme klang gequetscht und metallisch: »Wie zum Teufel meinen Sie das? Kommen Sie mir nicht mit so einer Freud-Scheiße.«

Ståle musterte den Mann. Er hatte erst vor kurzem beiläufig eine Krimiserie im Fernsehen verfolgt, in der es darum gegangen war, dem Gefühlsleben der Menschen anhand ihrer Körpersprache auf die Spur zu kommen. Die Körpersprache war durchaus interessant, die Stimme war aber viel aussagekräftiger. Die Muskeln in den Stimmbändern und der Kehle waren so fein justierbar, dass sie Schallwellen in Form von identifizierbaren Worten ausstoßen konnten. Als Ståle an der Polizeihochschule unterrichtete, hatte er die Studenten mit Nachdruck darauf aufmerksam gemacht, wie groß dieses Wunder an sich schon war. Und doch gab es ein noch sensibleres Instrument, nämlich das menschliche Ohr.

Es konnte nicht nur Schallwellen dechiffrieren und in Vokale und Konsonanten zerlegen, sondern auch die Tontemperatur heraushören, den Grad der Anspannung und die Gefühlslage des Sprechenden. In einem Verhör war das Hören deshalb wichtiger als das Sehen. Ein Anheben der Stimme, ein kaum hörbares Zittern waren signifikantere Signale als verschränkte Arme, geballte Fäuste oder die Größe der Pupillen. All die Faktoren, denen die neue Riege der Psychologen so viel Gewicht beimaß, die nach Ståles Erfahrung die Ermittler aber eher verwirren und auf falsche Fährten locken konnten. Der Patient, der vor ihm saß, fluchte und schimpfte, und doch war es das Druckmuster auf den Membranen in Ståles Ohr, das ihm verriet, wie wachsam und zornig der Mann war. Normalerweise machte das einem erfahrenen Psychologen keine Sorge. Im Gegenteil, starke Emotionen bedeuteten oft den bevorstehenden Durchbruch in der Therapie. Bei diesem Patienten stimmte aber die Reihenfolge nicht. Auch nach Monaten mit regelmäßigen Konsultationen hatte Ståle keinen Kontakt zu ihm bekommen, es gab keine Nähe, kein Vertrauen zwischen ihnen. Das Ganze war so ergebnislos, dass Ståle ernsthaft in Erwägung gezogen hatte, diesem Patienten den Abbruch der Therapie nahezulegen und ihn eventuell an einen Kollegen zu überweisen. Wut war in einer ansonsten sicheren, vertrauten Atmosphäre durchaus etwas Positives, konnte in diesem Fall aber dazu führen, dass der Patient sich vollends verschloss und noch tiefer in seinem Schützengraben vergrub.

Ståle seufzte. Er hatte offensichtlich die falsche Entscheidung getroffen, da er diese aber nicht mehr rückgängig machen konnte, ging er einen Schritt weiter.

»Paul«, sagte er. Der Patient hatte unterstrichen, dass sein Name bitte nicht norwegisch, sondern englisch auszusprechen sei. Diese Tatsache, verbunden mit den sorgsam gezupften Augenbrauen und den kleinen Narben unter dem Kinn, die eine plastische Operation vermuten ließen, hatte ausgereicht, dass Ståle ihn bereits zu Beginn ihrer ersten Sitzung in eine Schublade gesteckt hatte.

»Unterdrückte Homosexualität ist weit verbreitet, auch in unserer angeblich so toleranten Gesellschaft«, sagte Aune und beobachtete den Patienten, um seine Reaktion zu verfolgen. »Viele meiner Patienten sind Polizisten, und einer, der bei mir in Therapie ging, erzählte mir, dass er sich selbst gegenüber seine Neigung gut eingestehen könne, dazu auf der Arbeit aber nicht in der Lage sei, weil er sich damit komplett ins Abseits stellen würde. Ich habe ihn gefragt, warum er sich da so sicher sei. Bei dem Thema Unterdrückung geht es häufig um die Erwartungen, die wir an uns selbst haben und die wir unserem Umfeld unterstellen. Ganz besonders den Menschen, die uns nahestehen, also Angehörigen, Freunden und Kollegen.«

Er hielt inne.

Die Pupillen des Patienten hatten sich nicht geweitet, seine Haut hatte sich nicht verfärbt, er wich dem Augenkontakt nicht aus und nicht ein Teil seines Körpers wandte sich von Ståle ab. Im Gegenteil, auf seinen schmalen Lippen zeichnete sich ein dünnes, spöttisches Lächeln ab. Doch zu seiner Überraschung bemerkte Ståle Aune, dass die Temperatur seiner eigenen Wangen gestiegen war. Mein Gott, wie er diesen Patienten hasste! Wie er diesen Job hasste!

»Und der Polizist?«, fragte Paul. »Ist der Ihrem Rat gefolgt?«

»Unsere Zeit ist zu Ende«, sagte Ståle, ohne auf die Uhr zu sehen.
»Ich bin neugierig, Aune.«
»Und ich unterliege der Schweigepflicht.«
»Dann nennen wir ihn Mister X. Außerdem sehe ich Ihnen an, dass Ihnen meine Frage nicht gefallen hat.« Paul lächelte. »Er ist Ihrem Rat gefolgt, und die Sache ist gar nicht gut ausgegangen, oder?«
Aune seufzte. »X ging zu weit, hat eine Situation missverstanden und auf einer Toilette einen Kollegen zu küssen versucht. Damit ist er wie befürchtet aufs Abstellgleis geraten. Aber wesentlich ist, dass es hätte gutgehen können. Denken Sie bis zum nächsten Mal wenigstens darüber nach.«
»Aber ich bin nicht schwul.« Paul hob seine Finger an den Hals, senkte sie dann aber wieder.
Ståle Aune nickte kurz. »Nächste Woche, gleiche Zeit?«
»Ich weiß nicht. Ich komme doch nicht weiter, oder?«
»Es geht langsam, ich denke aber schon, dass wir Fortschritte machen«, sagte Ståle. Diese Antwort kam ebenso automatisch wie das Zucken der Hand seines Patienten zum Schlipsknoten.
»Ja, das haben Sie schon mal gesagt«, brummte Paul. »Trotzdem habe ich das Gefühl, dass ich mein Geld aus dem Fenster werfe. Dass Sie ebenso untauglich sind wie diese Polizisten, die ganz offensichtlich nicht in der Lage sind, diesen Serienmörder und Vergewaltiger zu finden …« Ståle registrierte mit einer gewissen Verwunderung, dass die Stimme des Patienten tiefer geworden war. Ruhiger. Körpersprache und Stimme brachten etwas ganz anderes zum Ausdruck als seine Worte. Ståles Hirn begann wie auf Autopilot zu analysieren, warum der Mann gerade dieses Beispiel gewählt hatte. Dabei lag die Lösung so auf der Hand, dass er gar nicht erst in die Tiefe gehen musste. Die Zeitungen, die seit dem Herbst auf Ståles Schreibtisch gelegen hatten, waren immer auf den Seiten aufgeschlagen gewesen, auf denen über die Polizistenmorde berichtet wurde.
»Es ist nicht so leicht, wie Sie vielleicht denken, einen Serien-

mörder zu schnappen, Paul«, sagte Ståle Aune. »Ich kenne mich ein bisschen mit Serienmördern aus, das ist neben den Therapien eines meiner Spezialgebiete. Aber wenn Sie die Therapie abbrechen wollen oder lieber zu einem meiner Kollegen gehen möchten, dann ist das Ihre Entscheidung. Ich habe eine Liste sehr kompetenter Psychologen und kann Ihnen helfen ...«

»Wollen Sie mich loswerden, Ståle?« Paul hatte den Kopf zur Seite geneigt. Die Augenlider mit den farblosen Wimpern hatten sich etwas geschlossen, und sein Lächeln war breiter geworden. Ståle konnte nicht einschätzen, ob das Ironie wegen des Themas Homosexualität war oder ob Paul etwas von seinem wahren Ich zeigte. Oder beides.

»Verstehen Sie mich nicht falsch«, sagte Ståle, wohl wissend, dass er ganz und gar richtig verstanden worden war. Er wollte ihn loswerden, aber professionelle Therapeuten warfen ihre schwierigen Fälle nicht einfach raus. Sie gaben sich stattdessen noch ein wenig mehr Mühe. Er schob seine Fliege zurecht. »Ich würde die Behandlung gerne fortsetzen, es ist aber wichtig, dass wir uns gegenseitig vertrauen. Und im Moment hört es sich so an, als ob ...«

»Ich habe bloß einen schlechten Tag, Ståle.« Paul breitete die Arme aus. »Entschuldigen Sie, ich weiß, dass Sie gut sind. Sie haben für das Morddezernat mit diesen Serientätern gearbeitet, nicht wahr. Sie haben geholfen, den Typen dingfest zu machen, der diese Pentagramme an den Tatorten zurückgelassen hat. Sie und dieser Hauptkommissar.«

Ståle studierte seinen Patienten, der aufgestanden war und sich die Anzugjacke zuknöpfte.

»Doch, doch, Sie sind für mich mehr als gut genug, Ståle. Nächste Woche. Und in der Zwischenzeit denke ich darüber nach, ob ich schwul bin.«

Ståle blieb sitzen. Er hörte Paul draußen auf dem Flur summen, während er auf den Aufzug wartete. Die Melodie kam ihm irgendwie bekannt vor.

Genau wie einiges von dem, was Paul gesagt hatte. Er hatte Polizeijargon benutzt und von *Serientätern* und nicht von *Serienmördern* gesprochen. Und er hatte Harry Hole als Hauptkommissar bezeichnet, während die meisten Menschen keine Ahnung von den Dienstgraden bei der Polizei hatten. Der durchschnittliche Zeitungsleser erinnerte sich nur an die blutigen Einzelheiten der Artikel und nicht an unwesentliche Details wie zum Beispiel das Pentagramm, das neben einer der Leichen in einen Balken geritzt worden war. Was ihm aber besonders aufgefallen war – und das konnte Bedeutung für die Therapie haben –, war, dass Paul ihn mit den Polizisten verglichen hatte, die ganz offensichtlich nicht in der Lage waren, diesen Serientäter und Vergewaltiger zu finden …

Ståle hörte den Aufzug kommen und gehen, und da fiel ihm ein, welche Melodie das gewesen war. Sie war aus *Dark Side of the Moon*. Er hatte sich die Platte angehört, um herauszufinden, ob es dort irgendeinen Ansatz für Paul Stavnes Traum gab. Das Lied hieß »Brain Damage« und handelte von Verrückten. Verrückte im Gras, in der Halle, Verrückte im Kopf.

Vergewaltiger.

Die ermordeten Polizisten waren nicht vergewaltigt worden.

Paul konnte natürlich so wenig Interesse an dem Fall haben, dass er die ermordeten Polizisten mit den anderen Opfern verwechselt hatte, die früher an den gleichen Tatorten ermordet worden waren. Oder er erachtete es als eine Selbstverständlichkeit, dass Serientäter auch vergewaltigten. Eine andere Möglichkeit war, dass er von vergewaltigten Polizisten träumte, was die Theorie der unterdrückten Homosexualität stützen würde. Oder …

Ståle Aune verharrte mitten in der Bewegung und sah überrascht die Hand an, die auf dem Weg zu seiner Fliege war.

Anton Mittet trank einen Schluck Kaffee und blickte auf den schlafenden Mann im Krankenbett. Sollte er nicht auch ein bisschen Freude verspüren? Die gleiche Freude, die Mona zum Ausdruck gebracht hatte, als sie von einem der kleinen Alltagswunder gesprochen hatte, die einen dafür belohnten, dass man sich als Krankenschwester so abrackerte. Natürlich war es toll, wenn ein Komapatient, den alle schon totgesagt hatten, es sich plötzlich anders überlegte und von den Toten wieder erwachte. Aber der Mensch dort im Bett, das blasse, ausgemergelte Gesicht auf dem Kissen – er bedeutete ihm nichts. Und dass er aufwachte, hieß für ihn nur, dass seine Arbeit damit bald zu Ende war. Was natürlich nicht bedeuten musste, dass damit auch sein Verhältnis zu Mona zu Ende war. Die heißesten Stunden hatten sie schließlich nicht hier verbracht. Jetzt brauchten sie sich wenigstens keine Sorgen mehr zu machen, dass den Kollegen die zärtlichen Blicke auffielen, die sie sich zuwarfen, wenn sie zu dem Patienten ging oder aus seinem Zimmer kam. Oder die intensiven Gespräche, die abrupt beendet wurden, wenn ein anderer auftauchte. Andererseits hatte Anton Mittet das Gefühl, dass ebendiese Heimlichtuerei die Voraussetzung für ihre Beziehung war. Das Verbotene. Die Spannung, zu sehen, aber nicht berühren zu dürfen. Warten zu müssen, bis er sich zu Hause wegschleichen konnte, indem er Laura die immer leichter von der Hand gehende Lüge von der Sonderschicht auftischte. Diese Lüge, an der er irgendwann ersticken würde. Und seine Untreue machte ihn in Monas Augen nicht gerade zu einem besseren Mann. Vermutlich malte sie sich bereits aus, wie er auch bei ihr irgendwann mit den gleichen Entschuldigungen kommen würde. Sie wusste, wie es war, betrogen zu werden, das hatte sie ihm gesagt. Und damals sei sie noch schlanker und jünger gewesen und nicht so eine alternde, fette Kuh wie jetzt. Es würde sie sicher nicht sonderlich schockieren, wenn er sie irgendwann abservierte. Natürlich hatte er protestiert und ihr gesagt, dass sie so etwas nicht einmal denken sollte. Dass sie das nur hässlicher machte, und ihn auch, als wäre er ein Mann, der alles nahm, was er kriegen konnte. Inzwischen war er ganz froh, dass sie das gesagt hatte. Irgendwann musste Schluss sein, und auf diese Weise machte sie es ihm leichter.

»Wo haben Sie denn den Kaffee her?«, fragte der neue Pfleger und schob sich die Nickelbrille auf der Nase nach oben, während er das Krankenblatt las, das am Bettgitter hing.

»Hinten auf dem Flur steht eine Espressomaschine. Außer mir nutzt die keiner, aber wenn Sie gerne möchten …«

»Danke für das Angebot«, sagte der Pfleger. Seltsame Aussprache, dachte Anton. »Aber ich trinke keinen Kaffee.« Der Pfleger warf einen Blick auf den Zettel, den er aus der Kitteltasche genommen hatte. »Also, er kriegt … Propofol.«

»Was bedeutet das?«

»Das heißt nur, dass er eine ganze Weile gut schlafen wird.«

Anton sah zu, wie der Pfleger die Nadel einer Spritze durch die Metallfolie einer kleinen Flasche mit klarer Flüssigkeit drückte. Der Mann war klein und schmächtig und sah wie ein bekannter Schauspieler aus. Keiner der hübschen, aber doch einer, der es geschafft hatte. Der mit den hässlichen Zähnen und dem italienischen Namen, den Anton sich nie merken konnte. Genau wie der Name, mit dem der Pfleger sich bei ihm vorgestellt hatte.

»Aus dem Koma aufwachende Patienten sind ziemlich kompliziert«, sagte der Pfleger. »Sie sind extrem anfällig und müssen ganz vorsichtig zurück ins bewusste Leben geschleust werden. Eine falsche Spritze, und wir riskieren, sie wieder dahin zu schicken, woher sie kommen.«

»Verstehe«, sagte Anton. Der Mann hatte ihm seinen Ausweis gezeigt, das Passwort genannt und gewartet, bis Anton auf dem Stationszimmer angerufen und bestätigt bekommen hatte, dass der Betreffende wirklich Dienst hatte.

»Dann haben Sie viel Erfahrung mit Betäubung und so?«, fragte Anton.

»Ich habe einige Jahre auf einer Anästhesiestation gearbeitet, ja.«

»Und jetzt arbeiten Sie nicht mehr da?«

»Ich war ein paar Jahre auf Reisen.« Der Pfleger hielt die Kanüle ins Licht und drückte einen Strahl heraus, der sich in einer Wolke aus mikroskopisch kleinen Tropfen auflöste. »Der hier scheint ein wirklich hartes Leben hinter sich zu haben. Warum steht kein Name auf dem Krankenblatt?«
»Er soll anonym bleiben. Hat man Ihnen das nicht gesagt?«
»Man hat mir überhaupt nichts gesagt.«
»Eigentlich hätten Sie aber informiert werden sollen. Er ist das Opfer eines Mordversuchs. Deshalb sitze ich da draußen auf dem Flur.«
Der andere beugte sich dicht über das Gesicht des Patienten, schloss die Augen und schien den Atem des anderen zu inhalieren. Anton lief ein Schauer über den Rücken.
»Ich habe den schon mal gesehen«, sagte der Pfleger. »Ist er aus Oslo?«
»Ich unterliege der Schweigepflicht.«
»Ich etwa nicht?« Der Pfleger schob den Ärmel des Nachthemds nach oben, das der Patient trug, und schnippte mit dem Finger auf die Innenseite des Unterarms. Die Art, wie der Mann sprach, verunsicherte Anton ein bisschen, wobei er nicht genau wusste, was ihn daran störte. Er schauderte erneut, als die Kanüle die Haut durchstach und er in der vollkommenen Stille die knirschende Friktion des Fleisches zu hören glaubte, das Rauschen der Flüssigkeit, die durch die Kanüle ins Gewebe gedrückt wurde, als der Stempel nach unten glitt.
»Er hat viele Jahre in Oslo gewohnt, bevor er ins Ausland geflohen ist«, sagte Anton und schluckte. »Aber er ist dann irgendwann wieder zurückgekommen. Den Gerüchten zufolge wegen eines drogenabhängigen Jungen.«
»Eine traurige Geschichte.«
»Ja, aber sie scheint jetzt ja ein glückliches Ende zu nehmen.«
»So sicher ist das noch nicht«, sagte der Pfleger und zog die Spritze heraus. Es waren hauptsächlich die s-Laute, die er so seltsam aussprach. Er lispelte. Nachdem sie wieder nach draußen gegangen waren und der Pfleger über den Korridor ver-

schwunden war, ging Anton noch einmal zu dem Patienten hinein und studierte den Bildschirm mit der Herzfrequenz. Er lauschte dem rhythmischen Piepsen. Es klang wie die Sonargeräusche eines U-Boots in großer Tiefe. Er wusste nicht, was ihn dazu veranlasste, aber er machte genau das, was der Pfleger getan hatte, und beugte sich tief über das Gesicht des Mannes, schloss die Augen und spürte den Atem auf seinem Gesicht.

Altmann. Anton hatte extra einen Blick auf das Namensschild geworfen, bevor er gegangen war. Der Pfleger hieß Sigurd Altmann. Es war ein Bauchgefühl, nicht mehr, aber er nahm sich fest vor, diesen Mann am nächsten Tag genauer unter die Lupe zu nehmen. Dieses Mal durfte es nicht so laufen wie in Drammen. Dieses Mal würde er keinen Fehler machen.

Kapitel 8

Katrine Bratt hatte die Füße auf den Schreibtisch gelegt und sich das Telefon zwischen Schulter und Ohr geklemmt. Gunnar Hagen hatte sie in die Warteschleife abgeschoben. Ihre Finger huschten über die Tastatur. Sie wusste genau, dass hinter dem Fenster in ihrem Rücken Bergen in der Sonne badete. Dass die nassen Straßen, auf die es seit dem Morgen und exakt bis vor zehn Minuten geregnet hatte, im Licht glitzerten. Und dass es, der Gesetzmäßigkeit dieser Stadt folgend, bald wieder regnen würde. Im Moment aber schien die Sonne, und Katrine Bratt hoffte, dass Gunnar Hagen sein anderes Gespräch bald beendet hatte, um weiter mit ihr zu reden. Sie wollte ihm nur noch schnell die Informationen geben, die sie zusammengetragen hatte, und dann nach draußen gehen, raus in die frische Atlantikluft, die so viel besser duftete als die, die ihr früherer Dezernatsleiter jetzt in seinem Büro in der Hauptstadt inhalierte.

»Wie meinst du das, wir können ihn noch nicht befragen?«, hörte sie ihn im Hintergrund wettern. »Ist er jetzt aufgewacht oder nicht? Ja, ich verstehe schon, dass er noch schwach ist, aber ... Was?«

Katrine hoffte, dass sie Hagen mit dem, was sie in den letzten Tagen recherchiert hatte, in bessere Laune versetzen würde. Sie blätterte ein letztes Mal durch die Seiten, um noch einmal alles zu überprüfen.

»Es ist mir *scheißegal*, was dieser Anwalt sagt!«, schimpfte

Hagen. »Und dieser Arzt *kann* mich mal! Ich will, dass er jetzt verhört wird. Jetzt!«

Katrine Bratt hörte, wie er den Hörer des Festnetzanschlusses auf die Gabel knallte. Dann war er endlich wieder da.

»Was war denn das?«, fragte sie.

»Ach nichts«, antwortete Hagen.

»Geht es um ihn?«, fragte sie.

Hagen seufzte. »Ja, genau. Er wacht aus dem Koma auf, aber die stellen ihn weiterhin ruhig und sagen, dass wir noch mindestens zwei Tage warten müssen, bis wir mit ihm reden können.«

»Ist es nicht richtig, vorsichtig zu sein?«

»Schon. Aber wie du weißt, brauchen wir hier langsam Resultate. Diese Polizistenmorde machen uns richtig fertig.«

»Zwei Tage mehr oder weniger?«

»Ich weiß, ich weiß ja. Aber ich muss Dampf ablassen und mich beschweren. Das ist schließlich der Witz daran, Chef zu sein, oder?«

Auf diese Frage hatte Katrine Bratt wirklich keine Antwort. Sie hatte niemals Ambitionen gehabt, Chefin zu werden. Warum auch? Kommissare, die wie sie bereits einen Aufenthalt in der psychiatrischen Klinik hinter sich hatten, waren nicht unbedingt die erste Wahl bei der Vergabe der großen Büros. Ihre Diagnose hatte einen seltsamen Verlauf genommen. Von manisch-depressiv über Borderline bis zur Gesundschreibung. Vorausgesetzt, sie nahm die kleinen rosa Pillen, die sie im Gleichgewicht hielten. Sie mochten den Medikamentenkonsum in der Psychiatrie verteufeln, wie sie wollten, für Katrine bedeuteten diese Pillen ein neues und besseres Leben. Aber sie spürte natürlich, dass ihr Chef sie nicht aus den Augen ließ und ihr nicht mehr operative Einsätze in der Stadt zugeteilt wurden als unbedingt nötig. Aber das war okay; es gefiel ihr, in der Enge des Büros an ihrem Topcomputer zu sitzen, mit exklusivem Zugang und Passwort zu einer Suchmaschine, von deren Existenz nicht einmal die Polizei etwas wusste. Suchen, graben, finden. Personen aufspüren, die allem Anschein nach von der Erdoberfläche verschwunden waren. Muster erkennen, wo andere nur Zufälle sahen. Das war Katrine Bratts Spezialgebiet, das Kripos und Kriminalpolizei in Oslo mehr als einmal zugutegekommen war. In Anbetracht dieser Tatsache konnten sie durchaus damit leben, dass sie eine wandelnde Psychose war, *waiting to happen*.

»Du hast gesagt, du hättest etwas für mich?«

»Es war bei uns in den letzten Wochen ziemlich ruhig, weshalb ich mir diese Polizistenmorde mal genauer angesehen habe.«

»Hat dich dein Chef in Bergen darum gebeten …?«

»Nein, natürlich nicht. Ich dachte bloß, dass das vielleicht besser ist, als mir Pornos anzugucken oder Patiencen zu legen.«

»Ich bin ganz Ohr.«

Katrine hörte, dass Hagen versuchte, positiv zu klingen, seine Resignation aber nicht verbergen konnte. Er war es sicher leid, dass jede neue Hoffnung im Laufe der Monate gleich wieder enttäuscht worden war.

»Ich habe auf Basis der Daten überprüft, ob es Personen gibt, die eine Verbindung zu beiden ursprünglichen Morden im Maridalen und am Tryvann haben.«

»Danke, Katrine, aber das haben wir natürlich selbst auch schon gemacht, wie du dir denken kannst.«

»Klar, aber du weißt doch, dass ich mit etwas anderen Methoden arbeite.«

Tiefes Seufzen. »Nun rede schon.«

»Also, mir ist aufgefallen, dass die beiden Mordfälle von verschiedenen Ermittlungsteams untersucht worden sind. Nur zwei Kriminaltechniker und drei Ermittler waren bei beiden Fällen dabei. Aber keiner dieser fünf kann die volle Übersicht haben, wer damals alles verhört worden ist. Da keiner der Fälle aufgeklärt wurde, haben sich die Ermittlungen ziemlich in die Länge gezogen und es hat sich eine Menge Material angesammelt.«

»Eine Riesenmenge, da hast du recht. Und es stimmt natürlich, dass sich keiner daran erinnern kann, wie genau bei den Ermittlungen vorgegangen worden ist. Aber alle offiziell Verhörten sind selbstverständlich im Strasak-Archiv vermerkt.«

»Genau darum geht's«, sagte Katrine.

»Wie meinst du das?«

»Wenn Leute von außen zum Verhör geholt werden, registriert man sie und archiviert das Verhör dann bei den entsprechenden Fallunterlagen. Es kommt aber auch vor, dass bestimmte Dinge zwischen den Stühlen landen. Zum Beispiel, wenn der zu Verhörende bereits im Gefängnis sitzt. Dann kommt es vor, dass das Verhör inoffiziell in seiner Zelle abgehalten und die Person nicht registriert wird, weil wir ja bereits eine Akte von ihr haben.«

»Aber die Verhörprotokolle werden dann trotzdem in den Fallunterlagen archiviert.«

»Normalerweise, ja. Aber nicht, wenn sich dieses Verhör primär um eine andere Sache dreht, zum Beispiel um einen Fall, bei dem diese Person der Hauptverdächtige ist. Zum Beispiel, wenn die Vergewaltigung im Maridalen nur Teil des Verhörs oder bloß ein routinemäßiger Longshot war. Dann wird das ganze Verhör unter dem Hauptfall archiviert, mit der Folge, dass eine Recherche innerhalb des anderen Falls ergebnislos bleibt, was diese Person angeht.«

»Interessant. Und was hast du gefunden?«

»Einen Mann, der als Hauptverdächtiger wegen einer Vergewaltigung in Ålesund verhört wurde, während er eine Strafe wegen Körperverletzung und versuchter Vergewaltigung in einem Hotel in Otta an einem minderjährigen Mädchen verbüßt hat. Während des Verhörs wurde er zwar auch zu der Vergewaltigung im Maridalen verhört, archiviert wurde das Verhör dann aber unter dem Fall in Otta. Das Interessante ist, dass dieser Mann auch zu dem Fall am Tryvann befragt worden ist.«

»Und?« Zum ersten Mal hörte sie Anzeichen echten Interesses in Hagens Stimme.

»Er hatte ein Alibi für alle drei Fälle«, sagte Katrine und spürte förmlich, wie die Luft aus dem Ballon entwich, den sie für ihn aufgeblasen hatte.

»Na dann. Hast du sonst noch irgendwelche amüsanten Geschichten aus Bergen zu berichten, die ich unbedingt hören muss?«

»Es gibt noch mehr«, sagte Katrine.

»Ich habe jetzt gleich eine Sitz...«

»Ich habe mir das Alibi des Mannes genauer angesehen. Ein und dieselbe Zeugin hat in allen drei Fällen bestätigt, dass er zu Hause in ihrer WG war. Die junge Frau wurde damals als glaubwürdige Zeugin eingeschätzt. Sie hatte keine Akte, und ihre einzige Verbindung zu dem Mann war, dass sie in derselben Wohngemeinschaft wohnte. Aber wenn man ihren Namen weiterverfolgt, findet man interessante Dinge.«

»Was?«

»Unterschlagung, Drogenhandel und Dokumentenfälschung. Und schaut man sich die Verhöre an, die später mit ihr geführt worden sind, tauchen immer wieder die gleichen Sachen auf. Rat mal, was.«

»Falschaussagen?«

»Leider nutzt man solche Erkenntnisse nur selten, um sich auch noch mal frühere Sachen vorzunehmen, dabei könnte das ein ganz neues Licht auf so manches werfen. Aber wenn die Ereignisse so weit zurückliegen wie die Verbrechen im Maridalen und am Tryvann, passiert das nie.«

»Katrine, verdammt, wie heißt die Frau?« Plötzlich war wieder Glut in seiner Stimme.

»Irja Jacobsen.«

»Hast du auch eine Adresse?«

»Ja, man findet sie sowohl im Strafregister als auch beim Einwohnermeldeamt und in verschiedenen anderen Verzeichnissen...«

»Mensch, mit der müssen wir reden!«

»… unter anderem in dem Verzeichnis der vermissten Personen.«

Auf der Osloer Seite der Leitung war es lange still. Katrine wollte einen langen Spaziergang runter zu den Fischerbooten in Bryggen machen, sich eine Tüte Dorschköpfe kaufen und dann zurück in ihre Wohnung in Møhlenpris gehen, um sich in aller Ruhe ein Essen zu kochen und *Breaking Bad* zu schauen, während es draußen hoffentlich wieder zu regnen begann.

»Okay«, sagte Hagen. »Aber du hast uns auf jeden Fall einen Ansatzpunkt gegeben. Wie heißt der Typ?«

»Valentin Gjertsen.«

»Und wo ist er?«

»Genau darum geht's«, sagte Katrine Bratt und bemerkte, dass sie sich wiederholte. Ihre Finger trommelten auf die Tastatur. »Ich finde ihn nicht.«

»Wird er auch vermisst?«

»Er ist nie vermisst gemeldet worden, was merkwürdig ist, weil er wie vom Erdboden verschluckt ist. Keine bekannte Adresse, keine Telefonregistrierung, keine Kreditkartennutzung, nicht einmal ein registriertes Bankkonto. Er hat bei der letzten Wahl nicht gewählt und im letzten Jahr weder Zug noch Flugzeug genommen.«

»Hast du's bei Google probiert?«

Katrine lachte, bis sie begriff, dass Hagen das ernst gemeint hatte.

»Entspann dich«, sagte sie. »Ich finde ihn schon noch. Ich probiere es von zu Hause aus von meinem PC.«

Sie legten auf. Katrine stand auf, zog ihre Jacke an und wollte schnell nach draußen, da über Askøy bereits wieder dicke Wolken aufzogen. Als sie im Begriff war, ihren PC auszuschalten, kam ihr etwas in den Sinn. Etwas, das Harry Hole einmal zu ihr gesagt hatte. Dass man das Naheliegendste oft zu überprüfen vergaß. Sie tippte schnell etwas ein und wartete, dass die Seite geladen wurde. Es entging ihr nicht, dass ein paar

Kollegen in dem Großraumbüro die Hälse reckten, als sie laut in Bergenser Dialekt zu fluchen begann. Harry hatte natürlich wieder einmal recht gehabt.

Sie griff zum Telefon und drückte die Wiederwahltaste. Gunnar Hagen antwortete nach dem zweiten Klingeln.

»Ich dachte, du hättest eine Sitzung«, sagte Katrine.

»Verschoben, ich bin gerade dabei, Leute auf diesen Valentin Gjertsen anzusetzen.«

»Das brauchst du nicht. Ich habe ihn gefunden.«

»Oh?«

»Kein Wunder, dass er wie vom Erdboden verschluckt ist. Das ist er in gewisser Weise nämlich wirklich.«

»Du willst damit aber nicht sagen, dass …?«

»Doch, er ist tot. Das steht jedenfalls klar und deutlich im Melderegister. Sorry für dieses Hin und Her aus Bergen. Ich gehe jetzt nach Hause und fresse mir den Frust von der Seele. Küchenabfälle und Dorschköpfe.«

Als sie aufgelegt hatte und den Blick hob, hatte es zu regnen begonnen.

Anton Mittet sah von seiner Kaffeetasse auf, als Gunnar Hagen in die fast menschenleere Kantine im sechsten Stock des Präsidiums gestürmt kam. Anton hatte schon eine ganze Weile die Aussicht genossen und sich gefragt, wie sein Leben aussehen würde, wenn es diesen einen Tag nicht gegeben hätte. Er konnte nicht aufhören, sich diese Frage zu stellen. Vielleicht war das ja so, wenn man in die Jahre kam. Er hatte die Karten aufgenommen, die ihm ausgeteilt worden waren. Neue bekam er nicht. Es kam alles darauf an, sie bestmöglich auszuspielen. Und von den Karten zu träumen, die er gerne bekommen hätte.

»Tut mir leid, dass ich so spät komme«, sagte Gunnar Hagen und nahm ihm gegenüber Platz. »Ein unerfreulicher Anruf aus Bergen. Wie geht's?«

Anton zuckte mit den Schultern. »Ich mache meine Arbeit. Sehe die jüngeren Kollegen auf dem Weg nach oben an mir vorbeiziehen. Versuche, ihnen hin und wieder einen Rat zu geben, aber die meisten sehen keinen Sinn darin, einem Mann mittleren Alters zuzuhören, der noch immer einfacher Kommissar ist. Es macht den Eindruck, als hielten sie das Leben für einen roten Teppich, der ihnen zu Ehren ausgerollt worden ist.«

»Und zu Hause?«, fragte Hagen.

Anton wiederholte sein Schulterzucken. »Okay. Meine Frau beklagt sich, dass ich zu viel arbeite. Aber wenn ich dann zu Hause bin, beklagt sie sich auch. Klingt das irgendwie bekannt?«

Hagen gab einen neutralen Laut von sich, der alles bedeuten konnte, auch das, was sein Gegenüber hören wollte.

»Erinnern Sie sich an Ihre Hochzeit?«

»Ja«, sagte Hagen und warf einen Blick auf seine Uhr. Nicht weil er wissen wollte, wie spät es war, sondern um Anton Mittet einen Hinweis zu geben.

»Das Schlimme ist, dass man wirklich daran glaubt, wenn man da steht und für alle Ewigkeit ›Ja‹ sagt.« Antons Lachen klang hohl, dann schüttelte er den Kopf.

»Sie wollten mit mir über etwas Bestimmtes sprechen?«, fragte Hagen.

»Ja.« Anton strich sich mit dem Zeigefinger über den Nasenrücken. »Gestern ist auf der Station ein neuer Pfleger aufgetaucht. Er wirkte ein bisschen fischig. Ich kann nicht genau sagen, was mich an ihm stört, aber Sie wissen ja, wie erfahrene Menschen wie Sie und ich so etwas wahrnehmen. Deshalb habe ich ihn überprüft und dabei ist herausgekommen, dass er vor einigen Jahren in einen Mordfall verwickelt war, aber aus Mangel an Beweisen wieder freigelassen wurde.«

»Verstehe.«

»Ich dachte, dass ich damit am besten gleich zu Ihnen komme. Sie können doch sicher mit der Krankenhausleitung sprechen. Vielleicht kann man ihn auf diskrete Weise einer anderen Station zuteilen.«

»Ich werde mich darum kümmern.«

»Danke.«

»Ich muss mich bedanken. Gute Arbeit, Anton.«

Anton Mittet nickte. Es freute ihn besonders, dass Hagen sich bei ihm bedankte, der wortkarge Dezernatsleiter war der einzige Mensch bei der Polizei, dem er sich in gewisser Weise verpflichtet fühlte. Schließlich war es Hagen persönlich gewesen, der ihn nach der Sache in Drammen wieder ins Trockene geholt hatte. Er hatte beim Polizeipräsidenten in Drammen angerufen und gesagt, dass Anton Mittet zu hart bestraft worden sei. Wenn sie in Drammen keine Verwendung mehr für seine Berufserfahrung hätten, dürften sie ihn gerne nach Oslo schicken. Und so war es dann auch gekommen. Anton hatte auf der Kriminalwache in Grønland begonnen, war aber in Drammen wohnen geblieben. Das war Lauras Bedingung gewesen. Als Anton Mittet mit dem Fahrstuhl wieder runter zur Kriminalwache im ersten Stock fuhr, hatten seine Schritte etwas mehr Dynamik, sein Rücken war gerader, und auf seinen Lippen zeichnete sich so etwas wie ein Lächeln ab. Er hatte das Gefühl, am Anfang einer neuen, besseren Zeit zu stehen. Er sollte Blumen kaufen für … Er entschied sich um. Für Laura.

Katrine starrte aus dem Fenster, während sie eine Nummer wählte. Ihre Wohnung lag im sogenannten Hochparterre. Hoch genug, um die Menschen nicht sehen zu müssen, die draußen vorbeiliefen. Tief genug, um ihre aufgespannten Regenschirme zu sehen. Und durch die Regentropfen, die im Wind an der Fensterscheibe zitterten, sah sie die Puddefjordbrücke, die die Stadt mit der Laksevågseite verband. Doch in diesem Moment starrte sie auf den 50 Zoll großen Bildschirm vor sich, auf dem ein krebskranker Chemielehrer Metamphetamin kochte. Sie fand das sehr unterhaltsam. Ihre DVDs waren auf höchst subjektive Weise auf die zwei Regale verteilt, die unter der Marantz-Anlage standen. Platz eins und zwei der Klassiker, die links außen aufgestellt waren, gingen an *Sunset*

Boulevard und *Singin' in the Rain*, während die aktuellen Filme, die auf dem Brett darunter einsortiert worden waren, eine überraschende neue Nummer eins hatten: *Toy Story 3*. Brett Nummer drei war für die CDs, die sie aus sentimentalen Gründen nicht mit den anderen an die Heilsarmee abgetreten, sondern behalten hatte, obwohl sie ihre Musik längst auf der Festplatte ihres PCs gespeichert hatte. Ihr Geschmack war nicht sehr vielseitig, ausschließlich Glam Rock und Progressiver Pop, hauptsächlich aus England und gerne mit etwas androgynem Einschlag: David Bowie, Sparks, Mott The Hoople, Steve Harley, Marc Bolan, Small Faces, Roxy Music und als zeitgemäßen Abschluss: Suede.

Der Chemielehrer stritt sich mal wieder mit seiner Frau, und Katrine spulte die DVD vor, während sie Beate anrief.

»Lønn.« Die Stimme war hell, fast mädchenhaft, und gab nicht mehr preis als unbedingt notwendig. Dass sie sich nur mit dem Nachnamen meldete, deutete an, dass es keinen größeren Haushalt gab, in dem spezifiziert werden musste, welcher Lønn am Apparat war. Und in der Tat stand in diesem Fall Lønn nur für die Witwe Beate Lønn und ihre Tochter.

»Hier ist Katrine.«

»Hi, Katrine! Von dir habe ich ja lange nichts gehört. Wie geht's dir?«

»Schaue Fernsehen. Und du?«

»Ich verliere gerade gegen meinen Schatz beim Monopoly und tröste mich jetzt mit einer Pizza.«

Katrine dachte nach. Wie alt konnte die Kleine inzwischen sein? Wirklich schon alt genug, um ihre Mutter in Monopoly zu schlagen? Wieder einer dieser Hinweise, wie schockierend schnell die Zeit verging. Katrine wollte sagen, dass sie sich gerade mit Dorschköpfen getröstet hätte, verzichtete dann aber auf dieses dämliche, selbstironische, quasideprimierte Single-Frauen-Klischee. Sie sollte lieber ehrlich zu sich selbst sein und sich eingestehen, dass sie gar nicht wusste, ob sie ohne diese Freiheit leben könnte. Sie hatte zwischendurch immer mal wieder darüber nachgedacht, Beate anzurufen, um mit ihr zu reden. So wie sie es damals mit Harry gemacht hatte. Beate und sie waren beide erwachsene Polizistinnen ohne Männer. Ihre Väter waren Polizisten gewesen, und sie waren alle beide überdurchschnittlich intelligente Realistinnen, die weder die Illusion noch den Wunsch hatten, von einem Prinzen auf einem weißen Pferd abgeholt zu werden.

Sie hätten sicher reichlich Gesprächsthemen gehabt.

Trotzdem war es nie zu diesem Anruf gekommen. Außer es ging um die Arbeit, natürlich.

Auch in diesem Punkt ähnelten sie sich.

»Es geht um Valentin Gjertsen«, sagte Katrine. »Ein verstorbener Sittlichkeitsverbrecher. Kennst du ihn?«

»Warte«, sagte Beate.

Katrine hörte Tippen und notierte sich im Geiste noch eine Gemeinsamkeit. Sie waren konstant online.

»Der, ja«, sagte Beate. »Den habe ich ein paarmal gesehen.«

Damit war klar, dass Beate Lønn ein Bild von ihm vor Augen hatte. Beate Lønns *Gyrus fusiformis*, der Teil des Gehirns, der Gesichter wiedererkannte, war besonders ausgeprägt. Sie hatte dort die Gesichter aller Menschen gespeichert und vergaß nie eins. Sie war sogar Studienobjekt der Hirnforschung gewesen, und seitdem wusste man, dass sie eine von weltweit nur knapp über dreißig Personen war, die diese Eigenschaft besaßen.

»Er ist sowohl in Verbindung mit dem Mord im Maridalen als auch am Tryvann verhört worden«, sagte Katrine.

»Ja, ich erinnere mich vage daran«, sagte Beate. »Wenn ich mich nicht irre, hatte er aber für beide Tatzeitpunkte ein Alibi.«

»Eine Mitbewohnerin in seiner WG hat ausgesagt, dass er an diesem Abend mit ihr zusammen war. Was ich mich frage, ist, ob ihr vielleicht seine DNA bestimmt habt?«

»Wenn er ein Alibi hatte, ist das unwahrscheinlich. Damals war die DNA-Analyse ja noch eine aufwendige und teure

Sache, das haben wir allenfalls bei Hauptverdächtigen gemacht, und dann auch nur, wenn wir keine anderen Beweise hatten.«

»Ich weiß, aber seit ihr eure eigene DNA-Analyseabteilung in der Rechtsmedizin bekommen habt, habt ihr doch die DNA von alten, ungelösten Fällen analysiert, oder?«

»Schon, aber weder im Maridalen noch beim Tryvann-Fall gab es biologische Spuren. Und wenn ich mich nicht irre, hat Valentin Gjertsen seine Strafe ja bekommen.«

»Ach ja?«

»Ja, er wurde doch ermordet.«

»Ich wusste, dass er tot ist, aber ...«

»Doch, doch. Im Knast in Ila. Man hat ihn in seiner Zelle gefunden. Mit zertrümmertem Schädel, der sah aus wie Hackfleisch. Die Insassen mögen da keine Kinderschänder. Der Schuldige wurde nie gefasst. Es ist aber nicht sicher, ob die wirklich mit Nachdruck nach einem Täter gesucht haben.«

Stille.

»Tut mir leid, dass ich dir nicht helfen konnte«, sagte Beate. »Ich bin gerade auf dem Gemeinschaftsfeld gelandet und kann nur noch auf mein Glück hoffen ...«

»Na dann. Hoffen wir, dass es sich wendet«, sagte Katrine.

»Was?«

»Unser Glück.«

»Genau.«

»Nur noch eine letzte Sache«, sagte Katrine. »Ich würde mich gerne mal mit Irja Jacobsen unterhalten, das ist die, die Valentin sein Alibi gegeben hat. Sie gilt als vermisst. Aber ich habe mal ein bisschen genauer recherchiert.«

»Ja?«

»Keine Adressänderung, keine Steuereinzahlung, keine Sozialhilfezahlung, keine Kreditkartenkäufe. Keine Reisen und keine Handynutzung. Bei so wenigen Aktivitäten gehören die Personen in der Regel in eine von zwei Kategorien. Die größere davon ist die der Toten. Aber dann habe ich etwas gefunden.

Eine Registrierung in der Lottodatenbank. Ein einfacher Einsatz. Zwanzig Kronen.«
»Sie hat Lotto gespielt?«
»Tja, hoffen wir, dass unser Glück sich wendet. Auf jeden Fall heißt das wohl, dass sie zu der anderen Kategorie gehört.«
»Und das ist welche?«
»Leute, die sich aktiv verstecken.«
»Und ich soll dir helfen, sie zu finden?«
»Ich habe ihre letzte bekannte Adresse in Oslo und die Adresse des Kiosks, an dem sie den Lottoschein ausgefüllt hat. Und ich weiß, dass sie Drogen genommen hat.«
»Okay«, sagte Beate. »Ich hör mich mal bei unseren Informanten um.«
»Danke.«
»Okay.«
Pause.
»Sonst noch was?«
»Nein. Doch. Was hältst du von *Singin' in the Rain*?«
»Ich mag keine Musicals. Warum?«
»Es ist ganz schön schwer, Gleichgesinnte zu finden, meinst du nicht auch?«
Beate lachte leise. »Stimmt. Lass uns irgendwann mal drüber reden.«
Sie legten auf.

Anton saß mit verschränkten Armen da, wartete und lauschte der Stille. Dann ging sein Blick über den Korridor.
Mona war gerade drinnen bei dem Patienten und würde gleich wieder herauskommen und ihm ihr verschmitztes Lächeln zuwerfen. Vielleicht legte sie ihm auch wieder ihre Hand auf die Schulter und streichelte ihm durch die Haare. Manchmal küssten sie sich auch kurz, und er spürte die Spitze ihrer immer nach Pfefferminz schmeckenden Zunge, bevor sie wieder ging und er ihren schwingenden Hüften nachblickte. Vielleicht machte sie das gar nicht bewusst, aber der Gedanke,

dass sie für ihn, Anton Mittet, bei jedem Schritt ihre Pomuskeln anspannte, gefiel ihm. Ja, er hatte viel, wofür er dankbar sein sollte.

Er sah auf die Uhr. Bald kam die Ablösung. Er wollte gerade gähnen, als er einen Schrei hörte.

Er war gleich auf den Beinen und riss die Tür auf. Ließ den Blick von links nach rechts durch den Raum schweifen und konstatierte, dass nur Mona und der Patient im Raum waren.

Mona stand mit offenem Mund neben dem Bett, sie hatte eine Hand ausgestreckt. Ihr Blick war auf den Patienten gerichtet.

»Ist er …?«, begann Anton, brachte seinen Satz aber nicht zu Ende, als er das Geräusch hörte. Das Piepen der Maschine, die die Herzfrequenz aufzeichnete, war so durchdringend – und die Stille dazwischen so allumfassend –, dass er es sogar draußen auf dem Flur hörte.

Monas Fingerspitzen ruhten auf der Stelle, an der das Schlüsselbein mit dem Brustbein verbunden ist. Laura legte ihre Finger auch immer genau an diese Stelle, wenn sie erschrocken war. Monas Haltung, die ihn so unglaublich an Laura erinnerte, nahm all seine Aufmerksamkeit gefangen. Sogar als sie ihm strahlend etwas zuflüsterte, als fürchtete sie, den Patienten zu wecken, kamen ihre Worte wie aus weiter Ferne.

»Er hat gesprochen. Er hat gesprochen.«

Katrine brauchte knappe drei Minuten, um sich über die bekannten Schleichwege in das System des Osloer Polizeidistrikts einzuloggen. Schwieriger war es hingegen, die Verhörprotokolle der Vergewaltigung in dem Hotel in Otta zu finden. Die Digitalisierung der noch auf Band befindlichen Ton- und Filmaufnahmen war zwar recht weit fortgeschritten, die Indexierung stellte aber noch immer ein Problem dar. Katrine hatte alle Schlagworte probiert, die ihr in den Sinn gekommen waren. Valentin Gjertsen, Otta, Hotel, Vergewaltigung und Verschiedenes mehr war ergebnislos geblieben, und sie wollte die

Suche schon aufgeben, als plötzlich eine hohe Männerstimme aus dem Lautsprecher zu hören war.

»Sie wollte es doch selbst.«

Katrine spürte die Spannung im Körper, wie früher, wenn sie und ihr Vater im Boot saßen und er ihr ganz ruhig sagte, dass er einen an der Angel habe. Sie wusste nicht, wieso, nur dass dies die Stimme war. Das war er.

»Interessant«, sagte eine andere Stimme. Leise, fast einschmeichelnd. Die Stimme eines Polizisten, der ein Ergebnis erzielen will. »Warum sagen Sie das?«

»Die wollen das doch selbst, das ist doch immer so. In gewisser Weise jedenfalls. Und anschließend schämen sie sich und gehen zur Polizei. Aber das wissen Sie ja auch.«

»Dann hat dieses Mädchen in Otta Sie darum gebeten, habe ich das richtig verstanden?«

»Sie hätte das getan.«

»Wenn Sie es sich nicht einfach genommen hätten, bevor sie was sagen konnte?«

»Wenn ich überhaupt da gewesen wäre.«

»Sie haben doch gerade zugegeben, an diesem Abend dort gewesen zu sein, Valentin.«

»Nur, damit Sie mir die Vergewaltigung ein bisschen detaillierter beschreiben. Es ist so langweilig im Gefängnis, wissen Sie. Da muss man ... seinen Alltag einfach ein bisschen aufpeppen.«

Stille.

Dann war Valentins helles Lachen zu hören. Katrine schauderte und zog die Strickjacke enger um sich.

»Oje, da habe ich Ihnen wohl die Suppe ... wie geht das Sprichwort noch gleich?«

Katrine schloss die Augen und rief sich sein Gesicht in Erinnerung.

»Lassen wir die Sache in Otta mal kurz beiseite. Was ist mit dem Mädchen oben im Maridalen, Valentin?«

»Was soll damit sein?«

»Das waren Sie, nicht wahr?«
Dieses Mal lachte er laut. »Das müssen Sie aber noch ein bisschen üben, Herr Kommissar. Die direkte Konfrontation bei einem Verhör muss wirklich knallhart kommen und nicht wie eine zaghafte Ohrfeige.«
Katrine registrierte, dass Valentins Wortschatz über den eines durchschnittlichen Gefangenen hinausging.
»Dann leugnen Sie, etwas mit dieser Tat zu tun zu haben?«
»Nein.«
»Nein?«
»Nein.«
Katrine hörte die zitternde Erregung, als der Polizist Luft holte und mit hart erkämpfter Ruhe fragte: »Bedeutet das … dass Sie die Vergewaltigung und den Mord im Maridalen im letzten September zugeben?« Er war auf jeden Fall routiniert genug, um zu spezifizieren, was Valentin zugeben sollte, damit sein Verteidiger im Nachhinein nicht vorgeben konnte, sein Mandant habe die Frage missverstanden oder gar nicht mitbekommen, wovon sie eigentlich redeten. Sie hörte aber auch die Schadenfreude in der Stimme des anderen, als dieser antwortete.
»Das heißt, dass ich diese Tat gar nicht zu leugnen brauche.«
»Wie soll ich das v…?«
»Es fängt mit A an und hört mit i auf.«
Kurze Pause.
»Wie wissen Sie so aus dem Stegreif, dass Sie ein Alibi für diesen Abend haben, Valentin? Das ist doch ziemlich lange her.«
»Weil ich darüber nachgedacht habe, was ich an diesem Abend gemacht habe, als er mir davon erzählt hat.«
»Wer hat Ihnen davon erzählt?«
»Na der, der das Mädchen vergewaltigt hat.«
Lange Pause.
»Wollen Sie uns verarschen, Valentin?«
»Für wen halten Sie mich, Kommissar Zachrisson?«
»Wieso glauben Sie, dass ich so heiße?«

»Snarliveien 41, oder? Oder?«

Erneute Pause, erneutes Lachen, und dann war wieder Valentins Stimme zu hören: »... versalzen. Die Suppe versalzen, genau.«

»Wo haben Sie von der Vergewaltigung erfahren?«

»Ich bin in einem Gefängnis für Perverse, Herr Kommissar. Was glauben Sie, worüber man da redet? *Thank you for sharing*, heißt das bei uns. Er dachte natürlich, dass er nicht zu viel verraten würde, aber ich lese schließlich Zeitung und außerdem erinnere ich mich gut an den Fall.«

»Also, wer, Valentin?«

»Also, wann, Zachrisson?«

»Wann was?«

»Wann kann ich damit rechnen, auf freien Fuß gesetzt zu werden, wenn ich den Typen ans Messer liefere?«

Katrine spürte den Drang, in den wiederholten Pausen einfach vorzuspulen.

»Ich bin gleich wieder da.«

Das Kratzen von Stuhlbeinen war zu hören, dann fiel eine Tür ins Schloss.

Katrine wartete, hörte den Mann atmen und erlebte etwas sehr Seltsames. Sie bekam Atemnot, als saugten die Atemzüge, die sie durch den Lautsprecher hörte, die Luft aus ihrem Zimmer.

Der Polizist war sicher nicht länger als ein paar Minuten fort, aber ihr kam es wie eine halbe Stunde vor.

»Okay«, sagte er, und wieder kratzten Stuhlbeine über den Boden.

»Das ging ja schnell. Und um wie viel verkürzt sich meine Strafe?«

»Sie wissen, dass wir keine Entscheidung über Ihr Strafmaß treffen dürfen, Valentin. Aber wir sind bereit, mit einem Richter zu sprechen, okay? Also, wie lautet Ihr Alibi, und wer hat das Mädchen vergewaltigt?«

»Ich war den ganzen Abend zu Hause. Meine Vermieterin

war auch da, und wenn sie inzwischen nicht Alzheimer bekommen hat, wird sie das auch bestätigen.«

»Warum erinnern Sie sich so genau daran?«

»Ich kann mir die Daten von Vergewaltigungen besonders gut merken. Wenn ihr den Glücklichen nicht gleich findet, taucht ihr früher oder später ja doch bei mir auf und wollt wissen, wo ich war.«

»Mag sein. Und jetzt zur Tausend-Kronen-Frage. Wer war es?«

Die Antwort kam langsam und mit deutlicher Betonung.

»Ju-das Jo-han-sen, ein alter Bekannter der Polizei.«

»Judas Johansen?«

»Sie arbeiten bei der Sitte und kennen diesen notorischen Vergewaltiger nicht, Zachrisson?«

Das Schlurfen von Füßen war zu hören. »Warum glauben Sie, dass dieser Name mir nichts sagt?«

»Ihr Blick ist so leer wie das All, Zachrisson. Johansen ist das größte Vergewaltigertalent nach ... tja, nach mir. Nur dass in ihm auch noch ein Mörder steckt. Er weiß das selbst noch nicht, aber es ist nur eine Frage der Zeit, bis der Mörder in ihm erwacht, glauben Sie mir.«

Katrine bildete sich ein, das Knacken des Unterkiefers des Polizisten gehört zu haben, der sich vom Oberkiefer löste. Sie lauschte der knisternden Stille und hatte das Gefühl, den rasenden Puls des Beamten zu hören und zu sehen, wie ihm der Schweiß auf die Stirn trat, während er seinen Eifer und seine Nervosität zu zügeln versuchte. Schließlich stand er vor dem größten Augenblick seiner Karriere als Ermittler.

»Wo-wo...?«, stammelte Zachrisson, wurde aber von einem hohen Jaulton unterbrochen, der durch die Lautsprecher verzerrt wurde und den Katrine erst nach einer Weile als Lachen erkannte. Valentins Lachen. Irgendwann ging das durchdringende Jaulen in feuchtes Glucksen über.

»Ich verarsch Sie doch nur, Zachrisson. Judas Johansen ist schwul. Er hat die Zelle neben mir.«

»Was?«

»Wollen Sie eine Geschichte hören, die viel interessanter ist als die, die Sie mir aufgetischt haben? Judas hat einen Jungen gefickt, als sie von seiner Mutter überrascht wurden. Pech für Judas – das Bübchen hatte sich noch nicht geoutet. Seine reichen und konservativen Eltern zeigten Judas wegen Vergewaltigung an. Dabei hatte der keiner Fliege etwas zuleide getan. Oder einer Katze, wie heißt das noch mal? Fliege? Katze? Katze? Fliege? Ach egal, was halten Sie davon, den Fall wieder aufzunehmen, wenn Sie ein paar mehr Informationen bekommen? Ich kann Ihnen ein paar Tipps geben, was in der Zeit danach aus diesem Bürschchen geworden ist. Ich rechne doch damit, dass die Aussicht auf Rabatt, die Sie mir gegeben haben, auch für diesen Fall gilt?«

Stuhlbeine kratzten über den Boden. Ein Stuhl fiel krachend um. Dann war ein Klicken zu hören, gefolgt von Stille. Das Aufnahmegerät war abgeschaltet worden. Katrine blieb sitzen und starrte auf den Computerbildschirm. Draußen war es dunkel geworden. Die Dorschköpfe waren kalt.

»Ja, ja«, sagte Anton Mittet. »Er hat *geredet*!«

Anton Mittet stand mit dem Handy in der Hand in der Mitte des Flurs und überprüfte die ID-Karten der beiden Ärzte, die gekommen waren. Ihre Gesichter drückten eine Mischung aus Erstaunen und Verärgerung aus. Dieser Mann musste sie doch langsam kennen?

Anton winkte sie durch, und sie eilten in das Zimmer des Patienten.

»Aber was hat er gesagt?«, fragte Gunnar Hagen.

»Sie hat ihn nur etwas murmeln hören. Was genau, hat sie nicht verstanden.«

»Ist er jetzt wach?«

»Nein, da war nur dieses kurze Murmeln, dann war er wieder weg. Aber die Ärzte meinen, dass er jeden Moment aufwachen kann.«

»Tja«, sagte Hagen. »Halten Sie mich auf dem Laufenden, okay? Rufen Sie an. Jederzeit! Jederzeit, ist das klar?«

»Ja.«

»Gut, gut. Auch das Krankenhaus hat die stehende Order, mir Bescheid zu geben, sobald ... Aber doppelt hält besser ... Und außerdem müssen die sich natürlich ganz andere Gedanken machen.«

»Natürlich.«

»Ja, nicht wahr?«

»Ja.«

Anton lauschte der Stille. Wollte Gunnar Hagen noch etwas sagen? Der Dezernatsleiter legte auf.

KAPITEL 9

Katrine landete um halb zehn in Gardermoen, setzte sich in den Flughafenzug und ließ sich durch Oslo fahren, genauer gesagt unter Oslo hindurch. Sie hatte hier gewohnt, aber die wenigen Streiflichter, die sie von der Stadt zu sehen bekam, luden nicht zu Sentimentalität ein. Eine halbherzige Skyline. Niedrige, nette, schneebedeckte Hügel und eine gezähmte Landschaft. Und im Zug: verschlossene, ausdruckslose Gesichter, nichts von der spontanen, unverbindlichen Kommunikation zwischen Fremden, die sie von Bergen gewohnt war. Und dann hatte es auf einer der teuersten Bahnlinien der Welt auch noch eine Signalstörung gegeben, und sie hatten für eine ganze Weile in einem stockfinsteren Tunnel festgesteckt.

Sie hatte ihre Reise nach Oslo damit begründet, dass es in ihrem eigenen Polizeidistrikt – Hordaland – drei unaufgeklärte Vergewaltigungen gab, die Ähnlichkeiten mit den Fällen aufwiesen, die Valentin Gjertsen angelastet wurden. Sie hatte damit argumentiert, dass es sowohl der Osloer Kriminalpolizei als auch dem Kriminalamt helfen könnte, wenn es ihnen gelang, auch diese Fälle mit Gjertsen in Verbindung zu bringen.

»Und warum kann die Polizei in Oslo das nicht selber machen?«, hatte sie der Leiter des Bergenser Morddezernats, Knut Müller-Nilsen, gefragt.

»Weil die eine Aufklärungsrate von zwanzig Komma acht Prozent haben, wir hingegen eine von einundvierzig Komma eins.«

Müller-Nilsen hatte laut gelacht und Katrine damit signalisiert, dass ihr kleiner Ausflug in Ordnung war.

Ein erleichtertes Raunen ging durch den Waggon, als der Zug sich mit einem Ruck erneut in Bewegung setzte. Sie fuhr bis Sandvika und nahm von dort ein Taxi zum Jøssingveien 33 in Eiksmarka.

Grauer Schneeregen empfing sie, als sie aus dem Wagen stieg. Abgesehen von dem hohen Zaun um das rote Backsteingebäude, deutete wenig darauf hin, dass die Strafvollzugsanstalt Ila einige der übelsten Mörder, Vergewaltiger und Drogendealer des Landes beherbergte. Unter anderem. In den Statuten des Gefängnisses hieß es, sie seien eine nationale Anstalt für männliche Gefangene mit »... hohem Bedarf an Hilfe zur Resozialisierung«.

Hilfe, nicht auszubrechen, dachte Katrine. Oder andere nicht zu quälen oder zu verstümmeln. Hilfe für etwas, das laut Soziologen und Kriminologen die ganze Menschheit anstrebte: ein guter Mensch zu werden, etwas für die Allgemeinheit beizutragen und ein Teil der Gesellschaft zu sein. Katrine war lange genug in der Psychiatrie in Bergen behandelt worden, um zu wissen, dass selbst nichtkriminelle Abweichler in der Regel keinerlei Interesse am Wohl und Weh der Gesellschaft hatten und keine andere Gesellschaft kannten als die von sich selbst und ihren Dämonen. Darüber hinaus wollten sie bloß in Frieden gelassen werden. Was nicht immer gleichbedeutend damit war, dass sie auch die anderen in Frieden ließen.

Sie wurde in die Sicherheitsschleuse gelotst, zeigte ihren Ausweis und den Brief mit der Besuchserlaubnis, den sie per Mail erhalten hatte, und wurde weiter hinein durch die Gemächer geführt.

Ein Vollzugsbeamter wartete breitbeinig und mit verschränkten Armen auf sie und klirrte mit den Schlüsseln. Die protzige, aufgesetzte Selbstsicherheit war typisch, da die Besucherin eine Polizistin war und damit zur Brahmanenkaste der Ordenshüter zählte, in deren Gegenwart alle Vollzugsbeamten, Sicherheitsleute, ja sogar Politessen Minderwertigkeitsgefühle bekamen, die sie mit Worten und Gesten zu kompensieren versuchten.

Katrine tat, was sie in solchen Fällen immer tat, sie war höflicher und freundlicher, als es eigentlich ihrer Natur entsprach.

»Willkommen in der Kloake«, sagte der Vollzugsbeamte, auch dies ein Satz, den er anderen Besuchern gegenüber sicher nicht brachte, den er sich aber bestimmt gut zurechtgelegt hatte, um keinen Zweifel aufkommen zu lassen, dass er über den nötigen schwarzen Humor und Zynismus verfügte, den man für diese Arbeit brauchte.

Aber das Bild war gar nicht so falsch, dachte Katrine, als sie durch die Gänge des Gefängnisses liefen. Sie wirkten tatsächlich wie Gedärme. In denen das Rechtssystem seine verurteilten Individuen auf eine braune, stinkende Masse reduzierte, die irgendwann wieder nach draußen musste. Alle Türen waren verschlossen, die Flure leer.

»Hier sitzen die Perversen«, sagte der Vollzugsbeamte, als er die Stahltür am Ende des Gangs aufschloss.

»Die haben eine eigene Abteilung?«

»Oh ja. Wenn wir die Sexualstraftäter alle an einem Ort haben, ist die Gefahr, dass ihre Nachbarn sich um sie kümmern, nicht ganz so groß.«

»Um sie kümmern?«, fragte Katrine mit gespielter Naivität.

»Ja, die sind hier ebenso verhasst wie beim Rest der Bevölkerung. Wenn nicht noch mehr. Und wir haben hier Mörder, deren Impulskontrolle deutlich geringer ist als Ihre oder meine. Wenn die einen schlechten Tag haben ...« Er fuhr sich mit dem Schlüssel, den er in der Hand hielt, in einer dramatischen Geste über die Kehle.

»Die bringen die *um*?«, platzte Katrine mit Entsetzen in der Stimme heraus und fragte sich einen Augenblick, ob sie nicht zu dick auftrug. Aber der Vollzugsbeamte ließ sich nichts anmerken.

»Na ja, die werden nicht immer gleich umgebracht. Aber eine Abreibung kriegen sie schon. Einige von den Perversen verbringen viel Zeit auf der Krankenstation. Gebrochene Arme und Beine und so was. Angeblich, weil sie die Treppe runtergefallen oder in der Dusche ausgerutscht sind. Die trauen sich nicht mal mehr, gegen die anderen auszusagen.« Er schloss die Tür hinter sich und hielt die Luft an. »Riechen Sie das? Das ist Sperma auf warmen Heizkörpern. Das trocknet sofort. Der Geruch brennt sich ins Metall ein und ist nicht mehr wegzukriegen. Riecht irgendwie wie verbranntes Menschenfleisch, nicht wahr?«

»Homunkulus«, sagte Katrine, sog die Luft tief in ihre Lungen, roch aber nur frische Farbe.

»Hä?«

»Noch im 17. Jahrhundert glaubte man, dass in dem Samen winzig kleine Menschen sind«, sagte sie. Der verwunderte Blick des Vollzugsbeamten sagte ihr, dass sie einen Fehler gemacht hatte. Sie hätte einfach nur die Schockierte spielen sollen.

»Das heißt dann aber doch«, beeilte sie sich zu sagen, »dass Valentin hier unter Gleichgesinnten in Sicherheit war?«

Der Mann schüttelte den Kopf. »Es gab das Gerücht, dass er die kleinen Mädchen im Maridalen und am Tryvann vergewaltigt hatte. Und Kinderficker werden sogar von notorischen Vergewaltigern gehasst.«

Katrine zuckte zusammen, und dieses Mal war es nicht gespielt. Die unangestrengte Art, mit der er das Wort aussprach, machte ihr zu schaffen.

»Dann hat man sich um Valentin *gekümmert*?«

»Das können Sie wohl sagen.«

»Und dieses Gerücht. Haben Sie eine Idee, wie das in Umlauf gekommen ist?«

»Ja«, sagte der Vollzugsbeamte, als er die nächste Tür aufschloss. »Das wart ihr.«

»Wir? Die Polizei?«

»Ein Polizist war hier unter dem Vorwand, die Insassen zu den beiden Fällen zu verhören. Aber nach allem, was ich gehört habe, hat er mehr erzählt als gefragt.«

Katrine nickte. Wenn die Polizei sich sicher war, dass ein Häftling sich an Kindern vergriffen hatte, sie ihm das aber nicht nachweisen konnten, sorgte sie schon einmal dafür, dass er seine Strafe auf andere Weise bekam. Von solchen Fällen hatte sie gehört. Man musste nur die richtigen Gefangenen informieren. Die mit der meisten Macht oder der geringsten Impulskontrolle.

»Und das haben Sie akzeptiert?«

Der Beamte zuckte mit den Schultern. »Was sollten wir als Wärter denn tun?« Und dann fügte er mit leiserer Stimme hinzu: »Außerdem war uns das in diesem Fall gar nicht so unrecht ...«

Sie kamen an einem Aufenthaltsraum vorbei. »Wie meinen Sie das?«

»Valentin Gjertsen war wirklich ein kranker Teufel. Er war im wahrsten Sinne des Wortes böse. Wenn Sie so einem Menschen gegenüberstehen, fragen Sie sich unweigerlich, was Gott sich dabei gedacht hat. Wir hatten hier eine Kollegin, die ...«

»Hallo, da sind Sie ja.«

Die Stimme war sanft, und Katrine drehte sich automatisch nach links. Zwei Männer standen an einer Dartscheibe. Sie begegnete dem lächelnden Blick des Mannes, der sie angesprochen hatte. Er war schmächtig und etwa Ende dreißig. Die letzten noch verbliebenen blonden Haare hatte er über seinen rötlichen Schädel nach hinten gekämmt. Eine Hautkrankheit, dachte Katrine. Außer sie hatten hier ein Solarium.

»Ich dachte schon, Sie würden gar nicht mehr kommen.« Der Mann zog die Pfeile langsam aus der Dartscheibe, während er ihren Blick festhielt. Er nahm einen Pfeil und drückte ihn in die rote Mitte der Scheibe. Dann fuhr er mit dem Finger daran auf und ab und schob ihn tiefer hinein, bevor er ihn wieder herauszog und mit den Lippen schmatzte. Der andere

Mann lachte nicht, wie Katrine es erwartet hatte. Stattdessen sah er seinen Mitspieler besorgt an.

Der Vollzugsbeamte umfasste Katrines Arm mit leichtem Druck, um sie weiterzuziehen, aber sie befreite sich, indem sie den Arm nach oben nahm, während ihr Hirn verzweifelt nach einer schlagfertigen Replik suchte.

»Vielleicht sollten Sie sich nicht mit Chlorreiniger die Haare waschen!«

Sie ging weiter, bekam aber mit, dass sie zwar nicht ins Schwarze, aber doch ziemlich gut getroffen hatte. Auf jeden Fall wurde das Rot seiner Haut noch intensiver, ehe er breit grinsend salutierte.

»Gab es jemanden, mit dem Valentin hier drinnen Kontakt hatte?«, fragte Katrine, als der Beamte eine Zelle öffnete.

»Jonas Johansen.«

»Der, den sie Judas nennen?«

»Genau. Sitzt wegen Vergewaltigung eines Mannes. Davon gibt es nicht viele.«

»Wo ist er jetzt?«

»Ausgebrochen.«

»Wie ist das möglich?«

»Wenn wir das wüssten.«

»Sie wissen es nicht?«

»Hören Sie, hier sitzen eine ganze Reihe höchst schräger Vögel, aber wir sind kein Hochsicherheitsgefängnis wie Ullersmo. In dieser Abteilung haben die Insassen auch nur begrenzte Haftstrafen. Bei Judas' Urteil gab es einige mildernde Umstände. Und Valentin saß ja nur wegen versuchter Vergewaltigung. Serienvergewaltiger verbüßen ihre Strafen woanders. Wir verwenden unsere Ressourcen also nicht darauf, die Leute hier auf dieser Abteilung zu überwachen. Wir zählen jeden Morgen durch, und ganz selten fehlt mal einer. Dann müssen alle in ihre Zellen, damit wir herausfinden können, wer fehlt. Doch wenn alle Leute da sind, geht es seinen gewohnten Gang. Als wir festgestellt haben, dass Judas Johansen weg war, haben wir das natürlich der Polizei gemeldet. Ich dachte mir nicht so viel dabei, denn gleich danach hatten wir mit der anderen Sache dann ja alle Hände voll zu tun.«

»Sie meinen …?«

»Ja, den Mord an Valentin.«

»Dann war Judas nicht da, als das geschehen ist?«

»Richtig.«

»Wer könnte ihn umgebracht haben, was glauben Sie?«

»Keine Ahnung.«

Katrine nickte. Die Antwort war sehr automatisch und etwas zu schnell gekommen.

»Was Sie dazu sagen, wird nirgends vermerkt werden, das verspreche ich Ihnen. Ich wiederhole die Frage deshalb noch einmal. Wer hat Ihrer Meinung nach Valentin *umgebracht*?«

Der Vollzugsbeamte zog die Luft durch seine Zähne, während er Katrine musterte, als wollte er abchecken, ob da noch mehr war, als er auf den ersten Blick wahrgenommen hatte.

»Es gab hier einige, die Valentin aus tiefster Seele gehasst und gefürchtet haben. Wer immer ihn getötet hat, muss auf jeden Fall eine Wahnsinnswut gehabt haben. Valentin war … Wie soll ich das sagen?« Katrine sah, wie der Adamsapfel des Mannes über seinem Uniformkragen auf und ab hüpfte. »Sein Körper war Brei, ich habe so etwas noch nie gesehen.«

»Vielleicht wurde er mit einem stumpfen Gegenstand erschlagen?«

»Davon habe ich keine Ahnung, er war auf jeden Fall nicht wiederzuerkennen. Sein Gesicht war nur noch Brei. Ohne diese hässliche Tätowierung auf seiner Brust hätten wir ihn vermutlich nicht identifizieren können. Ich bin nicht sonderlich empfindlich, aber diese Sache hat mir echt Alpträume gemacht.«

»Was für eine Tätowierung war das?«

»Wieso?«

»Ja, wie …?« Katrine spürte, dass sie im Begriff war, aus ihrer Rolle als nette Polizistin zu fallen, und riss sich zusammen, um ihre Verärgerung nicht zu zeigen. »Wie sah sie aus?«

»Tja, also, das war ein Gesicht. Ziemlich hässlich, irgendwie so verzerrt. Als säße es fest und versuchte loszukommen.«

Katrine nickte langsam. »Von dem Körper, in dem es gefangen war?«

»Ja genau, kennen Sie das?«

»Nein«, antwortete Katrine. *Aber ich kenne das Gefühl.* »Und Sie haben diesen Judas also nicht wiedergefunden?«

»*Sie* haben Judas nicht wiedergefunden.«

»Okay, gut. Und was meinen Sie, warum haben *wir* ihn nicht gefunden?«

Der Mann zuckte mit den Schultern. »Woher soll ich das wissen? Aber ich verstehe natürlich, dass jemand wie Judas bei Ihnen nicht gerade oberste Priorität hat. Es gab für die Tat wie gesagt mildernde Umstände, und im Grunde bestand auch kaum Wiederholungsgefahr. Er hätte seine Strafe eigentlich bald abgesessen gehabt, aber wahrscheinlich hat dieser Idiot einfach das Fieber gekriegt.«

Katrine nickte. Das Entlassungsfieber. Wenn sich das Datum näherte und der Häftling an die Freiheit zu denken begann, wurde es für manche schier unerträglich, auch nur noch einen Tag länger zu sitzen.

»Gibt es jemanden, der mir etwas über Valentin erzählen könnte?«

Der Beamte schüttelte den Kopf. »Abgesehen von Judas hatte er keine weiteren Kontakte, es wollte aber auch niemand mit ihm zu tun haben. Mann, hat der den Leuten Angst gemacht. Es geschah etwas mit der Luft, wenn er den Raum betrat.«

Katrine stellte noch ein paar weitere Fragen, bis ihr klarwurde, dass sie nur die Zeit und das Flugticket zu rechtfertigen versuchte.

»Sie wollten mir eben sagen, was Valentin getan hat«, sagte sie.

»Wollte ich das?«, fragte er schnell und sah auf die Uhr. »So was, ich muss ...«

Auf dem Weg zurück durch den Aufenthaltsraum sah Katrine nur noch den dünnen Mann mit dem roten Schädel. Er stand mit hängenden Armen vor der Dartscheibe und starrte auf den leeren roten Punkt. Die Pfeile waren nirgends zu sehen. Er drehte sich langsam um, und Katrine erwiderte seinen Blick. Das Grinsen war verschwunden, und die Augen waren matt und grau wie Quallen.

Er rief etwas. Vier Worte, die er dann noch einmal wiederholte. Laut und schrill wie ein Vogel, der Gefahr witterte. Dann lachte er.

»Kümmern Sie sich nicht um ihn«, sagte der Wachmann.

Das Lachen entfernte sich hinter ihnen, als sie über den Flur hasteten.

Dann stand sie wieder draußen und sog die regenschwere, raue Luft ein.

Sie nahm das Telefon, schaltete die Aufnahme ab, die die ganze Zeit gelaufen war, und rief Beate an.

»Ich bin in Ila fertig«, sagte sie. »Hast du Zeit?«

»Ich schmeiß die Kaffeemaschine an.«

»Äh, hast du nicht vielleicht ...?«

»Du bist Polizistin, Katrine. Du trinkst doch wohl Kaffeemaschinenkaffee, oder?«

»Hör mal, ich hab früher immer im Café Sara in der Torggata gegessen, und du musst auch mal aus deinem Labor raus. Lass uns eine Lunchpause machen. Ich lade dich ein.«

»Das musst du auch.«

»Äh, wieso?«

»Ich habe sie gefunden.«

»Wen?«

»Irja Jacobsen. Sie lebt. Auf jeden Fall, wenn wir uns beeilen.«

Sie verabredeten sich in einer Dreiviertelstunde und legten auf. Während Katrine auf das Taxi wartete, hörte sie sich die

Aufnahme noch einmal an. Mit einem guten Kopfhörer konnte sie sicher dechiffrieren, was der Beamte gesagt hatte. Sie spulte bis zum Schluss vor und hörte sich an, wofür sie keinen Kopfhörer brauchte. Den Warnschrei des Rotschädels:
»Valentin lebt. Valentin killt. Valentin lebt. Valentin killt.«

»Heute Morgen ist er aufgewacht«, sagte Anton Mittet, während er gemeinsam mit Gunnar Hagen über den Flur eilte.

Silje stand von ihrem Stuhl auf, als sie die beiden Männer kommen sah.

»Silje, Sie können jetzt gehen«, sagte Anton. »Ich übernehme.«

»Aber Ihre Schicht fängt doch erst in einer Stunde an.«

»Sie können gehen, sage ich. Nehmen Sie sich frei.«

Sie musterte Anton gründlich. Dann sah sie zu dem anderen Mann.

»Gunnar Hagen«, sagte er und streckte ihr seine Hand hin. »Leiter des Morddezernats.«

»Ich weiß, wer Sie sind«, sagte sie und nahm seine Hand. »Silje Gravseng. Ich hoffe, irgendwann einmal für Sie zu arbeiten.«

»Gut so«, sagte er. »Dann tun Sie ruhig, was Anton Ihnen gesagt hat.«

Sie nickte Hagen zu. »Mein Dienstbefehl ist ja von Ihnen unterschrieben worden, also dann …«

Anton sah zu, während sie ihre Sachen in ihrer Tasche verstaute.

»Heute ist übrigens mein letzter Praktikumstag«, sagte sie. »Jetzt geht's ans Lernen.«

»Silje ist Polizeiaspirantin«, sagte Anton.

»Studentin der Polizeihochschule heißt das jetzt«, sagte Silje. »Es gibt eine Sache, die mich wirklich interessiert, Herr Hauptkommissar.«

»Ja?« Hagen lächelte amüsiert über ihre Worte. »Diese Legende, die für Sie gearbeitet hat. Harry Hole. Es heißt, er hätte kein einziges Mal Fehler gemacht, sondern jeden Mord gelöst, an dem er gearbeitet hat. Stimmt das?«

Anton räusperte sich warnend und sah zu Silje, aber sie ignorierte ihn.

Hagens schiefes Grinsen glättete sich und wurde breit. »Man kann durchaus unaufgeklärte Fälle auf dem Buckel haben, ohne je einen Fehler gemacht zu haben, oder meinen Sie nicht?«

Silje Gravseng antwortete nicht.

»Und was Harrys unaufgeklärte Fälle angeht ...« Er rieb sich das Kinn. »Tja, das mag stimmen, kommt aber darauf an, wie man das sieht.«

»Wie man was sieht?«

»Er ist aus Hongkong zurückgekommen, um einen Mord aufzuklären, für den sein Ziehsohn verhaftet worden war. Und obwohl er es geschafft hat, dass Oleg wieder freigelassen wurde, ist der Mord an Gusto Hanssen nie aufgeklärt worden. Jedenfalls nicht offiziell.«

»Danke«, sagte Silje und lächelte schnell.

»Alles Gute für Ihre Karriere«, sagte Gunnar Hagen.

Er blieb stehen und sah ihr nach, als sie über den Flur davonging. Nicht weil Männer immer hübschen jungen Frauen hinterherblickten, sondern um das Bevorstehende noch ein paar Sekunden hinauszuzögern, dachte Anton. Die Nervosität des Dezernatsleiters war ihm nicht verborgen geblieben. Plötzlich drehte Hagen sich zu der verschlossenen Tür um, knöpfte seine Jacke zu und ging wie ein Tennisspieler, der auf den Aufschlag seines Gegners wartete, auf die Zehenspitzen.

»Dann gehe ich da jetzt rein.«

»Tun Sie das«, sagte Anton. »Ich passe hier auf.«

»Ja«, sagte Hagen. »Ja.«

Mitten im Lunch fragte Beate Katrine, ob sie und Harry damals eigentlich Sex gehabt hätten.

Anfangs hatte Beate erklärt, dass einer der Drogenfahnder

Irja Jacobsen, die die falschen Zeugenaussagen gemacht hatte, auf einem Bild erkannte hatte. Sie wohnte in einer Art WG am Alexander Kiellands plass, verließ das Haus aber so gut wie nie. Sie hielten das Haus unter Aufsicht, weil von dort aus Amphetamin verkauft wurde. Die Polizei hatte aber nur wenig Interesse an Irja, da sie nichts verkaufte, sondern allenfalls selbst Kundin war.

Danach hatte ihr Gespräch die Themen Job, Privatleben und die guten alten Zeiten gestreift. Katrine hatte pflichtschuldig protestiert, als Beate behauptete, Katrine habe damals dem ganzen Morddezernat den Kopf verdreht. Dann hatte sie sich etwas über Beates Aussage gewundert. Auch wenn sich nach Beate nie jemand umgedreht hatte, war sie dennoch niemand, der deswegen Giftpfeile abschoss. Sie war immer die Stille gewesen, die schnell rot wurde, hart arbeitete, loyal war und mit offenem Visier kämpfte. Irgendetwas hatte sich allem Anschein nach geändert. Vielleicht lag das an dem Glas Rotwein, das sie sich genehmigt hatten. Früher hatte sie nie derart direkte, persönliche Fragen gestellt.

Katrine war auf jeden Fall froh, dass sie den Mund voller Pitabrot hatte und nur mit einem Kopfschütteln antworten konnte.

»Aber den Gedanken hatte ich schon«, sagte sie, als sie endlich geschluckt hatte. »Hat Harry jemals was davon gesagt?«

»Harry hat mir viel erzählt«, sagte Beate und prostete ihr mit dem letzten Rest zu. »Ich war nur nicht sicher, ob er mich angelogen hat, als er abstritt, dass du und er ...«

Katrine bat um die Rechnung. »Wie kommst du darauf, dass wir zusammen waren?«

»Ich habe mitbekommen, wie ihr euch angesehen habt. Und gehört, wie ihr miteinander gesprochen habt.«

»Harry und ich haben miteinander *gekämpft*, Beate!«

»Eben.«

Katrine lachte. »Und was ist mit Harry und dir?«

»Harry? Undenkbar. Viel zu gute Freunde. Außerdem bin ich dann ja mit Halvorsen zusammengekommen ...«

Katrine nickte. Harrys Partner. Ein junger Ermittler aus Steinkjer, der Beate gerade noch geschwängert hatte, bevor er im Dienst getötet worden war.

Pause.

»Was ist?«

Katrine zuckte mit den Schultern. Dann nahm sie das Telefon und spielte Beate den Schluss der Aufnahme vor.

»In Ila sitzen eine ganze Menge Verrückte«, sagte Beate.

»Ich war selbst in der Psychiatrie und habe einen Blick dafür«, sagte Katrine. »Was ich mich aber frage, ist, wie er wissen konnte, dass ich wegen Valentin da war?«

Anton Mittet saß auf seinem Stuhl und sah Mona näher kommen. Er genoss den Anblick und dachte, dass es vielleicht eines der letzten Male sein würde, dass er sie so sah.

Sie lächelte schon von weitem. Ging direkt auf ihn zu. Er sah, wie sie einen Fuß vor den anderen setzte, als ginge sie auf einer Linie. Vielleicht ging sie immer so, dachte er. Oder sie machte das für ihn. Dann war sie da, warf automatisch einen Blick nach hinten, um sich zu vergewissern, dass niemand kam, und streichelte ihm durchs Haar. Er blieb sitzen, legte beide Arme um ihre Schenkel und sah zu ihr auf.

»Na?«, sagte er. »Hast du diese Schicht auch wieder bekommen?«

»Ja«, sagte sie. »Wir haben Altmann verloren, er musste wieder zurück auf die Onkologie.«

»Dann sehen wir dich umso mehr«, sagte Anton lächelnd.

»Das ist nicht gesagt«, sagte sie. »Den Testergebnissen nach geht es dem da drinnen zunehmend besser.«

»Aber deshalb treffen wir uns ja.«

Er sagte das im Spaß, dabei war es kein Spaß. Und sie wusste das ganz genau. Erstarrte sie deshalb so, dass ihr Lächeln zu einer Grimasse wurde, sie sich aus seiner Umarmung löste und nach hinten blickte, als befürchtete sie, dass jemand sie sehen könnte? Anton ließ sie los.

»Der Leiter der Mordkommission ist bei ihm.«
»Was macht er da?«
»Mit ihm reden.«
»Worüber?«
»Das kann ich nicht sagen«, antwortete er, statt *keine Ahnung* zu sagen. Gott, wie pathetisch er manchmal war.

Im selben Augenblick ging die Tür auf, und Gunnar Hagen kam heraus. Er blieb stehen, sah von Mona zu Anton und dann wieder zu Mona, als stünden irgendwelche verschlüsselten Botschaften in ihren Gesichtern. Monas Gesicht hatte einen leichten Rotton angenommen, als sie hinter Hagen im Krankenzimmer verschwand.

»Und?«, fragte Anton und versuchte unbeteiligt auszusehen. Erst in diesem Moment bemerkte er, dass Hagen nicht wie jemand aussah, der etwas verstanden hatte, sondern ganz im Gegenteil. Er starrte Anton an, als wären all seine Vorstellungen vom Dasein gerade auf den Kopf gestellt worden.

»Der da drin …«, sagte Hagen und zeigte mit dem Daumen über die Schulter. »Sie müssen verdammt gut auf ihn aufpassen, Anton. Hören Sie? Lassen Sie ihn nicht aus den Augen!«

Die letzten Worte murmelte er erregt noch einmal vor sich hin, als er mit raschen Schritten über den Flur davoneilte.

Kapitel 10

Als Katrine das Gesicht in der Türöffnung sah, glaubte sie zuerst, sich in der Adresse geirrt zu haben. Die alte Frau mit den grauen Haaren und dem verhärmten Gesicht konnte unmöglich Irja Jacobsen sein.
»Was wollen Sie?«, fragte sie und sah sie misstrauisch an.
»Wir haben telefoniert«, sagte Beate. »Wir möchten über Valentin sprechen.«
Die Frau knallte die Tür zu.
Beate wartete etwas, bis sich die schlurfenden Schritte hinter der Tür entfernt hatten, dann drückte sie die Klinke nach unten.
An den Garderobenhaken im Flur hingen Kleider und Plastiktüten. Immer Plastiktüten. Wieso umgaben sich Junkies immer mit Plastiktüten? fragte Katrine sich. Warum lagerten, schützten oder transportierten sie ihren ganzen Besitz in dem unsichersten und anfälligsten aller Materialien? Warum stahlen sie Mopeds, Kleiderständer und Porzellan oder anderen Kram, jedoch nie Koffer oder Taschen?
Die Wohnung war verdreckt, aber trotzdem nicht so schlimm wie viele andere Drogenhöhlen, die sie gesehen hatte. Vielleicht hatte Irja als Frau im Haus Grenzen gesetzt oder selbst das Schlimmste beseitigt, jedenfalls ging Katrine davon aus, dass sie die einzige Frau war. Sie folgte Beate in das Wohnzimmer. Auf einem alten, aber intakten Sofa lag ein Mann und schlief. Eindeutig vollgepumpt mit Drogen. Es roch nach

Schweiß, Rauch, biergetränktem Holz und etwas Süßlichem, das Katrine weder einordnen konnte noch wollte. An den Wänden stapelte sich das obligatorische Diebesgut. Originalverpackte Kindersurfbretter, verziert mit einem aufgemalten Hai und einer schwarzen Bissmarke an der Spitze des Brettes, die zeigen sollte, dass der Hai sich bereits ein Stück des Brettes geholt hatte. Weiß Gott, wie sie diese Bretter zu Geld machen wollten.

Beate und Katrine gingen weiter in die Küche, wo Irja am Küchentisch saß und sich eine Zigarette drehte. Auf dem Tisch lag eine kleine Decke, und auf dem Fensterbrett stand eine Zuckerdose mit Plastikblumen.

Katrine und Beate nahmen auf der anderen Tischseite Platz.

»Da unten ist nie Ruhe«, sagte Irja und nickte in Richtung der stark befahrenen Uelands gate draußen vor dem Fenster. Ihre Stimme hatte die raue Heiserkeit, die Katrine erwartet hatte, nachdem sie die Wohnung und das Gesicht der etwas über dreißig Jahre alten Greisin gesehen hatten. »Autos, immer nur Autos, wo wollen die denn alle hin?«

»Nach Hause«, schlug Beate vor. »Oder weg von zu Hause.«

Irja zuckte mit den Schultern.

»Sie sind wohl auch von zu Hause weg«, sagte Katrine. »Im Einwohnermeldeamt werden Sie ...«

»Ich habe mein Haus verkauft«, sagte Irja. »Ich hatte es geerbt, aber es war zu groß, zu ...« Sie benetzte mit ihrer trockenen weißen Zunge das Zigarettenpapier, während Katrine den Satz im Stillen zu Ende brachte: zu verlockend, als das Geld für den täglichen Drogenbedarf nicht mehr gereicht hat.

»... voll mit schlechten Erinnerungen.«

»Was für Erinnerungen?«, fragte Beate.

Katrine fühlte sich unwohl. Beate war Kriminaltechnikerin, keine Expertin für Verhöre, und in diesem Moment machte sie die Tür zu weit auf und bat um die ganze Tragödie von Irjas Leben. Dabei waren selbstmitleidige Junkies bekannt dafür, dick aufzutragen.

»Wegen Valentin.«

Katrine richtete sich auf. Vielleicht wusste Beate doch, was sie tat.

»Was hat er gemacht?«

Sie zuckte wieder mit den Schultern. »Er war Mieter bei mir. Hatte die Kellerwohnung. Er … war da.«

»War da?«

»Sie kennen Valentin nicht. Er ist anders. Er …« Sie klickte mit dem Feuerzeug, bekam es aber nicht an. »Er …« Klick, klick.

»… war verrückt?«, schlug Katrine ungeduldig vor.

»Nein!« Irja schmiss das Feuerzeug wütend weg.

Katrine fluchte innerlich. Jetzt hatte sie sich wie eine Amateurin verhalten und mit ihrer tendenziösen Frage womöglich Informationen blockiert, die sie sonst bekommen hätten.

»Immer heißt es, dass Valentin verrückt ist! Aber das ist er nicht! Er tut einfach nur …« Sie sah aus dem Fenster auf die Straße. Dann senkte sie ihre Stimme. »Er macht irgendetwas mit der Luft. Man bekommt Angst davon.«

»Hat er Sie geschlagen?«, fragte Beate.

Auch diese Frage gab die Antwort bereits vor. Katrine versuchte, Augenkontakt zu Beate zu bekommen.

»Nein«, sagte Irja. »Geschlagen hat er mich nicht. Aber gewürgt. Immer wenn ich ihm widersprochen habe. Er war so stark, konnte mich mit einer Hand am Hals packen und mir die Luft abquetschen. Hielt mich fest, bis mir schwarz vor Augen wurde. Ich konnte diese Hand einfach nicht abschütteln.«

Katrine nahm an, dass das Lächeln, das sich auf Irjas Gesicht breitmachte, Galgenhumor war. Bis Irja weiterredete.

»… und das Merkwürdige ist, dass mich das high gemacht hat. Richtig geil.«

Katrine schnitt unfreiwillig eine Grimasse. Sie hatte gelesen, dass eine Sauerstoffunterversorgung im Hirn bei manchen Leuten einen solchen Effekt hatte, aber bei einem Übergriff?

»Und dann hatten Sie Sex?«, fragte Beate, bückte sich, hob das Feuerzeug auf und gab Irja Feuer.

Irja steckte hastig die Zigarette zwischen die Lippen, beugte sich vor und zündete sie an der unzuverlässigen Flamme an. Sie atmete den Rauch wieder aus, lehnte sich nach hinten und implodierte förmlich, als wäre ihr Körper eine vakuumierte Tüte, in die die Zigarette gerade ein Loch gebrannt hatte.

»Er wollte nicht immer ficken«, sagte Irja. »Manchmal ging er einfach. Während ich darauf wartete, dass er bald wiederkam.« Katrine musste sich zusammenreißen, um nicht ausfällig zu werden.

»Und was hat er gemacht, wenn er weg war?«

»Das weiß ich nicht. Gesagt hat er nichts, und ich ...« Wieder dieses Schulterzucken. Schulterzucken als Lebensinhalt, dachte Katrine. Resignation als Betäubungsmittel. »Wahrscheinlich wollte ich es auch gar nicht wissen.«

Beate räusperte sich. »Sie haben ihm ein Alibi für die zwei Abende gegeben, an denen die Mädchen getötet worden sind. Im Maridalen und ...«

»Ja, ja, blabla«, unterbrach Irja sie.

»Aber er war an diesen Abenden nicht mit Ihnen zusammen, wie Sie es bei den Verhören angegeben haben, oder?«

»Wie soll ich mich denn jetzt noch daran erinnern? Ich hatte damals doch den stehenden Befehl, das zu sagen.«

»Was für einen Befehl?«

»Valentin hat das mal gesagt, als wir nachts zusammen waren ... Sie wissen schon, beim ersten Mal. Er meinte, die Polizei würde mir die immer gleichen Fragen stellen, sobald jemand vergewaltigt worden war, bloß weil er mal in einem Fall verdächtigt worden war, den sie nie aufgeklärt hatten. Und dass sie versuchen würden, ihn einzubuchten, wenn er bei einem neuen Fall kein Alibi hätte. Egal, wie unschuldig er war. Er meinte, die Polizei würde das bei Leuten, die sie bei anderen Fällen nicht überführen konnten, immer so machen. Ich musste schwören, dass er zu Hause gewesen war, egal, nach welchem Zeitpunkt sie fragten. Das würde uns eine Menge Ärger und Zeit ersparen, meinte er. *Makes sense*, dachte ich.«

»Und Sie haben wirklich geglaubt, dass er nichts mit den Vergewaltigungen zu tun hatte?«, fragte Katrine. »Obwohl Sie wussten, dass er früher schon vergewaltigt hatte?«

»Das wusste ich doch nicht!«, rief Irja, und aus dem Wohnzimmer drang ein leises Grunzen zu ihnen. »Verdammt, ich wusste nichts davon!«

Katrine wollte den Druck erhöhen, als sie Beates Hand unter dem Tisch auf ihrem Knie spürte.

»Irja«, sagte Beate mit weicher Stimme. »Wenn Sie nichts wussten, warum wollen Sie dann jetzt mit uns sprechen?«

Irja sah zu Beate, während sie sich eingebildete Tabakkrümel von der Zungenspitze zupfte, nachdachte und schließlich einen Entschluss fasste.

»Er ist dann ja verurteilt worden. Wegen versuchter Vergewaltigung, nicht wahr? Und als ich die Wohnung geputzt habe, um sie wieder vermieten zu können, fand ich diese ... diese ...« Es war, als hätte ihre Stimme sich ohne jede Vorwarnung festgefahren. Sie kam nicht weiter. »... Diese ...« Tränen stiegen in ihre großen, blutunterlaufenen Augen.

»Diese Bilder.«

»Was für Bilder?«

Irja schniefte. »Mädchen. Junge Mädchen, fast noch Kinder. Gefesselt, mit so Dingern vor dem Mund ...«

»Kugeln, Knebel?«

»Knebel, ja. Sie hockten auf Stühlen oder Betten, und auf den Laken war Blut.«

»Und Valentin?«, fragte Beate. »War auch er auf den Bildern zu sehen?«

Irja schüttelte den Kopf.

»Dann könnten sie doch gestellt gewesen sein?«, sagte Katrine. »Im Netz kursieren viele sogenannte Vergewaltigungs-

fotos von professionellen Fotografen und Models, die für Leute gemacht werden, die sich für so was interessieren.«
Irja schüttelte wieder den Kopf. »Dafür hatten die zu viel Angst. Das sah man an ihren Augen. Ich ... ich habe die Angst darin wiedererkannt, wenn Valentin ... wenn er wollte ... dass ...«
»Was Katrine sagen wollte, ist, dass nicht Valentin diese Fotos gemacht haben muss.«
»Die Schuhe«, schniefte Irja.
»Was?«
»Valentin trug immer so lange, spitze Cowboystiefel mit Schnallen an den Seiten. Auf einem der Bilder sieht man diese Schuhe neben dem Bett stehen. Und da ist mir klargeworden, dass er vielleicht doch der Vergewaltiger sein könnte, für den alle ihn hielten. Aber das war noch nicht das Schlimmste ...«
»Nicht?«
»Man sieht die Tapete hinter dem Bett. Und es ist die Tapete, das gleiche Muster. Das Foto ist unten in meiner Kellerwohnung aufgenommen worden. In dem Bett, in dem er und ich ...« Sie presste die Augen zusammen und rang sich zwei winzige Tränen ab.
»Was haben Sie dann gemacht?«, fragte Katrine.
»Was glauben Sie denn?«, fauchte Irja und wischte sich mit dem Unterarm die laufende Nase ab. »Ich bin zu euch gegangen! Ihr sollt uns doch beschützen.«
»Und was haben *wir* gesagt?«, fragte Katrine, ohne ihren Widerwillen verbergen zu können.
»*Ihr* habt gesagt, dass ihr die Sache überprüfen werdet, und seid mit den Bildern zu Valentin gegangen. Aber der hatte natürlich irgendeine plausible Erklärung dafür. Behauptete, das alles sei bloß ein freiwilliges Spielchen gewesen und dass er sich an die Namen der Mädchen nicht erinnern könne. Er hätte sie danach nie mehr wiedergesehen. Er wollte dann noch wissen, ob ihn eins dieser Mädchen angezeigt habe, und weil

sie das nicht hatten, war's das. Das heißt, für *euch*. Für mich hat es damit aber erst angefangen ...«

Sie fuhr sich mit dem Zeigefingerknöchel vorsichtig unter den Augen entlang. Vermutlich glaubte sie, sich geschminkt zu haben.

»Ach?«

»Die dürfen in Ila einmal pro Woche telefonieren. Ich bekam eine Nachricht, dass er mit mir reden wollte, und habe ihn besucht.«

Katrine brauchte die Fortsetzung gar nicht zu hören.

»Ich saß im Besucherraum und wartete auf ihn. Und als er hereinkam, sah er mich nur an und es fühlte sich an, als würde er mich würgen. Verdammt, ich kriegte einfach keine Luft mehr. Er setzte sich und sagte, dass er mich umbringen würde, wenn ich jemals etwas wegen seiner Alibis sagen würde. Und dass ich nicht glauben sollte, dass er lange im Knast bliebe. Dann stand er auf und ging. Mir war danach klar, dass er mich umbringen würde, solange ich wusste, was ich wusste. Also bin ich nach Hause gefahren, habe alle Türen verschlossen und drei Tage lang nur geheult. Am vierten Tag rief mich eine sogenannte Freundin an und wollte Geld leihen. Sie war irgend so einem Heroinersatz verfallen, den sie später Violin nannten. Normalerweise lege ich immer auf, wenn sie sich meldet, aber an dem Tag habe ich das nicht getan. Am nächsten Abend saß sie zu Hause bei mir und half mir, mir den ersten Schuss meines Lebens zu setzen. Und was soll ich sagen, es hat geholfen. Violin ... Das hat alles wiedergutgemacht ... das ...«

Katrine sah das Glänzen einer alten Liebe in dem zerstörten Blick der Frau.

»Und dann waren auch Sie süchtig«, sagte Beate. »Sie haben das Haus verkauft ...«

»Nicht nur wegen dem Geld«, sagte Irja. »Ich musste abhauen. Musste mich verstecken. Alles, was zu mir führen konnte, musste weg.«

»Sie haben Ihre Kreditkarte nicht mehr benutzt und den Umzug nie gemeldet«, sagte Katrine. »Nicht einmal ihre Sozialhilfe haben Sie sich geholt.«

»Natürlich nicht.«

»Nicht einmal nach Valentins Tod?«

Irja antwortete nicht. Blinzelte nicht. Saß reglos da, während sich der Rauch der längst heruntergebrannten Kippe zwischen ihren nikotingelben Fingern langsam zur Decke ringelte. Katrine dachte an ein Tier, das im Licht der Scheinwerfer erstarrt war.

»Sie müssen erleichtert gewesen sein, als Sie das gehört haben«, sagte Beate vorsichtig.

Irja schüttelte den Kopf, mechanisch wie eine Puppe.

»Er ist nicht tot.«

Katrine war gleich klar, dass sie das wörtlich meinte. Was hatte sie als Erstes über Valentin gesagt? *Sie kennen Valentin nicht, er ist anders.* Nicht war. Ist.

»Warum glauben Sie, erzähle ich Ihnen das?« Irja drückte die Kippe auf der Tischplatte aus. »Er kommt näher. Tag für Tag, ich spüre das. Manchmal wache ich morgens auf und spüre seine Hand an meinem Hals.«

Katrine wollte sagen, dass man das Paranoia nannte und dass so etwas häufig in Zusammenhang mit Heroin auftrat. Aber irgendwie war sie sich plötzlich nicht mehr sicher. Und als Irjas Stimme zu einem leisen Flüstern wurde, während ihr Blick zwischen den dunklen Ecken des Raumes hin und her tanzte, spürte Katrine sie auch. Die Hand an ihrem Hals.

»Ihr müsst ihn finden. Bitte. Bevor er mich findet.«

Anton Mittet sah auf die Uhr. Halb sieben. Er gähnte. Mona war ein paarmal mit einem der Ärzte bei dem Patienten gewesen. Ansonsten war nichts passiert. Man hatte viel Zeit nachzudenken, wenn man so dasaß. Zu viel Zeit, eigentlich. Nach einer Weile hatten die Gedanken die Tendenz, negativ zu werden. Deshalb wäre es schon gut, wenn die negativen Dinge

Dinge wären, an denen er etwas ändern könnte. Aber an dem Vorfall in Drammen konnte er nichts mehr ändern, die Entscheidung, den Schlagstock, den er am Waldrand unweit des Tatorts gefunden hatte, nicht zu melden, konnte er nicht mehr rückgängig machen. Und auch all die Male, die er Laura unglücklich gemacht und verletzt hatte, waren ebenso wenig auszulöschen wie die erste Nacht mit Mona oder die zweite.

Er zuckte zusammen. Was war das? Ein Geräusch? Es schien weiter hinten vom Flur zu kommen. Er lauschte konzentriert. Jetzt war es wieder still. Aber er hatte sich das nicht eingebildet, dabei *sollte* es hier, abgesehen von dem gleichmäßigen Piepen des Apparates im Krankenzimmer, keine Geräusche geben.

Anton stand lautlos auf, löste den Riemen, der über den Schaft der Dienstwaffe führte, und nahm die Waffe aus dem Halfter. Entsicherte sie. *Sie müssen verdammt gut auf ihn aufpassen, Anton.*

Er wartete, aber es kam niemand. Er setzte sich langsam in Bewegung. Er rüttelte an allen Türen, aber sie waren vorschriftsmäßig verschlossen. Er ging um die Ecke und sah den Flur hinunter. Überall brannte Licht, und es war niemand zu sehen. Er blieb noch einmal stehen und lauschte. Nichts. Vielleicht hatte er sich doch verhört, dachte er und schob die Waffe zurück ins Halfter.

Verhört? Nein. *Irgendetwas* hatte die Luft in Schwingungen versetzt, die die sensible Membran in seinem Ohr zum Vibrieren gebracht hatten. Nicht stark, aber stark genug, damit die Nerven dieses Signal ans Gehirn weiterleiteten. Das war eine Tatsache.

Aber es konnte alles Mögliche gewesen sein. Eine Maus oder vielleicht eine Ratte. Eine durchgebrannte Glühbirne. Vielleicht hatte sich auch das Konstruktionsholz des Gebäudes infolge der am Abend sinkenden Temperaturen mit einem Knacken zusammengezogen. Oder es war ein Vogel gegen eine der Scheiben geflogen.

Erst jetzt – als sich seine Anspannung wieder legte – bemerkte Anton, wie hoch sein Puls war. Er sollte wieder mit dem Training beginnen. Was für seine Form tun. Seine ursprüngliche Figur zurückgewinnen.

Da er ohnehin in diesem Teil des Flurs war, wollte er sich noch einen Kaffee holen. Er ging zu der roten Kaffeemaschine, nahm die Schachtel mit den Kaffeekapseln und drehte sie um. Eine einzelne grüne Kapsel mit glänzendem Deckel, auf dem Fortissio Lungo stand, rutschte heraus. Ein Gedanke kam ihm. Hatte sich jemand hierhergeschlichen, um die Kapseln zu klauen? Gestern war die Schachtel doch noch voll gewesen. Er legte die Kapsel in die Maschine, als ihn plötzlich das Gefühl beschlich, sie wäre perforiert gewesen, also gebraucht. Er schaltete die Maschine ein, die laut zu brummen begann, und im selben Moment wurde ihm klar, dass dieses Brummen die nächsten zwanzig Sekunden alle anderen Geräusche übertönen würde. Er trat zwei Schritte zurück, um vielleicht doch noch etwas hören zu können.

Als die Tasse voll war, musterte er seinen Kaffee. Schwarz und gut, die Kapsel konnte nicht schon einmal benutzt worden sein.

Der letzte Tropfen fiel aus der Maschine in die Tasse, und wieder glaubte Anton etwas zu hören. Derselbe Laut wie zuvor, doch dieses Mal von der anderen Seite, aus der Richtung des Krankenzimmers. Hatte er auf seinem Weg etwas übersehen? Anton nahm die Kaffeetasse in die linke Hand und griff mit der rechten zu seiner Pistole. Dann ging er mit langen, gleichmäßigen Schritten zurück. Versuchte, die Tasse zu balancieren, ohne einen Blick darauf zu werfen, spürte aber gleich darauf den glühend heißen Kaffee auf der Haut. Er bog um die Ecke. Niemand da. Erleichtert atmete er auf, ging weiter zu seinem Stuhl, blieb aber stehen. Statt sich zu setzen, ging er zur Tür des Patienten und öffnete sie.

Von der Tür aus konnte er ihn nicht sehen. Die Decke versperrte ihm die Sicht, doch das Sonarsignal des Monitors kam gleichmäßig, und die Linie, die auf dem grünen Bildschirm von links nach rechts führte, schlug bei jedem Piep aus.

Er wollte die Tür wieder schließen, entschied sich dann aber dagegen und ging ins Zimmer. Die Tür stand offen, als er um das Bett herumging und in das Gesicht des Patienten sah.

Er war es.

Er zog die Stirn in Falten. Hielt sein Gesicht dicht über den Mund des Mannes. Atmete er?

Ja, er spürte den leichten Luftzug und roch den unangenehm süßlichen Geruch. Kam das von all den Medikamenten?

Anton Mittet ging wieder nach draußen. Schloss die Tür hinter sich, sah auf die Uhr und trank seinen Kaffee. Dann sah er noch einmal auf die Uhr und begann die Minuten zu zählen. Wenn er diese Schicht doch nur schon hinter sich hätte!

»Wie nett, dass er bereit ist, mit mir zu sprechen«, sagte Katrine.

»Bereit?«, fragte der Vollzugsbeamte. »Die meisten Jungs hier in der Abteilung würden ihre rechte Hand dafür geben, ein paar Minuten mit einer Frau allein sein zu dürfen. Rico Herrem ist ein potentieller Vergewaltiger, sind Sie wirklich sicher, dass Sie niemanden dabeihaben wollen?«

»Ich weiß mich schon zu schützen.«

»Das hat unsere Zahnärztin auch gesagt. Aber okay, Sie haben ja wenigstens eine Hose an.«

»Hose?«

»Sie kam in Rock und Strumpfhose. Platzierte Valentin im Zahnarztstuhl, ohne dass ein Beamter dabei war. Was dann passiert ist, können Sie sich ja wohl denken ...«

Katrine stellte es sich vor.

»Sie hat den Preis für diese ... Kleiderwahl bezahlt ... Aber okay, hier wären wir!« Er schloss die Tür der Zelle auf und öffnete sie. »Ich bin unmittelbar vor der Tür. Rufen Sie, falls was sein sollte.«

»Danke«, sagte Katrine und betrat den Raum.

Der Mann mit dem roten Schädel saß am Schreibtisch und drehte seinen Stuhl herum.

»Willkommen in meiner bescheidenen Herberge.«

»Danke«, sagte Katrine.

»Nehmen Sie den hier.« Rico Herrem stand auf, schob ihr den Stuhl hin, ging wieder zurück und setzte sich selbst auf sein nicht gemachtes Bett. In sicherem Abstand. Sie nahm Platz und spürte die Wärme vom Sitz. Er wich auf dem Bett zurück, als Katrine den Stuhl etwas näher heranschob. Bestimmt einer von denen, die eigentlich Angst vor Frauen haben, dachte Katrine. Vielleicht beobachtete er sie deshalb nur oder zog sich vor ihnen aus oder rief sie an und sagte ihnen all die Dinge, die er gerne mit ihnen machen würde, was er aber natürlich niemals wagte. Die Akte von Rico Herrem war eher unappetitlich als beängstigend.

»Sie haben mir nachgerufen, dass Valentin nicht tot ist«, sagte sie und beugte sich vor. Er drückte sich daraufhin noch weiter nach hinten. Seine Körpersprache war defensiv, er lächelte, wirkte aber noch immer frech und voller Hass. Obszön.

»Was meinten Sie damit?«

»Was glauben Sie, Katrine?« Nasale Stimme. »Dass er lebt, natürlich.«

»Valentin Gjertsen wurde hier im Gefängnis tot aufgefunden.«

»Das glauben alle. Hat Ihnen der da draußen erzählt, was Valentin mit der Zahnärztin gemacht hat?«

»Er hat etwas von Rock und Strumpfhose erzählt, so etwas macht Sie vermutlich an, oder?«

»Valentin auf jeden Fall. Und das ist absolut wörtlich zu nehmen. Sie war in der Regel zwei Tage pro Woche hier. Und wenn sie da war, hatten plötzlich alle Zahnweh. Valentin hat einen ihrer Bohrer genommen und sie damit gezwungen, sich die Strumpfhose auszuziehen und über den Kopf zu ziehen. Dann hat er sie im Zahnarztstuhl gefickt. Später hat er erzählt, sie habe apathisch wie ein Stück Schlachtvieh dagelegen. Vermutlich ist sie schlecht beraten worden, wie sie sich im Falle eines Falles verhalten sollte. Die Folge war jedenfalls, dass Valentin sein Feuerzeug genommen und ihre Strumpfhose angesteckt hat. Haben Sie schon mal gesehen, wie die beim Brennen schmelzen? Da ist dann richtig Leben in sie gekommen. Geschrei und Gezappel! Der Gestank von mit Nylon verschmolzener Gesichtshaut hing noch Wochen später in dem Raum. Ich weiß nicht, was aus ihr geworden ist, aber ich fürchte, sie muss jetzt keine Angst mehr davor haben, vergewaltigt zu werden.«

Katrine sah ihn an. Was für ein Arschgesicht, dachte sie, das unendlich viele Schläge eingesteckt hat und dessen Grinsen zu einer Art automatischer Verteidigung geworden ist.

»Wenn Valentin nicht tot ist, wo ist er dann?«, fragte sie.

Sein Grinsen wurde noch breiter, als er sich die Decke über die Knie zog.

»Würden Sie mir bitte sagen, ob ich nur meine Zeit mit Ihnen vergeude, Rico?«, seufzte Katrine. »Ich war selber so lange in der Klapse, dass mich Verrückte nur noch langweilen, okay?«

»Sie glauben doch wohl nicht, dass diese Informationen gratis sind, Frau Kommissarin?«

»Ich bin Sonderermittlerin. Was fordern Sie? Reduziertes Strafmaß?«

»Ich werde nächste Woche entlassen. Ich will fünfzigtausend Kronen.«

Katrine lachte laut und herzlich. So herzlich sie konnte. Und sah mit einem Mal die Wut in seine Augen kriechen.

»Dann sind wir fertig«, sagte sie und stand auf.

»Dreißigtausend«, sagte er. »Ich bin pleite, und wenn ich rauskomme, brauche ich ein Flugticket, das mich weit, weit wegbringt.«

Katrine schüttelte den Kopf. »Wir bezahlen Informanten nur, wenn sie ein komplett neues Licht auf einen Fall werfen. Und das auch nur bei *wichtigen* Fällen.«

»Und was, wenn das hier der Fall wäre?«

»Dann müsste ich trotzdem erst mit meinen Chefs darüber reden. Aber ich dachte, Sie wollten mir etwas erzählen, ich bin nicht gekommen, um über etwas zu verhandeln, über das ich gar nicht verhandeln kann.« Sie ging zur Tür und hob die Hand, um zu klopfen.

»Warten Sie«, sagte der Rotschädel. Seine Stimme klang dünn. Er hatte sich die Decke jetzt bis zum Kinn hochgezogen.

»Ein bisschen kann ich Ihnen erzählen …«

»Ich kann Ihnen nichts anbieten, das habe ich doch schon gesagt.« Katrine klopfte an die Tür.

»Wissen Sie, was das hier ist?« Er hielt ein kupferfarbenes Gerät in die Höhe, bei dessen Anblick Katrines Herz einen Aussetzer machte, bis sie erkannte, dass es keine Waffe, sondern ein Tätowiergerät war. Das, was sie als Lauf gedeutet hatte, war das Tätowierrohr, an dessen Ende die Nadel steckte.

»Ich bin der Tätowierer in diesem Block hier«, sagte er. »Und ein ziemlich guter. Sie wissen vielleicht, wie die Leiche identifiziert worden ist, die sie in Valentins Zelle gefunden haben?«

Katrine sah ihn an. Starrte in seine kleinen, hasserfüllten Augen. Die dünnen, feuchten Lippen. Die rote Haut, die durch die schütteren Haare schimmerte. Das Tattoo, das Dämonengesicht.

»Ich habe noch immer nichts für Sie, Rico.«

»Sie könnten …« Er schnitt eine Grimasse.

»Ja?«

»Wenn Sie Ihre Bluse aufknöpfen würden, damit ich …«

Katrine sah ungläubig an sich hinunter. »Sie wollen … die hier sehen?«

Als sie die Hände unter ihre Brüste legte, war ihr, als spürte sie die Körperwärme des Mannes auf dem Bett bis zu ihr ausstrahlen.

Draußen hörte sie das Klirren des Schlüssels.

»Geben Sie uns bitte noch ein paar Minuten«, sagte sie laut, ohne Rico Herrem aus dem Blick zu lassen.

Das Klirren verstummte, der Mann draußen sagte etwas und schien sich ein paar Schritte zu entfernen.

Rico Herrems Adamsapfel rackerte sich unter der Haut ab.

»Reden Sie weiter«, sagte sie.

»Nicht bevor ...«

»Also, folgendes Angebot. Die Bluse bleibt zugeknöpft. Aber ich kneife in eine der Brustwarzen, damit Sie sie sehen können. Vorausgesetzt, dass das, was Sie mir sagen können, wirklich gut ist.«

»Ja!«

»Rühren Sie sich von der Stelle, gilt unsere Abmachung nicht mehr. Verstanden?«

»Okay.«

»Gut, lassen Sie hören.«

»Ich habe diesen Dämon auf seine Brust tätowiert.«

»Hier? Im Gefängnis?«

Er zog ein Blatt unter seinem Bett hervor.

Katrine ging einen Schritt auf ihn zu.

»Stopp!«

Sie blieb stehen. Sah ihn an. Hob die rechte Hand und suchte ihre Brustwarze unter dem dünnen BH-Stoff. Nahm sie zwischen Daumen und Zeigefinger. Kniff zu. Ignorierte den stechenden Schmerz. Blieb stehen. Aufrecht. Blut strömte in die Warze und machte sie steif. Sie ließ ihn schauen und hörte seinen Atem schneller werden.

Er reichte ihr die Zeichnung, und sie erkannte darin die Beschreibung des Vollzugsbeamten. Das Gesicht des Dämons. Verzerrt, als hinge es mit Haken an Wangen und Stirn fest. Als schrie es vor Schmerzen, um endlich loszukommen.

»Ich dachte, dieses Tattoo hätte er schon Jahre vor seinem Tod gehabt?«, sagte sie.

»Das würde ich nicht gerade sagen.«

»Wie meinen Sie das?« Katrine studierte die Linien der Zeichnung.

»Ich würde sogar sagen, er hat das erst nach seinem Tod gekriegt.«

Sie sah auf. Sah seinen Blick, der noch immer an ihrer Bluse klebte. »Sie behaupten, Valentin nach seinem Tod tätowiert zu haben?«

»Hören Sie mir nicht zu, Katrine? Valentin ist nicht tot.«

»Aber ... wen ...?«

»Zwei Knöpfe.«

»Was?«

»Machen Sie die oberen beiden Knöpfe auf.«

Sie knöpfte drei auf und schob die Bluse zur Seite. Ließ ihn das BH-Körbchen sehen, unter dem noch immer die steife Warze zu erkennen war.

»Judas.« Jetzt flüsterte er. »Ich habe Judas tätowiert. Valentin hatte ihn drei Tage in seinem Koffer liegen. Einfach so. Stellen Sie sich das mal vor.«

»Judas Johansen?«

»Alle dachten, er wäre abgehauen, dabei hat Valentin ihn erschlagen und in seinem Koffer versteckt. Niemand sucht in einem Koffer nach einem erwachsenen Mann, oder? Valentin hatte ihm derart die Fresse zermatscht, dass ich mich wirklich gefragt habe, ob das tatsächlich Judas ist. Ein Haufen Hackfleisch. Das hätte jeder sein können. Das Einzige, das an ihm einigermaßen heile war, war die Brust, die ich tätowieren sollte.«

»Judas Johansen. Es war seine Leiche, die gefunden worden ist?«

»Und weil ich das gesagt habe, bin ich jetzt auch ein toter Mann.«

»Aber warum hat er Judas umgebracht?«

»Valentin war hier drinnen ziemlich verhasst. Das hatte natürlich damit zu tun, dass er sich an kleinen Mädchen vergriffen hat. Die waren ja noch nicht mal zehn. Dann die Sache mit der Zahnärztin. Die war hier sehr beliebt. Auch bei den Wächtern. Es war nur eine Frage der Zeit, wann er das Opfer eines dummen Unfalls geworden oder an einer Überdosis gestorben wäre. Vermutlich hätte es so ausgesehen, als hätte er Selbstmord begangen. Deshalb hat er etwas unternommen, um dem zuvorzukommen.«

»Er hätte doch einfach abhauen können.«

»Die hätten ihn gefunden. Er musste es so aussehen lassen, als wäre er tot.«

»Und sein Kumpel Judas ...«

»Kam ihm da gerade recht. Valentin ist nicht wie wir anderen, Katrine.«

Katrine ignorierte sein »wir«, mit dem er auch sie einschloss. »Warum erzählen Sie mir das? Damit machen Sie sich doch zum Mitschuldigen?«

»Ich habe lediglich einen Toten tätowiert. Außerdem müssen Sie Valentin kriegen.«

»Warum?«

Der Rotschädel schloss die Augen. »Ich habe in der letzten Zeit viel geträumt, Katrine. Er ist auf dem Weg. Auf dem Weg zurück zu den Lebenden. Aber vorher muss er alles Alte ausrotten. Alle, die ihm im Weg stehen, beseitigen. Jeden, der etwas weiß. Und ich bin einer davon. Ich werde nächste Woche entlassen. Ihr müsst ihn schnappen ...«

»... bevor er Sie schnappt«, vollendete Katrine den Refrain und starrte den Mann vor sich an. Das heißt, sie starrte auf einen Punkt direkt vor seiner Stirn, wo sich die Szene abspielte, wie Rico die drei Tage alte Leiche tätowierte. Und diese Szene war derart beunruhigend, dass sie nichts anderes sah oder hörte. Bis sie spürte, wie ein winziger Tropfen ihren Hals traf, während er leise grunzte. Sie sprang von dem Stuhl auf, stolperte zur Tür und spürte die Übelkeit kommen.

Anton Mittet wachte auf.
Sein Herz hämmerte wild, und er schluckte Luft.

Einen Moment lang blinzelte er verwirrt, ehe sein Blick sich scharf stellte.

Vor sich sah er eine weiße Wand. Er saß noch immer auf dem Stuhl, hatte den Kopf aber an die Wand gelehnt. Er hatte geschlafen, im Dienst.

So etwas war ihm noch nie passiert. Er hob die linke Hand und hatte den Eindruck, sie wöge zwanzig Kilo. Und warum raste sein Herz so, als wäre er einen Halbmarathon gelaufen? Er sah auf die Uhr. Viertel nach elf. Er hatte mehr als eine Stunde geschlafen. Wie hatte das passieren können? Sein Herz beruhigte sich ganz langsam. Das musste all der Stress der letzten Wochen gewesen sein.

Die vielen Wachen, der fehlende Tagesrhythmus. Laura und Mona.

Aber was hatte ihn geweckt? Ein neuerliches Geräusch?

Er lauschte.

Nichts. Nur flirrende Stille. Und das vage Gefühl, dass sein Hirn etwas Beunruhigendes registrierte. Wie wenn er daheim in ihrem Haus in Drammen unten am Fluss schlief. Er wusste, dass unmittelbar vor dem geöffneten Fenster die Boote mit ihren dröhnenden Außenbordern vorbeifuhren, aber sein Hirn registrierte den Lärm nicht. Ein leises Knirschen der Schlafzimmertür hingegen reichte, dass er senkrecht im Bett saß. Laura behauptete, das ginge seit dem Fall in Drammen so. Seit sie den jungen René Kalsnes oben am Fluss gefunden hatten.

Er schloss die Augen und riss sie wieder auf. Mein Gott, er wäre beinahe wieder eingeschlafen! Zur Sicherheit stand er auf, doch da wurde ihm schlagartig so schwindelig, dass er sich wieder setzen musste. Er machte die Augen auf und zu. Verdammt, waren seine Sinne benebelt.

Er sah auf den leeren Becher Kaffee, der neben seinem Stuhl stand. Er sollte sich einen doppelten Espresso holen, aber der Behälter war ja leer. So ein Mist. Vielleicht konnte er Mona anrufen und sie bitten, ihm eine Tasse mitzubringen, bis zur nächsten Visite dauerte es sicher nicht mehr lange. Er nahm das Telefon heraus. Ihre Nummer hatte er unter GAMLEM KONTAKT REICHSHOSPITAL gespeichert. Eine reine Sicherheitsmaßnahme, falls Laura sein Telefon checken und dabei bemerken sollte, wie häufig er mit dieser Nummer telefoniert hatte. Die SMS löschte er natürlich immer gleich sofort. Anton Mittet wollte seinen Finger auf das grüne Telefonsymbol legen, als sein Hirn endlich so weit wach war und den ungewohnten Laut identifizieren konnte.

Es war die Stille.

Es war der Laut, der nicht da war, der ihn irritierte.

Das Piepen des Sonars. Das Geräusch des Monitors, der die Herzschläge registrierte. Anton kam auf die Beine. Taumelte zur Tür und riss sie auf. Versuchte, den Schwindel wegzublinzeln, und fixierte den grünen Bildschirm der Maschine. Den flachen, toten Strich, der von links nach rechts führte.

Er lief zum Bett. Starrte auf das blasse Gesicht auf dem Kissen. Vom Flur hörte er das Geräusch laufender Schritte. Das Schwesternzimmer musste alarmiert worden sein, als die Maschine keine Herztöne mehr registriert hatte. Anton legte automatisch seine Hand auf die Stirn des Mannes. Sie war noch warm. Trotzdem hatte Anton genug Leichen gesehen, um keinen Zweifel zu haben. Der Patient war tot.

TEIL III

KAPITEL 11

Die Beerdigung des Patienten war eine kurze, effektive Angelegenheit mit äußerst spärlichem Publikum. Der Pastor versuchte nicht einmal anzudeuten, dass der Mann im Sarg eine von allen geliebte Person gewesen war, dass er ein vorbildliches Leben gelebt und sich damit für das Paradies qualifiziert hatte. Stattdessen kam er direkt auf Jesus zu sprechen, der allen Sündern Vergebung versprochen hatte.

Es waren nicht einmal genügend Leute da, um den Sarg zu tragen, so dass er vor dem Altar stehen blieb, als die wenigen Beerdigungsgäste aus der Vestre-Aker-Kirche in das Schneegestöber traten. Die Mehrheit der Anwesenden – insgesamt waren es vier – waren Polizisten, die gemeinsam in ein Auto stiegen und in das Restaurant Justisen fuhren, das gerade neu eröffnet hatte.

Dort wartete bereits ein Psychologe auf sie. Sie traten sich den Schnee von den Stiefeln, bestellten sich je ein Bier und eine Flasche Wasser, das aber auch nicht sauberer oder wohlschmeckender war als das, was aus den Wasserhähnen der Stadt kam. Sie prosteten sich zu, verfluchten den Toten, wie es der Brauch verlangte, und tranken.

»Er ist zu früh gestorben«, sagte der Leiter des Dezernats, Gunnar Hagen.

»Nur ein bisschen zu früh«, sagte die Leiterin der Kriminaltechnik, Beate Lønn.

»Möge er lange in der Hölle schmoren«, sagte der rothaarige Kriminaltechniker in der handgenähten, mit Fransen behängten Lederjacke, Bjørn Holm.

»Als Psychologe kann ich aus eurem Verhalten nur die Diagnose ableiten, dass ihr den Bezug zu euren eigenen Gefühlen verloren habt«, sagte Ståle Aune und prostete ihnen mit seinem Bierglas zu.

»Danke, Doktor, aber die Diagnose ist ganz einfach: *Polizei*«, sagte Hagen.

»Die Obduktion«, sagte Katrine. »Ich weiß nicht, ob ich die Schlussfolgerung ganz verstanden habe.«

»Er ist an einem Herzinfarkt gestorben«, sagte Beate. »So etwas passiert hin und wieder.«

»Aber er war doch gerade erst aus dem Koma aufgewacht«, sagte Bjørn Holm.

»So etwas kann uns alle jederzeit treffen«, erwiderte Beate mit tonloser Stimme.

»Na, herzlichen Dank«, sagte Hagen grinsend. »Und jetzt, da wir mit dem Toten fertig sind, würde ich vorschlagen, den Blick wieder nach vorn zu richten.«

»Die schnelle Verarbeitung traumatischer Erlebnisse ist ein Kennzeichen von geringer Intelligenz.« Aune nahm einen Schluck. »Wollte ich nur anmerken.«

Hagen richtete seinen Blick einen Moment lang auf den Psychologen, ehe er fortfuhr: »Ich fand es ganz passend, dass wir uns hier treffen und nicht im Präsidium.«

»Ja, warum sind wir eigentlich hier?«, fragte Bjørn Holm.

»Um über die Polizistenmorde zu reden.« Er drehte sich um. »Katrine?«

Katrine Bratt nickte. Räusperte sich.

»Ich will euch kurz über den Stand der Dinge informieren, damit auch unser Psychologe auf dem Laufenden ist«, sagte sie. »Zwei Polizisten sind ermordet worden. Beide an Tatorten früherer, unaufgeklärter Morde, an deren Ermittlungen sie selbst beteiligt waren. Was die aktuellen Morde betrifft, hatten wir bislang weder Spuren noch Verdächtige oder Anhaltspunkte für ein mögliches Motiv. Und was die ursprünglichen Morde angeht, sind wir bislang davon ausgegangen, dass diese sexuell motiviert waren. Es gab vereinzelte Indizien und Beweisstücke, aber nichts, was auf einen konkreten Verdächtigen hingedeutet hätte. Das heißt, es sind natürlich einige Leute verhört worden, aber die wurden alle als unverdächtig eingestuft, weil sie ein Alibi hatten oder dann doch nicht ins Profil passten. Einer von denen ist jetzt allerdings wieder in unser Blickfeld geraten ...«

Sie zog etwas aus der Tasche und legte es auf den Tisch, damit alle es sehen konnten. Es war die Fotografie eines Mannes mit bloßem Oberkörper. Datum und Nummer zeigten, dass es sich um ein Verbrecherfoto handelte, das die Polizei von einem Häftling gemacht hatte.

»Das ist Valentin Gjertsen. Ein Sittlichkeitsverbrecher, der sich an Männern, Frauen und Kindern vergriffen hat. Die erste Anzeige kam, als er sechzehn war, da hatte er ein neunjähriges Mädchen belästigt, das er in ein Ruderboot gelockt hatte. Im Jahr danach hat ihn seine Nachbarin angezeigt, die er im Waschkeller zu vergewaltigen versucht hat.«

»Und was bringt ihn in Verbindung mit den Fällen im Maridalen und am Tryvann?«, fragte Bjørn Holm.

»Vorläufig nur die Tatsache, dass er ins Täterprofil passt und dass die Frau, die ihm Alibis für beide Tatzeitpunkte gegeben hat, diese gerade zurückgezogen hat. Er hatte damals von ihr verlangt, ihm Alibis zu geben.«

»Valentin hatte ihr erzählt, die Polizei würde versuchen, ihm etwas anzuhängen«, sagte Beate Lønn.

»Aha«, brummte Hagen. »Das könnte der Grund für seinen Hass auf die Polizei sein. Was meinen Sie, Doktor. Wäre so etwas denkbar?«

Aune dachte einen Moment lang schmatzend nach. »Durchaus, durchaus. Aber die generelle Regel, an die ich mich in Bezug auf die menschliche Psyche halte, ist, dass absolut alles denkbar und möglich ist. Und darüber hinaus noch so einiges mehr, Sachen, die wir uns gar nicht vorstellen können.«

»Während Valentin Gjertsen seine Haftstrafe für Übergriffe auf Minderjährige absaß, hat er in Ila eine Zahnärztin vergewaltigt und verstümmelt. Aus Angst, dass sich dafür jemand an ihm rächen würde, hat er seinen Ausbruch geplant. Sich aus Ila abzusetzen ist bekanntlich kein Hexenwerk, Valentin wollte aber, dass es so aussah, als wäre er tot, damit ihm auch hinterher keiner ans Leder ging. Er hat deshalb seinen Mitgefangenen Judas Johansen getötet, so lange auf ihn eingeschlagen, bis sein Gesicht unkenntlich war, und die Leiche dann versteckt, damit Judas, als er beim morgendlichen Durchzählen nicht auftauchte, als Ausbrecher eingestuft wurde. Dann hat Valentin den Tätowierer des Gefängnisses gezwungen, eine Kopie des Dämons, den er selbst auf der Brust trägt, auf die unversehrte Brust des Toten zu tätowieren. Er hat damit gedroht, den Tätowierer wie auch seine Familie zu töten, sollte dieser jemals etwas davon sagen. In der Nacht, in der Valentin dann selbst geflohen ist, hat er der Leiche von Judas Johansen seine eigenen Kleider angezogen, hat ihn in seine Zelle gezerrt und die Tür offen stehen lassen, damit es so aussah, als hätte dort jeder hineingehen können. Am nächsten Morgen haben sie dann den Leichnam von, wie sie glaubten, Valentin Gjertsen gefunden, was niemanden wirklich überrascht hat. In ihren Augen war es nur eine Frage der Zeit gewesen, wann jemand den verhassten Mitgefangenen umbringen würde. Der Fall war so klar, dass sie nicht einmal die Fingerabdrücke der Leiche nahmen, geschweige denn einen DNA-Abgleich machten.«

Einen Moment lang war es vollkommen still am Tisch. Ein anderer Gast betrat das Lokal und wollte sich an den Nachbartisch setzen, aber ein Blick von Hagen reichte, damit er weiter hinten Platz nahm.

»Du willst uns damit also sagen, dass Valentin ausgebrochen und bei bester Gesundheit ist?«, sagte Beate Lønn. »Und dass er der ursprüngliche Täter sein könnte und auch als Polizistenmörder in Frage käme? Und das Motiv der letzten Morde soll seine Wut auf die Polizei sein? Aber weshalb nutzt er seine früheren Tatorte? Und was genau will er rächen? Dass die Polizei ihre Arbeit macht? Dann wären nicht mehr viele von uns am Leben.«

»Ich bin mir nicht sicher, ob er es generell auf Polizisten abgesehen hat«, sagte Katrine. »Einer der Vollzugsbeamten hat mir gesagt, dass sie in Ila Besuch von einem Polizisten gehabt hätten, der mit einigen Häftlingen über die Mädchenmorde im Maridalen und am Tryvann gesprochen hat, mit den richtig üblen Verbrechern, den vorsätzlichen Mördern, und angeblich hat er selber mehr erzählt als gefragt. Und er hat Valentin als ...«, Katrine nahm Anlauf, »... *Kinderficker* bezeichnet.«

Sie sah, dass alle, sogar Beate Lønn, zusammenzuckten. Es war schon merkwürdig, dass ein einziges Wort eine stärkere Wirkung erzielen konnte als die schlimmsten Tatortbilder.

»Das ist fast schon so etwas wie ein direktes Todesurteil, nicht wahr?«

»Und wer war dieser Polizist?«

»Der Beamte, mit dem ich gesprochen habe, erinnerte sich nicht, und er ist auch nirgends registriert worden. Aber wir können ja mal einen Tipp abgeben.«

»Erlend Vennesla oder Bertil Nilsen«, sagte Bjørn Holm.

»So langsam zeichnet sich da ein Bild ab, meint ihr nicht auch?«, sagte Gunnar Hagen. »Dieser Judas war der gleichen extremen Gewalt ausgesetzt, die wir auch bei den Polizistenmorden gesehen haben. Doktor?«

»Ja doch«, sagte Aune. »Mörder sind Gewohnheitstiere, die sich an einmal ausprobierte Techniken oder Methoden halten, um ihren Hass auszuleben und loszuwerden.«

»Bei dem Mord an Judas gab es dafür aber einen ganz konkreten Grund«, sagte Beate. »Valentin musste seine eigene Flucht verbergen.«

»Wenn es denn wirklich so gewesen ist«, sagte Bjørn Holm.

»Dieser Häftling, mit dem Katrine gesprochen hat, ist ja nicht gerade ein verlässlicher Zeuge.«

»Nein«, sagte Katrine. »Aber *ich* glaube ihm.«

»Warum?«

Katrine verzog ihren Mund zu einem schiefen Grinsen. »Was hat Harry immer gesagt? Intuition ist nur die Summe der vielen kleinen, aber ganz konkreten Dinge, die das Hirn noch nicht in Worte fassen kann.«

»Könnten wir nicht die Leiche exhumieren und die Identität feststellen?«, fragte Aune.

»Raten Sie mal«, sagte Katrine.

»Verbrannt?«

»Valentin hat eine Woche vor seinem Tod ein Testament gemacht und darin festgehalten, dass er nach seinem Tod so schnell wie nur eben möglich verbrannt werden will.«

»Und seitdem hat niemand von ihm gehört?«, fragte Holm.

»Bis er Vennesla und Nilsen getötet hat?«

»So lautet Katrines Hypothese«, sagte Gunnar Hagen. »Sie ist vorläufig noch ziemlich dürftig und gelinde gesagt gewagt, aber in Anbetracht der Zeit, die unsere Ermittlungsgruppe jetzt schon an diesen Morden sitzt, ohne auch nur einen Zentimeter weiterzukommen, habe ich Lust, der Sache nachzugehen. Deshalb habe ich euch heute hier zusammengerufen. Ich möchte, dass ihr euch zu einer kleinen Spezialeinheit zusammenschließt und nur dieser Spur folgt. Den Rest überlasst ihr der großen Gruppe. Wenn ihr den Auftrag annehmt, erstattet ihr ausschließlich mir Bericht. Und …«, das Husten klang kurz und hart wie ein Pistolenschuss, »… damit meine ich wirklich nur mir.«

»Aha«, sagte Beate. »Heißt das, dass …«

»Ja, das heißt, dass ihr im Verborgenen arbeitet.«

»Im Verborgenen vor wem?«, fragte Bjørn Holm.

»Vor allen«, sagte Hagen. »Außer mir.«

Ståle Aune räusperte sich. »Und vor wem speziell?«

Hagen rollte eine Hautfalte seines Halses zwischen Daumen

und Zeigefinger. Seine Augenlider hatten sich halb geschlossen wie bei einer Echse in der Sonne.

»Bellman«, konstatierte Beate. »Unserem Polizeichef.«

Hagen breitete die Arme aus. »Ich will einfach nur Resultate. Wir hatten Erfolg mit einer unabhängigen kleinen Gruppe, als Harry noch bei uns war. Aber der Polizeipräsident lehnt das definitiv ab. Er will eine große Gruppe. Doch diese große Gruppe tritt auf der Stelle, und wir *müssen* den Polizistenmörder einfach kriegen! Schaffen wir das nicht, bricht hier alles zusammen. Sollte es zu einer Konfrontation mit dem Polizeipräsidenten kommen, übernehme ich natürlich die volle Verantwortung. Ich werde sagen, dass ich euch nicht darüber informiert habe, dass er von dieser Gruppe nichts wusste. Aber ich verstehe natürlich, dass ich euch damit in eine blöde Lage bringe, die Entscheidung liegt also bei euch.«

Katrine merkte, wie ihr Blick und der der anderen zu Beate Lønn ging. Sie alle wussten, dass die eigentliche Entscheidung bei ihr lag. Machte sie mit, machten alle mit. Sagte sie hingegen nein …

»Dieses Dämonengesicht auf seiner Brust«, sagte Beate. Sie hatte die Fotografie vom Tisch genommen und studierte sie gründlich. »Das sieht aus wie etwas, das rauswill. Raus aus dem Gefängnis, raus aus seinem Körper. Oder seinem eigenen Gehirn. Genau wie bei dem Schneemann. Vielleicht ist er einer von denen.«

Sie hob den Kopf, lächelte flüchtig und sagte: »Ich bin dabei.«

Hagen musterte die anderen und bekam der Reihe nach bestätigende Blicke.

»Gut«, sagte Hagen. »Ich werde wie bisher die offizielle Ermittlungsgruppe leiten, während Katrine formell diese Einheit anführt. Da sie offiziell zum Polizeidistrikt Bergen und Hordaland gehört, braucht ihr den hiesigen Polizeipräsidenten gar nicht zu informieren.«

»Wir arbeiten für Bergen«, sagte Beate. »Tja, warum nicht? Auf Bergen, Leute!«
Sie erhoben ihre Gläser.

Als sie auf dem Bürgersteig vor dem Justisen standen, fiel leichter Regen. Es roch nach Split, Öl und Asphalt.
»Lasst mich die Gelegenheit nutzen, euch zu danken, dass ihr mich wieder zurückhaben wollt«, sagte Ståle Aune und knöpfte seinen Burberry-Mantel zu.
»Die Rückkehr der glorreichen Fünf«, sagte Katrine lächelnd.
»Genau wie in alten Tagen«, sagte Bjørn und klopfte sich zufrieden auf den Bauch.
»Fast«, sagte Beate. »Nur einer fehlt.«
»He!«, sagte Hagen. »Wir hatten beschlossen, nicht mehr über ihn zu reden. Er ist weg, und daran ist nichts zu ändern.«
»Er wird nie ganz weg sein, Gunnar.«
Hagen seufzte und sah zum Himmel. Zuckte mit den Schultern. »Vielleicht nicht. Eine Studentin der Polizeihochschule, die im Krankenhaus Wachdienst hatte, hat mich gefragt, ob Harry Hole jemals einen Mordfall nicht aufgeklärt hätte. Ich dachte erst, sie sei eine von diesen ganz Schlauen, und habe geantwortet, dass der Fall Gusto Hanssen nie gelöst worden sei. Und heute habe ich erfahren, dass meine Sekretärin eine Anfrage von der PHS bekommen hat, ob sie die Unterlagen genau dieses Falls zugestellt bekommen könnten.« Hagen lächelte traurig. »Vielleicht ist er doch im Begriff, eine Legende zu werden. Trotz allem.«
»Harry wird immer im Kopf der Leute sein«, sagte Bjørn Holm. »Eine ganz eigene Liga.«
»Na ja, mag sein«, sagte Beate. »Aber wir fünf sind ihm verdammt dicht auf den Fersen, oder?«
Sie sahen sich an. Nickten. Verabschiedeten sich mit kurzem, festem Händedruck und verließen den Ort in drei verschiedene Richtungen.

Kapitel 12

Mikael Bellman sah die Gestalt über das Korn seiner Pistole. Er kniff ein Auge halb zu, drückte den Abzug langsam nach hinten und spürte sein Herz schlagen. Ruhig, aber schwer, das Blut pochte bis in seine Fingerspitzen. Die Gestalt bewegte sich nicht. Das kam ihm nur so vor, weil er selbst nicht ruhig stand. Er ließ den Abzug los, holte tief Luft, fokussierte erneut. Bekam die Gestalt wieder über das Korn und drückte ab. Sah ein Zucken durch sie gehen. Das richtige Zucken. Tot. Mikael Bellman wusste, dass er einen tödlichen Kopfschuss gesetzt hatte.

»Her mit der Leiche, damit wir sie obduzieren können«, rief er und ließ die Heckler & Koch P30L sinken. Er nahm die Ohrenschützer und die Schutzbrille ab. Hörte das elektrische Surren und Singen der Kabel und sah die Gestalt auf sich zusegeln, bis sie einen halben Meter vor ihm zum Stillstand kam.

»Gut«, sagte Truls Berntsen, nahm den Finger vom Schalter, und das Surren verstummte.

»In Ordnung«, sagte Mikael und studierte das Papierziel mit den eingerissenen Löchern in Torso und Kopf. Nickte in Richtung der Zielscheibe mit dem komplett zerschossenen Kopf auf der Nachbarbahn. »Aber nicht so gut wie du.«

»Für die Prüfung allemal gut genug. Ich habe gehört, dass in diesem Jahr zehn Komma zwei Prozent durchgefallen sind.« Truls tauschte seine Zielscheibe mit geübten Händen aus, drückte erneut auf den Schalter, und die neue Gestalt rauschte mit einem Surren nach hinten. Vor der grünen Metallplatte etwa zwanzig Meter entfernt stoppte sie. Ein paar Bahnen links von ihnen hörte Mikael helles Lachen. Dann sah er zwei Frauen die Köpfe zusammenstecken und zu ihnen herüberschielen. Bestimmt PHS-Studentinnen, die ihn wiedererkannt hatten. Alle Geräusche hatten hier drinnen ihre eigene Frequenz, so dass Mikael noch durch das Knallen der Schüsse die Peitschenschläge auf dem Papier und das Einschlagen der Kugeln in die Metallplatte hören konnte. Gefolgt von dem leisen metallischen Klicken, wenn die Kugeln in den Behälter fielen, der unter dem Ziel stand und in dem alle Projektile gesammelt wurden.

»Mehr als zehn Prozent unserer Einsatzkräfte sind im Ernstfall nicht in der Lage, sich oder andere zu verteidigen. Was sagt der Herr Polizeipräsident dazu?«

»Nicht alle Polizisten können so viel trainieren wie du, Truls.«

»Du meinst, haben so viel Zeit wie ich, oder?«

Truls stieß sein irritierend grunzendes Lachen aus, während Mikael Bellman seinen Untergebenen und alten Schulfreund musterte. Die schief stehenden Zähne, um die Truls' Eltern sich nie gekümmert hatten, das rote Zahnfleisch. Alles schien wie immer, doch irgendetwas war anders. Vielleicht lag das aber auch nur an der neuen Frisur. Oder hatte es mit der Suspendierung zu tun? Solche Dinge wirkten sich scheinbar auch bei Leuten aus, die sonst nicht sonderlich sensibel waren. Vielleicht gerade bei denen, die es nicht gewohnt waren, ständig und überall ihre Gefühle zu zeigen, sondern sie in ihrem Inneren verschlossen hielten und darauf hofften, dass sie vorübergingen. Gerade solche Menschen waren gefährdet, irgendwann zusammenzubrechen. Sich eine Kugel in den Kopf zu jagen.

Aber Truls wirkte zufrieden. Er lachte die ganze Zeit. Mikael hatte Truls einmal in seiner Jugend gesagt, dass man bei seinem Lachen eine Gänsehaut bekam und dass er versuchen sollte, anders zu lachen. Wie die anderen, sympathischer. Truls hatte daraufhin nur noch lauter gelacht und mit dem Finger auf Mikael gezeigt. Ohne Worte, nur mit diesem grunzend schnaubenden Lachen.

»Willst du nicht bald danach fragen?«, sagte Truls, als er sein Magazin lud.

»Wonach?«

»Nach dem Geld auf meinem Konto.«

Mikael verlagerte sein Gewicht auf das andere Bein. »Hast du mich deshalb hierherbestellt? Damit ich dich das frage?«

»Willst du nicht wissen, was das für Geld ist?«

»Warum sollte ich ausgerechnet jetzt auf eine Antwort drängen?«

»Du bist der Polizeipräsident.«

»Und du hast dich entschlossen, nichts zu sagen, ich finde das zwar dumm von dir, respektiere es aber.«

»Ach, tust du das?« Truls setzte das Magazin wieder ein. »Es könnte aber auch sein, dass du mich nicht bedrängst, weil du längst *weißt*, woher das Geld stammt, oder, Mikael?«

Mikael sah seinen alten Freund an, und jetzt konnte er erkennen, was anders war. In Truls' Augen war wieder das irre Strahlen, das er früher immer dann bekommen hatte, wenn die älteren Jungs in Manglerud mal wieder das Großmaul Mikael vertrimmen wollten, das sich Ulla unter den Nagel gerissen hatte. Wenn Mikael sich hinter ihm versteckt und er wie eine fleckige, von Kratzern übersäte Hyäne die Zähne gefletscht hatte. Truls hatte schon so viel Prügel einstecken müssen, dass ein bisschen mehr oder weniger keine Rolle mehr spielte. Und seine Gegner hatten irgendwann gelernt, dass es weh tat, Truls zu verprügeln, mehr, als es die Sache wert war. Denn wenn Truls diesen irren Blick bekam, diesen Hyänenglanz in den Augen, bedeutete das, dass er zu sterben bereit war und seinen Gegner, sollte er ihn mit seinen Zähnen zu fassen kriegen, nie wieder loslassen würde. Er würde sich in dich verbeißen, bis du in die Knie gingst oder ihm den Kopf abhacktest. Später hatte Mikael dieses irre Leuchten nur noch selten gesehen. Einmal noch, als er in der Tiefgarage auf den Homo losgegangen war. Und das letzte Mal, als er ihm das mit der Suspendierung mitgeteilt hatte. Doch jetzt schien dieses irre, fiebrige Leuchten nicht mehr verlöschen zu wollen.

Mikael schüttelte langsam und ungläubig den Kopf. »Wovon redest du, Truls?«

»Vielleicht ist das Geld indirekt ja von dir gekommen. Vielleicht warst du es ja, der mich die ganze Zeit über bezahlt und mir Asajev auf den Hals gehetzt hat.«

»Truls, ich glaube, du hast zu viel Pulverstaub inhaliert. Was soll ich denn mit Asajev zu tun gehabt haben?«

»Vielleicht sollten wir ihn mal fragen.«

»Rudolf Asajev ist tot, Truls.«

»Gott, wie passend, nicht wahr? Dass alle, die etwas aussagen könnten, rein zufällig sterben.«

Alle, dachte Mikael Bellman. Außer dir.

»Außer mir«, sagte Truls grinsend.

»Ich muss jetzt los«, sagte Mikael Bellman, riss seine Zielscheibe herunter und faltete sie zusammen.

»Oha«, sagte Truls. »Es ist ja Mittwoch.«

Mikael erstarrte. »Was?«

»Ach, ich habe mich nur daran erinnert, dass du mittwochs um diese Uhrzeit immer dein Büro verlassen hast.«

Mikael sah ihn durchdringend an. Es war merkwürdig, er kannte Truls jetzt seit zwanzig Jahren, konnte aber noch immer nicht mit Sicherheit sagen, ob er dumm oder clever war.

»Genau. Und noch ein Rat von mir. Dir ist sicher damit gedient, deine Spekulationen für dich zu behalten. So wie die Situation jetzt ist, würde dir das nur schaden, Truls. Und vielleicht solltest du mir auch nicht zu viel sagen. Das könnte mich sonst in Schwierigkeiten bringen, falls ich als Zeuge geladen werde. Verstehst du?«

Aber Truls hatte sich bereits die Ohrenschützer aufgesetzt und sich in Richtung Zielscheibe gedreht. Beide Augen waren weit geöffnet. Ein Lichtblitz. Zwei. Drei. Die Pistole sah aus, als wollte sie sich losreißen, aber Truls' Griff war zu fest. Hyänenfest.

Draußen auf dem Parkplatz spürte Mikael das Handy in seiner Hosentasche vibrieren.

Es war Ulla.

»Hast du mit dem Kammerjäger gesprochen?«

»Ja«, sagte Mikael, der bis jetzt nicht einen Gedanken daran verschwendet, geschweige denn mit jemandem gesprochen hatte.

»Und was hat er gesagt?«

»Er meinte, dass der Geruch gut von einer Maus oder Ratte stammen kann, die irgendwo im Fundament steckt. Da es sich aber um Beton handelt, kann nichts passieren. Wenn sie verwest ist, verschwindet der Geruch von allein wieder. Sie haben uns auf jeden Fall davon abgeraten, die Terrasse aufzureißen. Okay?«

»Du hättest die Terrasse lieber von Fachleuten gießen lassen sollen und nicht von Truls.«

»Er hat das mitten in der Nacht gemacht, ohne dass ich ihn darum gebeten hätte, das habe ich dir doch schon mal gesagt. Wo bist du jetzt, Schatz?«

»Ich habe gleich eine Verabredung mit einer Freundin. Schaffst du es heute Abend zum Essen?«

»Ja doch. Und mach dir über unsere Terrasse keine Gedanken, okay, Schatz?«

»Okay.«

Er legte auf. Dachte daran, dass er zweimal Schatz gesagt hatte, mindestens einmal zu oft, so hörte es sich an wie eine Lüge. Er ließ das Auto an, drückte auf das Gaspedal, ließ die Kupplung kommen und spürte den angenehmen Druck des Hinterkopfs gegen die Kopfstütze, als der nagelneue Audi auf dem offenen Parkplatz beschleunigte. Er dachte an Isabelle. Spürte in sich hinein und fühlte bereits das Blut an eine zentrale Stelle strömen. Und das seltsame Paradoxon, dass es keine Lüge gewesen war. Die Liebe, die er für Ulla empfand, war nie so greifbar, wie in den Momenten, bevor er sie mit einer anderen betrog.

Anton Mittet saß mit geschlossenen Augen auf der Terrasse und spürte die Wärme der Sonne auf seinem Gesicht. Der Frühling kam, auch wenn der Winter vorläufig noch die Überhand hatte. Dann öffnete er die Augen wieder und warf einen Blick auf den Brief, der vor ihm auf dem Tisch lag.

Das Logo des Drammener Gesundheitsamtes prangte in Blau auf dem weißen Papier. Das Ergebnis der Blutprobe. Er wartete noch einen Moment damit, den Umschlag zu öffnen, und sah über den Fluss. Als sie den Prospekt über die neuen Wohnungen im Flusspark am Westufer gesehen hatten, war ihnen die Entscheidung leichtgefallen. Die Kinder waren ausgezogen, und es war mit den Jahren nicht leichter geworden, den widerspenstigen Garten und das alte Holzhaus in Konnerud zu pflegen, das sie von Lauras Eltern geerbt hatten. Den ganzen Klump zu verkaufen und sich eine moderne, pflegeleichte Wohnung anzuschaffen würde ihnen beiden mehr Zeit lassen. Noch dazu hätten sie dann das Geld, um sich die Träume zu erfüllen, die sie schon so lange hatten. Gemeinsam zu reisen. Ferne Länder zu erobern und all die Dinge zu erleben, die einem das kurze Leben hier auf Erden bot.

Warum hatten sie das nicht gemacht? Warum waren sie nie verreist? Warum hatte er auch das auf die lange Bank geschoben?

Anton rückte die Sonnenbrille zurecht und schubste den Brief hin und her. Statt ihn zu öffnen, holte er sein Handy aus der weiten Hosentasche.

Lag es an der Hektik des Alltags, daran, dass die Tage immer gleich und wie im Flug vergingen? Oder an dem Blick über den Fluss, der ihn so unglaublich beruhigte? Hatte er Angst davor, so viel Zeit mit Laura verbringen zu müssen? Fürchtete er, dass etwas an die Oberfläche kommen könnte? Über ihre

Beziehung? Oder war es der Fall, der ihm so viel Energie abgezogen hatte, der ihn seiner Tatkraft beraubt und ihn in ein Leben katapultiert hatte, in dem ihn einzig die tägliche Routine vor dem totalen Kollaps rettete? Dann war Mona aufgetaucht ...
Anton sah auf das Display. GAMLEM KONTAKT REICHSHOSPITAL.
Darunter standen drei Alternativen: Anruf. SMS. Bearbeiten.
Bearbeiten. Wenn das Leben doch auch so einen Knopf hätte. Wie anders könnte dann alles sein. Dann hätte er diesen Schlagstock auch im Nachhinein noch melden können, Mona nicht auf den entscheidenden Kaffee eingeladen, und eingeschlafen wäre er dann auch nicht.
Aber er *war* eingeschlafen.
Im Dienst auf einem harten Holzstuhl. Er, der nicht einmal nach einem langen Arbeitstag in seinem eigenen Bett Schlaf fand. Es war einfach unbegreiflich. Auch die Tatsache, dass er noch lange danach wie im Halbschlaf herumgeirrt war und ihn nicht einmal das Gesicht des Toten oder all der Aufruhr richtig hatte wecken können. Er hatte wie ein Zombie mit vernebeltem Hirn dagestanden, außerstande, etwas zu tun oder auf Fragen zu antworten. Wobei es den Patienten nicht unbedingt gerettet hätte, wenn er nicht eingeschlafen wäre. Die Obduktion hatte ergeben, dass der Patient aller Wahrscheinlichkeit nach an einem Herzinfarkt gestorben war. Aber Anton hatte seinen Job nicht gemacht. Wobei das nie jemand erfahren müsste, weil er nichts gesagt hatte. Trotzdem, er wusste ganz genau, dass er wieder versagt hatte.
Anton Mittet starrte auf die Tasten.
Anruf. SMS. Bearbeiten.
Es war an der Zeit. An der Zeit, etwas zu tun. Das Richtige zu tun. Aktiv zu werden und nicht zu warten.
Er drückte auf Bearbeiten. Weitere Alternativen wurden angezeigt.
Er traf eine Wahl. Die richtige Wahl. LÖSCHEN.

Dann zog er den Brief zu sich und riss ihn auf. Nahm das Blatt heraus und las. Gleich am Morgen nach dem Tod des Patienten war er ins Gesundheitsamt gefahren. Er hatte angegeben, er sei Polizist und habe eine Tablette genommen, von der er nicht genau wüsste, wie sie wirkte. Er fühle sich unwohl und habe Angst, so zur Arbeit zu gehen. Der Amtsarzt hatte ihn erst nur krankschreiben wollen, doch Anton hatte darauf bestanden, dass er eine Blutprobe nahm.

Seine Augen scannten das Blatt. Er verstand nicht alle Bezeichnungen und Namen oder was die Zahlenwerte dahinter zu bedeuten hatten, der Arzt hatte am Ende der Analysewerte aber zwei erklärende Sätze hinzugefügt:

Nitrazepam ist ein Bestandteil starker Schlafmittel. Sie dürfen KEINE solchen Tabletten nehmen, ohne zuvor einen Arzt konsultiert zu haben.

Anton schloss die Augen und sog die Luft durch die zusammengepressten Zähne ein.

Verdammt.

Dann hatte er mit seinem Verdacht also recht gehabt. Er war unter Drogen gesetzt worden, und er ahnte auch, wie. Der Kaffee. Das Geräusch, das er auf dem Flur gehört hatte. Die Schachtel, in der nur noch diese eine Kapsel gewesen war. Er hatte sich ja gefragt, ob der Deckel perforiert gewesen war. Das Mittel musste durch das Aluminium in den Kaffee gespritzt worden sein. Anschließend hatte der Betreffende nur abwarten müssen, dass Anton sich seinen eigenen Schlaftrunk braute, Espresso mit Nitrazepam.

Es hieß, der Patient sei eines natürlichen Todes gestorben. Oder genauer gesagt, dass es keine Anhaltspunkte gebe, die auf eine Straftat hindeuteten. Ein wichtiger Teil dieser Schlussfolgerung basierte natürlich auf Antons Aussage, der angegeben hatte, dass nach der Visite des Arztes etwa zwei Stunden vor dem Tod des Patienten niemand sein Zimmer betreten hatte.

Anton wusste, was er zu tun hatte. Er musste den Vorfall

melden. Er griff zu seinem Telefon. Einen neuerlichen Fehler melden. Erklären, warum er nicht gleich gesagt hatte, dass er eingeschlafen war. Er starrte auf das Display. Dieses Mal würde ihn nicht mal Gunnar Hagen retten können. Er legte das Telefon wieder hin. Er wollte wirklich anrufen. Aber noch nicht jetzt.

Mikael Bellman band sich vor dem Spiegel seinen Schlips.
»Du warst gut heute«, sagte die Stimme im Bett.
Mikael musste ihr recht geben. Im nächsten Moment stand Isabelle Skøyen hinter ihm auf und zog ihre Strümpfe an. »Hat das was damit zu tun, dass er tot ist?«
Sie warf die Tagesdecke aus Rentierleder über die Steppdecke. Über dem Spiegel hing ein beeindruckendes Geweih, und an den Wänden prangten Bilder samischer Künstler. Die Zimmer in diesem Flügel waren von Künstlerinnen gestaltet worden, die den Räumen auch ihren Namen gegeben hatten. Das Zimmer, das sie für diese Mittwoche gebucht hatten, war nach einer Joikerin benannt. Man hatte sich an der Rezeption entschuldigt, weil japanische Gäste kurz vorher das Geweih des Rentierbullen gestohlen hatten. Sie hingen vermutlich noch immer dem Aberglauben an, dass das Hornextrakt die Potenz steigerte. Mikael hatte bei den letzten Malen selbst daran gedacht. Heute allerdings nicht. Vielleicht hatte sie recht. Vielleicht war es wirklich die Erleichterung, dass dieser Patient endlich gestorben war.
»Ich will nicht wissen, wie das abgelaufen ist«, sagte er.
»Ich könnte es dir ohnehin nicht sagen«, erwiderte sie und zog den Rock hoch.
»Lass uns nicht mehr drüber reden.«
Sie stellte sich hinter ihn und biss ihm in den Nacken.
»Sieh nicht so besorgt aus«, lachte sie. »Das Leben ist ein Spiel.«
»Für dich vielleicht. Ich habe noch immer diese schrecklichen Polizistenmorde aufzuklären.«

»Du musst nicht wiedergewählt werden. Ich hingegen schon. Aber sehe ich deshalb besorgt aus?«

Er zuckte mit den Schultern. Streckte sich nach seiner Jacke.

»Gehst du zuerst?«

Er lächelte, als sie seinen Hinterkopf tätschelte. Hörte ihre Absätze in Richtung Tür klackern.

»Kann sein, dass ich nächsten Mittwoch nicht kann«, sagte sie. »Die Senatssitzung ist verschoben worden.«

»Okay«, sagte er und spürte, dass es genau das war, okay. Nein, mehr als das, er war erleichtert. Spürbar.

Bei der Tür blieb sie stehen und lauschte wie gewohnt auf Schritte, um sicherzugehen, draußen auf dem Flur freie Bahn zu haben. »Liebst du mich?«

Er öffnete den Mund. Sah sich im Spiegel. Registrierte das schwarze Loch inmitten seines Gesichts, aus dem kein Laut kam. Und hörte ihr leises Lachen.

»Das war ein Scherz«, flüsterte sie. »Aber du hast Angst gekriegt, nicht wahr? Zehn Minuten.«

Die Tür ging auf und fiel hinter ihr ins Schloss.

Sie hatten vereinbart, dass der andere das Zimmer zehn Minuten später verließ. Er wusste nicht mehr, ob das ihre oder seine Idee gewesen war. Damals waren sie vermutlich davon ausgegangen, dass die Gefahr, in der Lobby auf einen neugierigen Journalisten oder ein bekanntes Gesicht zu stoßen, recht hoch war, doch bis jetzt war es nie zu einer solchen Begegnung gekommen.

Mikael nahm den Kamm und kämmte sich die etwas zu langen Haare. Die Spitzen waren noch nass von der Dusche. Isabelle duschte nie, nachdem sie Sex gehabt hatten, sie liebte es, ihn anschließend noch zu riechen, meinte sie. Er sah auf die Uhr. Der Sex war heute wirklich gut gewesen, er hatte gar nicht an Gusto denken müssen und den Höhepunkt sogar noch hinauszögern können. So lange, dass er jetzt zu spät zu der Sitzung im Rathaus kam, wenn er die vollen zehn Minuten wartete.

Ulla Bellman sah auf die Uhr, eine Movado im 1947er Design, die sie von Mikael zum Hochzeitstag bekommen hatte. Zwanzig nach eins. Sie lehnte sich in dem Sessel zurück, ließ den Blick durch die Lobby schweifen und fragte sich, ob sie ihn wiedererkennen würde, schließlich hatten sie sich eigentlich nur zweimal gesehen. Das erste Mal, als er ihr in der Polizeistation Stovner die Tür aufgehalten hatte, als sie zu Mikael wollte. Damals hatte er sich selbst vorgestellt. Ein charmanter Nordnorweger. Das andere Mal bei der Weihnachtsfeier auf der Wache in Stovner. Sie hatten getanzt, und er hatte sie etwas enger an sich gedrückt, als es eigentlich schicklich war. Nicht, dass sie etwas dagegen gehabt hätte, es war ein unschuldiger Flirt gewesen, eine Bestätigung, die sie sich gegönnt hatte, schließlich saß Mikael ja irgendwo im Raum, und die anderen Polizeifrauen tanzten auch mit den Kollegen ihrer Männer. Aber nicht nur Mikael hatte sie damals mit Argusaugen beobachtet. Ein anderer Mann hatte mit einem Drink in der Hand dicht neben der Tanzfläche gestanden. Truls Berntsen. Anschließend hatte Ulla Truls gefragt, ob er nicht mit ihr tanzen wolle, aber er hatte grinsend abgelehnt und gesagt, er sei kein großer Tänzer.

Runar. Sie hatte seinen Namen längst vergessen, nachdem sie ihn nie wiedergesehen oder etwas von ihm gehört hatte. Bis er sie nun ganz überraschend angerufen und um dieses Treffen gebeten hatte. Angeblich ging es um etwas Wichtiges, weshalb er auf einem persönlichen Treffen bestanden hatte. Er müsse ihr etwas zeigen, hatte er gesagt, wobei seine Stimme seltsam verzerrt geklungen hatte.

Sie hatte auf einen schnellen Kaffee eingewilligt, da sie am Vormittag ohnehin etwas in der Stadt zu erledigen hätte. Was gelogen war. Ebenso gelogen wie die Antwort, die sie Mikael auf seine Frage gegeben hatte, wo sie sei. Sie war nicht mit einer Freundin verabredet. Sie hatte das nicht geplant, aber die Frage war so überraschend gekommen. Und sie hatte im gleichen Moment erkannt, dass sie Mikael hätte erzählen müssen, dass sie einen seiner früheren Kollegen zum Kaffee treffen wollte. Warum hatte sie es nicht getan? Weil sie insgeheim ahnte, dass das, was er ihr zeigen wollte, mit Mikael zu tun hatte? Sie bereute es bereits, hier zu sein, und sah noch einmal auf die Uhr.

Ihr war aufgefallen, dass der Mann an der Rezeption sie schon ein paarmal angesehen hatte. Sie hatte ihr Cape abgelegt, unter dem sie einen Pullover und eine Hose trug, die ihre schlanke Silhouette betonten. Sie war nicht oft in der Stadt und hatte deshalb etwas mehr Zeit aufgewendet, sich zu schminken und die langen blonden Haare zu frisieren, die die Jungs in Manglerud immer dazu gebracht hatten, an ihr vorbeizufahren, um zu sehen, ob die Vorderseite hielt, was die Rückseite versprach. Ihre Blicke waren immer wieder eine Bestätigung für sie gewesen. Mikaels Vater hatte ihr einmal erzählt, dass sie aussah wie die Hübsche von The Mamas & The Papas, aber sie wusste nicht, wer das war, und hatte auch nie versucht, es herauszufinden.

Sie sah zur Schwingtür, durch die immer neue Menschen hereinströmten, aber keiner hatte den suchenden Blick, den sie erwartete.

Dann hörte sie das *Pling* des Fahrstuhls und sah eine großgewachsene Frau im Pelzmantel herauskommen. Isabelle Skøyen. Die Sozialsenatorin. Sie war schon einmal bei ihnen zu Hause gewesen, als Mikael den Empfang zu seiner Ernennung gegeben hatte. Eigentlich war es eine Einweihungsparty für das neue Haus gewesen, doch anstelle von Freunden hatte Mikael größtenteils Leute eingeladen, die wichtig für seine Karriere waren. Oder »ihre« Karriere, wie er es nannte. Truls Berntsen war einer der wenigen, den sie kannte, und er war nicht gerade der Typ, mit dem man sich den ganzen Abend unterhielt. Wobei sie dafür auch gar keine Zeit gehabt hätte, da sie als Gastgeberin alle Hände voll zu tun gehabt hatte.

Isabelle Skøyen schaute in ihre Richtung und wollte weitergehen, aber Ulla bemerkte ein kurzes Zögern, das zeigte, dass sie Ulla erkannt hatte und nun vor der Wahl stand, einfach so zu tun, als ob sie sie nicht erkannte, oder zu ihr zu gehen und ein paar Worte mit ihr zu wechseln. Letzteres hätte Ulla gerne vermieden. Es ging ihr manchmal so. Auch mit diesem Truls. In gewisser Weise mochte sie ihn, schließlich kannten sie sich seit ihrer Jugend, und er war nett und loyal. Aber trotzdem. Sie hoffte, dass Isabelle sich für die erste Variante entschied, und zu ihrer Erleichterung sah sie sie auch in Richtung Schwingtür gehen. Doch dann schien sie ihre Entscheidung zu revidieren, schwang auf dem Absatz herum und kam mit einem strahlenden Lächeln und blitzenden Augen auf sie zugesegelt. Isabelle erinnerte Ulla an eine dramatisch ausgeformte Galionsfigur, die durch die Wellen auf sie zupflügte.

»Ulla!«, rief sie schon aus einigen Metern Entfernung, als begegnete sie einer lange verschollenen guten Freundin.

Ulla stand auf. Der Gedanke an die Frage, die jetzt kommen musste, quälte sie bereits: Was machen Sie denn hier?

»Schön, Sie hier zu sehen. Die kleine Party neulich bei Ihnen war wirklich nett!«

Isabelle Skøyen hatte ihre Hand auf Ullas Schulter gelegt und beugte sich bereits vor, um Ulla mit einem Kuss auf die Wange zu begrüßen. Kleine Party? Sie waren zweiunddreißig Gäste gewesen.

»Nur schade, dass ich so früh gehen musste.«

Ulla erinnerte sich, dass Isabelle recht angetrunken gewesen war. Und dass die große, attraktive Senatorin für eine ganze Weile mit Mikael auf der Terrasse verschwunden war, während sie selbst drinnen servieren musste. Einen Moment lang war Ulla damals fast eifersüchtig gewesen.

»Das macht doch nichts, es war uns eine Ehre, dass Sie überhaupt gekommen sind.« Ulla hoffte, dass ihr Lächeln nicht so steif aussah, wie es sich anfühlte.

»Isabelle.« Die Sozialsenatorin blickte auf sie herunter. Musterte sie. Als suchte sie nach etwas. Die Antwort auf die

Frage, die sie noch nicht gestellt hatte: Was machen Sie denn hier, meine Liebe?

Ulla entschied sich für die Wahrheit, die sie später auch Mikael gegenüber erwähnen würde.

»Ich muss leider gleich weiter«, sagte Isabelle, ohne Anstalten zu machen, zu gehen oder Ulla aus ihrem Blick zu entlassen.

»Ja, Ihr Tag ist bestimmt hektischer als meiner«, sagte Ulla und hörte zu ihrer Verärgerung, dass sie doch wieder dieses dumme Lachen von sich gab, das sie eigentlich lassen wollte. Isabelle sah sie noch immer an, und Ulla hatte plötzlich das Gefühl, als wollte die fremde Frau die Antwort aus ihr herausquetschen, ohne überhaupt zu fragen: Was machte die Frau des Polizeipräsidenten hier in der Rezeption des Grand Hotels?

Mein Gott, dachte sie etwa, Ulla würde hier einen Liebhaber treffen? War sie deshalb so diskret? Ulla spürte, dass ihr verkrampftes Lächeln sich etwas lockerte und sie schließlich so lächelte, wie sie lächeln wollte. Mit den Augen. Fast hätte sie Isabelle Skøyen direkt ins Gesicht gelacht. Aber warum sollte sie das tun? Das Merkwürdige war bloß, dass auch Isabelle so aussah, als würde sie lachen.

»Ich hoffe, wir sehen uns bald wieder«, sagte sie und drückte Ullas Hand zwischen ihren großen, kräftigen Fingern.

Dann drehte sie sich um und segelte zurück durch die Lobby in Richtung Ausgang, wo ein Page bereits zur Tür eilte, um ihren Abgang zu begleiten. Ulla sah noch, wie sie ihr Handy aus der Tasche nahm und eine Nummer eintippte, bevor sie durch die Schwingtür verschwand.

Mikael stand an der Tür des Aufzugs, der nur wenige Schritte von dem samischen Zimmer entfernt war. Er sah auf die Uhr. Es waren nur drei oder vier Minuten vergangen, aber das musste reichen, eigentlich kam es ja nur darauf an, dass sie nicht *zusammen* gesehen wurden. Es war immer Isabelle, die das Zimmer buchte. Wenn er dann zehn Minuten später eintraf, erwartete sie ihn schon im Bett. Ihr gefiel das so. Aber ihm auch?

Zum Glück waren es nur drei Minuten vom Grand bis zum Rathaus, in dem der Senatsleiter auf ihn wartete.

Die Türen des Fahrstuhls öffneten sich, und Mikael trat ein. Drückte auf Erdgeschoss. Der Fahrstuhl setzte sich in Bewegung und hielt gleich darauf wieder an. Die Türen öffneten sich.

»Guten Tag.«

Deutsche Touristen. Ein älteres Ehepaar. Auf der Brust ein alter Fotoapparat in einer braunen Lederhülle. Er lächelte und machte gutgelaunt Platz. Isabelle hatte recht, es war eine Riesenerleichterung für ihn, dass der Patient endlich tot war. Von seinen langen Nackenhaaren lief ein Tropfen Wasser über seinen Hals und wurde vom Hemdkragen aufgesogen. Ulla hatte ihm geraten, sich für den neuen Job die Haare schneiden zu lassen, aber warum? Unterstrich sein jugendliches Aussehen doch gerade den wichtigsten Punkt, dass er – Mikael Bellman – der jüngste Polizeipräsident war, den Oslo je gehabt hatte.

Mikael drückte noch einmal den Knopf, und die Türen schlossen sich.

Sie fuhren schweigend nach unten.

Als die Türen sich öffneten und sie in die Lobby traten, vibrierte das Handy an seinem Oberschenkel. Es war ein Anruf eingegangen, während er im Fahrstuhl gewesen war, von Isabelle. Er wollte sie gerade zurückrufen, als er eine SMS empfing.

Habe gerade in der Lobby mit Deiner Frau gesprochen ☺

Mikael blieb wie angewurzelt stehen, aber es war zu spät.

Ulla saß in einem Sessel direkt vor ihm. Wie hübsch sie war. Sie hatte sich zurechtgemacht. Mehr als sonst. Die Überraschung war ihr anzusehen.

»Hallo, Liebes«, platzte er heraus und hörte, wie falsch seine Worte klangen. Auch ihr Gesichtsausdruck ließ daran keinen Zweifel.

Ihr Blick klebte auf ihm, und die Überraschung in ihren Augen wich langsam etwas anderem. Mikael Bellmans Hirn arbeitete auf Hochtouren. Es empfing Signale, bearbeitete Informationen, suchte nach Zusammenhängen und schlussfolgerte. Er konnte die nassen Spitzen seiner Haare nicht einfach ignorieren oder dass sie Isabelle gesehen hatte und dass auch ihr Hirn blitzschnell kalkulierte. So ist das menschliche Gehirn nun mal. Unerbittlich setzt es alle Informationen zu einem logischen Ganzen zusammen. Jetzt war die Überraschung in ihrem Blick voll und ganz einer Form von Gewissheit gewichen. Sie senkte den Kopf, so dass sie auf seinen Bauch blickte, als er vor sie trat.

Er erkannte ihre Stimme kaum wieder, als sie flüsterte: »Da hast du ihre SMS wohl ein bisschen zu spät bekommen.«

Katrine drehte den Schlüssel im Schloss herum und zog an der Tür, aber sie klemmte.

Gunnar Hagen trat vor und rüttelte sie los.

Warme, stickige Feuchtigkeit schlug den fünf Personen entgegen.

»Hier«, sagte Gunnar Hagen. »Wir haben hier seit dem letzten Mal nichts verändert.«

Katrine betrat als Erste den Raum und schaltete das Licht ein. »Willkommen in der Bergenser Polizeizweigstelle Oslo«, sagte sie trocken.

Beate Lønn trat über die Türschwelle. »Hier sollen wir uns also verstecken?«

Die Neonröhren warfen blaues, kaltes Licht in den viereckigen, fensterlosen Betonraum mit dem graublauen Linoleumboden und den kahlen Wänden. Es gab drei Schreibtische samt Stühlen und PC. Auf einem Tisch thronten eine braun verkrustete Kaffeemaschine und ein Wasserkanister.

»Wir haben unser Büro im *Keller* des Präsidiums?«, fragte Ståle Aune ungläubig.

»Formell betrachtet, befinden wir uns hier im Zuständigkeitsbereich des Osloer Gefängnisses«, sagte Gunnar Hagen. »Der Tunnel, an dem der Raum liegt, führt unter dem Park hindurch, und wenn man die Treppe gleich hier hinter der Tür hochgeht, landet man im Empfangsbereich des Gefängnisses.« Seine Antwort wurde von den ersten Klängen von George Gershwins »Rhapsody in Blue« untermalt. Hagen nahm sein Handy. Katrine blickte über seine Schulter und las den Namen Anton Mittet auf dem Display. Hagen drückte das Gespräch weg und steckte das Handy zurück in die Tasche.

»Wir haben jetzt eine Besprechung des Ermittlungsteams, ich lasse euch dann mal allein«, sagte er.

Die anderen blieben stehen und sahen sich wortlos an, nachdem Hagen gegangen war.

»Das ist aber warm hier«, sagte Katrine und knöpfte sich die Jacke auf. »Dabei sehe ich gar keine Heizung.«

»Die Kessel der Heizanlage des Gefängnisses stehen nebenan«, sagte Bjørn Holm mit einem Lachen und warf seine Jacke über die Lehne des Stuhls neben sich. »Wir haben das damals nur den Heizraum genannt.«

»Du warst schon mal hier?« Aune lockerte seine Fliege.

»Oh ja. Aber damals hatten wir noch eine kleinere Gruppe.« Er deutete mit dem Kopf zu den Tischen, »Drei, wie ihr sehen könnt. Den Fall haben wir trotzdem gelöst. Damals war Harry der Chef ...« Sein Blick huschte zu Katrine. »Also, ich wollte damit nicht ...«

»Ist schon in Ordnung, Bjørn«, sagte Katrine. »Ich bin nicht Harry, und ich bin hier auch nicht die Chefin. Auch wenn ihr offiziell mir Bericht zu erstatten habt, damit Hagen seine Hände in Unschuld waschen kann. Aber ich habe mehr als genug mit mir selbst zu tun. Ich würde sagen, Beate ist die Chefin. Sie ist von uns allen am längsten dabei und hat Führungserfahrung.«

Alle Blicke richteten sich auf Beate. Sie zuckte mit den Schultern. »Wenn ihr das wollt, kann ich, soweit das überhaupt nötig ist, die Leitung übernehmen.«

»Das *wird* nötig sein«, sagte Katrine.

Aune und Bjørn nickten.

»Gut«, sagte Beate. »Dann lasst uns loslegen. Wir haben Handyempfang und Internetanschluss. Und wir haben ... Kaffeetassen.«

Sie holte hinter der Kaffeemaschine eine weiße Tasse hervor. Las, was mit Filzstift darauf geschrieben stand. »Hank Williams?«

»Meine«, sagte Bjørn.

Sie hob die nächste an. »Und die hier?«

»Harrys.«

»Okay, dann verteilen wir die Aufgaben«, sagte Beate und stellte die Tasse ab. »Katrine?«

»Ich überwache das Netz. Es gibt noch immer kein Lebenszeichen, weder was Valentin Gjertsen noch Judas Johansen betrifft. Es erfordert eine gewisse Intelligenz, sich vor dem elektronischen Auge verborgen zu halten, und das stärkt unseren Verdacht, dass es nicht Judas Johansen war, der ausgebrochen ist. Er weiß, dass er bei der Polizei nicht gerade oberste Priorität hat, und es wäre unsinnig, ein paar Monate vor seiner Entlassung abzuhauen und sich konstant verstecken zu müssen. Valentin hingegen hat viel mehr zu verlieren. Aber egal, wer von den beiden auch immer die elektronische Welt betritt – ich finde ihn.«

»Gut. Bjørn?«

»Ich gehe sämtliche Berichte durch, in denen Valentin und Judas genannt werden, und suche nach einer möglichen Verbindung zu den Fällen im Maridalen und am Tryvann. Personen, die in beiden Fällen auftauchen, Spuren, denen noch nicht nachgegangen worden ist. Und ich erstelle eine Liste aller Personen, die die beiden kennen und die uns vielleicht helfen können, sie zu finden. Die, mit denen ich bis jetzt über Judas

Johansen gesprochen habe, sind recht offen. Was hingegen Valentin Gjertsen angeht ...«
»Haben sie Angst?«
Bjørn nickte.
»Ståle?«
»Ich schaue mir die Berichte über Valentin und Judas an und versuche, Profile von den beiden zu erstellen. Und ich versuche herauszuarbeiten, inwieweit sie zu dem Täterprofil eines möglichen Serientäters passen.«
Es wurde still im Raum. Zum ersten Mal hatte einer von ihnen dieses Wort ausgesprochen.
»In diesem Fall ist das Wort Serientäter nur ein technischer, mechanischer Terminus, keine Diagnose«, fügte Ståle Aune schnell hinzu. »Also die Bezeichnung für einen Täter, der mehr als einen Menschen umgebracht hat und eventuell wieder töten könnte, okay?«
»Okay«, sagte Beate. »Ich selbst schaue mir das gesamte Bildmaterial an, das die Überwachungskameras rund um die Tatorte aufgezeichnet haben. Also an Tankstellen, rund um die Uhr geöffneten Kiosks, Radarfallen. Einen Teil davon habe ich in Zusammenhang mit den Polizistenmorden schon durch, aber nicht alles. Und dann muss ich das noch für die ursprünglichen Morde machen.«
»Genug zu tun«, sagte Katrine.
»Ja, genug zu tun«, wiederholte Beate.
Die vier blieben stehen und sahen einander an. Dann nahm Beate Harrys Tasse und stellte sie zurück hinter die Kaffeemaschine.

KAPITEL 13

»Und sonst so?«, fragte Ulla und lehnte sich an die Arbeitsplatte ihrer Küche.

»Tja, geht alles seinen Gang«, sagte Truls, rutschte auf seinem Stuhl herum, nahm die Kaffeetasse von dem schmalen Küchentisch und trank einen Schluck. Sah sie mit dem Blick an, den sie so gut kannte. Ängstlich und hungrig. Schüchtern und suchend. Abweisend und flehend. Nein und ja.

Sie hatte es sofort bereut, eingewilligt zu haben, dass er sie besuchen käme. Sie war ganz einfach überrumpelt gewesen, als er sie unerwartet angerufen und gefragt hatte, wie es ihr in dem neuen Haus ginge und ob sie bei irgendetwas Hilfe bräuchte. Er hätte wegen seiner Suspendierung im Augenblick ja nicht gerade viel zu tun. Nein, es gäbe nichts zu tun, hatte sie gelogen. Nicht? Und wie wär's einfach mit einem Kaffee, einem Plausch über alte Zeiten? Ulla hatte gezögert, gesagt, sie wisse nicht recht … aber Truls hatte sie glattweg ignoriert und gesagt, er sei ohnehin in ihrer Nähe und würde gern auf einen Sprung vorbeikommen, so dass sie schließlich eingewilligt hatte.

»Wie du weißt, bin ich ja noch immer allein«, sagte er. »Da gibt es leider keine Neuigkeiten.«

»Ja, aber du wirst schon noch jemanden finden.« Sie sah demonstrativ auf ihre Uhr und überlegte, ob sie vorgeben sollte, die Kinder abholen zu müssen. Aber selbst ein Junggeselle wie Truls würde realisieren, dass es dafür noch viel zu früh war.

»Vielleicht«, sagte er, starrte in seine Tasse und trank noch einen Schluck, ehe er sie wieder abstellte. Als nähme er Anlauf, dachte sie schaudernd.
»Wie du weißt, habe ich dich immer sehr gemocht, Ulla.«
Ullas Finger umklammerten den Rand der Arbeitsplatte.
»Solltest du jemals in Schwierigkeiten sein oder ... oder jemanden zum Reden brauchen, kannst du jederzeit auf mich zählen. Das weißt du hoffentlich.«
Ulla blinzelte. Hatte sie richtig gehört? *Reden?*
»Danke, Truls«, sagte sie. »Aber ich habe ja Mikael.«
Er stellte die Tasse langsam ab. »Ja, natürlich. Du hast ja Mikael.«
»Apropos, ich muss langsam mit dem Kochen anfangen. Für ihn und die Kinder.«
»Ja, das musst du wohl. Du stehst hier und kochst Essen für ihn, während er ...«
Er hielt inne.
»Während er was, Truls?«
»Woanders isst.«
»Ich verstehe nicht ganz, was du meinst, Truls.«
»Ich glaube, du verstehst das ganz genau. Hör mal, ich bin nur hier, um dir zu helfen. Ich will nur dein Bestes, Ulla, für dich, und die Kinder natürlich. Die Kinder sind wichtig.«
»Ich möchte heute etwas richtig Gutes für sie kochen. Und für die ganze Familie kochen ist aufwendig, Truls. Das braucht Zeit. Wenn du also ...«
»Ulla, es gibt da eine Sache, die ich dir sagen will.«
»Nein, Truls, nein. Bitte sag es nicht.«
»Du bist zu gut für Mikael. Weißt du, wie viele andere Frauen er ...?«
»Nein, Truls!«
»Aber ...«
»Truls, ich will, dass du jetzt gehst. Und dass du eine ganze Weile nicht wiederkommst.«

Ulla beobachtete durch das Küchenfenster, wie Truls durch das Gartentor trat und zu seinem Wagen ging, der neben der Schotterstraße stand, die sich zwischen den neugebauten Villen durch Høyenhall zog. Mikael hatte gesagt, er würde ein paar Strippen ziehen und die richtigen Leute bei der Stadt anrufen, damit die Straße endlich asphaltiert wurde, aber bislang war noch nichts geschehen. Sie hörte das kurze Zwitschern, als Truls auf seinen Autoschlüssel drückte und die Alarmanlage sich ausschaltete. Er stieg ein, blieb aber regungslos auf dem Fahrersitz sitzen und starrte durch die Frontscheibe. Dann ging ein Ruck durch ihn und er begann zu schlagen. Er hämmerte so hart auf das Lenkrad ein, dass sie noch von weitem erkennen konnte, wie es nachgab. Ein Schauer lief über ihren Rücken. Mikael hatte ihr von Truls' Wutanfällen erzählt, aber sie hatte noch nie einen mit eigenen Augen gesehen. Wäre Truls nicht bei der Polizei, wäre er laut Mikael sicher kriminell geworden. Das Gleiche sagte er allerdings auch über sich, wenn er den harten Mann markierte. Sie glaubte das nicht, Mikael war zu strebsam, zu ... anpassungsfähig. Truls hingegen ... Truls war aus einem ganz anderen, viel dunkleren Holz geschnitzt.

Truls Berntsen. Der einfache, naive, loyale Truls. Sie hatte einen Verdacht gehabt, das war klar, es wunderte sie aber trotzdem, dass Truls so ausgekocht, so gerissen sein konnte. So ... phantasievoll.

Grand Hotel.

Das waren die schmerzhaftesten Sekunden ihres Lebens gewesen. Dabei hatte sie selbst durchaus schon öfter den Gedanken gehabt, dass Mikael ihr untreu sein könnte. Besonders seit er keinen Sex mehr mit ihr hatte. Aber dafür hatte es auch noch andere mögliche Erklärungen gegeben. Der Stress wegen dieser Polizistenmorde ... Aber Isabelle Skøyen? In einem Hotel, nüchtern und am helllichten Tag? Natürlich hatte sie durchschaut, dass das Ganze von jemandem arrangiert worden sein musste. Aber wenn jemand wusste, dass die zwei zu diesem Zeitpunkt dort sein würden, hieß das doch, dass es sich um eine bereits eingespielte Routine handelte. Sie könnte kotzen, wenn sie nur daran dachte.

Und dann sah sie wieder Mikaels kreidebleiches Gesicht vor sich. Seine ängstlichen, schuldbewussten Augen, wie bei einem kleinen Jungen, der beim Apfelklauen erwischt worden war. Wie schaffte er das nur? Wie konnte dieses treulose Schwein aussehen wie jemand, über den man eigentlich schützend seine Hand legen wollte? Er war es doch, der durch sein Verhalten alles in den Dreck gezogen hatte. Er war Vater von drei Kindern, wie konnte er da so aussehen, als trüge er ein Kreuz mit sich herum?

»Ich komme heute früh nach Hause«, hatte er geflüstert. »Lass uns dann darüber reden. Bevor die Kinder ... Ich muss in vier Minuten im Rathaus sein.« Hatte da wirklich eine Träne im Augenwinkel geklebt? Erdreistete er sich jetzt wirklich, auch noch zu heulen?

Nachdem er gegangen war, hatte sie sich überraschend schnell gesammelt. Vielleicht ist das so bei Menschen, die ganz genau wissen, dass sie keine andere Wahl haben. Dass es keine Alternative gibt und zu kapitulieren keine Option ist. Mit benommener Ruhe hatte sie die Nummer gewählt, von der der Mann, der sich als Runar ausgegeben hatte, sie angerufen hatte. Keine Antwort. Sie hatte noch fünf Minuten gewartet und war dann gegangen. Als sie wieder zu Hause war, hatte sie die Nummer durch eine der Frauen, die sie im Kriminalamt kannte, checken lassen. Es handelte sich um eine nicht registrierte Nummer eines Prepaidhandys. Wer betrieb einen solchen Aufwand und dirigierte sie persönlich ins Grand, damit sie es mit eigenen Augen sah? Ein Journalist der Klatschpresse? Eine mehr oder minder wohlmeinende Freundin? Jemand von Isabelles Bekannten, ein rachsüchtiger Rivale von Mikael? Oder jemand, der ihn nicht von Isabelle, sondern von Ulla trennen wollte? Jemand, der Mikael oder sie hasste. Oder sie liebte und darauf hoffte, eine Chance zu bekommen, wenn er sie erst von Mikael trennte. Sie kannte nur einen, der sie mehr liebte, als für sie alle gut war.

Sie hatte ihren Verdacht Mikael gegenüber nicht geäußert, als sie später am Tag darüber geredet hatten. Er schien ihre Anwesenheit in der Hotellobby tatsächlich für einen Zufall zu halten, eines dieser unwahrscheinlichen Zusammentreffen, die man Schicksal nennt.

Mikael hatte gar nicht erst zu lügen versucht oder seine Verabredung mit Isabelle geleugnet. Das musste sie ihm lassen. Er war nicht so dumm zu glauben, dass sie es nicht wusste. Dann hatte er ihr erklärt, dass sie ihn gar nicht zu bitten bräuchte, die Affäre zu beenden, weil er das schon aus eigener Initiative getan hatte, noch bevor Isabelle das Hotel verlassen hatte. Er hatte tatsächlich das Wort »Affäre« benutzt. Nicht ungeschickt, es hörte sich damit klein, unwichtig und schmutzig an, wie etwas, das man schnell mit einem Besen unter den Teppich kehren konnte. Ein »Verhältnis« hingegen war etwas ganz anderes. Sie glaubte allerdings nicht, dass er ihre Beziehung schon im Hotel beendet hatte, dafür hatte Isabelle zu gutgelaunt gewirkt. Das Nächste, was er gesagt hatte, hatte dann wieder der Wahrheit entsprochen. Sollte das publik werden, würde der daraus resultierende Skandal nicht nur ihm, sondern auch den Kindern und damit indirekt ihr schaden. Und das zum denkbar schlechtesten Zeitpunkt. Der Senatsleiter hatte mit ihm nämlich über Politik sprechen wollen. Sie hätten ihn gern in ihrer Partei, weil sie ihn auf lange Sicht für einen interessanten Kandidaten für ein politisches Amt erachteten. Er sei genau der Mensch, den sie suchten: jung, ambitioniert, populär, erfolgreich. Wenigstens war das bis zu den Polizistenmorden so gewesen. Doch sobald dieser Fall aufgeklärt sei, sollten sie sich zusammensetzen und gemeinsam über seine Zukunft diskutieren. Möglicherweise lag die ja nicht bei der Polizei, sondern in der Politik. Mikael gefiel der Gedanke, er glaubte, dort am meisten ausrichten zu können, hatte sich allerdings noch nicht definitiv entschieden. Es war aber natürlich klar, dass ihm ein Sexskandal alle Türen verschließen würde.

Außerdem waren da natürlich sie und die Kinder. Was aus seiner Karriere wurde, war verglichen mit einem solchen Verlust vollkommen unbedeutend. Sie hatte ihn unterbrochen, bevor sein Selbstmitleid zu große Höhen erreicht hatte, und ihm gesagt, dass sie sich selbst Gedanken gemacht und zu den gleichen Schlüssen gekommen sei. Seine Karriere. Ihre Kinder. Ihr gemeinsames Leben. Sie sagte, dass sie bereit wäre, ihm zu verzeihen, dass er ihr aber versprechen müsse, nie wieder Kontakt mit Isabelle Skøyen zu haben. Außer natürlich als Polizeipräsident bei offiziellen Veranstaltungen, wenn auch andere anwesend waren. Mikael hatte beinahe enttäuscht ausgesehen, als hätte er sich auf eine richtige Auseinandersetzung vorbereitet und nicht bloß auf ein zahmes Scharmützel, das in einem Ultimatum endete, das ihn teuer zu stehen kommen würde. Und abends, nachdem die Kinder im Bett waren, hatte er zum ersten Mal seit Monaten wieder die Initiative zum Sex ergriffen.

Ulla sah, wie Truls den Wagen anließ und davonfuhr. Sie hatte Mikael nichts von ihrem Verdacht gesagt und hatte auch nicht vor, das jemals zu tun. Wozu sollte das gut sein? Hatte sie recht, wäre Truls weiterhin der Spion, der Alarm schlug, falls die Vereinbarung, Isabelle Skøyen nicht mehr zu treffen, nicht eingehalten wurde.

Der Wagen verschwand, und mit dem Staub legte sich auch wieder die Stille über das Viertel. Ein Gedanke ging ihr durch den Kopf. Ein wilder und vollkommen inakzeptabler Gedanke, aber das Hirn lässt sich nicht gern zensieren. Sie und Truls. Hier im Schlafzimmer. Als Racheakt. Sie schob den Gedanken ebenso schnell beiseite, wie er gekommen war.

Senkrechter, dichter Regen lief über die Windschutzscheibe, und die Scheibenwischer kämpften verzweifelt gegen die Wassermassen an. Anton Mittet fuhr langsam. Es war stockfinster, und die nasse Scheibe verzerrte alles zu grotesken Bildern, als wäre er betrunken. Er sah auf die Uhr seines VW Sharan. Als sie den Wagen vor drei Jahren gekauft hatten, hatte Laura auf diesen Siebensitzer bestanden und im Spaß hatte er sich gefragt, ob sie vielleicht eine Großfamilie plante. Dabei wusste er ganz genau, dass sie einfach nur Angst hatte, bei einem eventuellen Unfall in einem kleinen Auto ohne Knautschzone zu sitzen. Er kannte diese Straßen gut und wusste, dass die Chancen, um diese Tageszeit einem anderen Auto zu begegnen, recht gering waren. Trotzdem ging er kein Risiko ein.

Der Puls pochte heftig in seinen Schläfen. Hauptsächlich wegen des Anrufes, den er vor zwanzig Minuten erhalten hatte, aber sicher auch, weil er heute noch keinen Kaffee getrunken hatte. Nachdem er die Resultate der Blutprobe erhalten hatte, war ihm die Lust auf Kaffee vergangen. Was natürlich blöd war. Und jetzt hatten sich die koffeingewohnten Adern zusammengezogen, so dass die Kopfschmerzen wie eine unangenehme, klopfende Hintergrundmusik seinen Schädel malträtierten. Er hatte gelesen, dass die Abstinenzsymptome bei Koffeinabhängigen nach zwei Wochen abklingen. Aber Anton wollte seine Sucht gar nicht loswerden. Er wollte Kaffee. Doch er musste gut schmecken. Betörend, wie die Minznote auf Monas Zunge. Aber das Einzige, was er schmeckte, wenn er jetzt Kaffee trank, war der bittere Geschmack des Schlafmittels.

Er hatte sich aufgerafft und Gunnar Hagen angerufen, um ihm zu sagen, dass jemand ihn betäubt hatte, als der Patient gestorben war. Dass er geschlafen hatte, während vermutlich jemand bei ihm im Zimmer gewesen war, und dass es sich nicht um einen natürlichen Tod handelte, auch wenn die Ärzte das meinten. Es musste eine neuerliche, gründlichere Obduktion vorgenommen werden. Zweimal hatte er ihn zu erreichen versucht. Ohne Erfolg. Eine Nachricht hatte er ihm allerdings nicht hinterlassen. Er wollte die Wahrheit sagen. Wirklich, das hatte er vor. Und er würde es noch einmal versuchen. Denn so etwas holt einen immer ein. Wie jetzt. Es war wieder geschehen. Jemand war getötet worden. Er bremste und bog auf den Schotterweg ab, der nach oben zur Eikersaga führte. Als er Gas gab, hörte er, wie die kleinen Steinchen gegen den Radkasten geschleudert wurden.

Hier war es noch dunkler, und auf der Straße hatten sich bereits die ersten Pfützen gebildet. Es war bald Mitternacht. Der erste Mord war hier auch gegen Mitternacht geschehen. Da der Tatort an der Grenze zur Nachbargemeinde Nedre Eiker war, war ein Ortspolizist von dort als Erster zur Stelle gewesen, nachdem ihm telefonisch mitgeteilt worden war, dass jemand Lärm gehört und ein Auto im Fluss zu sehen geglaubt hatte. Der Polizist hatte nicht bloß außerhalb seines Zuständigkeitsgebiets agiert, sondern den Tatort überdies extrem verunreinigt. Er war mit seinem Auto hin und her gefahren und hatte alle potentiellen Spuren vernichtet.

Anton fuhr durch die Kurve, in der er ihn gefunden hatte. Den Schlagstock. Es war vier Tage nach dem Mord an René Kalsnes gewesen, und Anton hatte zum ersten Mal wieder freigehabt. Seine Unruhe hatte ihn dann aber doch wieder auf eigene Faust in den Wald getrieben. Morde waren hier im Polizeidistrikt Søndre Buskerud nicht gerade an der Tagesordnung. Er war außerhalb des Bereichs unterwegs, den sie mit ihren Hundertschaften bereits abgesucht hatten, und da hatte er plötzlich gelegen, dicht an der Straße unter den Fichten. In diesem Moment hatte Anton den fatalen Entschluss gefasst, den Fund nicht zu melden. Warum? In erster Linie, weil der Tatort in Eikersaga so weit entfernt war, dass der Schlagstock sicher nichts mit der Tat zu tun hatte. Später war er gefragt worden, warum er hier gesucht habe, wenn er wirklich der Meinung gewesen sei, der Bereich sei zu weit entfernt und damit nicht für den Fall relevant. Er hatte damals einfach nur gedacht, dass so ein Polizeischlagstock das Interesse der Öffentlichkeit nur unnötig auf die Polizei lenkte. Die stumpfen Verletzungen, die René Kalsnes zugefügt worden waren, konnten von einem x-beliebigen schweren Gegenstand stammen, vielleicht hatte er sie sich sogar bei dem Unfall zugezogen, da sein Auto ja von der Straße abgekommen und vierzig Meter in die Tiefe in den Fluss gestürzt war. Die Mordwaffe war dieser Stock ohnehin nicht. René Kalsnes war mit einer Pistole, Kaliber neun Millimeter, ins Gesicht geschossen worden und damit basta.

Ein paar Wochen später hatte Anton Laura von dem Schlagstock erzählt. Und sie hatte ihn zu guter Letzt davon überzeugt, diesen Fund doch noch zu melden. Es sei nicht an ihm, die Entscheidung darüber zu treffen, wie wichtig der Fund war. Also war er zu seinem Chef gegangen und hatte alles erzählt.

»Eine grobe Fehleinschätzung«, lautete das Urteil des Polizeipräsidenten. Und der Dank für seine Bemühungen, an seinem freien Tag etwas zu den Mordermittlungen beizutragen, war der Ausschluss aus allen operativen Einsätzen gewesen. Stattdessen durfte er im Büro den Anrufbeantworter spielen. Auf einen Schlag hatte er alles verloren. Und wofür? Niemand sprach es laut aus, aber René Kalsnes war allgemein bekannt als kaltes, gewissenloses Schwein, das Freunde wie Feinde hinterging. Die meisten waren vermutlich froh, dass die Welt von ihm erlöst worden war. Der größte Hohn war aber, dass die Kriminaltechnik keine Spuren fand, die den Schlagstock mit dem Mord in Verbindung brachten. Nach drei Monaten Gefangenschaft in seinem Büro hatte Anton die Wahl, verrückt zu werden, zu kündigen oder sich um seine Versetzung zu bemühen. Deshalb hatte er seinen alten Freund und Kollegen Gunnar Hagen angerufen, der ihm dann den Job bei der Polizei in Oslo verschafft hatte. Gunnars Angebot war karrieremäßig zwar ein Rückschritt, dafür war Anton aber wieder unter Leuten und Verbrechern mitten in Oslo, und das war deutlich besser als die stickige Luft in Drammen, wo alle nur versuchten, Oslo zu kopieren, wo die kleine Polizeiwache sich Präsidium nannte und wo selbst die Anschrift wie ein Plagiat klang. Grønland 36 statt Grønlandsleiret in Oslo.

Anton hatte den höchsten Punkt der Steigung erreicht. Sein rechter Fuß drückte automatisch das Bremspedal, als er das Licht sah. Seine Reifen fraßen sich durch Split und Schotter. Dann stand der Wagen still. Der Regen hämmerte auf die Karosserie und übertönte fast das Brummen des Motors. Die Taschenlampe gut zwanzig Meter vor ihm wurde gesenkt. Die Scheinwerfer fingen die Reflexe des orangeweißen Absperrbandes und der gelben Warnweste der Polizei auf, die der Mann mit der Taschenlampe trug. Er winkte ihn näher heran, und Anton fuhr noch ein Stück weiter. Genau hier, hinter der Absperrung, war Renés Wagen von der Straße abgekommen. Sie hatten einen Kranwagen mit Stahlwinde gebraucht, um das Autowrack flussauf bis zu dem stillgelegten Sägewerk zu ziehen, wo sie es dann an Land geholt hatten. Sie hatten die Leiche von René Kalsnes richtiggehend freistemmen müssen, da sich der gesamte Motorblock bis ins Wageninnere geschoben hatte.

Anton drückte auf den Fensterheber und ließ die Scheibe herunter. Kalte, feuchte Nachtluft strömte herein. Dicke Regentropfen klatschten auf den Rand der Scheibe und schleuderten dünne Spritzer auf seinen Hals.

»Und?«, sagte er. »Wo …?«

Anton blinzelte. Er brachte den Satz nicht zu Ende. Es kam ihm so vor, als hätte die Zeit irgendwie einen Sprung gemacht wie in einem schlecht geschnittenen Film. Er wusste nicht, was geschehen war, nur dass er für einen Moment weg gewesen sein musste. Dann starrte er auf die Glassplitter auf seinem Schoß, blickte wieder auf und registrierte, dass der obere Teil des Seitenfensters kaputt war. Er öffnete den Mund und wollte fragen, was los war. Hörte ein Pfeifen in der Luft, ahnte, was das war, und wollte den Arm heben, war jedoch zu langsam. Er hörte das Knacken, bevor er registrierte, dass das Geräusch von seinem eigenen Kopf kam. Irgendwas war da kaputtgegangen. Noch einmal hob er den Arm und schrie. Bekam die Hand auf den Schaltknüppel geschoben, wollte den Rückwärtsgang einlegen, aber es ging nicht, alles lief irgendwie in

Zeitlupe. Er wollte die Kupplung kommen lassen und Gas geben, doch dann würde er nur weiter nach vorne fahren, auf die Böschung zu, den Abgrund, den Fluss. Vierzig Meter. Die reinste … die reinste … er zerrte am Schaltknüppel, hörte den Regen seltsam deutlich und spürte die kalte Nachtluft an der linken Seite seines Körpers. Jemand hatte die Tür geöffnet. Die Kupplung, verdammt, wo war sein Fuß? Rückwärtsgang. So.

Mikael Bellman starrte an die Decke und lauschte auf das beruhigende Trommeln des Regens auf dem Dach. Holländische Ziegel. 40 Jahre Haltbarkeit, mit Garantie.
 Ulla hatte ihren Kopf auf seine Brust gelegt.
 Sie hatten miteinander geredet. Ausführlich. Zum ersten Mal seit langem. Sie hatte geweint. Nicht das wütende Weinen, das er so hasste, sondern das andere, das weiche, das weniger schmerzhaft war, dafür viel mehr Sehnsucht enthielt. Sehnsucht nach etwas, das vergangen war und nicht wiederkam. Dieses Weinen erzählte ihm von einer Beziehung, von damit verbundenen Dingen, die so kostbar waren, dass man sich danach sehnen konnte. Er spürte diese Sehnsucht erst, als sie zu weinen angefangen hatte. Als bräuchte er ihre Tränen als Wegweiser. Sie zogen den Vorhang beiseite, der sonst immer da war, die Trennwand zwischen dem, was Mikael Bellman dachte und was Mikael Bellman fühlte. Sie weinte für sie beide, das war schon immer so gewesen. Wie sie auch für sie beide gelacht hatte.
 Er hatte sie trösten wollen. Hatte ihr über die Haare gestreichelt und sich von ihren Tränen sein hellblaues Hemd durchnässen lassen, das sie tags zuvor für ihn gebügelt hatte. Dann hatte er sie geküsst, fast gewohnheitsmäßig. Oder bewusst? Aus Neugier? Weil er wissen wollte, wie sie reagieren würde? Die gleiche Neugier, die ihn als jungen Ermittler angetrieben hatte, Verdächtige nach dem neunstufigen Verhörmodell von Inbau, Reid und Buckley zu befragen, bei dem immer wieder

an die Gefühle appelliert wurde, um zu sehen, wie die Betreffenden reagierten.

Ulla hatte seinen Kuss zuerst nicht erwidert, war bloß erstarrt. Dann war sie ganz langsam aufgetaut. Abwartend und zögernd, bis sie gieriger wurde und ihn schließlich vollkommen kopflos hinter sich her ins Bett gezogen hatte. Sie hatte sich die Kleider vom Leib gerissen. Und im Dunkel hatte er gedacht, dass sie nicht er war. Sie war nicht Gusto. Seine Erektion war weg gewesen, noch ehe er im Bett gelandet war.

Er hatte Erschöpfung vorgeschoben. Unzählige Gedanken, die ihm durch den Kopf gingen, die verwirrende Situation, die Scham über das, was er getan hatte. Und natürlich hatte er ihr zu verstehen gegeben, dass *sie* nichts damit zu tun hatte. Was diesen Punkt anging, hatte er sogar die Wahrheit gesagt.

Er schloss wieder die Augen. Aber es war unmöglich zu schlafen. Zu groß war die Unruhe, die immer gleiche Unruhe, wegen der er in den letzten Monaten wieder und wieder aus dem Schlaf aufgeschreckt war. Das vage Gefühl, dass etwas Schreckliches geschehen war oder geschehen würde. Eine Weile hoffte er, dass es nur der Nachgeschmack eines Traums war, den er geträumt hatte, doch dann fiel ihm ein, was es war.

Er öffnete die Augen. Und sah ein Licht. Ein weißes Licht unter der Decke. Es kam vom Boden neben dem Bett. Er drehte sich um und sah auf das Display des Telefons. Es war lautlos gestellt, ausschalten tat er es nie. Mit Isabelle war er übereingekommen, nachts grundsätzlich keine Nachrichten zu schicken. Warum sie zu dieser Zeit keine Nachrichten empfangen wollte, hatte er nicht einmal gefragt. Sie hatte es recht gelassen aufgenommen, als er ihr erklärt hatte, dass sie sich eine Weile nicht mehr sehen könnten.

Mikael war erleichtert, als er sah, dass die SMS von Truls war. Stutzte dann aber doch. Vermutlich war er wieder betrunken. Oder er hatte seine Nachricht an die falsche Adresse geschickt. Vielleicht eine Verehrerin, von der er ihm noch nichts erzählt hatte. Die SMS bestand bloß aus zwei Worten:

Schlaf gut.

Anton Mittet wurde wieder wach.

Das Erste, was er registrierte, war das leise Murmeln des Regens auf der Windschutzscheibe. Der Motor war aus, sein Kopf schmerzte, und er konnte die Hände nicht bewegen.

Er öffnete die Augen.

Die Scheinwerfer brannten noch immer und schienen den Hang hinunter, durch den Regen, und starrten in das Dunkel, wo der Boden plötzlich zu verschwinden schien. Durch das Wasser auf der Windschutzscheibe konnte er den Wald auf der anderen Seite der Schlucht nicht erkennen, er wusste aber, dass er da war. Unbewohnt. Still. Blind. Damals hatten sie keine Zeugen auftreiben können, dieses Mal würde es nicht anders sein.

Er sah auf seine Hände. Er konnte sie nicht bewegen, weil sie mit Plastikstrips am Lenkrad befestigt worden waren. Diese Dinger hatten die traditionellen Handschellen der Polizei fast vollkommen abgelöst. Man legte die dünnen Bänder einfach um die Handgelenke des zu Verhaftenden und straffte sie. Niemand war stark genug, sie zu zerreißen, und setzte sich ein Häftling doch zur Wehr, schnitten sich die Bänder durch Haut und Fleisch bis auf den Knochen.

Anton klammerte seine Finger um das Lenkrad, aber seine Hände waren fast gefühllos.

»Wach?« Die Stimme klang seltsam vertraut. Anton drehte sich zum Beifahrersitz. Starrte in ein Augenpaar, das ihn durch die Löcher einer Balaklava ansah. Genau diese Sturmhauben verwendeten sie auch bei der Sondereinheit Delta.

»Dann machen wir die hier mal los.«

Die in einem Handschuh steckende linke Hand packte die Handbremse zwischen ihnen und zog sie an. Anton hatte das ratschende Geräusch der alten Handbremsen immer gemocht, für ihn der Inbegriff von Mechanik, von Zahnrädern und Ketten, etwas, das man verstehen konnte. Erst wurde der Griff der Handbremse angezogen und dann lautlos nach unten gedrückt. Nur ein leises Knirschen war zu hören. Aber das kam von den Rädern. Sie setzten sich in Bewegung, einen oder zwei Meter, denn Anton hatte automatisch auf die Bremse gedrückt. Mit aller Kraft, weil der Motor aus war.

»Gut reagiert, Mittet.«

Anton starrte durch die Windschutzscheibe. Die Stimme. Diese Stimme. Er lockerte den Druck auf dem Bremspedal etwas und sofort knirschte es wieder wie ein schlecht geöltes Scharnier. Das Auto setzte sich erneut in Bewegung. Noch einmal stemmte er sich mit seinem ganzen Gewicht auf die Bremse.

Das Licht im Wagen ging an.

»Glauben Sie, René wusste, dass er sterben sollte?«

Anton Mittet antwortete nicht. Für einen Augenblick hatte er sich selbst im Spiegel gesehen. Er glaubte jedenfalls, dass er das war. Sein Gesicht war über und über mit Blut verschmiert. Die Nase war irgendwie zur Seite gedrückt, sie musste gebrochen sein.

»Wie fühlt sich das an, Mittet? Wenn man es weiß? Können Sie mir das sagen?«

»W... warum?« Antons Frage kam ganz von allein, dabei wusste er nicht einmal, ob er es wirklich wissen wollte. Nur, dass er fror und wegwollte. Er wollte zu Laura. Sie festhalten. Von ihr gehalten werden. Sie riechen und ihre Wärme spüren.

»Haben Sie das nicht verstanden, Mittet? Weil ihr den Fall nicht gelöst habt, das ist doch klar. Ich gebe euch eine neue Chance. Die Gelegenheit, aus alten Fehlern zu lernen.«

»L... lernen?«

»Die psychologische Forschung hat nachgewiesen, dass eine leicht negative Beurteilung einer Arbeit die Motivation am stärksten fördert und zu den besten Resultaten führt. Nicht richtig negativ, aber auch nicht positiv, bloß eine leichte Kritik. Euch damit zu strafen, jedes Mal nur einen der Ermittler des Teams zu töten, ist doch wohl eine ansatzweise negative Rückmeldung, oder meinen Sie nicht?«

Die Räder knirschten, und Anton drückte das Pedal noch fester durch. Er starrte in den Abgrund.

»Das ist die Bremsflüssigkeit«, sagte die Stimme. »Ich habe die Leitung angeritzt. Die sickert jetzt raus. Irgendwann nützt es Ihnen nichts mehr, auf die Bremse zu treten, so fest Sie können. Glauben Sie, dass Sie noch etwas denken, wenn Sie fallen? Dass Sie noch irgendetwas bereuen können?«

»Was bereuen …?« Anton wollte weiterreden, aber es kam nichts mehr, sein Mund war plötzlich wie mit Mehl gefüllt. Fallen. Er wollte nicht in die Tiefe stürzen.

»Das mit dem Schlagstock«, sagte die Stimme. »Bereuen Sie, dass Sie nicht geholfen haben, den Mörder zu finden? Das hätte Sie jetzt retten können, wissen Sie.«

Anton hatte das Gefühl, die Bremsflüssigkeit mit seinem Fuß aus der Leitung zu quetschen. Je fester er drückte, desto schneller verlor das System die Flüssigkeit. Er lockerte den Druck ein kleines bisschen, hörte sofort das Knirschen unter den Reifen, stemmte den Rücken gegen die Lehne und stand beinahe auf dem Bremspedal. Das Auto hatte zwei separate hydraulische Bremssysteme, vielleicht war ja nur das eine kaputt.

»Wenn Sie bereuen, werden Ihnen Ihre Sünden vielleicht vergeben, Mittet. Jesus ist großherzig.«

»I… ich bereue. Holen Sie mich hier raus.«

Leises Lachen. »Aber Mittet, ich rede doch vom Himmelreich. *Ich* bin nicht Jesus, von mir können Sie keine Vergebung erwarten.« Kurze Pause. »Und die Antwort ist: Ja, ich habe beide Bremskreisläufe angeschnitten.«

Anton glaubte das Tropfen der Bremsflüssigkeit zu hören, bis er merkte, dass das sein eigenes Blut war, das von der Spitze seines Kinns in seinen Schoß tropfte. Er würde sterben. Plötzlich wurde ihm diese Tatsache mit einer solchen Klarheit bewusst, dass ihm eiskalt wurde und er sich kaum noch bewegen konnte, als breitete sich die *Rigor mortis* bereits in seinem Körper aus. Aber warum hockte der Mörder noch immer an seiner Seite?

»Sie haben Angst zu sterben«, sagte die Stimme. »Ihr Körper verrät das, er sondert einen speziellen Geruch ab. Riechen Sie das. Das ist Adrenalin. Es riecht nach Medizin und Urin. Das ist der gleiche Geruch, den man auch in Altersheimen und in Schlachthäusern riecht. Der Geruch der Todesangst.«

Anton rang nach Luft.

»Ich selbst habe nicht die geringste Angst vor dem Tod«, sagte die Stimme. »Ist das nicht seltsam? Dass man etwas derart fundamental Menschliches wie die Angst zu sterben verlieren kann? Natürlich hängt das mit der Lust zu leben zusammen, aber nur teilweise. Manche Menschen verbringen ihr ganzes Leben an einem Ort, an dem sie eigentlich nicht sein wollen, weil sie Angst haben, dass es woanders noch schlimmer sein könnte. Ist das nicht traurig?«

Anton hatte das Gefühl zu ersticken. Er selbst hatte nie Asthma gehabt, aber er wusste, wie es war, wenn Laura ihre Anfälle hatte. Er hatte die Verzweiflung in ihrem Gesicht gesehen, das Flehen, und sein Entsetzen, ihr nicht helfen zu können und bloß zuschauen zu können bei ihrem panischen Kampf um Luft. Ein Teil von ihm war aber auch voller Neugier gewesen und hatte wissen wollen, wie es war, wie es sich anfühlte, wenn man am Rande des Todes stand und spürte, dass man machtlos war, bloß ein Spielball anderer Kräfte, die sich gegen einen wendeten.

Jetzt wusste er es.

»Ich selbst glaube ja, dass der Tod ein besserer Ort ist«, predigte die Stimme. »Aber ich kann jetzt nicht mit Ihnen kommen, Anton. Das verstehen Sie vielleicht, ich habe einen Job zu erledigen.«

Anton hörte wieder das Knirschen. Als würde eine heisere Stimme langsam einen Satz beginnen und erst dann richtig in Fahrt kommen. Weiter konnte er das Bremspedal nicht nach

unten drücken, es war schon bis zum Anschlag durchgedrückt.
»Leben Sie wohl.«
Er spürte die Luft, die durch die Beifahrertür strömte, als sie geöffnet wurde.
»Der Patient«, stöhnte Anton.
Er starrte vor sich auf den Rand des Abgrunds, hinter dem alles verschwand, spürte aber, dass die Person auf dem Beifahrersitz sich ihm noch einmal zuwandte.
»Welcher Patient?«
Anton streckte die Zunge heraus, fuhr sich damit über die Oberlippe und schmeckte etwas Feuchtes, Metallisches. Dann befeuchtete er seinen Mund. Fand seine Stimme wieder. »Der Patient im Reichshospital. Ich wurde vor seinem Tod betäubt. Waren Sie das?«
Ein paar Sekunden Stille folgten, in der er nur den Regen hörte. Das Fallen der Tropfen dort draußen im Dunkel. Gab es einen schöneren Laut? Wenn er wählen könnte, würde er tagaus, tagein diesem Geräusch lauschen. Jahr für Jahr. Einfach nur zuhören, jede Sekunde, die ihm in seinem Leben vergönnt war.
Der Körper neben ihm bewegte sich, er spürte, wie sich der Wagen leicht anhob, als der andere ausstieg und die Tür sanft ins Schloss fallen ließ. Er war allein mit dem Geräusch der Räder, die sich Millimeter für Millimeter mit einem rauen Flüstern über den Kies bewegten. Die Handbremse war nur fünfzig Zentimeter von seiner rechten Hand entfernt. Anton versuchte, die Hände vom Lenkrad zu reißen, und spürte nicht einmal, wie seine Haut riss. Das raue Flüstern wurde immer lauter und schneller. Er war zu groß und ungelenk, um die Handbremse mit dem Fuß nach oben zu drücken, weshalb er sich nach unten beugte und den Mund aufriss. Er bekam den Griff der Handbremse zu fassen, spürte, wie er sich gegen die Zähne seines Oberkiefers drückte, und versuchte, ihn hochzuziehen, doch der Griff rutschte ihm aus dem Mund. Er

versuchte es noch einmal, wusste aber, dass es zu spät war. Trotzdem, lieber wollte er kämpfend sterben, kämpfend, verzweifelt und lebendig. Er drehte sich um und bekam den Griff der Handbremse wieder in den Mund.

Mit einem Mal war es vollkommen still. Die Stimme war verstummt, und der Regen schien von einer Sekunde auf die andere aufgehört zu haben. Nein, er hatte nicht aufgehört, er spürte ihn doch. Schwerelos, während er sich in einem langsamen Walzer drehte, wie damals, als er mit Laura getanzt hatte und all ihre Freunde um sie herumgestanden hatten. Er drehte sich um seine eigene Achse, langsam, wiegend, eins – zwei – drei, nur dass er jetzt ganz allein war. Er fiel in diese absolute Stille, zusammen mit dem Regen.

Kapitel 14

Laura Mittet sah sie an. Sie war nach unten vor das Haus im Elveparken gekommen, als es geklingelt hatte, und stand jetzt frierend und mit verschränkten Armen in ihrem Morgenrock vor ihnen. Die Uhr sagte, dass es noch Nacht war, aber es war schon hell, und auf dem Fluss glitzerten die ersten Sonnenstrahlen. Ein paar Sekunden stand sie einfach nur da. Sie hörte nichts, sah nur den Fluss hinter ihnen. In diesem Moment war sie allein und dachte, dass Anton eigentlich nie der Richtige gewesen war. Sie hatte nie den Richtigen getroffen oder bekommen. Und der, den sie gekriegt hatte, Anton, hatte sie bereits im Jahr ihrer Hochzeit betrogen. Er hatte nie erfahren, dass sie es wusste. Dafür hatte sie zu viel zu verlieren. Auch jetzt hatte er vermutlich wieder einen Seitensprung hinter sich, da er wieder diesen übertrieben alltäglichen Gesichtsausdruck hatte, wenn er wie damals seine zahllosen Entschuldigungen vorbrachte. Plötzliche Überstunden, Verkehrschaos auf dem Weg nach Hause, leerer Handyakku.

Sie waren zu zweit. Ein Mann und eine Frau, beide in tadellosen, faltenfreien Uniformen. Als hätten sie sie gerade erst aus dem Schrank genommen und übergestreift. Ernste, fast ängstliche Blicke. Sie nannten sie »Frau Mittet«, was sonst niemand tat und was ihr auch nicht gefiel. Das war sein Name, und sie hatte so oft bereut, ihn angenommen zu haben.

Sie räusperten sich. Hatten ihr etwas zu sagen. Zögerten. Dabei wusste sie doch längst alles. Ihre übertrieben tragischen

Mienen hatten alles gesagt. Sie war wütend. So wütend, dass sie spüren konnte, wie ihr Gesicht sich verzerrte und zu etwas wurde, das es nicht sein sollte, weil es auch ihr eine Rolle in dieser Tragikomödie aufzwang. Sie hatten etwas gesagt. Aber was? War das Norwegisch? Ihre Worte ergaben keinen Sinn.

Sie hatte den Richtigen nie gewollt. Und sie hatte seinen Namen nie gewollt.

Nicht bis zum heutigen Tag.

KAPITEL 15

Der schwarze VW Sharan stieg langsam rotierend den blauen Himmel empor. Wie eine Rakete in Super-Slow-Motion, dachte Katrine, während sie auf den Schweif starrte, der nicht aus Feuer und Rauch bestand, sondern aus Wasser, das aus den Türen und dem Kofferraum rann und sich in einen Tropfenfächer aufteilte, der auf seinem Weg zurück in den Fluss in der Sonne glitzerte.

»Beim letzten Mal haben wir das Auto hier hochgezogen«, sagte der Polizist von der lokalen Polizeiwache. Sie standen vor dem stillgelegten Sägewerk mit den kaputten Scheiben und der abblätternden roten Farbe. Das fahle Gras klebte wie ein Nazischeitel auf dem Boden, gekämmt in die Richtung, in der das Wasser in der letzten Nacht abgeflossen war. In den Schatten lagen graue, durchnässte Schneereste.

Ein zu früh zurückgekehrter Zugvogel sang optimistisch und doch zum Tode verurteilt, und der Fluss gluckste zufrieden.

»Aber der hier klemmte zwischen zwei Felsen, so dass es leichter war, ihn direkt hochzuziehen.«

Katrines Blick folgte dem Fluss. Er war oberhalb des Sägewerks aufgestaut worden, doch hier rauschte das Wasser zwischen den großen grauen Felsen hindurch, die das Auto aufgehalten hatten. Das Sonnenlicht wurde von Glassplittern reflektiert. Ihr Blick glitt an der senkrechten Felswand empor. Drammensgranit. Ein Gütesiegel. Hoch oben sah sie den Kranwagen und den gelben Ausleger, der über den Rand ragte. Hoffte, dass das hielt.

»Aber wenn Sie in dem Fall ermitteln, warum sind Sie dann nicht oben bei den anderen?«, fragte der Polizist, der sie erst nach einem gründlichen Blick auf ihre Ausweise das Absperrband hatte passieren lassen.

Katrine zuckte mit den Schultern. Sie konnte ja kaum antworten, dass sie auf Apfelklau waren, vier Menschen ohne Befugnis oder Autorisierung, deren Auftrag es bis auf weiteres erforderte, sich außerhalb des Blickfelds der eigentlichen Ermittlungsgruppe aufzuhalten.

»Was wir sehen müssen, sehen wir am besten von hier«, sagte Beate Lønn. »Danke, dass Sie uns Zutritt gewährt haben.«

»Ist doch selbstverständlich.«

Katrine Bratt machte ihr iPad aus, auf dem noch immer die Liste der aktuellen Strafgefangenen aller norwegischen Gefängnisse angezeigt wurde, und eilte hinter Beate Lønn und Ståle Aune her, die die Absperrung bereits hinter sich gelassen hatten und auf dem Weg zu Bjørn Holms mehr als dreißig Jahre altem Volvo Amazon waren. Der Autobesitzer kam ihnen langsam über den steilen Schotterweg entgegen, der von oben herunterführte. Sie trafen sich an seinem antiquarischen Wagen ohne Klimaanlage, Airbags oder Zentralverriegelung, dafür aber mit zwei schachbrettartigen Rallyestreifen, die sich über die Motorhaube, das Dach und den Kofferraum zogen. Katrine schloss aus Bjørns Keuchen, dass er die Aufnahmeprüfung für die Polizeihochschule im Moment kaum bestehen würde.

»Und?«, fragte Beate.

»Das Gesicht ist ziemlich kaputt, sie meinen aber, dass es sich bei dem Toten mit einiger Sicherheit um Anton Mittet handelt«, sagte Holm, nahm die Rastamütze ab und wischte sich damit den Schweiß von dem runden Gesicht.

»Mittet«, sagte Beate. »Natürlich.«

Die anderen drehten sich zu ihr um.

»Ein Polizist hier aus der Gegend. Derselbe, der Siverts Wache oben im Maridalen übernommen hat, erinnerst du dich, Bjørn?«

»Nein«, sagte Holm ohne sichtliche Scham. Bestimmt hatte er sich daran gewöhnt, dass seine Chefin vom Mars stammte, dachte Katrine.

»Er war bei der Polizei in Drammen und in gewisser Weise auch an den Ermittlungen des ersten Mordes hier beteiligt.«

Katrine schüttelte verblüfft den Kopf. Beate hatte sofort reagiert, als die Meldung von dem im Fluss gefundenen Auto im Polizeinetz erschienen war, und sie alle hierher nach Drammen beordert, weil dort vor vielen Jahren René Kalsnes ermordet worden war. Und jetzt erinnerte sie sich auch noch an den Namen eines Ortspolizisten, der *in gewisser Weise* an den Ermittlungen beteiligt gewesen war.

»Es ist leicht, sich an den zu erinnern, bei dem Bockmist, den er damals verzapft hat«, sagte Beate, der Katrines Kopfschütteln allem Anschein nach nicht entgangen war. »Er hatte seinerzeit einen Schlagstock gefunden, aber nichts davon gesagt, weil er Angst davor hatte, womöglich die Polizei zu blamieren. Haben sie was über die vermutliche Todesursache gesagt?«

»Nein«, sagte Holm. »Aber der Sturz als solcher muss schon tödlich gewesen sein. Außerdem steckte der Griff der Handbremse in seinem Mund und kam am Hinterkopf wieder raus. Er muss aber geschlagen worden sein, als er noch am Leben war, denn sein Gesicht ist übersät von Wunden.«

»Kann er selbst in den Abgrund gefahren sein?«, fragte Katrine.

»Möglich. Aber seine Hände waren mit Strips ans Lenkrad gefesselt. Es gab keine Bremsspuren, und das Auto hat die Steine unmittelbar am oberen Rand des Abhangs berührt. Der Wagen kann also nicht viel Fahrt gehabt haben. Vermutlich ist er langsam über die Kante gerollt.«

»Und der Griff der Handbremse steckte in seinem Mund?«,

fragte Beate mit gerunzelter Stirn. »Wie kann das denn passiert sein?«

»Seine Hände waren ans Lenkrad gefesselt, und das Auto ist auf die Schlucht zugerollt«, sagte Katrine. »Vielleicht hat er versucht, die Handbremse mit dem Mund anzuziehen?«

»Vielleicht. Aber egal, er ist Polizist, und er ist an einem Tatort ermordet worden, an dem er früher ermittelt hat.«

»Und zwar in einem Mordfall, der nie gelöst wurde«, fügte Bjørn Holm hinzu.

»Ja, aber es gibt ein paar entscheidende Unterschiede zwischen dem Mord hier und denen an den Mädchen im Maridalen und am Tryvann«, sagte Beate und wedelte mit dem Bericht herum, den sie in aller Eile ausgedruckt hatte, bevor sie ihr Kellerbüro verlassen hatten. »René Kalsnes war ein Mann, und es gab keinerlei Anzeichen sexuellen Missbrauchs.«

»Es gibt einen noch wichtigeren Unterschied«, sagte Katrine.

»Welchen?«

Sie tätschelte das unter ihrem Arm klemmende iPad. »Ich habe mir auf der Hinfahrt mal das Strafregister vorgenommen. Valentin Gjertsen verbüßte eine kurze Haftstrafe, als René Kalsnes ermordet wurde. Er saß in Ila ein.«

»Scheiße!«, kam es von Holm.

»Na, na«, sagte Beate. »Das schließt aber nicht aus, dass er Anton Mittet umgebracht hat. Vielleicht ist er dieses Mal von seinem Muster abgewichen, auf jeden Fall war hier der gleiche Verrückte am Werk. Oder was meinst du, Ståle?«

Die drei anderen drehten sich zu Ståle Aune um, der sich bislang ungewöhnlich still verhalten hatte. Katrine bemerkte, dass der füllige Mann auch ungewöhnlich blass war. Er stützte sich auf die Tür des Volvo Amazon, und seine Brust hob und senkte sich.

»Ståle?«, wiederholte Beate.

»Tut mir leid«, sagte er und unternahm einen missglückten Versuch zu lächeln. »Die Handbremse ...«

»Du gewöhnst dich dran«, sagte Beate mit einem ebenso

missglückten Versuch, ihre Ungeduld zu kaschieren. »Ist das unser Polizeischlächter oder nicht?«

Ståle Aune richtete sich auf. »Serientäter können von ihrem Muster abweichen, wenn es das ist, was du wissen willst. Und ich glaube auch nicht, dass wir es hier mit einem Trittbrettfahrer zu tun haben, der da weitermacht, wo der andere ... äh ... Polizeischlächter aufgehört hat. Wie Harry zu sagen pflegte, ein Serienmörder ist ein weißer Wal. Ein Polizistenserienmörder ist dann vermutlich ein weißer Wal mit rosa Punkten. Davon gibt es keine zwei.«

»Dann sind wir uns also einig, dass das derselbe Täter ist«, stellte Beate fest.

»Die Haftstrafe killt dann aber unsere Theorie, dass Valentin Gjertsen an seine alten Tatorte zurückkehrt und die Morde wiederholt.«

»Trotzdem«, sagte Bjørn. »Das ist der erste Mord, bei dem er auch die Vorgehensweise kopiert hat. Die Schläge ins Gesicht, das Auto im Fluss. Das hat doch was zu sagen.«

»Ståle?«

»Vielleicht hat er das Gefühl, besser geworden zu sein, er perfektioniert seine Morde, indem er sie zu waschechten Kopien macht.«

»Hör auf«, fauchte Katrine. »Bei dir hört sich das an, als wäre er ein Künstler.«

»Ja?«, sagte Ståle und sah sie fragend an.

»Lønn!«

Sie drehten sich um. Oben am Weg kam ein Mann mit flatterndem Hawaiihemd auf sie zu. Sein Bauch schwabbelte, und die Locken tanzten um seinen Kopf, aber das hohe Tempo seiner Schritte schien mehr der Steilheit des Geländes als seiner Sportlichkeit geschuldet zu sein.

»Lasst uns abhauen«, sagte Beate.

Bjørn versuchte zum dritten Mal, den Motor seines Amazon anzulassen, als ein Zeigefingerknöchel an das Seitenfenster klopfte, hinter dem Beate saß.

Leise stöhnend kurbelte sie die Scheibe herunter.

»Roger Gjendem«, sagte sie. »Hat die Zeitung *Aftenposten* wieder ein paar Fragen, auf die ich mit *Kein Kommentar* antworten kann?«

»Das ist jetzt schon der dritte Polizistenmord«, keuchte der Mann im Hawaiihemd, und Katrine dachte, dass Bjørn rein konditionstechnisch die »Rote Laterne« damit abgegeben hatte. »Haben Sie schon eine Spur?«

Beate Lønn lächelte.

»K-E-I-N K-O-M-...«, buchstabierte Roger Gjendem, während er so tat, als notierte er sich etwas. »Wir haben uns umgehört. Das ist ja ziemlich ländlich hier. Ein Tankwart hat ausgesagt, dass Mittet gestern am späten Abend noch getankt hat. Er meint, er wäre allein gewesen. Bedeutet das ...?«

»Kein ...«

»... Kommentar. Glauben Sie, dass der Polizeipräsident den Befehl geben wird, von jetzt ab nur noch mit einer geladenen Dienstwaffe herumzulaufen?«

Beate zog eine Augenbraue hoch. »Wie meinen Sie das denn?«

»Na ja, ich denke an die Dienstwaffe in Mittets Handschuhfach.« Gjendem beugte sich vor und sah die anderen skeptisch an. Hatten sie nicht einmal diese Basisinformation? »Sie war nicht geladen, obwohl daneben eine Schachtel Patronen lag. Mit geladener Waffe hätte er sein Leben vielleicht retten können.«

»Wissen Sie was, Gjendem?«, sagte Beate. »Setzen Sie einfach ein Wiederholungszeichen hinter die erste Antwort, die Sie bekommen haben. Obwohl ich es vorziehen würde, wenn Sie unsere kleine Begegnung hier überhaupt nicht erwähnen.«

»Warum nicht?«

Der Motor startete mit einem leisen Fauchen.

»Einen schönen Tag noch, Gjendem.« Beate begann das Fenster nach oben zu kurbeln. Aber nicht schnell genug, um die letzte Frage nicht zu hören.

»Vermisst ihr ihn?«

Holm ließ die Kupplung kommen.

Katrine sah Roger Gjendem im Rückspiegel kleiner werden. Erst als sie Liertoppen passiert hatten, sprach sie aus, was alle dachten.

»Gjendem hat recht.«

»Ja«, seufzte Beate. »Aber er ist nun wirklich nicht mehr verfügbar, Katrine.«

»Ich weiß, aber wir könnten es doch trotzdem probieren!«

»Was probieren?«, fragte Bjørn Holm. »Einen für tot erklärten Mann auf dem Friedhof ausgraben?«

Katrine starrte auf den eintönigen Wald am Rand der Autobahn. Irgendwann war sie mal in einem Polizeihelikopter über diese Gegend geflogen. Die am dichtesten bevölkerte Region Norwegens war ihr vorgekommen, als gäbe es nichts als Wald und Einöde. Orte ohne Menschen. Orte, an denen man sich verstecken konnte. Die Häuser waren winzige Lichtpunkte in der Nacht und die Autobahn ein schmaler Streifen in der undurchdringlichen Schwärze. Es war unmöglich, alles zu sehen. Man musste wittern. Lauschen. Wissen.

Sie waren in tiefem Schweigen weitergefahren, so dass sich jeder von ihnen noch an die Frage erinnerte, als Katrine auf der Höhe von Asker schließlich antwortete.

»Ja.«

KAPITEL 16

Katrine Bratt überquerte den offenen Platz vor dem Chateau Neuf, dem Hauptsitz des Norwegischen Studentenverbundes. Heiße Partys, coole Konzerte, heftige Debatten, dieses Bild sollte rüberkommen, was aber nicht immer gelang.

Der Dresscode der Studenten hatte sich seit ihrer Zeit hier erstaunlich wenig geändert. T-Shirts, weite Hosen, Nerdbrillen, Retro-Daunenjacken oder Militärjacken. Diese offensichtliche Stilsicherheit sollte die eigene Unsicherheit, die Angeberei und die Furcht, sozial oder fachlich zu versagen, überspielen. Auf jeden Fall aber waren sie froh, nicht zu den armen Schweinen auf der anderen Seite des Platzes zu gehören, auf die Katrine jetzt zusteuerte.

Einige kamen gerade durch das Tor vor dem Schulgebäude, das wie ein Gefängnis aussah: Die Studenten trugen schwarze Polizeiuniformen, die immer ein bisschen zu groß wirkten. Schon von weitem konnte man sehen, wer Student im ersten Jahr war; dann versuchte man noch, die Uniform auszufüllen, außerdem hatten sie die Mützen immer zu tief in die Stirn gezogen. Entweder, um die eigene Unsicherheit zu kaschieren oder die verächtlichen, mitleidigen Blicke der Studenten auf der anderen Seite des Platzes abzuschirmen. Der richtigen Studenten, der freien, selbständigen, systemkritischen und intellektuellen Menschen.

Sie lagen in der Sonne auf der Treppe, wirkten in ihrer Versunkenheit irgendwie erhöht, inhalierten grinsend den Rauch ihrer Selbstgedrehten, von denen die Polizeistudenten ganz genau wussten, dass es durchaus auch Joints sein *konnten*.

Die da drüben waren wirklich jung, sie waren die neue Generation, die Crème de la Crème der Gesellschaft, und sie hatten noch das Recht, Fehler zu machen, denn die wahren Entscheidungen ihres Lebens lagen noch vor ihnen.

Aber vielleicht hatte auch nur Katrine das so empfunden, als sie hier studiert hatte. Damals hatte sie auf jeden Fall immer den Drang verspürt, laut über den Platz zu schreien, dass sie keine Ahnung hatten, wer sie war, warum sie sich für die Polizei entschieden hatte und was sie aus dem Rest ihres Lebens machen wollte.

Der alte Wachmann Karsten Kaspersen stand noch immer in dem Wachhäuschen hinter der Tür, verriet aber mit keiner Miene, ob er Katrine Bratt wiedererkannte, als er mit einem kurzen Nicken einen Blick auf ihren Ausweis warf. Sie ging durch den Flur zum Hörsaal. Passierte die Tür des Tatortsaals, der mit diversen Stellwänden wie eine Wohnung eingerichtet war. Außerdem gab es eine Galerie, von der aus man den Kommilitonen bei Durchsuchungen, der Spurensicherung oder der Suche nach dem Tathergang zuschauen konnte.

Dann folgte die Tür des Trainingsraums mit den Matten und dem penetranten Schweißgeruch. Hier wurde ihnen die hohe Kunst eingetrichtert, wie man Leute aufs Kreuz und in Eisen legte. Sie zog sie vorsichtig auf und schlüpfte von dort durch die Tür ins Auditorium 2. Die Vorlesung war in vollem Gange, so dass sie sich zu einem freien Platz in der letzten Reihe schlich. Sie nahm so leise Platz, dass nicht einmal die beiden Mädchen in der Reihe vor ihr sie bemerkten, die aufgeregt miteinander flüsterten.

»Die hat sie doch nicht mehr alle, also wirklich. Die hat ein Bild von ihm bei sich zu Hause an der Wand hängen.«

»Echt?«

»Ja, ich hab's selbst gesehen.«

»Mein Gott, der ist doch total alt und hässlich.«

»Findest du?«

»He, bist du blind?« Sie nickte in Richtung Tafel. Der Dozent drehte ihnen den Rücken zu und schrieb etwas an die Tafel.

»Motiv!«, sagte er und wandte sich wieder dem Auditorium zu. »Bei Mord ist die psychologische Schwelle für rational denkende und emotional normale Menschen so hoch, dass sie schon ein verdammt gutes Motiv brauchen. Gute Motive sind in der Regel leichter und schneller zu finden als Tatwerkzeuge, Zeugen oder andere Indizien. Und häufig deuten sie direkt auf einen möglichen Täter hin. Deshalb sollte sich jeder Mordermittler erst einmal die Frage nach dem Warum stellen.«

Er machte eine kurze Pause und ließ seinen Blick über die Anwesenden schweifen. Ein bisschen wie ein Schäferhund, der seine Herde zusammenhielt, dachte Katrine.

Er hob einen Zeigefinger. »Die grobe Vereinfachung lautet: Finde das Motiv und du hast den Täter.«

Katrine Bratt fand ihn nicht hässlich. Er war auch nicht schön im konventionellen Sinn. Eher das, was die Engländer als *acquired taste* bezeichneten. Und die Stimme war wie immer, tief, warm und mit diesem irgendwie abgenutzt klingenden, heiseren Timbre, das nicht nur bei seinen blutjungen Studentinnen Wirkung zeigte.

»Ja?« Der Dozent hatte einen Augenblick gezögert, bevor er der Studentin das Wort erteilte, die ihren Arm in die Luft gestreckt hatte.

»Warum werden dann große, kostenintensive Kriminaltechnikereinheiten rausgeschickt, wenn ein brillanter, taktischer Ermittler wie Sie einen Fall bloß mit ein bisschen Nachdenken lösen kann?«

Es lag keine hörbare Ironie im Tonfall der Studentin, nur eine fast kindliche Aufrichtigkeit und ein leichter Akzent, der ihre Herkunft irgendwo aus dem Norden verriet.

Katrine sah ganz verschiedene Gefühle über das Gesicht des

Dozenten huschen – Betroffenheit, Resignation, Ärger –, ehe er sich auf die Antwort konzentrierte.

»Weil es nie reicht zu wissen, wer der Täter ist, Silje. Als es hier in Oslo vor etwa zehn Jahren diese Reihe von Raubüberfällen gab, arbeitete im Raubdezernat eine Beamtin, die maskierte Personen anhand ihrer Gesichtsform und Silhouette erkennen konnte.«

»Beate Lønn«, sagte die junge Frau, die er Silje genannt hatte. »Die jetzige Leiterin der Kriminaltechnik.«

»Genau, und in acht der Fälle wusste das Raubdezernat daher, wer die maskierten Personen auf den Überwachungsvideos waren. Aber sie hatten keine Beweise. Fingerabdrücke sind Beweise. Eine abgefeuerte Waffe ist ein Beweis. Ein überzeugter Ermittler ist *kein* Beweis, egal, wie brillant sie oder er auch sein mag. Ich habe heute ein paar Vereinfachungen gemacht und eine letzte will ich noch hinzufügen: Die Antwort auf die Frage ›Warum?‹ ist ohne die Antwort auf die Frage ›Wie?‹ nichts wert – und umgekehrt. Aber dazu wird Ihnen mein Kollege Folkestad in seiner Vorlesung über technische Ermittlung mehr sagen können.« Er sah auf die Uhr. »Auf das Motiv werden wir beim nächsten Mal gründlicher eingehen, aber für eine kleine Geschmacksprobe reicht die Zeit noch. Warum bringen Menschen andere Menschen um?«

Er schaute wieder auffordernd in die Menge. Katrine bemerkte, dass zu der Narbe, die sich wie eine Furche vom Mundwinkel bis zum Ohr zog, noch zwei weitere, neue Narben hinzugekommen waren. Die eine sah aus wie ein Messerstich in den Hals, die andere an der Seite seines Kopfes, etwa in Höhe der Augenbrauen, könnte von einer Kugel stammen. Ansonsten sah er aber besser aus als je zuvor. Die einhundertdreiundneunzig Zentimeter hohe Gestalt wirkte schlank und frisch, und in den blonden, kurzgeschnittenen Haaren war nicht eine graue Strähne zu erkennen. Und sie bemerkte auch, dass er austrainiert war und wieder etwas Fleisch auf den Knochen hatte. Das Wichtigste von allem war aber, dass aus seinen Augen wieder Leben strahlte. Das Wache, Energische, fast schon Manische war wieder da. Und die Lachfalten und die offene Körpersprache hatte sie so an ihm noch nie gesehen. Man könnte fast den Verdacht bekommen, er lebte ein gutes Leben. Was – sollte es wirklich so sein – das erste Mal der Fall wäre, seit Katrine ihn kannte.

»Weil jemand einen Nutzen daraus zieht«, antwortete eine junge Männerstimme.

Der Dozent nickte zustimmend. »Sollte man meinen, nicht wahr? Aber Mord als Gewinndelikt ist eher die Ausnahme, Vetle.«

Eine kläffende Stimme im Sunnmøre-Dialekt: »Weil sie jemanden hassen?«

»Mord aus Leidenschaft schlägt Alling vor«, sagte er. »Eifersucht. Zurückweisung, Rache. Ja, definitiv. Noch andere Motive?«

»Weil man verrückt ist.« Der Vorschlag kam von einem großgewachsenen jungen Mann mit gebeugtem Rücken.

»Das heißt nicht *verrückt*, Robert.« Das war wieder die junge Frau. Katrine sah nur ihren blonden Pferdeschwanz, der über der Rückenlehne des Stuhls baumelte. »Das heißt ...«

»Ist schon gut, wir wissen, was Sie meinen, Silje.« Der Dozent hatte sich vorn aufs Pult gesetzt, die langen Beine vor sich ausgestreckt und die Arme vor dem Glasvegas-Logo auf seinem T-Shirt verschränkt. »Ich persönlich finde *verrückt* eine sehr passende Bezeichnung. Ein sonderlich typisches Motiv für einen Mord ist es aber nicht. Wobei es natürlich Leute gibt, die einen Mord an sich schon als Beweis dafür ansehen, dass jemand verrückt ist. Aber eigentlich sind die meisten Morde rational. Wie es durchaus rational ist, sich materielle Vorteile verschaffen zu wollen, ist es ebenso rational, nach emotionaler Erlösung zu streben. Ein Mörder stellt sich vielleicht vor, dass er durch den Mord die Schmerzen betäuben kann, die er infolge von Hass, Furcht, Eifersucht oder Erniedrigung empfindet.«

»Aber wenn Mord rational ist ...«, meldete sich der erste junge Mann wieder. »Können Sie mir sagen, wie viele zufriedene Mörder Sie getroffen haben?«

Der Schlauberger der Klasse, tippte Katrine.

»Wenige«, sagte der Dozent. »Dass ein Mord im Nachhinein als Enttäuschung empfunden wird, bedeutet aber nicht, dass die Tat im Ursprung nicht rational war und der Täter wirklich daran *geglaubt* hat, durch diese Tat Erlösung zu finden. Aber Rache ist in der Phantasie in aller Regel süßer, auf einen wütenden Eifersuchtsmord folgt häufig Reue, und das Crescendo, das ein Serientäter aufbaut, endet fast immer in einer Antiklimax, worauf der Täter es gleich noch einmal versucht. Kurz gesagt ...« Er stand auf und ging zurück zur Tafel. »Was Mord angeht, stimmt es in der Regel, dass Verbrechen sich nicht lohnt. Für das nächste Mal möchte ich, dass sich jeder von Ihnen Gedanken über ein Motiv macht, das ihn selbst zum Mörder machen könnte. Ich will keinen politisch korrekten Bullshit, ich will, dass Sie in die finstersten Ecken Ihres Inneren abtauchen. Na ja, sagen wir, in die fast finstersten Ecken, das reicht wahrscheinlich. Und lesen Sie bitte Aunes Abhandlung über die Persönlichkeit und das Profil eines Mörders, okay? Und ja, ich werde Kontrollfragen stellen. Haben Sie also Angst und kommen Sie vorbereitet. Und jetzt raus mit Ihnen.«

Das Klappen der Sitze, die gegen die Lehnen schlugen, hallte durch den Raum.

Katrine blieb sitzen und sah die Studenten an sich vorbeilaufen. Zum Schluss waren nur noch drei Leute im Raum. Sie selbst, der Dozent, der die Tafel abwischte, und der blonde Pferdeschwanz, der sich mit eng zusammengeschobenen Füßen und Notizen unter dem Arm dicht hinter ihn gestellt hatte. Katrine registrierte, dass sie schlank war. Und dass ihre Stimme jetzt anders klang als während der Vorlesung.

»Glauben Sie nicht, dass der Serientäter, den Sie in Australien geschnappt haben, Befriedigung empfunden hat, als er die Frauen umgebracht hat?« Jetzt wirkte sie extra kindlich, wie ein kleines Mädchen, das sich bei seinem Vater einschmeicheln will.

»Silje ... «

»Ich meine, er hat sie doch vergewaltigt. Das muss für ihn doch gut gewesen sein.«

»Lesen Sie Aunes Abhandlung. Wir können dann beim nächsten Mal darauf zurückkommen. Okay?«

»Ja, ist gut.«

Sie blieb stehen und wippte auf den Füßen auf und ab. Als wollte sie sich auf die Zehenspitzen stellen, dachte Katrine. Um oben bei ihm zu sein. Der Dozent steckte seine Unterlagen in die Mappe, ohne sie zu beachten. Da drehte sie sich abrupt um und lief schnell die Stufen zum Ausgang hinauf. Sie wurde langsamer, als sie Katrine sah, musterte sie kurz, ehe sie wieder einen Gang zulegte und durch die Tür verschwand.

»Hallo, Harry«, sagte Katrine leise.

»Hallo, Katrine«, antwortete er, ohne aufzublicken.

»Du siehst gut aus.«

»Gleichfalls«, sagte er und zog den Reißverschluss seiner Ledermappe zu.

»Du hast mich kommen sehen?«

»Ich habe dich *gespürt*.« Er sah auf. Und lächelte. Es hatte Katrine schon immer verwirrt, welche Veränderung sein Gesicht durchlief, wenn er lächelte. Wie dann plötzlich alles Harte, Abweisende, Lebensüberdrüssige, in das er sich sonst wie in einen abgewetzten Mantel hüllte, verschwand und er mit einem Mal aussah wie ein verspielter, großer Junge. Wie ein Sonnentag in Bergen mitten im Juli. Ebenso willkommen wie selten und kurz.

»Und was heißt das?«, fragte sie.

»Dass ich irgendwie erwartet habe, dass du kommst.«

»Hast du das?«

»Ja. Und die Antwort ist: Nein.« Er klemmte sich die Mappe unter den Arm, kam vier Stufen auf einmal nehmend zu ihr hoch und umarmte sie.

Sie drückte ihn an sich und sog seinen Geruch ein. »Nein zu was, Harry?«

»Nein, du kriegst mich nicht«, flüsterte er ihr ins Ohr. »Aber das wusstest du ja schon.«

»Pah!«, sagte sie und tat so, als versuchte sie, sich aus seiner Umarmung zu befreien. »Hättest du nicht dieses hässliche Biest, bräuchte ich allenfalls fünf Minuten, um dich Bürschchen zu umgarnen. Und ich habe nicht gesagt, dass du soooo gut aussiehst.«

Er lachte, ließ sie los, und Katrine dachte, dass er sie gerne noch etwas länger festhalten dürfte. Sie war sich nie ganz darüber klargeworden, ob sie Harry wirklich wollte oder ob das nur eine fixe Idee war, zu der sie keine Stellung zu beziehen brauchte, weil es ohnehin vollkommen unrealistisch war. Mit der Zeit war ein Spiel daraus geworden, ein Spaß mit unklarem Inhalt. Außerdem war er wieder mit Rakel zusammen. Oder »dem hässlichen Biest«, wie Katrine sie nennen durfte, weil das so absurd war, dass Rakels irritierende Schönheit damit nur noch unterstrichen wurde.

Harry rieb sich das nachlässig rasierte Kinn. »Hm, wenn es nicht mein unwiderstehlicher Körper ist, auf den du es abgesehen hast, dann muss es was anderes sein ...« Er hob den Zeigefinger. »Ich hab's: Mein brillanter Kopf!«

»Du bist mit den Jahren auch nicht witziger geworden, Harry.«

»Die Antwort ist aber noch immer Nein. Und das weißt du auch.«

»Hast du ein Büro, in dem wir uns unterhalten können?«

»Ja und nein. Ich habe ein Büro, aber keins, in dem wir darüber diskutieren können, ob ich euch bei diesem Mord helfe.«

»Diesen Morden.«

»Dass das ein Fall ist, habe ich auch schon begriffen.«

»Faszinierend, nicht wahr?«

»Versuch es gar nicht erst. Mit dem Leben bin ich fertig, und das weißt du.«

»Harry, dieser Fall braucht dich wirklich. Und du brauchst diesen Fall.«

Dieses Mal erreichte sein Lächeln seine Augen nicht. »Einen Mord brauche ich ebenso wenig wie einen Drink, Katrine. Sorry. Spar dir deine Zeit und fahr zum Nächsten.«

Sie sah ihn an. Dachte, dass der Vergleich mit dem Drink verdammt schnell gekommen war. Und das bestätigte, was sie schon befürchtet hatte: Harry hatte Angst. Er fürchtete, dass schon ein Blick in die Akten die gleiche Konsequenz haben würde wie ein Tropfen Alkohol. Er würde nicht mehr aufhören können, sondern mit Haut und Haaren in den Fall hineingezogen und gefressen werden. Einen Moment hatte sie ein schlechtes Gewissen. Wie ein Dealer, der plötzlich unter einem Anfall von Selbstverachtung litt. Bis sie wieder die Bilder der Tatorte vor sich sah. Anton Mittets zerschmetterten Schädel.

»Es gibt keinen Nächsten, Harry.«

»Ich kann dir ein paar Namen nennen«, sagte Harry. »Da gibt es so einen Typen, der gemeinsam mit mir bei diesem FBI-Kurs war. Ich kann ihn anrufen und …«

»Harry …« Katrine nahm seinen Arm und führte ihn zur Tür. »Gibt es in deinem Büro einen Kaffee?«

»Schon, aber wie gesagt …«

»Vergiss es, reden wir einfach über alte Zeiten.«

»Hast du dafür Zeit?«

»Ich brauche Abwechslung.«

Er musterte sie. Wollte etwas sagen, entschied sich dann aber dagegen. Nickte. »Okay.«

Sie gingen über eine Treppe nach oben und kamen auf einen Flur, von dem rechts und links Büros abzweigten.

»Wie ich eben hören konnte, bedienst du dich auch bei Ståle Aunes Psychologievorlesungen«, sagte Katrine. Sie musste wie gewöhnlich rennen, um mit Harrys Siebenmeilenschritten mitzuhalten.

»So viel wie nur möglich, schließlich ist er der Beste.«

»Wie die Tatsache, dass die Bezeichnung *verrückt* eine der

wenigen exakten Bezeichnungen in der Medizin ist. Intuitiv verständlich und zugleich poetisch. Dass die präzisen Bezeichnungen aber immer ausrangiert werden, weil irgendwelche Fachidioten der Meinung sind, die sprachliche Vernebelung sei das Beste für das Wohlergehen des Patienten.«

»Genau«, sagte Harry.

»Deshalb bin ich auch nicht mehr manisch-depressiv oder Borderline, bloß Bipolar II.«

»Zwei?«

»Verstehst du? Warum macht nicht Aune diese Vorlesung? Ich dachte, er liebt so etwas.«

»Er wollte ein besseres Leben. Ein einfacheres. Mehr Zeit mit seiner Familie. Eine kluge Entscheidung.«

Sie sah ihn von der Seite an. »Ihr solltet ihn überreden. Unsere Gesellschaft kann es sich nicht leisten, auf ein derart überlegenes Talent zu verzichten, das so dringend gebraucht wird. Findest du nicht auch?«

Harry lachte kurz. »Du gibst nicht so schnell auf, oder? Ich glaube, ich werde hier gebraucht, Katrine. Und die Hochschule kontaktiert Aune nicht, weil sie hier mehr Lehrer in Uniform haben wollen, keine Zivilisten.«

»Du trägst keine Uniform.«

»Da sagst du was. Ich bin ja auch nicht mehr bei der Polizei, Katrine. Das war meine Entscheidung. Was auch bedeutet, dass ich, wir, jetzt an einem anderen Punkt sind.«

»Woher hast du die Narbe an der Stirn?«, fragte sie und sah, dass Harry kaum merklich, aber unmittelbar zusammenzuckte. Doch noch bevor er antworten konnte, ertönte hinter ihnen eine klangvolle Stimme.

»Harry!«

Sie blieben stehen und drehten sich um. Ein kleiner, rundlicher Mann mit rotem Vollbart kam aus einem der Büros und näherte sich ihnen mit leicht schwankendem Gang. Katrine folgte Harry, der dem Älteren entgegenging.

»Du hast Besuch«, donnerte der Mann schon von weitem.

»Ja, stimmt«, sagte Harry. »Katrine Bratt. Und das hier ist Arnold Folkestad.«

»Ich meinte, dass du Besuch in deinem Büro hast«, sagte Folkestad, blieb stehen und atmete ein paarmal tief durch, ehe er Katrine Bratt eine große sommersprossige Hand reichte.

»Arnold und ich wechseln uns mit den Vorlesungen über Mordermittlungen ab«, sagte Harry.

»Und da er über den unterhaltsamen Teil des Fachs sprechen darf, ist er natürlich der Beliebtere von uns beiden«, brummte Folkestad. »Während ich sie dann in die Realität zurückholen und über Methode, Technik, Ethik und Regelwerk dozieren muss. Die Welt ist ungerecht.«

»Dafür kennt Arnold sich aber auch besser mit Pädagogik aus«, sagte Harry.

»Ach, unser Frischling macht sich«, amüsierte sich Folkestad.

Harry zog die Stirn in Falten. »Dieser Besuch, das ist doch wohl nicht …?«

»Beruhig dich, es ist nicht Fräulein Gravseng, bloß ein paar alte Kollegen. Ich habe ihnen schon mal Kaffee angeboten.«

Harry sah Katrine scharf an. Dann drehte er sich um und marschierte auf seine Bürotür zu. Katrine und Folkestad blickten ihm nach.

»Habe ich was Falsches gesagt?«, fragte Folkestad überrascht.

»Ich verstehe ja, dass man das hier als Treibjagd auffassen könnte«, sagte Beate und führte die Kaffeetasse an ihre Lippen. »Willst du damit etwa sagen, dass das keine Treibjagd ist?«, fragte Harry und kippte seinen Stuhl so weit nach hinten, wie das in dem winzigen Büro möglich war. Auf der anderen Seite des Schreibtisches hatten Beate Lønn, Bjørn Holm und Katrine Bratt ihre Stühle in den Raum gezwängt und flankiert von hohen Papierstapeln Platz genommen. Die Begrüßungsrunde war schnell überstanden gewesen, kurzes Händeschütteln, keine Umarmungen. Nicht einmal der Versuch von Small Talk. Harry Hole lud zu so etwas nicht ein. Bei ihm kam man gleich zur Sache. Und dass er wusste, worum es ging, war ihnen klar.

Beate nahm einen Schluck, zuckte unwillkürlich zusammen und stellte den Plastikbecher mit missbilligender Miene weg.

»Ich weiß, dass du dich entschieden hast, nicht mehr operativ zu arbeiten«, sagte Beate. »Und ich weiß auch, dass niemand so gute Gründe dafür hat wie du. Mir stellt sich aber trotzdem die Frage, ob du in der aktuellen Situation nicht eine Ausnahme machen kannst. Du bist schließlich unser einziger Spezialist für Serienmörder. Der Staat hat Geld in dich investiert, indem er dir die FBI-Ausbildung ermöglicht hat, die ...«

»... ich, wie du weißt, mit viel Blut, Schweiß und Tränen bezahlt habe«, fiel Harry ihr ins Wort. »Und nicht nur mit meinem eigenen Blut und meinen eigenen Tränen.«

»Ich habe nicht vergessen, dass Rakel und Oleg in die Schusslinie des Schneemanns geraten sind, aber ...«

»Die Antwort lautet: Nein«, sagte Harry. »Ich habe Rakel versprochen, dass keiner von uns jemals wieder dorthin zurückkehrt. Und ich habe mir dieses Mal wirklich vorgenommen, das Versprechen nicht zu brechen.«

»Wie geht es Oleg?«, fragte Beate.

»Besser«, sagte Harry und sah sie wachsam an. »Er ist in der Schweiz auf Entzug.«

»Das freut mich zu hören. Und Rakel hat den Job in Genf bekommen?«

»Ja.«

»Pendelt sie?«

»Vier Tage in Genf, drei hier zu Hause. Es ist gut für Oleg, seine Mutter so nah bei sich zu haben.«

»Das kann ich gut verstehen«, sagte Beate. »Aber damit sind die beiden doch wohl aus der Schusslinie, oder? Und du bist vier Tage in der Woche allein. Vier Tage, in denen du tun und lassen kannst, was du willst.«

Harry lachte leise. »Liebe Beate, ich war vielleicht nicht deutlich genug. Was ich hier mache, ist genau das, was ich machen will. Vorlesungen halten, den Leuten etwas beibringen.«
»Ståle Aune ist bei uns«, sagte Katrine.
»Schön für ihn«, sagte Harry. »Und schön für euch. Er weiß über Serienmörder genauso viel wie ich.«
»Bist du dir sicher, dass er nicht mehr weiß?«, fragte Katrine süffisant lächelnd. Sie hatte eine Augenbraue hochgezogen.
Harry lachte. »Netter Versuch, Katrine. Okay, er weiß mehr.«
»Mein Gott«, sagte Katrine, »wo ist denn dein Ehrgeiz geblieben?«
»Die Kombination von euch dreien und Ståle Aune ist das Beste, was dieser Fall sich wünschen kann. Ich habe jetzt gleich wieder eine Vorlesung, wenn ihr also ...«
Katrine schüttelte langsam den Kopf. »Was ist mit dir passiert, Harry?«
»Lauter gute Dinge«, sagte Harry. »Wirklich gute Dinge.«
»Empfangen und verstanden«, sagte Beate und stand auf. »Ich möchte dich aber trotzdem fragen, ob wir dich hin und wieder um deinen Rat bitten dürfen.«
Sie sah, dass er den Kopf schütteln wollte. »Lass dir Zeit mit deiner Antwort«, beeilte sie sich zu sagen. »Ich rufe dich später an.«

Als sie drei Minuten danach auf dem Flur stand und Harry zu dem Hörsaal eilte, in dem die Studenten bereits auf ihn warteten, dachte Beate, dass vielleicht etwas daran war, dass die Liebe einer Frau einen Mann erlösen konnte. Und wenn das so war, bezweifelte sie stark, dass das Pflichtgefühl einer anderen Frau ausreichte, um ihn zurück in die Hölle zu treiben. Trotzdem war genau das ihre Aufgabe. Er sah so schockierend gesund und glücklich aus. Wie gerne hätte sie ihn einfach gehen lassen. Aber sie wusste genau, dass die Geister der ermordeten Kollegen bald wieder auftauchen würden. Und darauf folgte der nächste Gedanke: Sie würden nicht die Letzten sein.

Sie rief Harry sofort an, als sie wieder in ihrem Heizungsraum waren.

Rico Herrem schrak aus dem Schlaf auf.

Er blinzelte ein paarmal im Dunkeln, bis sein Blick die weiße Leinwand drei Stuhlreihen vor ihm fokussierte, auf der eine dicke Frau den Schwanz eines Hengstes lutschte. Er spürte, wie sein rasender Puls sich etwas beruhigte. Kein Grund zur Panik, er war noch immer im Fischladen, geweckt hatte ihn nur der Neuankömmling, der in der Reihe hinter ihm Platz genommen hatte. Rico öffnete den Mund, versuchte etwas von dem Sauerstoff der stickigen Luft in die Lunge zu bekommen. Es roch nach Schweiß, Zigaretten und etwas, das Fisch hätte sein können, aber kein Fisch war. Seit vierzig Jahren verkaufte Moens Fischladen über der Fischtheke relativ frischen Fisch und unter dem Tresen relativ frische Pornos, und als Moen in Rente gegangen war, um sich etwas systematischer um den Verstand zu saufen, hatte der neue Besitzer im Keller ein rund um die Uhr geöffnetes Pornokino eröffnet. Nach dem Aufkommen von VHS und DVD hatten sie Kunden verloren und sich auf die Beschaffung und das Vorführen von Filmen spezialisiert, die man im Netz nicht zu sehen bekam, jedenfalls nicht, ohne mit einem Besuch der Polizei rechnen zu müssen.

Der Ton war so leise, dass Rico die Onaniergeräusche im Dunkel um sich herum hören konnte. Das sollte so sein, wobei ihm selbst die jugendliche Faszination für das Gruppenonanieren längst abhandengekommen war. Er hielt sich aus einem ganz anderen Grund hier auf, seit er vor zwei Tagen aus dem Gefängnis entlassen worden war, einzig unterbrochen von notwendigen kurzen Abstechern, um etwas zu essen, aufs Klo zu gehen oder sich etwas zu trinken zu holen. Er hatte noch immer vier Rohypnolpillen in der Tasche, aber die mussten noch eine Weile reichen. Natürlich konnte er nicht den Rest seiner Tage hier in Moens Fischladen verbringen. Er hatte seine Mutter überredet, ihm zehntausend Kronen zu leihen, und bis die thailändische Botschaft das erweiterte Touristenvisum fertig hatte, bot ihm der Fischladen die notwendige Dunkelheit und Anonymität, um nicht gefunden zu werden.

Er inhalierte, hatte aber das Gefühl, als bestünde die Luft bloß aus Stickstoff, Argon und Kohlendioxid. Er sah auf die Uhr. Der selbstleuchtende Zeiger wies auf die Sechs. Spätnachmittag oder früher Morgen? Hier drinnen herrschte ewige Nacht, doch es musste Nachmittag sein. Das Gefühl, ersticken zu müssen, kam in Wellen. Er durfte jetzt keinen klaustrophobischen Anfall bekommen. Nicht bevor er außer Landes war. Weg. Weit weg von Valentin. Verdammt, wie er sich nach seiner Zelle sehnte. Nach der Sicherheit, der Einsamkeit, der Luft, die sich zu atmen lohnte.

Die Frau auf der Leinwand arbeitete hart, musste dabei aber ein paar Meter laufen, weil das Pferd einige Schritte nach vorne machte, so dass das Bild einen Augenblick lang unscharf war.
»Hallo, Rico.«
Rico erstarrte. Die Stimme war leise, fast flüsternd, und bohrte sich wie ein Eiszapfen in seinen Gehörgang.
»*Vanessa's Friends*. Ein echter Klassiker aus den Achtzigern. Wusstest du, dass Vanessa bei den Aufnahmen ums Leben gekommen ist? Sie wurde von einer Stute zu Tode getrampelt. Bestimmt aus Eifersucht, oder was meinst du?«
Rico wollte sich umdrehen, aber eine Hand legte sich um den oberen Teil seines Nackens und hielt ihn wie in einem Schraubstock fest. Er wollte schreien, als sich eine andere Hand in einem Handschuh über Mund und Nase legte. Rico sog den Geruch von saurer, nasser Wolle ein.
»Es war enttäuschend leicht, dich zu finden. Das Perversenkino. War doch ziemlich klar, oder?« Leises Lachen. »Außerdem leuchtet dein roter Schädel hier drinnen wie ein Leuchtturm. Sieht aus, als würde dein Ekzem zurzeit richtig Spaß haben, Rico, das lebt auf, wenn man Stress hat, nicht wahr?«

Die Hand vor seinem Mund lockerte sich etwas, so dass Rico atmen konnte. Es schmeckte nach Kalkstaub und Skiwachs.

»Es gibt Gerüchte, du hättest in Ila mit einer Polizistin gesprochen, Rico. Hattet ihr was miteinander?«

Die Wollhand verschwand von seinem Mund. Rico atmete schwer, während seine Zunge nach Speichel suchte.

»Ich habe nichts gesagt«, keuchte er. »Ich schwöre es. Warum hätte ich das tun sollen? Ich hatte ja nur noch wenige Tage.«

»Wegen Geld.«

»Ich *habe* Geld!«

»Du hast doch deine ganze Kohle für Drogen ausgegeben. Ich könnte wetten, dass du auch jetzt Pillen in deiner Tasche hast.«

»Ich erzähl keinen Scheiß! Ich fahre übermorgen nach Thailand. Du kriegst keinen Ärger durch mich, versprochen.«

Rico hörte, dass sich das Letzte wie das Flehen eines zu Tode verängstigten Mannes anhörte, aber das war ihm egal. Er *war* zu Tode verängstigt.

»Entspann dich, Rico. Ich habe gar nicht vor, meinem Tätowierer etwas anzutun, man vertraut doch einem Mann, von dem man sich hat stechen lassen, nicht wahr?«

»Du ... du kannst mir auch vertrauen.«

»Gut. Pattaya hört sich gut an.«

Rico antwortete nicht. Er hatte nichts davon gesagt, dass er nach Pattaya wollte ... Rico wurde ein Stück nach hinten gekippt, als der andere sich auf seine Lehne stützte und aufstand.

»Ich muss los, ich hab noch einen Job zu erledigen. Genieß die Sonne, Rico. Die ist sicher gut für dein Ekzem.«

Rico drehte sich um. Der andere hatte sich mit einem bis zur Nase hochgezogenen Halstuch maskiert, und es war zu dunkel, um die Augen zu sehen. Dann beugte der Mann sich noch einmal rasch zu Rico herunter: »Wusstest du, dass sie bei Vanessas Obduktion Hinweise auf Geschlechtskrankheiten gefunden haben, von deren Existenz die Medizin noch gar nichts wusste? Halt dich an deine Art, das ist mein Rat.«

Rico blickte dem Mann nach, der sich schnell in Richtung Ausgang bewegte. Ein Stück entfernt nahm er das Halstuch ab, so dass Rico das grüne Licht des Exit-Schilds auf sein Gesicht fallen sah, bevor er durch den schwarzen Filzvorhang verschwand. Plötzlich schien wieder Sauerstoff in den Raum zu strömen, und Rico saugte ihn in sich auf, ohne die Figur auf dem Exit-Schild aus den Augen zu lassen. Sie schien zu rennen.

Er war verwirrt.

Nicht weil die Perversen daran dachten, die Fluchtwege zu kennzeichnen, das hatten sie schon immer getan, sondern weil er noch am Leben war und vor allem wegen dem, was er gerade gesehen hatte. Er war es nicht gewesen. Die Stimme war die gleiche gewesen, das Lachen auch, aber der Mann, den er für den Bruchteil einer Sekunde im Licht des Schildes gesehen hatte, war nicht er. Das war nicht Valentin gewesen.

Kapitel 17

»Hier bist du jetzt also eingezogen?«, fragte Beate und sah sich in der großen Küche um. Draußen hatte sich die Dunkelheit über den Holmenkollåsen und die Nachbarvillen gelegt. Keines der Häuser hier oben glich dem anderen, allen war aber gemein, dass sie mindestens doppelt so groß waren wie das Haus im Osten der Stadt, das Beate von ihrer Mutter geerbt hatte, und dass die Hecken doppelt so hoch waren, sie Doppelgaragen hatten und an den Briefkästen Doppelnamen standen. Beate wusste, dass sie Vorurteile gegen den noblen Westen der Stadt hatte, aber trotzdem war es seltsam, sich Harry Hole in dieser Umgebung vorzustellen.

»Ja«, sagte Harry und goss ihnen beiden Kaffee ein.

»Ist das nicht ... einsam?«

»Hm. Wohnst du mit deiner Kleinen nicht auch allein?«

»Ja, aber ...«

Sie redete nicht weiter. Was sie meinte, war, dass sie selbst in einem kleinen, gemütlichen gelben Haus wohnte, das nach dem Krieg ganz nach Gerhardsens Geschmack gebaut worden war. Nüchtern und praktisch und ohne die nationalistische Sentimentalität, die Menschen mit Geld dazu veranlasste, sich blockhausartige Festungen wie diese hier zu bauen. Die schwarz gebeizten Rundhölzer, aus denen das Haus, das Rakel von ihrem Vater geerbt hatte, gebaut worden war, verliehen ihm selbst an sonnigen Tagen eine Aura aus Dunkelheit und Schwermut.

»Rakel kommt an den Wochenenden nach Hause«, sagte er und führte die Tasse an die Lippen.
»Dann läuft alles gut?«
»Sehr gut, ja.«
Beate nickte und sah ihn an. Studierte die Veränderungen. Er hatte Lachfalten um die Augen, sah aber trotzdem jünger aus. Die Titanprothese, die seinen rechten Mittelfinger ersetzte, schlug gegen die Tasse und erzeugte ein leises Klirren.
»Und was ist mit dir?«, fragte Harry.
»Gut. Viel zu tun. Tulla ist in den Skiferien bei ihrer Oma in Steinkjer. Sie hat gerade mit der Schule angefangen.«
»Wirklich? Gruselig, wie schnell die Zeit vergeht …« Er schloss die Augen etwas und lachte leise.
»Ja«, sagte Beate und trank einen Schluck Kaffee. »Harry, ich wollte dich treffen, weil ich endlich wissen möchte, was passiert ist.«
»Ich weiß«, sagte Harry. »Ich hatte auch vor, mich bei dir zu melden. Aber vorher musste ich noch einiges mit Oleg regeln und mit mir.«
»Erzähl.«
»Okay«, sagte Harry und stellte die Tasse ab. »Du warst die Einzige, die ich seinerzeit informiert habe. Du hast mir geholfen, und ich schulde dir wirklich viel, Beate. Und du bist die Einzige, die es je erfahren wird. Aber bist du dir auch sicher, dass du alles wissen willst? Du könntest dadurch in ein gewisses Dilemma geraten.«
»Ich habe mich mitschuldig gemacht, als ich dir geholfen habe, Harry. Aber wir sind das Violin losgeworden. Es ist inzwischen komplett von den Straßen verschwunden.«
»Phantastisch«, sagte Harry trocken. »Jetzt kursieren wieder Heroin, Crack und Speedballs.«
»Und der Mann, der hinter diesem Violin stand, ist weg. Rudolf Asajev ist tot.«
»Ich weiß.«
»Du *weißt*, dass er tot ist? Echt? Weißt du dann auch, dass

er vor seinem Tod viele Monate lang unter falschem Namen im Reichshospital im Koma lag?«

Harry zog eine Augenbraue hoch. »Asajev? Ich dachte, der wäre in einem Hotelzimmer im Leons gestorben?«

»Da wurde er gefunden. In einer Riesenblutlache. Aber sie konnten ihn am Leben erhalten. Bis vor kurzem. Woher weißt du das vom Leons? Das war doch alles unter Verschluss.«

Harry antwortete nicht, sondern drehte die Kaffeetasse in seiner Hand hin und her.

»Nein, verdammt ...«, sagte Beate und stöhnte.

Harry zuckte mit den Schultern. »Ich hab dir gesagt, dass du es vielleicht lieber nicht wissen willst.«

»Du hast ihm das Messer verpasst?«

»Hilft es, wenn ich sage, dass es Notwehr war?«

»Wir haben eine Kugel im Bettgestell gefunden. Aber der Einstich war tief und aggressiv, Harry. Der Rechtsmediziner meinte, der Täter müsse das Messer mehrmals umgedreht haben.«

Harry blickte in seine Tasse. »Nun, nicht oft genug, wie es aussieht.«

»Ehrlich, Harry, du ... du ...« Beate war es nicht gewohnt, ihre Stimme zu erheben.

»Er war es, der Oleg abhängig gemacht hat, Beate.« Harrys Stimme war leise, und er sah nicht von seiner Tasse auf.

Sie saßen schweigend da und lauschten der kostbaren Holmenkollen-Stille.

»Hat Asajev dir in den Kopf geschossen?«, fragte Beate schließlich.

Harry fuhr sich mit den Fingern über die neue Narbe an der Schläfe. »Was lässt dich glauben, dass das eine Schusswunde ist?«

»Tja, was weiß ich schon über Schusswunden, ich bin ja bloß Kriminaltechnikerin.«

»Okay, sagen wir, es war ein Typ, der für Asajev gearbeitet

hat«, sagte Harry. »Drei Schüsse aus nächster Nähe. Zwei in die Brust. Der dritte in den Kopf.«

Beate sah Harry an, er sagte die Wahrheit, aber es war nicht die ganze Wahrheit.

»Und wie überlebt man so etwas?«

»Ich trug zu diesem Zeitpunkt schon seit zwei Tagen eine schusssichere Weste. Irgendwann musste die sich ja mal lohnen. Aber der Kopfschuss hat mich erwischt, und ich wäre daran auch gestorben, wenn …«

»Wenn was?«

»Wenn der Typ nicht sofort zur Ambulanz in der Storgata gerannt wäre und einen Arzt geholt hätte, der mir das Leben gerettet hat.«

»Was sagst du da? Und warum habe ich davon nichts erfahren?«

»Der Arzt hat mich noch am Tatort zusammengeflickt und wollte mich in die Klinik bringen lassen, aber ich bin rechtzeitig aufgewacht und habe dafür gesorgt, stattdessen nach Hause gebracht zu werden.«

»Warum das denn?«

»Ich wollte kein Aufsehen. Wie läuft's denn mit Bjørn? Hat er inzwischen eine Freundin?«

»Dieser Kerl … hat erst versucht, dich zu erschießen, und dir dann das Leben gerettet? Wer …?«

»Er hat nicht versucht, mich zu erschießen, das war ein Unfall.«

»Ein Unfall. Drei Schüsse sind kein Unfall, Harry.«

»Wenn du auf Turkey bist und eine Odessa in der Hand hältst, kann das durchaus passieren.«

»Odessa?« Beate kannte die Waffe. Die Billigkopie der russischen Stetschkin. Auf Fotos sah die Odessa aus wie von einem wenig begabten Schlosserlehrling zusammengeschweißt. Der unförmige Bastard einer Pistole und einer Maschinenpistole. Aber unter den russischen Urkas, den Berufskriminellen, war sie beliebt, weil sie sowohl Einzelschüsse als auch Salven abfeuern konnte. Ein sanfter Druck auf den Abzug einer Odessa, und schon hatte man zwei Schüsse abgefeuert. Oder drei. Plötzlich kam ihr in den Sinn, dass Gusto Hanssen mit Kugeln des Kalibers getötet worden war, das man auch für eine Odessa brauchte, Makarov 9x18 mm.

»Die Waffe würde ich gerne mal sehen«, sagte sie langsam und beobachtete, wie Harrys Blick automatisch durch das Zimmer schweifte. Sie drehte sich um. Aber da war nichts, nur ein uralter schwarzer Eckschrank.

»Du hast nicht auf meine Frage geantwortet, was für ein Typ das war.«

»Das ist nicht wichtig«, sagte Harry. »Er ist seit langem außerhalb deines Zuständigkeitsbereichs.«

Beate nickte. »Du schützt jemanden, der dir fast das Leben genommen hätte?«

»Für mich zählt viel mehr, dass er es gerettet hat.«

»Schützt du ihn deshalb?«

»Die Frage, wen wir schützen und wen nicht, ist manchmal ein großes Rätsel, findest du nicht auch?«

»Stimmt«, sagte Beate. »Ich zum Beispiel. Ich beschütze Polizisten. Da ich Gesichter so gut wiedererkennen kann, war ich bei dem Verhör des Barkeepers im Come As You Are dabei. Du weißt schon, dieser Laden, in dem der Dealer von Asajev von einem großgewachsenen blonden Mann ermordet worden ist, der eine Narbe hatte, die vom Mundwinkel bis zum Ohr reichte. Ich habe dem Barkeeper Fotos gezeigt und lange auf ihn eingeredet. Du weißt ja, dass das visuelle Gedächtnis sehr leicht zu manipulieren ist, auf jeden Fall war der Mann sich irgendwann ziemlich sicher, dass der Mann in der Bar auf keinen Fall Harry Hole gewesen sein konnte.«

Harry sah sie an. Dann nickte er langsam. »Danke.«

»Ich sollte jetzt sagen, nichts zu danken«, sagte Beate und hob die Tasse an die Lippen. »Aber das stimmt nicht. Und ich habe auch eine Idee, wie du mir danken kannst.«

»Beate …«

»Ich beschütze Polizisten. Du weißt, dass ich es persönlich nehme, wenn Polizisten im Dienst getötet werden. Jack. Und mein Vater.« Ihre Hand zuckte ganz automatisch zu ihrem Ohrring. Der umgearbeitete Knopf hatte einmal an der Uniformjacke ihres Vaters gehangen. »Wir wissen nicht, wer als Nächster an der Reihe ist, aber ich habe mir vorgenommen, alles zu tun, was in meiner Macht steht, um diesen Teufel aufzuhalten, Harry. Alles. Verstehst du?«

Harry antwortete nicht.

»Tut mir leid, natürlich verstehst du mich«, sagte Beate leise.

»Du denkst an deine eigenen Toten.«

Harry rieb seinen rechten Handrücken an der Kaffeetasse, als würde er frieren. Dann stand er auf, trat ans Fenster und blieb dort eine ganze Weile stehen, bis er zu reden begann.

»Wie du weißt, ist mal ein Mörder hierhergekommen, um Rakel und Oleg zu töten. Und das war meine Schuld.«

»Das ist lange her, Harry.«

»Das war gestern. Und es wird immer gestern gewesen sein. Nichts hat sich verändert, nichts. Trotzdem versuche ich es, gebe mir alle Mühe, damit wenigstens *ich* mich ändere.«

»Und klappt es?«

Harry zuckte mit den Schultern. »Mal so, mal so. Habe ich dir erzählt, dass ich es nie geschafft habe, Oleg rechtzeitig ein Geburtstagsgeschenk zu besorgen? Obwohl Rakel mich schon Wochen zuvor auf das bevorstehende Datum aufmerksam gemacht hat, gab es immer irgendetwas, das dieses Datum wieder verdrängt hat. Und wenn ich schließlich hierherkam und die Geburtstagsdeko sah, musste ich Jahr für Jahr den gleichen Trick anwenden.« Harry zog einen Mundwinkel zu einem halben Lächeln hoch. »Ich gab vor, Zigaretten kaufen zu müssen, stürzte zurück zum Auto und raste nach unten bis zur nächsten Tanke, wo ich dann ein paar CDs oder so gekauft habe. Natürlich hatte Oleg einen Verdacht. Deshalb hatten Rakel und ich einen Deal. Wenn ich zur Tür hereinkam, stand Oleg immer mit seinem vorwurfsvollen, dunklen Blick da und wartete auf mich. Doch bevor er mich durchsuchen konnte, kam Rakel zu mir und umarmte mich, als hätte sie mich wochenlang nicht gesehen. Und in dieser Umarmung zog sie die CDs oder anderen Geschenke raus, die ich hinten unter den Hosenbund geschoben hatte, versteckte sie und entfernte sich, während Oleg sich auf mich stürzte. Zehn Minuten später hatte Rakel das Geschenk eingepackt, mit Kärtchen und allem Drum und Dran.«

»Und?«

»Oleg hatte neulich Geburtstag. Er hat ein von mir eingepacktes Geschenk bekommen und meinte, dass er die Handschrift auf der Karte gar nicht kennen würde. Ich habe ihm gesagt, dass es dafür einen guten Grund gäbe, es sei nämlich meine eigene.«

Beate lächelte kurz. »Eine nette Geschichte. Mit Happy End und allem.«

»Hör mal, Beate. Ich verdanke diesen beiden Menschen alles, ich brauche sie, und ich habe das große Glück, dass auch sie mich brauchen. Als Mutter weißt du, was für ein Segen und mitunter auch Fluch es ist, gebraucht zu werden.«

»Ja. Und was ich dir zu sagen versuche, ist, dass auch wir dich brauchen.«

Harry kam zurück. Beugte sich zu ihr über den Tisch. »Nicht wie diese beiden, Beate. Und niemand ist im Beruf unentbehrlich, nicht einmal ...«

»Nein, stimmt schon, die Toten können wir ersetzen. Der eine war ja ohnehin schon pensioniert. Und bestimmt finden wir auch Leute, die an die Stelle der Nächsten treten, die abgeschlachtet werden.«

»Beate ...«

»Hast du die hier gesehen?«

Harrys Blick wich den Bildern aus, die sie aus ihrer Tasche zog und auf den Küchentisch legte.

»Kaputt, Harry. Nicht ein Knochen war da noch heil. Selbst ich hatte Probleme, diese Menschen zu identifizieren.«

Harry blieb stehen. Wie ein Wirt, der seinen Gästen signalisieren wollte, dass Feierabend war. Aber Beate blieb sitzen. Nahm einen kleinen Schluck aus ihrer Tasse. Rührte sich nicht. Harry seufzte. Sie trank noch einen Schluck.

»Oleg hat vor, Jura zu studieren, wenn er wieder clean ist, oder? Um sich danach an der Polizeihochschule zu bewerben.«

»Woher weißt du das?«

»Von Rakel. Ich habe mit ihr geredet, bevor ich zu dir gefahren bin.«

Harrys helle blaue Augen verfinsterten sich. »Du hast was?«

»Ich habe sie in der Schweiz angerufen und ihr gesagt, um was es geht. Das ist dreist, und ich entschuldige mich auch dafür. Aber ich bin wie gesagt bereit, alles nur Erdenkliche zu tun.«

Harrys Lippen fluchten lautlos. »Und was hat sie gesagt?«

»Dass das deine Entscheidung ist.«

»Klar, das musste sie ja sagen.«

»Und deshalb bitte ich jetzt dich, Harry. Ich bitte dich im Namen von Jack Halvorsen und von Ellen Gjelten. Im Namen aller ermordeten Polizisten. Aber in erster Linie bitte ich dich im Namen derer, die noch am Leben sind. Und auch im Namen derer, die vielleicht einmal Polizisten werden wollen.«

Sie sah Harrys Kiefer wie wild arbeiten. »Beate, ich habe dich nie darum gebeten, irgendwelche Zeugen zu beeinflussen.«

»Du bittest nie um irgendetwas, Harry.«

»Nun, es ist spät, ich möchte dich bitten …«

»… jetzt zu gehen.« Sie nickte. Harry hatte den Blick, der einen gehorchen ließ, weshalb sie aufstand und auf den Flur trat. Sie zog ihre Jacke an und knöpfte sie zu. Harry stand in der Tür und beobachtete sie.

»Es tut mir leid, dass ich so verzweifelt bin«, sagte sie. »Es war nicht richtig von mir, mich derart in dein Leben einzumischen. Wir haben einen Job zu erledigen. Eigentlich ist das nur ein Job, ja.« Ihre Stimme drohte zu versagen, und sie beeilte sich hinzuzufügen: »Und du hast natürlich recht, es muss Regeln und Grenzen geben. Leb wohl.«

»Beate ...«

»Schlaf gut, Harry.«

»Beate Lønn.«

Beate hatte die Haustür bereits geöffnet und wollte gehen, bevor er die Tränen sah, die in ihren Augen standen. Aber Harry war direkt hinter sie getreten und hatte eine Hand an den Türrahmen gelegt. Seine Stimme war unmittelbar an ihrem Ohr.

»Habt ihr euch schon mal gefragt, wie der Täter es geschafft hat, dass die Polizisten freiwillig am Datum des ursprünglichen Mordes an den alten Tatort zurückkehren?«

Beate ließ die Klinke los. »Wie meinst du das?«

»Ich lese Zeitung. Und da stand, dass Polizeikommissar Nilsen mit einem Golf nach Tryvann gefahren ist. Der Wagen stand oben auf dem Parkplatz und nur seine Spuren waren im Schnee auf dem Weg zum Lifthäuschen. Und dass ihr Videoaufnahmen von einer Tankstelle in Drammen habt, die zeigen, dass Anton Mittet kurz vor seiner Ermordung allein in seinem Auto saß. Beide wussten, dass zuvor schon Polizisten auf genau diese Weise ermordet worden sind. Trotzdem sind sie gekommen.«

»Natürlich haben wir uns das auch schon gefragt«, sagte Beate. »Eine sichere Antwort haben wir darauf aber nicht. Wir wissen, dass sie kurz zuvor aus Telefonzellen in der Nähe der Tatorte angerufen wurden, und nehmen an, dass sie wussten, wer der Anrufer ist. Vielleicht haben sie geglaubt, das sei ihre Chance, den Täter auf eigene Faust zu schnappen.«

»Nein«, sagte Harry.

»Nein?«

»Die Spurensicherung hat eine ungeladene Dienstwaffe und eine Schachtel Patronen in Anton Mittets Handschuhfach gefunden. Hätte er wirklich geglaubt, den Mörder dort anzutreffen, hätte er seine Waffe geladen.«

»Vielleicht hat er sich nicht die Zeit genommen, bevor er da war, und ist dann übermannt worden, bevor er das Handschuhfach öffnen und ...«

»Er wurde um 22.31 Uhr angerufen und hat um fünf nach halb getankt. Er hat sich also nach dem Anruf noch die Zeit genommen zu tanken.«

»Vielleicht war der Tank ja leer.«

»Nein. Die Zeitung *Aftenposten* hat das Video der Überwachungskamera auf ihrer Website verlinkt. Du findest es unter der Überschrift: Die letzten Bilder von Anton Mittet vor seiner Hinrichtung. Es zeigt einen Mann, der gerade einmal dreißig Sekunden tankt, dann geht ein Ruck durch die Zapfpistole, was ja heißt, dass der Tank voll ist. Mittet hatte also mehr als genug Benzin im Tank, um zum Tatort und wieder zurück zu kommen. Das alles zeigt, dass er es nicht sonderlich eilig gehabt hat.«

»Hm, das heißt dann auch, dass er die Pistole dort hätte laden können, es aber nicht getan hat.«

»Tryvann«, sagte Harry. »Bertil Nilsen hatte ebenfalls eine Waffe im Handschuhfach seines Golfs. Die er aber nicht mitgenommen hat. Wir haben also zwei erfahrene Mordermittler, die zu Tatorten ungeklärter Morde gehen, obwohl sie wissen, dass kurz zuvor ein Kollege von ihnen ermordet wurde. Sie hätten sich bewaffnen können, haben es aber nicht getan, obwohl sie allem Anschein nach genügend Zeit hatten. Das waren routinierte Polizisten, die nicht mehr den Helden spielen mussten. Was sagt uns das?«

»Okay, Harry«, sagte Beate, drehte sich um und lehnte sich mit dem Rücken an die Tür, die ins Schloss gedrückt wurde. »Was *sollte* uns das sagen?«

»Das sollte euch sagen, dass sie nicht geglaubt haben, dort den Täter zu fassen.«

»Okay, dann haben sie es also nicht geglaubt. Vielleicht

glaubten sie an eine schnelle Nummer mit einer tollen Frau, die geil darauf war, Sex an einem früheren Tatort zu haben?«

Beate sagte das im Spaß, aber Harry antwortete, ohne eine Miene zu verziehen: »Dafür war es zu kurzfristig.«

Beate dachte nach. »Und wenn der Täter sich als Journalist ausgegeben hat, der sich in Anbetracht der Taten für frühere ungelöste Fälle interessierte? Vielleicht hat er Mittet gesagt, dass er ihn am späten Abend treffen will, um die richtige Stimmung für die Bilder des Fotografen zu bekommen?«

»Es erfordert einen gewissen Einsatz, zu diesen Tatorten zu gelangen. Auf jeden Fall gilt das für den Tryvann-Mord. Wenn ich richtig informiert bin, ist Bertil Nilsen aus Nedre Eiker gekommen, das ist mindestens eine halbe Stunde entfernt. Und seriöse Polizisten machen keine Gratisarbeit für die Presse, damit die eine neue Schlagzeile bringen kann.«

»Wenn du sagst, dass das keine Gratisarbeit war, meinst du ...«

»Ja, genau das meine ich. Ich glaube, die beiden dachten, das hätte etwas mit ihrer Arbeit zu tun.«

»Du meinst, dass ein Kollege sie angerufen hat?«

»Hm.«

»Der Täter hat sie angerufen und sich für einen Polizisten ausgegeben, der am alten Tatort arbeitet, weil auch hier wieder etwas passieren könnte, und ... und ...« Beate drehte an dem Uniformknopf in ihrem Ohr. »Und er hat gesagt, dass er ihre Hilfe braucht, um den ursprünglichen Mord zu rekonstruieren!«

Sie lächelte wie eine Schülerin, die dem Lehrer gerade die richtige Antwort gegeben hatte und vor Aufregung rot wurde. Harry lachte.

»Du bist auf dem richtigen Weg. Aber bei der derzeitigen Angst vor Überstunden wäre Mittet bestimmt stutzig geworden, wenn ihn jemand mitten in der Nacht außerhalb der Arbeitszeit zum Tatort gerufen hätte.«

»Ich gebe auf.«

»Echt?«, sagte Harry. »Was für Anrufe von Kollegen sind es, die dich mitten in der Nacht überallhin fahren lassen?«

Beate schlug sich mit der Hand gegen die Stirn. »Klar!«, rief sie. »Mann, sind wir blöd!«

Kapitel 18

»Was sagst du da?«, fragte Katrine. Sie standen auf der Treppe des gelben Hauses in Bergslia. Katrine schüttelte sich in dem kalten Wind. »Er ruft seine Mordopfer an und gibt vor, der Polizistenmörder habe wieder zugeschlagen?«

»Das ist ebenso einfach wie genial«, sagte Beate, stellte fest, dass der Schlüssel passte, drehte ihn herum und öffnete die Tür. »Sie bekommen einen Anruf von jemandem, der sich als Kommissar ausgibt und sie bittet, sofort zu kommen, weil sie über den Mord Bescheid wissen, der früher dort geschehen ist. Sie bräuchten die Informationen, um die richtigen Prioritäten setzen zu können, solange die Spuren noch frisch sind.«

Beate betrat als Erste das Haus. Sie kannte sich aus. Kein Kriminaltechniker vergaß je einen Tatort, das war mehr als bloß ein Klischee. Im Wohnzimmer blieb sie stehen. Das Sonnenlicht fiel durch das Fenster und legte sich wie ein schiefes Rechteck auf den leeren, gleichmäßig verblichenen Holzboden. Hier drinnen standen seit Jahren kaum noch Möbel. Vermutlich hatten die Verwandten nach dem Mord das meiste mitgenommen.

»Interessant«, sagte Ståle Aune, der sich an das Fenster gestellt hatte, von dem er in den Wald blicken konnte, der zwischen dem Haus und der weiterführenden Schule lag.

»Der Mörder nutzt die Hysterie, die er selbst provoziert hat, als Lockmittel.«

»Wenn ich so einen Anruf bekommen würde, fände ich das alles vollkommen plausibel«, sagte Katrine.

»Und deshalb kommen sie unbewaffnet«, fuhr Beate fort. »Sie glauben, dass die Gefahr vorbei und die Polizei schon vor Ort ist. Deshalb haben sie auch noch die Zeit zu tanken.«

»Aber«, sagte Bjørn, den Mund voller Knäckebrot mit Kaviarersatz. »Woher weiß der Mörder, dass das Opfer nicht einen anderen Kollegen anruft und so erfährt, dass es gar keinen Mord gibt?«

»Vermutlich hat der Mörder sie auch gebeten, vorerst mit niemandem darüber zu sprechen«, sagte Beate und sah missbilligend auf die Knäckebrotkrümel, die zu Boden rieselten.

»Stimmt auch wieder«, sagte Katrine. »Ein Polizist mit Wissen über andere Mordfälle würde das plausibel finden. Er weiß, dass wir Leichenfunde so lange wie nur möglich unter Verschluss halten, wenn wir das für wichtig erachten.«

»Warum kann so etwas wichtig sein?«, fragte Ståle Aune.

»Manche Mörder vernachlässigen ihre Deckung, solange ihre Taten noch nicht bekannt sind«, sagte Bjørn und biss erneut in sein Knäckebrot.

»Und all das hat Harry einfach so von sich gegeben?«, fragte Katrine. »Nach bloßer Lektüre der Zeitung?«

»Sonst wäre er nicht Harry«, sagte Beate und hörte die Straßenbahn vorbeischeppern. Durch das Fenster sah sie das Dach des Stadions Ullevål. Die Fenster waren zu dünn, um vor dem gleichmäßigen Rauschen des Verkehrs auf dem Ring 3 zu schützen. Und sie erinnerte sich, wie kalt es damals gewesen war, dass sie sogar noch in ihren weißen Schutzanzügen gefroren hatten. Allerdings war ihr schon damals der Gedanke gekommen, dass sie nicht nur wegen der Außentemperaturen hier drinnen eine Gänsehaut gehabt hatte. Vielleicht stand das Haus schon so lange leer, weil auch die potentiellen Mieter oder Käufer diese Kälte gespürt hatten. Das eisige Echo der Geschichten und Gerüchte von damals.

»Okay«, sagte Bjørn. »Mag ja sein, dass er herausgefunden

hat, wie der Täter die Opfer zu sich gelockt hat. Aber wir wussten ja schon, dass sie freiwillig und auf eigene Faust gehandelt haben. Ein Quantensprung für die Ermittlungen ist das demnach nicht gerade, oder?«

Beate trat an das andere Fenster, ihre Augen suchten die Umgebung ab. Es sollte einfach sein, die Sondereinheit rund um das Haus zu postieren. Es gab den Wald, den Graben vor der Straßenbahntrasse und die Nachbarhäuser auf beiden Seiten, also reichlich Verstecke rundherum.

»Er hatte immer die einfachen Ideen, bei denen du dich im Nachhinein gefragt hast, wieso du nicht selbst darauf gekommen bist«, sagte sie. »Die Krümel.«

»Hä?«

»Die Knäckebrotkrümel, Bjørn!«

Bjørn blickte zu Boden. Und wieder zu Beate. Dann riss er ein Blatt aus seinem Notizbuch, hockte sich hin und begann die Krümel auf das Blatt zu wischen.

Beate sah auf und begegnete Katrines fragendem Blick.

»Ich weiß, was du denkst«, sagte Beate. »Warum so streng, es ist schließlich kein Tatort. Aber das ist es doch. Jeder Ort, an dem ein Mord begangen wurde, der bisher nicht aufgeklärt werden konnte, ist und bleibt ein Tatort mit einem gewissen Potential, dort noch Spuren zu finden.«

»Rechnest du wirklich damit, hier noch Spuren vom Säger zu finden?«, fragte Ståle.

»Nein«, antwortete Beate und sah zu Boden. »Die mussten alles abschleifen. Von der Wahnsinnsmenge Blut war so viel ins Holz eingezogen, dass man mit Schrubben nichts mehr erreichen konnte.«

Ståle sah auf seine Uhr. »Ich habe jetzt gleich einen Patienten. Wie wär's, kannst du uns Harrys Idee kurz skizzieren?«

»Wir haben die Presse nie darüber informiert«, sagte Beate. »Aber als wir die Leiche in dem Raum gefunden haben, in dem wir jetzt stehen, mussten wir uns erst vergewissern, dass es sich tatsächlich um einen Menschen handelte.«

»Oh«, sagte Ståle. »Wollen wir die Fortsetzung davon wirklich hören?«

»Ja«, sagte Katrine entschieden.

»Die Leiche war in so kleine Teile zersägt worden, dass auf den ersten Blick nichts zu erkennen war. Die Brüste hatte er auf ein Brett in der Vitrine da drüben gelegt. Die einzige Spur, die wir gefunden haben, war ein gebrochenes Sägeblatt von einer Stichsäge. Und ... wenn euch das im Detail interessiert, könnt ihr den Rest in dem Bericht nachlesen, den ich hier habe.« Beate klopfte auf ihre Umhängetasche.

»Ja, danke«, sagte Katrine mit einem Lächeln, das sie dann wohl selbst als zu süß einstufte, weshalb sie wieder ihr ernstes Gesicht aufsetzte.

»Das Opfer war ein junges Mädchen, das allein zu Hause war«, sagte Beate. »Wir waren schon damals der Meinung, dass die Vorgehensweise eine gewisse Ähnlichkeit mit dem Mord am Tryvann hatte. Das Wichtigste für uns ist aber, dass dieser Mord noch immer nicht aufgeklärt ist. Und dass er am siebzehnten März begangen wurde.«

Es war im Raum so still geworden, dass sie die fröhlichen Rufe vom Schulhof auf der anderen Seite des Wäldchens hören konnten.

Bjørn fand als Erster seine Sprache wieder: »Das ist in vier Tagen.«

»Ja«, sagte Katrine. »Und Harry, dieser kranke Mann, hat vorgeschlagen, dass wir dem Täter eine Falle stellen, nicht wahr?«

Beate nickte.

Katrine schüttelte langsam den Kopf. »Warum hat vorher keiner von *uns* daran gedacht?«

»Weil keinem von uns klar war, wie der Mörder seine Opfer an den Tatort lockt«, sagte Ståle.

»Es ist aber trotzdem noch immer möglich, dass Harry sich irrt«, sagte Beate. »Sowohl was die Vorgehensweise angeht als auch bezüglich der Frage, wo der Täter als Nächstes zuschlägt. Seit dem ersten Polizistenmord sind die Daten einiger unaufgeklärter Fälle hier in der Gegend verstrichen, ohne dass etwas geschehen ist.«

»Aber«, sagte Ståle. »Harry hat die Ähnlichkeit zwischen dem Säger und den anderen Morden bemerkt. Ein kontrollierter Plan, kombiniert mit anscheinend unkontrollierter Brutalität.«

»Er nannte das ein Bauchgefühl«, sagte Beate. »Und damit meint er ...«

»Analyse auf Basis unstrukturierter Fakten«, sagte Katrine. »Auch Harrys Methode genannt.«

»Und er meint, dass es in vier Tagen passiert?«, fragte Bjørn.

»Ja«, sagte Beate. »Und er hat noch etwas vorausgesagt. Er meinte, der letzte Mord habe dem Originalmord noch mehr geglichen als die vorhergehenden. Das Opfer wurde in den Wagen gesetzt und in den Abgrund geschoben. Harry geht davon aus, dass der Täter seine Morde in Zukunft noch weiter perfektionieren wird. Da wäre es beinahe logisch, dass er auch die gleiche Mordwaffe benutzt.«

»Eine Stichsäge«, sagte Katrine tonlos.

»Ziemlich passend für einen narzisstischen Massenmörder«, sagte Ståle.

»Und Harry war sich sicher, dass das hier passieren wird?«, fragte Bjørn und sah sich eine Grimasse schneidend um.

»Was diesen Punkt anging, war er sich am wenigsten sicher«, sagte Beate. »Bei den anderen Tatorten hatte der Mörder freien Zugang. Dieses Haus steht seit Jahren leer, weil niemand in einem Haus wohnen will, in dem der Säger sein Unwesen getrieben hat. Das Haus ist trotzdem verschlossen. Das war das Lifthäuschen in Tryvann zwar auch, aber hier gibt es Nachbarn. Einen Polizisten hierherzulocken bedeutet ein viel höheres Risiko. Deshalb meinte Harry, es könne gut sein, dass er sein Muster durchbricht und das Opfer an einen anderen Ort lockt. Aber wir stellen dem Polizeischlächter hier eine Falle und sehen, ob er anruft.«

Es entstand eine kleine Pause, jeder im Raum schien damit zu kämpfen, dass Beate gerade den Namen benutzt hatte, den die Presse ihm gegeben hatte. Polizeischlächter.
»Und das Opfer …?«, fragte Katrine.
»Die habe ich hier«, sagte Beate und klopfte wieder auf ihre Schultertasche. »Hier sind alle, die im Säger-Fall ermittelt haben. Sie werden benachrichtigt, dass sie sich zur Verfügung halten und telefonisch erreichbar sein sollen. Wer auch immer angerufen wird, soll so tun, als wäre nichts, und bestätigen, dass er kommt. Danach ruft er die Einsatzzentrale an, gibt durch, wohin er kommen soll, und die Aktion kann gestartet werden. Ist es ein anderer Ort als Berg, wird die Sondereinheit verlagert.«
»Ein Polizist, der so tun soll, als wenn nichts wäre, obwohl er auf dem Weg zu einem Serienmörder ist?«, fragte Bjørn. »Ich weiß nicht, ob meine Schauspielkünste dafür reichen.«
»Der Betreffende braucht seine Aufregung ja nicht zu verbergen«, sagte Ståle. »Es wäre im Gegenteil eher verdächtig, wenn ein Polizist sich nicht aufregen würde, wenn er am Telefon von dem neuerlichen Mord an einem Kollegen erfährt.«
»Ich mache mir mehr Sorgen, was die Sondereinheit und die Einsatzzentrale angeht«, sagte Katrine.
»Ja, ich weiß«, sagte Beate. »Der Apparat ist zu groß, um das durchzuführen, ohne dass Bellman und die große Ermittlungsgruppe davon erfahren. Hagen setzt Bellman in diesem Moment ins Bild.«
»Und was passiert mit unserer Gruppe, wenn er das erfährt?«
»Wenn wir Erfolg haben, spielt das keine Rolle, Katrine.« Beate fingerte ungeduldig an ihrem Ohrring herum. »Verschwinden wir hier, es macht keinen Sinn, womöglich noch gesehen zu werden. Und lasst nichts liegen.«
Katrine war einen Schritt in Richtung Tür gegangen, als sie mitten in der Bewegung erstarrte.
»Was ist?«, fragte Ståle.

»Habt ihr das gehört?«, flüsterte sie.
»Was denn?«
Sie hob einen Fuß an und sah mit zusammengekniffenen Augen zu Bjørn.
»Es knirscht.«
Beate lachte ihr überraschend leichtes, helles Lachen, während Bjørn mit einem Seufzen das Blatt hervorholte und sich noch einmal hinhockte.
»Na, so was«, sagte er.
»Was?«
»Das sind keine Krümel«, sagte er, beugte sich vor und sah unter den Küchentisch. »Altes Kaugummi. Reste davon kleben unter dem Tisch hier. Vermutlich ist es so ausgetrocknet, dass sich Stücke davon gelöst haben und heruntergefallen sind.«
»Vielleicht ist das ja vom Mörder«, schlug Ståle vor und gähnte. »Die Leute kleben ihre Kaugummis unter Kino- oder Bussitze, aber doch nicht unter den eigenen Esstisch.«
»Interessante Theorie«, sagte Bjørn und hielt ein Stückchen in das Licht, das durch das Fenster fiel. »Vermutlich hätten wir noch Monate nach der Tat DNA darin finden können, aber jetzt ist es komplett ausgetrocknet.«
»Komm schon, Sherlock«, sagte Katrine mit einem Grinsen. »Kau ein paarmal darauf rum und sag uns, was das für eine Marke –«
»Jetzt reicht's aber«, fiel Beate ihr ins Wort. »Raus mit euch.«

Arnold Folkestad saß mit der Teetasse in der Hand da und sah Harry an. Dann kratzte er sich seinen roten Bart. Harry hatte gesehen, wie er Tannennadeln aus seinem Bart gezogen hatte, als er ins Büro gekommen war. Er wohnte in einem kleinen Häuschen irgendwo im Wald, das aber trotzdem so zentrumsnah gelegen war, dass er jeden Tag mit dem Fahrrad kommen konnte. Trotz seines langen Bartes, des Fahrrads und des Häuschens im Wald war Arnold jedoch keineswegs ein Umweltaktivist. Er war einfach nur ein geiziger Sonderling, der die Ruhe liebte.

»Du solltest sie bitten, sich zu mäßigen«, sagte Arnold leise, damit die anderen in der Kantine sie nicht hörten.

»Eigentlich wollte ich dich darum bitten«, sagte Harry. »Das wäre dann vielleicht etwas …« Er fand die richtigen Worte nicht. Wusste nicht, ob es sie gab. Falls ja, rangierten sie irgendwo zwischen »korrekter« und »weniger peinlich für alle Beteiligten«.

»Hat Harry Hole etwa Angst vor einem kleinen Mädchen, das sich ein bisschen in ihren Dozenten verguckt hat?« Arnold Folkestad amüsierte sich.

»Korrekter und weniger peinlich für alle Beteiligten.«

»Nee, nee, Harry, das musst du schon selber machen. Guck mal, da ist sie …« Arnold nickte in Richtung des Platzes vor dem Kantinenfenster. Silje Gravseng stand allein ein paar Meter von einer Gruppe Studenten entfernt, die lachend etwas diskutierten. Sie sah in den Himmel und schien etwas zu beobachten. Harry seufzte. »Vielleicht warte ich noch ein bisschen. Statistisch gesehen, gehen solche Lehrerschwärmereien bestimmt zu hundert Prozent wieder vorbei.«

»Apropos Statistik«, sagte Folkestad. »Ich habe gehört, dass dieser Patient, den Hagen im Reichshospital bewachen ließ, eines natürlichen Todes gestorben ist?«

»Ja, scheint so.«

»Das FBI hat dazu eine Statistik erarbeitet. Sie haben sich alle Fälle angeschaut, bei denen Kronzeugen noch vor einer offiziellen Befragung gestorben sind. Bei schweren Straftaten mit einem erwarteten Strafmaß von mehr als zehn Jahren starben die Zeugen zu achtundsiebzig Prozent an unnatürlichen Ursachen. Infolge dieser Statistik sind einige der Toten exhumiert und noch einmal obduziert worden, danach lag die Quote bei vierundneunzig Prozent.«

»Ist das so?«

»Vierundneunzig Prozent ist viel, findest du nicht auch?«

Harry starrte auf den Platz. Silje schaute noch immer zum Himmel.
Die Sonne schien auf ihr Gesicht.
Er fluchte leise und leerte seine Kaffeetasse.

Gunnar Hagen kippelte auf einem der Holzstühle in Bellmans Büro, während er überrascht zum Polizeipräsidenten aufblickte. Hagen hatte ihm gerade von der kleinen Gruppe erzählt, die er, ganz entgegen den Anweisungen seines Chefs, eingesetzt hatte, und dass sie dem Täter oben in Berg eine Falle stellen wollten. Die Überraschung rührte daher, dass die ohnehin schon ungewöhnlich gute Laune seines Vorgesetzten keinen Schaden zu nehmen schien.

»Ausgezeichnet«, platzte Bellman heraus und klatschte in die Hände. »Endlich etwas Proaktives. Kann ich den Plan und die Karte bekommen, damit wir loslegen können?«

»Wir? Heißt das, dass du persönlich ...?«

»Ja, ich finde es nur natürlich, wenn ich diesen Einsatz leite, Gunnar. Eine so große Aktion erfordert Beschlüsse auf höchster Ebene.«

»Das ist nur ein Haus und ein Mann, der ...«

»Es ist deshalb nur richtig, dass ich mich als Chef der Polizei einmische, wenn so viel auf dem Spiel steht. Außerdem ist es entscheidend, dass diese Aktion geheim gehalten wird. Verstehst du?«

Hagen nickte. Geheim, falls sie keine Früchte trug, dachte er. Sollte sie hingegen zum Erfolg und zu einer Festnahme führen, würde jedes Detail an die Öffentlichkeit gebracht werden, damit Mikael Bellman sich in seinem Ruhm sonnen und der Presse erzählen konnte, dass er persönlich hinter dieser Aktion stand.

»Ist klar«, sagte Hagen. »Dann leite ich alles in die Wege. Wenn ich dich richtig verstanden habe, kann die Gruppe unten im Heizungsraum dann auch weitermachen?«

Mikael Bellman lachte. Hagen fragte sich, was Bellmans

frappierenden Stimmungswechsel verursacht hatte. Der Polizeipräsident wirkte zehn Jahre jünger, zehn Kilo leichter, und er war auch die Sorgenfalte los, die sich seit seiner Beförderung in die Stirn gegraben hatte.

»Gunnar, werd jetzt nicht zu dreist. Dass mir eure Idee gefällt, bedeutet noch lange nicht, dass ich es billige, wenn meine Untergebenen sich meinen Anordnungen widersetzen.«

Hagen lief ein Schauer über den Rücken, trotzdem versuchte er, dem kalten, lachenden Blick des Polizeipräsidenten nicht auszuweichen.

»Bis auf weiteres friere ich alle Aktivitäten deiner Gruppe ein, Gunnar. Und nach dieser Aktion setzen wir uns dann mal zusammen und reden ein ernstes Wörtchen miteinander. Sollte mir in der Zwischenzeit zu Ohren kommen, dass jemand von euch auch nur eine Datenrecherche oder ein Telefonat in diesem Fall gemacht hat ...«

Ich bin älter als er, und ich bin der bessere Mann, dachte Gunnar Hagen, sah ihn weiter an und wusste, dass die Mischung aus Trotz und Scham ihm die Röte auf die Wangen trieb.

Das ist alles nur Schau, ermahnte er sich selbst. Nicht mehr als ein paar Abzeichen auf einer Uniform.

Dann senkte er den Blick.

Es war spät. Katrine Bratt starrte auf den Bericht, der vor ihr lag. Dabei sollte sie das nicht tun. Beate hatte gerade angerufen und ihr mitgeteilt, dass Hagen sie kontaktiert und darum gebeten hatte, alle Ermittlungen sofort einzustellen. Direkte Order von Bellman. Katrine sollte jetzt also zu Hause im Bett sein. Vielleicht mit einer großen Tasse Kamillentee, einem Mann, der sie liebte, und eventuell auch noch mit einer ihrer Lieblings-TV-Serien. Trotzdem saß sie im Heizungsraum, las die Berichte der einzelnen Mordfälle und suchte nach möglichen Ermittlungsfehlern, Schludrigkeiten oder allzu vagen Schlussfolgerungen. Und das, was sie gerade gelesen hatte, war so vage, dass es schon an Idiotie grenzte. Oder nicht? Es war verhältnismäßig leicht gewesen, über das Intranet der Polizei Zugang zu den Ermittlungsakten im Fall Anton Mittet zu bekommen. Die Auflistung der Gegenstände, die sie bei ihm im Auto gefunden hatten, war ebenso detailliert wie einschläfernd gewesen, doch dann war sie bei einem Satz ins Stocken gekommen. Unter dem Beweismaterial, das sie in Mittets Auto gesichert hatten, waren ein Eiskratzer und ein Feuerzeug, die unter dem Fahrersitz gelegen hatten, sowie ein Kaugummi, das unter dem Sitz geklebt hatte.

Die Kontaktdaten von Anton Mittets Witwe, Laura Mittet, standen in dem Bericht.

Katrine zögerte und wählte dann die Nummer. Eine Frau meldete sich, sie klang müde und benommen, als hätte sie Tabletten genommen. Katrine stellte sich vor und kam dann mit ihrer Frage.

»Kaugummi?«, wiederholte Laura Mittet langsam. »Nein, er hat nie Kaugummi gekaut. Er hat Kaffee getrunken.«

»Haben andere den Wagen gefahren, die vielleicht Kaugummi kauen?«

»Nein, den Wagen hat nur Anton gefahren.«

»Danke«, sagte Katrine.

KAPITEL 19

Es war Abend, und hinter den Scheiben des gelben Holzhauses oben in Oppsal brannte Licht. Beate Lønn hatte gerade das tägliche Telefonat mit ihrer Tochter beendet. Danach war sie mit ihrer Schwiegermutter übereingekommen, die Heimreise der Kleinen noch ein bisschen aufzuschieben, sollte der Husten nicht abklingen und sie noch immer Fieber haben. Sie hatten ihre Enkelin so gerne bei sich in Steinkjer. Beate nahm die Tüte mit den Essensresten aus dem Schrank unter der Spüle und drückte sie in einen der weißen Müllsäcke, als ihr Telefon klingelte. Es war Katrine. Sie kam direkt zur Sache.

»Unter dem Fahrersitz von Mittet klebte Kaugummi.«

»Ja und?«

»Das ist als Beweismaterial gesichert, aber nicht zur DNA-Analyse geschickt worden.«

»Das hätte ich auch nicht getan, wenn es unter dem Fahrersitz geklebt hat. Das war doch Mittets Auto. Hör mal, wenn man jede Kleinigkeit, die man an einem Tatort findet, gleich zur DNA-Analyse schicken würde, wäre die Wartezeit ...«

»Aber Ståle hat recht, Beate! Man klebt kein Kaugummi unter seinen eigenen Esstisch. Oder seinen Autositz. Den Wagen hat nur er gefahren, und laut Mittets Frau hat er nie Kaugummi gekaut. Ich glaube, dass sich derjenige, der das Kaugummi da hingeklebt hat, über den Fahrersitz gebeugt hat. Und aus der Ermittlungsakte geht hervor, dass der Mörder vermutlich auf dem Beifahrersitz gesessen und sich über Mittet gebeugt hat, als er seine Hände mit diesen Strips am Lenkrad befestigt hat. Das Auto hat natürlich im Fluss gelegen, aber Bjørn meint, dass man die DNA im Speichel im Innern eines Kaugummis eventuell noch ...«

»Ich verstehe ja, auf was du hinauswillst«, unterbrach Beate sie. »Du solltest jemanden in Bellmans Ermittlungsgruppe anrufen und Bescheid sagen.«

»Aber verstehst du denn nicht?«, fragte Katrine. »Das kann uns direkt zum Täter führen.«

»Doch, ich verstehe, auf was du hinauswillst, aber das wird uns nur in die Hölle bringen – und zwar auf dem direktesten Weg. Der Fall ist uns entzogen worden, Katrine.«

»Ich könnte doch kurz in die Asservatenkammer fahren und dieses Kaugummi zum DNA-Test schicken lassen«, sagte Katrine. »Und das Ergebnis dann mit der Datenbank abgleichen. Gibt es keinen Treffer, braucht niemand davon zu erfahren. Aber haben wir einen – zack –, ist der Fall gelöst, und niemand wird uns mehr danach fragen, wie wir das gemacht haben. Und ja, ich weiß, dass ich egoistisch bin. Endlich sind es mal wir, die den Ruhm einstreichen könne, Beate. *Wir.* Die Frauen. Und das hätten wir echt mal verdient!«

»Schon verlockend, und die Ermittlungen der anderen tangiert das ja auch nicht, aber ...«

»Kein Aber! Wir dürfen doch wohl auch mal die Ellenbogen ausfahren! Oder hast du Lust, dir wieder Bellmans selbstzufriedenes Grinsen ansehen zu müssen, wenn er den Ruhm für unsere Arbeit einfährt?«

Es war still. Lange.

»Du sagst, dass es niemand zu erfahren braucht«, sagte Beate. »Aber die Requirierung von möglichen technischen Spuren aus der Asservatenkammer muss am Empfang registriert werden. Sollte herauskommen, dass wir in dem Beweismaterial des Mittet-Falls gestöbert haben, landet das sofort auf Bellmans Tisch.«

»Tja, registriert«, sagte Katrine. »Wenn ich richtig informiert bin, hat die Chefin der Kriminaltechnik – da immer mal wieder ein Beweisstück außerhalb der Öffnungszeiten analysiert werden muss – einen eigenen Schlüssel.«

Beate stöhnte laut.

»Ich verspreche dir, dass es keinen Ärger geben wird«, beeilte Katrine sich zu sagen. »Hör mal, ich komme gleich bei dir vorbei, leihe mir den Schlüssel aus, finde das Kaugummi, schneide mir ein Stückchen ab, lege den Rest ordentlich wieder zurück, und morgen Vormittag ist das Ganze dann in der Rechtsmedizin zur Analyse. Sollten sie Fragen stellen, ordne ich das einem anderen Fall zu. *Yes? Good?*«

Die Chefin der Kriminaltechnik wog das Für und Wider ab. Es war nicht so schwer. Es war überhaupt nicht »*good*«. Sie atmete tief durch, nahm Anlauf.

»Wie hat Harry das immer genannt«, sagte Katrine. »*Man muss den Ball, verdammt noch mal, bloß richtig versenken.*«

Rico Herrem lag im Bett und starrte auf den Fernseher. Es war fünf Uhr morgens, aber er hatte Jetlag und konnte nicht schlafen. Das Programm war eine Wiederholung vom Vortag. Ein Komodowaran lief schwerfällig über einen Strand. Die lange Echsenzunge schob sich aus dem Maul, schwang hin und her und wurde wieder eingezogen. Das Tier folgte einem Wasserbüffel, dem es einen auf den ersten Blick harmlosen Biss zugefügt hatte. Er war ihm jetzt schon Tage auf der Spur. Rico hatte den Ton ausgestellt, und es war nur das Rauschen der Hotelklimaanlage zu hören, die die Temperatur aber nicht wirklich auf ein angenehmes Maß senkte. Rico hatte die kommende Erkältung schon im Flugzeug gespürt. Der Klassiker. Aircondition und etwas zu dünne Kleider auf dem Weg in die Wärme, und die Ferien begannen mit Kopfschmerzen, Schniefnase und Fieber. Aber er hatte Zeit, so bald würde er nicht wieder nach Hause zurückkehren. Warum auch? Er war in Pattaya, im Paradies der Perversen und Straffälligen. Alles, was er sich wünschte, gab es hier direkt vor der Tür des Hotels. Durch das

Mückengitter vor dem Hotelfenster hörte er den Verkehr und die fremden Stimmen dort draußen. Thai. Er verstand nicht ein Wort. Aber das war auch nicht nötig. Denn diese Menschen waren für ihn da und nicht umgekehrt. Er hatte sie gesehen, als er vom Flughafen hierhergefahren war. Seite an Seite hatten sie vor den Go-Go-Bars gestanden. Sie waren jung, sehr jung. Und etwas dahinter, verdeckt durch die hölzernen Stände, an denen sie Kaugummi verkauften, warteten die noch viel jüngeren. Und die würden auch noch da sein, wenn er erst wieder auf den Beinen war. Er lauschte auf den Wellenschlag, wissend, dass das billige Hotel, in dem er eingecheckt hatte, viel zu weit vom Strand entfernt war, um das Wasser rauschen zu hören. Aber irgendwo dort draußen war das Meer. Das Wasser und die brennende Sonne. Die Drinks und die anderen *farangs*, die aus dem gleichen Grund wie er gekommen waren und ihm sicher Tipps geben konnten, wie man vorgehen musste. Und der Komodowaran.

Heute Nacht hatte er wieder von Valentin geträumt.

Rico streckte seine Hand nach der Wasserflasche auf dem Nachtschränkchen aus, aber das Wasser schmeckte wie seine eigene Mundhöhle, nach Tod und Verderben.

Man hatte ihm nur zwei Tage alte norwegische Zeitungen aufs Zimmer gebracht, zusammen mit dem westlichen Frühstück, das er kaum angerührt hatte. Er hatte noch nirgendwo eine Nachricht entdeckt, dass sie Valentin gefasst hatten. Aber das war nicht weiter verwunderlich, Valentin war ja nicht mehr Valentin.

Rico hatte sich gefragt, ob er nicht diese Polizistin, Katrine Bratt, anrufen und ihr sagen sollte, dass Valentin sich verwandelt hatte. Rico hatte ja gesehen, was man hier unten in einer Privatklinik für ein paar norwegische Tausender machen lassen konnte. Er konnte natürlich auch anrufen und anonym den Hinweis geben, dass Valentin in der Nähe des Fischladens gesehen worden war und dass er eine umfangreiche plastische Operation hinter sich hatte. Ohne etwas als Gegenleistung zu verlangen. Einfach eine selbstlose Hilfeleistung, damit sie Valentin schnappten und er endlich wieder schlafen konnte, ohne von ihm zu träumen.

Der Komodowaran wartete ein paar Meter von dem Wasserloch entfernt, in dem sich der Wasserbüffel in den kühlenden Schlamm gelegt hatte, anscheinend unbeeindruckt von dem drei Meter langen, hungrigen Monster, das immer nur wartete.

Rico spürte die Übelkeit kommen und schwang die Beine aus dem Bett. Seine Muskeln schmerzten. Verdammt, hatte er sich jetzt eine richtige Grippe eingefangen?

Als er aus dem Bad zurückkam, brannte die Galle noch immer in seiner Speiseröhre, aber er hatte einen Entschluss gefasst. Zwei Entschlüsse. Er wollte in eine dieser Praxen gehen und sich starke Medikamente holen, stärker, als er sie in Norwegen bekommen würde. Und er wollte die Kommissarin anrufen, wenn er sich wieder besser fühlte. Ihr eine Beschreibung geben. Und dann wollte er schlafen.

Er schaltete den Ton wieder ein. Eine enthusiastische Stimme erklärte auf Englisch, dass man lange der Meinung gewesen sei, *the komodo dragon* töte seine Opfer mit bakteriell infiziertem Speichel, der beim Biss in die Blutbahn der Beutetiere injiziert wurde. Doch jetzt hatte man herausgefunden, dass die Echse tatsächlich Giftdrüsen im Kiefer hatte und dass dieses Gift verhinderte, dass das Blut der gebissenen Tiere gerann, und sie damit schon an kleinen Wunden verbluteten.

Rico lief ein Schauer über den Rücken. Er schloss die Augen, um zu schlafen. Rohypnol. Auch diesen Gedanken hatte er schon gehabt. Vielleicht war das ja gar keine Grippe, sondern die Abstinenz. Aber Rohypnol gab es hier in Pattaya vermutlich schon per Zimmerservice. Er riss die Augen auf und bekam plötzlich keine Luft mehr. In einem Augenblick der reinen, klaren Panik stemmte Rico die Hüften hoch und wedelte mit den Händen vor sich herum, als wollte er einen unsichtbaren Angreifer abwehren. Es war genau wie im Fischladen. Kein

Sauerstoff! Dann bekam seine Lunge endlich, was sie wollte, und er fiel wieder nach hinten auf die Matratze.
 Er starrte zur Tür.
 Sie war verschlossen.
 Da war niemand. Nur er.

Kapitel 20

Katrine ging im Dunkeln nach oben. Ein blasser, anämischer Mond hing niedrig hinter ihr am Himmel, doch das Präsidium reflektierte nichts von dem Licht, das er abgab, sondern sog wie ein schwarzes Loch alles in sich auf. Sie sah auf die kompakte, nüchterne Armbanduhr, die sie von ihrem Vater bekommen hatte, einem gescheiterten Polizisten mit dem Spitznamen Eisen-Rafto. Es war Viertel nach elf.

Sie drückte die Tür des Präsidiums auf. Das merkwürdig starrende Bullauge war ebenso abweisend wie die Schwere der Tür. Als begänne das Misstrauen bereits hier.

Sie winkte in Richtung des Nachtportiers, der irgendwo verborgen zu ihrer Linken saß, sie aber trotzdem sah. Dann öffnete sie die Tür des Atriums und ging an der unbesetzten Rezeption vorbei zum Fahrstuhl, mit dem sie ins erste Untergeschoss fuhr. Auf dem notdürftig beleuchteten Flur hörte sie nur ihre eigenen Schritte.

Während der Öffnungszeiten stand die Stahltür der Asservatenkammer immer auf, so dass man gleich an die Rezeption kam. Sie nahm den Schlüssel heraus, den Beate ihr gegeben hatte, steckte ihn ins Schloss und öffnete die Tür. Dann betrat sie den Raum und blieb lauschend stehen, ehe sie die Tür hinter sich schloss.

Sie schaltete das Licht im Eingangsbereich ein, klappte die Tischplatte hoch und begab sich in das dichte Dunkel des Lagers, das der Lichtkegel ihrer Taschenlampe kaum durchdrang, um die Regale mit den breiten Brettern zu finden, auf denen die milchigweißen Plastikkisten standen, in denen man einzelne Gegenstände erahnen konnte. Hier schien ein Mensch mit Sinn für Ordnung am Werk gewesen zu sein, denn die Kästen standen mit ihrer Schmalseite exakt in einer Flucht. Katrine ging schnell, den Blick auf die Fallnummern gerichtet, die auf dem Plastik vermerkt waren.

Sie war fast am Ende der mittleren Regalreihe, als der Lichtschein ihrer Lampe auf dem untersten Regalbrett auf die Kiste fiel, die sie suchte. Katrine zog sie heraus, stellte sie auf den Boden des Gangs und nahm den Deckel ab. Der Inhalt stimmte mit dem Bericht überein. Ein Eiskratzer. Ein Sitzbezug. Eine Tüte mit einigen Haaren und eine mit einem Kaugummi. Sie legte die Lampe aus der Hand, öffnete die Tüte, nahm den Inhalt mit einer Pinzette heraus und wollte ein kleines Stück herauslösen, als sie in der klammen Kälte einen Lufthauch bemerkte.

Sie sah auf ihren Unterarm, der sich im Lichtschein der Lampe befand, und erkannte den Schatten der kleinen schwarzen Härchen, die sich aufgestellt hatten. Dann hob sie den Blick, nahm die Lampe und richtete sie auf die Wand. Unter der Decke war eine Luke. Vermutlich zur Belüftung, aber diese Luke allein konnte unmöglich die Luftbewegung hervorgerufen haben.

Sie lauschte.

Nichts. Absolut nichts, nur das Rauschen ihres eigenen Bluts in den Ohren.

Sie konzentrierte sich wieder auf das harte Kaugummi. Schnitt ein Stückchen mit dem Schweizer Messer ab, das sie mitgebracht hatte. Und erstarrte.

Es kam aus Richtung der Eingangstür und war so weit entfernt, dass ihr Ohr es nicht richtig identifizieren konnte. War das ein Klirren von Schlüsseln? Das Klappen der Tischplatte? Oder spielten ihr die Eigengeräusche dieses großen Gebäudes einen Streich?

Katrine schaltete die Lampe aus und hielt die Luft an. Blinzelte ins Dunkel, als könnte sie dann besser sehen. Es war still. Still wie in ...

Sie versuchte, den Gedanken nicht zu Ende zu denken.

Stattdessen versuchte sie, sich auf einen anderen Gedanken zu konzentrieren, damit ihr Herz wieder langsamer schlug: Was war das Schlimmste, was ihr hier passieren konnte? Dass sie als etwas zu diensteifrig entlarvt wurde, einen Rüffel erhielt und vielleicht zurück nach Bergen geschickt wurde?

Sie wartete. Lauschte.

Nichts.

Noch immer nichts.

In diesem Moment realisierte sie, wie dunkel es war. Sollte wirklich jemand hier reinkommen, würde der Betreffende doch das Licht anmachen. Sie amüsierte sich über ihre Angst und spürte, wie ihr Herz sich beruhigte. Dann schaltete sie die Lampe wieder ein, legte das Beweismaterial in den Kasten und schob ihn zurück ins Regal. Sie achtete darauf, dass die Vorderkante eine Linie mit den Nachbarkästen bildete, und ging zurück in Richtung Ausgang. Ihr schoss ein Gedanke durch den Kopf. Der sie ziemlich überraschte. Sie freute sich darauf, ihn anzurufen. Genau das würde sie tun. Sie würde ihn anrufen und ihm sagen, was sie getan hatte. Dann blieb sie wie angewurzelt stehen.

Der Lichtkegel ihrer Lampe war auf etwas gefallen.

Erst wollte sie weitergehen, der leisen, feigen Stimme in ihrem Kopf gehorchen und rasch das Weite suchen.

Dann führte sie das Licht zurück.

Eine unterbrochene Linie.

Einer der Kästen stand etwas vor.

Sie trat näher. Leuchtete auf das Etikett.

Harry glaubte eine Tür schlagen zu hören. Er nahm die Ohrhörer mit den Klängen von Bon Ivers neuer Platte heraus, die bis jetzt dem Hype entsprach, der um sie gemacht wurde. Lauschte. Nichts.

»Arnold?«, rief er.

Keine Antwort. Er war es gewohnt, diesen Flügel der PHS so spät am Abend für sich allein zu haben. Vielleicht hatte jemand vom Reinigungspersonal etwas vergessen. Aber ein Blick auf die Uhr sagte ihm, dass es nicht Abend, sondern Nacht war. Harry sah nach links auf den Stapel unkorrigierter Tests auf seinem Schreibtisch. Die meisten Studenten hatten die Fragen auf dem groben Recyclingpapier ausgedruckt, das in der Bibliothek zur Verfügung stand und derart viel Abrieb hatte, dass Harry immer mit nikotingelben Fingerspitzen nach Hause kam und sich erst die Hände waschen musste, bevor er Rakel umarmen durfte.

Er sah aus dem Fenster. Der Mond stand groß und rund am Himmel und spiegelte sich in den Fenstern und Dächern der Häuser im Kirkeveien und im dahinterliegenden Viertel Majorstua. Richtung Süden sah er die grün schimmernde Silhouette des KPMG-Gebäudes neben dem Colosseum-Kino. Er fand den Anblick weder großartig noch schön oder pittoresk. Dies war die Stadt, in der er sein ganzes Leben gelebt und gearbeitet hatte. In Hongkong hatte er manchmal morgens ein bisschen Opium in seine Zigarette gemischt und war auf das Dach des Chungking gestiegen, um den Tag anbrechen zu sehen. Er hatte im Dunkeln gesessen und darauf gehofft, dass die Stadt, die sich bald vor ihm entfaltete, seine Stadt war. Eine bescheidene Stadt mit niedrigen, schäbigen Häusern anstelle der beängstigenden Stahltürme. Er hatte gehofft, Oslos weiche grüne Hügel zu sehen und nicht die steilen, brutalen schwarzen Felswände, die Hongkong umrahmten. Dass er das Scheppern und Bremsenquietschen der Straßenbahn hörte oder die Fähre, die tutend in den Hafen fuhr, um ihre Begeisterung darüber kundzutun, dass sie es wieder einmal geschafft hatte, das Meer von Frederikshavn bis Oslo zu überqueren.

Harry starrte auf die Tests, die in dem Zirkel aus Licht lagen, der als Einziges das Büro erhellte. Natürlich hätte er auch alles mit in den Holmenkollveien nehmen und bei Kaffee, Radiogeriesel und dem frischen Geruch des Waldes korrigieren können, der durch das Fenster hereinströmte. Natürlich. Aber er hatte sich vorgenommen, nicht darüber nachzudenken, warum er lieber hier als dort allein war. Vermutlich weil er die Antwort kannte. Weil er dort nicht allein war. Nicht ganz. Die schwarz gebeizte Festung konnte auch mit drei Schlössern an der Tür und vergitterten Fenstern die Monster nicht aussperren. In den dunklen Ecken hockten Gespenster und beobachteten ihn aus leeren Augenhöhlen.

Das Telefon vibrierte in seiner Tasche. Er nahm es heraus und las die SMS auf dem hellen Display. Sie war von Oleg und enthielt keine Buchstaben, sondern bloß eine Reihe von Zahlen. 665625. Harry lächelte. Noch ganz schön weit bis zu Stephen Krogmans legendärem Tetris-Weltrekord mit 1 648 905 Punkten aus dem Jahr 1999, aber Oleg hatte Harrys Bestmarke in dem beinahe antiken Computerspiel längst geknackt. Ståle Aune hatte mal gesagt, dass es eine Grenze gäbe, hinter der die Tetris-Rekorde nicht mehr beeindruckend, sondern nur noch traurig seien. Und dass Oleg und Harry diese Grenze längst überschritten hätten. Aber niemand sonst wusste von der anderen Grenze, die sie überschritten hatten. Die Grenze ins Jenseits und wieder zurück. Oleg auf einem Stuhl neben Harrys Bett. Harry im Fieberwahn, während sein Körper gegen die Verletzungen ankämpfte, die Olegs Kugeln ihm zugefügt hatten. Oleg weinend, mit vor Drogenabstinenz zitterndem Körper. Auch damals waren nicht viele Worte zwischen ihnen gefallen, Harry erinnerte sich aber noch daran, dass sie sich zeitweise so fest an den Händen gehalten hatten, dass es schon weh tat. Und das Bild der beiden Menschen, der beiden Männer, die sich aneinanderklammerten und nie mehr loslassen wollten, würde ihn sein Leben lang begleiten.

Harry tippte *I'll be back* und schickte die Antwort ab. Eine Zahl beantwortet mit drei Worten. Das reichte. Genug, um zu wissen, dass der andere *da* war. Es konnte Wochen dauern bis zum nächsten Lebenszeichen. Harry steckte sich die Ohrhörer wieder in die Ohren und spulte bis zu dem Song vor, den Oleg kommentarlos in seiner Dropbox deponiert hatte. Die Band hieß The Decemberists und war mehr Harry als Oleg, der härteren Stoff bevorzugte. Harry hörte eine einsame Fender-Gitarre mit dem reinen, warmen Klang eines simplen Röhrenverstärkers ohne feste Box. Wenn es nicht eine verräterisch gute Box war, dachte er und beugte sich über den nächsten Test. Der Student hatte geschrieben, dass die Zahl der Mordfälle in den Siebzigern plötzlich angestiegen sei, um sich danach auf dem neuen, höheren Niveau zu stabilisieren, und dass heute in Norwegen etwa fünfzig Menschen pro Jahr ermordet wurden, also etwa einer pro Woche.

Harry fiel auf, dass die Luft in seinem Büro ziemlich verbraucht war. Er sollte ein Fenster öffnen.

Der Student führte weiter aus, dass die Aufklärungsrate bei rund fünfundneunzig Prozent lag, und schloss daraus, dass es in den letzten zwanzig Jahren etwa fünfzig ungeklärte Mordfälle gegeben haben müsse. In dreißig Jahren also fünfundsiebzig.

»Fünfundachtzig.«

Harry zuckte auf seinem Stuhl zusammen. Die Stimme hatte sein Hirn eher erreicht als das Parfüm. Der Arzt hatte ihm zu erklären versucht, dass der Geruchssinn, genauer gesagt die olfaktorischen Zellen, durch das lange Rauchen und den Alkoholmissbrauch Schaden genommen hatten. Aber gerade dieses Parfüm konnte er selbstverständlich einordnen. Es hieß Opium, wurde von Yves Saint Laurent hergestellt und stand zu Hause im Bad im Holmenkollveien. Er riss sich die Ohrhörer heraus.

»Fünfundachtzig in den letzten dreißig Jahren«, sagte sie. Sie war geschminkt, trug ein rotes Kleid und hatte nackte Beine. »Aber die Statistik des Kriminalamts zählt die im Ausland ermordeten Norweger nicht mit. Um da einen Einblick zu erhalten, muss man die Auswertung des Statistischen Zentralbüros nutzen. Dann beläuft sich die Zahl auf zweiundsiebzig. Was bedeutet, dass die Aufklärungsrate in Norwegen höher ist. Der

Polizeipräsident zieht diese Zahlen immer heran, um sich selbst zu loben.«

Harry schob seinen Stuhl von ihr weg. »Wie sind Sie hier reingekommen?«

»Ich bin die Sprecherin der Klasse, und die bekommen einen Schlüssel.« Silje Gravseng setzte sich auf den Rand des Schreibtisches. »Der Punkt ist aber, dass es sich bei der Mehrzahl der Morde im Ausland um Überfälle handelt, bei denen sich Täter und Opfer nicht kennen.« Harry registrierte sonnengebräunte Knie und Schenkel unter dem Kleidsaum. »Und bei dieser Art von Morden ist die Aufklärungsrate in Norwegen geringer als in vergleichbaren Ländern. Eigentlich erschreckend niedrig.« Sie hatte ihren Kopf zur Seite gelegt, und die feuchten blonden Haare fielen ihr vors Gesicht.

»Ach ja?«, sagte Harry.

»Ja. Es gibt nur vier Ermittler in Norwegen mit einer Aufklärungsrate von hundert Prozent. Und du bist einer davon ...«

»Ich bin mir nicht so sicher, ob das stimmt«, sagte Harry.

»Ich aber.« Sie lächelte ihn an und blinzelte, als wäre sie von der Abendsonne geblendet. Sie baumelte mit den nackten Füßen, als säße sie auf einem Steg.

»Was machen Sie so spät noch hier?«, fragte Harry.

»Ich habe unten im Kampfraum trainiert.« Sie zeigte auf den Rucksack auf dem Boden und winkelte ihren rechten Arm an. Ein langgestreckter, markanter Bizeps zeigte sich.

»So spät noch allein trainiert?«

»Ich will alles lernen, was ich wissen muss. Aber vielleicht kannst du mir ja zeigen, wie man einen Verdächtigen auf die Matte wirft?«

Harry sah auf seine Uhr. »Sagen Sie mal, sollten Sie nicht ...«

»Schlafen? Aber ich kann nicht schlafen, Harry. Ich denke nur an ...«

Er sah sie an. Sie machte einen Schmollmund und legte ihren Zeigefinger auf ihre knallroten Lippen. Er spürte, dass er langsam ärgerlich wurde. »Es ist gut, dass Sie sich Gedanken machen, Silje, machen Sie weiter so. Ich muss jetzt weiterarbeiten ...« Er nickte in Richtung der Tests.

»Du hast nicht gefragt, an *was* ich denke, Harry.«

»Drei Dinge, Silje. Ich bin Ihr Dozent und nicht Ihr Beichtvater. Sie haben in diesem Teil des Gebäudes ohne Termin nichts verloren. Und ich kann mich nicht daran erinnern, Ihnen das Du angeboten zu haben, okay?« Seine Stimme klang strenger als notwendig, und als er wieder aufblickte, bemerkte er, wie groß und rund ihre Augen waren. Sie nahm den Finger von ihrem Schmollmund, und als sie wieder sprach, war ihre Stimme nur noch ein Flüstern:

»Ich habe an dich gedacht, Harry.«

Dann lachte sie laut und schrill.

»Ich glaube, wir beenden das Gespräch an dieser Stelle, Silje.«

»Aber ich liebe dich, Harry.« Mehr Lachen.

War sie high? Hatte sie getrunken? War sie von einem Fest zurück in die Hochschule gekommen?

»Silje, nein ...«

»Harry, ich weiß, dass du Verpflichtungen hast. Und ich weiß, dass es Regeln für Studenten und Dozenten gibt. Aber ich weiß auch, was wir tun können. Wir können nach Chicago reisen. Wo du den FBI-Kurs über Serienmörder gemacht hast. Ich kann mich bewerben, und wir könnten ...«

»Stopp!«

Harry hörte das Echo seiner Stimme aus dem Flur. Silje hatte den Hals eingezogen, als hätte er sie geschlagen.

»Ich bringe Sie jetzt nach unten, Silje.«

Sie blinzelte ihn verständnislos an. »Was ist denn das Problem, Harry? Ich bin das hübscheste Mädchen der ganzen Klasse. Ich habe erst mit zwei Jungs geschlafen. Ich könnte hier auf der Schule jeden haben. Die Dozenten eingeschlossen. Aber ich habe mich für dich aufgehoben.«

»Kommen Sie.«

»Willst du wissen, was ich unter dem Kleid trage, Harry?«

Sie stellte einen Fuß auf den Schreibtisch und öffnete langsam die Schenkel. Harry war so schnell, dass sie nicht reagieren konnte, als er ihren Fuß vom Tisch zog.

»Auf den Tisch kommen nur meine Füße, verstanden?«

Silje kauerte sich zusammen und versteckte ihr Gesicht hinter ihren Händen. Sie strich sich über die Stirn und die Haare, als suchte sie hinter ihren langen, muskulösen Armen Zuflucht. Dann begann sie zu weinen. Harry ließ sie sitzen, bis das Schluchzen leiser wurde. Er wollte ihr die Hand auf die Schulter legen, tat es dann aber doch nicht.

»Hören Sie, Silje«, sagte er. »Vielleicht haben Sie etwas genommen. Das kommt vor, das geht uns allen mal so. Deshalb möchte ich Ihnen einen Vorschlag machen. Sie gehen jetzt, und wir tun so, als wäre das hier nie geschehen, und reden nie mehr darüber. Kein Wort.«

»Hast du Angst, dass jemand von uns erfahren könnte, Harry?«

»Es gibt kein uns, Silje. Und denken Sie daran, dass ich Ihnen wirklich eine Chance geben will.«

»Hast du Angst, es könnte jemand rauskriegen, dass du eine Studentin vögelst ...«

»Ich vögele niemanden. Ich will nur Ihr Bestes.«

Silje hatte den Arm gesenkt und den Kopf gehoben. Harry zuckte zusammen. Die Schminke lief wie schwarzes Blut über ihre Wangen, die Augen leuchteten wild, und ihr plötzliches Raubtiergrinsen ließ ihn an ein Tier denken, das er in einer dieser Naturdokus gesehen hatte.

»Du lügst, Harry. Du vögelst diese Hexe. Rakel. Und du denkst nicht an mich. Nicht so, wie du es gesagt hast, du Scheißheuchler. Oder vielleicht doch, aber dann nur wie an ein Stück Fleisch, das du vögeln kannst, das du vögeln *musst*.«

Sie war vom Schreibtisch gerutscht und einen Schritt auf ihn zugegangen. Harry saß zurückgelehnt mit ausgestreckten Beinen auf seinem Stuhl, wie er es immer tat. Er sah zu ihr auf und hatte das Gefühl, eine Figur in einem Theaterstück zu sein. Verdammt. Sie beugte sich vor, graziös, ihre Hand stützte sich auf sein Knie, strich nach oben, glitt über seinen Gürtel, und während sie sich noch weiter vorbeugte, verschwand ihre Hand unter seinem T-Shirt. Sie schnurrte: »Mmh, *nice six-pack*, Herr Lehrer.« Harry packte ihre Hand, drehte das Handgelenk zur Seite und nach hinten und schwang sich aus dem Stuhl. Sie schrie auf, als er ihren Arm hinter ihrem Rücken anhob und sie zwang, den Kopf nach unten zum Boden zu halten. Dann drehte er sie zur Tür, nahm ihren Rucksack und führte sie aus seinem Büro auf den Flur.

»Harry!«, stöhnte sie.

»Diesen Griff kennen Sie ja, im Volksmund nennt man ihn auch Polizeigriff«, sagte Harry, ohne anzuhalten, während er sie vor sich her die Treppe nach unten schob. »Wäre gut, wenn Sie den bis zum Examen könnten. Wenn Sie es so weit schaffen. Denn Sie verstehen doch wohl, dass ich das melden muss.«

»Harry!«

»Nicht weil Sie versucht haben, mich zu nötigen, sondern weil sich mir ganz einfach die Frage stellt, ob Sie die psychische Stabilität haben, die der Polizeidienst erfordert, Silje. Diese Entscheidung überlasse ich der Schulleitung. Sie sollten sich überlegen, wie Sie die davon überzeugen können, dass das nur ein dummer Fehltritt war. Hört sich das jetzt fair an?«

Er öffnete die Tür mit der freien Hand, und als er sie nach draußen schob, drehte sie sich um und sah ihn an. Die wilde, nackte Wut in ihrem Blick bestätigte, was er schon eine ganze Weile über Silje Gravseng gedacht hatte. Sie war ein Mensch, den man möglicherweise nicht mit Polizeibefugnis auf die Allgemeinheit loslassen durfte.

Harry sah ihr nach, als sie durch das Tor und über den Platz in Richtung Chateau Neuf taumelte, wo ein Student stand und eine Zigarette rauchte. Vermutlich brauchte er eine Pause von der Musik, die als leiser Puls von drinnen zu hören war. Er lehnte an einer Straßenlaterne, trug eine Militärjacke à la Kuba 1960 und sah Silje mit gespielt gleichgültigem Blick an, bis sie an ihm vorbei war. Dann drehte er sich um und sah ihr nach.

Harry blieb auf dem Flur stehen und fluchte laut. Einmal. Zweimal. Dann spürte er, dass sein Puls sich beruhigte. Er nahm das Telefon und wählte eine gespeicherte Nummer. Es gab so wenige davon, dass er alle nur mit einem Buchstaben abgespeichert hatte.
»Arnold.«
»Hier ist Harry. Silje Gravseng ist in meinem Büro aufgetaucht. Dieses Mal ist es eskaliert.«
»Oh. Lass hören.«
Harry gab seinem Kollegen die Kurzversion.
»Nicht gut, Harry. Gar nicht gut. Bestimmt übler, als du dir im Moment bewusst bist.«
»Es ist möglich, dass sie irgendwas intus hatte. Vielleicht kam sie von einem Fest. Oder sie hat ganz einfach Schwierigkeiten mit der Impulskontrolle und dem Realitätssinn. Aber ich brauche einen Rat, wie ich jetzt weiter vorgehen soll. Ich weiß, dass ich das melden muss, aber ...«
»Du verstehst nicht. Stehst du noch an der Ausgangstür?«
»Ja?«, erwiderte Harry verwirrt.
»Ist da sonst noch wer?«
»Wer sollte hier denn sein?«
»Irgendwer.«
»Na ja, vor dem Chateau Neuf steht so ein Typ.«
»Hat der sie gehen sehen?«
»Ja.«
»Perfekt! Geh direkt zu ihm. Rede mit ihm. Lass dir seinen Namen und seine Adresse geben. Bitte ihn, auf dich aufzupassen, bis ich komme und dich hole.«
»Du willst was?«
»Das erkläre ich dir später.«
»Soll ich etwa auf deinem Gepäckträger sitzen?«
»Ich verrate dir ein Geheimnis, auch ich habe ein Auto, auf jeden Fall so eine Art Auto. Ich bin in zwanzig Minuten da.«

»Guten ... äh Morgen?«, murmelte Bjørn Holm, sah blinzelnd auf seine Uhr, war sich aber nicht sicher, ob er noch immer träumte.

»Hast du geschlafen?«

»Nicht doch«, sagte Bjørn, legte den Kopf auf das Bettgitter und drückte sich das Telefon ans Ohr, als könnte er sie damit noch etwas näher an sich heranholen.

»Ich wollte dir nur sagen, dass ich ein Stückchen von dem Kaugummi habe, das unter Mittets Fahrersitz klebte«, sagte Katrine. »Vielleicht stammt es ja vom Täter, auch wenn das eine ziemlich gewagte Vermutung ist.«

»Könnte stimmen«, sagte Bjørn.

»Du meinst, die Arbeit lohnt sich nicht?« Bjørn glaubte Enttäuschung in ihrer Stimme zu hören.

»Du bist die taktische Ermittlerin«, antwortete er und bereute gleich, nicht etwas Aufmunterndes gesagt zu haben.

In der Pause, die folgte, fragte er sich, wo sie jetzt wohl war. Zu Hause? Auch im Bett?

»Ja, ja«, seufzte sie. »Eine Sache war ziemlich merkwürdig.«

»Ja?«, sagte Bjørn und merkte gleich, dass er den Enthusiasmus übertrieb.

»Während ich in der Asservatenkammer war, hörte es sich so an, als wäre jemand gekommen und gegangen. Ich kann mich natürlich auch irren, aber irgendwie sah es so aus, als hätte jemand die Archivkästen verschoben. Und weisst du, von welchem Fall?«

Bjørn Holm glaubte hören zu können, dass sie lag. Ihre Stimme klang so entspannt und weich.

»René Kalsnes.«

Harry schloss die schwere Tür und sperrte die Morgendämmerung hinter sich aus.

Er ging durch das kühle Dunkel des Blockhauses in die Küche, ließ sich auf einen Stuhl fallen und knöpfte sich das Hemd auf. Es hatte gedauert.

Der Typ in der Militärjacke hatte ziemlich entsetzt ausgesehen, als Harry auf ihn zugekommen war und ihn gebeten hatte, gemeinsam mit ihm zu warten, bis ein Kollege von ihm da sei.

»He, Mann, das ist ganz normaler Tabak!«, hatte er gesagt und Harry die Zigarette gereicht.

Als Arnold dann da war, hatten sie die Aussage des Studenten aufgenommen und sich unterschreiben lassen, bevor sie in einem verstaubten Fiat unbestimmbaren Baujahrs in die Kriminaltechnik gefahren waren, wo aufgrund der Polizistenmorde rund um die Uhr gearbeitet wurde. Dort hatten sie Harry ausgezogen, und während jemand seine Kleider und Unterwäsche untersucht hatte, hatten zwei männliche Mitarbeiter seine Geschlechtsteile und seine Hände mit Speziallampen und Kontaktpapier überprüft. Danach hatten sie ihm einen leeren Plastikbecher gegeben.

»Alles rein, Hole. Wenn der Platz denn reicht. Das Klo ist hinten im Gang. Und denken Sie an was Nettes, okay?«

»Hm.«

Harry hatte das unterdrückte Lachen mehr gespürt als gehört, als er gegangen war.

Denken Sie an was Nettes.

Harry fingerte an der Kopie des Berichts herum, der auf dem Küchentisch lag und den Hagen ihm privat und ganz diskret geschickt hatte. Größtenteils bestand er aus medizinischen Fachausdrücken. Aber ein klein bisschen was verstand er trotzdem. Auf jeden Fall genug, um zu erkennen, dass Rudolf Asajevs Tod genauso rätselhaft und unerklärlich war wie sein Leben. Und dass sie aus Mangel an Hinweisen auf ein Fremdverschulden von einem Herzinfarkt ausgehen mussten. So etwas konnte jedem passieren.

Als Mordermittler konnte Harry ihnen belegen, dass so etwas nicht passierte. Ein Kronzeuge starb nicht durch einen blöden Zufall.

Was hatte Arnold gesagt? In vierundneunzig Prozent aller

Fälle lag Mord vor, wenn jemand durch seine Aussage viel zu verlieren hatte.

Das Paradoxe daran war natürlich, dass Harry selbst zu denen gehörte, die bei einer Aussage von Asajev viel zu verlieren hatten. Sehr viel. Warum sollte er sich also darum kümmern? Warum sich nicht einfach im Stillen bedanken, den Kopf senken und weiterleben? Die Antwort darauf war einfach. Er hatte, was diesen Punkt anging, einen Funktionsschaden.

Harry schob den Bericht an die hinterste Ecke des langen Eichentischs und beschloss, ihn am nächsten Tag zu vernichten. Jetzt musste er schlafen.

Und an etwas Nettes denken.

Harry stand auf und zog sich auf dem Weg ins Bad aus. Er stellte sich unter die Dusche und drehte nur das heiße Wasser an. Spürte es prickeln und heiß auf der Haut brennen. Ihn bestrafen.

An etwas Nettes denken.

Er trocknete sich ab, kroch unter die saubere weiße Decke ihres Doppelbettes, schloss die Augen und versuchte, sich mit dem Einschlafen zu beeilen. Aber die Gedanken waren schneller als der Schlaf.

Er hatte an sie gedacht.

Als er da drinnen in der Toilettenkabine mit geschlossenen Augen dagestanden und sich mit aller Macht an einen anderen Ort gewünscht hatte, waren seine Gedanken zu Silje Gravseng gewandert. Zu ihrer weichen sonnenbraunen Haut, ihren Lippen, er hatte ihren heißen Atem auf seinem Gesicht gespürt, sah die wilde Wut in ihrem Gesicht, ihren muskulösen Körper, ihre Rundungen, die Festigkeit, all die ungerechte Schönheit der Jugend.

Er spürte ihre Hand, die über seinen Gürtel strich und sich auf seinen Bauch legte. Ihren Körper, der sich an seinen drücken wollte. Den Polizeigriff. Sah ihren Kopf fast am Boden, hörte ihr protestierendes Stöhnen, sah den gebogenen Rücken und ihren erhobenen Po. Verdammte Scheiße!

Er richtete sich im Bett auf. Rakel lächelte ihn mild von dem Foto auf dem Nachttischchen an. Warm, klug und allwissend. Aber was wusste sie eigentlich von ihm? Wenn sie nur fünf Sekunden in seinem Kopf zubringen und sehen könnte, wer er eigentlich war, würde sie dann schreiend davonstürzen? Oder waren wir tief drinnen in unseren Köpfen alle ein bisschen verrückt, lag der Unterschied nur darin, wer das Monster losließ und wer nicht?

Er hatte an sie gedacht. Und sich vorgestellt, wie er genau das tat, was sie dort auf seinem Schreibtisch sitzend von ihm gewollt hatte. Er stieß den Stapel Tests zur Seite, so dass die Papiere wie gelbe Schmetterlinge durch den Raum flogen, grobe Blätter mit kleinen schwarzen Ziffern über die Anzahl von Morden, Überfällen, Sexualstraftaten, Ehrenmorden und schwerem Raub. Er hatte an sie gedacht, als er im Klo gestanden und den Becher bis zum Rand gefüllt hatte.

Kapitel 21

Beate Lønn gähnte, kniff die Augen zusammen und sah durch das Fenster der Straßenbahn. Die Morgensonne löste langsam den Dunst auf, der über dem Frognerpark lag, und die taunassen Tennisplätze waren noch verwaist. Ein abgemagerter, alter Mann stand verlassen auf der Aschefläche eines netzlosen Spielfelds, das noch nicht für die Saison vorbereitet worden war, und starrte auf die Straßenbahn. Dünne Beine ragten aus altmodischen Tennisshorts, und das Hemd, das er trug, ein altes blaues Businesshemd, war schief geknöpft. Er malte langsam mit dem Schläger Kreise in die Asche. Er wartet auf einen Partner, der nicht kommt, dachte Beate. Vielleicht war die Verabredung im letzten Jahr gewesen, vielleicht lebte der andere aber auch gar nicht mehr. Sie wusste, wie es ihm ging.

Als die Straßenbahn vor dem Eingang des Parks an der Haltestelle hielt, fiel ihr Blick auf die Silhouette des Monolithen.

Sie war bei einem Mann gewesen, nachdem Katrine den Schlüssel für die Asservatenkammer abgeholt hatte. Deshalb befand sie sich jetzt in der Straßenbahn auf dieser Seite der Stadt. Ein ganz gewöhnlicher Mann, das war jedenfalls ihre Bezeichnung für ihn. Kein Traumprinz. Aber ein Mann, wie man ihn manchmal brauchte. Seine Kinder lebten bei seiner Ex, und jetzt, da Tulla bei der Oma in Steinkjer war, hatten sie Zeit und Gelegenheit, sich öfter zu treffen. Trotzdem hatte Beate das Bedürfnis, diese Treffen zu begrenzen. Im Grunde war es ihr wichtiger zu wissen, dass er da war und sie die Möglichkeit hatte, zu ihm zu fahren, als dass sie wirklich Zeit miteinander verbrachten. Er hätte Jack ohnehin nicht ersetzen können, aber das machte nichts. Sie wollte keinen Ersatz, sie wollte, dass es so war, wie es war. Unverbindlich, ohne Verpflichtungen, ein nicht so hoher Preis, wenn es ihr genommen würde.

Beate starrte aus dem Fenster auf die entgegenkommende Straßenbahn, die neben ihnen zum Stehen gekommen war. Es war so still, dass sie das leise Surren der Ohrhörer des Mädchens neben sich hörte und irgendeinen nervigen Popsong aus den Neunzigern erkannte. Damals war sie noch das stillste Mädchen der ganzen Polizeihochschule gewesen. Blass, mit der Tendenz rot zu werden, wenn jemand auch nur in ihre Richtung sah. Was glücklicherweise nicht viele getan hatten. Und die wenigen, die es getan hatten, hatten sie im nächsten Augenblick schon wieder vergessen. Beate hatte die Art von Gesicht und Ausstrahlung, die sie unsichtbar machte, ein Wasserzeichen, visuelles Teflon.

Dafür erinnerte sie sich an alle.

An jeden Einzelnen.

Und deshalb sah sie heute wie damals in die Gesichter in der Straßenbahn nebenan und wusste, wen sie wo schon einmal gesehen hatte. In der gleichen Straßenbahn tags zuvor, auf einem Schulhof vor zwanzig Jahren, auf dem Überwachungsvideo einer Bank, auf dem sie die Täter identifizieren sollte, oder auf der Rolltreppe von Steen & Strøm, wo sie sich eine Strumpfhose gekauft hatte. Es nützte nichts, dass sie älter geworden waren, neue Frisuren hatten, geschminkt waren, einen Bart trugen, Botox oder Silikon in sich hatten. Ihre eigentlichen Gesichter schienen immer durch. Wie eine Konstante, etwas Einmaliges, wie die elfstellige Zahl eines DNA-Codes. Diese Fähigkeit war ihr Segen und ihr Fluch, einige Psychiater hatten sie als Asperger-Syndrom eingestuft, andere als einen kleinen Gehirnschaden, den ihr *Gyrus fusiformis* – das Zentrum des Gehirns für die Gesichtserkennung – zu kompensieren versuchte. Wieder andere, die Klügeren, hatten sich gar nicht dazu geäußert, sondern lediglich festgestellt, dass sie sich an diese Zahlen erinnerte und sie alle wiedererkannte.

Deshalb war es nichts Ungewöhnliches für Beate, dass ihr Gehirn bereits wieder dabei war, das Gesicht des Mannes in der anderen Straßenbahn einzuordnen.

Ungewöhnlich war hingegen, dass es ihr nicht sofort gelang.

Nur anderthalb Meter trennten sie, und sie war aufmerksam auf ihn geworden, weil er mit dem Finger etwas auf die beschlagene Scheibe geschrieben und ihr sein Gesicht dabei direkt zugewandt hatte. Sie kannte das Gesicht, aber die Zahl lag im Verborgenen.

Vielleicht war es die Spiegelung in der Scheibe, vielleicht der Schatten über seinen Augen. Sie wollte schon aufgeben, als ihre Straßenbahn sich langsam in Bewegung setzte, das Licht anders fiel und er den Blick hob und sie direkt ansah.

Es durchfuhr Beate Lønn wie ein Stromschlag.

Es war der Blick eines Reptils.

Der kalte Blick eines Mörders, den sie kannte.

Das war Valentin Gjertsen.

Sie wusste nun auch, warum sie ihn nicht sofort wiedererkannt hatte und wie es ihm möglich gewesen war, sich so lange versteckt zu halten.

Beate Lønn stand von ihrem Sitz auf. Sie wollte aussteigen, aber das Mädchen neben ihr hatte die Augen geschlossen und nickte mit dem Kopf.

»Raus«, sagte Beate.

Das Mädchen blickte auf, zog eine ihrer dünnen, nachgemalten Augenbrauen hoch, ohne sich zu rühren.

Beate zog ihr den Kopfhörer vom Kopf.

»Polizei, ich muss raus.«

»Wir fahren«, sagte das Mädchen.

»Setz deinen fetten Arsch in Bewegung!«

Die anderen Passagiere drehten sich zu Beate Lønn um. Aber

sie wurde nicht rot, sie war kein kleines Mädchen mehr. Ihr Körper war noch immer zierlich, ihre Haut so blass, dass sie fast durchsichtig wirkte, und ihr Haar farblos und trocken wie ungekochte Spaghetti. Aber die alte Beate Lønn gab es nicht mehr.

»Halten Sie die Straßenbahn an! Polizei! Ich muss hier raus!«
Sie bahnte sich einen Weg zum Straßenbahnfahrer und der vorderen Ausgangstür. Hörte die Bremsen bereits leise quietschen. Als sie vorne war, streckte sie dem Fahrer ihren Polizeiausweis hin und wartete ungeduldig. Sie blieben mit einem letzten harten Ruck stehen, so dass die im Wagen Stehenden einen Schritt nach vorn machen mussten und in den Schlaufen hingen, als die Tür sich öffnete. Beate war mit einem Satz draußen, lief um die Vorderseite der Bahn herum und rannte in der Trasse zwischen den beiden Schienen zurück. Sie spürte, wie der Tau auf dem Gras ihre Stoffschuhe durchdrang, sah die Straßenbahn anfahren, hörte das immer lauter werdende Singen der Schienen und stürmte weiter, so schnell sie konnte. Es gab keinen Grund zur Annahme, dass Valentin Gjertsen bewaffnet war, und er würde es nicht aus einer vollbesetzten Straßenbahn schaffen, wenn sie mit hocherhobener Polizeimarke alle Anklagepunkte gegen ihn laut durch die Bahn rief. Wenn sie diese verfluchte Bahn nur erreichte! Laufen war nicht gerade ihre Stärke. Der Arzt, der gesagt hatte, sie leide am Asperger-Syndrom, hatte auch erwähnt, dass solche wie sie physisch oft etwas unbeholfen seien.

Sie rutschte auf dem nassen Gras weg, konnte sich aber auf den Beinen halten. Jetzt waren es nur noch wenige Meter. Sie erreichte das hintere Ende der Straßenbahn, schlug mit der Hand dagegen, schrie und wedelte mit ihrer Polizeimarke herum und hoffte, dass der Fahrer sie im Spiegel sah. Und vielleicht tat er es auch, vielleicht sah er einen Arbeitnehmer, der verschlafen hatte und verzweifelt mit seiner Monatskarte winkte. Das Singen der Schienen wurde lauter, und die Straßenbahn glitt unter ihrer Hand weg.

Beate blieb stehen und sah der Bahn nach, die in Richtung Majorstua davonratterte. Dann drehte sie sich um und sah ihre eigene Bahn in Richtung Frogner plass fahren.

Sie fluchte leise, nahm das Handy heraus, ging über die Straße, lehnte sich gegen den Maschendrahtzaun des Tennisplatzes und wählte eine Nummer.

»Holm.«
»Ich bin's. Ich habe gerade Valentin gesehen.«
»Hä, bist du sicher?«
»Bjørn ...«
»Sorry. Und wo?«
»In der Straßenbahn, die in Richtung Majorstua am Frognerpark vorbeifährt.«
»Was machst du denn da?«
»Mach dir darüber keine Gedanken. Bist du im Büro?«
»Ja.«
»Auf der Straßenbahn steht die 12. Finde heraus, wohin die fährt, und lass die anhalten. Er darf uns nicht entwischen.«
»Okay, ich checke die Haltestellen und gebe den Streifenwagen Valentins Beschreibung durch.«
»Das ist es ja.«
»Was?«
»Die Beschreibung. Er sieht nicht mehr so aus.«
»Wie meinst du das?«
»Plastische Chirurgie. So umfassend, dass er unbemerkt durch Oslo laufen konnte. Sag mir Bescheid, wo die Straßenbahn angehalten worden ist, dann komme ich hin und identifiziere ihn.«
»Verstanden.«

Beate steckte das Telefon zurück in ihre Tasche. Erst jetzt bemerkte sie, wie kurzatmig sie war. Sie lehnte den Kopf nach hinten an den Zaun. Vor ihr rauschte der Verkehr vorbei, als wäre nichts geschehen. Als wäre die Tatsache, dass sie gerade einen Mörder erkannt hatte, vollkommen unbedeutend.

»Wo sind die denn?«

Beate stieß sich vom Zaun ab und drehte sich zu der krächzenden Stimme um.
»Wo sind die denn alle?«, wiederholte er.
Als Beate den Schmerz in seinem Blick sah, musste sie den Klumpen, der in ihrem Hals anschwoll, mit aller Macht hinunterschlucken.
»Glauben Sie ...«, sagte er und schwang vorsichtig seinen Schläger, »dass die auf dem anderen Platz sind?«
Beate nickte langsam.
»Ja, das wird es wohl sein«, sagte er. »Ich bin hier falsch. Die sind auf dem anderen Platz. Die warten sicher da auf mich.«
Beate starrte auf seinen schmalen Rücken. Langsam schlurfte er in Richtung Ausgang.
Sie selbst begann in Richtung Majorstua zu laufen. Und während sie darüber nachdachte, wohin Valentin fuhr, woher er kam und wie nah sie dran gewesen war ihn zu verhaften, hallte noch immer das Echo der alten, krächzenden Stimme durch ihren Kopf.
Die warten sicher da auf mich.

Mia Hartvigsen sah Harry Hole lange an.
Die Studenten hatten das Anatomische Institut im Erdgeschoss des Reichshospitals verlassen, und als alle weg waren, hatte das Echo der Vergangenheit mit dem Obduktionsbericht von Asajev unterm Arm den Raum betreten.
Sie hatte die Arme verschränkt und ihm halbwegs die Schulter zugedreht. Rund um die Pathologin standen blaue Plastikgefäße mit abgetrennten Körperteilen. Ihre abweisende Körperhaltung hatte nichts damit zu tun, dass Mia Hartvigsen Hole nicht mochte, sondern sie ahnte, dass in seinem Kielwasser Schwierigkeiten lauerten. Wie immer. Als er noch als Ermittler gearbeitet hatte, war Hole gleichbedeutend mit Überstunden gewesen, mit zu kurzen Deadlines und der verdammt großen Chance, wegen irgendwelcher nicht selbstverschuldeter Versäumnisse auf der Anklagebank zu landen.

»Ich sage doch, wir haben Rudolf Asajev obduziert«, sagte Mia. »Gründlich.«

»Nicht gründlich genug«, sagte Harry und legte den Bericht auf einen der glänzenden Metalltische, auf denen die Studenten gerade menschliche Körperteile zerlegt hatten. Unter einer Decke ragte ein muskulöser Arm hervor, abgetrennt in Höhe der Schulter. Harry las die Buchstaben der verblassten Tätowierung auf dem Oberarm. *Too young to die.* Nun. Vielleicht einer von den Los Lobos, der Motorradgang, die bei Asajevs Feldzug gegen seine Konkurrenten aufgerieben worden war.

»Und was lässt Sie glauben, dass wir nicht gründlich genug gearbeitet haben, Hole?«

»Na ja, zum einen, dass es Ihnen nicht gelungen ist, eine Todesursache nachzuweisen.«

»Sie wissen doch ganz genau, dass einem manche Körper einfach keine Indizien geben. Aber das muss noch lange nicht heißen, dass es sich nicht um eine ganz natürliche Todesursache handelt.«

»Das Natürlichste in einem solchen Fall wäre aber doch wohl, dass jemand ihn umgebracht hat.«

»Ich weiß, dass er ein potentieller Kronzeuge war, aber eine Obduktion folgt einem gewissen Schema, und da haben solche Umstände keinen Einfluss. Wir finden, was wir finden, das ist alles. Die Rechtsmedizin kann auch nicht zaubern.«

»Apropos Wissenschaft«, sagte Hole und setzte sich auf das Pult. »Sie basiert doch häufig auf Hypothesen, nicht wahr? Man stellt eine Theorie auf und überprüft dann, ob sie richtig ist oder nicht. Das stimmt doch so weit, oder?«

Mia Hartvigsen schüttelte den Kopf. Nicht weil es nicht stimmte, sondern weil ihr die Richtung, die das Gespräch nahm, nicht gefiel.

»Meine Theorie«, fuhr Hole mit einem unschuldigen Lächeln fort, das ihn wie einen kleinen Jungen aussehen ließ, der seine Mutter davon zu überzeugen versuchte, ihm zu Weihnachten eine Atombombe zu schenken, »lautet, dass Asajev von einer Person getötet wurde, die genau wusste, wie Sie arbeiten und wie man vorgehen muss, damit niemand etwas findet.«

Mia trat von einem Bein aufs andere und drehte ihm die andere Schulter zu.

»Worauf wollen Sie hinaus?«

»Wie hätten Sie das gemacht, Mia?«

»Ich?«

»Sie kennen alle Tricks. Wie würden Sie versuchen, sich selbst auszutricksen?«

»Bin ich jetzt verdächtig?«

»Bis auf weiteres.«

Erst als sie die Andeutung des Lächelns auf seinen Lippen sah, registrierte sie, dass sie schon wieder auf ihn reingefallen war. Dieser gerissene Hund.

»Mordwaffe?«, fragte sie.

»Spritze«, sagte Hole.

»Aha? Warum das?«

»Hat was mit der Anästhesie zu tun.«

»Okay. Wir können so gut wie alle Stoffe nachweisen, besonders wenn wir so schnell wie in diesem Fall zur Stelle sind. Die einzige Möglichkeit, die ich sehe ...«

»Ja?« Er lächelte, als hätte er seinen Willen bereits bekommen. Ein verrückter Kerl. Einer dieser Menschen, bei denen man nie wusste, ob man sie lieben oder hassen sollte.

»Eine Spritze mit Luft.«

»Wie geht das?«

»Der älteste und noch immer beste Trick. Man setzt eine Spritze mit genug Luft, damit die Luftblase eine Ader verstopft. Versperrt sie dem Blut lange genug den Weg, dass vitale Organe wie das Herz oder das Hirn nicht versorgt werden, stirbt man. Schnell und ohne nachweisbare Stoffe. Und ein Blutgerinnsel muss nicht extern zugefügt worden sein, das kann auch ganz von selbst entstehen. *Case closed.*«

»Aber der Einstich wäre doch zu sehen.«

»Wenn er mit einer ultradünnen Nadel vorgenommen wird, kann man so einen Einstich nur mit einer äußerst präzisen Untersuchung aller in Frage kommenden Hautpartien nachweisen.«

Ein Strahlen ging über Holes Gesicht. Der Junge hatte sein Geschenk ausgepackt und hielt es wirklich für eine Atombombe. Mia freute sich.

»Das müssen Sie dann untersuchen …«

»Haben wir gemacht.« Ohrfeige. »Jeden einzelnen Millimeter. Wir haben sogar den Schlauch des Tropfs untersucht, über den können nämlich auch Luftblasen injiziert werden. Aber auch darin gab es keinen Einstich, nicht mal von einer Mücke.« Sie sah das fiebrige Licht in seinen Augen verlöschen. »Tut mir leid, Hole, aber wir waren uns im Klaren darüber, dass dieser Todesfall verdächtig ist.« Sie betonte das Wort *waren*.

»Jetzt muss ich die nächste Vorlesung vorbereiten, wenn Sie also …«

»Und wenn er den Stich gar nicht in die Haut gesetzt hat?«, fragte Hole.

»Wie das denn?«

»Wenn er den Einstich nicht in die Oberfläche des Körpers gesetzt hat. Sondern in eine Körperöffnung. In den Mund, den Enddarm, ein Nasenloch oder ins Ohr?«

»Interessant, aber in Nase und Ohren gibt es kaum geeignete Adern. Die Enddarmöffnung ist eine Möglichkeit, aber die Chance, lebenswichtige Organe zu blockieren, ist dort deutlich geringer, außerdem muss man sich extrem gut auskennen, wenn man da eine Ader finden will. Der Mund wäre eine Möglichkeit, weil es dort Adern mit kurzem Weg zum Gehirn gibt, die einen schnellen, sicheren Tod hervorrufen würden, aber den Mund überprüfen wir immer. Außerdem ist er voller Schleimhäute, die durch einen Einstich anschwellen würden, was leicht zu erkennen ist.«

Sie sah ihn an. Spürte, dass sein Hirn noch immer auf der Suche war, wobei er resigniert nickte.

»War nett, Sie zu sehen, Hole. Schauen Sie ruhig wieder vorbei, wenn Sie eine Frage haben.«

Sie drehte sich um und ging zu einer der Wannen, um einen grauweißen Arm nach unten zu drücken, der mit gespreizten Fingern herausragte.

»Schauen ...«, hörte sie Harry sagen. »Vorbei ...« Sie seufzte. Dieser Typ war echt seltsam. Dann drehte sie sich noch einmal um.

»Kann er dahin gespritzt haben?«, fragte Hole.

»Wo?«

»Sie sagten, dass ein kurzer Weg zum Gehirn von Vorteil wäre. Wenn er in die Rückseite gespritzt hat, wäre der Einstich gut versteckt.«

»Auf der Rückseite von was ...« Sie hielt inne. Sah, wohin er zeigte. Schloss die Augen und seufzte wieder.

»Sorry«, sagte Harry. »Aber eine FBI-Statistik weist nach, dass der Tod von potentiellen Zeugen zu vierundneunzig Prozent Mord ist. Jedenfalls sind das die Zahlen, die man kriegt, wenn man sie zweimal obduziert.«

Mia Hartvigsen schüttelte den Kopf. Harry Hole = Ärger = Überstunden. Und die Riesenchance, für Fehler, die sie nicht begangen hatte, auf der Anklagebank zu landen.

»Hier«, sagte Beate Lønn, und das Taxi hielt am Straßenrand.

Die Straßenbahn stand an der Haltestelle in der Welhavens gate. Ein Streifenwagen stand davor, zwei weitere dahinter. Bjørn Holm und Katrine Bratt lehnten an Bjørns Amazon.

Beate bezahlte und stieg aus dem Wagen.

»Und?«

»Drei Beamte sind in der Straßenbahn. Ausgestiegen ist noch keiner. Wir warten nur auf dich.«

»Das ist die Linie 11, ich habe 12 gesagt ...«

»Die wechselt nach dem Halt am Majorstukrysset die Nummer, das ist aber dieselbe Bahn.«

Beate lief schnell zur ersten Tür, klopfte fest an und zeigte ihre Marke. Sie stieg ein und nickte dem uniformierten Beamten zu. Er hielt eine Heckler & Koch P30L in der Hand.

»Folgen Sie mir«, sagte sie und begann in der vollbesetzten Straßenbahn langsam nach hinten zu gehen.

Sie ließ den Blick über alle Gesichter gleiten, während sie sich einen Weg durch den Mittelgang bahnte. Ihr Herz schlug spürbar schneller, als sie sich der Stelle näherte und das Gekritzel auf der von innen beschlagenen Scheibe sah. Sie gab dem Beamten ein Zeichen, ehe sie sich an den Mann auf dem Sitz wandte.

»Entschuldigen Sie? Sie, ja.«

Das Gesicht, das sich ihr zuwandte, hatte leuchtend rote Pickel und einen verängstigten Ausdruck.

»Ich … ich habe bloß meine Monatskarte vergessen. Das passiert mir sicher nicht noch einmal.«

Beate schloss die Augen und fluchte innerlich. Sie nickte dem Beamten zu, der ihr weiter durch die Bahn folgte. Als sie ohne Resultat das Ende des Wagens erreicht hatte, rief sie dem Fahrer zu, dass er die hintere Tür öffnen könne, und stieg aus.

»Und?«, fragte Katrine.

»Verschwunden. Befragt alle, ob sie ihn gesehen haben. In einer Stunde haben sie das vergessen, wenn es nicht schon jetzt aus ihren Köpfen verschwunden ist. Er ist nach wie vor ein Mann um die vierzig, etwa 1,80 groß, blaue Augen. Aber jetzt stehen die Augen etwas schräg, er hat braune, kurzgeschnittene Haare, hohe, markante Wangenknochen und schmale Lippen. Und keiner fasst die Scheibe an, auf der er mit dem Finger rumgekritzelt hat. Nehmt Fingerabdrücke und macht Bilder. Bjørn?«

»Ja?«

»Du übernimmst sämtliche Haltestellen zwischen hier und dem Frognerparken und redest mit den Leuten, die da in den umliegenden Geschäften arbeiten. Frag, ob sie eine Person gesehen haben oder kennen, auf die die Beschreibung zutrifft. Wenn Leute so früh morgens die Straßenbahn nehmen, hat das oft mit Gewohnheit zu tun. Sie fahren zur Arbeit, zur Schule, zum Training, in ein Stammcafé.«

»Wenn es so ist, haben wir ja noch eine Chance«, sagte Katrine.

»Ja, aber du musst vorsichtig sein, Bjørn. Achte darauf, dass du mit niemandem sprichst, der ihn warnen könnte. Katrine, du sorgst dafür, dass wir Leute kriegen, die morgen in dieser Straßenbahn sitzen. Und dass wir einen Mann für den Rest des Tages hier in der Bahn haben, falls Valentin wieder damit zurückfährt. Okay?«

Während Katrine und Bjørn die Streifenpolizisten in ihre Aufgaben einwiesen, ging Beate zu der Stelle der Straßenbahn, an der sie ihn gesehen hatte. Sie musterte die Scheibe. Das Kondenswasser war von den Strichen, die er auf die beschlagene Scheibe gemalt hatte, nach unten gelaufen. Es war ein sich wiederholendes Muster, ein bisschen wie eine Schmuckborte. Ein senkrechter Strich, gefolgt von einem Kreis, einem weiteren Strich und wieder einem Kreis, mehrere Reihen untereinander, die zusammen eine Art quadratische Matrix bildeten.

Das brauchte nicht wichtig zu sein.

Doch wie Harry immer sagte: »Kann sein, dass es nicht wichtig oder relevant ist, aber Bedeutung hat *alles*. Und wir fangen da an zu suchen, wo wir etwas *sehen*, da, wo Licht ist.«

Beate holte ihr Handy heraus und machte ein Foto von dem Fenster. Dann kam ihr etwas in den Sinn.

»Katrine! Komm mal her!«

Katrine hörte sie und überließ Bjørn das Briefing.

»Wie ist es heute Nacht gelaufen?«

»Gut«, sagte Katrine. »Ich habe das Kaugummi heute früh zur DNA-Analyse gebracht. Mit der Vorgangsnummer eines zu den Akten gelegten Vergewaltigungsfalls. Die Polizeimorde haben momentan natürlich oberste Priorität, sie haben mir aber versprochen, es sich so schnell wie möglich anzusehen.«

Beate nickte nachdenklich. Fuhr sich mit der Hand über das Gesicht. »Wie schnell ist schnell? Wir können nicht stillschweigend dabei zusehen, wie ein Beweisstück, das Täter-DNA enthalten könnte, ganz hinten in der Warteschleife landet, nur damit uns die Ehre zuteilwird.«

Katrine stemmte eine Hand in die Hüfte und sah mit zusammengekniffenen Augen zu Bjørn, der den Polizisten gestikulierend etwas erklärte. »Ich kenne eine der Frauen im Labor«, log sie. »Ich kann versuchen, sie anzurufen und ein bisschen Druck zu machen.«

Beate sah sie an. Zögerte. Nickte.

»Und du bist dir sicher, dass es nicht bloß Wunschdenken war, vielleicht wolltest du nur, dass das Valentin Gjertsen war?«, fragte Ståle Aune. Er hatte sich ans Fenster seines Büros gestellt und starrte nach unten auf die belebte Straße. Auf die Menschen, die hin und her hasteten. Menschen, die Valentin Gjertsen sein konnten. »Solche optischen Halluzinationen sind bei Schlafmangel nicht ungewöhnlich. Wie viele Stunden hast du in den letzten achtundvierzig Stunden geschlafen?«

»Ich werd sie mal zählen«, sagte Beate auf eine Weise, die Ståle verstehen ließ, dass dies überhaupt nicht nötig war. »Ich habe dich angerufen, weil er was auf die Innenseite der Scheibe gemalt hat. Hast du die MMS gekriegt?«

»Ja«, sagte Aune. Er hatte gerade die Therapiesitzung begonnen, als die MMS von Beate ihm aus der geöffneten Schreibtischschublade entgegengestrahlt hatte.

Sieh dir das Bild an. Es eilt, ich rufe dich an.

Und er hatte eine fast schon perverse Befriedigung verspürt, als er in das verblüffte Gesicht von Paul Stavnes geblickt und gesagt hatte, dass er diesen Anruf einfach entgegennehmen *müsse*. Stavnes hatte die unterschwellige Botschaft verstanden: Dieser Anruf ist viel wichtiger als dein blödes Gejammer.

»Du hast mir mal erzählt, ihr Psychologen könntet das Gekritzel von Soziopathen analysieren und dass es etwas über ihr Unterbewusstsein aussagt.«

»Tja, vermutlich habe ich gesagt, dass man in Spanien an der Universität von Granada eine Methode entwickelt hat, um psychopathologischen Persönlichkeitsstörungen auf die Spur zu kommen. Dazu kriegen die Betroffenen allerdings individuell gesagt, was sie zeichnen sollen. Und dies hier sieht eigentlich mehr nach Schrift als nach einer Zeichnung aus«, sagte Ståle.

»Wirklich?«

»Ich sehe auf jeden Fall Is und Os. Aber das ist sicher genauso interessant wie eine Zeichnung.«

»Inwiefern?«

»Wenn man früh am Morgen noch halb verschlafen in einer Straßenbahn sitzt, wird das, was man schreibt, vom Unterbewusstsein gesteuert. Und das Unterbewusstsein liebt Codes und Rätsel. Manchmal sind sie unbegreiflich, andere Male verblüffend einfach, ja, geradezu banal. Ich hatte einmal eine Patientin, die eine Todesangst davor hatte, vergewaltigt zu werden. Sie hatte den immer gleichen Traum, in dem sie davon geweckt wurde, dass das Kanonenrohr eines Panzers durch ihr Schlafzimmerfenster brach und erst am Fußende ihres Bettes zum Stehen kam. Und vor der Mündung des Rohrs hing ein Zettel, auf dem ein P und eine 9 standen. Es erscheint einem wirklich merkwürdig, dass sie nicht selbst auf die Lösung dieses kindlich einfachen Codes gekommen ist, aber das Hirn verbirgt oft, woran es eigentlich denkt. Aus Bequemlichkeit, Schuldgefühlen, Angst …«

»Und dass er Is und Os zeichnet bedeutet was?«

»Es kann bedeuten, dass er sich langweilt, wenn er in der Straßenbahn sitzt. Du solltest nicht überbewerten, was ich sage, Beate. Als ich angefangen habe, Psychologie zu studieren, war das noch der Studiengang für all jene, die zu blöd für ein Medizin- oder Ingenieurstudium waren. Aber lass mich noch ein bisschen darüber nachdenken. Ich melde mich dann bei dir, jetzt habe ich gerade einen Patienten.«

»In Ordnung.«

Aune legte auf und sah wieder nach unten auf die Straße. Auf der anderen Seite, etwa hundert Meter in Richtung Bogstadveien, lag ein Tätowierstudio. Die Linie 11 fuhr über den Bogstadveien, und Valentin hatte ein Tattoo. Ein Tattoo, durch das er identifiziert werden konnte, außer er ließ es professionell entfernen oder in einem Studio verändern. Man konnte eine Zeichnung total verändern, indem man ein paar einfache Striche hinzufügte. Wie wenn man einen Halbkreis so hinter einen senkrechten Strich zeichnete, dass daraus ein D wurde. Oder einen waagerechten Strich über dem vor dem D liegenden Kreis. Dann stand da plötzlich TOD. Aune hauchte an die Scheibe.

Hinter sich hörte er verärgertes Räuspern.

Er zeichnete zwei vertikale Striche und einen Kreis auf die feuchte Fläche, wie er es in der Aufnahme gesehen hatte.

»Ich weigere mich, den vollen Stundensatz zu bezahlen, wenn...«

»Wissen Sie was, Paul?«, sagte Aune und zeichnete den Halbkreis und den waagerechten Strich. Las, was er geschrieben hatte, und wischte es weg.

»Diese Stunde kriegen Sie gratis.«

KAPITEL 22

Rico Herrem wusste, dass er sterben musste. Er hatte es immer gewusst. Das Neue war, dass er wusste, dass er im Laufe der nächsten sechsunddreißig Stunden sterben würde.

»*Anthrax*«, wiederholte der Arzt. Ohne den Hang der Thai zu einem stummen R, dafür aber mit amerikanischem Akzent. Das Schlitzauge hatte vermutlich dort drüben Medizin studiert und sich so den Platz in einer Privatklinik gesichert, in der vermutlich nur ausländische Einwanderer und Touristen behandelt wurden.

»*I'm so sorry.*«

Rico atmete in die Sauerstoffmaske, obwohl es ihm schwerfiel. Sechsunddreißig Stunden. Der Arzt hatte da keinen Zweifel gelassen und ihn gefragt, ob Rico irgendwelche Angehörigen kontaktieren wollte. Wenn sie den nächsten Flieger nähmen, könnten sie es ja vielleicht noch zu ihm schaffen. Oder einen Priester, er sei ja vielleicht Katholik?

Der Arzt musste Ricos fragendem Gesichtsausdruck entnommen haben, dass es noch einer Erklärung bedurfte.

»*Anthrax is a bacteria. It's in your lungs. You probably inhaled it some days ago.*«

Rico verstand noch immer nichts.

»*If you had digested it or got it on your skin, we might have been able to save you. But in the lungs ...*«

Bakterien? Er sollte an Bakterien sterben? An irgendeinem Scheiß, den er eingeatmet hatte? Aber wo denn?

Der Gedanke kam wie ein Echo vom Arzt zurück.

»*Any idea where? The police will want to know to prevent other people from catching the bacteria.*«

Rico Herrem schloss die Augen.

»*Please, try to think back, Mister Herrem. You might be able to save others ...*«

Andere. Und sich selbst nicht? Sechsunddreißig Stunden.

»*Mister Herrem?*«

Rico wollte nicken, ihm ein Zeichen geben, dass er ihn gehört hatte, aber er schaffte es nicht. Dann hörte er eine Tür gehen. Schritte, die sich näherten. Die leise, atemlose Stimme einer Frau:

»*Miss Kari Farstad from the Norwegian Embassy. We came as soon as we could. Is he ...?*«

»*Blood circulation is stopping, miss. He is going into shock now.*«

Wo? In dem Essen, das er zu sich genommen hatte, als das Taxi an der verdreckten Straßenküche zwischen Bangkok und Pattaya gehalten hatte? Aus dem stinkenden Loch im Boden, das sie Toilette nannten? Oder im Hotel durch die Klimaanlage? Wurden diese Bakterien nicht oft so verbreitet? Andererseits hatte der Arzt gesagt, die ersten Symptome glichen einer Erkältung, und die hatte er ja bereits im Flieger gespürt. Konnten die Bakterien in der Flugzeugluft gewesen sein? Aber dann müssten ja noch andere erkrankt sein. Er hörte die Stimme der Frau, dieses Mal leiser und in seiner Sprache.

»Milzbrandbakterien. Mein Gott, ich dachte, die gäbe es nur in biologischen Waffen.«

»Nein, nein«, eine Männerstimme. »Ich habe das auf dem Weg hierher gegoogelt. *Bacillus anthracis*. Die können jahrelang auf dem Boden überdauern, sind echt hartnäckig. Verbreiten sich über Sporen. Wie in dem Pulver in den Briefen, die vor ein paar Jahren an diverse Amerikaner verschickt worden sind. Erinnern Sie sich?«

»Glauben Sie, dass jemand ihm einen Brief mit Milzbrand geschickt hat?«

»Er kann sich das überall eingefangen haben, am gewöhnlichsten ist enger Kontakt mit großen Haustieren. Aber das werden wir wohl niemals erfahren.«

Doch Rico wusste es. Plötzlich sah er es ganz klar vor sich und schaffte es, eine Hand an die Sauerstoffmaske zu heben.

»Haben Sie Angehörige ausfindig machen können?«, fragte die Frauenstimme.

»Ja, habe ich.«

»Und?«

»Sie haben gesagt, er könne verrotten, wo immer er ist.«

»Ach? Ein Pädophiler?«

»Nein, aber er hat so einiges auf dem Kerbholz. Oh, er bewegt sich.«

Rico hatte die Maske von Mund und Nase geschoben und versuchte zu sprechen. Es wurde aber nur ein heiseres Flüstern. Er versuchte es noch einmal. Sah, dass die Frau blonde Locken hatte und ihn mit Sorge und Abscheu anstarrte.

»*Doctor, is it ...?*«

»*No, it is not contagious between humans.*«

Nicht ansteckend. Nur er.

Ihr Gesicht kam näher. Und selbst im Sterben liegend – oder vielleicht gerade deshalb –, sog Rico Herrem begierig ihren Duft ein. Er inhalierte ihr Parfüm, wie er an diesem Tag im Fischladen den anderen Geruch inhaliert hatte. Den Dunst, der aus dem Wollhandschuh gekommen war und der irgendwie nach Kalk geschmeckt hatte. Pulver. Der andere hatte ein Halstuch vor Mund und Nase gehabt. Nicht um sich zu maskieren, wie er geglaubt hatte, sondern zum Schutz vor winzigen Sporen, die durch die Luft flogen.

Might have been able to save you, but in the lungs ...

Er strengte sich an. Brachte die Worte heraus. Mühsam. Erst das eine, dann das andere. Dachte, dass diese Worte seine letzten waren, als sich das Dunkel über Rico Herrem legte wie ein

Vorhang, der einer zweiundvierzig Jahre andauernden, ebenso jämmerlichen wie schmerzhaften Vorstellung ein Ende machte.

Der Regen hämmerte so heftig auf das Autodach, als wollte er kleine Löcher ins Metall schlagen und zu ihnen hereinkommen. Kari Farstad lief ein Schauer über den Rücken. Auf ihrer Haut lag ein dünner Schweißfilm, aber es hieß, das werde besser, sobald die Regenzeit vorbei war, also irgendwann im November. Sie sehnte sich zurück in ihre Botschaftswohnung, hasste diese immer wiederkehrenden Fahrten nach Pattaya. Sie hatte diese Karriere nicht eingeschlagen, um sich mit menschlichem Abschaum zu beschäftigen. Im Gegenteil. Sie hatte ein Leben mit Cocktailpartys vor sich gesehen, mit interessanten, intelligenten Menschen, belesener, gehobener Konversation über Politik und Kultur, und sie hatte erwartet, persönlich weiterzukommen und ein größeres Verständnis für die Fragen des Lebens zu erlangen. Statt der ständigen Verwirrung wegen nicht sehr weitreichenden, dafür umso konkreteren Fragen. Zum Beispiel, wie man einem norwegischen Sexualstraftäter einen guten Anwalt besorgte oder ihn sogar ausgeliefert bekam, um ihn in einem norwegischen Gefängnis mit dem Standard eines Drei-Sterne-Hotels unterzubringen.

Ebenso plötzlich, wie er begonnen hatte, hörte der Regen auch wieder auf, und sie rollten durch Wolken aus Wasserdampf, die sich von dem heißen Asphalt erhoben.

»Was hat dieser Herrem noch mal gesagt?«, fragte der Botschaftssekretär.

»Valentin«, sagte Kari.

»Nein, das andere.«

»Das war undeutlich. Ein langes Wort, hörte sich irgendwie an wie Kommode.«

»Kommode?«

»Ja, so in etwa.«

Kari starrte auf die Reihen der Gummibäume entlang der Autobahn. Sie wollte nach Hause. Ganz nach Hause.

KAPITEL 23

Harry hastete über den Flur der Polizeihochschule, vorbei an der Frans-Widerberg-Malerei.

Sie stand in der Tür des Trainingsraums. Kampfbereit in einem engsitzenden Gymnastikanzug. Lehnte mit verschränkten Armen am Türrahmen und beobachtete ihn. Harry wollte nicken, aber jemand rief »Silje!«, und sie verschwand nach drinnen.

In der zweiten Etage steckte Harry den Kopf zu Arnold hinein.

»Wie lief die Vorlesung?«

»Einigermaßen, aber ich glaube, die vermissen deine ebenso schauderhaften wie irrelevanten Beispiele aus der sogenannten wirklichen Welt«, sagte Arnold und massierte sich weiter seinen schmerzenden Fuß.

»Wie auch immer, ich bin froh, dass du mir das heute abgenommen hast«, sagte Harry mit einem Lächeln.

»Nichts zu danken. Was war denn so wichtig?«

»Ich musste in die Rechtsmedizin. Die diensthabende Rechtsmedizinerin hat eingewilligt, Rudolf Asajev zu exhumieren und eine zweite Obduktion vorzunehmen. Ich habe deine FBI-Statistik über die toten Zeugen ins Spiel gebracht.«

»Freut mich, dass ich dir helfen konnte. Du hast übrigens schon wieder Besuch.«

»Aber nicht ...«

»Nein, weder Fräulein Gravseng noch einer deiner früheren

Kollegen. Ich habe gesagt, dass er in deinem Büro warten kann.«

»Wer ...?«

»Einer, den du kennst, glaube ich. Ich habe ihm einen Kaffee angeboten.«

Harry begegnete Arnolds Blick, nickte kurz und ging.

Der Mann, der in Harrys Büro auf dem Stuhl saß, hatte sich nicht sonderlich verändert. Vielleicht ein bisschen mehr Fleisch auf den Rippen, ein runderes Gesicht und ein paar graue Haare an den Schläfen. Aber er hatte noch immer die jugendliche Tolle, die zu dem Zusatz junior passte. Sein Anzug sah aus, als hätte er ihn geliehen, aber er war in der Lage, eine Seite in vier Sekunden zu lesen und wenn nötig vor Gericht Wort für Wort wiederzugeben. Johan Krohn war so etwas wie die juristische Antwort auf Beate Lønn, ein Anwalt, der nie verlor, selbst wenn er gegen das norwegische Gesetzbuch antrat.

»Harry Hole«, sagte er mit hoher, jungenhafter Stimme, erhob sich und streckte ihm die Hand entgegen. »*Long time.*«

»Mir recht«, sagte Harry, schlug ein und drückte ihm seinen Titanfinger in die Handfläche. »Sie haben immer schlechte Nachrichten bedeutet, Krohn. Ist der Kaffee gut?«

Krohn erwiderte seinen Händedruck. Die neuen Kilos schienen Muskeln zu sein.

»Ihr Kaffee ist gut«, sagte er. »Meine Neuigkeiten sind wie üblich schlecht.«

»Oh?«

»Normalerweise komme ich nicht persönlich, aber in diesem Fall wollte ich ein Vieraugengespräch, bevor wir möglicherweise etwas Schriftliches aufsetzen. Es geht um Silje Gravseng. Sie ist eine Studentin von Ihnen?«

»Eine Studentin von mir«, wiederholte Harry.

»Stimmt das nicht?«

»Doch, schon. Es hat sich bei Ihnen nur so angehört, als studierte sie mich.«

»Ich werde mein Bestes tun, um mich so präzise wie nur möglich auszudrücken«, sagte Krohn und spitzte die Lippen, bevor er lächelte. »Sie ist direkt zu mir gekommen, statt zur Polizei zu gehen. Aus Furcht, sie könnten sich gegenseitig in Schutz nehmen.«
»Sie?«
»Die Polizei.«
»Ich gehöre nicht ...«
»Sie waren lange bei der Polizei und als Angestellter der PHS sind Sie ein Teil des Systems. Der Punkt ist, dass sie Angst davor hatte, man könnte sie zu überreden versuchen, die Vergewaltigung nicht anzuzeigen. Und dass es auf lange Sicht ihrer Karriere schaden würde, wenn sie sich widersetzte.«
»Von was reden Sie, Krohn?«
»Bin ich wirklich noch immer undeutlich? Dann lassen Sie mich Klartext reden: Sie haben Silje Gravseng gestern hier in diesem Büro vergewaltigt, kurz vor Mitternacht.«
Krohn sah Harry an, als dieser nicht antwortete.
»Nicht, dass ich das gegen Sie verwenden könnte, Hole, aber Ihr Mangel an sichtbarer Überraschung ist recht vielsagend und spricht für die Glaubwürdigkeit meiner Klientin.«
»Braucht sie noch Verstärkung?«
Krohn legte die Fingerkuppen aneinander. »Ich hoffe, Sie sind sich über den Ernst der Lage bewusst, Hole. Allein die Tatsache, dass diese Vergewaltigung angezeigt und öffentlich gemacht wird, wird Ihr Leben komplett auf den Kopf stellen.«
Er versuchte, sich Krohn in einer Robe vorzustellen. Beim Plädoyer. Den Zeigefinger auf Harry auf der Anklagebank gerichtet, während Silje sich tapfer eine Träne abwischte. Der angewiderte Gesichtsausdruck des Richters und die Kaltfront, die aus dem Publikum auf ihn zuzog. Das rastlose Gekratze der Bleistiftspitzen auf den Blöcken der Journalisten.
»Der einzige Grund, weshalb jetzt ich hier sitze und nicht zwei Polizisten, die Sie gleich festnehmen und vorbei an Kollegen und Studenten nach draußen geleiten, ist die Tatsache,

dass ein solches Vorgehen auch für meine Klientin nicht folgenlos bleiben würde.«
»Wieso?«
»Das verstehen Sie doch wohl. Sie würde für immer die Frau sein, die einen Kollegen ins Gefängnis gebracht hat. Man würde sie als Verräterin ansehen. So etwas schätzt man bei der Polizei nicht, das weiß ich sehr wohl.«
»Sie haben zu viele Filme geschaut, Krohn. Polizisten schätzen es sehr wohl, dass Vergewaltigungen aufgeklärt werden, egal, wer die Verdächtigen sind.«
»Und das Verfahren selbst wäre natürlich eine unheimliche Belastung für ein junges Mädchen. Besonders wenn wichtige Examina vor der Tür stehen. Da sie es nicht gewagt hat, zur Polizei zu gehen, und auch erst nachdenken musste, bevor sie zu mir gekommen ist, sind natürlich viele der technischen und biologischen Spuren verloren. Was bedeuten kann, dass das Verfahren länger als normal dauern wird.«
»Und welche Beweise haben Sie?«
»Blaue Flecken, Kratzspuren. Ein zerrissenes Kleid. Und wenn ich darum bitte, dieses Büro auf technische Spuren zu untersuchen, werden wir mit Sicherheit Textilreste des gleichen Kleides finden.«
»Wenn?«
»Ja, ich habe nicht nur schlechte Neuigkeiten, Harry.«
»Ach?«
»Ja, ich darf Ihnen eine Alternative anbieten.«
»Den Teufel mit dem Beelzebub austreiben?«
»Sie sind ein intelligenter Mann, Hole. Sie wissen, dass wir keine direkten Beweise haben, die Sie zweifelsfrei überführen könnten. Das ist ja das Typische an Vergewaltigungen, nicht wahr? Da steht ja häufig Aussage gegen Aussage, und es endet nicht selten mit zwei Verlierern. Eine Geschädigte, die verdächtigt wird, zu freizügig gewesen zu sein oder falsche Anklagen erhoben zu haben, und ein Freigesprochener, von dem alle denken, dass er bloß Glück gehabt hat. In Anbetracht die-

ser potentiellen *Lose-lose*-Situation hat Silje Gravseng einen Wunsch geäußert, oder besser gesagt, einen Vorschlag gemacht, dem ich mich voll und ganz anschließen kann. Und lassen Sie mich für einen Augenblick aus meiner Rolle als Verteidiger der Gegenseite treten, Hole. Ich rate Ihnen sehr, diesem Vorschlag zuzustimmen, denn die Alternative wäre die Anzeige. Das hat sie klipp und klar zum Ausdruck gebracht.«

»Ach?«

»Ja. Als eine Person, die einen Beruf anstrebt, der die Gesetze dieses Landes verteidigt, erachtet sie es als ihre sonnenklare Pflicht, dafür zu sorgen, dass Vergewaltiger bestraft werden. Aber zum Glück für Sie nicht notwendigerweise von einem Richter.«

»Ach, wie prinzipientreu!«

»An Ihrer Stelle wäre ich nicht so zynisch, sondern eher dankbar, Hole. Ich hätte ihr auch empfehlen können, die Sache anzuzeigen.«

»Und was wollen Sie, Krohn?«

»In kurzen Zügen: dass Sie Ihre Stellung an der Polizeihochschule kündigen und nie wieder irgendeinen Job in Verbindung mit der Polizei annehmen. Und dass Silje in Ruhe weiterstudieren kann, ohne von Ihnen belästigt zu werden. Desgleichen, wenn sie eine Anstellung gefunden hat. Eine herablassende Bemerkung von Ihnen, und die Absprache wird gecancelt und die Vergewaltigung angezeigt.«

Harry stützte die Ellenbogen auf den Schreibtisch, beugte sich mit gesenktem Kopf vor und massierte seine Stirn.

»Ich werde eine schriftliche Vereinbarung in Form eines Vergleichs aufsetzen«, sagte Krohn. »Ihre Kündigung gegen ihr Schweigen. Ein wichtiger Bestandteil dieser Abmachung ist, dass Sie beide Schweigen bewahren. Sie würden ihr kaum schaden können, wenn Sie damit an die Öffentlichkeit gingen, ihr Verhalten würde nur Verständnis wecken.«

»Während ich als Schuldiger dastehen würde, weil ich in eine solche Abmachung eingewilligt habe.«

»Betrachten Sie es als Schadensbegrenzung, Hole. Ein Mann mit Ihrem Hintergrund kann leicht die Branche wechseln. Versicherungsdetektiv, zum Beispiel. Und ich glaube, die zahlen auch besser als die hier an der PHS.«

»Da haben Sie sicher recht.«

»Gut.« Krohn klappte sein Handy auf. »Was sagt Ihr Kalender für die nächsten Tage?«

»Ich kann morgen, wenn es sein muss.«

»Gut. Zwei Uhr bei mir im Büro. Sie erinnern sich noch an die Adresse?«

Harry nickte.

»Wunderbar. Ich wünsche Ihnen einen schönen Tag, Hole!«

Krohn sprang von seinem Stuhl auf. Kniebeugen, Pull-ups und Bankdrücken, tippte Harry.

Als er gegangen war, sah Harry auf die Uhr. Es war Donnerstag, und Rakel wollte an diesem Wochenende einen Tag eher kommen. Sie landete um 17.30 Uhr, und er hatte ihr angeboten, sie am Flughafen abzuholen, was sie – wie immer nach zwei »Nein, das brauchst du nicht« – gerne angenommen hatte. Er wusste, dass sie diese Dreiviertelstunde vom Flughafen nach Hause genoss. Das miteinander Reden und die Ruhe. Der Auftakt zu einem schönen Abend. Wenn sie voller Enthusiasmus darüber diskutierten, was es in Wirklichkeit bedeutete, dass nur Staaten Partner des Internationalen Gerichtshofs in Den Haag sein konnten, oder über die rechtliche und faktische Macht der UNO, während draußen die Landschaft still vorbeizog. Und manchmal redeten sie auch über Oleg, der mit jedem Tag besser aussah und langsam wieder der gute alte Oleg wurde. Er machte Pläne. Wollte studieren. Jura und PHS. Was für ein Glück sie gehabt hatten und wie zerbrechlich so ein Glück war.

Sie redeten über alles, was ihnen in den Sinn kam, ohne irgendwelche Ausflüchte. Über fast alles. Fast. Denn Harry redete nie über seine Angst. Die Angst, etwas zu versprechen, von dem er nicht wusste, ob er es halten konnte. Die Angst, nicht der für sie sein zu können, der er sein wollte und musste. Oder dass sie vielleicht nicht so sein könnten, wie sie es für ihn sein mussten, und dass er gar nicht wusste, wie ihn jemand glücklich machen konnte.

Dass er es jetzt war, zusammen mit ihr und Oleg, war fast eine Art Ausnahmezustand, etwas, an das er nur mit halbem Herzen glaubte, ein verdächtig schöner Traum, aus dem er die ganze Zeit über aufzuwachen fürchtete.

Harry rieb sich das Gesicht. Vielleicht stand dieses Aufwachen bald bevor. Das brutal grelle Tageslicht. Die Wirklichkeit. In der alles so sein würde wie vorher. Kalt, hart und einsam. Harry schüttelte sich.

Katrine Bratt sah auf die Uhr. Zehn nach neun. Draußen war jetzt vielleicht ein überraschend milder Frühlingsabend. Drinnen im Heizungsraum nur ein kühler, feuchter Winterabend. Sie sah zu Bjørn Holm hinüber, der sich seinen roten Backenbart kratzte. Dann zu Ståle Aune, der etwas auf seinen Block kritzelte. Beate Lønn unterdrückte ein Gähnen. Sie saßen um einen PC herum, dessen Bildschirm die Bilder zeigte, die Beate von der Straßenbahnscheibe gemacht hatte. Sie hatten sich über das ausgetauscht, was an der Scheibe stand, und waren zu dem Schluss gekommen, dass sie Valentin dadurch nicht näher kamen, selbst wenn sie verstanden, was die Zeichen bedeuteten.

Katrine hatte ihnen noch einmal von dem Gefühl berichtet, dass sich zeitgleich mit ihr noch eine andere Person in der Asservatenkammer aufgehalten hatte.

»Vielleicht jemand, der da arbeitet«, sagte Bjørn. »Aber okay, es ist schon seltsam, dass der kein Licht angemacht hat.«

»Den Schlüssel für die Kammer kann man leicht nachmachen«, sagte Katrine.

»Vielleicht sind das gar keine Buchstaben«, sagte Beate, »sondern Zahlen.«

Sie wandten sich ihr zu. Sie hatte den Blick noch immer auf den Bildschirm gerichtet.

»Einsen und Nullen. Keine Is und Os. Wie ein binärer Code. Ist es nicht so, dass eine Eins ja und eine Null nein bedeutet, Katrine?«

»Ich bin User, nicht Programmierer«, sagte Katrine. »Aber ich glaube schon. Man hat mir mal erzählt, dass bei einer Eins Strom fließt und bei einer Null nicht.«

»Eins bedeutet handeln, Null nichts tun«, sagte Beate. »Soll ich, soll ich nicht. Soll ich, soll ich nicht. Eins. Null. Wieder und wieder.«

»Wie eine Margerite«, sagte Bjørn.

Sie saßen schweigend da, nur das Rauschen des PC-Ventilators war zu hören.

»Die Matrix endet mit einer Null«, sagte Aune. »Nichts tun.«

»Wenn er fertig geworden ist«, sagte Beate. »Er musste ja an seiner Haltestelle aussteigen.«

»Manchmal hören Serienmörder einfach auf«, sagte Katrine. »Sie verschwinden, und ihre Taten wiederholen sich nicht.«

»Ausnahmsweise«, sagte Beate. »Null oder nicht Null, wer von euch glaubt, dass unser Polizeischlächter vorhat, aufzuhören? Ståle?«

»Katrine hat recht, ich fürchte aber, dass unserer hier weitermacht.«

Fürchte, dachte Katrine und war kurz davor zu sagen, dass sie das Gegenteil fürchtete, dass er nämlich jetzt, da sie ihm so nah waren, einfach aufhören und verschwinden könnte. Dass es das Risiko wert war. Ja, dass sie im schlimmsten Fall bereit war, einen Kollegen zu opfern, wenn sie dafür Valentin schnappen konnten. Es war ein kranker Gedanke, der sich erschreckend deutlich in ihrem Kopf abzeichnete. Noch ein verlorenes Polizistenleben wäre tatsächlich auszuhalten. Dass Valentin ungestraft davonkam, hingegen nicht. Sie bewegte ihre Lippen wie zu einer stummen Beschwörung: Noch einmal, du Satan. Schlag noch einmal zu.

Katrines Handy klingelte. Sie erkannte die Nummer der Rechtsmedizin und nahm ab.

»Hallo, wir haben das Kaugummistückchen aus dem Vergewaltigungsfall überprüft.«

»Ja?« Katrines Blut pumpte schneller durch ihren Körper. Zum Teufel mit allen Theorien, das hier waren harte Fakten.

»Wir haben leider kein DNA-Material gefunden.«

»Was?« Es war, wie einen Eimer Eiswasser über den Kopf zu bekommen. »Aber ... aber das war doch voller Speichel?«

»So ist das manchmal, tut mir leid. Wir können es natürlich noch einmal checken, aber bei den Polizistenmorden ...«

Katrine legte auf. »Sie haben in dem Kaugummi nichts gefunden«, sagte sie leise.

Bjørn und Beate nickten. Katrine glaubte, bei Beate eine gewisse Erleichterung zu erkennen.

Es klopfte an der Tür.

»Ja!«, rief Beate.

Katrine starrte auf die Stahltür, plötzlich sicher, dass er das war. Der große Blonde. Dass er es sich anders überlegt hatte. Dass er gekommen war, um sie aus dieser Misere zu retten.

Die Stahltür ging auf, und Katrine fluchte innerlich. Es war Gunnar Hagen. »Wie läuft's?«

Beate streckte die Hände über ihren Kopf. »Kein Valentin in den Linien 11 oder 12 heute Nachmittag, und auch die Befragungen haben nichts ergeben. Wir haben auch noch am Abend Leute in der Straßenbahn, aber die Wahrscheinlichkeit, dass er erst morgen früh wieder auftaucht, ist größer.«

»Ich habe eine Anfrage von der Ermittlungsgruppe bekommen wegen des Polizeieinsatzes in der Straßenbahn. Sie wollen wissen, was da vorgefallen ist und ob das etwas mit den Polizistenmorden zu tun hat.«

»Gerüchte kursieren schnell«, sagte Beate.

»Ein bisschen zu schnell«, sagte Hagen. »Das wird Bellman zu Ohren kommen.«

Katrine starrte auf den Bildschirm. Muster waren doch ihre Stärke, so war sie damals auch dem Schneemann auf die Spur gekommen. Also. Eins und Null. Zwei Zahlen, paarweise. Insgesamt vielleicht zehn Mal? Ein wiederkehrendes Zahlenpaar. Mehrmals wiederkehrend ...

»Ich werde ihn deshalb schon heute Abend über Valentin informieren.«

»Und was heißt das für unsere Gruppe?«, fragte Beate.

»Dass Valentin in einer Straßenbahn auftaucht, ist ja nicht unser Fehler. Da mussten wir einfach handeln. Aber damit hat die Gruppe ihre Arbeit getan. Sie hat ermittelt, dass Valentin lebt und uns damit einen Hauptverdächtigen beschert. Und wenn wir ihn jetzt nicht kriegen, kann er ja noch immer in Berg auftauchen. Jetzt übernehmen die anderen.«

»Was ist denn mit Poly-10?«, fragte Katrine.

»Was?«, fragte Hagen vorsichtig.

»Ståle sagt, dass die Finger das schreiben, womit das Unterbewusstsein arbeitet. Valentin hat viele Zehner hintereinander geschrieben. Poly heißt viel. Also Poly-10. Fast wie in ›Polizei‹. Das könnte ja vielleicht bedeuten, dass er plant, noch mehr Polizisten umzubringen.«

»Wovon redet sie?«, fragte Hagen an Ståle gewandt.

Ståle Aune zuckte mit den Schultern. »Wir versuchen zu deuten, was er da an die Scheibe geschrieben hat. Ich selbst bin zu dem Schluss gekommen, dass das Tod heißt. Aber vielleicht mag er einfach nur Einsen und Nullen? Das menschliche Hirn ist ein mehrdimensionales Labyrinth. Alle sind schon mal da gewesen, aber keiner kennt den Weg.«

Als Katrine auf dem Weg zu ihrer Wohnung in Grünerløkka war, nahm sie nichts von dem Leben um sich herum wahr. All die lachenden, fröhlichen Menschen, die den kurzen Frühling feierten, das kurze Wochenende, das Leben, bevor es vorüber war.

Sie wusste jetzt, warum sie sich so auf diesen idiotischen Code gestürzt hatten. Sie alle wünschten sich verzweifelt, dass es einen Zusammenhang gab, einen Sinn. Aber es gab noch einen Grund und der war viel wichtiger. Es war das Einzige, was sie hatten. Nur deshalb versuchten sie einem Stein etwas zu entlocken, das er gar nicht enthielt.

Sie hatte ihren Blick auf den Bürgersteig vor sich geheftet, schlug mit den Absätzen rhythmisch auf den Asphalt, während sie im Takt dazu mit ihrer stillen Beschwörung fortfuhr: Mach's noch einmal, du Arsch. Schlag noch einmal zu.

Harry hatte ihre langen Haare gepackt. Sie glänzten und waren dick und weich wie ein Tau. Er zog die Hand zu sich und sah ihren Kopf nach oben gehen, den schmalen, geschwungenen Rücken mit der Wirbelsäule, die sich wie eine Schlange unter der glühenden, von Schweiß benetzten Haut wand. Dann drang er noch einmal in sie ein. Ihr Stöhnen klang wie ein niederfrequentes Knurren aus der Tiefe ihrer Brust, ein wütender, frustrierter Laut. Manchmal liebten sie sich in aller Stille, langsam wie in einem langsamen Tanz. Andere Male war es eher wie ein Kampf. So auch an diesem Abend. Als würde ihre Lust nur noch mehr Lust wecken, wenn sie so wie jetzt war. Als ob man Feuer mit Benzin löschte. Manchmal eskalierte es, geriet außer Kontrolle, und er dachte, dass das nicht gutgehen konnte.

Ihr Kleid lag neben dem Bett auf dem Boden. Rot. Sie war so schön, wenn sie Rot trug. Er bedauerte es fast, dass sie es ausgezogen hatte. Nackte Beine? Nein, ihre Beine waren nicht nackt gewesen. Harry beugte sich vor und sog ihren Duft ein.

»Hör nicht auf!«, stöhnte sie.

Opium. Rakel hatte ihm erzählt, dass der bittere Geruch des Parfüms dem Schweiß der Rinde eines arabischen Baums entstammte. Nein, nicht dem Schweiß, den Tränen. Den Tränen einer Prinzessin, die wegen einer verbotenen Liebe nach Arabien geflohen war. Prinzessin Myrrha. Myrrha. Ihr Leben hatte in Trauer geendet, aber Yves Saint Laurent zahlte ein Vermögen für einen Liter ihrer Tränen.

»Hör nicht auf, drück ...«

Sie hatte seine Hand ergriffen und legte sie an ihren Hals. Er drückte vorsichtig zu. Spürte die Adern und die angespannten Muskeln ihres schlanken Halses.

»Fester! Fes...«

Ihre Stimme wurde abgewürgt, als er tat, was sie verlangte. Er wusste, dass ihr Hirn jetzt keinen Sauerstoff mehr bekam. Das war ihr Ding, etwas, das er tat und das ihn erregte, weil es sie erregte. Aber dieses Mal war etwas anders. Der Gedanke, dass sie in seiner Gewalt war und er mit ihr tun konnte, was er wollte. Er starrte auf ihr Kleid. Das rote Kleid. Spürte, wie die Bilder kamen und er sie nicht zurückhalten konnte. Er schloss die Augen. Sah sie auf allen vieren. Sie drehte sich langsam um, wandte ihm ihr Gesicht zu, ihre Haare wechselten die Farbe, und plötzlich sah er, wer sie war. Ihre Augen waren verdreht und ihr Hals hatte blaue Flecken, die zum Vorschein kamen, als die Lampen der Kriminaltechniker aufleuchteten.

Harry ließ los und zog seine Hand zurück. Aber Rakel war schon an dem Punkt. Sie war erstarrt und zitterte wie ein Reh in der Sekunde, bevor es zu Boden stürzt. Dann starb sie. Kippte nach vorn, mit der Stirn auf die Matratze. Aus ihrer Kehle kam ein Schluchzen. So blieb sie liegen, wie im Gebet.

Harry zog sich aus ihr heraus. Sie gab einen wimmernden Laut von sich, drehte sich um und sah ihn anklagend an. Gewöhnlich wartete er, bis sie für diese Trennung bereit war.

Harry küsste sie in den Nacken, schob sich aus dem Bett, nahm den Paul-Smith-Slip mit, den sie ihm auf einem Flughafen zwischen Genf und Oslo gekauft hatte, und fischte das Päckchen Camel aus der Wrangler, die über dem Stuhl hing. Er ging nach unten ins Wohnzimmer, setzte sich in einen Sessel und sah aus dem Fenster. Die Nacht war stockdunkel, aber trotzdem zeichnete sich die Silhouette des Holmenkollåsens vor dem Himmel ab. Er zündete sich eine Zigarette an. Kurz darauf hörte er ihre nackten Füße hinter sich und spürte ihre Hand in seinem Nacken.

»Stimmt was nicht?«

»Nein, nein.«

Sie setzte sich auf die Armlehne und drückte ihre Nase in seine Halsbeuge. Ihre Haut war noch immer warm und roch nach Rakel und Liebe und den Tränen von Prinzessin Myrrha.

»Opium«, sagte er. »Was für ein Name für ein Parfüm.«

»Magst du es nicht?«

»Doch, doch.« Harry blies den Rauch an die Decke. »Aber ganz schön ... markant.«

Sie hob den Kopf. Sah ihn an. »Und das sagst du erst jetzt?«

»Ich habe vorher nicht darüber nachgedacht. Eigentlich geht mir das erst jetzt auf. Weil du gefragt hast.«

»Liegt das an dem Alkohol?«

»Was?«

»Dem Alkohol im Parfüm, ist es das, was dich ...?«

Er schüttelte den Kopf.

»Aber irgendetwas ist doch«, sagte sie. »Ich kenne dich, Harry. Du bist angespannt, unruhig. Allein schon, wie du rauchst, du ziehst an der Zigarette, als wolltest du ihr den letzten Tropfen Wasser entlocken, den es auf dieser Welt noch gibt.«

Harry lächelte. Streichelte ihr über die Gänsehaut auf ihrem Rücken. Sie küsste ihn leicht auf die Wange. »Wenn es nicht die Alkoholabstinenz ist, muss es die andere sein.«

»Welche andere?«

»Die Polizeiabstinenz.«

»Ach die«, sagte er.

»Es ist wegen der Polizistenmorde, nicht wahr?«

»Beate war hier, um mich zu überreden. Sie hat gesagt, sie hätte vorher mit dir geredet.«

Rakel nickte.

»Und dass du ihr den Eindruck vermittelt hättest, dass es für dich okay wäre«, sagte Harry.

»Ich habe gesagt, das ist deine Entscheidung.«

»Hast du das Versprechen vergessen, das wir uns gegeben haben?«

»Nein, aber ich kann dich nicht zwingen, ein Versprechen zu halten, Harry.«

»Und wenn ich zusagen und mich an den Ermittlungen beteiligen würde?«

»Dann hättest du dein Versprechen gebrochen.«

»Und die Konsequenzen?«

»Für dich und mich und Oleg? Eine höhere Wahrscheinlichkeit, dass es in die Hose geht. Für die Ermittlungen der drei Polizistenmorde eine höhere Wahrscheinlichkeit, dass sie aufgeklärt werden.«

»Hm. Ersteres ist sicher, Rakel. Das andere im höchsten Maße unsicher.«

»Vielleicht. Du weißt aber auch, dass das zwischen uns auch so in die Hose gehen kann, egal, ob du wieder Polizist wirst oder nicht. Es gibt überall Stolperfallen.

Eine davon ist, dass du zerbrichst, weil du nicht getan hast, wozu du dich berufen fühlst. Ich habe von Männern gehört, die sich gerade rechtzeitig vor der Jagdsaison getrennt haben.«

»Bestimmt Elchjagd, keine Schneehühner.«

»Vermutlich, ja.«

Harry inhalierte. Ihre Stimmen waren gedämpft, ruhig, als redeten sie über die Einkaufsliste. Wie immer, wenn sie miteinander redeten. So war sie einfach. Er zog sie zu sich und flüsterte ihr ins Ohr:

»Ich denke, ich will dich behalten, Rakel. Ich will das hier behalten.«

»Ja?«

»Ja, weil es gut ist, das Beste, was ich jemals hatte. Und du weißt, wie ich ticke, du kennst Ståles Diagnose. Abhängigkeitspersönlichkeit mit Anklängen an OKS. Alkohol oder Jagd, das ist das Gleiche, die Gedanken bewegen sich irgendwann in den immer gleichen Bahnen. Wenn ich diese Tür wieder öffne, bleibe ich da, Rakel. Und ich will da nicht hin. Ich will hier sein. Verdammt, schon allein durchs Reden bin ich auf dem Weg dorthin! Ich tue das nicht für Oleg oder dich, ich tue das für mich.«

»Okay, okay.« Rakel streichelte ihm über die Haare. »Dann lass uns über etwas anderes reden.«

»Ja. Haben die wirklich gesagt, dass Oleg vielleicht schon früher als angenommen fertig ist?«

»Ja, er zeigt keinerlei Abstinenzsymptome mehr. Und er wirkt motivierter als jemals zuvor. Harry?«

»Ja?«

»Er hat mir erzählt, was an jenem Abend passiert ist.« Ihre Hand hörte nicht auf, ihn zu streicheln. Er wusste nicht immer, was er wollte, aber er wusste, dass er diese Hand nie mehr missen wollte.

»Welcher Abend?«

»Du weißt schon. Der Abend, an dem der Arzt dich zusammengeflickt hat.«

»Hat er das?«

»Du hast mir gesagt, einer von Asajevs Dealern hätte dich angeschossen.«

»Was in gewisser Weise der Wahrheit entsprach. Oleg war ja einer von denen.«

»Die alte Version hat mir besser gefallen. Also die, dass Oleg kurz danach am Tatort aufgetaucht ist und gleich erkannt hat, wie schwer du verletzt warst, weshalb er sofort Hilfe geholt hat.«

»So richtig geglaubt hast du die aber nie, oder?«

»Er hat mir gesagt, dass er in eines der Arztzimmer gestürmt ist und den Arzt mit vorgehaltener Waffe gezwungen hat, mit ihm zu kommen.«

»Der Arzt hat Oleg verziehen, als er gesehen hat, in welchem Zustand ich war.«

Rakel schüttelte den Kopf. »Er hätte mir gerne auch den Rest erzählt, meinte aber, dass er sich an die Monate davor kaum erinnern kann.«

»Heroin kann einen solchen Effekt haben.«

»Was meinst du, kannst du die weißen Flecken nicht für mich füllen?«

Harry inhalierte. Wartete eine Sekunde. »Lieber nicht.«

Sie zog ihn an den Haaren. »Ich habe euch damals geglaubt, weil ich euch glauben wollte. Mein Gott, Oleg hat auf dich geschossen, Harry. Er sollte im Gefängnis sitzen.«

Harry schüttelte den Kopf. »Das war ein Unfall, Rakel. Das alles liegt hinter uns. Solange die Polizei die Odessa nicht findet, kann Oleg nicht in Verbindung gebracht werden mit dem Mord an Gusto Hanssen und auch nicht mit der anderen Sache.«

»Wie meinst du das? Oleg ist doch freigesprochen worden. Willst du damit sagen, dass er doch was damit zu tun hatte?«

»Nein, Rakel.«

»Und was hat das dann zu bedeuten?«

»Bist du sicher, dass du es wissen willst, Rakel? Wirklich sicher?«

Sie sah ihn lange an, ohne ihm eine Antwort zu geben.

Harry wartete. Sah aus dem Fenster. Betrachtete die Silhouette dieser ruhigen, sicheren Stadt, in der nichts geschah. Eigentlich war die Stadt auf dem Kraterrand eines schlafenden Vulkans erbaut worden. Es war alles nur eine Frage der Perspektive und wie viel man wusste.

»Nein«, flüsterte sie im Dunkel, nahm seine Hand und drückte sie an ihre Wange.

Es ist durchaus möglich, ein zufriedenes Leben in Unwissenheit zu führen, dachte Harry. Es kam nur aufs Verdrängen an. Darauf, nicht an die Odessa zu denken, die irgendwo in einem Schrank lag, wenn sie denn dort lag. Oder an die drei Polizistenmorde, die ihn nichts angingen, das hasserfüllte Gesicht einer abgewiesenen Studentin, die ihr rotes Kleid hochgezogen hatte. Das sollte doch gehen, oder?

Harry drückte die Zigarette aus.

»Gehen wir ins Bett?«

Nachts um drei schrak Harry aus dem Schlaf auf.
Er hatte wieder von ihr geträumt. Er war in einen Raum gekommen und hatte sie plötzlich auf einer dreckigen Matratze auf dem Boden liegen sehen, das rote Kleid mit einer großen Schere zerschnitten. Neben ihr stand ein Reisefernseher, der sie und ihre Bewegungen mit ein paar Sekunden Verzögerung zeigte. Harry hatte sich umgesehen, aber keine Kamera entdecken können. Dann hatte sie die glänzende Klinge der Schere an ihren weißen Schenkel gelegt und flüsternd die Beine breitgemacht.
»Tu es nicht.«
Harry hatte seine Hand tastend nach hinten gestreckt und die Klinke der Tür gefunden, die hinter ihm ins Schloss gefallen war. Aber sie war verschlossen. Dann merkte er, dass er nackt war und sich auf sie zubewegte.
»Tu es nicht.«
Die drei Worte kamen wie ein Echo aus dem Lautsprecher des Fernsehers.
»Ich will nur den Schlüssel haben, um hier rauszukommen«, hatte er gesagt, und es fühlte sich an, als spräche er unter Wasser. Er war nicht sicher, ob sie ihn gehört hatte. Sie schob zwei, drei, vier Finger in ihre Scheide, und er sah zu, wie schließlich ihre ganze Hand in ihr verschwand. Er machte einen weiteren Schritt auf sie zu, als die Hand wieder herauskam und plötzlich eine Pistole hielt. Die Mündung auf ihn gerichtet. Eine glänzende, tropfende Waffe mit einem Kabel, das wie eine Nabelschnur in ihr verschwand. »Tu es nicht«, hatte sie gesagt, aber er war bereits vor ihr auf die Knie gefallen, hatte sich vorgebeugt und seine Stirn an die Mündung gedrückt. Es war so kühl und angenehm, und dann hatte er geflüstert:
»Tu es.«

KAPITEL 24

Die Tennisplätze waren leer, als Bjørn Holms Volvo Amazon auf den Platz vor dem Frognerpark fuhr und vor dem Streifenwagen hielt, der vor dem Haupteingang stand.

Beate stieg aus, sie war hellwach, obwohl sie in der Nacht kaum geschlafen hatte. Es war nicht einfach, in einem fremden Bett zu schlafen. Ja, sie sah in ihm noch immer einen Fremden. Sie kannte seinen Körper, aber sein Gemüt, seine Gewohnheiten, seine Gedanken waren nach wie vor ein Mysterium für sie, und sie war sich nicht sicher, ob sie die Geduld und das Interesse aufbringen würde, es zu erforschen, weshalb sie sich jeden Morgen, wenn sie in seinem Bett aufwachte, die Kontrollfrage stellte, ob sie wirklich weitermachen wollte.

Die beiden Polizisten in Zivil, die am Wagen gelehnt hatten, stießen sich ab und kamen auf sie zu. Beate konnte erkennen, dass im Wagen zwei weitere uniformierte Beamte und eine dritte Person auf dem Rücksitz saßen.

»Ist er das?«, fragte sie und spürte das schnelle, erwartungsvolle Klopfen ihres Herzens.

»Ja«, sagte einer der Zivilbeamten. »Gutes Phantombild, sieht ihm wirklich verdammt ähnlich.«

»Und die Straßenbahn?«

»Haben wir fahren lassen, die war ja randvoll, aber wir haben noch die Personalien einer Frau aufgenommen, es hat da ein kleineres Drama gegeben.«

»Inwiefern?«

»Er hat versucht abzuhauen, als wir ihm unseren Ausweis gezeigt und ihn gebeten haben mitzukommen. Er ist wie der Blitz in den Mittelgang, hat einen Kinderwagen zwischen sich und uns geschoben und dann gebrüllt, dass die Straßenbahn anhalten soll.«

»Kinderwagen?«

»Ja, nicht zu fassen, was? Echt kriminell.«

»Ich fürchte, er hat Schlimmeres gemacht.«

»Ich meinte, einen Kinderwagen morgens in der Rushhour mit in die Straßenbahn zu nehmen.«

»Na ja, aber Sie haben ihn jedenfalls.«

»Die Frau, der der Kinderwagen gehört, hat wie wild rumgeschrien und ihn am Arm gezogen, weshalb ich ihn erwischt habe.« Der Polizist grinste und zeigte ihr seine rechte Faust. Die Knöchel waren blutig. »Macht ja keinen Sinn, mit der Waffe herumzuwedeln, wenn die hier funktionieren, nicht wahr?«

»Gut«, sagte Beate und versuchte, sich positiv anzuhören. Sie bückte sich und warf einen Blick durch die hintere Seitenscheibe des Autos, konnte aber durch ihr eigenes Spiegelbild in der Morgensonne nur eine Silhouette erkennen. »Kann jemand die Scheibe runterlassen?«

Sie versuchte, ruhig zu atmen, während das Fenster lautlos nach unten glitt.

Sie erkannte ihn sofort wieder. Er sah sie nicht an, starrte mit halbgeschlossenen Augen nach vorn in den Osloer Morgen, als befände er sich noch in einem Traum, aus dem er nicht aufwachen wollte.

»Haben Sie ihn durchsucht?«, fragte sie.

»Körperkontakt der dritten Art«, sagte der Zivile mit einem Grinsen. »Aber er hatte keine Waffe.«

»Ich wollte wissen, ob Sie ihn auf Drogen durchsucht haben. Seine Taschen und so weiter?«

»Tja, nein, warum sollten wir das?«

»Weil das da Chris Reddy ist, genannt Adidas, er hat schon ein paar Strafen wegen Speed-Dealens abgesessen. Und wenn er versucht hat abzuhauen, können Sie wohl davon ausgehen, dass er etwas bei sich hat. Also legen Sie ihm Strips an.«

Beate Lønn richtete sich auf und ging zum Amazon.

»Ich dachte, die würde sich um Fingerabdrücke und so was kümmern«, hörte sie den Zivilen zu Bjørn sagen, der sich neben sie gestellt hatte. »Und sich nicht mit Drogendealern auskennen.«

»Sie kennt alle, die irgendwann mal in den Archiven der Osloer Polizei waren«, sagte Bjørn. »Schauen Sie das nächste Mal ein bisschen genauer hin, okay?«

Als Bjørn sich wieder in den Wagen setzte, den Motor anließ und sie ansah, wusste Beate, dass sie aussah wie ein mürrisches altes Weib. Verschränkte Arme, verkniffener Mund, starrer Blick.

»Sonntag kriegen wir ihn«, sagte Bjørn.

»Hoffen wir's mal«, sagte Beate. »Ist oben in Bergslia alles an seinem Platz?«

»Delta hat die Gegend ausgekundschaftet und die Posten festgelegt. Sie meinten, mit dem Wald drum herum wäre das kein Problem. Aber sie sind auch im Nachbarhaus.«

»Und es sind auch alle aus der alten Ermittlungsgruppe informiert worden?«

»Ja. Alle werden an diesem Tag in der Nähe des Telefons sein und gleich Bescheid geben, falls sie einen Anruf erhalten.«

»Das betrifft auch dich, Bjørn.«

»Und dich. Warum war Harry bei einem derart prominenten Mordfall eigentlich nicht dabei? Er war damals doch schon Hauptkommissar.«

»Tja, sagen wir mal, er war indisponiert.«

»Alkohol?«

»Wie setzen wir Katrine ein?«

»Sie hat einen etwas zurückversetzten Posten im Wald mit gutem Blick aufs Haus.«

»Gut, ich will fortlaufenden Kontakt zu ihr über Handy, solange sie da oben ist.«

»Gebe ich weiter.«
Beate sah auf die Uhr. Sechzehn nach neun. Sie fuhren über die Thomas Heftyes gate in Richtung Bygdøy allé. Nicht, weil das der kürzeste Weg zum Präsidium war, sondern der schönste. Und weil dadurch die Zeit verging. Beate sah wieder auf die Uhr. Zweiundzwanzig nach neun. Noch anderthalb Tage bis zum D-Day. Sonntag.
Ihr Herz schlug noch immer schnell.
Oder schon wieder.

Johan Krohn ließ Harry am Empfang die üblichen vier Minuten warten, bis er zu ihm kam. Er gab der Empfangsdame ein paar ganz offensichtlich überflüssige Informationen, ehe er sich an die beiden Besucher wandte.
»Hole«, sagte er und studierte das Gesicht des Polizisten, als wollte er seine Laune ergründen, bevor er ihm die Hand gab. »Sie haben Ihren eigenen Anwalt mitgebracht?«
»Das ist Arnold Folkestad«, sagte Harry. »Ein Kollege. Ich habe ihn gebeten mitzukommen, damit ich einen Zeugen habe, was besprochen und vereinbart wird.«
»Das ist klug, wirklich«, sagte Johan Krohn in neutralem Tonfall. »Kommen Sie.«
Er ging vor und sah kurz auf eine schmale, fast feminine Armbanduhr. Harry verstand die Andeutung: Ich bin ein gefragter Anwalt mit begrenzter Zeit für diese Lappalie.
Das riesige Büro roch nach Leder. Harry nahm an, dass der Geruch von den ledereingebundenen Ausgaben der Rechtszeitschriften stammte. Er nahm aber auch noch einen anderen Geruch wahr, den er kannte: das Parfüm von Silje Gravseng. Sie saß auf einem Sessel, der halb ihnen, halb Johan Krohns massivem Schreibtisch zugewandt war.
»Vom Aussterben bedroht?«, fragte Harry und fuhr mit der Hand über die Tischplatte, ehe er Platz nahm.
»Gewöhnliches Teakholz«, sagte Krohn und nahm den Chefsessel hinter dem Regenwald ein.

»Gestern noch alles normal, heute bedroht«, sagte Harry und nickte Silje Gravseng kurz zu. Sie antwortete mit einem leichten Zittern der Augenlider, als wäre ihr Kopf festgezurrt. Sie hatte ihre Haare in einem straffen Pferdeschwanz zusammengebunden, so dass ihre Augen strenger als gewöhnlich wirkten. Sie trug ein Kostüm, in dem sie wie eine Angestellte der Kanzlei aussah, und machte einen ruhigen Eindruck.

»Kommen wir gleich zur Sache«, sagte Johan Krohn, der wie üblich die Fingerspitzen zusammengelegt hatte. »Fräulein Gravseng hat ausgesagt, in Ihrem Büro in der Polizeihochschule gegen Mitternacht des angegebenen Datums von Ihnen vergewaltigt worden zu sein. Die vorläufigen Beweise sind Kratzspuren, blaue Flecken und ein zerrissenes Kleid. All das wurde fotografisch dokumentiert und kann vor Gericht zu Beweiszwecken herangezogen werden.«

Krohn sah zu Silje, als wollte er sich vergewissern, dass sie seine Ausführungen verkraftete, ehe er fortfuhr.

»Die ärztlichen Untersuchungen in der Notaufnahme haben zwar keine Verletzungen im Bereich des Unterleibs ergeben, aber die sind ohnehin selten. Selbst bei brutalen Vergewaltigungen ist nur in fünfzehn bis dreißig Prozent aller Fälle etwas nachzuweisen. In der Scheide konnte kein Sperma festgestellt werden, da Sie geistesgegenwärtig genug waren, außerhalb zu ejakulieren, genauer gesagt auf Fräulein Gravsengs Bauch. Danach haben Sie gewartet, bis sie sich wieder angezogen hatte, bevor Sie sie zum Ausgang gezerrt und vor die Tür gesetzt haben. Bedauerlicherweise hat sie nichts von dem Sperma als Beweis gesichert, sondern stattdessen stundenlang weinend unter der Dusche gestanden, um alle Spuren des Übergriffes abzuwaschen, eine durchaus verständliche und sehr normale Reaktion der jungen Frau.«

Krohn hatte ein entrüstetes Zittern in der Stimme, das Harry nicht echt vorkam, aber er wollte ihm wohl zeigen, wie effektvoll sich dieser Teil der Geschichte vor Gericht ausschlachten ließe.

»Alle Angestellten der Notaufnahme sind bei Vergewaltigungen angehalten, ein paar Zeilen über die psychische Reaktion des Opfers festzuhalten. Wir reden hier von Fachleuten, die Erfahrung mit Vergewaltigungsfällen haben, und diese Beschreibungen haben vor Gericht natürlich Gewicht. Ich will an dieser Stelle nur so viel sagen, dass ihre Beobachtungen die Aussagen meiner Klientin stützen.«

Ein fast schon bedauerndes Lächeln huschte über das Gesicht des Anwalts.

»Aber ehe wir detailliert auf die Beweise eingehen, sollten wir vielleicht erst einmal klären, ob Sie über meinen Vorschlag nachgedacht haben, Hole. Wenn Sie zu dem Schluss gekommen sind, dass unser Angebot der richtige Weg ist – was ich für alle Beteiligten hoffe –, kann ich Ihnen die Vereinbarung nun auch schriftlich vorlegen. Und natürlich wird das Ganze vertraulich behandelt.«

Krohn reichte Harry eine braune Ledermappe, wobei er vielsagend zu Arnold Folkestad sah, der langsam nickte.

Harry öffnete die Mappe und überflog das A4-Blatt.

»Hm, ich kündige an der PHS und halte mich von jedweder Polizeiarbeit fern. Und rede nie wieder mit oder über Silje Gravseng. Wie ich sehe, ist alles schon bereit für eine Unterzeichnung.«

»Der Fall ist ja nicht gerade kompliziert, wenn Sie also das Für und Wider abgewogen haben und zu dem Schluss gekommen sind, dass ...«

Harry nickte. Sah zu Silje Gravseng, die steif wie ein Stock dasaß und ihn ausdruckslos ansah.

Arnold Folkestad räusperte sich leise, und Krohn richtete einen freundlichen Blick auf ihn, während er wie zufällig auf seine Armbanduhr blickte. Arnold reichte ihm eine gelbe Pappmappe.

»Was ist das?«, fragte Krohn mit hochgezogenen Augenbrauen und nahm sie entgegen.

»Unser Vorschlag einer Vereinbarung«, sagte Folkestad.

»Wie Sie sehen werden, schlagen wir vor, dass Silje Gravseng die Schule mit augenblicklicher Wirkung verlässt und nie wieder versucht, in den Polizeidienst einzutreten.«

»Sie machen Witze?«

»Und dass sie nie wieder versucht, Kontakt zu Harry Hole aufzunehmen.«

»Das ist unerhört.«

»Im Gegenzug werden wir – aus Rücksicht auf alle Beteiligten – von einer Strafverfolgung dieser Verleumdung eines Angestellten der PHS absehen.«

»Dann ist wohl alles klar. Wir sehen uns vor Gericht«, sagte Krohn und klang wie ein Fernsehanwalt. »Auch wenn es mir für Sie als Gegenpartei leidtut, freue ich mich schon persönlich auf diesen Fall.«

Folkestad zuckte mit den Schultern. »Ich fürchte, Sie werden nicht wenig enttäuscht werden, Krohn.«

»Warten wir's ab, wer hinterher enttäuscht ist.« Krohn war aufgestanden und hatte einen Knopf seiner Anzugjacke zugeknöpft, um zu signalisieren, dass er den nächsten Termin hatte, als er Harrys Blick begegnete. Er erstarrte mitten in der Bewegung und fragte zögernd:

»Wie meinen Sie das?«

»Wenn es Ihnen nichts ausmacht«, sagte Folkestad, »würde ich vorschlagen, dass Sie sich die Dokumente ansehen, die unserem Vereinbarungsvorschlag beigefügt sind.«

Krohn öffnete die Mappe, blätterte und las.

»Wie Sie sehen«, fuhr Folkestad fort, »hat Ihre Klientin die Vorlesungen über Vergewaltigungen besucht, die an der PHS gehalten wurden, in denen unter anderem die typischen psychischen Reaktionen der Opfer beschrieben werden.«

»Das heißt noch lange nicht ...«

»Ich möchte Sie bitten, sich Ihre Einwände bis zum Schluss aufzuheben und sich erst einmal die nächste Seite anzusehen, Krohn. Dort finden Sie eine unterzeichnete, wenn auch vorläufig noch inoffizielle Zeugenaussage des männlichen Studenten, der vor dem Eingang stand, als Fräulein Gravseng die PHS zur angegebenen Zeit verlassen hat. Er hat ausgesagt, dass sie eher wütend als ängstlich aussah, und er erwähnt nichts von einem zerrissenen Kleid. Im Gegenteil, er sagt, dass sie vollständig angezogen war und unverletzt aussah. Und er gibt zu, sie sich recht genau angesehen zu haben.«

Er wandte sich an Silje Gravseng. »Das ist wohl als Kompliment für Sie zu verstehen.«

Sie saß noch immer regungslos da, aber eine leichte Röte hatte sich auf ihre Wangen gelegt. Außerdem blinzelte sie häufiger.

»Wie Sie nachlesen können, war Harry Hole maximal eine Minute nachdem Fräulein Gravseng an ihm vorbeikam, bei dem Studenten, also sechzig Sekunden später. Zu kurz für ihn, um beispielsweise zu duschen. Hole blieb bei dem Zeugen, bis ich eintraf und mit Hole in die Kriminaltechnik gefahren bin, das ist ...«, Folkestad gab Krohn ein Zeichen, »... auf der nächsten Seite, ja.«

Krohn las und lehnte sich in seinem Stuhl zurück.

»Dort wurde festgestellt, dass Hole keines der Anzeichen vorwies, die man kurz nach einer Vergewaltigung erwarten kann. Keine Haut unter den Nägeln, kein Genitalsekret oder Schamhaare anderer Personen an Händen oder Geschlechtsteilen, was nicht mit Fräulein Gravsengs Aussagen zusammenpasst, die ja angibt, gekratzt und penetriert worden zu sein. Hole hatte auch keine Verletzungen am Körper, die anzeigen könnten, dass jemand sich gegen ihn zur Wehr gesetzt hat. Das Einzige waren zwei Haare auf seinen Kleidern, aber das ist damit erklärbar, dass sie sich aktiv über ihn gebeugt hat, wie Sie auf Seite drei sehen können.«

Krohn blätterte um, ohne aufzusehen. Sein Blick tanzte über die Seite, und als seine Lippen sich nach drei Sekunden zu einem Fluch formten, registrierte Harry, dass es wahr war. Niemand in der norwegischen Gerichtslandschaft las eine A4-Seite schneller als Johan Krohn.

»Zu guter Letzt«, sagte Folkestad, »beträgt das Volumen

von Holes Samenerguss vier Milliliter, und das eine knappe halbe Stunde nach der angeblichen Vergewaltigung. Ein erster Samenerguss produziert in der Regel zwischen zwei und fünf Milliliter Sperma. Ein zweiter Samenerguss innerhalb der angegebenen Zeitspanne nur etwa zehn Prozent davon. Wenn Harry Holes Hoden also keine absolute Ausnahme sind, kann er zu dem von Fräulein Gravseng angegebenen Zeitpunkt keinen Samenerguss gehabt haben.«

In der Stille, die folgte, hörte Harry ein Auto hupen, gefolgt von Lachen und einem Fluchen. Der Verkehr stand mal wieder.

»Der Fall ist nicht gerade kompliziert«, sagte Folkestad und lächelte vorsichtig in seinen Bart. »Wenn Sie also eins und eins zusammengezählt haben ...«

Das hydraulische Schnaufen von Bremsen, die entlastet wurden, war zu hören, dann das Knarren des Sessels, in dem Silje Gravseng gesessen hatte, und das Knallen der Tür, durch die sie nach draußen gestürmt war.

Krohn saß lange mit gesenktem Haupt da. Als er den Kopf wieder hob, hatte er seinen Blick auf Harry Hole gerichtet.

»Es tut mir sehr leid«, sagte er. »Als Verteidiger müssen wir damit rechnen, dass unsere Klienten lügen, um sich selbst zu schützen. Aber das hier ... Ich hätte die Situation wirklich besser einschätzen müssen.«

Harry zuckte mit den Schultern. »Sie kennen sie ja nicht.«

»Nein«, sagte Krohn. »Aber ich kenne Sie, Hole. Das *sollte* ich nach so vielen Jahren auf jeden Fall. Ich werde Fräulein Gravseng dazu bringen, diese Vereinbarung zu unterzeichnen.«

»Und wenn sie das nicht will?«

»Dann werde ich ihr die Konsequenzen einer Falschaussage klarmachen. Und eines offiziellen Verweises von der PHS. Sie ist nicht dumm, das wissen Sie ja selbst.«

»Das weiß ich«, sagte Harry, seufzte und stand auf. »Das weiß ich.«

Draußen floss der Verkehr wieder.

Harry und Arnold gingen über die Karl Johans gate.

»Danke«, sagte Harry. »Ich frage mich wirklich, wie du das so schnell erkannt hast.«

»Ich habe eine gewisse Erfahrung mit OKS«, sagte Arnold lächelnd.

»Wieso?«

»Obsessive Kompulsive Störung. Wenn eine Person mit einer solchen Neigung sich für etwas entschieden hat, scheut sie keine Mittel. Dann wird die Handlung als solche wichtiger als die Konsequenzen.«

»Ich weiß, was OKS ist, ein Freund von mir ist Psychologe. Er hat auch mir Züge davon attestiert. Aber ich meine, dass dir gleich klar war, dass wir einen Zeugen brauchen und dann sofort zur Kriminaltechnik müssen.«

Arnold Folkestad lachte leise. »Ich weiß nicht, ob ich dir das erklären kann, Harry.«

»Warum nicht?«

»Na ja, sagen wir mal, dass ich in einer ähnlichen Situation war, als zwei Polizisten riskierten, von einem Mann angezeigt zu werden, den sie aufs brutalste zusammengeschlagen hatten. Aber sie kamen ihm durch eine unserer nicht unähnlichen Aktion zuvor. Die Beweise waren damals manipuliert und die echten Beweise von einem der beiden zu Ungunsten des Verletzten vernichtet worden. Sie hatten schließlich so viel in der Hand, dass der Anwalt des Verletzten ihm geraten hat, die Anzeige fallenzulassen, weil sie doch keine Chance hätten. Ich habe eigentlich fast damit gerechnet, dass es hier genauso laufen könnte.«

»Das hört sich jetzt so an, als hätte ich sie wirklich vergewaltigt, Arnold.«

»Tut mir leid.« Arnold lachte. »Aber ich habe fast damit gerechnet, dass so etwas geschehen könnte. Dieses Mädchen ist eine tickende Zeitbombe, sie hätte eigentlich schon durch unsere psychologischen Aufnahmetests aussortiert werden müssen.«

Als sie über den Egertorget gingen, flimmerten Bilder durch Harrys Kopf. Das Lächeln einer Jugendliebe irgendwann im Mai. Die Leiche eines Heilsarmeesoldaten vor einer weihnachtlichen Straßenküche. Eine Stadt voller Erinnerungen.

»Und wer waren die beiden Polizisten?«

»Hohe Tiere.«

»Deshalb willst du es mir nicht sagen? Weil du Teil dieses Komplotts warst? Schlechtes Gewissen?«

Arnold Folkestad zuckte mit den Schultern. »Jeder, der sich nicht für die Gerechtigkeit einsetzt, sollte ein schlechtes Gewissen haben.«

»Hm. Ein gewalttätiger Polizist mit dem Hang, Beweise zu vernichten. Da kommen nicht so viele in Frage. Wir reden nicht zufällig über einen Kommissar namens Truls Berntsen?«

Arnold Folkestad sagte nichts, aber das Zucken, das durch seinen runden Körper ging, war Harry Antwort genug.

»Der Schatten von Mikael Bellman. Den meinst du mit hohes Tier, nicht wahr?« Harry spuckte auf den Asphalt.

»Können wir über etwas anderes reden, Harry?«

»Ja, tun wir das. Was hältst du von Lunch im Schrøder?«

»Im Schrøder? Kann man da essen?«

»Frikadellen und Brot, und viel Platz hat man auch.«

»Das sieht bekannt aus, Nina«, sagte Harry zu der Bedienung, die gerade zwei verbrannte Frikadellen unter bleichen Zwiebeln auf einer Scheibe Brot vor sie gestellt hatte.

»Hier ist immer alles wie immer, das weißt du doch«, sagte sie lächelnd und ging.

»Truls Berntsen, ja«, sagte Harry und blickte sich um.

Er und Arnold waren beinahe allein in dem einfachen, viereckigen Lokal, das trotz des jahrelangen Rauchverbots noch immer ziemlich verraucht wirkte. »Wenn du mich fragst, hat er jahrelang als Brenner innerhalb der Polizei gearbeitet.«

»Echt«, sagte Folkestad und sah skeptisch auf den Tierkadaver vor sich. »Und was ist mit Bellman?«

»Er hatte damals die Verantwortung für das Drogendezernat. Ich weiß, dass er einen Deal mit Rudolf Asajev hatte, der ein heroinähnliches Dope namens Violin auf den Markt gebracht hat«, sagte Harry. »Bellman hat Asajev das Monopol in Oslo überlassen, und Asajev musste im Gegenzug dafür sorgen, dass der sichtbare Drogenhandel, die Junkies in den Straßen und vor allem die Drogentoten weniger wurden. Dadurch stand Bellman nämlich gut da.«

»So gut, dass er schließlich Polizeipräsident wurde?«

Harry biss vorsichtig in das erste Stück Frikadelle und zuckte mit den Schultern.

»Und warum bist du mit diesem Wissen nicht weiter gegangen?« Arnold schnitt vorsichtig ein Stück ab, steckte es aber nicht in den Mund, sondern sah zu Harry, der ausdruckslos kaute. »Der Gerechtigkeit wegen?«

Harry schluckte, nahm die Papierserviette und wischte sich den Mund ab. »Ich hatte keine Beweise. Außerdem war ich zu diesem Zeitpunkt schon kein Polizist mehr. Es ging mich nichts an, und es geht mich auch jetzt nichts an, Arnold.«

»Na dann.« Folkestad spießte ein Stückchen auf seiner Gabel auf, nahm es hoch und musterte es von allen Seiten. »Nicht, dass ich mich da einmischen will, Harry, aber wenn dich das nichts angeht und du auch kein Polizist mehr bist, warum hat dir die Rechtsmedizin dann den Obduktionsbericht von diesem Rudolf Asajev geschickt?«

»Hm, das hast du also mitgekriegt.«

»Nur weil ich in der Regel deine Post mitnehme, wenn ich unten am Postschalter bin. Weil die Verwaltung sonst ja alles öffnet. Und natürlich auch, weil ich ein neugieriger Kerl mit verdammt langen Ohren bin.«

»Wie schmeckt's?«

»Hab noch nicht probiert.«

»Los, mach schon. Das beißt nicht.«

»Na, du dann aber auch, Harry.«

Harry lächelte. »Sie haben seinen Augapfel zur Seite gedrückt und schließlich gefunden, wonach sie gesucht haben. Ein kleiner Einstich in einer dicken Ader. Jemand hat Asajevs Augapfel zur Seite gedrückt, während er im Koma lag, und ihm dann eine Spritze mit Luftblasen injiziert. Er war sofort blind und hat danach ein Blutgerinnsel im Gehirn bekommen, das nicht nachgewiesen werden kann.«

»Jetzt hab ich aber wirklich Appetit gekriegt«, sagte Arnold Folkestad, schnitt eine Grimasse und legte die Gabel wieder zur Seite. »Willst du damit sagen, du hättest den Beweis, dass Asajev ermordet wurde?«

»Nein, die Todesursache ist wie gesagt nicht festzustellen. Aber der Einstich zeigt, was passiert sein *könnte*. Das Rätsel ist nur, wie jemand in das Krankenzimmer gelangen konnte. Die Polizeiwache versichert, in der Zeit, in der die Spritze gesetzt worden sein muss, niemanden gesehen zu haben. Weder einen Arzt noch irgendeinen Unbefugten.«

»Mal wieder so ein *locked room mystery*?«

»Wenn der Wachhabende nicht doch zwischendurch weggegangen oder eingeschlafen ist, was er aus verständlichen Gründen nicht zugeben wird. Oder er war direkt oder indirekt an dem Mord beteiligt.«

»Wenn er seinen Posten verlassen hat oder eingeschlafen ist, konnte der Mord nur aufgrund dieser glücklichen Umstände stattfinden, und daran glauben wir wohl weniger, oder?«

»Nein, Arnold, daran glauben wir nicht. Aber er kann weggelockt oder mit Drogen außer Gefecht gesetzt worden sein.«

»Oder bestochen? Du solltest den Beamten verhören!«

Harry schüttelte den Kopf.

»Warum nicht?«

»Erstens bin ich kein Polizist mehr. Zweitens ist der Mann tot. Das war der, der in dem Auto in der Nähe von Drammen umgebracht worden ist.« Harry nickte wie zu sich selbst, hob die Kaffeetasse an und nahm einen Schluck.

»Verdammt!« Arnold hatte sich über den Tisch gebeugt. »Und drittens?«

Harry gab Nina zu verstehen, dass er zahlen wollte. »Habe ich was von drittens gesagt?«

»Du hast ›zweitens‹ gesagt und nicht ›und zweitens‹. So als wäre das die Mitte einer Aufzählung.«

»Okay, ich werde in Zukunft ein bisschen besser auf meine Sprache achten.«

Arnold legte seinen großen, haarigen Kopf etwas zur Seite, und Harry sah die Frage im Blick seines Kollegen: Wenn du den Fall gar nicht weiterverfolgen willst, warum erzählst du mir dann davon?

»Iss auf«, sagte Harry. »Ich habe eine Vorlesung.«

Die Sonne sank an einem blassen Himmel nach unten, landete weich auf dem Horizont und färbte die Wolken orange.

Truls Berntsen saß im Auto und hörte mit einem Ohr den Polizeifunk ab, während er darauf wartete, dass die Lichter im Haus über ihm angingen und er sie sah. Schon ein kurzer Blick auf Ulla würde ihm reichen.

Irgendetwas war im Busch. Er hörte das an der Art der Kommunikation, neben dem üblichen routinemäßigen Geschehen lief noch etwas anderes. Kurze Meldungen voller Intensität, die losgelöst voneinander das Alltägliche durchbrachen, als hätten sie Order bekommen, den Funk nicht mehr als nötig zu nutzen. Es war auch nicht das, was gesagt wurde, sondern eher die Art und Weise, wie. Abgehackte Sätze, die allem Anschein nach von Verkehr und Transport handelten, allerdings ohne Adressen, Zeitpunkte oder Personennamen zu nennen. Es hieß, dass die Polizeifrequenz einmal das viertbeliebteste Lokalradio gewesen war, aber das war vor der Verschlüsselung. Trotzdem redeten sie an diesem Abend, als hätten sie Angst, decodiert zu werden.

Gerade kam wieder so eine Meldung. Truls drehte die Lautstärke auf.

»Null Eins. Delta an Null. Alles ruhig.«

Delta. Das SEK. Also eine bewaffnete Aktion.

Truls nahm das Fernglas und richtete seinen Blick auf das Wohnzimmerfenster. In der neuen Villa war sie schwieriger zu sehen, die Terrasse war im Weg. Beim alten Haus hatte er vom Waldrand aus direkt in ihr Wohnzimmer gucken und sie auf dem Sofa sitzen sehen können, die Füße unter sich gezogen. Ihre nackten Beine. Oder wie sie sich die Locken aus dem Gesicht gestrichen hatte. Als wüsste sie, dass sie beobachtet wurde. Das war so schön, dass ihm dabei manchmal fast die Tränen gekommen waren.

Der Himmel über dem Oslofjord verfärbte sich von Orange über Rot ins Violette.

An dem Abend, an dem er an der Moschee im Åkebergveien geparkt hatte, war der Himmel einfach nur schwarz gewesen. Er war nach unten zum Präsidium gegangen, hatte sich die ID-Karte umgehängt, falls ihn der Wachmann musterte, und war dann über das Atrium nach unten in die Asservatenkammer gegangen. Zutritt hatte er sich mit der Schlüsselkopie verschafft, die er jetzt seit drei Jahren hatte. Dann hatte er sich sein Nachtsichtgerät aufgesetzt, um nicht wieder die Aufmerksamkeit eines Wachmanns auf sich zu ziehen wie damals, als er bei eingeschaltetem Licht einen Brennerjob für Asajev ausgeführt hatte. Dieses Mal war alles ganz schnell gegangen. Er hatte anhand des Datums die Archivschachtel gefunden, den Beweisbeutel mit der 9-mm-Kugel geöffnet, die aus Kalsnes' Kopf operiert worden war, und sie durch die Kugel ersetzt, die er in der Jackentasche hatte.

Das Einzige, was ihn etwas beunruhigt hatte, war das seltsame Gefühl, nicht allein zu sein.

Er sah zu Ulla. Hatte auch sie dieses Gefühl? Sah sie deshalb manchmal vom Buch auf und blickte aus dem Fenster? Als stünde da draußen jemand? Jemand, der auf sie wartete.

Wieder eine Meldung über Funk.

Er wusste, wovon sie redeten.

Verstand ihren Plan.

Kapitel 25

Der D-Day ging dem Ende entgegen.
Es knisterte im Funkgerät.
Katrine Bratt rutschte auf der dünnen Isomatte hin und her, legte das Fernglas noch einmal an die Augen und sah nach unten zu dem Haus in Bergslia. Es war dunkel und still. Wie nun schon fast den ganzen Tag.
Bald musste etwas geschehen. In drei Stunden brach ein neuer Tag an, ein neues Datum. Das falsche Datum.
Sie schlotterte vor Kälte. Dabei war das Wetter gar nicht so schlimm. Zehn Grad plus und trocken. Aber nachdem die Sonne untergegangen war, waren die Temperaturen in den Keller gegangen, und sie hatte trotz Thermounterwäsche und einer Daunenjacke zu frieren begonnen.
Im Haus selbst war niemand platziert worden, sie wollten nicht das Risiko eingehen, auf dem Weg dorthin gesehen zu werden. Bei allen Ortsterminen hatten sie weit entfernt geparkt und sich maximal zu zweit und immer in Zivil in gehörigem Abstand vom Haus bewegt.
Katrine selbst war eine kleine Anhöhe im Wald, etwas hinter den Stellungen des Sondereinsatzkommandos, zugewiesen worden. Sie kannte zwar ihre Positionen, konnte sie aber selbst mit dem Fernglas nicht erkennen. Dabei wusste sie, dass vier Scharfschützen die Seiten des Hauses abdeckten und elf weitere Beamte bereit waren, das Haus in höchstens acht Sekunden zu stürmen.

Sie sah noch einmal auf ihre Uhr. Zwei Stunden und achtundfünfzig Minuten. Soweit sie wussten, war der ursprüngliche Mord irgendwann am Abend passiert, aber es war schwierig, einen Todeszeitpunkt festzulegen, wenn ein Opfer derart zerlegt worden war wie in dem Fall. Das größte Stück hatte gerade einmal zwei Kilo gewogen. Aber egal, die Todeszeitpunkte der Kopiemorde hatten bislang ungefähr mit den Originalzeiten übereingestimmt, weshalb sie davon ausgegangen waren, dass bis zum Abend nichts passierte.

Von Westen her zogen Wolken auf. Regnen sollte es nicht, aber es würde dunkler werden, was schlecht für die Sicht war. Auf der anderen Seite wurde es dann vielleicht ein bisschen milder. Sie hätte wirklich einen Schlafsack mitnehmen sollen.

Ihr Handy vibrierte. Katrine nahm es.

»Was läuft bei euch?« Es war Beate.

»Nichts zu berichten«, sagte Katrine und kratzte sich im Nacken. »Abgesehen von der globalen Klimaerwärmung. Es fliegen schon Gnitzen, und das im März.«

»Mücken, meinst du?«

»Nein, Gnitzen. Das sind … na ja, so Viecher, die wir in Bergen auch haben. Hast du irgendwelche interessanten Anrufe bekommen?«

»Nein, hier gibt's nur Erdnussflips, Pepsi Max und Gabriel Byrne. Sag mal, ist der *hot* oder doch schon ein bisschen zu alt?«

»*Hot.* Was guckst du dir an? *In Treatment?*«

»Erste Staffel. DVD 3.«

»Ich dachte, du wärst gefeit gegen Kalorien und DVDs. Jogginghose?«

»Mit ultraschlappem Gummi. Ich muss es doch irgendwie ausnutzen, dass Tulla nicht hier ist.«

»Sollen wir tauschen?«

»Nee. Ich sollte auflegen, falls mein Prinz anruft. Halt mich auf dem Laufenden.«

Katrine legte das Handy neben das Funkgerät. Nahm das

Fernglas und suchte noch einmal den Weg vor dem Haus ab. Im Prinzip konnte er von überall kommen. Nur nicht über die Zäune auf beiden Seiten der Schienen, über die gerade die Straßenbahn rumpelte. Aber aus Richtung Damplassen konnte er im Grunde über jeden der vielen Waldwege kommen, und es war nicht auszuschließen, dass er sich durch die Nachbargärten in Bergslia näherte, besonders jetzt, da es dunkel wurde. Aber wenn er sich sicher fühlte, gab es keinen Grund, nicht über die Straße zu kommen. Eine Person fuhr auf einem alten Fahrrad in Schlangenlinien den Berg hinauf, möglicherweise ein Betrunkener.

Was Harry wohl heute Abend machte?

Niemand wusste wirklich, was Harry machte, nicht einmal, wenn man ihm gegenübersaß. Mister Geheimnisvoll. Harry war einfach nicht wie die anderen. Und ganz sicher nicht wie Bjørn Holm, bei dem alle Gefühle offenlagen. Erst gestern hatte er ihr erzählt, dass er sich sämtliche Merle-Haggard-Platten anhören wollte, während er auf den Anruf wartete, und essen wollte er dabei selbstgemachte Elchfrikadellen aus Skreia. Als sie laut gelacht hatte, hatte er gesagt, er würde sie, wenn das alles hier vorbei war, mal zu sich nach Hause zu Mamas Elchfrikadellen mit Pommes einladen und sie in die Geheimnisse des Bakerfieldsounds einweihen. Vermutlich das einzige Geheimnis, das er hatte. Kein Wunder, dass der Kerl Single war. Er schien sein Angebot zu bereuen, als sie höflich abgelehnt hatte.

Truls Berntsen fuhr durch Kvadraturen. Wie er es fast jeden Abend tat. Er rollte langsam auf und ab, kreuz und quer. Dronningens gate, Kirkegata, Skippergata, Nedre Slottsgate, Tollbugata. Das hier war mal seine Stadt gewesen. Und es würde wieder seine Stadt werden.

Im Polizeifunk ging es jetzt hin und her. Verschlüsselungen, die wegen ihm, Truls Berntsen eingerichtet worden waren, damit er außen vor blieb. Die Idioten glaubten vermutlich wirklich, dass er sie nicht verstand. Aber so schnell war er nicht hinters Licht zu führen. Truls Berntsen drehte den Spiegel richtig und warf einen Blick auf die Dienstwaffe, die auf dem Beifahrersitz lag. In der Regel war es umgekehrt. Er führte sie hinters Licht.

Die Frauen auf den Bürgersteigen ignorierten ihn. Sie kannten sein Auto und wussten, dass er nicht an ihren Diensten interessiert war. Ein geschminkter junger Typ in einer viel zu engen Hose schwang sich um ein Halteverbotsschild wie beim Poledance. Dann schob er seine Hüfte vor und warf Truls einen Kussmund zu, den der mit dem erhobenen Mittelfinger beantwortete.

Die Dunkelheit schien ein bisschen dichter geworden zu sein. Truls beugte sich zur Windschutzscheibe vor und blickte nach oben. Von Westen her zogen Wolken auf. An einer roten Ampel blieb er stehen. Sah noch einmal auf den Sitz neben sich. Er hatte sie wieder und wieder hinters Licht geführt, und damit sollte noch lange nicht Schluss sein. Das hier war seine Stadt, die niemand ihm wegnehmen würde.

Er legte die Pistole ins Handschuhfach. Die Mordwaffe. Es war lange her, aber das Gesicht sah er noch immer vor sich. René Kalsnes. Dieses Weichei von Homo, hübsch wie ein Mädchen. Truls schlug mit der Hand auf das Lenkrad. Jetzt werd schon grün, verdammt!

Erst hatte er ihn mit dem Schlagstock bearbeitet.

Dann hatte er seine Dienstwaffe hervorgeholt.

In dem blutigen, zerschlagenen Gesicht hatte Truls ein Flehen erkannt, und das jammernde Betteln hatte sich fast wie das Zischen eines kaputten Fahrradreifens angehört. Wortlos. Nutzlos.

Den Schuss hatte er in die Nasenwurzel gesetzt und dann das Rucken gesehen. Es war wie im Film gewesen. Dann hatte er den Wagen über die Kante in den Abgrund geschoben und war nach Hause gefahren. Etwas entfernt hatte er den Schlagstock abgewischt und aus dem Fenster in den Wald geworfen. Zu Hause im Schlafzimmerschrank hatte er noch einige davon. Wie auch Waffen, Nachtsichtgeräte, schusssichere Westen und sogar ein Präzisionsgewehr der Marke Märklin, von dem alle glaubten, dass es sich in der Asservatenkammer befand.

Truls fuhr in die Tunnel, hinein in den Bauch Oslos. Die Autopartei am rechten politischen Rand hatte die neuerbauten Tunnel als die lebensnotwendigen Adern der Hauptstadt bezeichnet. Ein Vertreter der Umweltpartei hatte gekontert und sie als Gedärme der Stadt bezeichnet, die vielleicht notwendig waren, aber trotzdem Scheiße transportierten.

Er manövrierte sich zwischen Abfahrten und Kreisverkehren hindurch, deren Beschilderung voraussetzte, dass man sich auskannte, andernfalls wurde man früher oder später ein Opfer der *practical jokes* der Verkehrsplaner. Dann war er wieder oberirdisch. Oslo Ost. Sein Stadtteil. Im Funk kommunizierten sie weiter. Eine der Stimmen wurde von einem Rattern übertönt. Die U-Bahn. Diese Idioten. Glaubten sie wirklich, ihre kindischen Codes wären nicht zu knacken? Sie waren in Bergslia. Vor dem gelben Haus.

Harry lag auf dem Rücken und sah dem Rauch der Zigarette nach, der sich langsam zur Schlafzimmerdecke schnürte. Er bildete Figuren und Gesichter. Er wusste genau, welche. Kannte sie alle beim Namen. Dead Policemen's Society. Dann blies er in die Rauchwolke und verscheuchte sie. Er hatte einen Entschluss gefasst. Er wusste nicht genau, wann es ihm klargeworden war, nur, dass dieser Entschluss alles verändern würde.

Eine Zeitlang hatte er sich einzureden versucht, dass es vielleicht gar nicht so gefährlich war, dass er übertrieb, aber er war zu lange Alkoholiker, um auf die falsche Bagatellisierung der Tropfen hereinzufallen. Wenn er sagte, was er jetzt sagen musste, würde das die Beziehung zu der Frau, die neben ihm lag, komplett verändern. Ihm graute davor. Er probierte in

Gedanken verschiedene Formulierungen aus. Es musste raus. Jetzt.

Er holte tief Luft, aber sie kam ihm zuvor.

»Kriege ich einen Zug?«, schnurrte Rakel und schmiegte sich noch dichter an ihn. Ihre nackte Haut, die Kachelofenwärme, nach der er sich immer wieder überraschend sehnte. Die Decke war unten warm und oben kalt. Es musste weiße Bettwäsche sein, die andere wurde nicht auf die richtige Weise kalt.

Er reichte ihr die Camel. Sah, wie sie sie auf ihre etwas unbeholfene Art hielt, die Wangen einzog und dabei die Zigarette fokussierte, als wäre es sicherer, sie nicht aus den Augen zu lassen. Dachte an alles, was er hatte.

Alles, was er zu verlieren hatte.

»Soll ich dich morgen zum Flughafen fahren?«, fragte er.

»Das brauchst du nicht.«

»Ich weiß, aber ich habe morgen erst spät die erste Vorlesung.«

»Dann fahr mich.« Sie küsste ihn auf die Wange.

»Unter zwei Bedingungen.«

Rakel drehte sich auf die Seite und sah ihn fragend an.

»Die erste ist, dass du nie aufhörst, wie eine Vierzehnjährige auf einer Party zu rauchen.«

Sie lachte leise. »Kann ich versuchen. Und die andere?«

Harry sammelte Spucke. Wissend, dass er diesen Moment möglicherweise als den letzten glücklichen seines Lebens in Erinnerung behalten würde.

»Ich warte ...«

Verdammt, verdammt.

»Ich habe mich entschlossen, ein Versprechen zu brechen«, sagte er. »Ein Versprechen, das ich in erster Linie mir selbst gegeben habe, das aber, wie ich fürchte, auch dich betrifft.«

Er spürte, dass ihr Atem sich im Dunkeln veränderte. Er wurde schnell und kurz, ängstlich.

Katrine gähnte und sah auf die Uhr. Auf den grün schimmernden Sekundenzeiger, der die Zeit wegtickte. Keiner der ehemaligen Ermittler hatte von einem Anruf berichtet.

Sie sollte ein Ansteigen der Spannung spüren, schließlich näherte sich die Deadline, aber es war genau andersherum. Innerlich hatte sie längst begonnen, die Enttäuschung zu bearbeiten, indem sie krampfhaft positiv dachte. An das warme Bad, das sie sich gönnen wollte, wenn sie wieder zu Hause war. An ihr Bett. An den Kaffee morgen früh, den neuen Tag mit den neuen Möglichkeiten. Denn es gab immer neue Möglichkeiten, so musste es ganz einfach sein.

Sie sah die Autoscheinwerfer auf dem Ring 3, das Leben der Stadt, das so unverständlich unbeeindruckt weiterging. Das Dunkel, das noch dunkler geworden war, nachdem die Wolken sich wie eine Gardine vor den Mond geschoben hatten. Sie wollte sich gerade anders hinlegen, als sie erstarrte. Ein Laut. Ein Knacken. Ein Zweig. Ganz in der Nähe.

Sie hielt die Luft an und lauschte. Der Platz, der ihr zugeteilt worden war, war von dichten Büschen und Bäumen umgeben. Es war wichtig, dass sie von keinem der Pfade, über die er kommen konnte, gesehen wurde. Aber auf diesen Pfaden hatten keine Zweige gelegen.

Da knackte es wieder. Dieses Mal noch näher. Katrine öffnete automatisch den Mund, als brauchte das Blut, das bereits schneller durch ihre Adern gepumpt wurde, mehr Sauerstoff.

Sie streckte ihre Hand nach dem Funkgerät aus. Erreichte es aber nicht.

Er musste sich blitzschnell bewegt haben, trotzdem war der Atem, den sie im Nacken spürte, ganz ruhig. Die flüsternde Stimme direkt an ihrem Ohr klang völlig unbeeindruckt, fast munter.

»Was passiert?«

Katrine drehte sich zu ihm um und atmete langsam aus. »Nichts.«

Mikael Bellman nahm ihr Fernglas und richtete es auf das Haus unter ihnen. »Delta hat zwei Posten auf dieser Seite der Bahn, nicht wahr?«

»Ja, warum?«

»Ich habe eine Kopie der Operationskarte bekommen«, sagte Bellman. »So habe ich auch diesen Beobachtungsposten gefunden. Gut versteckt, das muss ich schon sagen.« Er schlug sich auf die Stirn. »Mann, was ist das denn, Mücken im März?«

»Gnitzen«, sagte Katrine.

»Falsch«, sagte Mikael Bellman, noch immer mit dem Fernglas vor den Augen.

»Nein, aber wir haben beide recht. Gnitzen sind so was wie Mücken, nur viel kleiner.«

»Es ist falsch, dass ...«

»Einige von denen sind so klein, dass sie nicht das Blut von Menschen saugen, sondern von anderen Insekten. Oder besser deren Körperflüssigkeit, Insekten haben ja kein ...«

»... nichts passiert. Gerade hat ein Auto vor dem Haus gehalten.«

»Stell dir vor, du wärst so eine Moormücke, das ist schon schlimm genug, aber dann auch noch von Mücken gestochen zu werden ...« Katrine wusste, dass sie aus lauter Nervosität redete, ohne eigentlich zu wissen, warum sie so nervös war. Vielleicht weil der Polizeipräsident neben ihr lag?

»Jetzt steigt jemand aus dem Auto und geht zum Haus«, sagte Bellman.

»Da muss man schon verfluchtes ...« Das Funkgerät knackte, aber sie konnte einfach nicht aufhören. »Ich meine, gestochen zu werden, als Mücke ... Was?«

Sie nahm ihm das Fernglas ab. Polizeipräsident hin oder her, schließlich war das ihr Posten. Und tatsächlich. Im Schein der Straßenlaterne sah sie einen Mann, der bereits auf dem Grundstück war und über den Kies zur Haustür ging. Er trug rote Kleidung und hielt irgendetwas, das sie nicht erkennen konnte, in den Händen. Katrines Mund war mit einem Mal trocken. Das musste er sein. Es ging los. Es ging wirklich los. Sie griff zu ihrem Handy.

»Und ich breche dieses Versprechen nicht leichten Herzens«, sagte Harry und starrte auf die Zigarette, die sie ihm zurückgegeben hatte. Hoffte, dass es noch für einen Lungenzug reichte. Den würde er jetzt brauchen.

»Und was ist das für ein Versprechen?« Rakels Stimme klang dünn, hilflos, allein.

»Ein Versprechen, das ich mir selbst gegeben habe ...«, sagte Harry und legte die Lippen um den Filter. Inhalierte. Spürte den Rauch, das Ende der Zigarette, das aus irgendwelchen Gründen so komplett anders schmeckte als der Anfang. »... dass ich dich nie fragen wollte, ob du mich heiraten willst.«

In der Stille, die folgte, hörte er den Wind, der draußen durch die Blätter wehte, er klang wie ein aufgeregtes, schockiert flüsterndes Publikum.

Dann kam ihre Antwort. Wie eine kurze Meldung durch ein Funkgerät.

»Sag das noch mal.«

Harry räusperte sich. »Rakel, willst du mich heiraten?«

Der Wind war weitergezogen. Und er dachte, dass alles, was ihm jetzt noch blieb, die Stille war. Die Nacht. Und mittendrin Harry und Rakel.

»Du nimmst mich doch nicht auf den Arm?« Sie war ein Stück zurückgewichen.

Harry schloss die Augen, war im freien Fall. »Ich mache keine Witze.«

»Ganz sicher?«

»Warum sollte ich Witze machen? Willst du, dass das ein Witz ist?«

»Erstens ist es eine Tatsache, dass du verdammt schlechte Laune hast, Harry.«

»Zugegeben.«

»Zweitens muss ich auch an Oleg denken. Und du auch.«

»Hast du nicht verstanden, dass Oleg einen der größten Pluspunkte für mich bedeutet, wenn ich an dich als mögliche Frau denke, Mädchen?«

»Drittens hätte das – wenn ich denn einwillige – auch ein paar juristische Aspekte. Mein Haus, zum Beispiel ...«

»Ich hatte an einen Ehevertrag gedacht. Ich servier dir doch nicht mein Vermögen auf einem Silbertablett. Ich verspreche nicht viel, außer vielleicht die schmerzfreieste Scheidung aller Zeiten.«

Sie lachte kurz: »Aber es ist doch gut so, wie es ist, oder etwa nicht, Harry?«

»Doch, wir haben alles zu verlieren. Und viertens?«

»Viertens macht man so keinen Antrag, Harry. Im Bett beim Rauchen.«

»Nun, wenn du mich auf den Knien sehen willst, sollte ich mir erst eine Hose anziehen.«

»Ja.«

»Ja, dass ich mir erst eine Hose anziehe? Oder ja, dass ...«

»Ja, du Idiot! Ja! Ich will dich heiraten.«

Harrys Reaktion war automatisch, eingeübt durch ein langes Leben als Polizist. Er drehte sich zur Seite und sah auf die Uhr. Merkte sich den Zeitpunkt, 23.11 Uhr. Es musste im Bericht vermerkt werden, wann sie am Tatort angekommen waren, wann die Verhaftung stattgefunden hatte und wann der Schuss gefallen war.

»Mein Gott«, hörte er Rakel murmeln. »Was habe ich da nur gesagt?«

»Die Widerrufsfrist endet in fünf Sekunden«, sagte Harry und drehte sich zu ihr zurück.

Ihr Gesicht war so dicht vor seinem, dass er nur das Glitzern in ihren weit geöffneten Augen sah.

»Die Zeit ist rum«, sagte sie. Und dann: »Was ist das eigentlich für ein Grinsen?«

Und jetzt spürte auch Harry das Lächeln, das sich auf seinem Gesicht ausbreitete wie ein Spiegelei in der Pfanne.

Beate lag mit den Beinen auf der Armlehne des Sofas und sah, wie Gabriel Byrne betroffen auf seinem Stuhl hin und her rutschte. Sie hatte herausgefunden, dass es die Augenwimpern und der irische Akzent sein mussten. Die Wimpern eines Mikael Bellman und die Aussprache eines Poeten. Der Mann, den sie traf, hatte nichts davon, aber das war nicht das Problem. Irgendwie war er merkwürdig. Zum einen war da seine intensive Art. Er hatte überhaupt nicht verstanden, wieso er sie heute Abend nicht besuchen konnte, wo sie doch allein zu Hause war und es ihm so gut passte? Zweitens war da sein persönlicher Hintergrund. Er hatte ihr Dinge erzählt, von denen sie nach und nach herausgefunden hatte, dass sie nicht stimmten.

Aber vielleicht war das nicht so erstaunlich, vielleicht wollte er einfach einen möglichst guten Eindruck machen.

Vielleicht war sie ja die Seltsame von ihnen beiden? Trotzdem hatte sie versucht, ihn zu googeln. Und nichts gefunden. Weshalb sie stattdessen Gabriel Byrne suchte und mit Interesse las, dass er zuerst als Teddybäraugenbefestiger gearbeitet hatte, bevor sie auf das stieß, was sie eigentlich suchte. In der Faktenbox in Wikipedia. Ehefrau: Ellen Barkin (1988–1999). Einen Augenblick lang hatte sie gedacht, Byrne wäre Witwer, alleine zurückgelassen wie sie, bis sie kapierte, dass bloß die Ehe das Zeitliche gesegnet hatte. Was dann wiederum hieß, dass Byrne schon länger Single war als sie. Wenn Wikipedia aktuell war.

Auf dem Bildschirm flirtete die Patientin hemmungslos mit ihm. Aber Gabriel ließ sich nicht düpieren. Er warf ihr nur ein kurzes, gequältes Lächeln zu, richtete seinen gütigen Blick auf sie und sagte etwas Triviales, das gleich wieder wie ein Yeats-Gedicht klang.

Das Leuchten auf dem Couchtisch ließ ihr Herz für einen Schlag aussetzen.

Das Telefon klingelte. Das konnte er sein. Valentin. Sie nahm das Handy und warf einen Blick auf das Display. Seufzte.

»Ja, Katrine?«

»Er ist hier.«

Beate hörte an der Erregung der Kollegin, dass es wirklich stimmte. Er biss an.

»Erzähl ...«

»Er steht auf der Treppe vor dem Haus.«

Auf der Treppe! Das war mehr als bloß ein Anbiss. Sie hatten ihn, mein Gott, schließlich war das ganze Haus umzingelt.

»Er steht einfach nur da und zögert.«

Sie hörte Funkaktivität im Hintergrund. Greift zu, greift zu. Jetzt. Katrine beantwortete ihre Gebete: »Gerade ist der Befehl zum Zugriff gekommen.«

Beate hörte im Hintergrund eine andere Stimme. Sie war ihr bekannt, trotzdem konnte sie sie nicht einordnen.

»Sie stürmen jetzt das Haus«, sagte Katrine.

»Details bitte.«

»Delta rückt vor, alle in Schwarz. Bewaffnet mit automatischen Waffen. Gott, wie die rennen ...«

»Weniger bildreich, mehr Inhalt.«

»Vier Männer stürmen auf ihn zu. Blenden ihn. Die anderen scheinen sich im Hintergrund zu halten, falls er einen Backup hat. Er lässt fallen, was er in den Händen hat ...«

»Zieht er eine Waffe?«

Ein hohes, schrilles Geräusch. Beate stöhnte. Die Türklingel.

»Keine Chance, sie haben sich bereits auf ihn gestürzt. Er ist jetzt am Boden.«

Yes!

»Jetzt wird er durchsucht. Sie halten etwas in die Höhe.«

»Eine Waffe?«

Wieder die Klingel. Hart, unnachgiebig.

»Sieht aus wie eine Fernbedienung.«

»Oh Gott, eine Bombe?«

»Keine Ahnung. Aber auf jeden Fall haben sie ihn. Sie geben das Zeichen, dass die Situation unter Kontrolle ist. Warte ...«

»Ich muss die Tür aufmachen. Ich ruf dich später zurück.«

Beate stand vom Sofa auf. Lief zur Tür. Fragte sich, wie sie ihm erklären sollte, dass das komplett inakzeptabel war, dass sie es wirklich so meinte, wenn sie sagte, dass sie allein sein wollte.

Und als sie öffnete, dachte sie, wie weit sie es gebracht hatte. Von dem stillen, schüchternen, selbstzerstörerischen Mädchen, das die gleiche Polizeischule wie ihr Vater besucht hatte, bis zu einer Frau, die nicht nur wusste, was sie wollte, sondern auch alles tat, damit sie es bekam. Es war ein harter und bisweilen beschwerlicher Weg gewesen, die Belohnung rechtfertigte diese Mühen aber. Jeden Schritt.

Sie betrachtete den Mann, der vor ihr stand. Das von seinem Gesicht reflektierte Licht traf die Netzhaut, wurde zu einem Sinneseindruck und fütterte den *Gyrus fusiformis* mit Daten.

Hinter sich hörte sie die beruhigende Stimme von Gabriel Byrne. Sie glaubte ihn »*Don't panic*« sagen zu hören, während ihr Hirn das Gesicht vor sich längst erkannt hatte.

Harry spürte den Orgasmus kommen. Seinen eigenen. Den unglaublich süßen Schmerz, das Anspannen der Muskeln in Rücken und Bauch. Er schloss die Augen vor dem, was er sah, und öffnete sie wieder. Blickte nach unten auf Rakel, die ihn ansah. Ihre Augen waren wie Glas, und auf ihrer Stirn zeichnete sich eine Ader ab. Bei jedem Stoß ging ein Zucken durch ihr Gesicht. Es sah aus, als wollte sie etwas sagen. Und er registrierte, dass das nicht der leidende, irgendwie gekränkte Blick war, den sie sonst hatte, kurz bevor sie kam. Es war etwas anderes, irgendwie von einer Angst erfüllt, die er glaubte erst einmal gesehen zu haben, auch in diesem Zimmer. Er bemerkte, dass sie ihre beiden Hände um seine Handgelenke gelegt hatte und versuchte, sie von ihrem Hals zu ziehen.

Er wartete. Wusste nicht, warum, ließ aber nicht los. Spürte den Widerstand in ihrem Körper und sah, wie die Augen anschwollen. Dann ließ er los.

Hörte das Keuchen, als sie Luft holte.

»Harry ...«, ihre Stimme klang heiser, kaum wiederzuerkennen. »Was machst du denn?«

Er sah sie an, hatte keine Antwort.

»Du ...«, sie hustete. »Du darfst nicht so lange zudrücken!«

Dann spürte er es kommen. Nicht den Orgasmus. Aber etwas Ähnliches. Einen süßen, unglaublich süßen Schmerz in der Brust, der ihm in den Hals stieg und sich hinter seinen Augen ausbreitete.

Er ließ sich neben sie fallen. Begrub sein Gesicht im Kissen. Spürte die Tränen kommen. Drehte sich von ihr weg, atmete tief ein und kämpfte dagegen an. Was zum Teufel war mit ihm geschehen?

»Harry?«

Er antwortete nicht. Er konnte ganz einfach nicht.

»Stimmt was nicht, Harry?«

Er schüttelte den Kopf. »Bin einfach nur müde«, sagte er ins Kissen.

Er spürte ihre Hand in seinem Nacken, sie streichelte ihn zärtlich, bevor ihre Arme sich um seine Brust legten, sie sich von hinten an ihn schmiegte, und er stellte sich die Frage, die schon die ganze Zeit durch seinen Kopf geisterte: Wie konnte er jemanden, den er so liebte, bitten, sein Leben mit ihm zu teilen?

Katrine lag mit offenem Mund da und lauschte der hektischen Funkaktivität. Hinter ihr fluchte Mikael Bellman leise. Es war keine Fernbedienung, die der Mann auf der Treppe in der Hand gehalten hatte.

»Das ist ein Kartenlesegerät«, kam es krächzend aus dem Funkgerät.

»Und was ist in seiner Tasche?«

»Pizza.«
»Wiederholen?«
»Sieht aus, als wäre der Typ ein simpler Pizzabote. Er behauptet, für den Pizzaexpress zu arbeiten und vor einer Dreiviertelstunde eine Bestellung an diese Adresse bekommen zu haben.«
»Okay, wir überprüfen das.«
Mikael Bellman beugte sich vor und schnappte sich das Funkgerät.
»Mikael Bellman hier. Er hat den Boten als Minensucher vorausgeschickt. Das heißt, er ist in der Gegend und sieht, was hier abgeht. Haben wir Hunde?«
Pause. Knacken.
»U-05 hier. Keine Hunde. Wir können die in fünfzehn null null hier haben.«
Bellman fluchte wieder flüsternd, bevor er den Knopf des Funkgeräts drückte. »Holt sie her. Und einen Helikopter mit Scheinwerfern und Wärmesuchern. Bestätigen Sie.«
»Verstanden. Requiriere einen Helikopter. Dass der eine Wärmebildkamera hat, bezweifle ich aber.«
Bellman schloss die Augen und flüsterte »Idiot«, ehe er antwortete: »Doch, die haben Wärmebildkameras. Wenn er im Wald ist, werden wir ihn finden. Nutzen Sie die ganze Mannschaft, um den Wald im Norden und Westen abzusperren. Wenn er abhaut, wird er diesen Weg nehmen. Wie lautet Ihre Mobilnummer, U-05?«
Bellman ließ den Knopf des Funkgeräts los und signalisierte Katrine, die das Handy bereithielt und die Zahlen eingab, die U-05 ihr durchgab. Dann reichte sie Bellman das Telefon.
»U-05, Falkeid? Hören Sie, wir sind im Begriff, dieses Match zu verlieren, und wir sind zu wenig, um den Wald effektiv durchsuchen zu können, also versuchen wir einen Schuss ins Blaue. Da er offensichtlich den Verdacht hatte, dass wir hier sind, hat er auch Zugang zu unseren Frequenzen. Es ist natürlich richtig, dass wir keine Wärmebildkameras in den Heli-

koptern haben, aber wenn er das jetzt glaubt und von einer Absperrung im Nordwesten ausgeht ...« Bellman lauschte. »Genau. Bringen Sie Ihre Leute nach Osten. Aber halten Sie ein paar zurück, falls er doch noch zum Haus kommt, um zu überprüfen, wie alles gelaufen ist.«

Bellman legte auf und gab ihr das Telefon zurück.

»Was glauben Sie?«, fragte Katrine. Das Telefondisplay verlosch, und irgendwie schien es so, als pulsierte das weiße Licht der pigmentfreien Streifen in seinem Gesicht im Dunkeln.

»Ich glaube«, sagte Mikael Bellman, »dass der uns verdammt verarscht hat.«

Kapitel 26

Um sieben Uhr fuhren sie aus der Stadt raus.
In der anderen Richtung stand der morgendliche Verkehr schon wieder still. Still war es auch in ihrem Wagen, denn beide hielten ihren jahrelangen Pakt ein, vor neun Uhr nicht unnötig viel zu reden.

Auf dem Weg durch die Mautstation vor der Autobahn fielen ein paar Regentropfen, die die Scheibenwischer mehr verteilten, als zur Seite schoben.

Harry schaltete das Radio ein, hörte noch einmal die Nachrichten, aber die gewünschte Information kam nicht, dabei hätte am Morgen in allen Webzeitungen stehen sollen, dass in Verbindung mit den Polizistenmorden oben in Bergslia endlich eine Festnahme erfolgt war. Nach dem Sport, bei dem es um das Länderspiel gegen Albanien ging, erklang ein Duo mit Pavarotti und irgendeinem Popsternchen, so dass Harry eilig das Radio ausschaltete.

Als sie die Steigung bei Karihaugen erreichten, legte Rakel ihre Hand auf Harrys, die wie üblich auf dem Schaltknüppel lag. Harry wartete darauf, dass sie etwas sagte.

Irgendetwas Unnötiges, das doch so notwendig war.

Gleich sollten sie sich wieder für eine ganze Arbeitswoche trennen, und Rakel hatte noch mit keinem Wort seinen nächtlichen Antrag kommentiert. Bereute sie es? Sie sagte sonst nie etwas, das sie nicht meinte. An der Abfahrt Lørenskog kam ihm in den Sinn, dass sie vielleicht dachte, dass *er* es bereute und dass sie es totschweigen könnten, als wäre es nie geschehen, bis man irgendwann nur noch daran dachte wie an einen absurden Traum. Verdammt, vielleicht *hatte* er das alles tatsächlich nur geträumt? In seinen vom Opium benebelten Tagen war es durchaus vorgekommen, dass er Leute auf Dinge angesprochen hatte, die er meinte erlebt zu haben, wobei er als Antwort nur fragende Blicke erhalten hatte.

An der Abfahrt nach Lillestrøm brach er den Pakt: »Was hältst du von Juni? Der Einundzwanzigste ist ein Samstag.«

Er sah rasch zu ihr hinüber, aber sie hatte sich abgewandt und ließ ihren Blick über die welligen Felder schweifen. Schweigen. Verdammt, sie bereute es. Sie ...

»Juni ist gut«, sagte sie mit einem unüberhörbaren Lächeln in der Stimme. »Aber ich bin mir ziemlich sicher, dass der Einundzwanzigste ein Freitag ist.«

»Groß oder ...«

»Oder nur wir und die Trauzeugen?«

»Findest du?«

»Entscheide du, aber maximal zehn Personen. Wir haben sonst nicht genügend gleiche Teller. Und wenn wir beide fünf haben, kannst du ja die ganze Kontaktliste deines Telefons einladen.«

Er lachte. Vielleicht ging es ja doch gut. Natürlich konnte es immer Krisen geben, aber es *könnte* auch gutgehen.

»Und wenn du an Oleg als Trauzeugen denkst, vergiss es, der ist schon verplant«, sagte sie.

»Verstehe.«

Harry parkte vor dem Abflugterminal und küsste Rakel, während die Heckklappe noch offen stand.

Auf dem Rückweg rief er Øystein Eikeland an. Harrys taxifahrender Verbündeter und einziger Jugendfreund hörte sich verkatert an. Auf der anderen Seite wusste Harry nicht, wie er sich anhörte, wenn er nicht verkatert war.

»Trauzeuge? Verdammt, Harry, ich bin gerührt. Dass du ausgerechnet mich fragst. Fett, echt. Verdammt fett.«

»Der einundzwanzigste Juni, was sagt dein Kalender da?«
Øystein amüsierte sich und musste husten. Dann war das Glucksen einer Flasche zu hören. »Echt gerührt, Harry. Aber die Antwort ist Nein. Du brauchst jemanden, der aufrecht in der Kirche stehen und beim Essen einigermaßen verständlich reden kann. Und was ich brauche, ist eine nette Tischdame, gratis Trinken und keine Verantwortung. Ich verspreche auch, mich in den feinsten Zwirn zu werfen, den ich habe.«

»Lüge, du hast noch nie einen feinen Zwirn getragen, Øystein.«

»Deshalb ist der ja auch noch so gut in Schuss. Kaum gebraucht. Dem geht's auch nicht anders als deinen Freunden mit dir. Du könntest dich ruhig öfter mal melden.«

»Hm, könnte ich.«

Sie legten auf, und Harry schlich weiter in Richtung Zentrum, während er die kurze Liste der anderen möglichen Kandidaten durchging. Eigentlich kam nur eine in Frage. Er wählte Beate Lønns Nummer. Nach fünfmaligem Klingeln meldete sich die Mailbox, und er hinterließ eine Nachricht.

Die Schlange der Autos kam nur langsam vorwärts.

Er rief Bjørn Holm an.

»Hej, Harry!«

»Ist Beate schon da?«

»Die ist krank heute.«

»Beate? Die ist doch nie krank. Erkältet?«

»Keine Ahnung. Sie hat Katrine heute Nacht eine SMS geschickt. *Krank.* Weißt du schon über die Sache in Berg Bescheid?«

»Oh, die hatte ich ganz vergessen«, log Harry. »Und?«

»Er hat nicht zugeschlagen.«

»Schade. Aber ihr müsst dranbleiben. Dann versuche ich es bei ihr zu Hause.«

Harry legte auf und wählte Beates Festnetznummer.

Als es zwei Minuten geklingelt hatte, ohne dass der Hörer abgenommen worden war, sah er auf die Uhr. Bis zur Vorlesung hatte er noch reichlich Zeit. Oppsal lag auf dem Weg, und er brauchte nicht viel Zeit für den kleinen Schlenker. Er fuhr in Helsfyr ab.

Beate hatte das Haus ihrer Mutter übernommen. Es erinnerte Harry an das Haus, in dem er selbst aufgewachsen war. Auch in Oppsal, ein typisches Holzhaus aus den Fünfzigern, ein nüchterner Kasten für die heranwachsende Mittelschicht, die einen Apfelgarten nicht mehr nur als Privileg der Oberklasse ansah.

Abgesehen von einem rumpelnden Müllwagen, der sich von einem Mülleimer zum nächsten vorarbeitete, war es still. Alle waren bei der Arbeit, im Kindergarten oder in der Schule. Harry parkte den Wagen, ging durch das Gartentor, passierte eine Schaukel, ein abgeschlossenes Kinderfahrrad und eine überquellende Mülltonne mit einem schwarzen Plastiksack, ehe er die Treppe zu einem Paar bekannter Joggingschuhe hochsprang. Er drückte auf die Klingel unter dem Keramikschild mit dem Namen von Beate und ihrer Tochter.

Wartete.

Klingelte noch einmal.

Oben war ein Fenster offen, das – wie er meinte – zu einem Schlafzimmer gehören musste. Er rief ihren Namen. Vielleicht hatte sie ihn wegen des sich nähernden, den Abfall mit seinem stählernen Schieber laut malträtierenden Müllwagens nicht gehört.

Er legte die Hand auf die Klinke. Die Tür war offen. Er trat ein. Rief nach oben. Keine Antwort. Jetzt konnte er die Unruhe nicht mehr verdrängen, die sich schon eine ganze Weile in ihm aufgestaut hatte.

Wegen der ausbleibenden Nachrichten.

Der Mailbox ihres Handys.

Er ging schnell nach oben. Lief von Schlafzimmer zu Schlafzimmer.

Leer. Unbenutzt.

Dann stürmte er die Treppe wieder nach unten und ging

zum Wohnzimmer. Blieb auf der Türschwelle stehen und sah sich um. Wusste genau, warum er nicht weiterging, wollte den Gedanken aber nicht zulassen, sich nicht selbst eingestehen, dass er auf einen möglichen Tatort blickte.

Er war schon einmal hier gewesen, aber irgendwie kam der Raum ihm leerer als sonst vor. Vielleicht war es das Morgenlicht, vielleicht einfach die Tatsache, dass Beate nicht da war. Sein Blick blieb am Tisch hängen. Ein Handy.

Er hörte, wie die Luft ganz von selbst seine Lunge verließ, und spürte die Erleichterung. Sie war nur rasch einkaufen gegangen und hatte ihr Handy liegenlassen. Hatte sich nicht mal die Mühe gemacht, abzuschließen. Vielleicht in der Stadtteilapotheke, um sich Kopfschmerztabletten oder etwas gegen Fieber zu holen. Ja, so musste es sein. Harry dachte an die Joggingschuhe auf der Treppe. Na und? Eine Frau hatte doch wohl mehr als ein Paar Schuhe? Er musste sicher nur ein paar Minuten warten, dann war sie wieder da.

Harry trat von einem Bein aufs andere. Das Sofa sah verlockend aus, aber er ging noch immer nicht ins Zimmer. Sein Blick war auf den Boden gerichtet. Unter dem Couchtisch vor dem Fernseher war ein helleres Feld.

Sie musste ihren Teppich rausgeschmissen haben.

Erst vor kurzem.

Harry spürte das Jucken unter seinem Hemd, als hätte er sich gerade erst verschwitzt im Gras gewälzt. Er hockte sich hin. Dem Parkett entströmte ein leichter Salmiakgeruch. Harry stand auf, wich zurück. Ging durch den Flur in die Küche.

Leer, aufgeräumt.

Öffnete den hohen Schrank neben dem Kühlschrank. Es schien so, als gäbe es in den Häusern aus den fünfziger Jahren ungeschriebene Regeln dafür, wo man seine Essensvorräte aufbewahrte, das Werkzeug, wichtige Papiere und eben Putzmittel. Am Boden des Schranks stand der Wischeimer mit dem Aufnehmer, auf der Ablage darüber lagen drei Staubtücher und zwei Rollen weiße Abfallsäcke. Die eine angefangen, die andere neu. Eine Flasche Neutralreiniger. Und eine Flasche mit Namen Bona Polish. Er sah sie sich genauer an.

Für Parkettböden. Ohne Salmiak.

Harry stand langsam auf. Blieb regungslos stehen und lauschte. Schnupperte.

Er war etwas angerostet, versuchte aber, alle Eindrücke in sich aufzunehmen und mit dem abzugleichen, was er schon gesehen hatte. Der erste Eindruck. Er hatte das in seinen Vorlesungen wieder und wieder betont. Für einen taktischen Ermittler waren die ersten Gedanken, die sich an einem Tatort meldeten, oft die wichtigsten und richtigsten. Das waren Daten, die von noch ganz wachen Sinnen aufgefangen wurden, ehe sie müde wurden und Gegenwind von den trockenen Fakten der Kriminaltechniker bekamen.

Harry schloss die Augen und versuchte zu hören, was das Haus ihm sagen wollte. Welche Details hatte er übersehen, was konnte ihm sagen, was er wissen musste?

Aber falls das Haus redete, wurde es von dem Lärm des Müllwagens übertönt, der jetzt direkt vor dem Haus hielt. Er hörte die Stimmen der Müllmänner, das Quietschen des Gartentors, gefolgt von einem fröhlichen Lachen. Unbekümmert. Als wäre nichts geschehen. Vielleicht war ja auch nichts geschehen. Vielleicht kam Beate gleich zur Tür herein, schniefte und wickelte sich den Schal enger um den Hals, ehe sie ihn bemerkte und ein Strahlen über ihr Gesicht ging, das dann noch breiter werden würde, wenn er sie fragte, ob sie seine Trauzeugin sein wollte, wenn er Rakel heiratete. Sie würde lachen und tiefrot werden, wie sie es immer wurde, wenn jemand in ihre Richtung sah. Das Mädchen, das sich früher einmal im *House of Pain* eingemauert hatte, dem Videoraum der Polizei, und zwölf Stunden lang ohne eine einzige Unterbrechung, dafür aber mit unfehlbarer Sicherheit maskierte Räuber auf den Überwachungsvideos der Banken angesehen hatte, bevor sie

Leiterin der Kriminaltechnik geworden war. Eine zurückhaltende Chefin. Harry schluckte.

Was er dachte, klang wie eine Grabrede.

Hör auf! Sie kommt gleich wieder! Er atmete tief durch. Hörte das Gartentor zufallen, ehe sich der Schieber des Müllwagens in Bewegung setzte.

Dann war es plötzlich da. Das Detail. Das, was nicht stimmte.

Er starrte in den Schrank. Eine halbe Rolle weiße Müllsäcke. Die Säcke in der Mülltonne waren aber schwarz.

Harry stieß sich ab.

Stürmte durch den Flur, aus der Tür und zum Gartentor. Er rannte, so schnell er konnte, trotzdem lief ihm sein Herz weg.

»Stopp!«

Einer der Müllmänner hob den Blick. Er stand mit einem Bein auf der Plattform des Müllwagens, der bereits auf dem Weg zum nächsten Haus war. Das Knirschen des Stahlschiebers hörte sich für Harry so an, als käme es aus seinem eigenen Kopf.

»Haltet die Scheißmaschine an!«

Er sprang über den Zaun und landete mit beiden Füßen draußen auf dem Asphalt. Der Müllmann reagierte sofort, drückte den roten Nothalteknopf des Schiebers und hämmerte mit der Faust an die Seite des Wagens, der sogleich mit einem hitzigen Zischen anhielt.

Der Schieber blieb stehen, und der Müllmann starrte in den Wagen.

Harry kam langsam näher und sah ins Innere des Stahlmonsters. Er nahm den scharfen Geruch nicht wahr, sah nur die halb zusammengedrückten, teilweise aufgeplatzten Müllsäcke, aus denen etwas sickerte, das das Metall rot färbte.

»Die Leute haben sie doch nicht mehr alle«, flüsterte der Müllmann.

»Was ist los?«, fragte der Fahrer, der den Kopf aus dem Fenster gestreckt hatte.

»Da scheint wieder einer seinen Hund entsorgt zu haben!«, rief sein Kollege. Und sah Harry an: »Ist das Ihrer?«

Harry antwortete nicht, sondern kletterte wortlos über den Rand ins Innere des Wagens.

»He! Das ist verboten, das ist lebensgef...«

Harry riss sich aus dem Griff des Mannes los. Rutschte in das Rote, schlug sich Ellenbogen und Wangen an dem seifenglatten Stahl an und nahm schließlich doch den Geruch wahr, den er so gut kannte. Blut, ein paar Stunden alt. Er kniete sich hin und riss einen der Säcke auf.

Der Inhalt quoll heraus und rutschte auf der abschüssigen Ladefläche nach unten.

»Oh, verdammt«, schrie der Müllmann hinter ihm.

Harry riss den zweiten Sack auf. Und den dritten.

Hörte den Müllmann von der Plattform springen und auf den Asphalt kotzen.

Im vierten Sack fand er, was er suchte. Die anderen Körperteile hätten auch irgendjemand anderem gehören können. Aber nicht dieser. Nicht dieses blonde Haar, dieses blasse, nie wieder rot werdende Gesicht. Nicht dieser leere, starre Blick, der jeden Menschen wiedererkannt hatte, den er jemals gesehen hatte. Das Gesicht war zerhackt worden, aber Harry zweifelte keine Sekunde. Er legte einen Finger auf den einen Ohrring, geschmiedet aus einem Uniformknopf.

Es tat so weh, so weh, dass er keine Luft mehr bekam, so weh, dass er sich zusammenkrümmte wie eine sterbende Biene, deren Stachel ausgerissen worden war.

Und er hörte einen Laut über seine Lippen kommen, ein fremdartiges, langgezogenes Heulen, das in der stillen Nachbarschaft widerhallte.

TEIL IV

KAPITEL 27

Beate Lønn wurde neben ihrem Vater auf dem Gamlebyen-Friedhof beigesetzt. Ihr Vater war dort beerdigt worden, weil dieser Friedhof dem Präsidium am nächsten lag und nicht weil es der Friedhof seiner Heimatgemeinde gewesen wäre.

Mikael Bellman rückte seinen Schlips zurecht. Nahm Ullas Hand. Der Medienbeauftragte hatte ihm geraten, sie mitzunehmen. Die Situation war für ihn als verantwortlichen Leiter der Polizei nach diesem neuerlichen Mord derart prekär, dass er Hilfe brauchte. Als Erstes hatte der PR-Mensch ihm erklärt, wie wichtig es sei, als Polizeipräsident jetzt ein persönlicheres Engagement zu zeigen, mehr Empathie. Bis jetzt habe er definitiv zu professionell gewirkt. Ulla hatte eingewilligt. Natürlich hatte sie das. In den Trauerkleidern, die sie mit Sorgfalt ausgesucht hatte, sah sie bezaubernd aus. Ulla war eine gute Frau für ihn. Er durfte das nicht wieder vergessen. So bald jedenfalls nicht.

Der Pastor machte viele Worte über die große Frage, was einen nach dem Tod erwartete. Aber die eigentlich große Frage war, was unmittelbar vor Beates Tod passiert war und wer sie umgebracht hatte. Sie und die drei anderen Polizisten, die im Laufe des letzten halben Jahres ermordet worden waren.

Nur das interessierte die Presse, die in den Tagen zuvor die brillante Kriminaltechnikerin mit Lob überschüttet und den neuen und offensichtlich unerfahrenen Polizeipräsidenten umso mehr kritisiert hatte.

Auch der Senat beschäftigte sich mit dieser Frage und hatte Bellman zu einem Gespräch eingeladen, in dem sein Vorgehen kritisch hinterfragt werden sollte.

Und zu guter Letzt war das auch die große Frage für die beiden Ermittlungsgruppen. Hagen hatte die kleine Gruppe wieder eingesetzt, ohne Bellman zu informieren, was dieser aber stillschweigend akzeptiert hatte, da sie mit Valentin Gjertsen wenigstens eine Spur hatten. Der Schwachpunkt dieser Spur war allerdings, dass sie einzig und allein auf der Aussage der Zeugin beruhte, die in dem Sarg lag, der vorne im Altarraum stand.

Die Berichte der Spurensicherung, der taktischen Ermittlungsgruppe und der Rechtsmedizin konnten nicht vollständig klären, was wirklich passiert war. Sicher war aber, dass der Tathergang auffallende Ähnlichkeit mit dem Mordfall in Bergslia vor einigen Jahren hatte.

Ging man davon aus, dass auch der Rest übereinstimmte, war Beate Lønn auf die schlimmstmögliche Weise ums Leben gekommen.

In den untersuchten Körperteilen waren keine Spuren von Betäubungsmitteln gefunden worden, und der Obduktionsbericht enthielt Worte wie »massive Einblutungen in der Muskulatur und im Unterhautgewebe« oder »akute Gewebeveränderung mit entzündlichen Reaktionen«, die im Klartext bedeuteten, dass Beate Lønn nicht nur am Leben gewesen war, als diese Körperteile abgetrennt worden waren, sondern leider auch noch eine Weile danach.

Die Schnittflächen ließen erkennen, dass die Zerteilung mit einer Säbelsäge und nicht mit einer Stichsäge vorgenommen worden war. Die Kriminaltechniker gingen davon aus, dass ein vierzehn Zentimeter langes sogenanntes Bimetall-Sägeblatt zum Einsatz gekommen war, das mit seinen feinen Zähnen auch Knochen durchtrennen konnte. Bjørn Holm wusste, dass so etwas bei ihm zu Hause auch von Jägern genutzt wurde.

Beate Lønn war möglicherweise auf dem gläsernen Couchtisch zerlegt worden, der hinterher gereinigt worden war. Der Mörder musste einen Salmiakreiniger und schwarze Müllsäcke mitgebracht haben, da sich weder das eine noch das andere am Tatort befunden hatte.

Im Müllwagen hatten sie auch die Reste des blutigen Teppichs gefunden.

Was sie nicht gefunden hatten, waren Fingerabdrücke, Fußabdrücke, Textilfasern, Haare oder andere Fremd-DNA.

Ebenso fehlten Zeichen eines Einbruchs.

Katrine Bratt hatte ausgesagt, dass Beate ihr Telefonat beendet hatte, weil es an der Tür geklingelt hatte.

Es wirkte dennoch wenig wahrscheinlich, dass Beate Lønn freiwillig einen Fremden ins Haus ließ – und das auch noch genau während der Aktion in Bergslia. Sie gingen deshalb davon aus, dass der Mörder sich mit vorgehaltener Waffe Zutritt zum Haus verschafft hatte.

Aber natürlich gab es auch noch eine ganz andere Theorie, dass es sich nämlich nicht um einen Fremden gehandelt hatte. Schließlich hatte Beate Lønn ein Sicherheitsschloss an ihrer soliden Tür. Und die Abnutzungen auf dem Metall zeigten, dass sie dieses Schloss regelmäßig genutzt hatte.

Bellman ließ seinen Blick über die Reihen schweifen. Gunnar Hagen, Bjørn Holm und Katrine Bratt. Eine ältere Frau mit einem kleinen Mädchen, in dem er Lønns Tochter vermutete, die Ähnlichkeit war auf jeden Fall frappierend.

Und noch ein anderes Gespenst. Harry Hole. Rakel Fauke. Noch immer dunkel, mit dem schwarzen, glitzernden Blick, fast so schön wie Ulla. Unfassbar, dass ein Kerl wie Hole sich eine solche Frau hatte schnappen können.

Etwas weiter hinten Isabelle Skøyen. Der Senat musste natürlich auch vertreten sein, die Presse hätte sich darüber sonst das Maul zerrissen. Bevor sie in die Kirche gegangen waren, hatte sie ihn zur Seite gezogen, Ullas beunruhigte Blicke übersehen und ihn gefragt, wie lange er ihre Telefonate noch ignorieren wolle. Er hatte noch einmal betont, dass Schluss sei, woraufhin sie ihn angesehen hatte wie ein Insekt, bevor man es zertritt: Dann hatte sie gesagt, sie sei ein *leaver* und kein *leavee*, und das werde er schon noch zu spüren bekommen. Er hatte ihren Blick in seinem Rücken gespürt, als er zurück zu Ulla gegangen war und ihren Arm genommen hatte.

Ansonsten bestanden die Reihen aus Verwandten, Freunden und Kollegen, die meisten von ihnen in Uniform. Er hatte gehört, wie sie sich gegenseitig damit zu trösten versucht hatten, dass sie durch den Blutverlust hoffentlich sehr rasch das Bewusstsein verloren hatte.

Für den Bruchteil einer Sekunde streifte ihn der Blick eines anderen, ehe er ihn weiterschweifen ließ, als hätte er ihn nicht bemerkt. Truls Berntsen. Was zum Teufel machte der denn hier? Er stand nun wahrlich nicht auf Beate Lønns Freundesliste. Ulla drückte seine Hand und sah ihn fragend an, und er antwortete ihr mit einem Lächeln. Aber vielleicht war Truls' Anwesenheit auch nicht weiter ungewöhnlich, im Tod waren sie wohl alle Kollegen.

Katrine hatte sich geirrt. Ihre Tränen waren nicht versiegt.

In den ersten Tagen nach Beates Tod hatte sie mehrmals geglaubt, all ihre Tränen aufgebraucht zu haben. Aber das stimmte nicht. Immer wieder pressten sie sich aus ihrem von nicht enden wollenden Heulkrämpfen erschöpften Körper.

Sie hatte geweint, bis sich ihr der Magen umgedreht hatte. Sie hatte sich in den Schlaf geweint, doch nach dem Aufwachen waren ihr wieder die Tränen gekommen. Und jetzt weinte sie schon wieder.

In den wenigen Stunden, die sie geschlafen hatte, war sie von Träumen geritten worden, die immer wieder auf ihren Pakt mit dem Teufel anspielten. Auf ihre Bereitschaft, noch einen Kollegen zu opfern, wenn sie dadurch Valentin fassen konnten. Den Pakt, den sie besiegelt hatte mit den Worten: Noch einmal, du Satan. Schlag noch einmal zu!

Katrine schluchzte laut auf.

Das laute Schluchzen brachte Truls Berntsen dazu, sich aufzurichten. Fast wäre er eingeschlafen. Verdammt, wie glatt der billige Anzugstoff auf der abgeschliffenen Kirchenbank war, er rutschte ja fast vom Sitz.

Er richtete seinen Blick auf die Altartafel. Jesus mit einem Strahlenkranz um den Kopf. Die Quelle des Lichts. Die Vergebung der Sünden. Es war echt ein Geniestreich. Als die Religion nicht mehr so leicht zu verkaufen gewesen war und die Gebote wegen all der Verlockungen kaum noch eingehalten wurden, war ihnen diese Idee als Gegenleistung für einen unerschütterlichen Glauben gekommen. Eine Verkaufsidee auf dem Niveau von Ratenzahlungen, Erlösung beinahe gratis, jedenfalls kam es einem so vor. Aber wie bei den Einkäufen auf Kredit war auch das ausgeartet, den Menschen war alles egal, sie sündigten ihr Leben lang, denn es reichte ja, ein bisschen zu glauben. Irgendwann im Mittelalter hatte man die Zügel wieder enger gefasst und das Inkassosystem eingeführt, die Hölle und das Fegefeuer erfunden. Und – schwupps – kamen die Kunden wieder in die Kirche, und dieses Mal zahlten sie ihren Obolus. Die Kirche wurde steinreich, was nicht mehr als recht und billig war, schließlich hatte sie einen guten Job gemacht. Truls war wirklich überzeugt davon, auch wenn er glaubte, dass mit seinem Tod alles zu Ende war. Er wartete weder auf die Vergebung der Sünden noch auf die Hölle. Sollte er sich irren, stand ihm natürlich eine schwere Zeit bevor, das war klar. Es musste Grenzen geben, welche Sünden man noch vergeben konnte und welche nicht, und Jesus hatte wohl kaum Phantasie genug, um sich auch nur ein paar der Dinge vorzustellen, die Truls gemacht hatte.

Harry starrte vor sich hin. War in Gedanken im *House of Pain*, in dem Beate wild gestikulierend vor ihm saß. Er kam erst zu sich, als Rakel flüsternd sagte:

»Du musst Gunnar und den anderen helfen, Harry.«

Er zuckte zusammen und sah sie fragend an.

Sie nickte in Richtung Altar, wo die Kollegen bereits an den Sarg getreten waren. Gunnar Hagen, Bjørn Holm, Katrine Bratt, Ståle Aune und der Bruder von Jack Halvorsen. Hagen hatte Harry vorher erklärt, dass er auf der gegenüberliegenden Seite von Beates Schwager tragen sollte, der der Zweitgrößte von ihnen war.

Harry stand auf und ging mit raschen Schritten durch den Mittelgang nach vorn.

Du musst Gunnar und den anderen helfen.

Es war wie ein Echo dessen, was sie am Abend zuvor gesagt hatte. Harry nickte ihnen wortlos zu und nahm den freien Platz ein.

»Auf drei«, sagte Hagen leise.

Die Orgeltöne schoben sich übereinander, wurden lauter, und dann trugen sie Beate Lønn nach draußen ins Licht.

Das Justisen quoll nach der Beisetzung von Beerdigungsgästen über.

Aus den Lautsprechern dröhnte ein Song, den Harry schon einmal gehört hatte. »I Fought the Law« von den Bobby Fuller Four. Mit der optimistischen Fortsetzung »*... and the law won*«.

Er hatte Rakel zum Expresszug zum Flughafen gebracht, und in der Zwischenzeit hatten es einige seiner Kollegen bereits geschafft, sich einen anzutrinken. Als nüchterner Außenseiter erkannte Harry ihr fast panisches Kampftrinken, als säßen sie auf einem sinkenden Schiff. An einigen der Tische sangen sie den Refrain des Liedes mit.

Harry signalisierte dem Tisch, an dem Katrine Bratt und die anderen Sargträger saßen, dass er gleich kommen würde, und verschwand auf die Toilette. Als er Wasser ließ, trat ein Mann neben ihn. Er hörte das Öffnen des Reißverschlusses.

»Ein wahrer Ort für Polizisten«, nuschelte es. »Deshalb die Frage. Was zum Henker machst du hier?«

»Pissen«, sagte Harry, ohne aufzublicken. »Und du, Brenner?«

»Wag es nicht, Hole.«

»Hätte ich das getan, würdest du nicht mehr als freier Mann rumrennen, Berntsen.«

»Pass bloß auf«, stöhnte Truls Berntsen und stützte sich beim Pinkeln mit einer Hand an der Wand ab. »Ich kann dir jederzeit einen Mord anhängen, das weißt du. Dieser Russe im Come As You Are – jeder bei der Polizei weiß, dass du das warst, aber ich bin der Einzige, der es beweisen kann. Und deshalb hältst du schön dicht.«

»Berntsen, ich weiß nur, dass dieser Russe ein Dealer war, der mich umzubringen versucht hat. Du kannst es ja versuchen, wenn du glaubst, bessere Chancen als er zu haben. Du hast ja früher schon Polizisten zusammengeschlagen.«

»Hä?«

»Du und Bellman. Irgendeinen Schwulen. Na, klickert's?«

Harry hörte, dass der Strahl, den Berntsen von sich gab, rasch an Druck verlor.

»Bist du wieder besoffen, Hole?«

»Hm«, sagte Harry und machte sich die Hose zu. »Scheint ja gerade Saison zu sein für Polizistenhasser.« Er ging zum Waschbecken und sah im Spiegel, dass Berntsens Hahn noch immer Ladehemmung hatte. Harry wusch sich die Hände und trocknete sie ab. Als er zur Tür ging, fauchte Berntsen leise: »Wag es bloß nicht, das sage ich dir. Wenn du mir an den Karren fährst, zieh ich dich mit in den Abgrund.«

Harry ging ins Lokal. Bobby Fuller war fast fertig. Und Harry musste an etwas denken. Wie viele Zufälle gab es in unserem Leben eigentlich? Als Bobby Fuller 1966 tot in seinem Auto gefunden worden war, durchnässt von Benzin und, wie einige meinten, ermordet von einem Polizisten, war er gerade einmal 23 Jahre alt gewesen. Genau wie René Kalsnes.

Ein neues Lied begann. »Caught by the Fuzz« von Supergrass. Harry lächelte. Gaz Coombes singt darüber, wie er von den Bullen, *the fuzz*, geschnappt und gezwungen wird, andere zu verraten, und zwanzig Jahre später spielt die Polizei den Song, um sich selbst zu ehren. Sorry, Gaz.

Harry sah sich im Lokal um. Dachte an das lange Gespräch, das er und Rakel tags zuvor geführt hatten. Über all das, was man meiden konnte, all das, dem man im Leben aus dem Weg gehen konnte. Und über das, vor dem man nicht fliehen konnte. Weil es das Leben war, der Sinn des Daseins. All das andere, die Liebe, der Frieden, das Glück hingen davon ab, all das gab es nur, wenn man das Leben lebte. Im Großen und Ganzen hatte nur sie gesprochen und ihm erklärt, was er tun musste. Dass die Schatten von Beates Tod bereits so lang waren, dass sie sich über ihren Tag im Juni legten, wie hysterisch die Sonne auch scheinen sollte. Dass er keine Wahl hatte. Für sie beide. Für sie alle.

Harry bahnte sich einen Weg zu dem Tisch mit den Sargträgern.

Hagen stand auf und bot ihm den Stuhl an, den sie ihm die ganze Zeit über frei gehalten hatten. »Und?«, fragte er.

»Ich bin dabei«, sagte Harry.

Truls stand noch immer am Pissoir, paralysiert von dem, was Harry gesagt hatte. *Scheint ja gerade Saison zu sein für Polizistenhasser.* Wusste er etwas? Unsinn! Harry wusste nichts. Er konnte nichts wissen! Wenn er etwas wüsste, hätte er das niemals so provokativ von sich gegeben. Aber über den schwulen Bullen, den sie im Kriminalamt aufgemischt hatten, wusste er Bescheid. Wie war das möglich?

Der Typ hatte Mikael angemacht und ihn im Sitzungssaal zu küssen versucht. Mikael glaubte, dass jemand das gesehen haben könnte. Sie hatten ihm unten in der Garage aufgelauert, ihm einen Sack über den Kopf gestülpt, und Truls hatte zugeschlagen. Mikael hatte bloß zugesehen. Wie üblich. Er hatte nur eingegriffen und ihn zum Aufhören gezwungen, als er kurz davor gewesen war, die Kontrolle zu verlieren. Nein, da hatte er bereits die Kontrolle verloren. Jedenfalls hatte der Typ noch dagelegen, als sie gegangen waren.

Mikael hatte Angst gehabt. Er meinte, sie seien zu weit gegangen, dass der Mann ernsthaft verletzt sei und sie anzeigen könnte. Es war Truls' erster Job als Brenner gewesen. Sie waren mit Blaulicht ins Justisen gerast, wo sie sich beide durch die Menge gedrängelt und lauthals geschimpft hatten, dass sie jetzt endlich die zwei Bier bezahlen wollten, die sie vor einer halben Stunde bekommen hätten. Der Barkeeper hatte nur genickt und gesagt, wie gut es sei, dass es noch ehrliche Menschen gebe, und Truls hatte ihm ein so großzügiges Trinkgeld gegeben, dass er sich sicher sein konnte, dass der Barkeeper sich an ihn erinnerte. Er nahm die Quittung mit, auf der die Uhrzeit vermerkt war, fuhr mit Mikael in die Kriminaltechnik, wo ein Grünschnabel arbeitete, von dem Truls wusste, dass er viel lieber taktischer Ermittler wäre. Sie hatten ihm erklärt, es sei möglich, dass jemand ihnen einen Überfall anhängen wollte, und dass er kurz bestätigen solle, dass sie clean waren. Der Grünschnabel hatte flüchtig ihre Kleider untersucht und weder DNA noch Blut gefunden. Danach hatte Truls Mikael nach Hause gefahren und war dann in die Garage zurückgekehrt. Der Schwanzlutscher war nicht mehr da gewesen, die Blutspur deutete aber darauf hin, dass er den Ort des Geschehens aus eigener Kraft verlassen hatte. So schlimm konnte es also nicht gewesen sein. Trotzdem hatte Truls den Tatort gereinigt und alle Spuren beseitigt, bevor er nach unten zum Hafen gefahren war, wo er den Schlagstock ins Wasser geworfen hatte.

Am nächsten Tag hatte ein Kollege Mikael angerufen und gesagt, der Schwanzlutscher habe ihn aus dem Krankenhaus angerufen und zur Sprache gebracht, ihn wegen schwerer

Körperverletzung anzeigen zu wollen. Truls war daraufhin ins Krankenhaus gefahren. Er hatte gewartet, bis die Visite vorüber war, und ihn dann über die Beweislage informiert und darüber, was ihn selbst erwartete, sollte er jemals ein Wort sagen oder auch nur noch einmal auf der Arbeit erscheinen.

Im Kriminalamt hatten sie nie wieder von diesem Typen gehört. Dank ihm, dank Truls Berntsen. Zum Teufel mit Mikael Bellman. Truls hatte dieses Schwein gerettet. Immer wieder. Auf jeden Fall bis jetzt. Denn jetzt wusste Harry Hole über die Sache Bescheid. Und er war eine tickende Zeitbombe. Hole konnte gefährlich werden, zu gefährlich.

Truls Berntsen betrachtete sich selbst im Spiegel. Ein Terrorist. Genau das war er.

Dabei hatte er gerade erst angefangen.

Er verließ die Toilette und kam eben noch rechtzeitig, um die letzten Sätze von Mikael Bellmans Rede mitzubekommen.

»... dass Beate Lønn aus dem Holz geschnitzt war, aus dem wir hoffentlich alle sind. Und jetzt ist es an uns, das zu beweisen. Nur so können wir ihr Andenken in Ehren halten, ganz so wie sie das von uns erwarten würde. Wir werden ihn festnehmen. Prost!«

Truls starrte seinen Jugendfreund an, während alle ihre Gläser erhoben, wie Krieger, die auf Befehl ihres Häuptlings die Lanzen in den Himmel reckten. Er sah ihre glänzenden Gesichter, verbissen und ernst. Und er sah Bellmans Nicken, als wären sie sich über etwas einig geworden. Mikael selbst schien von dem Augenblick gerührt zu sein, von seinen eigenen Worten, von der Position, aus der er sich an sie gewandt hatte, von der Macht.

Truls ging zurück in den Flur, der zu den Toiletten führte, stellte sich neben den Spielautomaten, warf eine Münze ins Telefon und nahm den Hörer ab. Dann wählte er die Nummer der Einsatzzentrale.

»Polizei?«

»Ich habe einen anonymen Hinweis. Es geht um die Kugel, die im René-Kalsnes-Fall gefunden worden ist, ich weiß, aus w... ich weiß, aus welcher Waffe sie stammt ...« Truls hatte versucht, schnell zu sprechen, er wusste, dass sein Anruf aufgezeichnet wurde und anschließend wieder abgespielt werden konnte. Aber die Zunge wollte seinem Gehirn nicht recht folgen.

»Dann sollten Sie mit den Ermittlern im Dezernat für Gewaltverbrechen sprechen oder mit jemandem vom Kriminalamt«, unterbrach ihn der Wachhabende. »Aber die sind heute alle bei einer Beerdigung.«

»Das weiß ich!«, sagte Truls und hörte, dass er unnötig laut geworden war. »Ich wollte nur den Hinweis geben.«

»Sie wissen es?«

»Ja. Jetzt hören Sie mir zu ...«

»Ich entnehme der Nummer, von der Sie anrufen, dass Sie im Justisen sind. Sie sollten dort die entsprechenden Leute finden.«

Truls starrte auf das Telefon. Ihm wurde klar, dass er betrunken war und ihm deshalb diese grobe Fehleinschätzung unterlaufen war. Wenn sie den Hinweis weiterverfolgten und herausfanden, dass das Gespräch aus dem Justisen gekommen war, brauchten sie bloß einigen der Gäste das Band vorzuspielen und sie zu fragen, ob jemand die Stimme wiedererkannte. Das Risiko wäre viel zu groß.

»Ach, ich mache doch nur Witze«, sagte Truls. »Tut mir leid, wir haben etwas viel getrunken.«

Er legte auf und verschwand geradewegs aus dem Lokal, ohne noch einmal nach rechts oder links zu blicken. Als er die Außentür öffnete und den kalten Regen im Gesicht spürte, blieb er stehen und drehte sich um. Mikael Bellman hatte seine Hand auf die Schulter eines Kollegen gelegt. Und Harry, der Säufer, stand inmitten einer Gruppe von Kollegen, Männer und Frauen, und eine davon umarmte ihn sogar. Truls sah aus der Tür in den Regen.

Suspendiert. Ausgesperrt.

Er spürte eine Hand auf der Schulter. Blickte auf. Das Gesicht verschwamm, als blickte er durch Wasser. War er wirklich so voll?

»Das ist völlig in Ordnung«, sagte das Gesicht mit milder Stimme, während die Hand seine Schulter drückte. »Lassen Sie es raus, es geht uns heute allen so.«

Truls reagierte instinktiv. Er schlug die Hand weg und stürmte nach draußen. Stampfte über die Straße, während der Regen die Schultern seiner Jacke durchnässte. Zur Hölle mit ihnen. Zur Hölle mit ihnen allen. Um den Transport würde er sich ganz persönlich kümmern.

KAPITEL 28

Jemand hatte einen Zettel an die graue Metalltür geklebt.
HEIZUNGSRAUM.
Drinnen konstatierte Gunnar Hagen, dass es sieben Uhr morgens war und sich alle vier Kollegen eingefunden hatten. Die Fünfte würde nicht kommen und ihr Stuhl blieb leer. Der Neue hatte sich einen Stuhl aus einem der Besprechungszimmer oben im Präsidium mitgebracht.

Gunnar Hagen sah von einem zum anderen. Bjørn Holm schien der gestrige Tag sehr zugesetzt zu haben, Katrine Bratt ebenso. Ståle Aune war wie immer tadellos gekleidet in Tweed und Fliege. Gunnar Hagen studierte den Neuen extra gründlich. Der Dezernatsleiter hatte das Justisen vor Harry verlassen und zu diesem Zeitpunkt war Harry noch bei Kaffee und Wasser gewesen. Aber so blass und unrasiert, wie er jetzt mit geschlossenen Augen auf seinem Stuhl hing, war Hagen sich nicht sicher, ob Harry wirklich standhaft geblieben war. Was die Gruppe brauchte, war der Ermittler Harry Hole. Den Säufer konnte niemand gebrauchen.

Hagen blickte zum Whiteboard, wo sie den Fall für Harry zusammengefasst hatten. Die Namen der Opfer entlang einer Zeitlinie, ergänzt durch die jeweiligen Tatorte. Darunter stand der Name Valentin Gjertsen, durch Pfeile verbunden mit den früheren Morden, Daten und Jahreszahlen.

»Also«, sagte Hagen. »Maridalen, Tryvann, Drammen und das letzte Opfer in der eigenen Wohnung. Vier Polizisten, die an der Ermittlung früherer, ungelöst gebliebener Morde beteiligt waren und die am gleichen Datum und – in drei Fällen – am gleichen Tatort ermordet wurden. Drei der Originalmorde waren typische Sexualmorde, und obgleich sie über einen langen Zeitraum verteilt waren, wurden sie auch damals schon miteinander in Verbindung gebracht. Die Ausnahme ist der Mord in Drammen. Das Opfer war ein Mann, René Kalsnes, und es gab auch keine Anzeichen eines sexuellen Missbrauchs. Katrine?«

»Wenn wir davon ausgehen, dass Valentin hinter den vier ursprünglichen Morden und den Polizistenmorden steht, ist Kalsnes eine interessante Ausnahme. Er war homosexuell, und die Jungs, mit denen ich im Club in Drammen gesprochen habe, beschreiben Kalsnes als einen promiskuitiven Intriganten. Er hatte verschiedenste ältere Partner, richtige Sugar Daddys, die ihn angebetet haben, soll sich darüber hinaus aber auch im Club prostituiert haben, wann immer sich eine Gelegenheit dazu bot. Er war wohl bereit zu allem, wenn nur das Geld stimmte.«

»Also eine Person, die vom Verhalten und vom Beruf exakt in die Risikogruppe eins passt, ermordet zu werden«, sagte Bjørn Holm.

»Genau«, stimmte Hagen ihm zu. »Das lässt vermuten, dass auch der Täter homosexuell ist. Oder bi. Ståle?«

Ståle Aune räusperte sich. »Sexualstraftäter wie Valentin Gjertsen haben oft eine zusammengesetzte Sexualität. Was sie erregt, hat oft mehr mit Kontrollbedürfnis, Sadismus und Grenzüberschreitung zu tun als mit Geschlecht oder Alter des Opfers. Es kann aber auch sein, dass der Mord an René Kalsnes ein reiner Eifersuchtsmord war. Dass er nicht missbraucht wurde, deutet darauf hin. Wie auch die Wut. Er ist das einzige der ursprünglichen Opfer, auf das wie auf die Polizisten mit einem stumpfen Gegenstand eingeschlagen wurde.«

Es wurde still, während alle zu Harry Hole sahen, der in beinahe liegender Position auf seinem Stuhl hing, die Augen noch immer geschlossen. Seine Hände hatte er auf dem Bauch gefaltet. Katrine Bratt glaubte einen Augenblick lang, er wäre tatsächlich eingeschlafen, als er sich räusperte.

»Gibt es irgendeine Verbindung zwischen Valentin und Kalsnes?«

»Vorläufig nicht«, sagte Katrine. »Keine Telefonate, kein Kreditkartengebrauch im Club oder in Drammen und auch keine anderen elektronischen Spuren, die zeigen, dass Valentin in der Nähe von René Kalsnes gewesen ist. Und keiner von Kalsnes' Bekannten hatte von Valentin gehört, geschweige denn ihn gesehen. Was natürlich nicht heißt, dass ...«

»Nein, klar«, sagte Harry und kniff die Augen zusammen. »Ich habe mich nur gefragt.«

Stille senkte sich über den Heizungsraum, während alle Harry anstarrten.

Er öffnete ein Auge. »Was?«

Niemand antwortete.

»Ich werde jetzt nicht aufstehen und über das Wasser gehen oder Wasser in Wein verwandeln«, sagte er.

»Nee, klar«, sagte Katrine. »Es reicht, wenn du diese vier Blinden hier sehend machst.«

»Wird wohl auch nicht klappen.«

»Ich dachte, ein Leiter sollte seine Leute im Glauben wiegen, dass alles im Bereich des Möglichen liegt«, sagte Bjørn Holm.

»Leiter?« Harry richtete sich lächelnd auf. »Hast du sie über meinen Status aufgeklärt, Hagen?«

Gunnar Hagen räusperte sich. »Harry hat weder den Status noch die Autorisierung eines Polizisten, er ist wie Ståle ein Berater und damit nicht befugt, Waffen zu tragen und Festnahmen durchzuführen. Und das heißt auch, dass er keine operative Einheit leiten kann. Wir müssen uns unbedingt daran halten. Stellt euch vor, wir schnappen Valentin, die Taschen voller Beweise, und sein Anwalt deckt später auf, dass wir nicht nach Regelbuch vorgegangen sind ...«

»Solche Berater ...«, sagte Ståle Aune, während er Grimassen schneidend seine Pfeife stopfte. »Ich habe gehört, dass deren Honorar sogar Psychologen erblassen lässt. Also lasst uns die Zeit auch nutzen. Sag was Kluges, Harry.«

Harry zuckte mit den Schultern.

»Tja«, sagte Ståle Aune mit säuerlichem Lächeln und steckte sich die nicht angezündete Pfeife in den Mund. »Wir haben nämlich schon alles Kluge gesagt, das uns einfällt. Und das bereits vor einer ganzen Weile.«

Harry blickte einen Moment lang auf seine Hände. Dann holte er tief Luft.

»Ich weiß nicht, ob das klug ist, vielleicht ist es auch bloß ungares Zeug, aber ich habe mir Folgendes gedacht ...« Er hob den Blick und begegnete vier weit geöffneten Augenpaaren.

»Klar ist Valentin Gjertsen ein Verdächtiger. Das Problem ist nur, dass wir ihn nicht finden können. Deshalb schlage ich vor, dass wir uns einen neuen Verdächtigen suchen.«

Katrine Bratt traute ihren Ohren nicht. »Was? Wir sollen jemanden verdächtigen, von dem wir nicht *glauben*, dass er schuldig ist?«

»Wir glauben nicht«, sagte Harry. »Wir verdächtigen mit unterschiedlicher Wahrscheinlichkeit. Und wägen die Wahrscheinlichkeit gegen den Aufwand ab, den Verdacht zu bestätigen oder zu entkräften. Wir halten es für weniger wahrscheinlich, dass es Leben auf dem Mond gibt als auf Gliese 581 d, der im perfekten Abstand zur Sonne liegt, so dass auf ihm das Wasser weder kocht noch friert. Trotzdem erforschen wir als Erstes den Mond.«

»Harry Holes viertes Gebot«, sagte Bjørn Holm. »*Fangt da zu suchen an, wo es Licht gibt.* Oder ist es das fünfte?«

Hagen räusperte sich. »Unser Mandat ist es, Valentin Gjertsen zu finden, alles andere unterliegt der großen Ermittlungsgruppe. Bellman würde nichts anderes zulassen.«

»In allen Ehren«, sagte Harry. »Aber zur Hölle mit Bellman. Ich bin nicht klüger als ihr, aber ich bin neu, und das gibt uns die Chance, den ganzen Fall noch einmal mit neuen Augen zu betrachten.«

Katrine schnaubte. »Als würdest du das wirklich so meinen! Nicht klüger als wir ...«

»Egal, lass uns trotzdem erst mal so tun«, sagte Harry, ohne eine Miene zu verziehen. »Fangen wir ganz am Anfang an. Motiv. Wer würde einen Polizisten töten, der einen Fall nicht aufgeklärt hat? Denn das ist doch wohl die grundlegende Gemeinsamkeit, oder? Lasst hören.«

Harry verschränkte die Arme vor der Brust, rutschte wieder auf seinem Stuhl nach unten und schloss abwartend die Augen.

Bjørn Holm war der Erste, der die Stille brach. »Die Angehörigen der Opfer.«

Katrine fuhr fort. »Vergewaltigungsopfer, denen die Polizei nicht geglaubt hat oder deren Fälle nicht gut genug ermittelt wurden. Der Mörder bestraft Polizisten, die andere Sexualmorde nicht aufgeklärt haben.«

»René Kalsnes wurde nicht vergewaltigt«, sagte Hagen. »Und wenn ich der Meinung wäre, dass mein Fall nicht gut genug recherchiert wurde, würde ich mich darauf beschränken, die Polizisten umzubringen, die in meinem Fall involviert waren, und nicht auch noch andere.«

»Macht weiter Vorschläge, abschießen können wir die noch immer«, sagte Harry. »Ståle?«

»Unschuldig Verurteilte«, sagte Aune. »Sie haben gebüßt, sind abgestempelt worden, haben ihre Position verloren, ihr Selbstwertgefühl und den Respekt ihrer Mitmenschen. Die aus dem Rudel ausgestoßenen Löwen sind immer die gefährlichsten. Sie empfinden keine Verantwortung, nur Hass und Verbitterung. Und sie sind bereit, ein hohes Risiko einzugehen, um ihre Rache zu bekommen, da ihre Leben ohnehin schon entwertet sind. Als Rudeltiere haben sie nicht das Gefühl, überhaupt noch etwas verlieren zu können. Den anderen die

Qualen zuzufügen, unter denen sie selbst gelitten haben, lässt sie jeden Morgen wieder aufstehen.«

»Von Rache angetriebene Terroristen also«, sagte Bjørn Holm.

»Gut«, sagte Harry. »Notiert, dass wir alle Vergewaltigungsfälle überprüfen müssen, bei denen der Verurteilte kein Geständnis abgelegt hat und die nicht eindeutig waren. Und bei denen der Täter seine Strafe abgesessen hat und wieder auf freiem Fuß ist.«

»Vielleicht ist es ja gar nicht der Verurteilte selbst«, sagte Katrine. »Es kann sein, dass der Verurteilte noch immer einsitzt oder sich aus Verzweiflung das Leben genommen hat. Und dass der Rächer seine Lebensgefährtin ist. Sein Bruder oder Vater.«

»Liebe«, sagte Harry. »Gut.«

»Das meinst du doch nicht im Ernst«, kam es von Bjørn.

»Was?«, fragte Harry.

»Liebe?« Seine Stimme klang metallisch und sein Gesicht war zu einer merkwürdigen Grimasse verzogen. »Du willst doch wohl nicht sagen, dass dieses verdammte Blutbad auch nur irgendetwas mit Liebe zu tun hat?«

»Doch, das will ich«, sagte Harry, setzte sich wieder richtig hin und schloss die Augen.

Bjørn stand mit rotem Gesicht auf. »Ein Psychopath und Serienmörder, der aus Liebe ...«, seine Stimme überschlug sich und er nickte in Richtung des leeren Stuhls, »... so etwas tut?«

»Sieh dich selbst an«, sagte Harry und öffnete ein Auge.

»Hä?«

»Guck dich selbst an und fühl in dich rein. Du bist wütend. Du hasst. Du willst den Schuldigen hängen sehen, ihn sterben und leiden sehen, nicht wahr? Weil du die, die da gesessen hat, genauso geliebt hast wie wir. Die Mutter deines Hasses ist damit die Liebe, Bjørn. Und es ist die Liebe, nicht der Hass, die dich freiwillig alles Mögliche tun lässt, dich keine Mühen scheuen lässt, deine Klauen in den Schuldigen zu schlagen. Setz dich.«

Bjørn nahm wieder Platz. Und Harry stand auf.

»Genau das Gefühl habe ich bei diesen Morden. Das Bestreben, die Originalmorde zu rekonstruieren. Das Risiko, das der Mörder dafür einzugehen bereit ist. Die Arbeit, die er vorher geleistet haben muss, lässt mich daran zweifeln, dass er bloß von Blutgier oder Hass angetrieben wird. Bei reiner Blutgier tötet man Prostituierte, Kinder oder andere leichte Opfer. Wer ohne Liebe hasst, wird in seinen Anstrengungen nie so extrem. Ich glaube, wir müssen nach jemandem suchen, dessen Liebe größer ist als sein Hass. Und nach allem, was wir über Valentin Gjertsen wissen, stellt sich dann die Frage, ob er überhaupt dazu in der Lage wäre, jemanden so sehr zu lieben?«

»Vielleicht«, sagte Gunnar Hagen. »Wir wissen ja nicht alles über Valentin Gjertsen.«

»Hm. Wann jährt sich der nächste ungelöste Mordfall?«

»Es gibt eine Lücke«, sagte Katrine. »Im Mai, ein neunzehn Jahre alter Fall.«

»Dann haben wir mehr als einen Monat Zeit«, sagte Harry.

»Ja, und das war auch kein Sexualmord. Es sah eher nach einem Familienstreit aus. Ich habe mir deshalb erlaubt, mir einen Vermisstenfall anzuschauen, hinter dem sich auch ein Mord verstecken könnte. Eine junge Frau, die hier in Oslo verschwunden ist. Sie wurde vermisst gemeldet, nachdem sie über zwei Wochen nicht gesehen worden war. Der Grund dafür, dass niemand früher reagiert hat, war die Tatsache, dass sie einer ganzen Reihe ihrer engsten Kontakte per SMS mitgeteilt hat, dass sie eine Auszeit braucht und sich deshalb jetzt in einen Billigflieger in den Süden setzt. Einige haben auf die SMS reagiert, aber nie eine Antwort erhalten, woraus sie geschlossen haben, dass die Auszeit auch ihr Handy umfasste. Als sie vermisst gemeldet wurde, hat die Polizei alle Flüge kontrolliert, aber sie hatte kein Ticket. Kurz gesagt, sie war spurlos verschwunden.«

»Das Handy?«, fragte Bjørn Holm.

»Das letzte Signal wurde von einer Basisstation in Oslo aufgefangen. Danach war Schluss. Vielleicht war der Akku leer.«

»Hm«, sagte Harry. »Die SMS. Die Tatsache, dass ihr Umfeld die Nachricht erhält, sie brauche eine Auszeit ...«

Bjørn und Katrine nickten langsam.

Ståle Aune seufzte. »Und jetzt das Ganze noch mal für Doofe?«

»Er meint, dass das bei Beate ähnlich war«, sagte Katrine. »Die SMS, die ich gekriegt habe, dass sie krank ist.«

»Verdammt, ja«, sagte Hagen.

Harry nickte langsam. »Es ist denkbar, dass er das Anrufprotokoll des Telefons überprüft und den letzten Kontakten eine kurze Nachricht schickt, damit sich erst einmal niemand auf die Suche macht.«

»Was bedeutet, dass es viel schwerer wird, am Tatort noch technische Spuren zu finden«, fügte Bjørn hinzu. »Der hat's echt drauf.«

»An welchem Datum wurden die SMS des Mädchens verschickt?«

»Am sechsundzwanzigsten März«, sagte Katrine.

»Das ist heute«, sagte Bjørn.

»Hm.« Harry rieb sich das Kinn. »Wir haben einen möglichen Sexualmord und ein Datum, aber keinen Tatort. Welche Ermittler waren damals involviert?«

»Es wurde keine Ermittlungsgruppe eingerichtet, weil das ja als Vermisstensache geführt und nie als Mord behandelt wurde.« Katrine warf einen Blick in ihre Notizen. »Irgendwann wurde es dann aber doch an das Dezernat für Gewaltverbrechen übergeben und einem der Kommissare zugeteilt. Dir.«

»Mir?« Harry zog die Stirn in Falten. »Normalerweise erinnere ich mich an meine Fälle.«

»Den hast du direkt nach dem Schneemann gekriegt. Du hattest dich nach Hongkong abgesetzt und bist nie wieder aufgetaucht. Du warst damals sogar selbst auf der Vermisstenliste.«

Harry zuckte mit den Schultern. »Okay. Bjørn, check mal bei der Vermisstenstelle ab, was die dazu haben. Und warne sie vor, falls sich jemand bei ihnen melden sollte oder irgendein geheimnisvoller Anruf eingeht. Okay? Ohne Leiche oder Tatort sollten wir vermutlich weitermachen.« Harry klatschte in die Hände. »Also, wer macht hier unten Kaffee?«

»Hm«, sagte Katrine mit aufgesetzt dunkler, heiserer Stimme, ließ sich tief in ihren Stuhl sinken, streckte die Beine aus, schloss die Augen und rieb sich das Kinn. »Das muss dieser neue Berater sein.«

Harry presste die Lippen zusammen, nickte und sprang auf, und zum ersten Mal seit Beates Tod hörten sie Lachen im Heizungsraum.

Der Ernst der Lage lastete schwer auf den Gemütern im Sitzungsraum des Rathauses.

Mikael Bellman saß am einen Ende des Tischs, der Leiter des Senats am anderen. Mikael kannte die Namen der meisten Anwesenden, es war eine seiner ersten Amtshandlungen als Polizeipräsident gewesen, sich die Namen und Gesichter einzuprägen. »Man kann nicht Schach spielen, ohne die Figuren zu kennen«, hatte sein Vorgänger ihm gesagt. »Sie müssen wissen, wer zu was in der Lage ist und wer nicht.«

Es war ein wohlmeinender Rat des routinierten Polizeipräsidenten gewesen. Aber warum saß dieser Mann jetzt auch hier in dieser Runde? Hatte man ihn als Berater hinzugezogen? Welche Erfahrung er auch im Schachspiel haben mochte, sicher hatte er noch nie mit Figuren wie der großen Blonden gespielt, die zwei Plätze neben dem Senatsleiter saß und jetzt das Wort führte. Die Königin. Die Innen- und Sozialsenatorin. Isabelle Skøyen. *The leavee.* Ihre Stimme hatte den kalten, bürokratischen Klang eines Menschen, der wusste, dass Protokoll geführt wurde.

»Wir beobachten mit wachsender Besorgnis, dass man im Polizeidistrikt Oslo scheinbar nicht dazu in der Lage ist, die Mordserie an den eigenen Kollegen in den Griff zu bekommen. Die Medien setzen uns schon seit geraumer Zeit unter Druck und fordern drastische Maßnahmen, wichtiger ist aber, dass nun auch die Bevölkerung die Geduld verliert. Der Verlust des Vertrauens in unsere Institutionen, in diesem Fall Senat und Polizei, ist inakzeptabel. Und da das meinem Verantwortungsgebiet untersteht, habe ich diese informelle Zusammenkunft einberufen, damit der Senat Stellung nehmen kann zu dem Konzept des Polizeipräsidenten, wie diese Misere zu lösen ist. Ich gehe doch davon aus, dass es ein solches Konzept gibt?«

Mikael Bellman schwitzte. Er hasste es, in der Uniform zu schwitzen. Vergeblich hatte er versucht, den Blick seines Vorgängers einzufangen. Was zum Teufel hatte er hier verloren?

»Und natürlich geht es auch um mögliche Alternativen. In diesem Punkt sollten wir so offen und kreativ wie nur möglich sein«, fuhr Isabelle Skøyen fort. »Wir haben natürlich Verständnis dafür, dass die aktuelle Situation, die eigentlich Erfahrung und Routine erfordert, für einen jungen, unerfahrenen Polizeipräsidenten eine ungeheure Herausforderung darstellen muss. Es wäre sicher besser gewesen, wenn die Fälle noch auf dem Tisch des alten Polizeipräsidenten gelandet wären, in diesem Punkt stimmen sicher alle mit mir überein, die beiden Polizeipräsidenten eingeschlossen.«

Mikael Bellman traute seinen Ohren nicht. Wollte sie ... War sie wirklich im Begriff ...?

»Oder was sagen Sie dazu, Bellman?«

Mikael Bellman räusperte sich.

»Erlauben Sie mir noch ein Wort, Bellman«, sagte Isabelle Skøyen, schob ihre Prada-Lesebrille auf die Nasenspitze und sah mit zusammengekniffenen Augen auf das Blatt, das vor ihr lag. »Im Protokoll der letzten Besprechung zu diesem Thema wurde vermerkt, dass Sie gesagt haben, und jetzt zitiere ich wörtlich: ›Ich versichere dem Senat, dass wir die Angelegenheit unter Kontrolle haben und optimistisch sind, den Fall sehr zeitnah lösen zu können.‹« Sie nahm die Lesebrille ab. »Um Ihnen und uns Zeit zu ersparen, von der wir wirklich nicht viel haben, bitte ich Sie, mögliche Wiederholungen zu vermeiden und gleich zur Sache zu kommen. Wie hat sich die Situation aktuell verändert? Was ist anders oder besser, als Sie es zuvor eingeschätzt haben?«

Bellman schob die Schultern zurück und hoffte, dass sich der Stoff des Hemdes von seinem Rücken löste. Dieser verdammte Schweiß. Diese verdammte Hexe.

Es war acht Uhr abends, und Harry spürte, als er die Tür der PHS aufschloss, wie müde er war. Er war es ganz offensichtlich nicht mehr gewohnt, so lange ohne Unterbrechung konzentriert zu denken. Dabei waren sie gar nicht weitergekommen. Sie hatten bereits gelesene Berichte noch einmal gelesen, Gedanken gedacht, die schon hundertmal gedacht worden waren, sich im Kreis gedreht und mit dem Kopf gegen die Wand geschlagen, in der Hoffnung, dass sie irgendwann nachgab.

Der frühere Hauptkommissar nickte der Putzfrau zu und rannte die Treppe hoch.

Er war müde, aber dennoch verblüffend wach. Innerlich aufgeräumt. Bereit für mehr.

Er hörte, wie sein Name gerufen wurde, als er an Arnolds Büro vorbeilief, drehte um und steckte den Kopf hinein. Sein Kollege legte die Hände hinter seinen haarigen Kopf. »Ich wollte nur hören, wie es sich anfühlt, wieder richtig Polizist zu sein?«

»Gut«, sagte Harry. »Ich wollte nur noch schnell die letzten Klausuren in Taktischer Ermittlung korrigieren.«

»Mach dir darum keine Sorgen, die habe ich hier«, sagte Arnold und tippte mit den Fingern auf den Stapel Papier vor sich. »Kümmere du dich darum, diesen Typen zu schnappen.«

»Okay, Arnold, danke.«

»Übrigens. Hier ist eingebrochen worden.«

»Eingebrochen?«

»Ja, im Trainingsraum. Das Materiallager ist aufgebrochen worden, es fehlen aber nur zwei Schlagstöcke.«

»Oh, verdammt. Und die Haupttür?«

»Da gab es keine Einbruchspuren. Es deutet alles darauf hin, dass es jemand war, der hier arbeitet, oder dass jemand seine Schlüsselkarte weitergegeben hat.«

»Kann man das nicht irgendwie herausfinden?«

Arnold zuckte mit den Schultern. »Wir haben hier in der Schule ja nicht so viele wertvolle Sachen, weshalb auch kein Geld für Loglisten, Überwachungskameras oder Wachleuchte ausgegeben wird.«

»Wir haben vielleicht keine Schusswaffen, Drogen oder Geldschränke, aber doch wohl sicher Wertvolleres als Schlagstöcke?«

Arnold grinste schief. »Vielleicht solltest du mal nachsehen, ob dein PC noch da ist.«

Harry ging weiter in sein Büro, stellte fest, dass es unberührt aussah, und setzte sich. Was sollte er jetzt tun? Er hatte sich den Abend für die Korrekturen reserviert und zu Hause warteten nur die Schatten. Als Antwort auf seine Frage begann sein Handy zu vibrieren.

»Katrine?«

»Du, ich bin auf was gestoßen.« Sie klang aufgeregt. »Erinnerst du dich daran, dass ich dir von Beates und meinem Gespräch mit Irja erzählt habe? Das ist die Frau, die ihre Kellerwohnung an Valentin vermietet hat.«

»Die, die ihm das Alibi gegeben hat?«

»Ja, sie sagte, sie hätte ein paar Fotos bei ihm gefunden. Bilder von Vergewaltigungen und sexuellen Übergriffen. Und auf einem dieser Bilder hat sie seine Schuhe und die Tapete in der Kellerwohnung wiedererkannt.«

»Hm, du meinst …«

»Es ist vielleicht nicht sonderlich wahrscheinlich, aber bei dieser Wohnung könnte es sich doch um einen Tatort handeln. Ich habe den neuen Besitzer erreicht, der mit seiner Familie ganz in der Nähe bei seinen Eltern wohnt, solange das Haus renoviert wird. Sie haben nichts dagegen, dass wir uns die Schlüssel holen und mal einen Blick riskieren.«

»Ich dachte, wir wären uns einig gewesen, jetzt nicht nach Valentin zu suchen.«

»Und ich dachte, wir wären uns einig, da zu suchen, wo es Licht gibt?«

»Touché. Vinderen ist eigentlich ganz in der Nähe. Hast du die Adresse?«

Harry bekam sie.

»Da kann ich von hier aus zu Fuß hingehen. Kommst du?«

»Ja, aber ich war so von der Sache angefressen, dass ich noch gar nichts gegessen habe.«

»Okay, komm, wenn du so weit bist.«

Es war Viertel vor neun, als Harry über den gepflasterten Weg zu dem leeren Haus ging. An der Wand standen Farbeimer und Plastikrollen, und unter einer Plane ragten Dielenbretter hervor. Er ging über die kleine Steintreppe nach unten und weiter auf die Rückseite des Hauses, wie es ihm von den neuen Besitzern erklärt worden war. Er schloss die Tür der Souterrainwohnung auf und nahm sogleich den Geruch von frischer Farbe und Kleister wahr. Aber auch den anderen Geruch, von dem die neuen Besitzer gesprochen hatten und der der eigentliche Grund der Renovierung war. Der Gestank sei nicht eindeutig lokalisierbar, es rieche aber im ganzen Haus, hatten sie gesagt. Der Kammerjäger hatte nur gemeint, der Gestank könne unmöglich von einem kleinen Nager stammen, und ihnen geraten, Böden und Wände aufzubrechen, um an die Quelle zu gelangen.

Harry schaltete das Licht ein. Der Flurboden war mit durchsichtigem Plastik ausgelegt, auf dem sich die grauen Spuren von Profilsohlen abzeichneten. Daneben standen Holzkisten mit Werkzeugen, Hammer, Brecheisen und mit Farbspritzern bekleckerte Bohrmaschinen. Einige Wandbretter waren entfernt worden, so dass man direkt auf die Isolierung blickte. Neben dem Flur bestand die Kellerwohnung aus einer kleinen Küche, einem Bad und einem Wohnzimmer mit einem angrenzenden Schlafzimmer, das mit einem Vorhang abgetrennt war. Die Renovierung schien das Schlafzimmer noch nicht erreicht zu haben, denn dort türmten sich die Möbel aus den angrenzenden Zimmern. Um sie gegen den Baustaub aus dem Wohnzimmer zu schützen, war der Perlenvorhang zur Seite gezogen und durch einen dicken, matten Plastikvorhang ersetzt worden. Harry musste unwillkürlich an Schlachthöfe denken, an Kühlräume und an abgeschlossene Tatorte.

Er sog den Geruch von Lösungsmitteln und Verwesung ein und konstatierte wie der Kammerjäger, dass das nicht von einem einzelnen kleinen Nager kam.

Das Bett war in die Ecke geschoben worden, um Platz für die Möbel zu schaffen. Der übervolle Raum wirkte so klein, dass man sich kaum vorstellen konnte, wie hier eine Vergewaltigung durchgeführt und gefilmt worden sein sollte. Katrine hatte gesagt, dass sie noch einmal zu Irja gehen wollte, um, wenn möglich, diese Bilder aufzuspüren, aber falls dieser Valentin tatsächlich ihr Polizeischlächter war, war sich Harry einer Sache bereits sicher: Es würde keine Fotos von ihm geben, die als Beweise taugten. Entweder waren diese Fotos zerstört oder nach seinem Umzug an einem anderen Ort versteckt worden.

Harry ließ seinen Blick kreuz und quer durch den Raum schweifen, bis er wieder bei seinem Spiegelbild im Fenster ankam, hinter dem der dunkle Garten lag. Der Raum hatte etwas Klaustrophobisches, aber wenn er wirklich ein Tatort war, sprach er nicht zu ihm. Es lag auch zu lange zurück, in der Zwischenzeit waren hier zu viele andere Dinge passiert, nur die Tapete war noch die gleiche wie damals. Und der Geruch.

Harry sah sich noch einmal um und richtete seinen Blick dann an die Decke. Lange. Klaustrophobisch. Warum hatte man hier diesen Eindruck, nicht aber im Wohnzimmer? Er streckte seine hundertunddreiundneunzig Zentimeter plus seinen Arm zur Decke. Die Fingerkuppen reichten knapp bis oben an die Gipsplatten. Dann ging er wieder zurück ins Wohnzimmer und machte dasselbe. Ohne die Decke zu erreichen.

Die Decke des Schlafzimmers musste mit anderen Worten abgehängt worden sein. So etwas hatte man in den Siebzigern gerne gemacht, um Strom für die Elektroheizung zu sparen. Und in dem Zwischenraum zwischen der alten und der neuen Decke gab es Platz. Reichlich Platz, um etwas zu verstecken.

Harry ging zurück in den Flur, nahm ein Brecheisen aus einer der Holzkisten und ging zurück ins Schlafzimmer. Als sein Blick auf das Fenster fiel, erstarrte er. Er wusste, dass Augen instinktiv auf Bewegungen reagierten. Er blieb zwei Sekunden stehen und lauschte. Nichts.

Dann konzentrierte er sich wieder auf die Decke. Es gab keine Spuren, aber Gipsplatten konnte man leicht aufschneiden und anschließend wieder verschließen. Verputzte und strich man die Decke danach neu, war nichts mehr zu sehen. Wenn man effektiv arbeitete, bräuchte man dafür kaum einen halben Tag, dachte er.

Harry stieg auf einen Sessel, stellte sich mit den Füßen auf die Armlehnen und schlug mit der Spitze des Brecheisens gegen die Decke. Und dachte daran, was Hagen gesagt hatte. Wenn ein Ermittler ohne Autorisierung und Durchsuchungsbefehl und ohne Erlaubnis des Hausbesitzers eine Decke einriss, würde das Gericht die dadurch erbrachten Beweise sicher nicht zulassen.

Harry schlug weiter. Das Eisen brach krachend durch die Decke, und weißer Kalk rieselte auf sein Gesicht.

Harry war kein Polizist, sondern bloß ziviler Berater, kein Vertreter der Ermittlungsgruppe, sondern lediglich eine Privatperson, die folglich zur Verantwortung gezogen und wegen Vandalismus auf eigene Kosten vor Gericht gestellt werden würde. Aber diesen Preis war Harry zu zahlen bereit.

Er schloss die Augen und drückte das Brecheisen nach hinten. Gipsstücke rieselten auf seine Stirn und seine Schultern, und der Gestank wurde intensiver. Er steckte das Brecheisen noch einmal hinein, vergrößerte das Loch und sah sich nach etwas um, das er auf den Sessel stellen konnte, so dass er daraufklettern und den Kopf durch das Loch stecken konnte.

Da war es wieder. Eine Bewegung am Fenster. Harry sprang nach unten, legte die Hände an die Scheibe, um das Licht abzuschirmen, und beugte sich zum Glas vor. Er sah aber nur die Umrisse der Apfelbäume im Garten. Einige Zweige bewegten sich leicht. War Wind aufgekommen?

Harry drehte sich wieder um, fand eine große IKEA-Plastikkiste und stellte sie auf den Sessel. Als er daraufklettern wollte, hörte er ein knackendes Geräusch aus dem Flur. Er blieb stehen und wartete lauschend. Es folgten aber keine weiteren Geräusche. Harry schüttelte das unangenehme Gefühl ab, bestimmt waren das nur die Geräusche des alten Holzhauses im Wind. Er balancierte auf dem Deckel der Plastikkiste, richtete sich vorsichtig auf, drückte die Handflächen gegen die Decke und steckte den Kopf durch das Loch in den Gipsplatten.

Der Gestank war jetzt so intensiv, dass seine Augen sich sofort mit Wasser füllten und er sich auf seinen Atem konzentrieren musste. Und der Gestank war bekannt. Fleisch in einem Verwesungsgrad, in dem das Gas schon fast gesundheitsgefährdend war. Nur einmal zuvor hatte er den Gestank derart intensiv erlebt. Damals hatten sie eine Leiche nach zwei Jahren in einem dunklen Keller gefunden und ein Loch in das Plastik geschnitten, in das sie eingewickelt gewesen war. Nein, das war kein einzelner Nager, nicht einmal eine Nagerfamilie. Es war dunkel in der Zwischendecke und sein Kopf hielt das Licht ab, aber unmittelbar vor sich glaubte er etwas zu erkennen. Er wartete, bis seine Pupillen sich langsam geweitet hatten, um das wenige Restlicht auszunutzen. Und dann sah er es. Es war ein Bohrer, nein, eine Stichsäge. Aber weiter hinten war noch etwas, etwas, von dem er allerdings nicht mehr als die vage Silhouette erkennen konnte. Etwas ... Sein Hals schnürte sich zu. Ein Laut. Schritte. Unter ihm.

Er versuchte, den Kopf aus dem Loch zu bekommen, aber mit einem Mal schienen sich die Ränder zugezogen zu haben, als wollten sie ihn für immer dort oben bei den Toten haben. Er spürte die Panik kommen, bekam die Finger zwischen Hals und Gipsplatte und brach ein paar Stücke heraus, bis er den Kopf nach unten ziehen konnte.

Die Schritte waren verstummt.

Harrys Herz schlug bis in den Hals hinauf. Er wartete, bis er ganz ruhig war. Nahm das Feuerzeug aus der Tasche, steckte die Hand durch das Loch und ließ es aufflammen. Als er den Kopf wieder hineinstecken wollte, fiel ihm die Silhouette hinter dem Plastikvorhang im Durchgang zum Wohnzimmer auf. Dort stand jemand und sah zu ihm herein.

Harry räusperte sich. »Katrine?«

Keine Antwort.

Harrys Augen suchten das Brecheisen, das er irgendwo auf den Boden gelegt hatte. Er fand es, stieg langsam nach unten, bekam einen Fuß auf den Boden und realisierte, dass er nicht schnell genug sein würde, als der Plastikvorhang mit einem Ruck zur Seite geschoben wurde. Die Stimme klang beinahe munter.

»So sehen wir uns also wieder.«

Er blickte auf. Im Gegenlicht brauchte er ein paar Sekunden, bis er das Gesicht wiedererkannte. Er fluchte leise. Sein Hirn ging alle möglichen Szenarien für die nächsten Sekunden durch, fand aber keins, sondern blieb immer wieder an einer Frage hängen: Verdammt, was kommt jetzt?

Kapitel 29

Die Tasche, die sie über der Schulter trug, schlug überraschend hart auf den Boden auf.

»Was machen Sie denn hier?«, fragte Harry heiser und wurde sich klar, dass er das schon einmal gesagt hatte. Auch ihre Worte kamen ihm bekannt vor.

»Vom Training. Kampfsport.«

»Das ist keine Antwort, Silje.«

»Doch, das ist es«, antwortete Silje Gravseng und schob ihre Hüfte vor. Sie trug eine dünne Trainingsjacke, schwarze Tights, Joggingschuhe, Pferdeschwanz und hatte ein vielsagendes Grinsen aufgesetzt. »Ich war beim Training, als du die Schule verlassen hast, und bin dir gefolgt.«

»Warum machen Sie das?«

Sie zuckte mit den Schultern. »Um dir noch eine Chance zu geben? Wer weiß?«

»Eine Chance für was?«

»Zu tun, was du eigentlich tun willst.«

»Und das wäre?«

»Das brauche ich dir doch wohl nicht zu sagen.« Sie legte den Kopf auf die Seite. »Das war dir in Krohns Büro so deutlich anzusehen. Du hast kein Pokerface, Harry. Du willst mich ficken.«

Harry nickte in Richtung der Tasche. »Ihr Training, ist das so eine Ninjascheiße mit Schlagstöcken?« Sein Mund war so trocken, dass seine Stimme ganz heiser klang.

Siljes Blick schweifte durch den Raum. »In etwa. Wir haben hier ja sogar ein Bett.« Sie nahm ihre Tasche, ging an ihm vorbei und schob einen Stuhl zur Seite. Dann stellte sie die Tasche ab und versuchte ein großes Sofa wegzuschieben, das im Weg stand, sich aber nicht bewegen ließ. Sie beugte sich vor, packte die Lehne und zog. Harry blickte auf ihren Po. Die Jacke war hochgerutscht und die Muskeln ihrer Schenkel strafften sich. Dann hörte er sie leise stöhnen: »Willst du mir nicht helfen?«

Harry schluckte.

Verdammt, verdammt.

Der blonde Pferdeschwanz tanzte über ihren Rücken – wie ein Handgriff – und die Tights klebten förmlich an ihrer Haut. Sie hatte in ihrer Bewegung innegehalten und stand jetzt einfach nur da. Hatte sie etwas bemerkt? Gespürt, was er dachte?

»So?«, flüsterte sie. »Willst du mich so?«

Er antwortete nicht, spürte bloß die Erektion kommen, sie breitete sich wie der verspätete Schmerz nach einem Schlag in den Bauch in seinem ganzen Unterleib aus. Sein Kopf begann zu rauschen, Blasen stiegen auf und platzten mit immer lauteren Tönen. Er trat einen Schritt vor. Blieb stehen.

Sie drehte den Kopf halb zur Seite, schlug den Blick nieder.

»Auf was wartest du?«, flüsterte sie. »Willst du ... willst du ... soll ich Widerstand leisten?«

Harry schluckte. Er lief nicht auf Autopilot. Er wusste ganz genau, was er tat. Dies war er. So war er. Selbst wenn er es sich laut verbieten würde, täte er es doch. Oder nicht?

»Ja«, hörte er sich selbst sagen. »Halt mich auf.«

Er sah, wie sie ihren Po leicht anhob. Ein Ritual aus der Tierwelt, auf das er programmiert war. Vielleicht. Er legte eine Hand auf ihren Rücken, spürte ihren Schweiß, ihre nackte verschwitzte Haut. Schob zwei Finger unter das Gummi. Er musste es nur nach unten ziehen. Sie hielt sich mit einer Hand an der Lehne fest und hatte die andere auf das Bett gestützt. Auf die Tasche, in die Tasche, sie war offen.

»Ich werde es versuchen«, flüsterte sie. »Ich werde es versuchen.«

Harry holte tief und zitternd Luft.

Bemerkte die Bewegung. Sie kam so schnell, dass er nicht reagieren konnte.

»Was stimmt denn nicht?«, fragte Ulla, während sie Mikaels Mantel in den Garderobenschrank hängte.

»Wieso soll was nicht stimmen?«, fragte er und rieb sich das Gesicht mit den Handflächen.

»Komm«, sagte sie und führte ihn ins Wohnzimmer. Drückte ihn aufs Sofa und stellte sich hinter ihn. Sie legte ihre Hände auf den Übergang von den Schultern zum Hals, suchte mit den Fingerkuppen die Mitte des Trapezius und drückte zu. Er stöhnte laut.

»Jetzt red schon«, sagte sie.

Er seufzte. »Isabelle Skøyen. Sie hat vorgeschlagen, dass der alte Polizeipräsident uns beisteht, bis der Fall gelöst ist.«

»Ja und? Ist das denn so schlimm? Du hast doch selbst gesagt, dass ihr mehr Ressourcen braucht.«

»In der Praxis würde das aber bedeuten, dass er als Polizeipräsident fungiert, während ich ihm den Kaffee koche. Für mich ist das ein Misstrauen, mit dem ich nicht leben kann. Das verstehst du doch wohl.«

»Aber das ist doch nur vorübergehend, oder?«

»Und anschließend? Wenn der Fall gelöst ist, mit ihm als Chef und nicht mit mir? Soll der Senat dann sagen, dass die Gefahr jetzt ja gebannt ist und ich wieder übernehmen kann? Au!«

»Entschuldige, aber du hast da einen richtigen Knoten. Versuch dich zu entspannen, Liebling.«

»Das ist ihre Rache, das verstehst du doch wohl. Verlassene Frauen ... Au!«

»Oh, hatte ich da wieder den wunden Punkt?«

Mikael drehte sich unter ihren Händen weg. »Das Schlimmste ist, dass ich nichts tun kann. Sie versteht sich auf dieses Spiel, während ich noch ein Anfänger bin. Wenn ich nur schon etwas länger im Amt wäre und Zeit gehabt hätte, mir Allianzen aufzubauen und zu erkennen, wer hier wem den Rücken kratzt.«

»Dann musst du die Allianzen nutzen, die du hast«, sagte Ulla.

»Alle wichtigen Mitspieler sind auf ihrer Seite des Spielfelds«, sagte Mikael. »Diese verdammten Politiker, sie denken nicht wie wir in Resultaten. Für sie zählen immer nur Wählerstimmen und die Frage, wie das alles auf die Idioten da draußen *wirkt*. Die Wähler.«

Mikael senkte den Kopf. Ihre Hände kamen wieder. Dieses Mal weicher. Sie massierte ihn, streichelte ihm über die Haare. Aber als er die Gedanken fließen lassen wollte, klammerten sie sich fest und kehrten zu dem zurück, was sie gesagt hatte. *Dann musst du die Allianzen nutzen, die du hast.*

Harry war geblendet. Da die Bewegung von hinten gekommen war, hatte er Silje automatisch losgelassen und sich umgedreht. Der Plastikvorhang war zur Seite geschoben worden, und er starrte direkt in ein weißes Licht und hielt sich die Hand vor die Augen.

»Sorry«, sagte eine bekannte Stimme, und die Taschenlampe wurde gesenkt. »Ich habe eine Taschenlampe mitgebracht, dachte, dass du bestimmt nicht ...«

Harry atmete mit einem Stöhnen aus. »Verdammt, Katrine, hast du mich erschreckt ... uns.«

»Oh, sorry, ist das nicht ... eine Studentin von dir? Ich habe Sie doch an der PHS gesehen.«

»Ich habe inzwischen aufgehört.« Siljes Stimme klang vollkommen unbeeindruckt, fast als langweilte sie sich.

»Aha? Und was macht ihr hier?«

»Möbel schieben«, sagte Harry, schniefte kurz und zeigte auf das Loch in der Decke. »Wir brauchen was Stabileres zum Draufklettern.«

»Da draußen steht eine Klappleiter«, sagte Katrine.

»Echt?« Harry ging an Katrine vorbei aus dem Wohnzimmer. Verdammt, verdammt.

Die Leiter stand draußen zwischen den Farbeimern.

Als er zurückkam, herrschte Schweigen. Er schob den Sessel weg und stellte die Leiter unter das Loch. Nichts deutete darauf hin, dass die Frauen überhaupt ein Wort geredet hatten. Sie standen einfach nur mit verschränkten Armen und regungslosen Gesichtern da.

»Wo kommt der Gestank her?«, fragte Katrine.

»Gib mir die Lampe«, sagte Harry und kletterte die Leiter hoch. Er riss einen Brocken vom Gipskarton, streckte die Hand mit der Lampe ins Loch und schob den Kopf hinterher. Bekam die grüne Stichsäge zu fassen. Das Sägeblatt war gebrochen. Mit zwei Fingern reichte er sie Katrine. »Vorsichtig, da könnten Fingerabdrücke drauf sein.«

Er richtete das Licht wieder in den Zwischenboden. Starrte lange hinein. Der tote Körper lag auf der Seite und klemmte zwischen der alten und der neuen Decke. In Gedanken sagte er sich, dass er es wirklich verdiente, hier zu stehen und den Gestank des Todes, des verwesenden Fleisches zu inhalieren, wenn er es nicht sogar verdiente, selbst zu verwesen. Du bist ein kranker Mann, Harry Hole, ein verdammt kranker Mann. Und wenn du nicht auf der Stelle erschossen wirst, brauchst du Hilfe. War er wirklich im Begriff gewesen, das zu tun, oder etwa nicht? Oder hätte er vielleicht doch noch rechtzeitig aufgehört? Irgendwie hatte er aber das Gefühl, als konstruierte er sich das »vielleicht doch noch rechtzeitig« zusammen, um wenigstens so etwas wie Zweifel zu haben.

»Siehst du was?«, fragte Katrine.

»Ja doch«, sagte Harry.

»Brauchen wir die Spurensicherung?«

»Kommt drauf an.«

»Worauf?«

»Ob das Dezernat sich wirklich um diesen Todesfall kümmern will.«

KAPITEL 30

»Es ist verdammt schwer, darüber zu reden«, sagte Harry, drückte die Zigarette im Fensterrahmen aus, ließ das Fenster zur Sporveisgata offen stehen und ging zurück zu dem Stuhl. Ståle Aune hatte angeboten, er könne vor dem ersten Patienten gleich um acht kommen, nachdem Harry ihn um sechs Uhr angerufen und gesagt hatte, er sei wieder neben der Spur.

»Du hast hier früher schon über schwierige Dinge geredet«, sagte Ståle. Solange Harry sich erinnern konnte, war er der Psychologe, zu dem die Beamten des Morddezernats und des Kriminalamts gingen, wenn ihnen etwas zu viel wurde. Nicht nur, weil sie seine Telefonnummer hatten, sondern weil Ståle Aune einer der wenigen Psychologen war, der wirklich wusste, wie ihr Alltag aussah. Andererseits wussten sie, dass sie darauf vertrauen konnten, dass er den Mund hielt.

»Ja, aber dieses Mal geht es nicht ums Trinken«, sagte Harry. »Dieses Mal ... ist es etwas ganz anderes.«

»Ach ja?«

»Glaubst du mir etwa nicht?«

»Ich denke, dass es so anders nicht sein kann, wenn du gleich auf die Idee gekommen bist, mich anzurufen.«

Harry seufzte, beugte sich im Stuhl vor und stützte die Stirn auf seine gefalteten Hände. »Vielleicht hast du recht. Mit dem Trinken habe ich auch immer in den ungünstigsten Augenblicken angefangen. Ich habe immer dann die Kontrolle verloren, wenn es gerade ganz besonders darauf ankam, wach und konzentriert zu sein. Als hause ein Dämon in mir, der alles darauf anlegt, dass ich kaputtgehe. Dass ich wirklich in der Hölle ende.«

»Das ist die Aufgabe von Dämonen.« Ståle unterdrückte ein Gähnen.

»Wenn es so ist, hat der wirklich einen guten Job gemacht. Ich war kurz davor, ein Mädchen zu vergewaltigen.«

Ståle gähnte nicht mehr. »Was sagst du da? Wann?«

»Gestern Abend. Eine frühere Studentin der PHS, sie tauchte auf, als ich die Wohnung untersucht habe, in der Valentin Gjertsen gewohnt hat.«

»Oh?« Ståle nahm die Brille ab. »Und? Hast du was gefunden?«

»Eine Stichsäge mit einem gebrochenen Sägeblatt. Die muss da schon Jahre gelegen haben. Natürlich können die auch die Handwerker da vergessen haben, als die Zwischendecke eingezogen wurde, aber sie überprüfen die Bruchflächen mit dem Rest, der in Bergslia gefunden worden ist.«

»Und sonst noch was?«

»Nein. Das heißt, doch. Einen toten Dachs.«

»Einen Dachs?«

»Ja, es sah so aus, als hätte der da in der Zwischendecke sein Versteck gehabt.«

»Nicht zu fassen. Wir hatten früher bei uns auch einen Dachs, aber der ist glücklicherweise im Garten geblieben. Der Kiefer von denen ist echt furchteinflößend. Dann ist er während des Winterschlafs gestorben?«

Harry zog einen Mundwinkel hoch. »Wenn du das wichtig findest, kann ich die Rechtsmedizin beauftragen ...«

»Sorry, ich ...« Ståle schüttelte den Kopf und setzte die Brille wieder auf. »Also, dieses Mädchen kam zu dir, und du hattest auf einmal Lust, sie zu vergewaltigen? War es so?«

Harry hob die Hände über den Kopf. »Ich habe gerade der Frau, die ich über alles in der Welt liebe, einen Antrag gemacht. Ich will nichts anderes, als dass wir ein gutes Leben miteinander haben. Irgendwie scheint das den Teufel wieder auf den Plan zu rufen und ...« Er ließ die Hände sinken.

»Warum hältst du inne?«

»Weil ich hier sitze und einen Teufel erfinde, dabei aber ganz genau weiß, was du sagen wirst. Flucht vor der Verantwortung.«

»Und, stimmt das nicht?«

»Natürlich stimmt das. Das ist derselbe Kerl, nur in neuen Kleidern. Ich dachte, sein Name wäre Jim Beam. Und die Ursachen die zu früh gestorbene Mutter und die Arbeitsbelastung. Oder das Testosteron, wenn ich nicht ein Säufergen habe ... Vielleicht stimmt das ja auch alles, aber wenn dieser Kerl alle Kleider und Masken abgelegt hat, heißt er doch ganz einfach Harry Hole.«

»Und du behauptest, Harry Hole hätte gestern Abend dieses Mädchen vergewaltigen wollen?«

»Ich träume schon lange davon.«

»Davon zu vergewaltigen? Ganz generell?«

»Nein. Es ist dieses Mädchen. Sie hat mich dazu aufgefordert.«

»Sie zu vergewaltigen? Streng genommen ist das dann keine Vergewaltigung mehr.«

»Beim ersten Mal wollte sie bloß mit mir schlafen. Sie hat mich provoziert, aber ich wollte nicht, sie war schließlich eine Studentin. Danach begannen meine Phantasien, sie zu vergewaltigen. Ich ...«

Harry wischte sich mit der Hand über das Gesicht. »Ich dachte nicht, dass ich so etwas in mir hätte. Ich bin doch kein Vergewaltiger. Was passiert hier mit mir, Ståle?«

»Du hattest also sowohl Lust als auch Gelegenheit, sie zu vergewaltigen, hast es aber nicht getan?«

»Es kam jemand, wir wurden unterbrochen. Und Vergewaltigung ist Vergewaltigung, auch wenn sie mich zu diesem Rollenspiel eingeladen hat. Aber ich war bereit, diese Rolle zu spielen, Ståle. Verdammt bereit.«

»So, so, aber eine Vergewaltigung ist das noch lange nicht.«
»Vielleicht nicht in juristischer Hinsicht, aber ...«
»Aber was?«
»Aber wenn wir angefangen hätten und sie dann irgendwann doch nicht gewollt hätte ... Ich weiß echt nicht, ob ich dann aufgehört hätte.«
»Nicht?«
Harry zuckte mit den Schultern. »Hast du eine Diagnose, Doktor?«
Ståle sah auf die Uhr. »Ich glaube, du musst mir noch ein bisschen mehr erzählen. Aber draußen wartet mein erster Patient.«
»Ich habe nicht die Zeit, in Therapie zu gehen, Ståle, wir müssen einen Mörder fangen.«
»Wenn das so ist«, sagte Aune und bewegte seinen beleibten Oberkörper vor und zurück, »musst du dich mit einem Schuss aus der Hüfte begnügen. Du kommst zu mir, weil du etwas fühlst, das du nicht identifizieren kannst. Ein Gefühl, das sich für ein anderes ausgibt und auf diese Weise versteckt. Im Grunde geht es dabei um etwas, das du nicht fühlen *willst*. Das ist die klassische Leugnung, genau wie bei Männern, die sich gegen ihre Homosexualität wehren.«
»Aber ich leugne doch gar nicht, ein potentieller Vergewaltiger zu sein. Ich sage das ganz offen.«
»Du bist kein Vergewaltiger, Harry, so was wird man nicht über Nacht. Ich denke, es geht hierbei um eine von zwei Sachen, wenn nicht um beide. Die eine ist, dass du eine Form von Aggression auf dieses Mädchen verspürst. Dass es darum geht, die Kontrolle zu haben. Und dass dieser mögliche Übergriff so etwas wie eine Strafmaßnahme war. Treffe ich damit einigermaßen ins Schwarze?«
»Hm, vielleicht. Und der zweite Punkt?«
»Rakel.«
»Wie meinst du das denn?«
»Was dich anzieht, ist weder die Vergewaltigung noch die-

ses Mädchen, sondern die Möglichkeit, untreu zu sein. Rakel zu betrügen.«
»Ståle, du ...«
»Immer mit der Ruhe. Du kommst zu mir, weil du jemanden brauchst, der dir das sagt, was du längst verstanden hast. Der es laut ausspricht, Klartext redet. Weil du das selber nicht kannst, du es so nicht fühlen willst.«
»Was fühlen?«
»Dass du eine Scheißangst hast, dich an sie zu binden. Dass dich der Gedanke an eine Ehe an den Rand der Panik bringt.«
»Oh? Warum?«
»Da ich ja durchaus behaupten kann, dich in all diesen Jahren ein bisschen kennengelernt zu haben, glaube ich sagen zu dürfen, dass es in deinem Fall eher um die Angst vor Verantwortung für andere Menschen geht. Du hast schlechte Erfahrungen damit ...«
Harry schluckte. Spürte einen wachsenden Kloß im Hals, wie eine Krebsgeschwulst.
»Du beginnst zu trinken, wenn die Welt von dir abhängig ist, weil du nicht damit klarkommst, Verantwortung zu haben. Du willst in diesen Momenten, dass alles den Bach runtergeht. Das ist, als ob du ein Kartenhaus baust und fast am Ziel bist. Der Druck wird so groß, dass du damit nicht mehr klarkommst, und statt weiterzumachen und zu sehen, ob du es schaffst, fegst du die Karten vom Tisch, um die Niederlage vorwegzunehmen. Ich glaube, du verhältst dich jetzt nach genau diesem Muster. Du hast den Wunsch, Rakel so schnell wie möglich zu betrügen, weil du davon überzeugt bist, dass das irgendwann ja doch geschieht. Und um einer langen Qual aus dem Weg zu gehen, handelst du proaktiv und fegst das verdammte Kartenhaus, das für dich deine Beziehung zu Rakel ist, vom Tisch.«
Harry wollte etwas sagen. Aber der Kloß steckte in seinem Hals fest, so dass er nur ein Wort herausbrachte: »Destruktiv.«

»Deine Grundhaltung ist konstruktiv, Harry. Du hast bloß Angst. Angst, dass es weh tun könnte. Dir und ihr.«

»Ich bin feige, ist es das, was du sagen willst?«

Ståle sah Harry lange an und atmete tief durch, als wollte er ihn korrigieren, schien sich dann aber anders zu besinnen.

»Ja, du bist feige. Du bist feige, weil ich glaube, dass du das eigentlich willst. Du willst Rakel, du willst mit ihr in einem Boot sitzen, du willst dich an den Mast fesseln, gemeinsam mit ihr das Ziel erreichen oder mit diesem Boot untergehen. So ist das immer mit dir, wenn du erst ein Versprechen gegeben hast, Harry. Wie heißt das noch mal in diesem Lied?«

Harry murmelte die Worte. »*No retreat, baby, no surrender.*«

»Da hast du es, genau das bist du.«

»Das bin ich«, murmelte Harry leise.

»Denk darüber nach, und dann reden wir heute Nachmittag noch einmal darüber, nach dem Treffen im Heizungsraum.«

Harry nickte und stand auf.

Draußen auf dem Flur saß ein Kerl in Sportklamotten, der seine Füße nicht still halten konnte. Er sah demonstrativ auf die Uhr und warf Harry einen säuerlichen Blick zu.

Harry ging über die Sporveisgata. Er hatte in der Nacht nicht geschlafen und noch nicht einmal gefrühstückt. Er brauchte etwas und fühlte in sich hinein. Er brauchte einen Drink. Er verdrängte den Gedanken, ging kurz vor dem Bogstadveien in ein Café und bestellte einen dreifachen Espresso. Er kippte ihn an der Bar hinunter und bestellte noch einen. Hörte leises Lachen hinter sich, drehte sich aber nicht um. Den zweiten trank er langsam, während er die Zeitung aufschlug, die auf dem Tresen lag.

Roger Gjendem spekulierte, dass der Senat in Anbetracht der ungelösten Polizeimorde personelle Konsequenzen im Polizeipräsidium fordern würde.

Nachdem Ståle Paul Stavnes hereingelassen hatte, nahm er selbst wieder seinen Platz hinter dem Schreibtisch ein. Stavnes ging in eine Ecke des Raumes, um sich schnell ein trockenes T-Shirt aus seinem Rucksack anzuziehen. Ståle nutzte die Gelegenheit, um ungeniert zu gähnen, die obere Schublade herauszuziehen und sein Telefon für ihn gut sichtbar darin zu platzieren. Dann hob er den Blick. Sah den nackten Rücken seines Patienten. Seit Stavnes begonnen hatte, mit dem Fahrrad zu den Therapiesitzungen zu kommen, war es zur Routine geworden, dass er in seinem Büro das T-Shirt wechselte. Er drehte ihm dabei immer den Rücken zu. Im Gegensatz zu sonst stand aber noch das Fenster auf, an dem Harry geraucht hatte, und auf der Scheibe sah Ståle Aune die Spiegelung von Paul Stavnes nackter Brust.

Stavnes streifte das T-Shirt mit einer raschen Bewegung nach unten und drehte sich um.

»Das mit dem Beginn unserer Stunde ...«

»... wird nicht mehr vorkommen. Ich werde in Zukunft besser darauf achten«, sagte Ståle.

Stavnes hob den Blick. »Stimmt was nicht?«

»Doch, doch, ich bin heute nur etwas früher als sonst aufgestanden. Können wir das Fenster offen lassen, es ist so wenig Luft hier drin.«

»Es ist *viel* Luft hier drin.«

»Wie Sie wollen.«

Stavnes wollte das Fenster schließen, hielt dann aber inne und starrte lange auf die Scheibe, ehe er sich langsam zu Ståle umdrehte. Die Andeutung eines Lächelns zeigte sich auf seinem Gesicht.

»Sie kriegen keine Luft, Aune?«

Ståle Aune spürte die Schmerzen in Brust und Armen. Die bekannten Symptome eines Herzinfarkts. Nur dass das kein Herzinfarkt war, sondern reine, pure Angst.

Er zwang sich, ruhig und in der üblichen Tonlage zu sprechen.

»Beim letzten Mal haben wir wieder darüber gesprochen, dass Sie *Dark Side of the Moon* gehört haben. Ihr Vater ist in das Zimmer gekommen und hat den Verstärker ausgeschaltet, und als Sie sahen, wie das rote Lämpchen langsam verblasste, starb auch das Mädchen, an das Sie gedacht hatten.«

»Ich habe gesagt, sie wurde stumm«, korrigierte Paul Stavnes ihn verärgert. »Sterben ist etwas ganz anderes.«

»Ja, da haben Sie natürlich recht«, sagte Ståle Aune und streckte seine Hand vorsichtig zu dem Telefon aus, das in der Schublade lag. »Wäre es Ihnen lieber, sie würde reden?«

»Ich weiß es nicht. Sie schwitzen, Doktor. Sind Sie wirklich okay?«

Wieder dieser spöttische Tonfall und das kleine, unangenehme Lächeln.

»Es geht mir gut, danke.«

Ståles Finger lagen auf den Tasten des Handys. Er musste seinen Patienten zum Reden bringen, damit er das Tippen nicht hörte.

»Wir haben noch nie über Ihre Ehe gesprochen. Was können Sie mir über Ihre Frau erzählen?«

»Nicht viel. Warum wollen Sie darüber reden?«

»Eine nahe Bezugsperson. Sie scheinen eine Abneigung gegen Menschen zu haben, die Ihnen nah sind. Sie verachten sie, das waren Ihre Worte.«

»Ein bisschen haben Sie also doch aufgepasst?«, kommentierte er mit einem bitteren Lachen. »Ich verachte die meisten Menschen, weil sie schwach und dumm sind und kein Glück haben.« Erneutes Lachen. »Drei Nieten aus drei Chancen. Sagen Sie mal, konnten Sie Mister X helfen?«

»Was?«

»Dem Polizisten. Diesem Schwulen, der den anderen Polizisten zu küssen versucht hat. Wurde er geheilt?«

»Wohl nicht.« Ståle Aune tippte, verfluchte seine dicken Wurstfinger, die vor Aufregung noch dicker zu werden schienen.

»Aber wenn Sie glauben, dass ich wie er bin, warum glauben Sie dann, dass Sie mir helfen können?«

»X war schizophren, er hat Stimmen gehört.«

»Und Sie glauben, um mich steht es besser?« Der Patient lachte bitter, während Ståle tippte, Buchstaben um Buchstaben, und dabei versuchte, die Tastengeräusche mit dem Reiben seiner Schuhsohlen auf dem Boden zu übertönen. Diese verdammten Finger. Dann wurde ihm bewusst, dass der Patient zu sprechen aufgehört hatte. Paul Stavnes, oder wie auch immer er hieß. Neue Namen konnte man sich ebenso leicht zulegen, wie man alte loswurde. Mit Tätowierungen war das viel schwerer. Besonders wenn sie groß waren und die ganze Brust bedeckten.

»Ich weiß, warum Sie schwitzen, Aune«, sagte der Patient. »Sie haben mein Spiegelbild im Fenster gesehen, als ich mich umgezogen habe, nicht wahr?«

Die Schmerzen in Ståle Aunes Brust wurden noch stärker, als könnte das Herz sich nicht entscheiden, ob es schneller oder gar nicht mehr schlagen sollte. Er hoffte nur, dass sein Gesicht so verständnislos aussah, wie es aussehen sollte.

»Was?«, fragte er laut, um das Klicken der Senden-Taste zu übertönen.

Der Patient zog das T-Shirt bis zum Hals hoch.

Von der Brust starrte Ståle Aune ein stumm schreiendes Gesicht an.

Das Gesicht eines Dämons.

»Lass hören«, sagte Harry und hielt sich das Telefon ans Ohr, während er die zweite Espressotasse leerte.

»Auf der Stichsäge sind Valentin Gjertsens Fingerabdrücke«, sagte Bjørn Holm. »Und die Bruchfläche des Sägeblatts passt zu dem in Bergslia gefundenen Rest.«

»Dann ist Valentin Gjertsen der Säger«, sagte Harry.

»Sieht ganz so aus«, sagte Bjørn Holm. »Was mich verwundert, ist, dass Valentin Gjertsen eine Mordwaffe zu Hause bei sich aufbewahrt, statt sie irgendwo zu entsorgen.«

»Er hatte vor, sie wieder zu nutzen«, sagte Harry.
Sein Handy vibrierte leicht. Eine SMS. Er sah auf das Display. Der Absender war S für Ståle Aune. Harry las. Und dann las er sie noch einmal.

valentin ist hier sos

»Bjørn, schick sofort eine Streife in Ståles Praxis in der Sporveisgata. Valentin ist da.«
»Hallo? Harry? Hallo?«
Aber Harry war bereits losgerannt.

Kapitel 31

»Es ist immer unangenehm, entlarvt zu werden«, sagte der Patient. »Aber manchmal ist es schlimmer, derjenige zu sein, der jemanden entlarvt.«

»Wie entlarvt?«, fragte Ståle und schluckte. »Die Tätowierung? Die ist doch nicht so schlimm? Es ist doch kein Verbrechen, tätowiert zu sein. Viele haben ...«, er nickte in Richtung des Dämonengesichts, »... so etwas.«

»Ach ja?«, fragte der Patient und zog das T-Shirt nach unten. »Machen Sie deshalb ein derart erschrockenes Gesicht, als wollten Sie das Zeitliche segnen?«

»Ich verstehe nicht, was Sie meinen«, sagte Ståle mit gequälter Stimme. »Sollen wir weiter über Ihren Vater reden?«

Der Patient lachte laut. »Wissen Sie was, Aune? Als ich das erste Mal hier war, wusste ich nicht, ob ich stolz oder enttäuscht sein sollte, dass Sie mich nicht wiedererkannt haben.«

»Wiedererkannt?«

»Wir sind uns schon einmal begegnet. Ich war wegen einer Vergewaltigung angeklagt, und Sie haben das psychologische Gutachten über meine Zurechnungsfähigkeit erstellt. Sie hatten sicher Hunderte von solchen Sachen auf dem Tisch. Auf jeden Fall haben Sie sich gerade einmal eine Dreiviertelstunde Zeit genommen, um mit mir zu reden. Trotzdem hätte ich mir gewünscht, einen bleibenderen Eindruck zu hinterlassen.«

Ståle starrte ihn an. Er hatte ein psychologisches Gutachten über den Mann verfasst, der vor ihm saß? Er konnte sich unmöglich an alle erinnern, aber trotzdem, die Gesichter vergaß er in der Regel nie.

Ståle musterte ihn und sah die kleinen Narben unter dem Kinn. Natürlich. Er hatte angenommen, es habe sich bloß um ein Lifting gehandelt, aber Beate hatte ja gesagt, dass Valentin Gjertsen wahrscheinlich eine umfangreiche plastische Operation hinter sich hatte.

»Aber Sie haben Eindruck auf mich gemacht, Aune. Sie haben mich *verstanden*. Sie haben sich nicht von den Details abschrecken lassen, sondern einfach weitergebohrt und die richtigen Fragen gestellt. Nach den schmerzhaften Sachen. Wie ein guter Masseur, der gleich erkennt, wo die Knoten sitzen. Sie haben den Schmerzpunkt gefunden, Aune. Und deshalb bin ich wieder zurückgekommen. Ich hatte gehofft, Sie könnten ihn noch einmal finden, könnten die Eiterbeule aufschneiden, damit all die Scheiße rauskommt. Können Sie das? Oder ist das Feuer in Ihnen erloschen, Aune?«

Ståle räusperte sich: »Ich kann das sicher nicht, wenn Sie mich anlügen, Paul.« Er sprach den Namen auf die gewünschte englische Weise aus.

»Oh, aber ich lüge nicht, Aune. Nur was die Arbeit und meine Frau angeht. Alles andere stimmt. Abgesehen von dem Namen natürlich.«

»Pink Floyd? Das Mädchen?«

Der Mann vor ihm breitete lächelnd die Arme aus.

»Und warum erzählen Sie mir das jetzt, Paul?«

»Sie brauchen mich nicht mehr so zu nennen. Sie dürfen gerne Valentin sagen.«

»Val… was?«

Der Patient lachte kurz. »Tut mir leid, aber Sie sind wirklich ein elender Schauspieler, Aune. Sie wissen ganz genau, wer ich bin. Sie wussten das in dem Augenblick, als Sie das Spiegelbild meiner Tätowierung im Fenster gesehen haben.«

»Und woher sollte ich das wissen?«

»Weil ich der bin, den ihr sucht. Valentin Gjertsen.«

»Ihr? Sucht?«

»Sie vergessen, dass ich hier gesessen habe und zuhören musste, während Sie mit einem Polizisten über Valentin Gjertsens Gekritzel auf der Straßenbahnscheibe gesprochen haben. Ich habe mich beschwert und die Stunde gratis bekommen. Erinnern Sie sich?«

Ståle schloss für ein paar Sekunden die Augen. Sperrte alles andere aus. Redete sich selber ein, dass Harry bald hier sein müsste, so weit konnte er doch noch nicht weg gewesen sein.

»Übrigens nehme ich deshalb jetzt das Fahrrad«, sagte Valentin Gjertsen. »Ich gehe davon aus, dass die Straßenbahn überwacht wird.«

»Aber Sie sind weiterhin zu mir gekommen.«

Valentin zuckte mit den Schultern und schob seine Hand in den Rucksack. »Wenn man mit Helm und Sonnenbrille Fahrrad fährt, ist man kaum zu erkennen, nicht wahr? Und Sie haben ja auch nichts gemerkt. Sie waren vollkommen davon überzeugt, dass ich Paul Stavnes bin, basta. Und ich brauchte diese Stunden, Aune. Es tut mir wirklich aufrichtig leid, dass das jetzt ein Ende haben muss ...«

Aune unterdrückte einen Hickser, als Valentin Gjertsens Hand aus der Tasche auftauchte. Das Licht reflektierte auf dem Stahl.

»Wussten Sie, dass man so etwas ein *survival knife* nennt?«, fragte Valentin. »In diesem Fall etwas irreführend. Aber man kann es wirklich für ganz verschiedene Dinge nutzen. Mit dem hier ...«, er führte eine Fingerkuppe über die gezackte Oberseite des Messers, »... können die meisten Leute gar nichts anfangen, sie finden diese Zacken nur lästig und beängstigend. Und wissen Sie was?« Er lächelte wieder sein dünnes, hässliches Lächeln. »Sie haben recht. Führt man das Messer so über eine Kehle ...«, er machte eine illustrierende Bewegung, »haken sich die ersten Zacken in die Haut und reißen sie auf. Die nächsten Zacken reißen dann auf, was darunter liegt. Die dünnen Häutchen einer Ader, zum Beispiel. Und sollte es eine

Pulsader sein, die unter Druck steht ... Ich sage Ihnen, das ist wirklich ein beeindruckender Anblick. Aber machen Sie sich keine Sorgen. Sie kriegen das gar nicht mit, das verspreche ich Ihnen.«

Ståle spürte, dass ihm schwindelig wurde. Er hoffte jetzt wirklich auf einen Herzinfarkt.

»Dann steht eigentlich nur noch eine Sache aus, Ståle. Es ist doch in Ordnung, wenn ich Sie jetzt, kurz vor dem Höhepunkt, Ståle nenne, nicht wahr? Also, wie lautet Ihre Diagnose?«

»Dia... Dia...«

»Diagnose. Griechisch für Erkenntnis, nicht wahr? Also, was fehlt mir, Ståle?«

»Ich ... ich weiß es nicht, ich ...«

Die Bewegung, die folgte, war so rasch, dass Ståle Aune nicht einmal einen Finger hätte heben können. Valentin war nicht mehr zu sehen, und als er seine Stimme hörte, kam sie von hinten, war direkt an seinem Ohr.

»Natürlich wissen Sie das, Ståle. Sie hatten Ihr ganzes professionelles Leben mit Leuten wie mir zu tun. Vielleicht nicht genau wie mir, aber mit ähnlichen Existenzen. Fehlerhaftem Ausschuss.«

Ståle sah das Messer nicht, doch er spürte es. Die Klinge lag an seinem zitternden Doppelkinn, während er keuchend durch die Nase atmete. Es kam ihm widernatürlich vor, dass jemand sich so schnell bewegen konnte. Er wollte nicht sterben. Er wollte leben. Und für andere Gedanken war kein Platz.

»Sie ... Sie sind kein Ausschuss, Paul.«

»Valentin. Ein bisschen Respekt können Sie mir schon erweisen. Ich stehe hinter Ihnen und werde Ihnen gleich das Blut ablassen, während mein Schwanz sich prall und praller mit Blut füllt. Und Sie sagen, dass mit mir alles in Ordnung ist und ich kein Ausschuss bin?« Er lachte Aune ins Ohr. »Kommen Sie schon. Die Diagnose?«

»Vollkommen verrückt.«

Sie hoben beide die Köpfe. Sahen zur Tür, von wo der Kommentar gekommen war.

»Die Zeit ist um, Sie können auf dem Weg nach draußen an der Kasse zahlen, Valentin.«

Die hohe, breitschultrige Gestalt, die die Türöffnung fast ausfüllte, trat in den Raum. Sie schleppte etwas hinter sich her, und Ståle brauchte eine Sekunde, bis er die Hantelstange erkannte, die normalerweise im Gemeinschaftsraum auf der Halterung lag.

»Bleib weg, Bulle!«, fauchte Valentin, und Ståle spürte das Messer auf seiner Haut.

»Die Streifenwagen sind unterwegs, Valentin. Das Rennen ist gelaufen. Lassen Sie den Doktor gehen.«

Valentin nickte in Richtung des geöffneten Fensters. »Ich höre keine Sirenen. Hau ab, sonst bringe ich Aune sofort um.«

»Das glaube ich nicht«, sagte Harry Hole und hob die Stange an. »Ohne ihn haben Sie keinen Schild.«

»Wenn das so ist«, sagte Valentin, und Ståle spürte, wie sein Arm auf den Rücken gedreht wurde, so dass er aufstehen musste, »lasse ich den Doktor laufen. Gemeinsam mit mir.«

»Nehmen Sie stattdessen mich«, sagte Harry.

»Warum sollte ich das tun?«

»Ich bin die bessere Geisel. Bei ihm riskieren Sie Panikattacken, wenn er nicht sogar ohnmächtig wird. Und Sie brauchen sich keine Gedanken zu machen, auf welche Ideen ich sonst kommen könnte.«

Schweigen. Vom Fenster war noch immer kein Laut zu hören. Ganz entfernt eine Sirene, vielleicht aber auch nicht. Ståle spürte den Druck der Klinge nachlassen. Dann – als er gerade wieder atmen wollte – spürte er einen Stich und hörte ein schnalzendes Geräusch. Etwas fiel zu Boden. Seine Fliege.

»Wenn Sie auch nur einen Schritt machen …«, fauchte die Stimme ihm ins Ohr, ehe sie sich an Harry wandte.

»Wie du willst, Bulle, aber zuerst lässt du die Stange los.

Dann stellst du dich mit dem Gesicht zur Wand und machst die Beine breit.«

»Ich kenne das«, sagte Harry, ließ die Stange fallen, drehte sich um, legte die Handflächen hoch an die Wand und breitete die Beine aus.

Ståle spürte, dass Valentin seinen Arm losließ. Im nächsten Augenblick stand er hinter Harry, zog seinen Arm hinter den Rücken und legte ihm das Messer an den Hals.

»Dann gehen wir, *handsome*«, sagte Valentin und verschwand mit Harry durch die Tür.

Und Ståle holte endlich Luft.

Harry sah das erschrockene Gesicht der Praxishelferin am Empfang, als er und Valentin wie ein verwachsener, zweiköpfiger Troll aus dem Zimmer kamen und wortlos an ihr vorbeigingen. Auf der Treppe versuchte Harry, langsamer zu gehen, spürte aber sogleich einen stechenden Schmerz am unteren Rücken.

»Dieses Messer drückt sich weiter bis in deine Nieren, wenn du mich aufzuhalten versuchst.«

Harry ging schneller. Er spürte das Blut noch nicht, da es die gleiche Temperatur wie die Haut hatte, wusste aber, dass es in sein Hemd sickerte.

Dann waren sie unten. Valentin trat die Tür auf und schob Harry vor sich nach draußen, ohne dass das Messer aber den Kontakt verlor.

Sie standen auf der Sporveisgata. Harry hörte die Sirenen. Ein Mann mit Sonnenbrille und Hund kam auf sie zu und ging an ihnen vorbei, ohne sie eines Blickes zu würdigen. Sein weißer Stock klang auf dem Bürgersteig wie Kastagnetten.

»Stell dich da hin«, sagte Valentin und zeigte auf ein Parkverbotsschild, an dem ein Mountainbike festgekettet war.

Harry stellte sich an den Pfosten. Sein Hemd klebte an der Haut, und der Schmerz pochte in einem ganz eigenen Puls. Das Messer drückte noch immer in seinen Rücken. Dann hörte er die Schlüssel, das Fahrradschloss wurde geöffnet. Die Sirenen kamen näher. Das Messer verschwand, aber bevor Harry reagieren und wegspringen konnte, wurde sein Kopf von etwas, das um seinen Hals gelegt worden war, nach hinten gezogen. Ihm wurde schwarz vor Augen, als sein Hinterkopf gegen den Schildpfosten knallte, und er rang nach Atem. Wieder war das Klirren von Schlüsseln zu hören. Dann ließ der Zug an seinem Hals nach, und Harry hob automatisch die Hand und schob zwei Finger zwischen seinen Hals und das Ding, das ihn festhielt, ertastete, was es war. Scheiße!

Valentin schwang sich auf sein Fahrrad, setzte Helm und Brille auf, legte zwei Finger an die Stirn und fuhr los.

Harry sah den schwarzen Rucksack auf seinem Rücken verschwinden. Die Sirenen waren nur noch ein paar Straßen entfernt. Ein Fahrradfahrer fuhr an ihm vorbei. Helm, schwarzer Rucksack. Dann noch einer. Kein Helm, aber ein schwarzer Rucksack. Und dann noch einer. Verdammt, verdammt! Die Sirene war so laut, als käme sie aus seinem Kopf. Harry schloss die Augen und dachte an das alte Logik-Paradoxon über Dinge, die sich nähern. Erst einen Kilometer entfernt, dann einen halben, einen drittel, einen viertel, einen hundertstel ... Wenn es stimmte, dass die Zahlenreihe unendlich war, würden sie niemals ankommen.

Kapitel 32

»Der hat dich mit einem simplen Fahrradschloss um den Hals an ein Schild gekettet? Und du hast einfach so dagestanden?«, fragte Bjørn Holm ungläubig.

»Ja, an den Pfosten eines verdammten Parkverbotsschildes«, sagte Harry und starrte in die leere Kaffeetasse.

»Was für eine Ironie«, sagte Katrine.

»Die mussten extra einen Streifenwagen mit einem dicken Bolzenschneider kommen lassen, um mich loszumachen.«

Die Tür des Heizungsraums ging auf, und Gunnar Hagen kam hereingestürmt. »Ich habe es gerade erfahren. Was ist passiert?«

»Alle Streifenwagen in der Gegend sind alarmiert worden und halten nach ihm Ausschau«, sagte Katrine. »Jeder Fahrradfahrer wird angehalten und überprüft.«

»Der hat sein Fahrrad doch längst abgestellt und sich in irgendein Taxi oder öffentliches Verkehrsmittel gesetzt«, sagte Harry. »Valentin Gjertsen ist viel, aber leider nicht dumm.«

Der Dezernatsleiter ließ sich schnaufend auf einen Stuhl fallen. »Hat er irgendwelche Spuren hinterlassen?«

Schweigen.

Er starrte überrascht auf die Wand erzürnter Gesichter. »Was ist denn los?«

Harry räusperte sich. »Du sitzt auf Beates Stuhl.«

»Oh, tue ich das?« Hagen sprang auf.

»Er ist ohne seine Trainingsjacke abgehauen«, sagte Harry. »Bjørn hat sie an die Kriminaltechnik weitergegeben.«

»Schweiß, Haare, das ganze Programm«, sagte Bjørn. »Ich denke, wir kriegen im Laufe von ein oder zwei Tagen bestätigt, dass Paul Stavnes und Valentin Gjertsen ein und dieselbe Person sind.«

»Noch was anderes, außer der Trainingsjacke?«, fragte Hagen.

»Kein Portemonnaie, Telefon, Notizbuch oder Zeitplan weiterer Aktivitäten«, sagte Harry. »Nur die hier.«

Hagen fing auf, was Harry ihm zuwarf, und starrte auf ein kleines ungeöffnetes Plastiktütchen mit drei hölzernen Wattestäbchen.

»Was wollte er denn damit?«

»Jemanden umbringen?«, schlug Harry lakonisch vor.

»Die sind zum Ohrenputzen«, sagte Bjørn Holm. »Aber eigentlich kratzt man sich damit eher in den Ohren, oder? Die Haut wird irritiert, wir kratzen mehr, und die Wachsproduktion nimmt zu. Irgendwann kommen wir dann ohne diese Dinger nicht mehr aus. Das ist wie Heroin für die Ohren.«

»Oder zum Schminken«, sagte Harry.

»Äh?«, sagte Hagen und studierte die Tüte. »Meinst du, dass er ... dass er sich schminkt?«

»Nun, er maskiert sich. Und eine plastische Operation hat er auch schon hinter sich. Ståle, du hast ihn aus nächster Nähe gesehen.«

»Ich habe nicht darüber nachgedacht, aber du könntest recht haben.«

»Es braucht nicht viel Eyeliner und Mascara, um den gewünschten Effekt zu erhalten«, sagte Katrine.

»Okay«, sagte Hagen. »Haben wir was zu dem Namen Paul Stavnes?«

»Wenig«, sagte Katrine. »Beim Einwohnermeldeamt ist kein Paul Stavnes gemeldet, jedenfalls nicht mit dem Geburtsdatum, das er bei Aune angegeben hat. Die beiden einzigen

Männer mit diesem Namen wurden bereits von den lokalen Beamten überprüft und als unverdächtig eingestuft. Und das ältere Ehepaar, das an der Adresse wohnt, die er angegeben hat, kann weder mit dem Namen Paul Stavnes noch mit Valentin Gjertsen etwas anfangen.«

»Wir überprüfen die Angaben der Patienten in der Regel nicht«, sagte Aune. »Außerdem hat er nach jeder Sitzung bar bezahlt.«

»Hotels«, sagte Harry. »Pensionen und so weiter. Die haben doch heutzutage alle digitale Gästeregister.«

»Das überprüfe ich.« Katrine schwang auf ihrem Stuhl herum und tippte etwas in ihren Computer ein.

»Sind solche Sachen denn im Netz zugänglich?«, fragte Hagen skeptisch.

»Nein«, sagte Harry. »Aber Katrine nutzt eine Suchmaschine, von der du dir wünschen würdest, es gäbe sie nicht.«

»Oh, warum das?«

»Weil sie Zugang zu einem Codierungsniveau hat, gegen das selbst die besten Firewalls des Landes nichts ausrichten können«, sagte Bjørn und sah Katrine über die Schulter, während das rasante Klicken der Tasten zu hören war.

»Wie ist das möglich?«, fragte Hagen.

»Weil die Codierungsniveaus identisch mit denen der Firewalls sind«, sagte Bjørn. »Die Suchmaschine ist die Mauer.«

»Sieht schlecht aus«, sagte Katrine. »Ein Paul Stavnes ist nirgends zu finden.«

»Aber er muss doch irgendwo wohnen«, sagte Hagen. »Vielleicht hat er unter dem Namen Paul Stavnes irgendwo eine Wohnung gemietet. Kann man das überprüfen?«

»Ich bezweifle, dass er ein normaler Mieter ist«, sagte Katrine. »Die meisten Vermieter checken ihre Mieter vorher erst ab. Sie googeln sie und werfen wenigstens einen Blick in das Steuerregister. Und Valentin weiß, dass jeder Vermieter misstrauisch werden würde, wenn er ihn nirgendwo finden kann.«

»Hotel«, sagte Harry, der aufgestanden war und an der

Tafel stand, auf der sie, wie es Hagen anfangs schien, ein Netz aus freien Assoziationen mit Pfeilen und Strichen aufgemalt hatten, bis er die Namen der Mordopfer wiedererkannte. Eines davon kurz B genannt.

»Hotel hast du eben schon gesagt«, sagte Katrine.

»Drei Q-tips« fuhr Harry fort, beugte sich zu Hagen vor und nahm ihm das verschweißte Tütchen ab. »So was kriegt man in keinem Laden. Aber im Bad eines Hotelzimmers, zusammen mit den Miniaturflaschen mit Shampoo und Bodylotion. Versuch es noch einmal, dieses Mal mit dem Namen Judas Johansen.«

Die Suche war nach weniger als fünfzehn Sekunden beendet.

»Negativ«, sagte Katrine.

»Verfluchter Mist«, schimpfte Hagen.

»Noch sind wir nicht am Ende«, sagte Harry und studierte das Tütchen. »Da steht kein Fabrikat drauf, aber normalerweise sind die Schäfte solcher Wattestäbchen aus Plastik. Diese hier sind aus Holz. Es sollte möglich sein, den Lieferanten ausfindig zu machen und zu fragen, welche Hotels in Oslo er beliefert.«

»*Hotel supplies*«, sagte Katrine, und ihre Insektenfinger machten sich wieder auf die Reise.

»Ich muss los«, sagte Ståle und stand auf.

»Ich bringe dich raus«, sagte Harry.

»Ihr werdet ihn nicht finden«, sagte Ståle, als sie vor dem Präsidium standen und in den Botsparken schauten, der in dem scharfen, kalten Frühjahrslicht badete.

»Wir, wolltest du wohl sagen?«

»Vielleicht«, seufzte Ståle. »Ich habe nicht wirklich das Gefühl, einen Beitrag zu leisten.«

»Beitrag?«, sagte Harry. »Du hättest uns Valentin beinahe auf dem Silbertablett serviert.«

»Er ist davongekommen.«

»Sein Alias ist zerstört, wie nähern uns. Warum glaubst du, dass wir ihn nicht finden?«

»Du hast ihn selbst gesehen. Was glaubst du?«

Harry nickte. »Und er hat gesagt, dass er zu dir gegangen ist, weil du einmal ein psychologisches Gutachten über ihn erstellt hast? Damals bist du zu dem Schluss gekommen, dass er juristisch voll zurechnungsfähig ist, nicht wahr?«

»Ja, aber wie du weißt, können Menschen mit schweren Persönlichkeitsstörungen verurteilt werden.«

»Und du hast ihn damals auf Schizophrenie untersucht und darauf, ob zum Tatzeitpunkt eine Psychose vorgelegen hat, oder nicht?«

»Ja.«

»Er könnte aber auch manisch-depressiv oder ein Psychopath gewesen sein. Sorry, bipolar oder soziopathisch.«

»Im Augenblick lautet die korrekte Bezeichnung dyssozial.« Ståle nahm die Zigarette entgegen, die Harry ihm reichte.

Harry zündete beide an. »Schon verrückt, dass er zu dir geht, obwohl er weiß, dass du für die Polizei arbeitest. Und dass er bei dir bleibt, obwohl er mitbekommen hat, dass du in die Jagd auf ihn involviert bist?«

Ståle inhalierte und zuckte mit den Schultern. »Ich bin vermutlich ein derart brillanter Therapeut, dass er bereit war, dieses Risiko einzugehen.«

»Andere Vorschläge?«

»Tja, vielleicht sucht er die Spannung. Viele Serienmörder suchen unter irgendeinem Vorwand die ermittelnde Polizei auf, um Einblick in die Jagd auf sie zu bekommen. Und um den Triumph zu genießen, die Polizei ausgetrickst zu haben.«

»Valentin hat sich ausgezogen, obwohl er davon ausgehen musste, dass du von der Tätowierung wusstest. Ein verdammt hohes Risiko, wenn man wegen Mordes gesucht wird.«

»Wie meinst du das?«

»Ja, wie meine ich das?«

»Glaubst du, er hat den unbewussten Wunsch, gefasst zu werden? Dass er mich aufgesucht hat, um wiedererkannt zu werden? Und dass er, nachdem ich das nicht geleistet habe, unbewusst nachgeholfen hat, indem er mir seine Tätowierung zeigte? Dann war es kein Zufall, dass ich sein Spiegelbild gesehen habe?«

»Und dann nimmt er Hals über Kopf Reißaus, wenn er sein Ziel erreicht hat?«

»Da hat wieder das Bewusstsein übernommen. Das lässt die Polizeimorde in einem ganz neuen Licht erscheinen, Harry. Valentins Morde sind Zwangshandlungen, die er unbewusst aufhalten will. Er wünscht sich Strafe oder Exorzismus. Jemand soll den Dämon in ihm stoppen, nicht wahr? Und weil es uns nicht gelungen ist, ihn wegen der Originalmorde zu überführen, tut er, was viele Serienmörder tun, er erhöht das Risiko. In seinem Fall, indem er sich die Polizisten vornimmt, die es beim ersten Mal nicht geschafft haben, ihn zu stellen. Außerdem weiß er, dass wir bei Polizistenmorden auf alle Ressourcen zurückgreifen. Und schließlich zeigt er die Tätowierung jemandem, der an den Ermittlungen beteiligt ist. Verdammt, du könntest recht haben, Harry.«

»Ich weiß nicht, lob mich nicht zu früh. Gibt es keine einfachere Erklärung? Valentin ist nicht so vorsichtig, wie wir es von ihm erwarten würden, weil er nicht so viel zu verlieren hat, wie wir glauben.«

»Das habe ich jetzt nicht verstanden, Harry.«

Harry saugte an seiner Zigarette. Atmete den Rauch aus und sog ihn durch die Nase gleich wieder ein. Diesen Trick hatte er von einem milchweißen deutschen Didgeridoospieler in Hongkong gelernt: *Exhale and inhale at the same fucking time, mate, and you can smoke your cigarettes twice.*

»Geh nach Hause und ruh dich aus«, sagte Harry. »Das war heute ein harter Tag.«

»Danke, aber eigentlich bin ich hier der Psychologe, Harry.«

»Ein Mörder, der ein rattenscharfes Messer an deine Kehle hält? Sorry, Doktor, aber das kannst nicht mal du wegrationalisieren. Die Alpträume stehen schon bereit, das kannst du mir glauben, an dem Punkt war ich längst. Also rede mit einem Kollegen, und das ist ein Befehl.«

»Befehl?« Eine Bewegung in Ståles Gesicht deutete ein Lächeln an. »Bist du jetzt der Chef, Harry?«

»Hast du je daran gezweifelt?« Harry griff in seine Tasche und holte sein Handy heraus. »Ja?«

Er ließ die halbgerauchte Zigarette zu Boden fallen. »Erledigst du die für mich? Sie haben etwas gefunden.«

Ståle Aune sah Harry nach, der durch die Tür nach drinnen verschwand. Dann blickte er auf die am Boden liegende qualmende Zigarette. Vorsichtig stellte er seinen Schuh darauf und erhöhte den Druck, drehte den Fuß hin und her. Er spürte, wie die Zigarette unter der dünnen Ledersohle zerbröselte, und er fühlte seine Wut kommen. Er drehte weiter und drückte Filter, Asche, Papier und die weichen Tabakreste in den Asphalt. Dann ließ er seine Zigarette fallen und wiederholte die Prozedur. Es war ein gutes und zugleich beklemmendes Gefühl. Am liebsten hätte er geschrien, um sich geschlagen, gelacht und geweint. Er hatte jede Nuance des Tabaks geschmeckt. Er lebte. Er war verdammt noch mal am Leben.

»Casbah Hotel in der Gange-Rolvs gate«, sagte Katrine, noch ehe Harry die Tür hinter sich geschlossen hatte. »Das Hotel wird vorwiegend von den Botschaften für ihre Mitarbeiter genutzt, bevor sie ihnen Wohnungen besorgt haben. Ziemlich günstige, kleine Räume.«

»Hm. Warum gerade dieses Hotel?«

»Das ist das einzige Hotel, das diese Q-tips geliefert bekommt und auf der richtigen Seite der Stadt liegt, was die Straßenbahnlinie 12 angeht«, sagte Bjørn. »Ich habe angerufen. Die haben weder einen Stavnes noch einen Gjertsen oder Johansen im Gästeregister, aber ich habe ihnen Beates Phantombild geschickt.«

»Und?«

»Der Pförtner meinte, sie hätten einen Gast, der dem Bild

ähnlich sieht. Einen gewissen Savitski. Er hat angegeben, für die weißrussische Botschaft zu arbeiten. Gewöhnlich ist er im Anzug zur Arbeit gegangen, aber in der letzten Zeit wurde er häufiger in Trainingsklamotten und mit Fahrrad gesehen.«

Harry hielt bereits den Hörer des Festnetzanschlusses in der Hand. »Hagen? Wir brauchen Delta. Jetzt sofort.«

Kapitel 33

»So, so, du willst also, dass ich das mache?«, fragte Truls und drehte das Bierglas in der Hand hin und her. Sie saßen im Kampen Bistro. Mikael hatte gesagt, dass man dort gut essen könnte. Angeblich war das Restaurant im Osten der Stadt richtig hip, populär bei denen, die kulturell was auf dem Kasten hatten und nicht bloß vom Geld regiert wurden. Leute, deren Gehalt es ihnen gerade so ermöglichte, ihr Studentenleben weiterzuführen, ohne dass es zu aufgesetzt wirkte.

Truls wohnte schon sein ganzes Leben im Osten der Stadt und hatte nie von diesem Ort gehört. »Und warum sollte ich das tun?«

»Die Suspendierung«, sagte Mikael und goss sich den Rest Wasser aus der Flasche ins Glas. »Ich kann dafür sorgen, dass sie aufgehoben wird.«

»Ach?« Truls sah Mikael misstrauisch an.

»Ja.«

Truls trank einen Schluck und wischte sich mit dem Handrücken über den Mund, obwohl der Schaum längst weg war. Er nahm sich Zeit. »Wenn das so einfach ist, warum hast du das dann nicht längst gemacht?«

Mikael schloss die Augen und atmete tief durch. »Einfach ist es nicht, aber ich werde es trotzdem tun.«

»Weil?«

»Weil ich fertig bin, wenn du mir nicht hilfst.«

Truls lachte kurz. »Schon erstaunlich, wie schnell das Blatt sich manchmal wendet, nicht wahr, Mikael?«

Mikael Bellman sah nach rechts und links. Das Lokal war voll, aber er hatte es ausgesucht, weil hier keine Polizisten verkehrten, schließlich durfte er auf keinen Fall mit Truls gesehen werden. Und er hatte das Gefühl, dass Truls das wusste.

»Also, was sagst du? Ich kann auch jemand anderen fragen.«

Truls lachte laut. »Kannst du nicht!«

Mikael sah sich noch einmal um. Er wollte Truls nicht bitten, leiser zu sein, aber ... Früher hatte Mikael in der Regel vorhersehen können, wie Truls reagierte, es gab eine Zeit, da hatte er ihn in der Hand gehalten wie eine Marionette. Aber jetzt war das anders. Es war etwas Dunkles, Böses, Unberechenbares über seinen Freund aus Kindertagen gekommen.

»Ich brauche eine Antwort. Es eilt.«

»Okay«, sagte Truls und leerte sein Glas. »Es wäre schon gut, nicht mehr suspendiert zu sein. Aber ich will noch etwas dazu.«

»Was?«

»Einen von Ullas getragenen Slips.«

Mikael starrte Truls an. War er betrunken? Oder war dieses verrückte Glitzern in seinen glasigen Augen schon immer da gewesen?

Truls lachte noch lauter und knallte das Glas so heftig auf den Tisch, dass die anderen Gäste sich umdrehten.

»Ich ...«, begann Mikael, »werde sehen, was ich ...«

»Ich verarsch dich doch, Mann!«

Mikael lachte kurz. »Logisch, meinst du etwa, ich habe das ernst genommen? Heißt das, du ...?«

»Mann, wir sind doch wohl Freunde, oder?«

»Natürlich sind wir das. Du weißt ja gar nicht, wie dankbar ich dir dafür bin, Truls.« Mikael rang sich ein Lächeln ab.

Truls streckte seinen Arm aus und legte Mikael schwer die Hand auf die Schulter.

»Doch, ich glaube schon.«
Zu schwer, fand Mikael.

Es gab keine Vorbesprechung, kein Kartenstudium, keine Auswertung der Gebäudepläne über mögliche Fluchtwege, Flure und Notausgänge. Nicht einmal die Straßen, über die die Geländewagen des Einsatzkommandos Delta sich näherten, wurden mit Streifenwagen abgeriegelt. Sivert Falkeid briefte seine Leute noch während der Fahrt und gab bellend seine Befehle. Die schwerbewaffneten Männer schwiegen. Sie hatten verstanden.

Es kam auf jede Sekunde an, und der beste Plan der Welt war nichts wert, wenn der Vogel bereits ausgeflogen war.

Harry saß hinten im Neunsitzer, hörte zu und wusste, dass der Plan nicht einmal im vorderen Mittelfeld rangierte.

Falkeid hatte ihn als Erstes gefragt, ob er glaube, dass Valentin bewaffnet sei. Harry hatte geantwortet, dass bei dem Mord an René Kalsnes eine Schusswaffe benutzt worden sei und dass er auch davon ausgehe, dass Beate Lønn mit einer Waffe bedroht worden sei.

Er betrachtete die Männer, die vor ihm saßen. Polizisten, die sich freiwillig für bewaffnete Aufträge gemeldet hatten. Sie erhielten dafür einen Zuschlag, aber üppig war der nicht, das wusste er. Dafür waren die Erwartungen, die die Steuerzahler an einen Beamten des Sondereinsatzkommandos hatten, verdammt hoch. Oft wurde Kritik laut, die Delta-Truppe schrecke vor gefährlichen Aufträgen zurück und habe keinen sechsten Sinn, der ihnen sagte, was hinter einer verschlossenen Tür, im Inneren eines entführten Flugzeugs oder an einem bewaldeten Strand vor sich ging, damit sie ohne Verzögerung stürmen konnten. Für einen Kommandopolizisten mit durchschnittlich vier bewaffneten Einsätzen pro Jahr, also rund hundert Aufträgen im Laufe seiner 25-jährigen Karriere, wäre ein solches Vorgehen gleichbedeutend mit der offenen Aufforderung, im Dienst getötet zu werden. Doch damit nicht genug, denn der Tod eines

Beamten war die sicherste Möglichkeit, einen Einsatz zum Scheitern und die anderen Kollegen in Gefahr zu bringen.

»Es gibt nur einen Aufzug!«, bellte Falkeid. »Zwei und Drei, den nehmt ihr. Vier, Fünf und Sechs, ihr nehmt die Haupttreppe, Sieben und Acht die Feuertreppe. Hole, du und ich überwachen den Außenbereich, falls er aus einem der Fenster zu flüchten versucht.«

»Ich habe keine Waffe«, sagte Harry.

»Hier«, sagte Falkeid und reichte eine Glock 17 nach hinten durch.

Harry nahm sie entgegen und spürte die solide Schwere und Balance der Waffe.

Er verstand Waffenfreaks ebenso wenig wie Leute, die nichts anderes als Autos im Kopf hatten oder ihre Häuser auf ihre Hi-Fi-Anlagen zuschnitten. Dabei hatte er nie eine Abneigung dagegen empfunden, eine Waffe in der Hand zu halten. Das war erst seit dem letzten Jahr so. Er dachte an die Odessa im Eckschrank. Und verdrängte den Gedanken.

»Wir sind da«, sagte Falkeid. Sie hielten in einer wenig befahrenen Straße vor einem herrschaftlich aussehenden, vierstöckigen Haus, das den anderen Häusern in der Gegend zum Verwechseln ähnlich sah. Harry wusste, dass in einigen dieser Villen der alte Geldadel wohnte, in anderen neureiche Leute, die wie die alten aussehen wollten, während in den übrigen Gebäuden Botschaften, Werbeagenturen, Plattengesellschaften und kleinere Reedereien residierten. Nur ein bescheidenes Messingschild am Torpfosten verriet, dass sie am richtigen Ort waren.

Falkeid hielt die Uhr hoch. »Funkkommunikation«, sagte er.

Die Delta-Leute nannten der Reihe nach ihre Nummern – die gleichen, die in Weiß auf ihren Helmen standen. Dann zogen sie die Sturmhauben nach unten und strafften die Riemen ihrer MP5-Maschinenpistolen.

»Ich zähle von fünf runter, dann gehen wir rein. Fünf, vier ...«

Harry war unsicher, ob es sein Adrenalin oder das der anderen war, aber der Geruch war eindeutig. Bitter, salzig, wie die Knallplättchen einer Spielzeugpistole.

Die Türen gingen auf, und Harry sah die Wand aus schwarzen Rücken durch das Tor zum Eingang laufen, wo sie verschwanden.

Er stieg aus dem Wagen und rückte die schusssichere Weste zurecht. Das Shirt darunter war bereits verschwitzt. Auch Falkeid stieg aus, nachdem er die Schlüssel aus dem Schloss gezogen hatte. Harry erinnerte sich dunkel an eine Episode, bei der die Gesuchten einer Blitzaktion mit einem Polizeiwagen geflohen waren, in dem der Schlüssel steckte. Harry reichte Falkeid die Glock.

»Ich habe nicht die Autorisierung, eine Waffe zu tragen.«

»Doch, jetzt schon. Vorübergehend«, sagte Falkeid. »Die Situation erfordert das. Polizeiparagraph XY, keine Ahnung.«

Harry lud die Pistole und lief über das Kiesrondell, als ein junger Mann mit krummem Pelikanhals aus dem Haus gerannt kam. Sein Adamsapfel ging hektisch auf und ab. Der Name auf dem Namensschild an seinem schwarzen Jackenrevers stimmte mit dem Namen des Mannes an der Rezeption überein, mit dem er eben telefoniert hatte.

Er hatte ihm nicht sagen können, ob der Gast in seinem Zimmer oder sonst irgendwo im Haus war, hatte sich aber angeboten, das zu überprüfen. Harry hatte ihm mit allem Nachdruck verboten, das zu tun, und gesagt, er solle ganz normal weiterarbeiten und sich nichts anmerken lassen, wenn er sich oder die anderen nicht in Gefahr bringen wolle. Der Anblick von sieben bis an die Zähne bewaffneten Männern hatte die Anweisung, sich nichts anmerken zu lassen, allem Anschein nach pulverisiert.

»Ich habe ihnen den Generalschlüssel gegeben«, sagte der Mann mit markant osteuropäischem Akzent. »Sie haben gesagt, dass ich nach draußen gehen soll ...«

»Stellen Sie sich hinter unseren Wagen«, flüsterte Falkeid und zeigte mit dem Daumen über die Schulter nach hinten. Harry ließ sie stehen und begab sich mit gezückter Waffe auf die Rückseite des Hauses. Ein schattiger Garten mit alten Apfelbäumen erstreckte sich bis zum Zaun des Nachbargrundstücks. Auf der Terrasse saß ein älterer Mann und las den *Daily Telegraph*, ließ dann aber die Zeitung sinken und blickte über seine Lesebrille hinweg zu ihm rüber. Harry zeigte auf die gelben Buchstaben vorne auf seiner Weste, die das Wort POLIZEI bildeten, legte den Zeigefinger an die Lippen, erhielt ein kurzes Nicken als Antwort und konzentrierte sich auf die Fenster im dritten Obergeschoss. Der Portier hatte ihnen erklärt, in welchem Zimmer der vermeintliche Weißrusse wohnte. Es führte nur ein Flur dorthin, eine Sackgasse, und das Fenster ging zum Garten raus.

Harry schob den Ohrhörer zurecht und wartete.

Nach ein paar Sekunden war das dumpfe, gedämpfte Knallen der Schockgranate zu hören, gefolgt von dem Klirren von Glasfenstern.

Der Luftdruck hatte den Effekt, dass diejenigen, die sich im Raum befanden, für eine begrenzte Zeit taub und orientierungslos waren. Selbst trainierte Leute waren durch die Lautstärke in Kombination mit dem grellen Licht und dem plötzlichen Erstürmen für die ersten zwei, drei Sekunden wie gelähmt. Und mehr als drei Sekunden brauchte Delta nicht.

Harry wartete. Dann kam die gedämpfte Stimme durch den Ohrhörer. Mit den zu erwartenden Worten.

»Raum 406 gesichert. Objekt nicht angetroffen.«

Die Fortsetzung ließ Harry laut fluchen.

»Sieht aus, als wäre er hier gewesen und hätte seine Sachen geholt.«

Harry stand mit verschränkten Armen draußen vor dem Zimmer 406, als Katrine und Bjørn ankamen.

»Pfostenschuss?«, fragte Katrine.

»Und das bei weit offenem Tor«, sagte Harry und schüttelte den Kopf.

Sie gingen nach ihm ins Zimmer.

»Er ist direkt hierhergefahren und hat alles mitgenommen.«

»Wirklich alles?«, fragte Bjørn.

»Ja, von zwei gebrauchten Q-tips und zwei Straßenbahntickets abgesehen, die wir im Müll gefunden haben. Plus den Rest eines Tickets für ein Fußballspiel, das wir – glaube ich – gewonnen haben.«

»Wir?«, fragte Bjørn und sah sich in dem austauschbaren Hotelzimmer um. »Meinst du Vålerenga?«

»Nationalmannschaft. Gegen Slowenien, steht da.«

»Das haben wir gewonnen«, sagte Bjørn. »Dank Riise, in der Nachspielzeit.«

»Ihr seid echt krank, dass ihr euch an so was erinnert«, sagte Katrine und schüttelte den Kopf. »Ich erinnere mich nicht mal mehr, ob Brann in der letzten Saison Meister geworden oder abgestiegen ist.«

»Ist eigentlich auch nicht mein Ding«, wandte Bjørn ein. »Ich erinnere mich bloß daran, weil es bis kurz vor Schluss unentschieden stand und ich ausgerechnet da zu einem Einsatz gerufen wurde ...«

»Du hättest dich auch so daran erinnert, *Rain Man*. Du ...«

»He.«

Sie drehte sich zu Harry um, der auf das Ticket starrte. »Weißt du noch, was das war, Bjørn?«

»Hä?«

»Der Einsatz, zu dem du gerufen worden bist.«

Bjørn Holm kratzte sich seinen Backenbart. »Lass mal überlegen, das war am frühen Abend ...«

»Du brauchst nicht zu antworten«, sagte Harry. »Das war der Mord an Erlend Vennesla im Maridalen.«

»Wirklich?«

»An dem Abend hat die Nationalmannschaft im Stadion

Ullevål gespielt. Das Datum steht hier auf dem Ticket. Anpfiff um sieben.«

»Oh«, sagte Katrine.

Bjørn Holm bekam einen leidenden Gesichtsausdruck. »Sag es nicht, Harry. Bitte, sag nicht, dass Valentin Gjertsen bei diesem Spiel war. Denn wenn er da war ...«

»... kann er nicht unser Täter sein«, vollendete Katrine. »Das wäre für uns ganz schön scheiße, Harry. Komm schon, sag etwas Aufmunterndes.«

»Okay«, sagte Harry. »Warum lag dieses Ticket nicht mit den Q-tips und den Fahrkarten im Mülleimer? Warum hat er es auf den Schreibtisch gelegt, wo er alles andere weggeräumt hat? Ich glaube, er wollte, dass wir es finden.«

»Er hat sich ein Alibi verschafft«, sagte Katrine.

»Er hat es für uns liegen gelassen, damit wir in die Situation kommen, in der wir jetzt sind«, sagte Harry. »Zweifelnd, gelähmt. Aber das ist nur die eine Hälfte des Tickets, das beweist nicht, dass er auch wirklich da war. Im Gegenteil, es ist schon fast auffällig, dass er nicht nur bei einem Fußballspiel war, wo sich niemand an eine einzelne Person erinnert, sondern auch noch das Ticket aufhebt.«

»Es ist ein nummerierter Sitzplatz«, sagte Katrine. »Vielleicht erinnern sich die Leute rechts und links neben oder hinter ihm an ihn. Oder dass der Platz frei war. Ich kann eine Recherche für die Sitznummer machen. Vielleicht ergibt das ja was ...«

»Tu das«, sagte Harry. »Aber das haben wir schon bei vermeintlichen Alibis in Kinos und Theatern versucht. Dabei hat sich gezeigt, dass sich nach drei oder vier Tagen niemand mehr an die Leute erinnert, die neben ihnen gesessen haben.«

»Du hast recht«, sagte Katrine resigniert.

»Länderspiel«, sagte Bjørn.

»Was ist damit?«, fragte Harry, bevor er ins Bad ging und sich auf dem Weg bereits die Hose aufknöpfte.

»Länderspiele unterliegen bestimmten Regeln des Weltfußballverbandes«, sagte Bjørn. »Wegen der Hooligans.«

»Natürlich«, rief Harry durch die Badezimmertür. »Gut, Bjørn!« Dann fiel die Tür zu.

»Was?«, rief Katrine. »Von was redet ihr?«

»Von Kameras«, sagte Bjørn. »Die FIFA verlangt von den Ausrichtern, das Publikum zu filmen, falls es während des Spiels zu Unruhen kommt. Diese Regel ist in den Neunzigern eingeführt worden, als die Hooliganwelle auf dem Höhepunkt war. Die Polizei soll die Unruhestifter identifizieren und verurteilen können. Zu diesem Zweck filmen sie die Tribünen während des ganzen Spiels mit hochauflösenden Kameras, damit jedes Gesicht eingezoomt und erkannt werden kann. Und wir haben den Block, die Reihe und die Sitznummer, wo Valentin gesessen hat.«

»Wo er *nicht* gesessen hat!«, rief Katrine. »Er darf einfach nicht auf diesem Bild sein, verstanden! Sonst müssen wir wieder von vorn anfangen.«

»Es kann natürlich sein, dass sie die Bilder schon gelöscht haben«, sagte Bjørn. »Es hat während des Spiels ja keine Unruhen gegeben, und die Direktive sagt nichts davon, wie lange die Daten gespeichert werden dürfen ...«

»Wenn die Bilder auf einem Computer gespeichert worden sind, reicht das einfache Löschen der Files nicht, um die Informationen wirklich von der Festplatte zu löschen.«

»Die Direktive ...«

»Files definitiv und für immer zu entfernen ist mindestens so schwierig, wie Hundescheiße aus dem Profil einer Joggingschuhsohle zu kratzen. Was meint ihr, wie wir die Kinderpornos auf den PCs finden, die die Perversen uns freiwillig überlassen, weil sie sich sicher sind, alles beseitigt zu haben? Glaubt mir, ich werde Valentin Gjertsen finden, wenn er an diesem Abend im Stadion war. Wann war der angenommene Todeszeitpunkt für Erlend Vennesla?«

Sie hörten das Spülen der Toilette.

»Zwischen sieben und halb acht«, sagte Bjørn. »Also am Anfang des Spiels, gleich nachdem Henriksen ausgeglichen hatte. Vennesla muss oben im Maridalen den Jubel gehört haben, das ist ja nicht so weit von Ullevål entfernt.«

Die Tür des Badezimmers ging auf. »Was natürlich bedeuten kann, dass er gleich nach dem Mord im Maridalen zum Länderspiel gefahren ist«, sagte Harry, während er den letzten Knopf zumachte. »Im Stadion hat er es dann vielleicht darauf angelegt, den anderen Zuschauern aufzufallen, damit sie sich an ihn erinnern. Alibi.«

»Valentin war also *nicht* bei dem Spiel«, sagte Katrine.

»Und wenn er doch da war, will ich dieses Scheißvideo von Anfang bis Ende sehen, und ich sage euch, ich sitze mit der Stoppuhr in der Hand da, wenn er auch nur den Arsch hebt. Alibi, das wollen wir doch mal sehen.«

Es war still zwischen den großen Villen.

Die Stille vor dem Sturm, bevor die Volvos und Audis von der Arbeit für die Aktiengesellschaft Norwegen wieder nach Hause kamen, dachte Truls.

Truls Berntsen drückte auf die Klingel und sah sich um.

Ein hübsch gestalteter Garten. Gepflegt. Vermutlich hatte man als pensionierter Polizeipräsident für so etwas Zeit.

Die Tür ging auf. Er war älter geworden. Die gleichen blauen, scharfen Augen, aber die Haut am Hals war etwas schlaffer. Ansonsten war er genauso schlank wie früher. Aber er war nicht mehr ganz so imposant, wie Truls ihn in Erinnerung hatte. Vielleicht lag das an den verwaschenen Freizeitklamotten, vielleicht wurde man aber auch so, wenn der Job einen nicht mehr Tag für Tag forderte.

»Berentzen, Orgkrim.« Truls hielt seinen Ausweis hoch. Selbst wenn der Alte *Berntsen* las, würde er glauben, das auch gehört zu haben. Eine Lüge mit Notausgang. Aber der Polizeipräsident a. D. nickte nur, ohne sich den Ausweis anzusehen, »Ihr Gesicht kommt mir bekannt vor. Was kann ich für Sie tun, Berentzen?«

Er machte keine Anstalten, Truls hereinzubitten. Was ihm

nur recht war. Niemand sah sie, und es gab auch kaum Hintergrundgeräusche.

»Es geht um Ihren Sohn. Sondre.«

»Was ist mit ihm?«

»Wir haben eine Operation laufen, um einige der albanischen Zuhälter zu kriegen. In diesem Zusammenhang überwachen wir den Verkehr und haben in Kvadraturen eine ganze Reihe von Bildern gemacht. Wir haben etliche der Autos identifiziert, in die Prostituierte eingestiegen sind, und wollen jetzt die Halter verhören. Wir bieten ihnen ein reduziertes Strafmaß an, wenn sie uns im Gegenzug sagen, was sie über die Zuhälter wissen. Eines der Autos, die wir fotografiert haben, gehört Ihrem Sohn.«

Der alte Polizeipräsident zog seine struppigen Augenbrauen hoch. »Was sagen Sie da? Sondre? Ausgeschlossen!«

»Das denke ich auch. Und genau deshalb wollte ich mich mit Ihnen besprechen. Wenn Sie sagen, dass das auf einem Missverständnis beruht und die Frau, die bei ihm eingestiegen ist, gar keine Prostituierte ist, vernichten wir das Bild.«

»Sondre ist glücklich verheiratet. Er ist von mir erzogen worden und kennt den Unterschied zwischen Recht und Unrecht, glauben Sie mir.«

»Selbstverständlich, ich wollte mich nur versichern, dass das auch Ihre Einschätzung ist.«

»Mein Gott, warum sollte er zu einer ...« Der Mann, der vor Truls stand, verzog das Gesicht, als hätte er auf eine faule Traube gebissen. »... zu einer auf der Straße gehen? Die Ansteckungsgefahr. Die Kinder. Nein, wirklich.«

»Dann sind wir uns wohl einig, dass es keinen Sinn macht, die Sache weiterzuverfolgen? Auch wenn wir durchaus Grund zu der Annahme haben, dass die Frau eine Prostituierte ist? Aber es kann ja auch sein, dass gar nicht Ihr Sohn den Wagen gefahren hat, vom Fahrer haben wir ja kein Foto.«

»Dann haben Sie doch eigentlich gar keinen Fall? Nein, das können Sie wirklich vergessen.«

»Danke, dann machen wir das so.«
Der alte Polizeipräsident nickte langsam, während er Truls genauer studierte. »Berentzen vom Dezernat für Organisierte Kriminalität? Orgkrim, das ist doch richtig, oder?«
»Korrekt.«
»Danke, Berentzen. Sie machen gute Arbeit.«
Truls grinste breit. »Wir tun, was wir können. Einen schönen Tag noch.«

»Was hast du noch mal gesagt?«, fragte Katrine, während sie auf den schwarzen Bildschirm vor sich starrten. In der Welt außerhalb des Heizungsraums war es Nachmittag. Drinnen roch es abgestanden nach dampfenden Menschen.
»Ich habe gesagt, dass wegen der Datenschutzdirektive die Bilder vom Publikum auf den Tribünen vermutlich gelöscht sind«, sagte Bjørn. »Und wie du siehst, hatte ich recht.«
»Und was habe *ich* gesagt?«
»Du hast gesagt, dass diese Files wie Hundedreck im Profil eines Joggingschuhs sind«, sagte Harry. »Unmöglich zu entfernen.«
»*Unmöglich* habe ich nicht gesagt«, korrigierte Katrine ihn.
Die vier Verbliebenen saßen um Katrines Computer herum. Als Harry Ståle angerufen und ihn gebeten hatte zu kommen, hatte er sich beinahe erleichtert angehört.
»Ich habe gesagt, dass es schwierig ist«, sagte Katrine. »Aber in der Regel gibt es irgendwo ein Abbild dieser Files, das ein richtiger Computerfachmann finden kann.«
»Oder eine Frau?«, schlug Ståle vor.
»Nö«, sagte Katrine. »Frauen können nicht einparken, erinnern sich nicht an Fußballergebnisse und haben kein Verständnis für das Innenleben eines Computers. Für so was braucht man echte Nerds mit Band-T-Shirts und minimalem Sexleben, so ist das schon seit der Steinzeit.«
»Dann kannst du das nicht ...?«
»Ich habe euch schon ein paarmal zu erklären versucht, dass

ich keine Computerspezialistin bin, Ståle. Meine Suchmaschinen haben die Dateien des Norwegischen Fußballverbands durchsucht, aber auch da waren alle Bilder gelöscht. Für das, was darüber hinausgeht, tauge ich leider nicht.«

»Wir hätten ganz schön viel Zeit sparen können, wenn ihr auf mich gehört hättet«, sagte Bjørn. »Also, was machen wir jetzt?«

»Damit meine ich nicht, dass ich für nichts tauge«, sagte Katrine an Ståle gewandt. »Ich habe nämlich ein paar Vorteile. Weiblichen Charme, unweibliche Hartnäckigkeit und keinerlei Scham. So etwas verschafft einem im Nerdland klare Vorteile. Und das, was mir seinerzeit zum Zugang zu diesen Suchmaschinen verholfen hat, hat mir nun auch die Sympathie eines IT-Inders mit Namen Side Cut eingebracht. Vor einer Stunde habe ich Hyderabad angerufen und auf die Fährte angesetzt.«

»Und ...?«

»Und jetzt gucken wir uns den Film an«, sagte Katrine und drückte auf die Return-Taste.

Der Monitor wurde hell, und alle starrten auf die Bilder.

»Das ist er«, sagte Ståle. »Er sieht einsam aus.«

Valentin Gjertsen alias Paul Stavnes saß mit verschränkten Armen vor ihnen. Er verfolgte das Spiel ohne sichtbare Emotionen.

»Mist!«, fluchte Bjørn leise.

Harry bat Katrine, schnell vorzuspulen.

Sie drückte auf einen Knopf, und die Menschen rund um Valentin Gjertsen begannen sich seltsam ruckartig zu bewegen, während die Uhr und das Zählwerk am unteren rechten Bildrand vorwärtsraste. Nur Valentin Gjertsen saß still wie eine Statue inmitten des Gewimmels.

»Schneller«, sagte Harry.

Katrine klickte, und die selben Menschen bewegten sich noch lebhafter. Sie beugten sich vor und zurück, standen auf, rissen die Arme in die Höhe, verschwanden und kamen mit

Wurst oder Kaffee wieder. Dann leuchteten ihnen einige der blauen Sitze leer entgegen.

»Halbzeitpause. 1:1«, sagte Bjørn.

Die Ränge füllten sich wieder, das Publikum wirkte noch unruhiger. Die Uhr in der Ecke lief. Kopfschütteln und sichtbare Frustration. Dann plötzlich: nach oben gerissene Arme. Ein paar Sekunden lang war das Bild wie eingefroren. Dann sprangen die Leute synchron von ihren Stühlen, jubelten, hüpften herum und umarmten sich. Alle bis auf einen.

»Das war Riises Strafstoß in der Nachspielzeit«, sagte Bjørn.

Es war vorbei. Die Zuschauer erhoben sich. Valentin blieb reglos sitzen, bis alle gegangen waren. Dann stand er auf und verschwand.

»Er scheint es nicht zu mögen, irgendwo Schlange zu stehen.«

Der Bildschirm wurde wieder schwarz.

»Also?«, fragte Harry. »Was haben wir gesehen?«

»Wir haben gesehen, wie mein Patient ein Fußballspiel verfolgt«, sagte Ståle. »Vielleicht sollte ich sagen, mein früherer Patient, vorausgesetzt, er kommt wirklich nicht zur nächsten Sitzung. Auf jeden Fall scheint es für alle außer ihm ein recht unterhaltsames Spiel gewesen zu sein. Nach dem, was ich über seine Körpersprache weiß, kann ich mit ziemlicher Sicherheit sagen, dass ihn das Spiel nicht interessiert hat. Was natürlich wieder die Frage aufkommen lässt, was er da wollte.«

»Und er hat weder was konsumiert, noch ist er aufs Klo gegangen. Der hat das ganze Spiel über still auf seinem Arsch gesessen«, sagte Katrine. »Wie eine Salzsäule. Wie verrückt ist das denn? Als wüsste er, dass wir diese Aufnahme checken, ja als wollte er uns ein Alibi geben, in dem nicht einmal zehn Sekunden fehlen.«

»Wenn er wenigstens jemanden angerufen hätte«, sagte Bjørn. »Dann hätten wir das Bild so aufblasen können, dass wir die Nummer erkannt hätten. Oder die genaue Uhrzeit seines Anrufs, die hätten wir dann mit der Liste der abgehenden Anrufe an der Basisstation für das Stadion Ullevål vergleichen können. Und ...«

»Er hat nicht angerufen«, sagte Harry.

»Aber wenn ...«

»Er hat nicht angerufen, Bjørn. Und welches Motiv Valentin Gjertsen auch für diesen Stadionbesuch gehabt haben mag, es ist eine Tatsache, dass er dort saß, als Erlend Vennesla im Maridalen ermordet wurde. Und die andere Tatsache ist ...«, Harry blickte über ihre Köpfe hinweg an die kahle weiße Wand, »... dass wir wieder ganz am Anfang stehen.«

Kapitel 34

Aurora saß auf der Schaukel und blinzelte in die Sonne, die durch die Blätter des Pfirsichbaums fiel. Papa bestand jedenfalls hartnäckig darauf, dass es ein Pfirsichbaum war, wobei niemand jemals Pfirsiche daran gesehen hatte. Aurora war zwölf Jahre alt und zum Schaukeln eigentlich ein bisschen zu groß, und sie glaubte auch nicht mehr alles, was Papa sagte.

Sie war aus der Schule nach Hause gekommen, hatte ihre Hausaufgaben gemacht und war in den Garten gegangen, während Mama zum Einkaufen gefahren war. Papa würde zum Abendessen nicht zu Hause sein, er arbeitete jetzt wieder lange. Und das, obwohl er ihr und Mama versprochen hatte, ab sofort wie alle anderen Väter abends nach Hause zu kommen. Er wollte an den Abenden nicht mehr für die Polizei arbeiten, sondern nur noch seine Therapiestunden in der Praxis abhalten. Jetzt hatte er aber doch wieder bei der Polizei angefangen, und weder Mama noch Papa wollten ihr sagen, um was es ging.

Sie suchte nach einem Lied von Rihanna auf ihrem iPod. Rihanna sang, dass der, der sie haben wollte, kommen und sie nehmen musste. Aurora streckte ihre langen Beine vor sich aus, um Schwung zu bekommen. Sie waren im letzten Jahr so lang geworden, dass sie sie stark anwinkeln oder hochhalten musste, um mit den Füßen nicht über den Boden unter der Schaukel zu kratzen. Sie war bald so groß wie Mama. Sie legte den Kopf nach hinten, spürte die Schwere ihrer dicken, langen

Haare, die angenehm an ihrer Kopfhaut zogen, sah mit geschlossenen Augen in die Sonne hoch über den Bäumen und der Schaukel, hörte Rihanna singen und das leise Knacken der Zweige, wenn die Schaukel am tiefsten Punkt war. Da quietschte das Gartentor, und Schritte näherten sich über den Kies.

»Mama?«, rief sie. Sie wollte die Augen nicht öffnen, wollte ihr Gesicht weiter in die wärmende Sonne halten. Als keine Antwort kam, wurde ihr bewusst, dass sie kein Auto gehört hatte, das hektische Brummen von Mamas kleiner blauer Quietschkiste.

Sie stemmte die Hacken in den Boden und bremste mit noch immer geschlossenen Augen die Schaukel ab, bis sie stillstand. Sie wollte nicht aus der wohligen Blase aus Musik, Sonne und Tagträumen aussteigen.

Als ein Schatten auf sie fiel, wurde ihr plötzlich kalt, es war, als hätte sich eine Wolke vor die Sonne geschoben. Sie schlug die Augen auf und sah jemanden vor sich stehen. Vor dem hellen Himmel konnte sie nur die Silhouette erkennen, mit einem Glorienschein um den Kopf, der sich vor die Sonne geschoben hatte. Sie blinzelte verwirrt, der Typ vor ihr sah aus wie Jesus.

»Na, junges Fräulein«, sagte die Stimme. »Wie heißt du?«

Jesus sprach norwegisch.

»Aurora«, sagte Aurora und kniff die Augen zusammen, um das Gesicht besser erkennen zu können. Er hatte jedenfalls weder einen Bart noch lange Haare.

»Ist dein Vater zu Hause?«

»Der ist bei der Arbeit.«

»Oh, dann bist du ja ganz allein zu Hause?«

Aurora wollte antworten, hielt sich dann aber zurück.

»Wer sind Sie?«, fragte sie stattdessen.

»Jemand, der mit deinem Vater reden muss. Aber wir können natürlich auch miteinander reden. Du und ich. Wenn wir schon allein sind, stimmt doch, oder?«

Aurora antwortete nicht.

»Was hörst du für Musik?«, fragte der Mann und zeigte auf den iPod.

»Rihanna«, sagte Aurora und schob die Schaukel etwas nach hinten. Nicht nur, um dem Schatten des Mannes zu entkommen, sondern auch, um ihn besser erkennen zu können.

»Ah ja«, sagte der Mann. »Ich habe einige CDs von ihr. Vielleicht willst du dir mal eine ausleihen?«

»Die Songs, die ich nicht habe, höre ich über Spotify«, sagte Aurora und stellte fest, dass der Mann eigentlich ganz normal aussah. Von Jesus hatte er jedenfalls nichts.

»Oh ja, Spotify«, sagte der Mann und ging vor Aurora in die Hocke, so dass er kleiner als sie war. Das fühlte sich besser an. »Da kannst du ja all die Musik hören, die du willst.«

»Fast«, sagte Aurora. »Ich habe bloß die Gratis-Version, da gibt es immer Werbung zwischen den Liedern.«

»Und das gefällt dir nicht?«

»Es nervt, wenn die reden, das macht die Stimmung kaputt.«

»Weißt du, dass es Platten gibt, auf denen geredet wird und bei denen das Sprechen das Beste am ganzen Song ist?«

»Nein«, sagte Aurora und legte den Kopf auf die Seite.

Sie fragte sich, warum der Mann mit so sanfter Stimme sprach, das hörte sich nicht wie seine normale Stimme an. Er klang genau wie Emilie, Auroras Freundin, wenn sie etwas von ihr wollte. Irgendwelche Lieblingsklamotten oder etwas anderes, das Aurora ihr nicht geben wollte, weil das immer so ein Chaos gab.

»Du solltest dir mal eine Platte von Pink Floyd anhören.«

»Wer ist das?«

Der Mann sah sich um. »Wir können nach drinnen gehen und uns an den PC setzen, dann zeige ich es dir, während wir auf deinen Vater warten.«

»Sie können es mir buchstabieren. Ich kann mir das merken.«

»Es ist besser, wenn ich es dir zeige. Vielleicht kann ich dann auch ein Glas Wasser bekommen?«

Aurora sah ihn an. Jetzt, wo er vor ihr hockte, schien die Sonne ihr wieder ins Gesicht, aber plötzlich wärmte sie nicht mehr. Seltsam. Sie lehnte sich auf der Schaukel zurück. Der Mann lächelte, und sie sah etwas zwischen seinen Zähnen glitzern. Wie eine Zungenspitze, die kurz da war und dann wieder verschwand.

»Komm schon«, sagte er und stand auf. Ergriff eines der Schaukelseile in Kopfhöhe.

Aurora rutschte von der Schaukel, schlüpfte unter seinem Arm hindurch und begann in Richtung Haus zu gehen. Sie hörte seine Schritte hinter sich. Die Stimme.

»Es wird dir gefallen, Aurora, das verspreche ich dir.«

Sanft wie ein Konfirmationspastor. Das sagte Papa immer. Vielleicht war er ja doch Jesus? Aber Jesus hin oder her, sie wollte nicht, dass er mit ins Haus kam. Trotzdem ging sie weiter. Denn wie sollte sie Papa erklären, dass sie jemandem, der ihn kannte, verwehrt hatte, ins Haus zu gehen und ein Glas Wasser zu trinken? Das ging doch nicht. Sie wurde langsamer, um sich Zeit zum Nachdenken zu verschaffen. Suchte nach irgendeinem Grund, weshalb er nicht mit ins Haus konnte. Irgendeine Ausrede. Aber ihr kam nichts in den Sinn. Und weil sie langsamer wurde, kam er näher. Sie hörte seinen Atem. Schwer, als strengten ihn die paar Meter von der Schaukel bis zum Haus richtig an. Und aus seinem Mund kam ein so seltsamer Geruch, der sie irgendwie an Nagellackentferner erinnerte.

Noch fünf Schritte bis zur Treppe. Eine Ausrede. Zwei Schritte. Treppe. Komm schon. Nichts. Sie waren an der Tür.

Aurora schluckte. »Ich glaube, die ist abgeschlossen«, sagte sie. »Wir müssen draußen warten.«

»Ach?«, sagte der Mann und sah sich oben auf der Treppe stehend um, als suchte er Papa irgendwo hinter den Hecken. Oder einen Nachbarn. Sie spürte die Wärme seines Arms, als er ihn über ihre Schulter streckte, die Hand auf die Klinke legte und sie nach unten drückte. Die Tür war offen.

»Uih«, sagte er. Sein Atem ging noch schneller und in seiner Stimme war plötzlich so ein leichtes Zittern. »Da haben wir aber Glück gehabt.«

Aurora drehte sich zur Tür um. Starrte in den halbdunklen Flur. Nur ein Glas Wasser. Und die Musik, die sie nicht interessierte. In der Ferne war ein Rasenmäher zu hören. Energisch, aggressiv, hartnäckig. Sie trat über die Türschwelle.

»Ich muss …«, begann sie, blieb stehen und spürte einen Schlag seiner Hand gegen ihre Schulter, als wäre er in sie hineingelaufen. Spürte die Wärme seiner Haut an ihrem Hals und wie ihr Herz wild zu schlagen begann. Dann hörte sie wieder einen Motor. Aber dieses Mal war es kein Rasenmäher, sondern das hektische Brummen eines kleinen Automotors.

»Mama!«, rief Aurora, wand sich aus dem Griff des Mannes, tauchte unter seinem Arm hindurch, sprang alle vier Stufen der Treppe auf einmal nach unten und rannte los.

»Ich muss Mama auspacken helfen«, rief sie über die Schulter zurück.

Sie stürmte zum Gartentor, lauschte auf Schritte hinter sich, aber das Knirschen ihrer eigenen Joggingschuhe auf dem Kies übertönte alle anderen Geräusche. Dann war sie da, riss das Tor auf und sah Mama vor der Garage aus dem kleinen blauen Auto steigen.

»He, meine Kleine«, sagte Mama und sah sie mit einem fragenden Lächeln an. »Du bist ja schnell.«

»Da ist jemand, der nach Papa gefragt hat«, sagte Aurora und realisierte, dass der Weg zum Gartentor doch länger war, als sie gedacht hatte. Auf jeden Fall war sie ganz schön außer Atem. »Er steht auf der Treppe.«

»Oh?«, sagte die Mutter, reichte ihr die Einkaufstüten, die auf der Rückbank standen, warf die Autotür zu und ging gemeinsam mit ihrer Tochter durch das Gartentor.

Die Treppe war leer, aber die Haustür stand noch immer offen.

»Ist er reingegangen?«, fragte die Mutter.

»Keine Ahnung«, sagte Aurora.

Sie gingen ins Haus, aber Aurora blieb im Flur in der Nähe der offenen Tür stehen, während die Mutter an der Küche vorbei ins Wohnzimmer ging.

»Hallo?«, hörte sie sie rufen. »Hallo?«

Dann kam sie ohne Einkaufstüten wieder zurück in den Flur.

»Es ist niemand hier, Aurora.«

»Aber es war jemand hier, wirklich!«

Die Mutter sah sie überrascht an und lachte kurz. »Aber natürlich! Warum sollte ich dir das nicht glauben?«

Aurora antwortete nicht. Sie wusste nicht, was sie sagen sollte. Wie sie erklären sollte, dass das vielleicht Jesus gewesen war. Oder der Heilige Geist. Auf jeden Fall jemand, den nicht alle sehen konnten.

»Er wird schon wiederkommen, wenn es wichtig war«, sagte die Mutter und ging zurück in die Küche.

Aurora blieb im Flur stehen. Der muffig-süße Geruch war noch immer da.

Kapitel 35

»Sag mal, hast du eigentlich kein Privatleben?«

Arnold Folkestad blickte von seinen Papieren auf und lächelte, als er den großgewachsenen Kerl sah, der an seinem Türrahmen lehnte.

»Nein, ich auch nicht, Harry.«

»Es ist nach neun, und du bist noch immer hier.«

Arnold amüsierte sich und sammelte seine Unterlagen zusammen. »Aber ich bin auf dem Weg nach Hause, während du gerade erst gekommen bist und noch – wie lange? – hier sein willst?«

»Nicht lange.« Harry war mit einem Schritt bei dem einfachen Holzstuhl und setzte sich. »Und ich habe wenigstens eine Frau, mit der ich am Wochenende zusammen sein kann.«

»Ach ja? Ich habe dafür eine Exfrau, mit der ich an den Wochenenden nicht mehr zusammen sein *muss*.«

»Hast du? Das wusste ich ja gar nicht.«

»Na ja, Exlebensgefährtin.«

»Kaffee? Was ist passiert?«

»Kein Kaffee mehr da. Einer von uns ist auf die blöde Idee gekommen, dass es wohl an der Zeit sei, dem anderen einen Antrag zu machen. Von da an ging es nur noch bergab. Ich habe einen Rückzieher gemacht, nachdem die Einladungen verschickt waren, woraufhin sie ausgezogen ist. Sie ist damit nicht klargekommen, aber für mich war das das Beste, was mir passieren konnte, Harry.«

»Hm.« Harry rieb sich zwischen Daumen und Mittelfinger die Nasenwurzel.

Arnold stand auf und nahm seine Jacke vom Wandhaken. »Läuft es nicht gut unten bei euch?«

»Tja, wir hatten heute einen Rückschlag, Valentin Gjertsen ...«

»Ja?«

»Wir glauben, er ist der Säger. Aber die Polizisten hat er nicht umgebracht.«

»Sicher?«

»Auf jeden Fall nicht allein.«

»Können es denn mehrere Täter gewesen sein?«

»Das war Katrines Vorschlag. Statistisch gesehen, sind Sexualtäter aber zu achtundneunzig Komma sechs Prozent Einzelgänger.«

»Dann ...«

»Sie hat aber nicht klein beigegeben. Meinte, dass der Mord am Tryvann aller Wahrscheinlichkeit nach von zwei Tätern ausgeführt wurde.«

»Wegen der Körperteile, die so weit voneinander entfernt lagen?«

»Ja. Sie meinte, dass Valentin möglicherweise einen Partner hat und dass sie das nutzten, um die Polizei zu verwirren.«

»Du meinst, sie wechseln sich mit den Morden ab, um sich gegenseitig Alibis zu verschaffen?«

»Ja, das hat's schon gegeben. In Michigan haben sich in den Sechzigern zwei vorbestrafte Sexualtäter zusammengetan. Ihre Morde sahen wie das Werk eines klassischen Serientäters aus, da sie immer nach einem ganz bestimmten Muster vorgingen. Die Morde waren direkte Kopien voneinander. Sie hatten Ähnlichkeiten mit den Verbrechen, die sie vorher schon begangen hatten. Sie hatten beide ihre kranken Vorlieben, weshalb sie im Sucher des FBI landeten. Aber da mal der eine, mal der andere ein wasserdichtes Alibi für diverse Taten hatte, wurden sie nicht mehr verdächtigt.«

»Klug. Warum glaubst du trotzdem nicht, dass es hier genauso sein könnte?«
»Achtundneunzig ...«
»... Komma sechs Prozent. Ist es nicht ein bisschen einseitig, so zu denken?«
»Es waren deine Prozentangaben bei den Todesursachen der Kronzeugen, durch die ich herausgefunden habe, dass Asajev keines natürlichen Todes gestorben ist.«
»Aber in der Angelegenheit hast du auch noch nichts unternommen, oder?«
»Nein. Aber lass das jetzt mal beiseite, Arnold, es gibt Wichtigeres.« Harry lehnte den Kopf an die Wand hinter sich und schloss die Augen. »Wir ticken ziemlich gleich, du und ich, und ich bin ziemlich fertig. Deshalb bin ich hier. Ich wollte dich bitten, mir beim Denken zu helfen.«
»Ich?«
»Ja, wir sind echt am Anschlag, Arnold. Und du hast ein paar Windungen im Hirn, die ich ganz offensichtlich nicht habe.«
Folkestad zog sich die Jacke wieder aus und hängte sie ordentlich über den Stuhlrücken, bevor er sich setzte.
»Harry?«
»Ja?«
»Du hast ja keine Ahnung, wie gut sich das anfühlt.«
Harry lächelte schief. »Gut. Motiv?«
»Motiv, ja, da hapert's schon.«
»An dem Punkt sind wir auch. Was für ein Motiv könnte der Täter haben?«
»Ich guck mal, ob ich nicht doch noch einen Kaffee finde, Harry.«
Harry redete, während er den ersten und auch einen Großteil des zweiten Kaffees trank, ehe Arnold das Wort ergriff.
»Ich glaube, dass der Mord an René Kalsnes wichtig ist, weil er die Ausnahme darstellt. Er fügt sich einfach nicht ins Bild. Jedenfalls nicht richtig. Er passt nicht zu den anderen

Originalmorden mit sexuellem Missbrauch, Sadismus und der Verwendung von Stichwaffen. Wohl aber zu den Polizistenmorden mit stumpfer Gewalt gegen Gesicht und Kopf der Opfer.«

»Sprich weiter«, sagte Harry und stellte die Kaffeetasse ab.

»Ich erinnere mich gut an den Kalsnes-Mord«, sagte Arnold. »Ich war in San Francisco auf einem Polizeikurs, als das passierte. In dem Hotel, in dem ich wohnte, kriegten alle *The Gayzette* an die Tür geliefert.«

»Die Schwulenzeitung?«

»Ja. Der Mord im kleinen Norwegen hatte es auf die Titelseite geschafft und wurde als Hassmord an einem Schwulen eingestuft. Interessant war die Tatsache, dass keine norwegische Zeitung, die ich im Laufe dieses Tages gelesen habe, irgendwo von Schwulenmord sprach. Der Journalist der *Gayzette* schrieb, dass die Tat alle klassischen Züge eines Schwulenmordes aufweise. Ein Schwuler, der seine Neigungen auf provokante Weise der ganzen Welt offenbart, wird aufgelesen und an einem abgelegenen Ort Opfer ritueller, roher Gewalt. Der Mörder hat eine Schusswaffe dabei, aber es reicht ihm nicht, Kalsnes zu erschießen, erst muss er sein Gesicht zerschmettern, seine Homophobie ausleben, indem er das feine, viel zu schöne, feminine Schwulengesicht ein für alle Mal entstellt. Alles geschieht überlegt, geplant. Der klassische Schwulenmord eben, so die Schlussfolgerung des Journalisten. Und weißt du was, Harry? Ich finde diese Schlussfolgerung gar nicht so abwegig.«

»Hm. Wenn das ein Schwulenmord war, wie du es nennst, passt er auf keinen Fall ins Bild. Es deutet nichts darauf hin, dass eins der anderen Opfer homosexuell war, weder bei den Originalmorden noch bei den Polizistenmorden.«

»Mag sein, aber es gibt noch ein anderes interessantes Detail. Du hast gesagt, dass der einzige Mord, bei dem alle ermordeten Polizisten irgendwie an den Ermittlungen beteiligt waren, der Mord an Kalsnes war, nicht wahr?«

»Bei einem so kleinen Dezernat sind oft dieselben Leute involviert, Arnold, das ist nicht ungewöhnlich.«
»Egal, ich habe das Gefühl, dass es wichtig ist.«
»Jetzt versteig dich nicht, Arnold.«
Der Rotbart machte ein beleidigtes Gesicht: »Habe ich etwas Falsches gesagt?«
»*Ich habe das Gefühl?* Ich werde es dich wissen lassen, wenn deine Gefühle gefragt sind.«
»Seid ihr so wenige?«
»Ja, sprich weiter, aber auf dem Boden bleiben, okay?«
»Wie du willst. Aber vielleicht darf ich noch sagen, dass ich das Gefühl habe, dass du so ziemlich meiner Meinung bist.«
»Vielleicht.«
»Dann gehe ich noch einen Schritt weiter und rate euch, alle verfügbaren Ressourcen einzusetzen, um herauszufinden, wer diesen Schwulen umgebracht hat. Schlimmstenfalls löst ihr dann nur einen Fall. Bestenfalls die ganze Serie der Polizistenmorde.«
»Hm.« Harry leerte seine Tasse und stand auf. »Danke, Arnold.«
»Nichts zu danken. Expolizisten wie ich sind schon froh, wenn man ihnen mal zuhört, weißt du. Apropos Ex, gestern in der Wache habe ich Silje Gravseng getroffen. Sie war da, um ihre Schlüsselkarte abzugeben, sie war ... etwas ...«
»Klassensprecherin.«
»Ja, wie dem auch sei, sie hat nach dir gefragt. Ich habe nichts gesagt. Und dann hat sie noch gemeint, du seist ein Bluff. Dein Chef hätte ihr erzählt, dass deine hundertprozentige Aufklärungsrate ein Mythos sei, der gar nicht stimme. Gusto Hanssen, sagte sie. Ist das richtig?«
»Hm, in gewisser Weise.«
»In gewisser Weise? Was soll das denn heißen?«
»Dass ich in dem Fall ermittelt und nie jemanden festgenommen habe. Wie hat sie auf dich gewirkt?«

Arnold Folkestad kniff ein Auge zu und sah Harry an, als zielte er auf einen Punkt in seinem Gesicht.

»Tja, schwer zu sagen. Silje Gravseng ist ein seltsames Mädchen, sie hat mich zum Schießtraining nach Økern eingeladen. Einfach so aus dem Nichts.«

»Hm. Und was hast du dazu gesagt?«

»Ich habe auf meinen Sehfehler und mein Zittern hingewiesen und ihr erzählt, dass das Ziel schon einen halben Meter vor mir sein müsste, um eine Chance auf einen Treffer zu haben. Und das stimmt ja auch. Sie hat das akzeptiert, aber hinterher habe ich mich gefragt, was sie beim Schießtraining will, wo sie jetzt ja nicht mehr zu den regelmäßigen Schießprüfungen muss?«

»Gute Frage«, sagte Harry. »Es soll ja Menschen geben, die einfach gerne schießen.«

»So viel dazu«, sagte Arnold und stand auf. »Aber sie sieht gut aus, das muss man ihr lassen.«

Harry sah seinem Kollegen nach, der in den Flur hinkte. Er überlegte einen Moment, suchte dann die Nummer der zuständigen Dienststellenleiterin in Nedre Eiker heraus und rief sie an. Anschließend blieb er noch eine Weile sitzen und grübelte über das nach, was sie gesagt hatte. Es stimmte, dass Bertil Nilsen nicht an der Ermittlung im Fall René Kalsnes in der Nachbargemeinde Drammen beteiligt gewesen war. Aber er war auf der Wache, als der Anruf mit dem Hinweis einging, dass im Fluss unweit des Eiker-Sägewerks ein Auto im Fluss lag. Und er war ausgerückt, da es zu dem Zeitpunkt noch unklar gewesen war, auf welcher Seite der Gemeindegrenze das Auto lag. Dann hatte sie ihm auch noch verraten, dass die Drammener Polizei und das Kriminalamt sie kritisiert hätten, weil Nilsen über den weichen Weg gefahren war und damit mögliche Reifenspuren zunichtegemacht hatte. »Man kann also schon sagen, dass er Einfluss auf die Ermittlungen hatte.«

Es war fast zehn Uhr und die Sonne längst hinter den grünen Hügeln im Westen untergegangen, als Ståle Aune seinen Wagen in der Garage abstellte und über den gekiesten Weg zum Haus ging. Weder im Wohnzimmer noch in der Küche brannte Licht. So ungewöhnlich war das nicht, seine Frau ging häufig früh ins Bett.

Er spürte die Schwere seines Körpers in den Knien. Mein Gott, wie müde er war.

Er schloss die Tür auf. Er hatte einen langen Tag hinter sich, aber trotzdem gehofft, dass sie noch auf war. Damit sie ein bisschen reden konnten und er eine Chance hatte, zur Ruhe zu kommen. Er hatte getan, was Harry ihm empfohlen hatte, und mit einem Kollegen über den Angriff mit dem Messer gesprochen und darüber, dass er sich sicher gewesen war, sterben zu müssen. Er hatte alles getan, was nötig war, und wollte jetzt nur noch schlafen. Schlafen.

Er ging ins Haus und sah Auroras Jacke an der Garderobe hängen. Schon wieder eine neue. Wie das Mädchen wuchs. Er streifte sich die Schuhe von den Füßen. Richtete sich auf und lauschte in die Stille im Haus. Er konnte nicht sagen, warum, hatte aber irgendwie das Gefühl, als wäre es stiller als sonst.

Er ging die Treppe nach oben. Mit jedem Schritt ein bisschen langsamer, wie ein überladener Scooter an einer Steigung. Er musste unbedingt anfangen, Sport zu machen, und wenigstens zehn Kilo abspecken. Das wäre gut für den Schlaf, gut fürs Wohlbefinden, gut für lange Arbeitstage, für die Lebenserwartung, für den Sex, das Selbstwertgefühl, kurz gesagt, für alles. Aber dazu kommen würde er doch nicht, da war er sich ziemlich sicher.

Er lief an Auroras Schlafzimmertür vorbei.

Blieb stehen, zögerte einen Moment und ging zurück. Legte die Hand auf die Klinke.

Er wollte nur kurz einen Blick auf seine schlafende Tochter werfen, wie er es früher immer getan hatte. Bald würde das nicht mehr möglich sein, er spürte bereits, dass ihr ihre Privatsphäre immer wichtiger wurde. Sie hatte zwar keine Hemmungen, in seiner Anwesenheit nackt herumzulaufen, sie bewegte sich dabei aber nicht mehr so frei wie früher. Und sobald er merkte, dass das für sie nicht mehr natürlich war, endete diese Natürlichkeit selbstverständlich auch für ihn. Trotzdem wollte er diesen kleinen Moment stehlen und seine Tochter friedlich und sicher schlafen sehen. Gut geschützt vor all dem, was er an diesem Tag erlebt hatte.

Aber dann ließ er es doch bleiben. Er würde sie ja morgen beim Frühstück sehen.

Seufzend ging er ins Bad, putzte sich die Zähne und wusch sich das Gesicht. Dann zog er sich aus und nahm seine Kleider mit ins Schlafzimmer, wo er sie über einen Stuhl legte und gerade ins Bett kriechen wollte, als er plötzlich wieder ins Stocken kam. Die Stille. Warum kam es ihm so unnatürlich still vor? Fehlte das Brummen des Kühlschranks? Das Summen der Ventilationsluke, die in der Regel offen stand?

Er war zu erschöpft, jetzt darüber nachzugrübeln, und schob sich unter die Decke. Neben sich sah er Ingrids Haare auf dem Kissen. Er wollte seine Hand ausstrecken, ihr über den Rücken streicheln und einfach nur spüren, dass sie da war. Aber sie hatte so einen leichten Schlaf und hasste es, geweckt zu werden, das wusste er. Erst wollte er sich auf die Seite drehen, entschied sich dann aber doch anders.

»Ingrid?«
Keine Antwort.
»Ingrid?«
Stille.
Das konnte warten. Er schloss die Augen.
»Ja?« Er merkte, dass sie sich zu ihm umgedreht hatte.
»Nichts«, murmelte er. »Nur ... Dieser Fall ...«
»Dann sag doch, dass du das nicht willst.«
»Irgendjemand muss es doch machen.« Es klang wie das Klischee, das es war.
»Dann finden sie keinen Besseren als dich.«

Ståle öffnete die Augen, sah sie an und streichelte ihr über die warmen, runden Wangen. Manchmal – nein, häufiger als manchmal – gab es keine Bessere als sie.

Ståle Aune schloss die Augen. Und da kam er. Der Schlaf. Die Betäubung. Die *wirklichen* Alpträume.

Kapitel 36

Die Vormittagssonne ließ die von dem kurzen, heftigen Schauer nassen Villendächer glänzen.

Mikael Bellman drückte auf die Klingel und sah sich um.

Ein gepflegter Garten. Vermutlich hatte man für so was Zeit, wenn man pensioniert war.

Die Tür ging auf.

»Mikael, was für eine nette Überraschung!«

Er war älter geworden. Der gleiche blaue, scharfe Blick, aber eben älter.

»Komm rein.«

Mikael trat die nassen Schuhsohlen auf der Türmatte ab und ging ins Haus. Drinnen roch es nach etwas, das er aus seiner Kindheit kannte, aber nicht recht einordnen konnte.

Sie setzten sich ins Wohnzimmer.

»Sie sind allein?«, fragte Mikael.

»Meine Frau ist bei unserem Ältesten. Sie brauchen ein bisschen Hilfe von der Großmutter, und sie lässt sich in solchen Situationen nicht lange bitten.« Er lächelte breit. »Ich hatte eigentlich schon vor, Kontakt zu Ihnen aufzunehmen. Der Senat hat zwar noch keinen endgültigen Beschluss gefasst, aber wir wissen ja beide, was sie wollen, und da wäre es wohl klug, dass wir uns baldmöglichst zusammensetzen und besprechen, wie wir das machen wollen. Ich denke dabei an die Arbeitsteilung.«

»Ja«, sagte Mikael. »Haben Sie vielleicht einen Kaffee?«

»Entschuldigung?« Die buschigen Augenbrauen ragten bis weit in die Stirn des alten Mannes.

»Wenn es länger dauert, wäre eine Tasse Kaffee sicher nicht schlecht.«

Der Mann studierte Mikael. »Aber ja, natürlich. Kommen Sie, wir können uns in die Küche setzen.«

Mikael folgte ihm. Der Wald von Familienbildern auf Tisch und Kommode erinnerte ihn an Barrikaden, den hoffnungslosen Versuch, Angriffe von außen abzuwehren.

Die halbherzig modernisierte Küche sah aus, als hätte die Schwiegertochter ein kräftiges Wort mitgeredet, als eigentlich nur der kaputte Kühlschrank ausgetauscht werden sollte.

Während der Alte eine Tüte Kaffee aus einem der Hängeschränke nahm und mit einem Messlöffel die richtige Menge in zwei Tassen füllte, nahm Mikael Bellman Platz, legte den MP3-Player auf den Tisch und startete die Wiedergabe. Truls' Stimme klang metallisch und dünn: »*Auch wenn wir durchaus Grund zu der Annahme haben, dass die Frau eine Prostituierte ist? Aber es kann ja auch sein, dass gar nicht Ihr Sohn den Wagen gefahren hat, vom Fahrer haben wir ja kein Foto.*«

Die Stimme des Polizeipräsidenten a. D. kam aus etwas größerer Distanz, war aber dank fehlender Hintergrundgeräusche gut zu verstehen. »*Dann haben Sie doch eigentlich gar keinen Fall? Nein, das können Sie wirklich vergessen.*«

Mikael sah das Kaffeepulver vom Messlöffel rieseln, als der Alte zusammenzuckte und sich kerzengerade aufrichtete, als hätte ihm jemand den Lauf einer Pistole in den Rücken gedrückt.

Truls' Stimme. »*Danke, dann machen wir das so.*«

»*Berentzen vom Dezernat für Organisierte Kriminalität? Orgkrim, das ist doch richtig, oder?*«

»*Korrekt.*«

»*Danke, Berentzen. Sie machen gute Arbeit.*«

Mikael drückte auf die Stopptaste.

Der Alte drehte sich langsam um. Sein Gesicht war kreidebleich geworden. Leichenblass, dachte Mikael Bellman. Eigentlich die kleidsamste Farbe für zum Tode Verurteile. Der Mund des Mannes bewegte sich ein paarmal.

»Sie wollen fragen«, begann Mikael Bellman, »was das ist? Die Antwort lautet: Das ist der ehemalige Polizeipräsident, der einen Beamten nötigt, alles zu tun, damit sein Sohn nicht wie alle anderen Einwohner dieses Landes in eine Ermittlung hineingezogen wird, mit allen juristischen Konsequenzen.«

Die Stimme des Alten klang wie ein Wüstenwind: »Er war nicht einmal da. Ich habe mit Sondre gesprochen. Sein Wagen ist seit Mai in der Werkstatt, weil der Motor gebrannt hat. Er kann nicht da gewesen sein.«

»Ganz schön bitter, nicht wahr?«, fragte Mikael. »Wenn die Presse und der Senat erfahren, dass Sie versucht haben, einen Polizisten zu korrumpieren, wobei das gar nicht notwendig gewesen wäre, um Ihren Sohn zu retten.«

»Es gibt keine Fotos von dem Auto und dieser Prostituierten, oder?«

»Jetzt jedenfalls nicht mehr. Sie haben ja den Befehl gegeben, alles zu vernichten. Doch wer weiß, vielleicht sind die Bilder ja schon vor dem Mai aufgenommen worden?« Mikael grinste. Er wollte das eigentlich gar nicht, konnte aber nicht anders.

Die Farbe kehrte in das Gesicht des Alten zurück, und auch seine Stimme klang mit einem Mal tiefer und fester: »Und Sie bilden sich ein, damit durchzukommen, Bellman?«

»Das weiß ich nicht. Ich weiß nur, dass der Senat keinen Bedarf an einem nachweislich korrupten Mann als Polizeipräsidenten hat.«

»Was wollen Sie, Bellman?«

»Fragen Sie sich lieber, was Sie wollen. Ein Leben in Ruhe und Frieden mit dem Ruf, ein guter, ehrlicher Polizist gewesen zu sein? Ja? Sie werden sehen, dass wir gar nicht so unterschiedlich sind, denn das will ich auch. Ich will meine Arbeit als Polizeipräsident in Ruhe und Frieden verrichten, ich will diese Polizistenmorde aufklären, ohne dass ein Scheißsenat mir alles kaputtmacht. Schließlich will ich auch einmal den Ruf haben, ein guter Polizist gewesen zu sein. Also, wie erreichen wir beide das?«

Bellman wartete, bis er sich sicher war, dass der Alte sich genug gesammelt hatte, um auch den Rest zu verstehen.

»Ich will, dass Sie dem Senat sagen, dass Sie sich gründlich mit dem Fall auseinandergesetzt haben und so beeindruckt von der professionellen Vorgehensweise der Polizei sind, dass Sie keinen Sinn darin sehen, vorübergehend wieder die Leitung zu übernehmen, dass Sie sogar im Gegenteil befürchten, die Ermittlungen dadurch nur zu verzögern. Und dass Sie ernsthaft an dem Urteilsvermögen der Sozialsenatorin zweifeln, die diesen Vorschlag gemacht hat. Sie scheint Panik bekommen zu haben, dabei sollte sie doch wohl wissen, dass Polizeiarbeit methodisch und weitsichtig sein muss. Natürlich stehen wir alle unter Druck, aber man sollte an politische wie fachliche Vorgesetzte den Anspruch stellen können, in Situationen, in denen es darauf ankommt, nicht den Kopf zu verlieren. Sie bestehen deshalb darauf, dass der amtierende Polizeipräsident seine Arbeit ohne Einmischung von außen fortsetzen kann, da man Ihrer Meinung nach so die besten Resultate erzielt. Und dass Sie deshalb Ihre Kandidatur zurückziehen.«

Bellman zog einen Umschlag aus der Innentasche seiner Jacke und schob ihn über den Tisch.

»Das ist in Kürze das, was in diesem Brief steht, er ist an den Vorsitzenden des Senats persönlich gerichtet. Sie brauchen nur noch zu unterschreiben und den Brief abzuschicken. Wie Sie sehen, ist der Umschlag bereits frankiert. Sie erhalten natürlich diesen MP3-Player, sobald ich vom Senat über Ihren Entschluss informiert werde.«

Bellman nickte in Richtung der Tassen.

»Wie sieht es aus, kriegen wir jetzt einen Kaffee?«

Harry trank einen Schluck Kaffee und blickte über seine Stadt.

Die Kantine des Polizeipräsidiums lag in der obersten Etage. Von dort hatte man Aussicht auf den Ekeberg, den Fjord und den neuen Stadtteil, der in Bjørvika entstand. Aber sein Blick ging zuerst zu den alten Landmarken. Wie oft hatte er in seinen Lunchpausen hier oben gesessen und versucht, seine Fälle aus anderen Blickwinkeln zu betrachten. Mit anderen Augen, aus einer neuen Perspektive, während die Sucht nach Nikotin und Alkohol an ihm genagt hatte, er sich selbst aber das Versprechen gegeben hatte, erst dann auf die Terrasse zu gehen und eine Zigarette zu rauchen, wenn er mindestens eine neue und überprüfbare Hypothese hatte.

Er hatte geglaubt, es vermisst zu haben.

Eine Hypothese, die nicht nur der Phantasie entsprang, sondern in etwas verankert war, das überprüft und beantwortet werden konnte.

Er hob die Kaffeetasse an. Und stellte sie wieder ab. Kein neuer Schluck, bevor das Hirn nicht irgendetwas hatte, woran es sich festbeißen konnte. Ein Motiv. Sie traten jetzt schon so lange auf der Stelle, dass es wirklich an der Zeit war, an einem anderen Ort zu beginnen. Einem Ort, an dem es Licht gab.

Stuhlbeine scharrten über den Boden, und Harry blickte auf. Es war Bjørn Holm. Er stellte seine Tasse auf den Tisch, ohne dass ein Tropfen überschwappte, nahm die Rastamütze ab und fuhr sich mit den Fingern durch die roten Haare. Harry sah ihm abwesend zu. Machte er das, damit die Kopfhaut Luft bekam? Oder damit die Haare nicht plattgedrückt wurden, was seine Generation zu fürchten schien, Oleg hingegen ganz cool fand. In die Stirn fallende, verschwitzte Haare, die auf der Haut klebten. Ein belesener Nerd, ein Webfreak, ein selbstbewusster Städter, Verliererimage inklusive, die falsche Outsiderrolle. Sah er so aus, der Mann, den sie suchten? Oder war er ein rotwangiger Junge vom Lande, der mit Bluejeans, praktischen Schuhen und einer Allerweltsfrisur durch die Stadt lief? Jemand, der die Treppe putzte, wenn er an der Reihe war, der höflich und hilfsbereit war und über den niemand ein böses Wort sagte? Eine nicht überprüfbare Hypothese. Kein Kaffee.

»Und?«, sagte Bjørn und genehmigte sich einen großen Schluck.

»Tja ...«, sagte Harry. Er hatte Bjørn nie gefragt, warum ein Countryman eine Reggaemütze trug und keinen Cowboyhut.

»Ich glaube, wir sollten uns den Mord an René Kalsnes noch einmal genauer anschauen, ohne dabei an das Motiv zu denken. Wir sollten uns auf die technischen Fakten konzentrieren. Wir haben die Kugel, mit der er ermordet wurde. Neun Millimeter. Das geläufigste Kaliber der Welt. Wer benutzt das?«

»Alle, absolut alle. Sogar wir.«

»Hm. Wusstest du, dass Polizisten in Friedenszeiten weltweit vier Prozent aller Morde begehen? Und in der Dritten Welt neun Prozent? Und dass uns das zu der mörderischsten Berufsgruppe der Welt macht?«

»Uih«, sagte Bjørn.

»Er macht nur Witze«, sagte Katrine. Sie zog sich einen Stuhl an den Tisch und stellte eine große, dampfende Tasse vor sich. »In zweiundsiebzig Prozent der Fälle, in denen sich Menschen auf die Statistik berufen, haben sie die gerade erst erfunden.«

Harry amüsierte sich.

»Ist das witzig?«, fragte Bjørn.

»Ich finde schon«, sagte Harry.

»Wieso?«, fragte Bjørn.

»Frag sie.«

Bjørn sah zu Katrine. Sie rührte lächelnd in ihrer Tasse.

»Verstehe ich nicht!« Bjørn sah Harry vorwurfsvoll an.

»Das versteht sich doch von selbst. Das mit den zweiundsiebzig Prozent ist ihr gerade erst eingefallen, oder?«

Bjørn schüttelte ratlos den Kopf.

»Das ist ein Paradoxon«, sagte Harry. »Wie der Grieche, der sagt, dass alle Griechen lügen.«

»Was nicht bedeuten muss, dass es stimmt«, sagte Katrine.

»Also das mit den zweiundsiebzig Prozent. Harry, glaubst du wirklich, dass der Mörder ein Polizist ist?«

»Das habe ich nicht gesagt«, sagte Harry und verschränkte die Hände hinter dem Kopf. »Ich habe nur gesagt ...«

Er hielt inne. Spürte, wie seine Nackenhaare sich aufstellten. Die guten alten Nackenhaare. Die Hypothese. Er starrte auf seine Kaffeetasse. Er hatte jetzt wirklich Lust auf einen Schluck.

»Ein Polizist«, wiederholte er, hob den Blick und sah, dass die anderen beiden ihn anstarrten.

»René Kalsnes wurde von einem Polizisten ermordet.«

»Was?«, fragte Katrine.

»So lautet unsere Hypothese. Die Kugel hatte neun Millimeter, wie die unserer Heckler-&-Koch-Dienstwaffen. Und unweit des Tatorts wurde ein Schlagstock der Polizei gefunden. Außerdem ist das der einzige der Originalmorde, der Ähnlichkeit mit unseren Polizistenmorden hat. Die Gesichter der Opfer sind zertrümmert. Die meisten Originalmorde waren Sexualmorde, die neueren sind Hassmorde. Warum hasst man?«

»Jetzt bist du doch wieder beim Motiv«, wandte Bjørn ein.

»Schnell, warum?«

»Eifersucht«, sagte Katrine. »Weil jemand einen gedemütigt hat, abgewiesen, verschmäht, lächerlich gemacht. Weil man ihm die Frau weggenommen hat, die Kinder, den Bruder oder die Schwester, die Zukunft, den Stolz ...«

»Stopp«, sagte Harry. »Unsere Hypothese lautet, dass der Täter jemand ist, der Verbindungen zur Polizei hat. Und mit diesem Ausgangspunkt müssen wir uns den René-Kalsnes-Fall noch einmal vornehmen und herausfinden, wer ihn getötet hat.«

»Gut«, sagte Katrine. »Aber selbst wenn es ein paar Indizien gibt, verstehe ich nicht ganz, warum es plötzlich so klar ist, dass wir nach einem Polizisten suchen.«

»Weil mir keiner eine bessere Hypothese nennen kann? Ich zähle von fünf runter ...« Harry sah sie herausfordernd an.

Bjørn stöhnte. »Tu uns das nicht an, Harry.«
»Was?«
»Wenn der Rest des Hauses erfährt, dass wir zur Jagd auf unsere eigenen Kollegen blasen ...«
»Da müssen wir durch«, sagte Harry. »Im Moment haben wir nichts. Wir müssen einfach irgendwo anfangen. Im schlimmsten Fall lösen wir einen alten Mordfall. Im besten finden wir den ...«
Katrine vollendete den Satz für ihn: »... der Beate getötet hat.«
Bjørn biss sich auf die Unterlippe. Dann zuckte er mit den Schultern und nickte zum Zeichen, dass sie mit ihm rechnen konnten.
»Gut«, sagte Harry. »Katrine, du überprüfst das Register der Dienstwaffen, die als verloren oder gestohlen gemeldet worden sind. Und klär ab, ob René Kalsnes Kontakt zu jemandem bei der Polizei hatte. Bjørn, du guckst dir im Licht der neuen Hypothese noch einmal das gesamte Beweismaterial an, vielleicht taucht dabei ja etwas Neues auf.«
Bjørn und Katrine standen auf.
»Ich komme gleich«, sagte Harry. Er sah ihnen nach, als sie durch die Kantine zur Tür gingen, und ihm entgingen auch die Blicke nicht, die ihnen von einem Tisch aus zugeworfen wurden, an dem Beamte der großen Ermittlungsgruppe saßen. Einer von ihnen sagte etwas, und alle am Tisch lachten laut.
Harry schloss die Augen und horchte in sich hinein. Suchte. Was konnte es sein, was war geschehen? Er stellte sich die gleiche Frage, die Katrine ihm gestellt hatte: Warum war es plötzlich so klar, dass sie nach einem Polizisten suchen mussten? Eine richtige Antwort hatte er darauf noch nicht. Er konzentrierte sich, sperrte alle anderen Eindrücke aus, wusste, dass es wie ein Traum war und er sich beeilen musste, bevor er sich verflüchtigte. Langsam tauchte er in sein Inneres ab und bewegte sich wie ein Tiefseetaucher ohne Licht durch das Dunkel seines Unterbewusstseins. Bekam etwas zu fassen und tastete

es ab. Es hatte etwas mit Katrines Witz zu tun. Dem selbsterklärenden Meta-Witz. War auch der Mörder so? Selbsterklärend? Es glitt ihm aus den Händen und im selben Augenblick drückte der Auftrieb ihn nach oben zurück ans Licht. Er öffnete die Augen, und die Geräusche kamen zurück. Tellerklirren, Stimmengewirr, Lachen. Verdammt, verdammte Scheiße, er hatte es fast gehabt. Aber jetzt war es zu spät. Er wusste nur, dass dieser Witz irgendeinen Hinweis in sich barg, dass er wie ein Katalysator auf etwas tief in seinem Unterbewusstsein gewirkt hatte. Etwas, das er jetzt nicht zu fassen bekommen würde, von dem er aber hoffte, dass es irgendwann ganz von allein an die Oberfläche stieg. Seine Reaktion hatte ihnen aber auf jeden Fall etwas an die Hand gegeben, eine Richtung, einen Ausgangspunkt. Eine überprüfbare Hypothese. Harry nahm einen großen Schluck aus seiner Tasse, stand auf und ging nach draußen auf die Terrasse, um die Zigarette zu rauchen.

Bjørn Holm bekam am Empfang der Asservatenkammer zwei Plastikkisten ausgehändigt und quittierte das beigelegte Inhaltsverzeichnis.

Er nahm die Boxen mit in die Kriminaltechnik, die gleich neben dem Kriminalamt in Bryn lag, und nahm sich als Erstes die Box mit dem Beweismaterial von dem Originalmord vor.

Das Erste, was ihm auffiel, war das Projektil, das in René Kalsnes' Kopf gefunden worden war. Zum einen, weil es so deformiert war, obgleich es »nur« Fleisch, Knorpel und Knochen durchschlagen hatte, die allesamt eher weich und flexibel waren. Zum anderen, weil das Projektil in der Box kaum angelaufen war. Das Alter zeigte sich an Blei zwar nicht so krass wie an anderen Metallen, aber trotzdem fand er, dass die Kugel seltsam neu aussah.

Er blätterte durch die Tatortfotos von dem Toten. Hielt bei einer Nahaufnahme inne, die zeigte, wo die Kugel eingedrungen war und der zersplitterte Wangenknochen herausragte.

Auf dem leuchtend weißen Knochen war ein schwarzer Fleck. Er nahm das Vergrößerungsglas. Es sah aus wie Karies, aber im Wangenknochen bekam man doch keine Löcher. Ein Ölfleck von dem kaputten Auto? Ein Stück von einem verfaulten Blatt oder angetrockneter Schlamm aus dem Fluss? Er warf einen Blick in den Obduktionsbericht.

Fand, was er suchte.

Schwarzer Lacksplitter am Maxillaris. Herkunft unbekannt.

Lack am Wangenknochen. Die Rechtsmediziner schrieben in der Regel nicht mehr, als sie sicher nachweisen konnten. Manchmal eher weniger.

Bjørn blätterte weiter durch die Bilder, bis er das Auto fand. Rot. Also kein Autolack.

Bjørn rief seinen Kollegen: »Kim Erik!«

Sechs Sekunden später tauchte ein Kopf in der Tür auf.

»Hast du mich gerufen?«

»Ja, du warst doch beim Mittet-Mord in Drammen. Habt ihr da irgendwie schwarzen Lack gefunden?«

»Lack?«

»Ja, etwas, das von einer Schlagwaffe stammen könnte, wenn man so schlägt …«

Bjørn hob zur Illustration den rechten Arm wie bei einem Stein-Schere-Papier-Duell. »Die Haut ist aufgeplatzt und der Wangenknochen guckt raus, aber du schlägst weiter auf die Knochensplitter, und von dem Ding, mit dem du schlägst, platzt Lack ab.«

»Nein.«

»Okay, danke.«

Bjørn Holm nahm den Deckel von der anderen Box. In ihr waren die Fundsachen vom Mittet-Fall. Er bemerkte, dass der junge Kriminaltechniker noch immer in der Tür stand.

»Ja?«, fragte Bjørn, ohne aufzublicken.

»Er war marineblau.«

»Was?«

»Der Lack. Und er war nicht am Wangenknochen, sondern am Kiefer, an der Bruchfläche. Wir haben es analysiert. Es ist ganz normaler Lack, ziemlich gebräuchlich für Stahlwerkzeuge. Hält gut und verhindert, dass die Dinger rosten.«

»Eine Idee, was für ein Werkzeug das gewesen sein könnte?« Bjørn sah, dass Kim Erik in der Tür förmlich wuchs. Bjørn hatte ihn persönlich angelernt und jetzt fragte der Lehrmeister, ob der Lehrling einen Vorschlag hatte.

»Schwer zu sagen. Kommt alles in Frage.«

»Okay, das war alles.«

»Aber ich habe eine Idee.«

Bjørn sah, dass der junge Kollege vor Eifer fast platzte. Er könnte richtig gut werden.

»Schieß los.«

»Der Wagenheber. Alle Autos werden mit einem Wagenheber ausgeliefert, aber im Kofferraum von Mittets Wagen war kein Wagenheber.«

Bjørn nickte. Er brachte es fast nicht übers Herz, es zu sagen. »Das war ein VW Sharan, das Modell von 2010, Kim Erik. Wenn du nachguckst, wirst du feststellen, dass das eines der wenigen Autos ist, die ohne Wagenheber ausgeliefert werden.«

»Oh.« Das Gesicht des jungen Mannes fiel in sich zusammen wie ein punktierter Wasserball.

»Aber danke für die Hilfe, Kim Erik.«

Er könnte wirklich gut werden. Natürlich erst in ein paar Jahren.

Bjørn ging die Mittet-Box systematisch durch, stutzte aber bei keinem anderen Detail.

Er schloss den Deckel wieder, ging zu dem Büro am Ende des Flurs und klopfte an die offene Tür. Etwas verwirrt starrte er auf den glänzenden Hinterkopf, bis ihm klarwurde, dass das Roar Midtstuen war, der älteste und erfahrenste Kriminaltechniker. Einer von denen, die zeitweise Probleme damit gehabt hatten, dass ihr Chef nicht nur jünger, sondern auch noch eine Frau war. Aber seine Vorbehalte hatten sich gelegt, sobald er gemerkt hatte, dass Beate Lønn mit das Beste gewesen war, was ihrer Abteilung hatte passieren können.

Midtstuen hatte gerade erst wieder angefangen. Er war mehrere Monate krankgeschrieben gewesen, weil seine Tochter bei einem Unfall auf der Straße getötet worden war, nachdem sie an einer Felswand im Osten der Stadt Klettern gewesen war. Sie und ihr Fahrrad waren im Graben gefunden worden, von dem Fahrer gab es keine Spur.

»Na, Midtstuen?«

»Na, Holm?« Midtstuen schwang auf seinem Stuhl herum, zuckte mit den Schultern, lächelte und versuchte, die Energie auszustrahlen, die ihm noch immer fehlte. Bjørn hatte das runde, aufgeblasene Gesicht kaum wiedererkannt, als er ihn zum ersten Mal wiedergesehen hatte. Allem Anschein nach eine häufige Nebenwirkung von Antidepressiva.

»Waren die Schlagstöcke der Polizei eigentlich schon immer schwarz?«

Als Kriminaltechniker waren sie es gewohnt, auf bizarre, aus dem Kontext gerissene Fragen antworten zu müssen, weshalb Midtstuen nicht einmal eine Augenbraue hochzog.

»Dunkel waren sie auf jeden Fall.« Midtstuen war wie Bjørn in Østre Toten aufgewachsen, und wenn die beiden unter sich waren, kam der Dialekt auch bei ihm wieder an die Oberfläche. »Irgendwann in den Neunzigern waren sie, wenn ich mich recht erinnere, blau. Ziemlich nervig, das Ganze.«

»Was?«

»Dass wir ständig die Farben wechseln müssen und uns an nichts halten können. Erst sind die Autos schwarzweiß, dann weiß mit roten und blauen Streifen, und jetzt sollen sie wieder weiß sein mit schwarzen und gelben Streifen. Das schwächt doch den Wiedererkennungseffekt. Wie bei dem Absperrband in Drammen.«

»Was denn für ein Absperrband?«

»Kim Erik war beim Mittet-Fall am Tatort und hat Reste von Absperrband gefunden, das, wie er meinte, noch vom ersten Mord stammen müsste. Den Fall haben wir ja beide bearbeitet, ich vergesse immer den Namen dieses Homos ...«

»René Kalsnes.«

»Aber junge Leute wie Kim Erik wissen natürlich nicht, dass das Absperrband damals blauweiß war.« Als fürchtete er, jemandem auf die Füße getreten zu sein, fügte er noch eilig hinzu: »Aber der kann irgendwann richtig gut werden.«

»Das glaube ich auch.«

»Gut.« Midtstuens Kiefer arbeiteten, während er kaute. »Da sind wir uns also einig.«

Bjørn rief Katrine an, sobald er wieder in seinem Büro war. Er bat sie, etwas Lack von den Schlagstöcken der Polizei zu kratzen und per Bote nach Bryn schicken zu lassen.

Anschließend saß er eine Weile da und dachte darüber nach, dass er ganz automatisch in das letzte Büro auf dem Flur gegangen war, wo er immer hingegangen war, um Antworten zu bekommen. Die Arbeit hatte ihn so gefangen genommen, dass er gar nicht mehr daran gedacht hatte, dass sie nicht mehr dort saß und Midtstuen jetzt ihr Büro hatte. Eine Sekunde lang dachte er, dass er Roar Midtstuen verstehen konnte. Der Verlust eines anderen Menschen konnte einem das Mark aus den Knochen saugen und einen so fertigmachen, dass es keinen Sinn mehr hatte, morgens aufzustehen. Er schüttelte den Gedanken an Midtstuen und sein rundes, aufgedunsenes Gesicht ab. Jetzt hatten sie etwas. Das fühlte er einfach.

Harry, Katrine und Bjørn saßen auf dem Dach der Oper und blickten in Richtung Hovedøya und Gressholmen.

Harry hatte gemeint, sie bräuchten frische Luft.

Es war ein warmer, bewölkter Abend, die Touristen hatten längst das Feld geräumt, so dass sie das Marmordach ganz für sich hatten. Unter ihnen glitzerte der Oslofjord im Licht des Ekebergs, des Hafenlagers und der großen Dänemarkfähre, die am Vippetangen-Kai lag.

»Ich bin alle Polizistenmorde noch einmal durchgegangen«,

sagte Bjørn. »Nicht nur bei Mittet sind kleine Lacksplitter gefunden worden, sondern auch bei Vennesla und Nilsen. Es handelt sich um ganz gewöhnlichen Lack, der vielseitig zum Einsatz kommt, unter anderem auch bei den Schlagstöcken der Polizei.«

»Gut, Bjørn«, sagte Harry.

»Und dann waren da die Reste des Absperrbandes, das am Tatort des Mittet-Mords gefunden wurde. Das kann nicht von der Ermittlung des Kalsnes-Mordes stammen, da man diese Art Band damals nämlich noch gar nicht verwendet hat.«

»Das war Absperrband vom Tag zuvor«, sagte Harry. »Der Mörder hat Mittet angerufen und ihn gebeten zu kommen. Mittet geht davon aus, dass es an dem alten Tatort neuerlich einen Mord gegeben hat, und schöpft keinen Verdacht, als er das Absperrband der Polizei sieht. Vielleicht trägt der Täter sogar eine Polizeiuniform.«

»Satan«, sagte Katrine. »Ich habe den ganzen Tag darauf verwendet, Kalsnes irgendwie in Verbindung mit der Polizei zu bringen, aber Fehlanzeige. Trotzdem habe auch ich das Gefühl, dass wir da etwas auf der Spur sind.«

Sie sah zufrieden zu Harry, der sich eine Zigarette anzündete.

»Also, was tun wir jetzt?«, fragte Bjørn.

»Jetzt«, sagte Harry, »rufen wir alle Dienstwaffen für einen ballistischen Vergleich zurück.«

»Und welche?«

»Alle.«

Sie sahen Harry schweigend an.

Katrine fragte zuerst. »Was meinst du mit alle?«

»Alle Dienstwaffen der Polizei. Zuerst in Oslo, dann im Østlandet und wenn nötig im ganzen Land.«

»Machst du Witze?«, sagte Bjørn.

Die Zigarette wippte leicht zwischen Harrys Lippen, als er antwortete: »Nein, ganz und gar nicht.«

»Das ist unmöglich, vergiss es«, sagte Bjørn. »Die Leute glauben, so ein Ballistikcheck dauert nur fünf Minuten, weil das bei *CSI* so aussieht. Selbst Polizisten, die zu uns kommen, glauben das. Tatsache ist, dass es fast einen Tag dauert, eine Pistole zu checken. Alle? Allein im Polizeidistrikt Oslo arbeiten ... wie viele Polizisten sind hier?«

»Eintausendachthundertundzweiundsiebzig«, sagte Katrine.

Sie sahen sie an.

Sie zuckte mit den Schultern. »Habe ich im Jahresbericht der Osloer Polizei gelesen.«

Sie sahen sie noch immer an.

»Mein Fernseher ist kaputt, und ich konnte nicht schlafen, okay?«

»Wie dem auch sei«, sagte Bjørn. »Die Kapazitäten haben wir nicht. Das ist einfach unmöglich.«

»Das Wichtigste an dem, was du grad gesagt hast, ist, dass selbst Polizisten glauben, es würde nur fünf Minuten dauern«, sagte Harry und blies den Zigarettenrauch in den Abendhimmel.

»Hä?«

»Dass die Leute eine solche Razzia für möglich halten. Was passiert, wenn der Mörder erfährt, dass seine Dienstwaffe überprüft werden soll?«

»Du bist ja ein ganz gerissener Hund«, sagte Katrine.

»Hä?«, wiederholte Bjørn.

»Er wird sich beeilen, seine Waffe als verloren oder gestohlen zu melden«, sagte Katrine.

»Und genau da müssen wir suchen«, sagte Harry. »Es kann natürlich sein, dass er schon vorher so klug war, das zu tun, weshalb wir uns eine Liste aller nach dem Mord an Kalsnes verloren oder gestohlen gemeldeten Waffen besorgen werden.«

»Da gibt es ein Problem«, sagte Katrine.

»Stimmt«, sagte Harry. »Wird der Polizeipräsident in einen

solchen Befehl einwilligen, schließlich stellt er damit seine gesamte Belegschaft unter Verdacht? Er wird natürlich an die Schlagzeilen denken, die es geben könnte.« Harry zeichnete mit Daumen und Zeigefinger ein längliches Rechteck in die Luft: »*Polizeipräsident verdächtigt eigene Leute. Verliert die Polizeiführung jetzt die Kontrolle?*«

»Hört sich nicht ziemlich wahrscheinlich an«, sagte Katrine.

»Nun«, sagte Harry. »Du kannst über Bellman sagen, was du willst, aber er ist nicht dumm und weiß sehr wohl, was für ihn das Beste ist. Gelingt es uns, ihm glaubhaft zu vermitteln, dass der Mörder ein Polizist ist, den wir früher oder später doch kriegen, ob er mit uns zusammenarbeitet oder nicht, wird er erkennen, dass er noch schlechter dasteht, wenn ihm später jemand vorwirft, er habe die Ermittlungen aus reiner Feigheit behindert. Wir müssen ihm also klarmachen, dass die Ermittlungen in den eigenen Reihen der Öffentlichkeit zeigen, dass die Polizei in diesem Fall bereit ist, jeden Stein umzudrehen, was auch immer darunter zum Vorschein kommen sollte. Dass eine solche Maßnahme Mut erfordert, Führungskraft, Klugheit, all diese Sachen.«

»Und du glaubst, dass *du* ihn davon überzeugen kannst?«, schnaubte Katrine. »Wenn ich mich nicht irre, steht Harry Hole ziemlich weit oben auf seiner Hassliste.«

Harry schüttelte den Kopf und tippte die Asche von seiner Zigarette. »Ich habe Gunnar Hagen damit beauftragt.«

»Und wann soll das passieren?«, fragte Bjørn.

»*As we speak*«, sagte Harry und musterte die Zigarette. Sie war fast bis auf den Filter runtergebrannt. Er hatte Lust, sie einfach wegzuwerfen, zuzusehen, wie sie über das abfallende, glänzende Marmordach nach unten hüpfte, einen Schweif aus Funken hinter sich herziehend, bis sie unten ins schwarze Wasser fiel und verlosch. Was hinderte ihn daran? Der Gedanke daran, dass er die Stadt zumüllte oder dass es Zeugen gab, die ihn dafür still verfluchten? Die eigentliche Handlung oder die

Strafe? Den Russen im Come As You Are zu töten war leicht gewesen, schließlich war es Notwehr gewesen. Entweder er oder Harry. Aber der angeblich ungeklärte Mord an Gusto Hanssen war seine freie Entscheidung gewesen. Und trotzdem, unter all den Gespenstern, die ihn regelmäßig heimsuchten, war nie der junge, fast feminin schöne Mann mit den Vampirzähnen. Ungeklärter Fall, *my ass*.

Harry schnippte gegen die Glut. Glühende Tabakfäden segelten ins Dunkle und verschwanden.

Kapitel 37

Das Morgenlicht fiel gefiltert durch die Jalousien der erstaunlich kleinen Fenster des Osloer Rathauses in den Sitzungssaal, in dem der Senatsleiter sich mehrmals räusperte, um den Beginn der Besprechung zu signalisieren. Am Tisch saßen die neun Senatoren, jeder zuständig für ein eigenes Ressort, und der frühere Polizeipräsident, der ihnen kurz erläutern sollte, wie er die Mordserie an den Polizisten angehen und den Polizeischlächter, wie die Presse ihn nun konsequent nannte, zur Strecke bringen wollte. Die Formalitäten der Sitzung wurden in wenigen Sekunden mit stillem Nicken abgehakt, während der Sekretär sich für das Protokoll stichwortartige Notizen machte.

Dann gab der Senatsleiter das Wort ab.

Der Polizeipräsident a. D. blickte auf, bekam ein enthusiastisches, aufmunterndes Nicken von Isabelle Skøyen und begann zu reden.

»Danke, Herr Senatsleiter. Ich will mich kurzfassen und Ihre Zeit nicht unnötig in Anspruch nehmen.«

Er sah zu Skøyen, die in Anbetracht seiner nicht gerade beeindruckenden Eröffnung deutlich weniger enthusiastisch wirkte.

»Ich habe mich, wie Sie es mir aufgetragen haben, genauer mit diesem Fall beschäftigt. Mich mit der Arbeit der Polizei auseinandergesetzt, der Dynamik der Vorgehensweise, der Art der Führung und damit, welche Strategien bisher verfolgt wurden. Oder, um die Worte der Senatorin Skøyen zu bemühen, welche Strategien bis jetzt erarbeitet, aber noch nicht verfolgt wurden.«

Isabelle Skøyens Lachen klang tief und selbstzufrieden, ebbte aber gleich wieder ab, als ihr bewusst wurde, dass nur sie lachte.

»Ich habe meine Kompetenz und Erfahrung eingesetzt und bin zu einem klaren Schluss gekommen, wie es weitergehen muss.«

Er sah Skøyens Nicken und war ein wenig erschüttert angesichts des geradezu tierischen Glitzerns in ihren Augen.

»Ich möchte vorausschicken, dass die Aufklärung eines einfachen Verbrechens nicht automatisch bedeuten muss, dass die Polizei gut geführt wird. Ebenso wenig, wie eine fehlende Aufklärung notwendigerweise mit einer schwachen Führung zu begründen ist. Und nachdem ich gesehen habe, was der amtierende Präsident Mikael Bellman bisher persönlich ausgerichtet hat, frage ich mich, was ich anders hätte machen können. Oder um es noch deutlicher auszudrücken, ich glaube nicht einmal, dass ich es so gut wie er gemacht hätte.«

Er notierte, dass Skøyens kräftiges Kinn auf dem Weg nach unten war, und fuhr – zu seiner eigenen Überraschung – mit fast sadistischer Freude fort.

»Das Ermittlungsfach entwickelt sich wie alles in unserer Gesellschaft weiter, und nach allem, was ich erkennen kann, beherrschen Bellman und seine Leute die neuen Methoden und technologischen Entwicklungen auf eine Weise, wie ich und meine Altersgenossen das nicht leisten könnten. Er genießt bei seinen Mitarbeitern großes Vertrauen, er ist ein begnadeter Motivator und er hat die Arbeit auf eine Weise organisiert, die die Kollegen in den anderen skandinavischen Ländern für vorbildlich halten. Ich weiß nicht, ob Senatorin Skøyen es schon gehört hat, aber Mikael Bellman ist gerade erst gebeten worden, einen Vortrag auf der jährlichen Konferenz von Interpol zu halten. Thema ist die Ermittlung und Ermittlungsleitung vor dem Hintergrund des aktuellen Falls. Senatorin Skøyen hat angedeutet, dass Bellman nicht alt genug für den Job sei. Zugegeben, Mikael Bellman ist ein junger Leiter. Aber er ist nicht nur ein Mann der Zukunft. Er ist ein Mann der Gegenwart. Kurz gesagt, er ist genau der Mann, den Sie in dieser Situation brauchen, Herr Senatsleiter. Was mich überflüssig macht. Das ist meine klare Schlussfolgerung.«

Der Polizeipräsident a. D. streckte seinen Rücken, legte die zwei Blätter mit Notizen ordentlich zusammen, die vor ihm lagen, und knöpfte den obersten Knopf seiner Jacke zu. Eine extra für diesen Zweck ausgewählte, weite Tweedjacke, wie Rentner sie gerne tragen. Er schob den Stuhl lärmend zurück, als bräuchte er Platz, um aufzustehen. Skøyens Mund stand jetzt weit offen, während sie ihn mit ungläubigem Blick anstarrte. Er wartete, bis er hörte, wie der Senatsleiter Luft holte, um etwas zu sagen, bevor er seinen letzten Akt begann. Den Abschluss, den finalen Dolchstoß.

»Und wenn ich noch ein Letztes hinzufügen darf. Schließlich geht es ja auch um die Kompetenz und Führungsqualität des Senats in wichtigen Dingen, wie ebendieser Mordserie.«

Die buschigen Augenbrauen des Senatsleiters, die seine lächelnden Augen in der Regel in einem hohen Bogen überspannten, waren jetzt nach unten gezogen und beschatteten seinen funkelnden Blick wie weiße Markisen. Der frühere Polizeipräsident wartete, bis der Senatsleiter nickte, ehe er fortfuhr.

»Ich verstehe, dass Senatorin Skøyen persönlich unter hohem Druck steht, schließlich ist das ihr Verantwortungsbereich. Außerdem stürzen sich die Medien ja förmlich auf das Thema. Aber dass eine Senatorin diesem Druck nachgibt und aus lauter Panik ihren Polizeipräsidenten ans Messer zu liefern versucht, wirft bei mir die Frage auf, ob nicht vielleicht die Frau Senatorin noch zu unreif ist. Natürlich ist das eine extreme Herausforderung für eine erst vor kurzem eingeführte Senatorin. Es ist sicher unglücklich, dass diese Situation, die so viel Erfahrung und Routine erfordert, gleich am Beginn ihrer Amtsperiode steht.«

Er sah, wie der Senatsleiter den Kopf leicht nach hinten und zur Seite neigte, als kämen ihm die Worte bekannt vor.

»Es wäre vielleicht besser gewesen, dieser Fall wäre noch auf dem Tisch des früheren Senators gelandet.«

Er sah in Skøyens plötzlich sehr bleiches Gesicht, die natürlich ihre Worte über Bellman längst wiedererkannt hatte, und er musste sich eingestehen, dass es lange her war, dass er eine solch diebische Freude verspürt hatte.

»Ich denke«, schloss er, »dass alle hier im Raum dem zustimmen können, die derzeit amtierende Senatorin eingeschlossen.«

»Danke für Ihre klaren und aufrichtigen Worte«, sagte der Senatsleiter. »Ich gehe davon aus, das bedeutet, dass Sie keinen alternativen Handlungsplan entworfen haben.«

Der Alte nickte. »Richtig, das habe ich nicht. Aber draußen steht ein Mann, der Ihnen das Gewünschte geben wird.«

Er stand auf, nickte kurz und ging zur Tür. Mit dem Gefühl, dass Isabelle Skøyens Blick zwischen seinen Schulterblättern ein Loch in die Tweedjacke brannte. Aber das machte nichts, es gab nichts mehr, wo sie ihm Knüppel zwischen die Beine werfen konnte. Und er dachte, dass er sich am Abend bei einem Glas Wein am meisten über die beiden kleinen Worte freuen würde, die er an passender Stelle in sein Manuskript eingebaut hatte. Das eine war das Wort »versucht« in »ihren eigenen Polizeipräsidenten ans Messer zu liefern versucht«, das andere das Wörtchen »derzeit« in »derzeit amtierende Senatorin«.

Mikael Bellman stand von seinem Stuhl auf, als sich die Tür öffnete.

»Jetzt sind Sie an der Reihe«, sagte der Mann in der Tweedjacke und ging an den Fahrstühlen vorbei, ohne ihn eines Blickes zu würdigen.

Bellman glaubte sich zu irren, als er das Lächeln auf den Lippen des anderen sah.

Dann schluckte er, atmete tief ein und trat in den Sitzungsraum, in dem er noch vor kurzem geschlachtet und zerlegt worden war.

Der lange Tisch wurde von elf Gesichtern umrahmt. Zehn davon erwartungsvoll wie das Theaterpublikum am Anfang des zweiten Akts nach erfolgreichem ersten Akt. Und eines auffällig blass, so blass, dass er sie auf den ersten Blick fast nicht wiedererkannte. Die Schlächterin.

Vierzehn Minuten später war er fertig. Er hatte ihnen sein Konzept vorgestellt. Hatte erklärt, dass die Geduld sich bezahlt gemacht hatte und ihre systematische Arbeit zu einem Durchbruch in den Ermittlungen geführt habe. Dieser Durchbruch sei gleichermaßen erfreulich wie bedrückend, denn es mehrten sich die Hinweise, dass der Schuldige in ihren eigenen Reihen zu suchen sei. Trotzdem dürften sie sich davon nicht abschrecken lassen. Sie mussten der Bevölkerung zeigen, dass sie bereit waren, jeden Stein umzudrehen, wie unangenehm das, was darunter zum Vorschein kam, auch sein mochte. Sie mussten zeigen, dass sie nicht feige waren. Er war auf den Sturm vorbereitet, denn in Situationen wie dieser kam es darauf an, Mut zu zeigen, echte Führungskraft und Klugheit. Nicht nur im Polizeipräsidium, auch im Rathaus. Er war bereit, aufrecht am Ruder zu stehen, brauchte für diesen Kampf aber die vorbehaltlose Rückendeckung des Senats.

Er hatte selbst gehört, wie schwülstig seine abschließenden Worte klangen, schwülstiger als bei Gunnar Hagen gestern Abend bei ihm zu Hause. Aber er sah, dass er wenigstens einige von ihnen am Haken hatte, besonders die Frauen, die beim Schlussplädoyer ganz rote Wangen bekommen hatten. Wenn es nötig wäre, alle Dienstwaffen des ganzen Landes mit dieser einen Kugel abzugleichen, würde er persönlich als Erster seine Waffe zur Ballistik bringen.

Aber jetzt ging es nicht darum, den Frauen zu gefallen, jetzt zählte die Meinung des Senatsleiters, der ihn noch immer mit einem Pokerface betrachtete.

Truls Berntsen steckte das Handy in die Tasche und nickte der Thaifrau zu, dass sie ihm noch einen Kaffee bringen sollte.
Sie verschwand lächelnd.
Wirklich dienstbereit, diese Thai. Im Gegensatz zu den wenigen Norwegern, die noch als Bedienung arbeiteten und immer faul und miesgelaunt waren und den Eindruck erweckten, als wäre es ihnen peinlich, ehrliche Arbeit zu leisten. Ganz anders die Thaifamilie, die dieses kleine Restaurant in Torshov betrieb. Sie standen schon bereit, wenn er nur mit der Augenbraue zuckte. Und wenn er für eine Frühlingsrolle oder einen Kaffee bezahlte, lächelten sie von Ohr zu Ohr und verbeugten sich mit zusammengelegten Händen, als wäre er der große weiße Gott, der ihnen zuliebe vom Himmel herabgestiegen war. Er hatte schon öfter überlegt, mal nach Thailand zu fahren. Aber daraus würde wohl nichts werden, jetzt, wo er wieder arbeiten sollte.
Mikael hatte gerade angerufen und ihm erzählt, dass ihr Plan funktioniert hatte. Die Suspendierung würde bald aufgehoben werden. Er hatte nicht spezifiziert, was unter bald zu verstehen war, sondern vage gesagt, dass es nun nicht mehr lange dauern würde.
Der Kaffee kam und Truls nippte an der Tasse. Er war nicht sonderlich gut, aber er hatte sich längst damit abgefunden, dass das, was andere Leute als guten Kaffee bezeichneten, nicht seinem Geschmack entsprach. Kaffee musste nach Kaffeemaschine schmecken, nach einer guten alten Kaffeemaschine, gerne mit dem leichten Beigeschmack von Papierfilter, Plastik und altem, angebranntem Kaffeebohnenfett.
Die Thaifrau ging und setzte sich an den Ecktisch, an dem der Rest der Familie saß. Wie es aussah, waren sie mit der Buchhaltung beschäftigt. Er hörte dem merkwürdigen Singsang zu, ohne ein Wort zu verstehen. Es gefiel ihm, in ihrer

Nähe zu sitzen und ihnen gnädig zuzunicken, wenn sie ihm ein Lächeln zuwarfen. Das Gefühl, fast ein Teil dieser Gemeinschaft zu sein. Kam er deshalb immer hierher?

Truls schob den Gedanken beiseite und konzentrierte sich wieder auf das Problem.

Das andere, das Mikael erwähnt hatte.

Sie wollten alle Dienstwaffen einziehen.

Mikael hatte gesagt, in Verbindung mit den Polizistenmorden müssten alle Waffen überprüft werden und dass er – um zu zeigen, dass diese Aufforderung wirklich für alle galt – seine Waffe bereits am Morgen zur ballistischen Untersuchung abgeliefert hatte. Und er hatte Truls aufgefordert, so schnell wie möglich dasselbe zu tun, Suspendierung hin oder her.

Der Grund musste die Kugel in René Kalsnes' Kopf sein. Sie hatten rausgekriegt, dass die aus einer Dienstwaffe stammte.

Er hatte nichts zu befürchten. Er hatte nicht nur die Kugel ausgetauscht, sondern die Waffe, die er benutzt hatte, schon vor langer Zeit als gestohlen gemeldet. Natürlich hatte er mit dieser Meldung gewartet – fast ein ganzes Jahr –, damit niemand die Waffe mit dem Kalsnes-Mord in Verbindung bringen konnte. Dazu hatte er die Tür seiner Wohnung mit einem Brecheisen aufgebrochen, damit es auch glaubhaft wirkte, und den Einbruch gemeldet. Er hatte eine Unmenge an Sachen aufgelistet, die verschwunden waren, und von der Versicherung 40 000 Kronen als Erstattung bekommen. Und eine neue Dienstwaffe.

Das war also nicht das Problem.

Das Problem war die Kugel, die jetzt in der Beweisbox lag. Es war ihm – wie man so schön sagte – noch vor kurzem als eine geniale Idee erschienen. Doch jetzt brauchte er Mikael Bellman plötzlich wieder. Wenn er als Polizeipräsident suspendiert wurde, konnte er Truls' Suspendierung nicht mehr aufheben. Egal, es war zu spät, um jetzt noch etwas daran zu ändern.

Suspendiert.

Truls musste bei dem Gedanken grinsen und prostete seinen Spiegelbildern in den Gläsern der Sonnenbrille zu, die er vor sich auf den Tisch gelegt hatte. Dann realisierte er, dass er laut gelacht haben musste, weil die Thai ihn so merkwürdig ansahen.

»Ich weiß nicht, ob ich es schaffe, dich vom Flughafen abzuholen«, sagte Harry, während er an dem Ort vorbeiging, an dem der Senat anstelle eines Parkes in kollektiver Umnachtung ein Leichtathletikstadion hatte bauen lassen, das wie ein Gefängnis aussah und nur einmal im Jahr für ein internationales Sportfest genutzt wurde. Er musste sich das Handy fest ans Ohr drücken, um durch das Rauschen des nachmittäglichen Verkehrs zu hören, was sie sagte.

»Ich verbiete dir, mich abzuholen«, sagte Rakel. »Du hast jetzt wichtigere Dinge zu tun. Ich habe mich ohnehin gefragt, ob ich dieses Wochenende nicht mal hierbleibe, um dir ein bisschen Raum zu geben.«

»Raum wofür?«

»Um wieder Hauptkommissar Harry Hole zu sein. Es ist lieb von dir, so zu tun, als wäre ich nicht im Weg, aber wir wissen beide, in welchem Zustand du bei diesen Ermittlungen bist.«

»Ich will, dass du hier bist. Aber wenn du nicht willst ...«

»Ich will die *ganze* Zeit mit dir zusammen sein, Harry. Ich will auf dir sitzen, so dass du nirgendwohin gehen kannst. Ist das klar? Aber ich glaube, der Harry, mit dem ich zusammen sein will, ist im Moment nicht zu Hause.«

»Ich mag es, wenn du auf mir sitzt, und ich will nirgendwo hin.«

»Das ist es ja gerade. Wir müssen nirgendwo hin. Wir haben alle Zeit der Welt, okay?«

»Okay.«

»Gut.«

»Sicher? Denn wenn du es lieber hast, wenn ich dich ein bisschen mehr herumkommandiere, dann tue ich das gerne.«

Ihr Lachen. Einfach nur ihr Lachen.

»Und Oleg?«

Sie erzählte, und er lächelte ein paarmal und lachte mindestens einmal.

»Jetzt muss ich auflegen«, sagte Harry, als er vor der Tür des Restaurants Schrøder stand.

»Okay. Was ist das eigentlich für ein Treffen?«

»Rakel …«

»Ja, ja, ich weiß ja, dass ich nicht fragen soll, es ist einfach so langweilig hier. Du?«

»Ja?«

»Liebst du mich?«

»Ich liebe dich.«

»Ich höre den Verkehr im Hintergrund, das heißt also, dass du irgendwo in aller Öffentlichkeit stehst und laut sagst, dass du mich liebst?«

»Genau.«

»Drehen die Leute sich um?«

»Ich habe nicht darauf geachtet.«

»Ist es kindisch, wenn ich dich bitte, es noch einmal zu tun?«

»Ja.«

Erneutes Lachen. Er würde alles tun, nur für dieses Lachen.

»Also?«

»Ich liebe dich, Rakel Fauke.«

»Und ich liebe dich, Harry Hole. Ich rufe morgen wieder an.«

»Grüß Oleg von mir.«

Sie legten auf, und Harry öffnete die Tür und trat ein.

Silje Gravseng saß allein an dem Tisch hinten am Fenster, Harrys altem Stammtisch.

Der rote Rock und die ebenso rote Bluse hoben sich wie frisches Blut von der alten gemalten Großstadtszene ab, die hinter ihr an der Wand hing. Nur ihr Mund war noch roter.

Harry nahm ihr gegenüber Platz.

»Hallo«, sagte er.

»Hallo«, sagte sie.

Kapitel 38

»Danke, dass Sie so kurzfristig kommen konnten«, sagte Harry.
»Ich bin schon seit einer halben Stunde hier«, sagte Silje und warf einen Blick auf das leere Glas, das vor ihr stand.
»Bin ich ...?«, begann Harry und sah auf die Uhr.
»Nein, nein, ich konnte es einfach nicht abwarten.«
»Harry?«
Er sah auf. »Nein, Nina, heute nicht.«
Die Bedienung verschwand.
»Eilig?«, fragte Silje. Sie saß aufrecht da und hatte ihre nackten Arme unter den rotgekleideten Brüsten verschränkt. Sie rahmte sie mit nackter Haut und einem Gesicht ein, das beständig zwischen puppenhafter Schönheit und etwas anderem wechselte, das fast hässlich wirkte. Das einzig Konstante war die Intensität ihres Blickes. Harry hatte das Gefühl, in diesem Blick jede noch so kleine Gemütsschwankung zu erkennen, und fragte sich, wie blind er eigentlich gewesen war, wenn er jetzt nichts außer dieser Intensität sah. Und vielleicht der Lust auf etwas, das er nicht einordnen konnte. Es ging nicht nur um das, was sie haben wollte, eine Nacht, eine Stunde, zehn Minuten gespielte Vergewaltigung. So einfach war es nicht, es ging um mehr.
»Ich wollte mit Ihnen reden, weil Sie im Reichshospital Wache hatten.«
»Ich habe schon mit der Ermittlungsgruppe darüber gesprochen.«

»Worüber?«

»Ob Anton Mittet mir vor seiner Ermordung etwas erzählt hat. Ob er Streit mit jemandem hatte oder was mit jemandem im Krankenhaus am Laufen hatte. Ich habe ihnen gesagt, dass das keine Einzeltat irgendeines eifersüchtigen Ehemannes war, sondern ein Mord des Polizeischlächters. Es passte doch alles zusammen, oder? Ich habe viel über Serientäter gelesen, das hättest du in der Vorlesung gemerkt, wenn wir an diesem Punkt angelangt wären.«

»Es gibt keine Vorlesungen über Serientäter, Silje. Was ich wissen will, ist, ob Sie, während Sie da waren, irgendjemanden kommen oder gehen gesehen haben, der nicht ins Bild passte, nicht dorthin gehörte, ob Ihnen irgendetwas seltsam vorgekommen ist, jemand der vielleicht ...«

»... nicht hätte da sein sollen?« Sie lächelte. Weiße, junge Zähne. Zwei davon etwas schief. »Das ist aus deiner Vorlesung.« Ihr Rücken beschrieb einen überdeutlichen Bogen.

»Und?«, fragte Harry.

»Du glaubst, dass der Patient umgebracht worden ist und dass Mittet daran beteiligt war?« Sie hatte den Kopf schräg gelegt und drückte die verschränkten Arme etwas nach oben. Harry fragte sich, ob sie so selbstbewusst war oder nur so tat. Andererseits konnte das auch ein Zeichen für eine mentale Störung sein: Sie versuchte, normales Verhalten zu imitieren, lag aber immer etwas daneben.

»So ist es, oder?«, sagte sie. »Und du glaubst, dass Mittet anschließend umgebracht wurde, weil er zu viel wusste. Und dass der Mörder das bloß als Polizistenmord getarnt hat?«

»Nein«, sagte Harry. »Wenn er von solchen Leuten umgebracht worden wäre, hätten die ihn mit einem Gewicht im Wasser versenkt. Ich bitte Sie nachzudenken, Silje. Konzentrieren Sie sich.«

Sie atmete tief durch, und Harry vermied es, einen Blick auf ihre sich hebenden Brüste zu werfen. Er senkte den Kopf und kratzte sich im Nacken. Wartete.

»Nein, da war niemand«, sagte sie schließlich. »Es waren immer die gleichen Abläufe und Leute. Irgendwann kam ein neuer Anästhesiepfleger, aber der war nur ein oder zwei Mal da.«

»Okay«, sagte Harry und steckte die Hand in die Jackentasche. »Was ist mit dem hier links?«

Er legte einen Ausdruck vor ihr auf den Tisch. Das Bild hatte er über Google im Internet gefunden. Es zeigte einen jungen Truls Berntsen. Er stand links von Mikael Bellman vor der Polizeiwache in Stovner.

Silje studierte das Bild. »Nein, den habe ich im Krankenhaus nie gesehen. Aber der rechts ...«

»Den haben Sie im Krankenaus gesehen?«, fragte Harry.

»Nein, nein, ich habe mich nur gefragt, ob das nicht der ...?«

»Ja, das ist der Polizeipräsident«, sagte Harry und wollte das Bild wegnehmen, aber Silje legte ihre Hand auf seine.

»Harry?«

Er spürte die Wärme ihrer weichen Handfläche auf seinem Handrücken. Wartete.

»Ich habe die beiden schon mal gesehen. Zusammen. Wie heißt der andere?«

»Truls Berntsen. Wo haben Sie sie gesehen?«

»Vor gar nicht langer Zeit in der Schießhalle in Økern.«

»Danke«, sagte Harry und nahm das Bild wieder an sich. »Dann will ich Ihre Zeit nicht länger in Anspruch nehmen.«

»Na ja, du hast ja dafür gesorgt, dass ich Zeit im Überfluss habe, Harry.«

Er antwortete nicht.

Sie lachte kurz und beugte sich vor. »Du hast mich doch wohl nicht nur deshalb hergebeten?« Das Licht der Tischlampe tanzte in ihren Augen. »Weißt du, was für ein verwegener Gedanke mir gekommen ist, Harry? Dass du mich aus der Schule geschmissen hast, um mit mir zusammen sein zu können, ohne Schwierigkeiten mit der Leitung zu bekommen. Also, warum sagst du mir nicht, was du wirklich willst?«

»Das, was ich wirklich will, Silje ...«

»Schade, dass deine Kollegin neulich plötzlich aufgetaucht ist, als wir ...«

»... ist, dich zu der Sache im Krankenhaus zu befragen ...«

»Ich wohne in der Josefines gate, aber das hast du bestimmt längst herausgefunden.«

»... Und das neulich war ein Riesenfehler von mir. Da habe ich Mist gebaut, ich ...«

»Von hier aus braucht man zu Fuß nur elf Minuten und dreiundzwanzig Sekunden. Genau. Ich habe auf dem Hinweg die Zeit gestoppt.«

»... kann nicht. Will nicht. Ich werde ...«

»Gehen wir?« Sie machte Anstalten, sich zu erheben.

»... im Frühsommer heiraten.«

Sie sank wieder zurück auf den Stuhl. Starrte ihn an. »Du willst ... heiraten?« Ihre Stimme war in dem lauten Lokal kaum zu vernehmen.

»Ja«, sagte Harry.

Ihre Pupillen zogen sich zusammen. Wie ein Seestern, in den jemand einen Stock gebohrt hat, dachte Harry.

»Sie?«, flüsterte sie. »Diese Rakel Fauke?«

»Das ist ihr Name, ja. Aber verheiratet oder nicht, Studentin oder nicht. Zwischen uns wird nie etwas passieren. Deshalb bedauere ich die Situation ... die da entstanden ist.«

»Heiraten ...« Sie wiederholte das Wort wie eine Schlafwandlerin und starrte durch ihn hindurch.

Harry nickte und spürte in seiner Brust etwas vibrieren. Einen Augenblick lang dachte er, das wäre sein Herz, bis er kapierte, dass es sein Handy in der Innentasche war.

Er nahm es heraus. »Harry?«

Hörte zu. Dann hielt er es vor sich und starrte es an, als stimmte etwas damit nicht.

»Wiederhol das noch mal«, sagte er und hielt es sich wieder ans Ohr.

»Ich habe gesagt, dass wir die Pistole gefunden haben«, sagte Bjørn Holm. »Und ja, es ist seine.«

»Wer weiß schon davon?«

»Niemand.«

»Sieh zu, dass du diese Information möglichst lange zurückhältst.«

Harry beendete die Verbindung und wählte eine neue Nummer. »Ich muss gehen«, sagte er zu Silje und schob einen Schein unter das Glas. Er sah, dass sich ihr lippenstiftroter Mund öffnete, stand aber auf und ging, bevor sie irgendetwas sagen konnte. Schon an der Tür hatte er Katrine am Apparat und wiederholte, was Bjørn ihm gesagt hatte.

»Du machst Witze«, sagte sie.

»Und warum lachst du dann nicht?«

»Aber ... das ist ja vollkommen unglaublich.«

»Wahrscheinlich glauben wir es deshalb nicht«, sagte Harry. »Finde das raus. Finde den Fehler!«

Durch das Telefon hörte er, dass das zehnbeinige Insekt bereits wieder über die Tastatur lief.

Aurora ging gemeinsam mit Emilie zur Bushaltestelle. Es dämmerte, irgendwie war das wieder so ein Tag, an dem man ständig dachte, dass es gleich zu regnen anfing, dann aber doch kein Tropfen vom Himmel fiel. Das konnte einen richtig wütend machen.

Sie sprach Emilie darauf an. Ihre Freundin sagte nur »Mhm«, aber Aurora spürte, dass sie sie nicht verstand.

»Kann es nicht einfach anfangen, damit wir es hinter uns haben?«, schimpfte Aurora. »Es ist besser, es regnet, als dass man ständig drauf wartet, dass es loslegt.«

»Ich mag Regen«, sagte Emilie.

»Ich auch, wenn es nicht gleich schüttet. Aber ...« Sie gab es auf.

»Was war denn eigentlich beim Training los?«

»Wieso, was soll denn los gewesen sein?«

»Arne hat dich angeschnauzt, weil du nicht ganz bis zur Seitenlinie gegangen bist.«

»Ich war bloß ein bisschen langsam.«

»Nee, du bist stehen geblieben und hast zur Tribüne gestarrt. Arne sagt, die Verteidigung ist beim Handball das Wichtigste. Man muss mit dem Gegner mitgehen, sich seitlich verschieben. Das wäre ganz zentral.«

Arne sagt ständig irgendwelchen Blödsinn, dachte Aurora, sagte es aber nicht laut. Sie wusste, dass Emilie auch das nicht verstehen würde.

Aurora war einen Moment lang unkonzentriert gewesen, weil sie sich sicher gewesen war, ihn auf der Tribüne gesehen zu haben. Er war nicht schwer zu erkennen gewesen, weil da ansonsten nur die Jungenmannschaft gesessen und darauf gewartet hatte, dass sie nach dem Mädchentraining an die Reihe kamen. Das war er gewesen, da war sie sich ziemlich sicher. Der Mann aus dem Garten. Der nach ihrem Vater gefragt hatte. Und der wollte, dass sie sich eine Band anhörte, deren Namen sie vergessen hatte. Und der ein Glas Wasser wollte.

Sie war stehen geblieben, die anderen hatten ein Tor geworfen, und ihr Trainer, Arne, hatte das Spiel unterbrochen und sie angeschnauzt. Natürlich hatte ihr das leidgetan. Sie hasste es, wegen einer solchen Bagatelle die Fassung zu verlieren, aber trotzdem waren ihr die Tränen in die Augen gestiegen, so dass sie sich mit dem Schweißband über Augen und Stirn gefahren war, damit es so aussah, als würde sie sich nur den Schweiß abwischen. Als Arne fertig war mit seiner Standpauke und sie wieder zur Tribüne aufgeblickt hatte, war er weg gewesen. Genau wie beim letzten Mal. Nur dass es dieses Mal so schnell gegangen war, dass sie sich fragte, ob sie ihn wirklich gesehen oder sich das nur eingebildet hatte.

»Oh nein«, sagte Emilie, als sie einen Blick auf den Fahrplan warf.

»Der 149er kommt erst in gut zwanzig Minuten. Mama hat heute Abend Pizza für uns gemacht. Die wird jetzt eiskalt.«

»Blöd«, sagte Aurora und schaute weiter auf den Fahrplan. Sie hatte weder Lust auf Pizza noch darauf, bei Freundinnen zu übernachten. Aber irgendwie machten das ja alle. Jeder übernachtete bei jedem, das war wie ein Rundlauf, bei dem man einfach mitmachen musste, wenn man nicht komplett außen vor sein wollte. Nicht ganz, auf jeden Fall.

»Du«, sagte sie und sah auf die Uhr. »Hier steht, dass der 131er in einer Minute kommt, und mir ist eingefallen, dass ich meine Zahnbürste vergessen habe. Der 131er fährt bei mir zu Hause vorbei, wenn ich den nehme, kann ich anschließend mit dem Fahrrad zu dir fahren.«

Sie sah Emilie an, dass ihr diese Idee ganz und gar nicht gefiel. Der Gedanke, im Fast-Regen allein im Dunkeln an der Bushaltestelle zu stehen und dann ebenso allein mit dem Bus nach Hause zu fahren, stank ihr gewaltig. Und sie hatte den Verdacht, dass Aurora bestimmt wieder eine Entschuldigung vorbringen und doch nicht bei ihr übernachten würde, wenn sie erst zu Hause war.

»Wenn du meinst«, sagte Emilie sauer und fingerte an ihrer Sporttasche herum. »Aber mit der Pizza warten wir nicht.«

Aurora sah den Bus um die Ecke biegen. 131.

»Außerdem kannst du doch meine Zahnbürste nehmen«, sagte Emilie. »Wir sind doch Freundinnen.«

Wir sind *keine* Freundinnen, dachte Aurora. *Du* bist Emilie, die mit allen in der Klasse befreundet ist, die immer die richtigen Klamotten trägt, den beliebtesten Namen des Landes hat und die sich nie mit jemandem verkracht, weil sie so nett ist und nie jemanden kritisiert, jedenfalls nicht, wenn er zuhört. Während ich Aurora bin, die das tut, was sie tun muss – aber auch nicht mehr –, um mit euch zusammen zu sein, weil sie keine Lust hat, allein zu sein. Ihr findet sie zwar trotzdem seltsam, hackt aber wegen ihrer Intelligenz und Selbstsicherheit nicht auf ihr herum.

»Ich werde noch vor dir bei dir zu Hause sein«, sagte Aurora. »Versprochen.«

Harry saß auf der bescheidenen Tribüne, den Kopf auf die Hände gestützt und sah auf das Spielfeld.

Es lag Regen in der Luft, jede Sekunde konnte es losgehen, und in Valle Hovin gab es kein Dach.

Er hatte das kleine, hässliche Stadion ganz für sich allein. Hier wurden nur noch wenige Konzerte abgehalten, und die Eislaufsaison, in der das Stadion geflutet wurde und jeder kommen konnte, der Lust hatte, war noch weit entfernt. Er hatte oft hier gesessen und Oleg bei seinen ersten Schritten zugesehen, bevor aus ihm ein richtig guter Eisschnellläufer geworden war. Jedenfalls für seine Altersklasse. Er hoffte sehr darauf, Oleg bald wieder hier zu sehen und seine Rundenzeiten zu nehmen, ohne dass er es mitbekam. Fortschritt und Stagnation zu dokumentieren, ihn anzuspornen, wenn er nicht weiterkam, ihn anzulügen, dass die Bedingungen ungünstig gewesen waren oder die Kufen stumpf, und nüchtern zu bleiben, wenn es gut lief. Er wollte nicht, dass die Jubelrufe in seinem Inneren zu laut zu hören waren. Er sah sich eher als eine Art Kompressor, der Oleg half, die Täler und Höhen ein bisschen auszugleichen. Oleg brauchte das, sonst ließ er sich von seinen eigenen Gefühlen zu sehr mitreißen. Harry wusste nicht sehr viel über Schlittschuhe, über das andere dafür umso mehr. Affektkontrolle, nannte Ståle das. Die Fähigkeit, sich selbst zu trösten. Eine der wichtigsten Eigenschaften in der Entwicklung eines Kindes, die aber nicht bei allen im gleichen Maße ausgeprägt war. Ståle meinte zum Beispiel, dass Harry mehr Affektkontrolle gebrauchen könnte. Dass ihm die Fähigkeit des Durchschnittsmenschen fehlte, vor dem, was böse war, zu fliehen oder zu vergessen und sich auf etwas Angenehmeres, Leichteres zu konzentrieren. Er hatte das mit Alkohol kompensiert. Olegs Vater war auch Alkoholiker, hatte sein Leben und sein Familienvermögen irgendwo in Moskau versoffen, wie Rakel ihm erzählt hatte. Vielleicht empfand Harry eine besonders starke Verantwortung für den Jungen, weil ihnen beiden die Affektkontrolle fehlte.

Harry hörte Schritte auf dem Beton. Jemand kam von der anderen Seite des Spielfeldes durch die Dunkelheit zu ihm herüber. Harry zog fest an seiner Zigarette, damit die Glut signalisierte, wo er saß.

Der andere schwang sich über den Zaun und kam mit leichten, schwungvollen Schritten die Betonstufen der Tribüne hoch.

»Harry Hole«, sagte der Mann und blieb zwei Stufen unter ihm stehen.

»Mikael Bellman«, sagte Harry. Die pigmentfreien rosa Flecken auf Bellmans Gesicht leuchteten.

»Zwei Dinge vorab, Harry. Was Sie mir sagen wollen, sollte wirklich wichtig sein, da meine Frau und ich uns einen netten Abend machen wollten.«

»Und das andere?«

»Sie sollten Ihre Zigarette ausmachen. Rauchen gefährdet die Gesundheit.«

»Danke für die Fürsorge.«

»Ich dachte an mich, nicht an Sie. Kommen Sie schon, machen Sie sie aus.«

Harry strich die Glut der Zigarette auf dem Beton ab und steckte sie zurück in die Packung, während Bellman neben ihm Platz nahm.

»Ein seltsamer Treffpunkt, Hole.«

»Mein einziger Ort zum Relaxen, vom Schrøder abgesehen. Aber deutlich ruhiger.«

»Sehr ruhig. Ich habe mich einen Moment lang gefragt, ob Sie der Polizeischlächter sind, der mich hierhergelockt hat. Wir gehen doch noch immer davon aus, dass das ein Polizist ist, oder?«

»Ja, absolut«, sagte Harry und spürte, dass er sich bereits nach der gerade ausgedrückten Zigarette sehnte. »Wir haben einen Treffer bei der Pistole.«

»Schon? Das ging aber schnell. Ich wusste gar nicht, dass Sie mit dem Einsammeln begonnen haben ...«

»War gar nicht nötig. Die erste Pistole war gleich ein Volltreffer.«

»Was?«

»Ihre Pistole, Bellman. Wir haben einen Probeschuss gemacht, und das Resultat stimmt perfekt mit der Kugel aus dem Kalsnes-Fall überein.«

Bellman lachte laut. Das Echo hallte über die Tribüne. »Ist das eine Art *practical joke*, Harry?«

»Das wollte ich eigentlich von Ihnen hören, Mikael.«

»Für Sie bitte immer noch Herr Polizeipräsident oder Bellman, Harry. Das *Herr* können Sie aber auch gern weglassen. Und ich muss Ihnen überhaupt nichts sagen. Was geht hier vor?«

»Das ist genau das, was Sie mir erzählen müssen ... sorry, erzählen *sollten*, ist das besser, Herr Polizeipräsident? Sonst müssen wir – und jetzt meine ich wirklich *müssen* – Sie zu einem offiziellen Verhör einbestellen. Und das möchten Sie sicher ebenso wie wir vermeiden. Sind wir uns da einig?«

»Kommen Sie zur Sache, Harry. Wie kann das sein?«

»Ich sehe zwei mögliche Erklärungen«, sagte Harry. »Die erste und naheliegendste ist, dass Sie, Herr Polizeipräsident, René Kalsnes erschossen haben.«

»Ich ... ich ...«

Harry sah Mikael Bellmans Kiefer arbeiten, während das Licht auf seinen Pigmentflecken pulsierte wie bei einem exotischen Tiefseefisch.

»Sie haben ein Alibi«, vollendete Harry für ihn.

»Habe ich das?«

»Als wir das Resultat bekamen, habe ich Katrine Bratt an die Sache gesetzt. Sie waren in der Nacht, in der René Kalsnes erschossen wurde, in Paris.«

Bellman schloss endlich den Mund. »War ich das?«

»Sie hat eine Kombinationssuche mit Ihrem Namen und dem Datum durchgeführt. Ihr Name taucht auf der Passagierliste der Air France von Oslo nach Paris auf und in derselben

Nacht dann auch noch auf der Gästeliste des Hotels Golden Oriole. Haben Sie dort jemanden getroffen, der bestätigen könnte, dass Sie da waren?«

Mikael Bellman blinzelte konzentriert, um besser sehen zu können. Das Nordlichtflimmern auf seiner Haut verlosch. Er nickte langsam. »Der Kalsnes-Fall, ja. Das war der Tag, an dem ich das Vorstellungsgespräch bei Interpol hatte. Da kann ich Ihnen definitiv ein paar Zeugen nennen, wir haben an dem Abend sogar zusammen gegessen.«

»Bleibt die Frage, wo Ihre Waffe sich an diesem Abend befunden hat.«

»Zu Hause«, sagte Mikael Bellman voller Überzeugung. »Eingeschlossen. Und der Schlüssel war an dem Schlüsselbund, den ich bei mir hatte.«

»Können Sie das beweisen?«

»Kaum. Sie sprachen von zwei möglichen Erklärungen. Lassen Sie mich tippen: Die andere Erklärung lautet, dass die Jungs in der Ballistik ...«

»Da arbeiten inzwischen fast nur noch Frauen.«

»... einen Fehler gemacht haben, vielleicht haben sie die Kugel der Mordwaffe mit einer meiner Testkugeln verwechselt.«

»Nein. Das Bleiprojektil, das in der Box in der Asservatenkammer liegt, stammt aus Ihrer Pistole, Bellman.«

»Wie meinen Sie das?«

»Was?«

»Warum sagen Sie *das Bleiprojektil, das in der Box in der Asservatenkammer liegt* und nicht *die Kugel, die wir in Kalsnes' Kopf gefunden haben*?«

Harry nickte. »Sie kommen der Sache näher.«

»Näher?«

»Die andere Möglichkeit, die ich sehe, ist, dass jemand die Kugel in der Asservatenkammer gegen eine Kugel aus Ihrer Waffe ausgetauscht hat. Es gibt nämlich noch etwas, das an dieser Kugel nicht stimmt. Die Art der Deformierung deutet darauf hin, dass sie etwas Härteres als menschlichen Knochen oder Fleisch getroffen hat.«

»Aha. Was kann sie getroffen haben?«

»Die Stahlplatte hinter der Zielscheibe in der Schießhalle in Økern.«

»Wie zum Henker kommen Sie auf diese Idee?«

»Eigentlich ist das keine Idee, ich bin mir ziemlich sicher, Bellman. Ich habe die Ballistikmädels gebeten, dort rauszufahren und einen neuerlichen Test mit Ihrer Pistole zu machen. Und wissen Sie was? Die Testkugel sieht der in der Beweisbox zum Verwechseln ähnlich.«

»Und wie sind Sie auf diese Schießhalle gekommen?«

»Liegt das nicht nahe? Nirgendwo sonst feuern Polizisten so viele Schüsse ab, mit denen sie keinen Menschen treffen wollen.«

Mikael Bellman schüttelte langsam den Kopf. »Sie haben doch noch mehr. Was halten Sie zurück?«

»Nun«, sagte Harry, holte sein Camel-Päckchen heraus und hielt es Bellman hin, der den Kopf schüttelte. »Ich habe mich gefragt, wie viele Brenner ich bei der Polizei kenne. Und wissen Sie was, ich bin bloß auf einen einzigen gekommen.« Harry holte die halbgerauchte Zigarette heraus, zündete sie an und nahm einen langen, tiefen Zug. »Truls Berntsen. Und wie der Zufall es will, habe ich gerade mit einem Zeugen gesprochen, der Sie erst kürzlich dort trainieren sehen hat. Gemeinsam. Die Kugeln fallen in eine Box, nachdem sie die Stahlplatte getroffen haben. Es wäre ein Leichtes gewesen, sich da eine Kugel zu sichern, nachdem Sie gegangen waren.«

Bellman legte die Handflächen auf die Knie und wandte sich Harry zu. »Verdächtigen Sie unseren gemeinsamen Kollegen Truls Berntsen, falsche Beweise gegen mich platziert zu haben, Harry?«

»Sie etwa nicht?«

Bellman sah aus, als wollte er etwas sagen, bis er es sich anders überlegte. Er zuckte mit den Schultern. »Ich habe keine

Ahnung, was Berntsen zurzeit treibt. Und um ehrlich zu sein, Hole, ich glaube, Sie wissen das auch nicht.«

»Nun, ich weiß nicht, wie ehrlich Sie sind, aber ich weiß das eine oder andere über Berntsen. Und Berntsen weiß auch ein bisschen was über Sie, nicht wahr?«

»Ich habe den Eindruck, Sie wollen da etwas andeuten, aber ich habe keine Ahnung, was, Hole.«

»Doch, das haben Sie. Aber es wird sich nur schwer beweisen lassen, nehme ich an, also lassen wir das ruhen. Was ich gerne wissen würde, ist, was Berntsen im Schilde führt.«

»Ihr Job ist es, die Polizistenmorde aufzuklären, Hole, und nicht, die Situation für eine persönliche Hexenjagd auf mich oder Truls Berntsen auszunutzen.«

»Tue ich das?«

»Es ist wohl niemandem unbekannt, dass Sie und ich unsere Differenzen hatten, Harry. Sie betrachten das jetzt wohl als Ihre Chance zurückzuschlagen.«

»Und was ist mit Berntsen und Ihnen? Gibt es da keine Differenzen? Schließlich waren Sie es, der ihn wegen des Verdachts auf Korruption suspendiert hat.«

»Nein, das war die Personalabteilung, und dieses Missverständnis wird gerade korrigiert.«

»Ach ja?«

»Es war sogar mein Fehler. Es war Geld von mir, das er auf sein Konto eingezahlt hat.«

»Von Ihnen?«

»Er hat die Terrasse meines Hauses gebaut, und ich habe ihn bar bezahlt. Aber ich habe das Geld zurückgefordert, weil er beim Gießen des Fundaments einen Fehler gemacht hat. Deshalb hat er den Betrag nicht beim Finanzamt angegeben, weil er keine Steuern für Geld zahlen wollte, das ihm gar nicht gehört. Ich habe diese Informationen gestern an Økokrim weitergegeben.«

»Ein Fehler im Betonfundament der Terrasse?«

»Da dringt Feuchtigkeit ein oder so etwas. Es riecht nicht

gut. Als Økokrim den unbekannten Betrag moniert hat, dachte Truls fälschlicherweise, dass es mich in Schwierigkeiten bringen könnte, wenn er sagte, woher das Geld kam. Aber wie gesagt, das wird gerade geregelt.«

Bellman zog den Ärmel seiner Jacke hoch, und das Zifferblatt der TAG-Heuer-Uhr glänzte im Dunkeln. »Wenn Sie keine Fragen mehr zu dem Projektil aus meiner Pistole haben, würde ich mich gern wieder um andere Dinge kümmern, Harry. Und Sie doch wohl auch. Müssen Sie keine Vorlesungen vorbereiten?«

»Nun, im Augenblick verwende ich all meine Zeit auf diese Ermittlungen.«

»Bis heute.«

»Was heißt das?«

»Dass wir sparen müssen, wo wir können. Deshalb habe ich die Order ausgegeben, dass Hagens kleine Alternativ-Ermittlungsgruppe mit sofortiger Wirkung auf alle externen Berater verzichtet.«

»Ståle Aune und ich. Das ist die halbe Gruppe.«

»Fünfzig Prozent der Personalkosten. Ich muss mich selbst zu dem Beschluss beglückwünschen. Und da die Gruppe sich dermaßen vergaloppiert hat, erwäge ich, das ganze Projekt einzustellen.«

»Gibt es so viel, wovor Sie Angst haben, Bellman?«

»Man muss keine Angst haben, wenn man das größte Tier im Dschungel ist, Harry. Und ich bin schließlich ...«

»... Polizeipräsident. Das ist mir verdammt bekannt. Der Meister.«

Bellman stand auf. »Gut, dass Ihnen das klar ist. Und ich weiß eines: Wenn Sie verdiente Mitarbeiter wie Berntsen in die Sache hineinziehen, ist das keine sachliche Ermittlung mehr, sondern die persönliche Vendetta eines versoffenen Expolizisten. Und als Polizeipräsident ist es meine Pflicht, den Ruf der Truppe zu schützen. Wissen Sie, was ich antworte, wenn ich gefragt werde, warum wir den Mord an dem Russen, der den Korkenzieher im Come As You Are in die Halsschlagader gerammt bekommen hat, nicht weiterverfolgt haben? Ich werde antworten, dass es bei den Ermittlungen immer auch darum geht, Prioritäten zu setzen, und dass der Fall mitnichten zu den Akten gelegt wurde, sondern nur im Moment keine Priorität hat. Und auch wenn jeder, der nur ansatzweise mit der Polizei zu tun hat, die Gerüchte gehört hat, wer wirklich hinter diesem Mord steht, tue ich so, als würde ich sie nicht kennen. Weil ich der Polizeipräsident bin.«

»Soll das eine Drohung sein, Bellman?«

»Muss ich einem Dozenten der PHS drohen? Einen schönen Abend noch, Harry.«

Harry sah Bellman seitlich nach unten zum Zaun laufen, während er sich die Jacke zuknöpfte. Er wusste, dass es besser war, den Mund zu halten. Diese Karte wollte er erst ausspielen, wenn er sie wirklich brauchte. Aber in diesem Moment entschied er sich um. Jetzt oder nie. *All in.* Er wartete, bis Bellman das erste Bein über den Zaun geschwungen hatte.

»Sind Sie René Kalsnes jemals begegnet?«

Bellman erstarrte mitten in der Bewegung. Katrine hatte eine Kombinationssuche für Bellman und Kalsnes gestartet, ohne irgendetwas zu finden. Und sie hätte etwas gefunden, wenn sie sich irgendwann eine Restaurantrechnung geteilt hätten, im Internet Karten für den gleichen Film gekauft oder in einem Flugzeug oder Zug nahe beieinandergesessen hätten. Und trotzdem erstarrte er. Blieb mit einem Fuß auf jeder Seite des Zauns stehen.

»Was soll diese idiotische Frage, Harry?«

Harry nahm einen Zug von seiner Zigarette. »Es war allgemein bekannt, dass René Kalsnes als Stricher gearbeitet hat, wenn er Lust dazu hatte. Und Sie haben sich im Internet Schwulenpornos angeguckt.«

Bellman stand noch immer still. Harry konnte sein Gesicht im Dunkeln nicht erkennen, nur die Pigmentstreifen schimmerten wie eben noch das Zifferblatt seiner Uhr.

»Kalsnes war als geldgeiler Zyniker ohne einen Funken Moral bekannt«, sagte Harry und studierte die Glut seiner Zigarette. »Stellen Sie sich nun einen verheirateten, profilierten Mann vor, der von jemandem wie René Kalsnes erpresst wird. Vielleicht mit Fotos von gemeinsamem Sex. Hört sich doch nach einem Mordmotiv an, oder? Aber vielleicht hat René ja auch anderen etwas von dem verheirateten Mann erzählt, so dass vielleicht jemand daherkommt und etwas von einem möglichen Motiv sagen könnte. Der verheiratete Mann muss also jemanden dazu bringen, den Mord für ihn zu begehen. Jemanden, dem er so sehr vertraut und gegen den er schon so viel in der Hand hat, vielleicht ist es auch gegenseitig, dass sie einander vertrauen müssen. Der Mord wird natürlich ausgeführt, während der verheiratete Mann ein perfektes Alibi hat, zum Beispiel ein Abendessen in Paris. Aber anschließend geht die langjährige Freundschaft aus Kindertagen in die Brüche, weil der Auftragskiller vom Dienst suspendiert wird und der verheiratete Mann sich weigert, sich für ihn einzusetzen, auch wenn er das als Polizeichef natürlich könnte. Deshalb beschafft der Killer sich eine Kugel aus der Waffe des verheirateten Mannes und tauscht sie mit der in der Beweisbox aus. Entweder als Racheakt oder als Druckmittel, damit der verheiratete Mann ihn wieder arbeiten lässt. Es ist nämlich nicht so leicht für jemanden, der sich nicht auf die Kunst des Brennens versteht, diese Kugel wieder zu beseitigen. Wussten Sie eigentlich, dass Truls Berntsen seine eigene Waffe als gestohlen gemeldet hat, nachdem Kalsnes erschossen wurde? Ich habe seinen Namen auf einer Liste gefunden, die Katrine Bratt mir vor ein paar Stunden gegeben hat.« Harry inhalierte. Schloss die Augen, damit die Glut ihm im Dunkel nicht die Sehfähigkeit nahm. »Was sagen Sie dazu, Herr Polizeipräsident?«

»Ich sage: Danke, Harry. Danke für Ihre Einschätzung zu der geplanten Auflösung der ganzen Gruppe. Ich werde mich gleich morgen früh darum kümmern, *als Erstes.*«

»Wollen Sie damit sagen, René Kalsnes nie getroffen zu haben?«

»Versuchen Sie diese Verhörtechnik nicht an mir, Harry. Ich war es, der sie von Interpol übernommen und hier bei uns eingeführt hat. Jeder kann rein zufällig über ein paar Schwulenbilder stolpern, die gibt es überall. Und wir brauchen keine Ermittlungsgruppen, die so etwas in einer seriösen Ermittlung als ernsthafte Spur betrachten.«

»Sie stolpern nicht, Bellman, Sie haben für die Filme mit Ihrer Kreditkarte bezahlt und sie selbst heruntergeladen.«

»Hören Sie nicht zu, Mann? Sind Sie nicht auch mal neugierig auf Tabus? Wenn Sie das Bild eines Mordes herunterladen, heißt das noch lange nicht, dass Sie der Mörder sind. Und wenn eine Frau von dem Gedanken an eine Vergewaltigung fasziniert ist, heißt das nicht, dass sie vergewaltigt werden will!« Bellman hatte das zweite Bein über den Zaun geschwungen. Er stand jetzt auf der anderen Seite – entkommen – und zupfte seine Jacke zurecht.

»Noch ein letzter guter Rat, Harry. Folgen Sie mir nicht. Das ist für Sie das Beste. Für Sie und Ihre Frau.«

Harry sah Bellmans Rücken in der Dunkelheit des Spielfeldes verschwinden. Nur das dumpfe Echo seiner harten Schritte war noch zu hören. Harry ließ die Zigarette fallen und drückte sie aus. Energisch. Als wollte er sie in den Beton treten.

KAPITEL 39

Harry fand den heruntergekommenen Mercedes von Øystein Eikeland am Taxistand auf der Nordseite des Hauptbahnhofs. Die Wagen bildeten einen Kreis und sahen aus wie eine übernachtende Karawane, die einen Schutzwall errichtet hatte, gegen anstürmende Apachen, Steuerbehörden, Billiganbieter und alle anderen, die ihnen zu nehmen versuchten, was sie rechtmäßig als das Ihre erachteten.

Harry setzte sich auf den Beifahrersitz.

»Hektischer Abend?«

»Ich hab den Fuß nicht einmal vom Gaspedal genommen«, sagte Øystein, legte die Lippen vorsichtig um eine mikroskopisch dünne Selbstgedrehte und blies den Rauch zum Seitenspiegel, in dem er die Schlange hinter sich wachsen sah.

»Wie viele Stunden von so einer Schicht hast du eigentlich zahlende Fahrgäste im Auto?«, fragte Harry und nahm sein Zigarettenpäckchen heraus.

»So wenige, dass ich jetzt überlege, das Taxameter einzuschalten. He, kannst du nicht lesen?« Øystein zeigte auf das Rauchen-verboten-Schild auf dem Handschuhfach.

»Ich brauche einen Rat, Øystein.«

»Ich sage nein, heirate nicht. An der Frau, an Rakel, ist absolut nichts auszusetzen, aber eine Ehe bedeutet mehr Schwierigkeiten als Spaß. Hör auf einen alten Fuchs.«

»Du warst doch nie verheiratet, Øystein.«

»Sage ich doch.« Sein alter Freund zeigte ihm die gelben

Zähne in seinem mageren Gesicht und warf den Kopf nach hinten. Der dünne Pferdeschwanz schlug gegen die Kopfstütze.

Harry zündete sich die Zigarette an. »Wenn ich daran denke, dass ich dich gebeten habe, mein Trauzeuge zu werden ...«

»Ein Trauzeuge muss einen klaren Kopf haben, Harry. Und eine Hochzeit, auf der man sich nicht betrinken kann, ist ebenso sinnlos wie Tonic ohne Gin.«

»Okay. Es geht mir aber gar nicht um Eheberatung.«

»Dann red schon, Eikeland hört zu.«

Der Rauch brannte in Harrys Hals. Seine Schleimhäute waren die zwei Packungen pro Tag nicht mehr gewohnt. Er wusste, dass Øystein ihm in dieser Sache keinen Rat geben konnte. Jedenfalls keinen guten. Seine hausgemachte Logik und seine Lebensprinzipien hatten ihm ein dysfunktionales, spezielles Leben beschert, das nur wenige interessierte. Die Säulen des Eikeland'schen Hauses waren der Alkohol, das Singledasein, Frauen aus der untersten Liga, ein interessanter Intellekt, der leider zwischendurch außer Betrieb war, und ein gewisser Stolz und Selbsterhaltungstrieb, dank dem er mehr Taxi fuhr als trank, und nicht zuletzt die Fähigkeit, dem Leben und dem Teufel auf eine Weise ins Gesicht zu lachen, die Harry einfach nur bewundern konnte. Harry holte tief Luft. »Ich habe den Verdacht, dass ein Polizist hinter den Polizistenmorden steckt.«

»Dann bring ihn hinter Schloss und Riegel«, sagte Øystein und fischte sich ein Stückchen Tabak von der Zunge, ehe er abrupt innehielt. »Hast du Polizistenmorde gesagt? *Die* Polizistenmorde?«

»Genau. Es gibt da nur ein Problem: Wenn ich diesen Mann verhafte, wird er mich mit in den Abgrund ziehen.«

»Wie das?«

»Er kann beweisen, dass ich den Russen im Come As You Are getötet habe.«

Øystein starrte mit großen Augen in den Spiegel. »Du hast einen Russen umgebracht?«

»Also, was soll ich machen? Fasse ich den Mann, ist das auch mein Untergang. Dann hat Rakel keinen Mann und Oleg keinen Vater mehr.«

»Das ist richtig.«

»Was ist richtig?«

»Es ist richtig, dass du sie vorschiebst. Auf jeden Fall ist es ziemlich klug, solche philanthropischen Argumente in der Hinterhand zu haben, dann schläft man viel besser. Ich habe immer darauf gesetzt. Erinnerst du dich noch daran, wie ich beim Apfelklauen die Biege gemacht und Holzschuh allein zurückgelassen habe? Er war mit seinen Kilos und dann noch mit diesen Schuhen ja nicht so schnell. Ich habe mir eingeredet, dass Holzschuh die Schläge dringender brauchte als ich. Als moralische Stütze sozusagen, um ihn in die richtige Richtung zu lenken. Denn eigentlich wollte er ja ganz normal sein, während ich, na ja, ich wäre ja am liebsten Gangster geworden, und was sollte ich da mit einem grün und blau geprügelten Rücken, wegen ein paar blöder Äpfel?«

»Ich schiebe aber niemand anderem die Schuld in die Schuhe, Øystein.«

»Und was, wenn der Typ noch weitere Bullen umbringt, während du weißt, dass du ihn stoppen könntest?«

»Das ist ja genau der Punkt«, sagte Harry und blies den Rauch gegen das Verbotsschild.

Øystein sah seinen Freund lange an.

»Tu es nicht, Harry.«

»Tu was nicht?«

»Nicht...« Øystein ließ das Fenster auf seiner Seite herunter und schnippte den feuchten Rest seiner Zigarette nach draußen. »Außerdem will ich das gar nicht hören. Tu es einfach nicht.«

»Nun. Das Feigste, was ich tun kann, ist vermutlich, nichts zu tun. Mir einzureden, dass meine Beweise nicht ausreichen, was im Grunde nicht ganz falsch ist. Es einfach laufen zu lassen. Aber kann man damit leben, Øystein?«

»Klar, Mann. Aber was diesen Punkt angeht, warst du ja schon immer ein Sonderling, Harry. Kannst *du* damit leben?«

»Für gewöhnlich nicht, aber ich sollte ja, wie gesagt, nicht nur an mich denken.«

»Kannst du es nicht so aussehen lassen, als ob andere ihn zur Strecke bringen?«

»Er wird alles, was er über andere Polizisten weiß, preisgeben, um sich ein reduziertes Strafmaß zu verschaffen. Er hat als Brenner und als Mordermittler gearbeitet, der kennt alle Tricks. Außerdem wird der Polizeipräsident sich vor ihn stellen, die beiden wissen zu viel übereinander.«

Øystein schnappte sich Harrys Zigarettenpäckchen. »Weißt du was, Harry? Das hört sich für mich so an, als wolltest du meinen Segen, um jemanden umzubringen. Weiß sonst noch jemand, was du vorhast?«

Harry schüttelte den Kopf. »Nicht einmal die Kollegen in meiner Ermittlungsgruppe.«

Øystein nahm sich eine Zigarette heraus und zündete sie mit seinem Feuerzeug an.

»Harry.«

»Ja.«

»Du bist der schlimmste Alleingänger, den ich kenne.«

Harry sah auf die Uhr, es war bald Mitternacht. Er sah blinzelnd durch die Frontscheibe und sagte: »Einzelgänger heißt das.«

»Nee, allein. Und das selbstgewählt.«

»Wie dem auch sei«, sagte Harry und öffnete die Tür. »Danke für deinen Rat.«

»Welchen Rat?«

Die Tür fiel ins Schloss.

»Welchen verfickten Rat?«, rief Øystein der gebeugten Gestalt nach, die rasch im Dunkel der Stadt verschwand. »Und wie wär's mit einer Taxifahrt nach Hause, du geiziges Arschloch!«

Es war dunkel und still im Haus.

Harry saß auf dem Sofa und starrte auf den Schrank. Er hatte niemandem etwas über seinen Verdacht gegen Truls Berntsen gesagt, hingegen hatte er Bjørn und Katrine angerufen und sie über das kurze Gespräch mit Mikael Bellman unterrichtet. Der Polizeipräsident hatte ein Alibi, was nur bedeuten konnte, dass die Analyseergebnisse entweder auf einem Fehler beruhten oder jemand falsches Beweismaterial platziert hatte. Auf jeden Fall wollten sie bis auf weiteres zurückhalten, dass die Kugel in der Beweisbox aus Bellmans Pistole stammte, und auch mit niemandem über dieses Gespräch reden.

Über Truls Berntsen hatte er nicht ein Wort verloren.

Kein Wort über das, was geschehen musste.

Es gab keinen anderen Weg, so etwas musste man allein erledigen.

Der Schlüssel lag versteckt auf dem Schallplattenregal.

Harry schloss die Augen. Suchte die Pause-Taste, um nicht länger dem Dialog lauschen zu müssen, der kein Ende nahm in seinem Kopf. Ohne Erfolg, die Stimmen wurden lauter, sobald er zu entspannen versuchte. Dass Truls Berntsen verrückt war. Und dass das keine Vermutung, sondern eine Tatsache war. Kein geistig gesunder Mensch startete eine solche Mordserie gegen seine eigenen Kollegen.

Ein Einzelfall war das nicht. Dafür reichte ein Blick über den großen Teich nach Amerika, wo Menschen, denen gekündigt worden war oder die auf andere Weise gedemütigt worden waren, an ihren Arbeitsplatz zurückkehrten und ihre Kollegen erschossen. Omar Thornton ermordete acht der Leute, mit denen er in einem Brauereilager gearbeitet hatte, nachdem ihm gekündigt worden war, weil er Bier abgezweigt hatte. Wesley Neal Higdon erschoss fünf Menschen, nachdem sein Chef ihn zusammengestaucht hatte. Jennifer San Marco feuerte sechs tödliche Schüsse auf die Köpfe ihrer Postkollegen ab, nachdem sie entlassen worden war, weil sie eben verrückt war.

Dieser Fall unterschied sich im Grad der Planung und der

akribischen Durchführung von anderen. Also, wie verrückt war Truls Berntsen wirklich? Gestört genug, damit die Polizei seiner Behauptung, Harry Hole habe in einer Bar jemanden umgebracht, keinen Glauben schenkte?

Nein.

Nicht, wenn er Beweise hatte. Beweise konnten nicht gestört sein.

Truls Berntsen.

Harry fühlte in sich hinein.

Alles stimmte. Aber stimmte auch das Wichtigste? Hatte er ein Motiv? Was hatte Mikael Bellman gesagt? Dass eine Frau davon phantasiert, vergewaltigt zu werden, heißt noch lange nicht, dass sie vergewaltigt werden will. Dass ein Mann von Vergewaltigung phantasiert, heißt nicht ...

Verdammt! Verdammt! Schluss damit!

Aber es hörte nicht auf. Er würde erst Frieden finden, wenn er das Problem gelöst hatte. Und dahin führten nur zwei Wege. Der eine war der herkömmliche, nach dem jede Zelle seines Körpers sich sehnte. Ein Drink. Ein Drink, aus dem viele wurden, die alles ins Dunkel tauchten, verschleierten, betäubten. Aber das war nur eine vorübergehende Lösung. Eine schlechte Lösung. Die andere war endgültig. Notwendig. Die andere beseitigte die Probleme. Die andere war die Variante des Teufels.

Harry sprang auf die Beine. Es gab keinen Alkohol im Haus, das war schon so, seit er eingezogen war. Er begann auf und ab zu laufen und blieb stehen. Starrte auf den alten Eckschrank. Er erinnerte ihn an etwas. Ein Barschrank, auf den er vor langer Zeit genauso wie jetzt gestarrt hatte. Was hielt ihn zurück? Wie oft hatte er seine Seele schon für weniger verkauft? Aber vielleicht war es genau das? Die anderen Male war es um Peanuts gegangen, um Wechselgeld, gerechtfertigt durch höchst moralische Wut. Aber dieses Mal ... Dieses Mal war es unsauber, weil er im gleichen Atemzug auch seine Haut retten wollte.

Jetzt hörte er sie da drinnen ganz genau.
Hol mich raus, benutz mich, benutz mich für das, wofür ich geschaffen bin. Dieses Mal werde ich meine Arbeit richtig machen und mich nicht von einer schusssicheren Weste fehlleiten lassen.
Er würde etwa eine halbe Stunde brauchen bis zu Truls Berntsens Wohnung in dem Block in Manglerud. Mit dem Waffenarsenal im Schlafzimmer, das er selbst gesehen hatte. Handfeuerwaffen, Handschellen, Gasmasken, Schlagstöcke. Warum zögerte er noch? Er wusste doch, was getan werden musste.

Aber stimmte es auch, hatte wirklich Truls Berntsen René Kalsnes im Auftrag von Mikael Bellman getötet? Daran, dass Truls Berntsen verrückt war, gab es wenig Zweifel. Ob das allerdings auch für Mikael Bellman galt?

Oder war das nur eine Konstruktion, die sein Hirn aus den ihm zur Verfügung stehenden Bruchstücken zusammengesetzt hatte? Bruchstücke, die es mit Gewalt zusammengefügt hatte, weil es sich ein Bild wünschte, weil es nach einem Bild verlangte – egal, was für eins –, nur um eine Antwort zu bekommen, die Punkte mit Strichen zu verbinden.

Harry nahm das Telefon aus seiner Tasche und drückte auf A.

»Hallo, Arnold, ich bin's.«

»Harry?«

»Ja, bist du noch bei der Arbeit?«

»Es ist ein Uhr nachts, Harry. Ich bin einigermaßen normal, also liege ich im Bett.«

»Sorry, willst du weiterschlafen?«

»Wenn du so fragst, ja.«

»Okay, aber jetzt, da du schon mal wach bist ...« Er hörte ein Stöhnen am anderen Ende. »Ich denke gerade über Mikael Bellman nach. Du hast im Kriminalamt doch mit ihm zusammengearbeitet. Hattest du jemals den Eindruck, dass er sich sexuell auch von Männern angezogen fühlt?«

Es folgte eine lange Stille, in der Harry Arnolds gleichmäßigen Atem hörte sowie das Rattern von Schienen, über die ein Zug fuhr. Der Akustik entnahm Harry, dass Arnold bei offenem Fenster schlief, es hörte sich fast so an, als wäre er draußen. Wahrscheinlich hatte er sich an die Geräusche gewöhnt, so dass sie nicht mehr in seinen Schlaf drangen. Und dann kam ihm in den Sinn, dass das bei diesem Fall vielleicht genauso war. Vielleicht waren es die vertrauten Laute, die sie nicht mehr hörten und die ihnen deshalb nicht mehr auffielen, auf die sie achten mussten.

»Arnold? Bist du wieder eingeschlafen?«

»Nein, aber der Gedanke ist so neu für mich, dass ich erst mal darüber nachdenken musste. Also, wenn ich mir die Bilder von damals wieder wachrufe und sie jetzt in einem anderen Kontext betrachte, dann ... Aber ich selbst kann nicht ... Aber das ist ja klar ...«

»Was ist klar?«

»Also, Bellman war damals ja immer mit seinem Köter zusammen, diesem grenzenlos loyalen Kerl.«

»Truls Berntsen.«

»Genau. Die zwei ...« Neuerliche Pause. »Beim besten Willen, Harry, ich schaffe es nicht, mir die beiden als schwules Pärchen vorzustellen, wenn du verstehst.«

»Verstehe. Tut mir leid, dass ich dich geweckt habe. Gute Nacht.«

»Gute Nacht. Aber Moment mal, warte noch mal kurz.«

»Hm?«

»Es gab da einen anderen Kerl im Kriminalamt. Ich hatte das ganz vergessen, aber ich habe die beiden mal auf dem Klo gesehen. Sie standen mit hochroten Gesichtern an den Waschbecken. Als wäre irgendwas passiert, du verstehst schon, wie ich das meine. Ich weiß noch, dass ich mir damals ein paar Gedanken gemacht habe, ohne dem viel Bedeutung beizumessen. Der Typ ist anschließend auch ziemlich schnell aus dem Kriminalamt verschwunden.«

»Weißt du noch seinen Namen?«
»Keine Ahnung, aber ich kann versuchen, das rauszufinden. Nur sicher nicht jetzt.«
»Danke, Arnold, und schlaf gut.«
»Danke. Was läuft bei dir?«
»Nicht viel«, sagte Harry, beendete die Verbindung und ließ das Handy in die Tasche rutschen.
Dann öffnete er die andere Hand.
Starrte auf das Plattenregal. Der Schlüssel lag bei W.
»Nicht viel«, wiederholte er.
Auf dem Weg zum Bad zog er sein T-Shirt aus. Das Bettzeug war weiß, sauber und kalt. Und die Stille vor dem offenen Fenster total und die Nachtluft frisch und rau. Er würde nicht eine Sekunde schlafen.
Er streckte sich aus und lauschte dem Pfeifen des Windes. Dem Pfeifen durch das Schlüsselloch eines schwarzen, uralten Eckschranks.

Die Wachhabende der Einsatzzentrale empfing die Nachricht von dem Feuer um 4.06 Uhr. Als sie die aufgeregte Stimme des Feuerwehrmanns hörte, nahm sie automatisch an, dass es sich um einen größeren Brand handelte, der eine Verkehrsumleitung erforderte oder die Bergung von Wertsachen, Verletzten oder gar Toten.
Sie war deshalb ziemlich überrascht, als der Mann von einer Rauchentwicklung in einer bereits geschlossenen Osloer Bar sprach und davon, dass das Feuer von allein wieder ausgegangen sei, ehe sie eingetroffen waren. Noch überraschter war sie, als der Feuerwehrmann sie trotzdem bat, unverzüglich jemanden rauszuschicken. Und erst in diesem Moment wurde ihr klar, dass das, was sie für Aufregung gehalten hatte, schiere Panik war. Die Stimme zitterte wie bei jemandem, der im Laufe seines Berufslebens schon viel gesehen hatte und trotzdem nicht auf das vorbereitet war, was er jetzt vor sich sah und zu vermitteln versuchte.

»Ein Mädchen. Sie muss mit brennbarer Flüssigkeit übergossen worden sein, auf dem Tresen stehen lauter leere Schnapsflaschen.«

»Wo sind Sie?«

»Sie ... sie ist total verkohlt. Und an ein Wasserrohr gefesselt.«

»Wo sind Sie?«

»Die Fessel geht um den Hals. Sieht aus wie ein Fahrradschloss. Sie müssen kommen, so schnell wie möglich.«

»Ja, aber wo sind Sie?«

»In Kvadraturen. Die Bar heißt Come As You Are. Mein Gott, sie ist noch so jung ...!«

KAPITEL 40

Ståle Aune wachte um 6.28 Uhr auf. Aus irgendeinem Grund glaubte er zuerst, das Klingeln käme vom Telefon, bis er realisierte, dass es der Wecker war. Er musste geträumt haben. Aber da er von Traumdeutung ebenso wenig hielt wie von Psychotherapie, versuchte er gar nicht erst, den Gedanken zurückzuverfolgen, sondern schlug auf den Wecker und schloss die Augen, um die zwei Minuten zu genießen, bis es halb sieben war und der zweite Wecker zu klingeln begann. In der Regel hörte er in diesen Minuten die nackten Füße von Aurora über den Boden rennen, die als Erste im Bad sein wollte.

Heute war es still.

»Wo ist Aurora?«

»Sie übernachtet doch bei Emilie«, murmelte Ingrid mit belegter Stimme.

Ståle Aune stand auf. Duschte, rasierte sich, frühstückte in schweigender Zweisamkeit mit seiner Frau, während sie Zeitung las. Ståle war inzwischen recht gut darin, Artikel auf dem Kopf zu lesen. Den Beitrag über die Polizistenmorde übersprang er, sie hatten doch nichts Neues und kamen nur wieder mit neuen Spekulationen.

»Kommt sie nicht nach Hause, bevor sie zur Schule muss?«, fragte Ståle.

»Sie hat ihre Schulsachen mit.«

»Ah ja. Findest du das mit dem Übernachten eigentlich gut, wenn am nächsten Tag Schule ist?«

»Nein, im Gegenteil. Du solltest da mal durchgreifen.« Sie blätterte weiter.

»Weißt du, was Schlafmangel mit dem Gehirn anstellen kann, Ingrid?«

»Der norwegische Staat hat sechs Jahre Studium finanziert, damit du es weißt, Ståle. Da wäre es doch wirklich eine ziemliche Verschwendung von Steuergeldern, wenn ich es auch wüsste.«

Ståle empfand schon seit jeher eine Mischung aus Verärgerung und Bewunderung für Ingrids Schlagfertigkeit so früh am Morgen. Vor zehn Uhr konnte er ihr niemals Paroli bieten. Erst gegen Mittag stand er vielleicht mal eine Runde durch. Realistisch gesehen, konnte er aber erst am frühen Abend darauf hoffen, auch einmal verbal den Sieg davonzutragen.

Er dachte noch einen Moment darüber nach, als er rückwärts aus der Garage fuhr und sich auf den Weg zu seinem Büro in der Sporveisgata machte. Würde er es überhaupt mit einer Frau aushalten, die ihn nicht Tag für Tag auf die Bretter schickte? Wüsste er nicht so viel über Genetik, wäre es ihm ein Rätsel, wie sie beide ein derart liebenswertes, gefühlvolles Kind wie Aurora in die Welt hatten setzen können. Dann verblassten diese Gedanken. Der Verkehr war dicht, aber nicht dichter als sonst. Um zwölf hatten sie ein Treffen im Heizungsraum vereinbart, und vorher hatte er noch drei Patienten.

Er drehte das Radio an.

Hörte die schrecklichen Nachrichten, und als sein Telefon klingelte, wusste er gleich, dass es einen Zusammenhang gab.

Es war Harry. »Wir müssen unsere Besprechung vertagen, es gibt einen neuen Mord.«

»Das Mädchen, über das sie gerade im Radio gesprochen haben?«

»Ja, wir sind uns jedenfalls ziemlich sicher, dass das ein Mädchen ist.«

»Ihr wisst noch nicht, wer sie ist?«

»Nein, es wird niemand vermisst.«

»Wie alt ist sie?«

»Unmöglich zu sagen. Aber ausgehend von Größe und Körperbau würde ich auf irgendwas zwischen zehn und vierzehn tippen.«

»Und ihr glaubt, dass das mit unserem Fall zu tun hat?«

»Ja.«

»Warum?«

»Weil sie am Tatort eines nicht aufgeklärten Mordes gefunden wurde. Eine Bar namens Come As You Are. Und weil ...«, Harry hustete, »weil sie mit einem Fahrradschloss um den Hals an ein Wasserrohr gekettet war.«

»Mein Gott!«

Er hörte Harry noch einmal husten.

»Harry?«

»Ja.«

»Bist du okay?«

»Nein.«

»Stimmt ... stimmt irgendetwas nicht?«

»Ja.«

»Abgesehen von dem Fahrradschloss? Ich verstehe ja, dass ...«

»Er hat sie mit Schnaps übergossen, bevor er sie angezündet hat. Die leeren Flaschen stehen hier auf dem Tresen. Drei Flaschen. Alles die gleiche Marke. Obwohl er alle möglichen anderen Flaschen hätte wählen können.«

»Es ist ...«

»Ja. Jim Beam.«

»... deine Marke.«

Ståle hörte, dass Harry jemandem zurief, nichts anzufassen. Dann war er wieder da. »Willst du den Tatort sehen?«

»Ich habe Patienten. Später vielleicht.«

»Okay, das weißt du selbst am besten. Wir werden auf jeden Fall noch eine Weile hier sein.«

Sie legten auf.

Ståle versuchte, sich wieder auf den Verkehr zu konzentrieren. Sein Atem ging schwer. Seine Nasenflügel weiteten sich und seine Brust hob und senkte sich. Er wusste, dass er an diesem Tag ein noch schlechterer Therapeut als sonst sein würde.

Harry trat aus dem Dunkel der Bar auf die belebte Straße. Fahrräder, Autos und Straßenbahnen fuhren vorbei. Er musste die Augen zukneifen, sah all die sinnlos hin und her hastenden Menschen. Sie ahnten nichts davon, dass nur ein paar Meter hinter ihm ebenso sinnlos der Tod lauerte, in Gestalt der verkohlten Leiche eines jungen Mädchens, das auf einem Stahlhocker mit geschmolzenem Plastiksitz thronte und von dem sie noch nicht einmal wussten, wer es war. Das heißt, Harry hatte eine Ahnung, wollte den Gedanken aber nicht zu Ende denken. Er holte ein paarmal tief Luft und landete dann doch wieder bei genau diesem Gedanken. Dann rief er Katrine an, die er zurück in den Heizungsraum geschickt hatte, damit sie Stand-by an ihrem Maschinenpark sitzen konnte.

»Noch immer keiner vermisst gemeldet?«, fragte er.

»Nein.«

»Okay. Dann überprüf bitte, welche Mordermittler Töchter im Alter zwischen acht und sechzehn haben. Beginne mit denen, die bei dem Kalsnes-Fall dabei waren. Wenn du wen gefunden hast, rufst du sie an und fragst schonend und vorsichtig, ob sie ihre Tochter heute Morgen schon gesehen haben.«

»Wird gemacht.«

Harry legte auf.

Bjørn kam aus der Bar und stellte sich neben ihn. Seine Stimme klang leise und gedämpft, als säßen sie in einer Kirche.

»Harry?«

»Ja?«

»Das ist das Übelste, was ich jemals gesehen habe.«

Harry nickte. Er kannte einige von Bjørns Fällen, konnte ihm aber trotzdem nur zustimmen.

»Wer das hier gemacht hat ...«, sagte Bjørn, hob die Hände

und atmete schnell, bevor er einen hilflosen Laut von sich gab und die Hände wieder sinken ließ. »Der hätte verdammt noch mal eine Kugel verdient.«

Harry ballte in seiner Tasche die Faust. Er wusste, dass auch das stimmte. Er hätte eine Kugel bekommen sollen. Ein bis drei Kugeln aus der Odessa, die in dem Schrank im Holmenkollveien lag. Nicht jetzt, sondern gestern Nacht. Als ein verdammt feiger Exbulle lieber ins Bett gegangen war, weil er meinte, sich nicht als Henker aufspielen zu dürfen, solange er sich über sein eigenes Motiv nicht im Klaren war. Ob er das für die potentiellen Opfer tat, für Rakel und Oleg, oder einfach nur für sich selbst. Das Mädchen da drinnen würde ihn nicht mehr nach seinem Motiv fragen, für sie und ihre Eltern war es zu spät. Das alles war eine verdammte Scheiße!

Er sah auf die Uhr.

Truls Berntsen wusste, dass Harry jetzt hinter ihm her war, und er würde vorbereitet sein. Er hatte ihn förmlich eingeladen, ihn gelockt, indem er den Mord an diesem Tatort ausgeführt und ihn gedemütigt hatte, indem er sein Gift, seinen Jim Beam verwendet hatte und nicht zuletzt das Fahrradschloss, von dem das ganze Präsidium gehört hatte und mit dem Harry wie ein Hund an das Parkverbotsschild in der Sporveisgata gekettet worden war.

Harry holte tief Luft. Er könnte sein Blatt aufdecken und alles erzählen. Über Gusto, Oleg und die toten Russen und anschließend gemeinsam mit Delta Truls Berntsens Wohnung stürmen. Sollte Berntsen trotzdem entkommen, konnte er ihn anschließend via Interpol zur Fahndung ausschreiben, damit jede Polizeidienststelle in ganz Europa informiert war. Oder ...

Harry begann das zerknitterte Camel-Päckchen aus seiner Tasche zu ziehen und schob es dann wieder nach unten. Er war es leid zu rauchen.

... Oder er konnte genau das tun, was dieser Teufel von ihm erwartete.

Erst in der Pause nach dem zweiten Patienten dachte Ståle den Gedanken zu Ende.

Oder die Gedanken, denn eigentlich waren es zwei.

Der erste war, dass niemand das Mädchen vermisst gemeldet hatte. Ein Mädchen zwischen zehn und vierzehn. Ihre Eltern hätten sie vermissen müssen, wenn sie abends nicht nach Hause gekommen wäre, und das hätten sie auch bestimmt gemeldet.

Der zweite war, was das Opfer mit den Polizistenmorden zu tun hatte. Der Mörder hatte bis jetzt nur Ermittler getötet, was darauf hindeuten konnte, dass sich jetzt der typische Drang zur Eskalierung, den man so häufig bei Serientätern beobachtete, meldete. Was konnte man einem Menschen Schlimmeres antun, als ihm das Leben zu nehmen? Die Antwort war ganz einfach: Man tötete seine Nachkommen, seine Kinder. Die Frage lautete also, wer an der Reihe gewesen war. Sicher nicht Harry, er hatte keine Kinder.

In diesem Moment brach der Schweiß aus jeder Pore von Ståle Aunes umfangreichem Körper. Er schnappte sich das Telefon, das in der geöffneten Schublade lag, suchte Auroras Namen heraus und rief sie an.

Die Mailbox sprang an.

Natürlich ging sie nicht ans Telefon, sie war ja in der Schule und durfte dort ihr Telefon aus verständlichen Gründen nicht eingeschaltet haben.

Wie hieß Emilie mit Nachnamen? Er hatte den Namen sicher ein paarmal gehört, aber das war Ingrids Domäne. Er erwog, sie anzurufen, wollte sie aber nicht unnötig beunruhigen und suchte stattdessen die alten Mails von der Schulfreizeit heraus. Tatsächlich fand er eine Liste mit allen Namen der Eltern von Auroras Klasse. Er ging die Namen durch und wurde recht schnell fündig. Torunn Einersen. Emilie Einersen, eigentlich leicht zu merken. Noch besser war, dass in derselben Mail auch alle Telefonnummern standen. Er tippte die Ziffern in sein Telefon, spürte das Zittern seiner Finger, die kaum die

Tasten trafen. Er musste zu viel oder zu wenig Kaffee getrunken haben.

»Torunn Einersen.«

»Hallo, hier ist Ståle Aune, der Vater von Aurora. Ich ... ähm ... wollte nur wissen, ob heute Nacht alles glattgelaufen ist.«

Pause. Zu lange Pause.

»Mit der Übernachtung«, fügte er hinzu. Und um ganz sicherzugehen. »Bei Emilie.«

»Ach so. Aber Aurora hat gar nicht bei uns übernachtet. Ich weiß, dass das eigentlich geplant war, aber ...«

»Oh, dann habe ich das sicher falsch in Erinnerung«, sagte Ståle und hörte, wie gequält seine Stimme klang.

»Es ist ja auch nicht immer so leicht, den Überblick zu behalten, wer wo übernachtet«, sagte Torunn Einersen lachend.

Ståle legte auf. Sein Hemd war bereits durchnässt.

Er rief Ingrid an, bekam aber nur den Anrufbeantworter und hinterließ ihr die Nachricht, dass sie ihn anrufen sollte. Dann stand er auf und stürzte durch die Tür. Die wartende Patientin, eine Frau mittleren Alters, die aus für ihn unerfindlichen Gründen zur Therapie ging, blickte auf.

»Wir müssen die heutige Sitzung ausfallen lassen ...« Er wollte ihren Namen nennen, doch der fiel ihm erst ein, als er unten am Fuß der Treppe war und auf die Sporveisgata zu seinem Auto rannte.

Harry spürte, dass er den Pappbecher mit Kaffee zu fest umklammerte, als die abgedeckte Bahre an ihm vorbei in den wartenden Leichenwagen getragen wurde. Er musterte die Schar der Schaulustigen, die zusammengeströmt waren.

Katrine hatte angerufen. Es war noch immer niemand vermisst gemeldet worden, und keiner aus der Ermittlungsgruppe des Kalsnes-Falls hatte eine Tochter zwischen acht und sechzehn. Harry bat sie, sich die übrigen Beamten vorzunehmen.

Bjørn kam aus der Bar. Streifte sich die Latexhandschuhe und die Kapuze des weißen Schutzanzuges ab.
»Noch immer nichts von den DNA-Leuten gehört?«, fragte Harry.
»Nein.«
Das Erste, was Harry getan hatte, nachdem sie zum Tatort gekommen waren, war, eine Gewebeprobe zu entnehmen und mit Blaulicht in die Rechtsmedizin zu schicken. Eine volle DNA-Analyse brauchte Zeit, aber die ersten Ziffern des Codes waren recht schnell zu ermitteln. Und mehr brauchten sie nicht. Alle Mordermittler und Kriminaltechniker waren mit ihrer DNA registriert, damit sie rasch ausfindig zu machen waren, falls sie einmal einen Tatort verunreinigten. In den letzten Jahren waren in den DNA-Dateien auch die Beamten aufgenommen worden, die zuerst an einen Tatort kamen oder diesen absicherten, und in der letzten Zeit waren sogar Zivilisten registriert worden, die in Verbindung zu den jeweiligen Tatorten standen. Es war einfache Wahrscheinlichkeitsrechnung, schon mit den ersten drei oder vier Ziffern des elfstelligen Codes konnte ein Großteil der aufgenommenen Personen ausgeschlossen werden. Mit fünf oder sechs vermutlich alle. Das hieß – wenn er recht hatte – alle außer einem.
Harry sah auf die Uhr. Er wusste nicht, warum, wusste nicht, was er noch erreichen wollte, nur dass ihm die Zeit weglief, dass er keine Zeit mehr hatte.

Ståle Aune parkte seinen Wagen vor dem Tor der Schule und schaltete das Warnblinklicht ein. Er hörte seine Schritte zwischen den Gebäuden widerhallen, als er zum Eingang rannte. Ein einsames Geräusch, das er aus seiner Kindheit kannte. Das ewige Zuspätkommen. Oder das Geräusch der Sommerferien, wenn alle aus der Stadt gefahren waren und ihn zurückgelassen hatten. Er riss die schwere Tür auf und stürmte über den Flur. Das Echo war jetzt weg, dafür hörte er seinen keuchenden Atem. Da war die Tür ihrer Klasse. Oder nicht?

Wie wenig er über sie wusste. Wie wenig er sie im letzten halben Jahr gesehen hatte. Wie viel er wissen wollte. Wie viel Zeit er von jetzt ab mit ihr verbringen wollte. Wenn sie nur ... nur ...

Harry sah sich in der Bar um.
»Das Schloss der Hintertür ist aufgebrochen worden«, sagte der Polizist hinter ihm.
Harry nickte. Er hatte die Kerben am Schloss gesehen. Ein Dietrich. Polizeihandwerk. Deshalb war auch die Alarmanlage nicht angegangen.

Harry hatte keine Anzeichen eines Kampfes gesehen, es waren keine Gegenstände umgestürzt, es lag nichts auf dem Boden, und Stühle und Tische standen ordentlich, wo sie immer standen. Der Barbesitzer wurde gerade befragt. Harry hatte gesagt, dass er keinen Wert darauf legte, ihn persönlich zu sprechen. Er hatte nicht gesagt, dass er ihn *auf keinen Fall* sehen wollte. Einen Grund hatte er nicht genannt.

Harry starrte auf die Barhocker am Tresen und erinnerte sich, wie er an jenem Abend darauf gesessen hatte, vor sich ein unangetastetes Glas Jim Beam. Der Russe war von hinten gekommen und hatte versucht, ihm die Klinge seines sibirischen Messers in die Halsschlagader zu rammen. Harrys Fingerprothese aus Titan war aber im Weg gewesen. Der Barbesitzer hatte entsetzt hinter dem Tresen gestanden und zugesehen, wie Harry sich nach dem auf dem Tresen liegenden Korkenzieher ausgestreckt und damit zugestochen hatte. Das Blut hatte den Boden gefärbt, als wäre eine frisch geöffnete Flasche Rotwein umgekippt.

»Vorläufig keine Spuren«, sagte Bjørn.
Harry nickte wieder. Natürlich nicht. Berntsen hatte den Ort für sich allein gehabt und sich Zeit nehmen können. Und bestimmt hatte er aufgeräumt, bevor er sie mit dem Whiskey überschüttet ... das Wort kam ganz gegen seinen Willen zu ihm: *mariniert* hatte.

Dann hatte er das Feuerzeug entfacht.

Die ersten Töne von Gram Parsons »She« ertönten, und Bjørn legte das Telefon ans Ohr:

»Ja? Wir haben einen Treffer in der DNA-Datenbank? Warte ...«

Er zückte einen Bleistift und sein immer gleiches Moleskine-Notizbuch.

Harry hatte oft gedacht, dass Bjørn das Heft so sehr mochte, dass er seine Notizen wahrscheinlich immer wieder ausradierte, wenn das Notizbuch voll war, um es noch einmal benutzen zu können.

»Kein Verurteilter, okay, aber jemand, der im Bereich der Mordermittlungen tätig war. Ja, damit hatten wir leider gerechnet. Und sein Name ist?«

Bjørn hatte das Notizbuch auf den Tresen gelegt und war bereit zu schreiben. Aber die Bleistiftspitze stoppte. »Was hast du gesagt? Wer ist der Vater?«

Harry hörte an der Stimme seines Kollegen, dass etwas nicht stimmte. Ganz und gar nicht stimmte.

Als Ståle Aune die Tür des Klassenzimmers aufriss, wirbelten ihm gleich mehrere Gedanken durch den Kopf:

Dass er ein schlechter Vater gewesen war.

Dass er sich nicht sicher war, ob Auroras Klasse ein festes Klassenzimmer hatte.

Und ob es, sollte es so sein, noch immer dieser Raum war.

Es war zwei Jahre her, dass er bei einem Tag der offenen Tür hier gewesen war. Damals hatten alle Klassen Zeichnungen, Tonfiguren, Streichholzmodelle und andere Kunstwerke ausgestellt, die ihn nicht wirklich fasziniert hatten. Ein besserer Vater wäre sicher begeistert gewesen.

Die Stimmen verstummten, und die Gesichter wandten sich ihm zu.

Junge, weiche Gesichter. Unverdorbene, unbesudelte Gesichter, die noch nicht so lange gelebt hatten, wie sie es sollten.

Gesichter, die noch geformt werden würden, noch Charakter bekommen sollten und die erst mit den Jahren in der Maske erstarrten, die den darunterliegenden Menschen zeigte. Ihn. Seine Tochter.

Sein Blick fand Gesichter, die er auf Klassenfotos gesehen hatte, auf Geburtstagsbildern, bei viel zu wenigen Handballspielen und bei Abschlussfesten. Einige hatten Namen, die meisten nicht. Sein Blick flackerte weiter, suchte nach dem einen Gesicht, während seine Lippen ihren Namen formten und sein Hals sich zuschnürte: Aurora. Aurora. Aurora.

Bjørn ließ das Telefon in seine Tasche gleiten. Er stand regungslos am Tresen und wandte Harry den Rücken zu. Dann schüttelte er langsam den Kopf und drehte sich um. Sein Gesicht sah aus, als hätte ihn jemand zur Ader gelassen. Blass, blutleer.

»Es ist jemand, den du gut kennst«, sagte Harry.

Bjørn nickte langsam, wie ein Schlafwandler. Schluckte.

»Aber ... verdammt, das geht doch nicht.«

»Aurora.«

Die Wand der Gesichter starrte Ståle Aune an. Ihr Name war in einem Schluchzer über seine Lippen gekommen. Wie ein Gebet.

»Aurora«, wiederholte er.

Ganz am Rand seines Blickfelds sah er den Lehrer auf sich zukommen.

»Was geht nicht?«, fragte Harry.

»Seine Tocher«, sagte Bjørn. »Das ... das geht doch nicht.«

Ståles Augen schwammen in Tränen. Er spürte eine Hand auf der Schulter. Dann erhob sich vor ihm eine Gestalt, kam zu ihm, und ihre Konturen verschwammen wie in einem Jahrmarktspiegel. Trotzdem fand er, dass sie wie sie aussah. Wie

Aurora. Als Psychologe wusste er natürlich, dass das nur eine Flucht des Gehirns war, der Versuch des Menschen, das Unerträgliche zu ertragen, sich was vorzulügen. Das zu sehen, was man sehen wollte. Trotzdem flüsterte er ihren Namen.

»Aurora.«

Und sogar die Stimme klang wie ihre, er hätte es beschwören können:

»Was ist denn los ...?«

Er hörte auch das letzte Wort des Satzes, war sich aber nicht sicher, ob ihm da nur sein Hirn einen Streich spielte.

»... Papa?«

»Warum geht das nicht?«

»Weil ...«, sagte Bjørn und starrte Harry an, als wäre er nicht da.

»Ja?«

»Weil sie schon tot ist.«

KAPITEL 41

Auf dem Friedhof Vestre Gravlund war es morgendlich still. Nur das entfernte Rauschen des Verkehrs auf dem Sørkedalsveien und das Rumpeln der U-Bahn, die die Leute ins Zentrum brachte, waren zu hören.

»Roar Midtstuen, ja«, sagte Harry und marschierte zwischen den Grabstellen entlang. »Wie lang ist er eigentlich schon bei euch?«

»Das weiß niemand«, sagte Bjørn und versuchte, Schritt zu halten. »Seit dem Beginn der Zeit.«

»Und seine Tochter ist bei einem Verkehrsunfall ums Leben gekommen?«

»Ja, im letzten Sommer. Aber das ist doch vollkommen krank, das muss ein Fehler sein. Ihr habt ja nur die ersten Stellen des DNA-Codes, die letzten zehn sind noch unbekannt. Das heißt, die Fehlerwahrscheinlichkeit liegt bei fünfzehn Prozent, vielleicht ist das ...« Er wäre fast gegen Harry gelaufen, der abrupt stehen geblieben war.

»Nun«, sagte Harry, hockte sich hin und steckte die Finger in die Erde vor dem Grabstein, auf dem Fia Midtstuens Name stand. »Die Wahrscheinlichkeit ist gerade auf null gesunken.«

Er hob die Hand und frisch aufgegrabene Erde rieselte durch seine Finger.

»Er hat die Leiche ausgegraben, sie ins Come As You Are gebracht und angesteckt.«

»Verflucht ...«

Harry hörte das unterdrückte Weinen in der Stimme seines Kollegen. Er sah ihn nicht an. Ließ ihn in Frieden. Wartete. Schloss die Augen und lauschte. Ein Vogel sang ein für lebende Menschen sinnloses Lied. Der Wind schob unbekümmert pfeifend die Wolken an. Eine U-Bahn fuhr in Richtung Westen vorbei. Die Zeit verging, aber hatte sie überhaupt einen Ort, an den sie gehen konnte? Harry öffnete die Augen wieder und räusperte sich.

»Wir sollten jemanden bitten, den Sarg auszugraben und nachzusehen, bevor wir ihren Vater informieren.«

»Ich kümmere mich darum.«

»Bjørn«, sagte Harry. »Das ist besser so. Immerhin ist da kein lebendes Mädchen verbrannt worden. Okay?«

»Tut mir leid, ich bin einfach müde. Und Roar ist so schon kaputt genug. Ich denke ...« Er breitete hilflos die Arme aus.

»Ist schon in Ordnung«, sagte Harry und stand auf.

»Wohin willst du?«

Harry schaute Richtung Norden, zur Straße und zur U-Bahn. Die Wolken trieben auf ihn zu. Nordwind. Und da war es wieder. Das Gefühl, etwas zu wissen, das er noch nicht greifen konnte, etwas tief unten im Verborgenen, das einfach nicht an die Oberfläche kommen wollte.

»Ich muss mich um etwas kümmern.«

»Was?«

»Etwas, das ich schon längst hätte tun sollen.«

»Na dann. Es gibt da noch etwas, das ich dich fragen wollte.«

Harry blickte auf die Uhr und nickte kurz.

»Als du gestern mit Bellman gesprochen hast, was meinte er eigentlich zu der Kugel? Hatte er eine Idee, wie die dahin gekommen ist?«

»Er hatte keine Ahnung.«

»Und du? Du hast doch meistens wenigstens eine Hypothese.«

»Hm, ich muss jetzt los.«

»Harry?«
»Ja?«
»Tu es nicht ...« Bjørn lächelte unsicher. »Mach jetzt nichts Dummes.«

Katrine Bratt saß zurückgelehnt auf ihrem Stuhl und starrte auf den Bildschirm. Bjørn hatte gerade angerufen und gesagt, dass sie den Vater gefunden hätten, einen gewissen Midtstuen, der an den Ermittlungen im Kalsnes-Fall beteiligt gewesen war. Seine Tochter sei aber bereits tot gewesen, weshalb sie ihn bei ihrer Suche nach Polizeieltern mit jungen Töchtern nicht habe finden können. Und weil Katrine das vorübergehend arbeitslos machte, hatte sie sich noch einmal die gestrige Kombinationssuche angeschaut. Es gab keinen Treffer für Mikael Bellman und René Kalsnes. Als sie eine Liste angefordert hatte, welche Personen am häufigsten in Verbindung mit Mikael Bellman standen, waren ihr drei Namen aufgefallen. Zuoberst stand Ulla Bellman, gefolgt von Truls Berntsen und an dritter Stelle Isabelle Skøyen. Dass seine Frau die Liste anführte, war selbstverständlich, und dass die Innen- und Sozialsenatorin, die ja seine direkte Vorgesetzte war, auf dem dritten Platz lag, war auch nicht verwunderlich.
Aber Truls Berntsen erstaunte sie.
Insbesondere, weil ein Link eine interne Nachricht von Økokrim an den Polizeipräsidenten war, also hier aus dem Haus stammte. Bellman wurde im Hinblick auf die ungeklärte Bareinzahlung um die offizielle Erlaubnis für interne Ermittlungen gegen Truls Berntsen gebeten.
Sie fand keine Antwort, weshalb sie davon ausging, dass Bellman telefonisch reagiert hatte.
Es wunderte sie, dass der Polizeipräsident und ein anscheinend korrupter Polizist so oft telefoniert und sich SMS geschickt hatten, dass sie ihre Kreditkarten häufig zeitgleich an denselben Orten benutzt, gemeinsam geflogen und Zug gefahren waren, im selben Hotel gewohnt und zusammen in

der Schießhalle gewesen waren. Als Harry sie gebeten hatte, Bellman gründlich unter die Lupe zu nehmen, hatte sie herausgefunden, dass der Polizeipräsident sich im Internet Schwulenpornos angesehen hatte. War Truls Berntsen sein Lover?

Katrine saß eine Weile da und starrte auf den Bildschirm.

Na und? Das musste ja nicht unbedingt was heißen.

Sie wusste, dass sich Harry mit Bellman im Valle Hovin getroffen und ihn mit dem Fund der Kugel konfrontiert hatte. Bevor er dorthin aufgebrochen war, hatte er fallenlassen, dass er eine Ahnung hätte, wer die Kugel ausgetauscht haben könnte. Auf ihre Nachfrage hatte er aber bloß gesagt: »Sein Schatten.«

Katrine erweiterte die Suche auf die Vergangenheit.

Ging die Resultate durch.

Bellman und Berntsen waren miteinander durch dick und dünn gegangen. Ihre gemeinsame Karriere hatte nach der PHS in der Polizeiwache in Stovner begonnen.

Sie überflog die Liste der anderen Angestellten, blieb bei einem Namen hängen und wählte eine Nummer mit Bergenser Vorwahl.

»Das wurde ja auch langsam Zeit, Fräulein Bratt!«, kam es fröhlich in breitestem Bergenser Dialekt. »Sie hätten längst zur Untersuchung hier sein sollen.«

»Hans ...«

»Doktor Hans, bitte. Wenn Sie sich dann obenrum bitte frei machen würden?«

»Hör auf«, warnte sie ihn breit grinsend.

»Darf ich Sie bitten, die medizinische Wissenschaft nicht mit sexueller Belästigung am Arbeitsplatz zu verwechseln, Fräulein Bratt.«

»Jemand hat mir gesagt, du wärst wieder im Gesundheitsamt?«

»Jau. Und wo bist du gerade?«

»In Oslo. Apropos, ich sitze vor einer Liste der Angestellten der Polizeiwache Stovner. Da steht dein Name zusammen mit Mikael Bellman und Truls Berntsen?«

»Das war direkt nach der Polizeischule und auch nur wegen einer Frau, Bratt. Aber was für eine, habe ich dir nie von ihr erzählt?«

»Vermutlich schon.«

»Aber als das vorbei war, war auch meine Zeit in Oslo vorbei.« Er begann zu singen: »Vestland, Vestland über alles ...«

»Hans! Als du mit denen zusammengearbeitet hast ...«

»Niemand hat mit denen *zusammen*gearbeitet, Katrine. Entweder man arbeitete für sie oder gegen sie.«

»Truls Berntsen ist suspendiert worden.«

»Das wurde aber auch höchste Zeit. Hat er wieder wen zusammengeschlagen?«

»Zusammengeschlagen? Wieso? Hat es damals Übergriffe gegeben? Gegen Verdächtige?«

»Schlimmer als das, er hat Kollegen verprügelt.«

Katrine spürte, wie sich die kleinen Härchen auf ihrem Arm aufstellten. »Aha? Wen?«

»Jeden, der Bellmans Frau zu nahe kam. Beavis Berntsen war ja in beide Hals über Kopf verliebt.«

»Womit hat er das gemacht?«

»Wie meinst du das denn?«

»Wenn er jemanden verprügelt hat?«

»Woher soll ich das denn wissen? Etwas Hartes, würde ich vermuten. Das sah bei dem jungen Typen aus dem Norden jedenfalls schwer danach aus. Der hatte den Fehler begangen, bei der Weihnachtsfeier etwas zu eng mit Frau Bellman zu tanzen.«

»Was für ein junger Typ aus dem Norden?«

»Wie hieß der noch mal? Lass mich nachdenken. Rune. Nein, Runar. Runar ...«

Komm schon, dachte Katrine, während ihre Finger ganz von allein über die Tastatur tanzten.

»Tut mir leid, Katrine, das ist lange her. Vielleicht fällt es mir ja wieder ein, wenn du deinen Oberkörper frei machst?«

»Verlockend«, sagte Katrine. »Aber ich habe es gerade selber herausgefunden, in Stovner war damals nämlich nur ein Runar. Mach's gut, Hans ...«

»Warte! So eine Mammographie muss gar nicht so ...«

»Ich muss los, du kranke Seele!«

Sie legte auf. Zwei einfache Klicks auf den Namen, und die Suchmaschine arbeitete, während sie auf den Nachnamen starrte, der ihr irgendwie bekannt vorkam. Wo hatte sie den schon mal gehört? Sie schloss die Augen und murmelte ihn vor sich hin. Der Name war so ungewöhnlich, dass es kaum ein Zufall sein konnte. Sie öffnete die Augen. Die Ergebnisse waren schon da. Es war nicht viel, aber genug. Eine Krankenakte und der Einweisungsbeschluss für den Entzug. Drogen. Mailkorrespondenz zwischen dem Leiter einer Reha und dem Polizeipräsidenten. Überdosis. Aber mehr als das zog sein Foto ihre Aufmerksamkeit auf sich. Dieser klare blaue Blick. Plötzlich wusste sie, wo sie den schon gesehen hatte.

Harry schloss das Haus auf, trat ein, ohne sich die Schuhe auszuziehen, und ging zum Plattenspieler. Er schob die Finger zwischen Waits' *Bad as Me* und *A Pagan Place*, eine Scheibe, die er etwas zögernd an erster Stelle der Waterboys-Platten einsortiert hatte, weil es im Grunde ja eine Digital-Remaster-Ausgabe von 2002 war. Auf jeden Fall war das der sicherste Ort im ganzen Haus. Weder Rakel noch Oleg hatten jemals freiwillig eine Platte in die Hand genommen, auf der Tom Waits oder Mike Scott sang.

Er zog den Schlüssel heraus. Messing, klein und hohl, fast ohne Gewicht. Und trotzdem fühlte er sich so schwer an, dass er seine Hand förmlich zu Boden zog, als er an den Eckschrank trat. Er steckte ihn ins Schlüsselloch und drehte ihn herum. Wartete. Wusste, dass es keinen Weg zurück gab, wenn er den

Schrank erst geöffnet hatte, dass er spätestens dann sein Versprechen gebrochen hatte.

Er brauchte Kraft, um die alte Schranktür zu öffnen. Er wusste ganz genau, dass es nur das alte Holz war, das sich zur Wehr setzte, aber trotzdem hörte es sich so an, als käme das Seufzen drinnen aus dem Dunkel. Als verstünde sie, dass sie nun endlich wieder frei war. Frei, um die Hölle zurück auf die Erde zu holen.

Es roch nach Metall und Öl.

Er holte tief Luft. Hatte das Gefühl, die Hand in ein Schlangennest zu schieben. Seine Finger tasteten sich vor, bis sie den kalten Stahl fanden. Er bekam den Reptilienkopf zu fassen und nahm ihn heraus.

Es war eine hässliche Waffe. Sowjetische Ingenieurskunst in brutalster Effektivität, fast so unverwüstlich wie eine Kalaschnikow.

Harry wog die Pistole in der Hand.

Sie war schwer, aber jetzt, da die Entscheidung gefallen war, empfand er sie als leicht. Er atmete wieder aus. Der Dämon war frei.

»Hallo«, sagte Ståle und schloss die Tür des Heizungsraums hinter sich. »Bist du allein?«

»Ja«, sagte Bjørn, der auf seinem Stuhl saß und sein Telefon anstarrte.

Ståle setzte sich. »Wo ...?«

»Harry wollte irgendwas erledigen, und Katrine war schon weg, als ich gekommen bin.«

»Du scheinst einen harten Tag hinter dir zu haben.«

Bjørn lächelte blass. »Du auch, Doktor Aune.«

Ståle fuhr sich mit der Hand über den Schädel. »Tja. Ich habe gerade in einem Klassenzimmer gestanden und heulend meine Tochter umarmt, während die ganze Klasse zugesehen hat. Aurora meinte, dass sie das nie wieder vergessen werde. Ich habe ihr zu erklären versucht, dass Kinder in der Regel stark genug sind, um die Bürde zu tragen, die ihnen durch die übertriebene Liebe ihrer Eltern auferlegt wird, dass sie das aus darwinistischer Sicht also sicher überleben wird. Und das alles bloß, weil sie bei Emilie übernachtet hat. Nur dass sie zwei Emilies in der Klasse hat und ich die falsche Mutter angerufen habe ...«

»Hast du nicht mitbekommen, dass wir das Treffen heute Morgen abgesagt haben? Es ist wieder eine Leiche gefunden worden. Ein Mädchen.«

»Doch, doch, das weiß ich. Eine üble Sache, nicht wahr?«

Bjørn nickte langsam. Zeigte auf das Telefon. »Und ich soll jetzt ihren Vater anrufen.«

»Und dir graut natürlich davor.«

»Logisch.«

»Du fragst dich, warum ihr Vater auf eine solche Weise gestraft werden muss? Warum er sie zweimal verlieren soll, warum einmal nicht reicht?«

»In etwa, ja.«

»Der Mörder sieht sich selbst als eine Art göttlichen Rächer, Bjørn.«

»Ach ja?«, sagte Bjørn und sah den Psychologen mit leerem Blick an.

»Du kennst doch die Bibelstelle? *Ein eifernder und rächender Gott ist der HERR, ein Rächer ist der HERR und voller Zorn, ein Rächer ist der HERR gegenüber seinen Widersachern, er verharrt im Zorn gegen seine Feinde.* Die Übersetzung stammt zwar aus den Fünfzigern, aber du verstehst das, oder?«

»Ich bin ein einfacher Junge aus Østre Toten, aber ich bin konfirmiert worden und ...«

»Ich habe nachgedacht, deshalb bin ich jetzt hier.« Ståle beugte sich auf seinem Stuhl vor. »Der Mörder ist ein Rächer, und Harry hat recht, er tötet aus Liebe, nicht aus Hass, Gier oder irgendwelchen sadistischen Trieben. Jemand hat ihm etwas genommen, das er liebt, und jetzt nimmt er seinen Opfern, was sie am meisten lieben. Es kann ihr Leben sein. Oder etwas, was ihnen noch wichtiger ist: das Leben ihrer Kinder.«

Bjørn nickte: »Roar Midtstuen wäre sicher gern dazu bereit, das Leben, das er jetzt lebt, gegen das seines Kindes einzutauschen.«

»Wir müssen also nach jemandem suchen, der einen Menschen verloren hat, den er liebt. Einen Rächer im Namen der Liebe. Denn das ...«, Ståle Aune ballte die rechte Hand zur Faust, »... ist das einzige Motiv, das wirklich stark genug ist. Bjørn? Hast du verstanden?«

Bjørn nickte. »Glaube schon. Aber ich muss jetzt wirklich Midtstuen anrufen.«

»Tu das, ich gehe raus, dann hast du Ruhe.«

Bjørn wartete, bis Ståle den Raum verlassen hatte, dann wählte er die Nummer, auf die er schon so lange starrte, dass sie sich fast in seine Netzhaut eingebrannt hatte. Er atmete tief ein, während er die Freizeichen zählte. Wie lange musste er es klingeln lassen, bevor er wieder auflegen konnte?

Da hörte er die Stimme seines Kollegen.

»Bjørn, bist du das?«

»Ja, du hast meine Nummer gespeichert?«

»Ja, natürlich.«

»Okay. Ja, also. Ich muss dir was sagen.«

Pause.

Bjørn schluckte. »Es geht um deine Tochter. Sie wurde ...«

»Bjørn«, unterbrach die Stimme ihn abrupt. »Ehe du weiterredest. Ich weiß nicht, um was es geht, aber ich höre dir an, dass es wichtig ist. Und ich will über Fia nichts mehr am Telefon hören, das ist sonst genau wie damals. Da wollte mir auch keiner in die Augen sehen. Sie haben alle nur angerufen. Das ist bestimmt leichter. Tust du mir den Gefallen und kommst hierher? Bjørn?«

»Natürlich!«, sagte Bjørn Holm überrascht. Er hatte Roar Midtstuen nie so offen und ehrlich über seine Schwäche reden hören. »Wo bist du denn?«

»Der Unfall ist heute genau neun Monate her. Ich bin auf dem Weg zu der Stelle, an der es passiert ist. Ich will da Blumen hinlegen ...«

»Erklär mir einfach, wo das ist, dann komme ich dahin.«

Katrine Bratt gab den Versuch auf, einen Parkplatz zu finden. Es war einfacher gewesen, die Telefonnummer und Adresse zu finden, die gab es wenigstens im Internet. Aber nachdem sie viermal angerufen hatte, ohne dass sich jemand gemeldet hatte, nicht einmal der Anrufbeantworter, hatte sie ein Auto requiriert und war in die Industrigata in Majorstua gefahren, eine Einbahnstraße mit einem kleinen Lebensmittelladen, ein paar Galerien, mindestens einem Restaurant, einer Rahmenwerkstatt, aber eben ohne Parkplätze.

Katrine fasste einen Entschluss, fuhr langsam auf den Bürgersteig, machte den Motor aus und legte einen Zettel in die Windschutzscheibe, dass sie von der Polizei war. Harry zufolge waren die Knöllchenkleber die Einzigen, die zwischen der Zivilisation und dem totalen Chaos standen, sie würden sich also kaum darum scheren.

Sie ging den gleichen Weg, den sie gekommen war, in Richtung der stylischen Shoppinghysterie des Bogstadveien. Vor einem Haus in der Josefines gate blieb sie stehen. Als sie noch auf der Polizeihochschule gewesen war, war sie hier mal nach einer Party zum *Nachspiel* gelandet. Einem sogenannten Nachspiel. Angeblichen Nachspiel. Es war okay gewesen. Die Polizeibehörde vermietete hier einfache Wohnungen an PHS-Studenten. Katrine fand auf den Klingelschildern den Namen, nach dem sie suchte, klingelte und wartete, während sie die schlichte Fassade musterte. Dann klingelte sie noch einmal und wartete wieder.

»Keiner da?«

Sie drehte sich um. Lächelte automatisch. Schätzte den Mann auf um die vierzig, vielleicht ein junggebliebener Fünfziger. Groß, keine Glatze, Flanellhemd, Levi's 501.

»Ich bin hier der Hausmeister.«
»Und ich bin Katrine Bratt, Kommissarin beim Osloer Morddezernat. Ich bin auf der Suche nach Silje Gravseng.«
Er warf einen Blick auf den Ausweis, den sie ihm hinstreckte, und musterte sie beinahe schamlos von Kopf bis Fuß.
»Silje Gravseng, ja«, sagte der Hausmeister. »Sie hat an der PHS aufgehört, sollte also nicht mehr hier wohnen.«
»Aber sie wohnt trotzdem noch hier?«
»Ja. Zimmer 412. Soll ich ihr eine Nachricht zukommen lassen?«
»Ja, gerne. Bitten Sie sie, mich unter dieser Nummer hier anzurufen. Ich möchte mit ihr über Runar Gravseng sprechen, ihren Bruder.«
»Hat er etwas angestellt?«
»Nein. Er sitzt in der geschlossenen Abteilung und hockt dort immer in der Mitte des Raumes, weil er die Wände für Menschen hält, die ihn totschlagen wollen.«
»Oje.«
Katrine nahm ihr Notizbuch heraus und schrieb ihren Namen und ihre Telefonnummer auf. »Sie können ihr auch sagen, dass es um die Polizistenmorde geht.«
»Ja, das scheint sie wirklich zu beschäftigen.«
Katrine hielt mit dem Schreiben inne. »Wie meinen Sie das?«
»Die hat mit den Zeitungsausschnitten über die ermordeten Polizisten ihre Wände tapeziert. Nicht, dass es mich etwas angehen würden, was die Studenten in ihren Zimmern aufhängen, aber das ist schon ... ziemlich unheimlich, finden Sie nicht auch?«
Katrine sah ihn an. »Wie war noch gleich Ihr Name?«
»Leif Rødbekk.«
»Hören Sie, Leif. Meinen Sie, dass ich kurz einen Blick in ihr Zimmer werfen könnte? Ich würde gerne diese Ausschnitte sehen.«
»Warum das denn?«
»Wäre es möglich?«

»Klar, wenn Sie mir einen Durchsuchungsbeschluss bringen.«

»Den habe ich nicht ...«

»Ich mach doch nur Witze«, sagte er mit einem Grinsen. »Kommen Sie mit.«

Eine Minute später fuhren sie mit dem Aufzug in die vierte Etage.

»Im Mietvertrag steht, dass ich mir Zugang zu den Wohnungen verschaffen darf, solange ich das vorher ankündige. Im Moment sind wir dabei, alle elektrischen Wandheizkörper zu kontrollieren, weil sich an einem letzte Woche angebrannter Staub entzündet hat. Und auch wenn Silje nicht ans Telefon gegangen ist, haben wir zumindest versucht, ihr mitzuteilen, dass wir kurz in ihre Wohnung müssen. Hört sich das für Sie okay an, Frau Kommissarin?« Erneutes Grinsen. Ein Wolfsgrinsen, dachte Katrine. Nicht uncharmant. Ihr Blick wanderte zu seinem Ringfinger. Das glatte Gold war matt. Die Aufzugtüren öffneten sich, und sie folgte ihm über den schmalen Flur, bis er vor einer der blauen Türen stehen blieb.

Er klopfte an und wartete. Klopfte noch einmal. Wartete.

»Dann gehen wir rein«, sagte er und drehte den Schlüssel im Schloss herum.

»Sie sind wirklich sehr hilfsbereit, Rødbekk.«

»Leif. Das mache ich doch gerne, schließlich komme ich nicht jeden Tag in Tuchfühlung mit einer so ...« Er öffnete die Tür für sie, stand aber so, dass sie sich dicht an ihm vorbeidrücken musste, wenn sie ins Zimmer wollte. Sie sah ihn warnend an.

»... ernsten Sache«, sagte er, während er mit lachenden Augen zur Seite trat.

Katrine ging ins Zimmer. Die Studentenzimmer der PHS waren noch genauso wie früher. Der Raum hatte eine Kochnische und eine Tür zum angrenzenden Badezimmer. Das Bett stand hinter dem Vorhang am Ende des Raumes. Das Erste, was ihr auffiel, war das Gefühl, ein Mädchenzimmer betreten zu haben und nicht das einer erwachsenen Frau. Silje Gravseng schien sich nach etwas zurückzusehnen. Das Sofa in der Ecke war über und über mit Teddys, Puppen und diversen Kuscheltieren bedeckt. Die Kleider, die auf Tisch und Stühlen verteilt lagen, waren allesamt farbenfroh, viele rosa. An den Wänden hingen Fotos von jungen, durchgestylten Menschen. Katrine tippte auf irgendwelche Boygroups oder Stars aus dem Disney Channel.

Das andere, was ihr auffiel, waren die schwarzweißen Zeitungsausschnitte, die zwischen den bunten Glamourfotos hingen. Sie waren im ganzen Raum verteilt, häuften sich aber an der Wand hinter dem Computer.

Katrine trat einen Schritt näher, hatte die meisten der Artikel aber bereits wiedererkannt. Im Heizungsraum hingen die gleichen.

Die Ausschnitte waren mit Heftzwecken befestigt, und Silje hatte mit Kugelschreiber das jeweilige Erscheinungsdatum darauf notiert.

Sie schob den ersten Gedanken beiseite und probierte es stattdessen mit dem zweiten. Vielleicht war es gar nicht so ungewöhnlich, dass man als Studentin der PHS so interessiert war an einer aktuell laufenden Mordserie.

Neben der Tastatur auf dem Schreibtisch lagen Zeitungen, aus denen Silje etwas ausgeschnitten hatte. Und dazwischen eine Postkarte mit dem Foto eines nordnorwegischen Berges, den Katrine wiedererkannte. Der Svolværgeita auf den Lofoten. Sie nahm die Karte und drehte sie um, keine Briefmarke, keine Adresse oder Unterschrift. Sie hatte sie schon wieder weggelegt, als ihr einfiel, was ihr Blick anstelle der Unterschrift auf der Karte registriert hatte. Ein Wort, geschrieben in Blockbuchstaben, am Ende des Textes. POLIZEI. Sie nahm die Karte noch einmal in die Hand, hielt sie am äußersten Rand fest und las den Text von Anfang an.

Sie glauben, die Polizisten sind getötet worden, weil jemand sie hasst. Sie haben noch nicht begriffen, dass es genau umgekehrt ist. Sie wurden von jemandem getötet, der die Polizei und ihre heilige Aufgabe liebt: Anarchisten zu fangen und zu bestrafen, Nihilisten, Atheisten, all die Ungläubigen, die an nichts glauben, all die destruktiven Kräfte. Sie wissen nicht, dass der, den sie jagen, ein Apostel der Gerechtigkeit ist, der nicht nur die Vandalen straft, sondern auch diejenigen, die ihrer Verantwortung nicht gerecht werden, sich von Faulheit und Gleichgültigkeit steuern lassen und es nicht verdienen, ein Teil der POLIZEI zu sein.

»Wissen Sie was, Leif?«, sagte Katrine, ohne den Blick von den zierlichen, fast kindlichen Buchstaben zu nehmen, die mit einem blauen Stift zu Papier gebracht worden waren. »Ich wünschte mir wirklich, ich hätte einen Durchsuchungsbeschluss.«

»Aha?«

»Ich werde ihn sicher auch bekommen, aber Sie wissen ja, wie lange das dauern kann. Und bis es so weit ist, kann das, was ich suche, verschwunden sein.«

Katrine sah ihn an. Leif Rødbekk erwiderte ihren Blick. Nicht wie bei einem Flirt, sondern um Bestätigung zu bekommen. Dass es wichtig war.

»Und wissen Sie was, Bratt«, sagte er. »Mir ist gerade eingefallen, dass ich dringend in den Keller muss. Die Elektriker tauschen da einen Kasten aus. Kommen Sie einen Moment ohne mich zurecht?«

Sie lächelte ihn an. Und als er ihr Lächeln erwiderte, war sie sich nicht mehr ganz sicher, was das für ein Lächeln war.

»Ich werde es versuchen«, sagte sie.

Katrine drückte die Leertaste des iMac, als sie die Tür hinter Rødbekk ins Schloss fallen hörte. Der Bildschirm leuchtete auf. Sie führte den Cursor auf das Suchfenster und tippte Mittet ein. Kein Treffer. Dann versuchte sie ein paar andere Namen und Tatorte aus den laufenden Ermittlungen sowie das Wort »Polizistenmorde«, alles ohne Erfolg.

Silje Gravseng hatte ihren Mac nicht benutzt. Kluges Mädchen.

Katrine zog an der Schublade des Schreibtisches. Verschlossen. Seltsam. Welche junge Frau Anfang zwanzig schloss die Schublade ihres Schreibtisches ab, wenn sie alleine wohnte?

Sie stand auf, ging zum Vorhang und zog ihn zur Seite.

Es war wie vermutet ein Schlafalkoven.

Mit zwei großen Fotografien über dem schmalen Bett.

Sie hatte Silje Gravseng nur zweimal gesehen, das erste Mal in der Polizeihochschule, als sie Harry besucht hatte. Aber die Familienähnlichkeit zwischen der blonden Silje Gravseng und der Person auf dem Bild war derart auffällig, dass sie keine Zweifel mehr hatte.

Auch den Mann auf dem anderen Bild kannte sie.

Silje musste im Internet ein hochaufgelöstes Foto gefunden und vergrößert haben. Jede Narbe, jede Falte, jede Pore der Haut seines mitgenommenen Gesichts war deutlich zu sehen. Aber das alles ging im Glanz seiner blauen Augen unter, und in der Wut, die aus ihnen strahlte, weil er den Fotografen entdeckt hatte, der dort vermutlich nichts verloren hatte. Harry Hole. Es war dieses Bild, über das die Mädchen vor ihr im Hörsaal geredet hatten.

Katrine teilte den Raum in imaginäre Felder ein und begann oben links. Sie ließ ihren Blick bis zum Boden gleiten, bevor sie ihn wieder hob und im nächsten Feld genauso vorging. Sie hatte das von Harry gelernt und erinnerte sich auch noch, was er dabei gesagt hatte: »Such nicht nach *etwas*, such einfach. Wenn du nach etwas Bestimmtem suchst, werden die anderen Dinge stumm. Lass alle Sachen mit dir reden.«

Als sie mit dem Zimmer fertig war, setzte sie sich wieder an den iMac. Sie dachte nach und hörte wieder seine Stimme: »Und wenn du fertig bist und glaubst, nichts gefunden zu haben, denk invers, spiegelverkehrt, und lass die anderen Dinge mit dir reden. Die, die nicht da sind, aber da sein sollten. Ein Brotmesser, Autoschlüssel, die Jacke zu einem Anzug.«

Es war das letzte Beispiel, das sie auf die Idee brachte, was Silje Gravseng gerade machte. Sie war alle Kleider in ihrem Kleiderschrank und in dem Wäschekorb in dem kleinen Bad durchgegangen, hatte die Garderobe hinter der Tür kontrolliert, aber auch dort nicht die Sachen gefunden, die Silje Gravseng getragen hatte, als Katrine sie zuletzt gemeinsam mit Harry in der alten Kellerwohnung von Valentin Gjertsen gesehen hatte. Der schwarze Sportanzug fehlte, in dem sie Katrine wie ein Marinejäger auf nächtlicher Mission erschienen war.

Silje war joggen. Sie trainierte. Wie sie es schon für die Aufnahmeprüfung an der PHS getan hatte. Um einen Platz zu bekommen und endlich tun zu können, was sie tun musste. Harry hatte gesagt, das Motiv für einen Mord sei Liebe, nicht Hass. Die Liebe zu einem Bruder, zum Beispiel.

Es war letztendlich der Name, der etwas in ihr angetickt hatte. Runar Gravseng. Und bei einer gründlichen Suche war ziemlich viel an die Oberfläche gekommen. Unter anderem die Namen Bellman und Berntsen. Runar Gravseng hatte bei Gesprächen mit dem Leiter der Entgiftungsstation behauptet, von einem maskierten Mann zusammengeschlagen worden zu sein, als er noch in der Polizeidienststelle Stovner arbeitete, und dass das auch der Grund für seine Krankmeldung, die Kündigung und seinen zunehmenden Drogenkonsum war. Gravseng hatte behauptet, der Täter sei ein gewisser Truls Berntsen und das Motiv für den brutalen Überfall ein etwas zu enger Tanz mit Mikael Bellmans Frau bei der Weihnachtsfeier. Die Polizei war nicht willens gewesen, den vagen Beschuldigungen eines umnebelten Drogenabhängigen nachzugehen, und der Leiter der Reha hatte diese Entscheidung unterstützt, die Information aber trotzdem weitergegeben.

Katrine hörte das Summen des Aufzugs draußen auf dem Flur, als ihr Blick auf etwas fiel, das unter dem Schubladenblock des Schreibtischs herausragte und das sie bislang übersehen hatte. Sie bückte sich. Es war ein schwarzer Schlagstock.

Die Tür ging auf.

»Und, haben die Elektriker ihren Job gemacht?«

»Ja«, sagte Leif Rødbekk. »Sie sehen aus, als wollten Sie den da gleich benutzen.«

Katrine schlug sich mit dem Schlagstock in die Handfläche. »Interessant, dass man so etwas in seinem Zimmer hat, oder?«

»Absolut, ich habe sie das Gleiche gefragt, als ich letzte Woche die Dichtung am Wasserhahn im Bad gewechselt habe. Sie meinte nur, dass sie damit für ihr Examen trainiert. Und dass es gut sei, so was in Griffweite zu haben, falls der Polizeischlächter auftaucht.« Leif Rødbekk schloss die Tür hinter sich. »Haben Sie etwas gefunden?«

»Den hier. Haben Sie jemals gesehen, dass sie den Schlagstock mit nach draußen genommen hat?«

»Ein paarmal, ja.«

»Wirklich?« Katrine schob den Stuhl nach hinten. »Und wann war das?«

»Immer abends, geschminkt, mit frisch gewaschenen, hochgesteckten Haaren, hohen Schuhen und Knüppel.«

Er lachte leise.

»Warum hat sie ...?«

»Für den Fall, dass jemand sie vergewaltigen wollte, hat sie gesagt.«

»Sie ist mit einem Schlagstock in die Stadt gegangen?« Katrine wog den Stock in der Hand. »Es wäre leichter, einfach einen Bogen um die Parks zu machen.«

»Im Gegenteil. Sie ist ja extra in die Parks gegangen. Immer wieder.«

»Wie bitte?«

»Sie ist immer ganz bewusst in den Vaterlandsparken gegangen. Um Nahkampf zu trainieren.«

»Sie hat es drauf angelegt, von einem Vergewaltiger überfallen zu werden, damit sie ...«

»Damit sie ihn grün und blau prügeln kann, ja.« Leif Rødbekk präsentierte sein Wolfslächeln, während er Katrine so direkt ansah, dass sie sich nicht sicher war, wem sein nächster Satz galt: »Wirklich eine ganz besondere Frau.«

»Ja«, sagte Katrine und stand auf. »Und die muss ich jetzt finden.«

»Haben Sie es eilig?«

Falls Katrine bei dieser Frage ein gewisses Unwohlsein empfand, drang dies nicht bis in ihr Bewusstsein vor, bis sie sich an ihm vorbei durch die Tür geschoben hatte. Aber auf der Treppe auf dem Weg nach unten dachte sie: Nein, so verzweifelt bin ich noch nicht. Auch wenn der, auf den sie wartete, fürchterlich schwer von Begriff war und niemals die Initiative ergriff.

Die Lichter huschten über die Motorhaube und die Frontscheibe, als Harry durch den Svartdalstunnel fuhr. Er war nicht schneller, als er durfte, hatte es nicht eilig. Die Pistole lag neben ihm auf dem Sitz. Sie war geladen und hatte zwölf Makarov 9x18 mm im Magazin. Mehr als genug für das, was er sich vorgenommen hatte. Es kam nur darauf an, es zu tun. Er hatte sich ein Herz gefasst, aber würden auch seine Finger mitspielen?

Er hatte noch nie jemanden vorsätzlich erschossen. Kaltblütig. Aber es musste sein. Jemand musste diesen Job erledigen. So einfach war das.

Er legte die Hände fester um das Lenkrad. Schaltete einen Gang runter, als er aus dem Tunnel in das schwindende Tageslicht fuhr und die Straße anzusteigen begann. Als er das Telefon klingeln spürte, fischte er es mit einer Hand aus seiner Tasche und warf einen Blick auf das Display. Rakel. Ein ungewöhnlicher Zeitpunkt für einen Anruf von ihr, es war eine unausgesprochene Abmachung, dass ihre Gesprächszeit erst abends nach zehn begann. Er konnte jetzt nicht mit ihr sprechen, war viel zu aufgeregt, und sie würde diese Aufregung spüren und ihn zur Rede stellen. Und lügen wollte er nicht. Nie wieder.

Er ließ das Telefon zu Ende klingeln, schaltete es aus und legte es neben die Pistole. Es gab nichts mehr zu bedenken, alle Gedanken waren zu Ende gedacht. Wenn er jetzt wieder Zweifel zuließ, musste er noch einmal ganz von vorne anfangen, den langen Weg noch einmal gehen, um doch wieder an diesem Punkt zu landen. Der Entschluss war gefasst, dass er davor zurückschreckte, war verständlich, aber nicht statthaft. Verdammt, verdammt! Er schlug auf das Lenkrad. Dachte an Oleg. An Rakel. Das half.

Er fuhr durch den Kreisverkehr und bog in Richtung Manglerud ab. Als er sich dem Block näherte, in dem Truls Berntsen wohnte, spürte er die Ruhe kommen. Endlich. So war es immer, wenn er die Schwelle überschritten hatte und es kein Zurück mehr gab. Er war jetzt im freien Fall, die bewussten Gedanken setzten aus, jetzt gab es nur noch vorprogrammierte Bewegungen, zielgerichtete Handlung und frisch geölte Routine. Aber es war verdammt lange her, und er war sich nicht ganz sicher, ob er das, was nötig war, noch in sich hatte. Doch, er hatte es in sich.

Er steuerte den Wagen ruhig über die Straße. Beugte sich vor und warf einen Blick an den Himmel. Bleigraue Wolken segelten heran wie eine Armada mit unbekannten Absichten. Er lehnte sich wieder zurück und sah die Hochhäuser die niedrigen Einfamilienhäuser überragen.

Er brauchte nicht über die Reihenfolge der einzelnen Schritte nachzudenken, um sicherzugehen, alles richtig in Erinnerung zu haben, oder seinen Herzschlag zu messen, um zu wissen, dass er sich dem Ruhepuls näherte.

Einen Augenblick lang schloss er die Augen und stellte sich die Situation bildlich vor. Und da kam es, das Gefühl, das er im Laufe seines Lebens als Polizist schon ein paarmal gehabt hatte. Angst. Die gleiche Angst, die er manchmal bei demjenigen wahrnahm, den sie jagten. Die Angst des Mörders vor seinem Spiegelbild.

KAPITEL 42

Truls Berntsen hob die Hüften und drückte den Kopf nach hinten in die Kissen. Er schloss die Augen, grunzte leise und kam. Spürte die Spasmen seinen Körper durchzittern. Anschließend blieb er regungslos liegen, während er immer wieder in seine Träume abtauchte. In der Ferne – er vermutete, dass es von dem großen Parkplatz kam – hatte die Alarmanlage eines Autos zu heulen begonnen. Ansonsten war draußen alles still. Seltsam eigentlich, dass es an einem friedlichen Ort, an dem so viele Säugetiere dicht beieinanderwohnten, ruhiger war als in den gefährlichsten Wäldern, in dem schon der geringste Laut bedeuten konnte, dass man selbst zur Beute wurde. Er hob den Kopf und begegnete Megan Fox' Blick.

»War es für dich auch so gut?«, flüsterte er.

Sie antwortete nicht. Aber ihr Blick wich seinem nicht aus, sie lächelte weiter einladend. Megan Fox, das einzig Beständige in seinem Leben, treu und zuverlässig.

Er beugte sich zum Nachtschränkchen hinüber, nahm die Klorolle und wischte sich ab, bevor er die Fernbedienung des DVD-Spielers ergriff. Er richtete sie auf Megan Fox, deren Standbild auf dem 50-Zoll-Flachbildschirm an der Wand leicht zitterte. Ein Pioneer aus der Serie, die eingestellt wurde, weil sie zu teuer war und viel zu gut für den Preis, den sie verlangen konnten. Truls hatte den letzten bekommen, gekauft von dem Geld, das er für die Vernichtung der Beweise gegen einen Flugkapitän erhalten hatte, der für Asajev Heroin geschmuggelt hatte. Dass er den Rest des Geldes auf sein Konto eingezahlt hatte, war natürlich der blanke Schwachsinn gewesen. Asajev war gefährlich für Truls. Und so hatte er eine ungeheure Erleichterung empfunden, nachdem er von seinem Tod erfahren hatte. Jetzt war alles wieder auf null gestellt, und niemand konnte ihm etwas anhaben.

Megan Fox' grüne Augen strahlten ihm entgegen. Smaragdgrün.

Einen Moment lang hatte er darüber nachgedacht, ihr Smaragde zu kaufen. Grün stand Ulla. Wie der grüne Pullover, den sie ab und zu trug, wenn sie zu Hause auf dem Sofa saß und las. Er war sogar schon bei einem Juwelier gewesen, aber der Mann hatte ihn nur kurz gemustert, Karat und Wert eingeschätzt und ihm dann erklärt, dass geschliffene Smaragde noch teurer als Diamanten seien, so dass er sich vielleicht etwas anderes überlegen sollte, einen schönen Opal zum Beispiel, wenn der Stein denn unbedingt grün sein sollte. Oder einen Stein mit Chrom, denn schließlich war es ja bloß das Chrom, das dem Smaragd die grüne Farbe verliehe. Das sei schon das ganze Geheimnis.

Das ganze Geheimnis.

Truls hatte den Laden verlassen und sich selbst ein Versprechen gegeben. Wenn er das nächste Mal wegen eines Brennerjobs kontaktiert würde, wollte er diesen Goldschmied für den nächsten Bruch empfehlen. Und dann alles verbrennen, im wahrsten Sinne des Wortes, wie das Mädchen unten im Come As You Are. Er hatte den Polizeifunk abgehört, während er durch die Stadt gefahren war, und kurz überlegt, ob er hinfahren und seine Hilfe anbieten sollte. Die Suspendierung war schließlich aufgehoben worden. Mikael hatte gesagt, es müssten jetzt nur noch ein paar Formalitäten geregelt werden, dann könne er wieder zum Dienst antreten. Die Terrorpläne gegen Mikael waren damit erst einmal auf Eis gelegt, sie würden ihre Freundschaft schon wieder kitten können, dann war alles wieder wie früher. Ja, jetzt würde er endlich wieder dabei sein, loslegen, seinen Beitrag leisten können. Um endlich diesen wahnsinnigen Polizeischlächter zu schnappen. Sollte Truls die Gelegenheit dazu bekommen, würde er persönlich ... ja. Er warf einen Blick auf die Tür des Schranks, der neben dem Bett stand. Er hatte Waffen genug, um fünfzig solcher Typen zu erledigen.

Die Klingel summte.

Truls seufzte.

Da stand jemand unten vor der Tür des Blocks und wollte etwas von ihm. Seine Erfahrung sagte ihm, dass es dafür nur vier mögliche Gründe gab: Er sollte ein Zeuge Jehovas werden und seine Chancen, ins Himmelreich zu kommen, dramatisch erhöhen. Er sollte Geld für irgendeine Sammelaktion für einen afrikanischen Präsidenten spenden, dessen Budget von den Spendeneinnahmen abhing. Er sollte einer Jugendgang die Tür aufmachen, die vorgaben, ihre Schlüssel vergessen zu haben, obwohl sie es eigentlich darauf abgesehen hatten, die Kellerverschläge mit ihren Brecheisen aufzubrechen. Oder einer von der Wohnungsgenossenschaft wollte ihn zu irgendeiner Veranstaltung abholen, die er vergessen hatte. Keine der Alternativen war ein triftiger Grund aufzustehen.

Es klingelte ein drittes Mal.

Selbst die Zeugen Jehovas klingelten höchstens zweimal.

Natürlich konnte es auch Mikael sein. Vielleicht wollte er mit ihm über etwas reden, das sich nicht für eine herkömmliche Telefonleitung eignete. Wie sie beispielsweise ihre Aussagen abstimmen könnten, falls er doch noch einmal zu dem Geld auf seinem Konto befragt wurde.

Truls dachte noch einen Moment lang nach und schwang dann die Beine aus dem Bett.

»Hier ist Aronsen aus Block C. Der silbergraue Suzuki Vitara gehört doch Ihnen, oder?«

»Ja«, sagte Truls in die Gegensprechanlage. Eigentlich sollte da längst ein Audi Q5 2.0 mit sechs Gängen stehen. Der Lohn für Asajevs letzten Auftrag, die letzte Rate, weil er ihnen

Harry Hole auf einem Silbertablett geliefert hatte. Stattdessen fuhr er noch immer diesen jämmerlichen Japaner.

»Hören Sie die Alarmanlage?«

Sie war durch den Lautsprecher noch deutlicher zu hören.

»Verdammt«, sagte er. »Ich schaue mal, ob ich die Sirene vom Balkon aus mit der Fernbedienung ausschalten kann.«

»Wenn ich Sie wäre, würde ich sofort runterkommen. Die haben die Scheibe eingeschlagen und waren dabei, Radio und CD-Spieler auszubauen, als ich kam. Die sind bestimmt noch in der Nähe und warten ab, was passiert.«

»Verdammte Scheiße!«, schimpfte Truls erneut.

»Nichts zu danken«, sagte Aronsen.

Truls zog die Joggingschuhe an, überprüfte, dass er auch die Autoschlüssel hatte, und dachte nach. Dann ging er zurück ins Schlafzimmer, öffnete den Schrank und nahm eine der Pistolen heraus, eine Jericho 941. Er steckte sie sich unter den Hosenbund und blieb stehen. Wusste, dass das Standbild sich in den Plasmabildschirm einbrennen würde, wenn er es zu lange stehen ließ. Ach was, so lange würde er nicht weg sein, dachte er und hastete nach draußen auf den stillen Flur.

Der Fahrstuhl wartete auf seiner Etage. Er drückte den Knopf für das Erdgeschoss. Ihm fiel ein, dass er die Wohnungstür nicht abgeschlossen hatte, aber er würde ja nur ein paar Minuten weg sein.

Eine halbe Minute später joggte er durch den klaren, kalten Märzabend. Obwohl der Parkplatz genau zwischen den Blocks lag, wurden dort immer wieder Autos aufgebrochen. Sie sollten mehr Laternen aufstellen, der schwarze Asphalt schluckte fast alles Licht, so dass man im Dunkeln unbemerkt zwischen den Autos herumschleichen konnte. In den ersten Nächten nach seiner Suspendierung hatte er nicht schlafen können, vermutlich war das normal, wenn man den ganzen Tag nichts anderes machte als schlafen, onanieren, schlafen, onanieren, essen und onanieren. In dieser Zeit hatte er manchmal nachts mit Nachtsichtgerät und Märklin-Gewehr in den

Händen auf dem Balkon gesessen und darauf gehofft, dass sich da unten auf dem Parkplatz jemand zeigte. Leider war nie einer aufgetaucht. Oder zum Glück. Ja, zum Glück, er war schließlich kein Mörder.

Da gab es natürlich diesen Rocker der Los Lobos, den er mit dem Bohrer erwischt hatte, aber das war ja nun wirklich ein Unfall gewesen. Und der war Teil der Terrasse oben in Høyenhall geworden.

Und dann war da noch sein Auftritt im Gefängnis in Ila, bei dem er das Gerücht verbreitet hatte, Valentin Gjertsen stecke hinter den Kindermorden im Maridalen und am Tryvann. Es war zwar nicht bombensicher, dass er es gewesen war, andererseits gab es genügend andere Gründe, dem Schwein die Haftstrafe zu vergällen. Er hatte ja nicht ahnen können, dass die Idioten ihn gleich umbrachten. Wenn es denn tatsächlich er war, den sie umgebracht hatten. Der Funkverkehr, den er in den letzten Tagen abgehört hatte, deutete auf etwas anderes hin.

Einem Mord am nächsten kam noch diese Sache mit dem geschminkten Schwulen in Drammen. Aber das war ein Auftrag gewesen. Etwas, das erledigt werden musste und um das er inständig gebeten worden war. Mikael war zu Truls gekommen und hatte ihm von dem Anruf erzählt, den er erhalten hatte. Irgendein Kerl hatte behauptet zu wissen, dass Mikael und ein Kollege den Schwulen aus dem Kriminalamt zusammengeschlagen hätten. Er hatte behauptet, das auch beweisen zu können, und Geld gefordert, hunderttausend Kronen, die ihm an einem verlassenen Ort unweit von Drammen übergeben werden sollten. Andernfalls wollte er den Zwischenfall publik machen. Mikael hatte gesagt, Truls solle das regeln, schließlich habe er damals die Kontrolle verloren und trüge die Schuld an der Misere. Und als Truls im Auto gesessen hatte, um den Typen zu treffen, hatte er gewusst, dass er diesen Job allein erledigen musste. Mutterseelenallein. Und dass er genau das in gewisser Weise immer gewesen war.

Er war der Wegbeschreibung gefolgt, war von Drammen aus über ein paar verlassene Waldstraßen bergauf gefahren und hatte auf einem Wendeplatz hoch über einem Fluss gehalten. Fünf Minuten später war das Auto gekommen und hatte mit laufendem Motor gehalten. Truls hatte wie abgesprochen den braunen Umschlag genommen und war zu dem Wagen gegangen, dessen Scheibe heruntergelassen wurde. Der Typ trug eine Wollmütze und hatte sich einen Seidenschal vor den Mund gezogen. Truls hatte das amüsiert, schließlich waren die Kennzeichen des Wagens, der sicher nicht geklaut war, gut sichtbar. Außerdem hatte Mikael das Telefonat längst bis zu einem Club mit wenigen Angestellten zurückverfolgt.

Der Typ hatte den Umschlag geöffnet und das Geld gezählt, musste mehrmals ansetzen, weil er immer wieder den Faden verlor. Dann hatte er verärgert aufgeblickt. »Das sind niemals hund...«

Der erste Schlag hatte ihn auf den Mund getroffen. Truls hatte gespürt, wie die Zähne unter dem Schlagstock nachgaben. Der zweite Schlag zertrümmerte die Nase. Knorpel und dünne Knochen. Der dritte Schlag traf mit einem leisen Knacken über der Augenbraue.

Dann war Truls um das Auto herumgegangen und hatte sich auf den Beifahrersitz gesetzt. Nach einer Weile war der Typ wieder ansprechbar gewesen und sie hatten kurz miteinander geplaudert.

»Wer ...?«

»Der eine von den beiden. Was hast du für Beweise?«

»Ich ... ich ...«

»Das hier ist eine Heckler & Koch und die wartet nur darauf zu sprechen. Also, wer von euch beiden macht zuerst den Mund auf?«

»Nicht ...«

»Dann red schon!«

»Der, den ihr verprügelt habt. Der hat es mir erzählt. Bitte, ich brauche nur ...«

»Hat er unsere Namen genannt?«

»Was? Nein!«

»Und woher weißt du dann, wer wir sind?«

»Er hat mir nur die Geschichte erzählt. Ich habe die Beschreibung dann gemeinsam mit jemandem vom Kriminalamt überprüft. Und es konntet nur ihr beide sein.« Es klang wie das Pfeifen eines Staubsaugers nach dem Ausschalten, als der Typ sich selbst im Spiegel sah. »Mein Gott! Du hast mein Gesicht kaputtgemacht!«

»Halt dein Maul und bleib ruhig sitzen. Weiß derjenige, den wir verprügelt haben sollen, dass du uns zu erpressen versuchst?«

»Er? Nein. Er würde niemals ...«

»Bist du sein Lover?

»Nein! Er glaubt das vielleicht, aber ...«

»Weiß sonst noch jemand darüber Bescheid?«

»Nein! Das verspreche ich. Lass mich gehen, ich verspreche, nichts ...«

»Dann weiß auch niemand, dass du jetzt hier bist?«

Truls genoss die zunehmende Entgeisterung im Gesicht des Mannes, als ihm die Bedeutung der Frage bewusst wurde. »Doch, doch, das wissen sogar mehrere ...«

»Du bist kein schlechter Lügner«, sagte Truls und legte den Lauf der Pistole an die Stirn des Mannes. Die Waffe hatte sich überraschend leicht angefühlt. »Aber nicht gut genug.«

Dann hatte Truls abgedrückt. Die Entscheidung war ihm nicht schwergefallen. Er hatte keine andere Wahl gehabt. Das war eine dieser Sachen gewesen, die man tun musste, wollte man überleben. Der Kerl hatte etwas gegen sie in der Hand, das er früher oder später benutzen würde. Hyänen wie der tickten so, sie waren feige und devot, wenn man ihnen von Angesicht zu Angesicht gegenüberstand, sie warteten gierig und geduldig mit gesenktem Kopf und ließen sich demütigen, griffen aber blitzartig an, sobald man ihnen den Rücken zukehrte.

Anschließend hatte er den Sitz und alle Stellen abgewischt,

an denen er Fingerabdrücke hinterlassen haben könnte, und sich das Tuch um die Hand gewickelt, bevor er die Handbremse gelöst und den Leerlauf eingelegt hatte. Zu guter Letzt hatte er den Wagen auf den Abgrund zugeschoben und der merkwürdig stillen Sekunde gelauscht, als er fiel. Gefolgt von dem dumpfen Krachen und dem Kreischen berstenden Metalls, als er unten im Fluss aufschlug.

Den Schlagstock hatte er schnell und effektiv entsorgt, indem er ihn ein gutes Stück entfernt durch das geöffnete Fenster in den Wald geschleudert hatte. Er würde wahrscheinlich niemals gefunden werden, und selbst wenn, waren daran weder Fingerabdrücke noch DNA-Spuren, die den Schlagstock oder ihn selbst mit dem Mord in Verbindung bringen konnten.

Die Pistole war schon schwieriger, über die Kugel konnte die Waffe und schließlich auch er ermittelt werden.

Er war langsam über die Drammensbrücke gefahren und hatte der Waffe nachgeblickt, als sie über das Geländer verschwand und an der Mündung des Drammenselva im Wasser des zehn bis zwölf Meter tiefen Fjords verschwand. Dort würde sie niemals gefunden werden. Brackwasser. Trüb, weder salzig noch süß. Nichts Halbes und nichts Ganzes. Der Tod in einer Randzone. Er hatte gelesen, dass es Tierarten gab, die auf ein Leben in dieser Brühe spezialisiert waren. Sie waren derart pervertiert, dass sie das Wasser, das normale Lebensformen brauchten, nicht vertrugen.

Truls drückte auf die Fernbedienung der Autoalarmanlage, bevor er den Parkplatz erreichte. Das Heulen verstummte sofort. Es war niemand zu sehen. Weder hier unten noch auf den Balkonen um ihn herum, trotzdem hatte Truls das Gefühl, einen kollektiven Seufzer der Erleichterung aus den bevölkerten Wohnungen ringsherum zu hören: Endlich, und pass beim nächsten Mal besser auf dein Auto auf. Idiot, warum hast du die Alarmzeit auch nicht begrenzt.

Das Seitenfenster war tatsächlich eingeschlagen. Truls steckte den Kopf hinein, konnte aber nicht erkennen, ob sich jemand am Radio zu schaffen gemacht hatte. Was hatte Aronsen gesagt? Und wer war überhaupt dieser Aronsen? Aus Block C. Da kamen alle in Frage, alle oder keiner. Wer hatte …?

Truls fand die Antwort den Bruchteil einer Sekunde, bevor er den kalten Stahl in seinem Nacken spürte. Er wusste instinktiv, dass es Stahl war. Der Lauf einer Pistole. Es gab keinen Aronsen und auch keine Jugendgang auf Raubzug.

Die Stimme war dicht neben seinem Ohr.

»Dreh dich nicht um, Berntsen. Und wenn ich jetzt meine Hand in deine Hose stecke, bewegst du dich keinen Millimeter. Hui, da guck sich einer diese gut trainierte Bauchmuskulatur an.«

Truls wusste, dass er in Gefahr war, er wusste nur noch nicht, wie genau diese Gefahr aussah. Aronsens Stimme kam ihm irgendwie bekannt vor.

»Und? Bricht dir jetzt der Schweiß aus, Berntsen? Oder gefällt dir das? Dabei will ich eigentlich nur die hier haben. Jericho? Was wolltest du denn damit? Jemandem ins Gesicht schießen? Wie du es bei René gemacht hast?«

Und damit wusste Truls Berntsen, dass er in Lebensgefahr war.

Kapitel 43

Rakel stand am Küchenfenster, knetete das Telefon in ihrer Hand und starrte wieder in die Dämmerung. Sie konnte sich irren, glaubte aber, zwischen den Nadelbäumen auf der anderen Seite der Einfahrt eine Bewegung gesehen zu haben. Andererseits würde sie im Dunkeln immer irgendwo Bewegungen sehen.

Diesen Schaden hatte sie davongetragen. Denk nicht darüber nach. Du darfst Angst haben, aber nicht darüber nachdenken. Lass dein Gehirn sein dummes Spiel treiben, aber ignorier es, wie man ein nerviges Kind ignoriert.

Sie stand in der hell erleuchteten Küche, gut sichtbar für jeden, der dort draußen war. Sie blieb trotzdem stehen. Musste trainieren, durfte sich von der Furcht nicht aufzwingen lassen, was sie tun oder lassen sollte. Es war verdammt noch mal ihr Haus, ihr Zuhause.

Aus der oberen Etage war Musik zu hören. Er spielte eine von Harrys alten CDs. Eine von denen, die auch sie mochte. Talking Heads, *Little Creatures*.

Sie blickte noch einmal auf das Telefon und versuchte, es mit Telepathie zum Klingeln zu bringen. Schon zweimal hatte sie Harry angerufen, aber noch immer keine Antwort erhalten. Dabei hatten sie ihn überraschen wollen. Die Nachricht aus der Klinik war tags zuvor gekommen. Die Ärzte waren früher als erwartet zu dem Schluss gelangt, dass er so weit war. Oleg war Feuer und Flamme gewesen. Es war seine Idee gewesen, nichts zu sagen, sondern einfach nach Hause zu fahren und Harry zu überraschen, wenn er von der Arbeit kam. Sie wollten hinter der Ecke hervorspringen und Oh, là, là.

Das waren Olegs Worte gewesen: Oh, là, là.

Rakel hatte ihre Zweifel gehabt, Harry mochte keine Überraschungen. Aber Oleg hatte darauf bestanden. Da müsste Harry durch, meinte er. Und schließlich hatte sie eingewilligt.

Jetzt bereute sie die Entscheidung.

Sie trat vom Fenster weg und legte das Telefon auf den Küchentisch neben seine Kaffeetasse. Für gewöhnlich räumte er immer peinlich auf, wenn er das Haus verließ, diese Polizistenmorde schienen ihn wirklich zu stressen. In den letzten Tagen hatte er bei ihren nächtlichen Telefonaten auch nicht mehr über Beate Lønn gesprochen, ein ziemlich sicheres Zeichen, dass er an sie dachte.

Rakel drehte sich abrupt um. Dieses Mal war es keine Einbildung gewesen. Sie hatte etwas gehört. Schritte auf dem Kies. Sie ging zurück zum Fenster, starrte in die Dunkelheit, die mit jeder Sekunde undurchdringlicher zu werden schien, und erstarrte.

Eine Gestalt hatte sich von den Stämmen gelöst, zwischen denen sie gestanden hatte, und kam auf sie zu. Eine schwarzgekleidete Person. Wie lange hatte die dort schon gestanden?

»Oleg!«, rief Rakel und spürte, wie ihr Herz raste. »Oleg!«

Oben wurde die Musik leiser gedreht. »Ja?«

»Komm runter! Sofort!«

»Kommt er?«

Ja, dachte sie. Er kommt.

Die Gestalt, die sich näherte, war kleiner, als sie zuerst gedacht hatte. Sie ging auf die Haustür zu, und als sie ins Licht der Lampe trat, sah Rakel zu ihrer Überraschung und Erleichterung, dass es eine Frau war. Eine junge Frau. Wie es aussah, in Trainingskleidern. Drei Sekunden später klingelte es an der Tür.

Rakel zögerte. Sah zu Oleg, der auf halbem Weg angehalten hatte und sie von der Treppe aus fragend ansah.

»Es ist nicht Harry«, sagte Rakel und lächelte schnell. »Ich mache auf, geh nur wieder hoch.«

Beim Anblick der jungen Frau, die draußen auf der Treppe stand, beruhigte Rakels Herzfrequenz sich noch weiter. Sie sah ängstlich aus.

»Sie sind Rakel«, sagte sie. »Die Lebensgefährtin von Harry, nicht wahr?«

Rakel dachte, dass diese Einleitung sie beunruhigen sollte. Eine junge, hübsche Frau wandte sich mit leicht zitternder Stimme an sie und sprach über ihren zukünftigen Mann. Vielleicht sollte sie genauer hinschauen, ob unter den engsitzenden Trainingskleidern nicht ein beginnender Bauch zu erkennen war. Aber sie machte sich keine Sorgen, sondern nickte nur.

»Das bin ich.«

»Ich bin Silje Gravseng.«

Das Mädchen sah Rakel an, als erwartete sie eine Reaktion auf den Namen. Die junge Frau hielt die Hände hinter dem Rücken. Ein Psychologe hatte Rakel einmal gesagt, dass Menschen, die ihre Hände versteckten, etwas zu verbergen hatten. Ja, dachte sie. Die Hände.

Rakel lächelte: »Und was kann ich für Sie tun, Silje?«

»Harry ist ... war mein Dozent.«

»Ja?«

»Es gibt etwas, das ich Ihnen über ihn erzählen muss. Und über mich.«

Rakel zog die Stirn in Falten. »Ach ja?«

»Darf ich reinkommen?«

Rakel zögerte. Sie hatte keine Lust, fremde Menschen im Haus zu haben. Es sollten nur Oleg und sie da sein, wenn Harry kam. Sie drei. Niemand sonst. Und auf keinen Fall jemand, der etwas über ihn zu erzählen hatte. Und über sich. Und dann geschah es doch. Ihr Blick huschte ganz unfreiwillig zum Bauch des Mädchens.

»Es wird auch nicht lange dauern.«

Was hatte Harry ihr erzählt? Sie dachte über die Situation nach und hörte, dass Oleg die Musik wieder lauter gedreht hatte. Dann öffnete sie die Tür.

Das Mädchen trat ein, hockte sich hin und öffnete die Schnürriemen ihrer Joggingschuhe.

»Das ist nicht nötig«, sagte Rakel. »Fassen wir uns kurz, okay? Ich habe nicht viel Zeit.«

»Na dann«, sagte das Mädchen lächelnd. Erst jetzt im scharfen Licht des Flurs sah Rakel die dünne Schweißschicht, die auf dem Gesicht des Mädchens lag. Sie folgte Rakel in die Küche. »Die Musik«, sagte sie. »Ist Harry zu Hause?«

Rakel spürte nun doch Unruhe aufkommen. Die Frau brachte die Musik automatisch mit Harry in Verbindung. Wusste sie etwa, dass Harry solche Musik hörte? Und schneller, als sie reagieren konnte, drängte sich ein weiterer Gedanke auf: Hatten Harry und sie diese Musik gemeinsam gehört?

Die junge Frau setzte sich an den großen Tisch, legte die Handflächen auf die Tischplatte und strich darüber. Rakel beobachtete ihre Bewegungen. Es sah fast so aus, als wüsste sie genau, wie angenehm lebendig sich das raue, unbehandelte Holz anfühlte. Ihr Blick klebte an Harrys Kaffeetasse. Hatte sie …?

»Was wollen Sie mir erzählen, Silje?«

Die junge Frau lächelte traurig, ohne den Blick von der Tasse zu nehmen.

»Hat er Ihnen wirklich nichts von mir erzählt, Frau Fauke?«

Rakel schloss für einen Moment die Augen. Das Ganze durfte nicht wahr sein. Interessant war aber, dass sie gar nicht glaubte, dass es wahr war. Sie vertraute ihm und öffnete die Augen wieder.

»Sagen Sie, was Sie sagen wollen, als hätte er es nicht getan, Silje.«

»Wie Sie wollen, Frau Fauke.« Die junge Frau nahm ihre Augen von der Tasse und sah sie an. Ihr Blick war beinahe unnatürlich blau, unschuldig und ahnungslos wie der eines Kindes. Und, dachte Rakel, grausam wie der eines Kindes.

»Rakel, ich will Ihnen von der Vergewaltigung erzählen«, sagte Silje.

Rakel bekam plötzlich keine Luft mehr, als hätte jemand den Sauerstoff aus dem Raum gesaugt, wie aus einem Vakuumbeutel.

»Was für eine Vergewaltigung?«, stammelte sie.

Es war beinahe dunkel, als Bjørn Holm endlich das Auto fand.

Er war in Klementsrud abgefahren und von dort der Landstraße 155 in östlicher Richtung gefolgt, musste aber das Schild »Fjell« übersehen haben. Erst auf dem Rückweg, nachdem er gemerkt hatte, dass er zu weit gefahren war, hatte er die kleine Straße entdeckt. Sie war noch weniger befahren als die Landstraße und war in der Dunkelheit vollkommen verwaist. Der dichte Wald auf beiden Seiten schien immer näher an die Fahrbahn heranzurücken, als er die Rücklichter des Wagens neben der Straße sah.

Er bremste und warf einen Blick in den Rückspiegel. Hinter ihm war nichts als Dunkelheit und vor ihm leuchteten nur die schwachen roten Rücklichter. Bjørn parkte hinter dem Wagen. Stieg aus. Das melancholische Lied eines Vogels drang aus dem Wald.

Roar Midtstuen hockte neben dem Straßengraben im Licht seiner eigenen Scheinwerfer.

»Du bist wirklich gekommen«, sagte Roar.

Bjørn packte den Gürtel seiner Hose und zog sie hoch. Eine dumme Angewohnheit, die er noch gar nicht so lange hatte. Sein Vater hatte das immer gemacht, wenn er etwas Wichtiges sagen oder tun wollte. Wurde er wirklich wie sein Vater? Dabei hatte er nicht oft etwas Wichtiges zu sagen.

»Ist es hier passiert?«, fragte Bjørn.

Roar nickte. Sah auf den Blumenstrauß, den er auf den Asphalt gelegt hatte.

»Sie war mit ein paar Freunden zum Klettern gewesen. Auf dem Rückweg hat sie hier angehalten, weil sie mal pinkeln musste. Die anderen sind langsam vorgefahren. Man nimmt an, dass es passiert ist, als sie wieder aufs Rad steigen wollte, um den anderen nachzufahren. Vielleicht hatte sie es zu eilig, wollte die anderen einholen und ist irgendwie ins Schlenkern geraten. Sie stand immer so unter Strom, weißt du ...« Er musste sich verdammt Mühe geben, um seine Stimme unter Kontrolle zu behalten. »Vielleicht ist sie dabei auf die Fahrbahn gekommen, vielleicht hat sie auch das Gleichgewicht verloren und ist dann ...« Roar hob den Blick, als wollte er anzeigen, aus welcher Richtung das Auto gekommen war. »Es gab keine Bremsspuren. Keiner konnte sagen, wie der Wagen aussah, obwohl er eigentlich anschließend an den anderen vorbeigefahren sein muss. Aber die haben natürlich auch nicht darauf geachtet, sondern über das Klettern geredet, die neue Route, die sie ausprobiert hatten. Sie wussten nur, dass ein paar Autos an ihnen vorbeigefahren waren. Erst als sie schon ein ganzes Stück in Richtung Klementsrud gefahren waren, wurde ihnen klar, dass Fia sie längst hätte einholen müssen und dass vielleicht etwas passiert war.«

Bjørn nickte. Räusperte sich. Wollte es hinter sich bringen. Aber Roar ließ ihn nicht zu Wort kommen.

»Ich durfte mich an den Ermittlungen nicht beteiligen, Bjørn. Weil ich ihr Vater bin, sagten sie. Stattdessen haben sie irgendwelche Frischlinge darangesetzt. Und als sie endlich kapierten, dass das kein Unfall war und der Fahrer sich weder melden noch sonst wie bemerkbar machen würde, war es zu spät, um die ganz großen Geschütze aufzufahren. Die Spur war kalt, das Gedächtnis der Menschen leer.«

»Roar ...«

»Schlechte Polizeiarbeit, Bjørn. Ganz einfach. Wir rackern uns unser ganzes Leben für die Truppe ab, geben alles, was in uns steckt, und dann – wenn wir selbst das Liebste verlieren, das wir haben – kriegen wir nichts zurück. Nichts. Das ist so ein verdammter Betrug, Bjørn.« Bjørn starrte auf die unaufhörlich arbeitenden Kiefer seines Kollegen. Sie spannten sich

an und lockerten sich wieder und wieder, wieder und wieder.
»Da schämt man sich doch wirklich, dass man Polizist ist«, sagte Midtstuen. »Genau wie bei diesem Kalsnes-Fall. Schlechtes Handwerk von Anfang an. Wir lassen den Mörder entkommen, und anschließend wird niemand zur Verantwortung gezogen. Ja, es wird nicht einmal versucht, die Verantwortlichen zu *finden*, Bjørn.«
»Das Mädchen, das heute Morgen verbrannt im Come As You Are gefunden worden ist.«
»Anarchie. Genau das ist es. Jemand muss die Verantwortung übernehmen. Jemand ...«
»Das war Fia.«
In der Stille, die folgte, hörte Bjørn wieder den Vogel singen, dieses Mal an einem anderen Ort. Er musste ein Stück geflogen sein. Dann kam ihm ein Gedanke. Vielleicht war es ein anderer Vogel. Vielleicht waren es zwei. Zwei der gleichen Art, die sich im Wald etwas zusangen.

»Harrys Vergewaltigung von mir.« Silje sah Rakel so ruhig an, als hätte sie sie gerade über den Wetterbericht informiert.
»Harry hat Sie vergewaltigt?«
Silje lächelte. Ein kurzes Lächeln, nicht mehr als ein Zucken der Muskeln, das ihre Augen nicht erreichte, bevor es auch schon wieder verschwunden war. Wie alles andere. Das Vertrauenswürdige ebenso wie das Gelassene. Und statt des Lächelns füllten ihre Augen sich langsam mit Tränen.
Mein Gott, dachte Rakel, sie lügt nicht. Sie machte den Mund auf, um genug Sauerstoff zu bekommen, und war sich ihrer Sache ganz sicher. Das Mädchen war vielleicht verrückt, aber sie log nicht.
»Ich war so verliebt in ihn, Frau Fauke. Ich dachte, wir wären füreinander bestimmt. Deshalb bin ich in sein Büro gegangen. Vorher hatte ich mich schöngemacht, und er hat das missverstanden.«
Rakel sah zu, während sich die erste Träne von ihren Wim-

pern löste, über ihre junge, weiche Wange rollte, bis zum Kinn und heruntertropfte. Hinter Rakel auf der Anrichte stand eine Rolle Küchenpapier, aber sie holte sie nicht. Verdammt, nein.

»Harry versteht nichts falsch«, sagte Rakel und war überrascht wegen der Ruhe in ihrer Stimme. »Und er vergewaltigt nicht.« Ruhe und Überzeugung. Sie fragte sich, wie lange das halten würde.

»Sie irren sich«, sagte Silje und lächelte durch die Tränen.

»Tue ich das?« Rakel hatte Lust, ihr mit der Faust in das selbstzufriedene, vergewaltigte Gesicht zu schlagen.

»Ja, Frau Fauke, jetzt verstehen Sie etwas falsch.«

»Sagen Sie, was Sie sagen wollen, und verschwinden Sie hier.«

»Harry ...«

Es widerte Rakel derart an, seinen Namen aus diesem Mund zu hören, dass sie sich automatisch nach etwas umsah, womit sie das stoppen konnte. Eine Bratpfanne, ein stumpfes Brotmesser, Klebeband, irgendetwas.

»Er dachte, ich käme, um ihn etwas wegen einer Seminararbeit zu fragen. Aber er hat mich missverstanden. Ich war gekommen, um ihn zu verführen.«

»Wissen Sie was? Ich habe längst verstanden, dass Sie das vorhatten. Und jetzt behaupten Sie, dass Sie bekommen haben, was Sie wollten, es aber trotzdem eine Vergewaltigung war? Also, was ist passiert? Haben Sie Ihr geiles, ach so schüchtern gespieltes *Nein, nein* gestammelt, bis es irgendwann ein vermeintlich ernstgemeintes *Nein* wurde, das er vor Ihnen hätte verstehen sollen?«

Rakel kam sich vor wie beim Plädoyer der Verteidigung in einem der vielen Vergewaltigungsprozesse, einem Refrain, den Rakel inbrünstig hasste, als Juristin aber verstand und als notwendiges Übel akzeptierte. Doch in diesem Fall war es nicht nur Rhetorik, es war genau das, was sie fühlte, genau das, was geschehen sein *musste*.

»Nein«, sagte Silje. »Was ich Ihnen sagen will, ist, dass Harry mich *nicht* vergewaltigt hat.«

Rakel kniff die Augen zusammen und öffnete sie wieder. Musste die Tonspur ein paar Sekunden zurückspulen, um sicher zu sein, sie richtig verstanden zu haben. *Nicht* vergewaltigt.

»Ich habe ihm damit gedroht, ihn wegen Vergewaltigung anzuzeigen, weil ...« Die junge Frau wischte sich mit dem Knöchel des Zeigefingers eine Träne aus dem Augenwinkel, der aber gleich wieder feucht wurde. »Weil er der Schulbehörde melden wollte, dass ich mich ihm gegenüber ungebührlich verhalten habe. Womit er natürlich recht hatte. In meiner Panik bin ich ihm zuvorgekommen und habe ihn wegen Vergewaltigung angezeigt. Ich wollte ihm sagen, dass ich nachgedacht habe und bereue, was ich getan habe. Und dass es ... ja, eine Straftat ist. Falsche Verdächtigung. Strafgesetzbuch, Paragraph 168. Strafrahmen acht Jahre.«

»Richtig«, sagte Rakel.

»Stimmt«, sagte Silje, während ein Lächeln durch ihre Tränen blitzte. »Ich habe ganz vergessen, dass Sie Juristin sind.«

»Woher wissen Sie das?«

»Ach«, sagte Silje schniefend. »Ich weiß viel über Harrys Leben. Ich habe ihn studiert, wenn Sie so wollen. Er war mein Idol, und ich war das dumme Mädchen. Ich habe sogar in den Polizistenmorden für ihn ermittelt und geglaubt, ihm helfen zu können. Habe sogar angefangen, einen Vortrag vorzubereiten, um ihm zu erklären, wie alles zusammenhängt. Ich, eine Studentin, die keine Ahnung hat, wollte Harry Hole erklären, wie man den Polizeischlächter fängt.« Silje rang sich neuerlich ein Lächeln ab, während sie den Kopf schüttelte.

Rakel griff nach hinten, nahm die Küchenrolle und reichte sie ihr. »Und Sie sind hierhergekommen, um ihm das zu sagen?«

Silje nickte langsam. »Ich weiß, dass er nicht ans Telefon geht, wenn er meine Nummer auf dem Display sieht. Deshalb habe ich meine Joggingrunde so gelegt, dass ich hier vorbeikomme. Ich wollte sehen, ob er zu Hause ist. Als ich sah, dass das Auto weg ist, wollte ich schon wieder gehen, aber dann habe ich Sie am Küchenfenster gesehen. Und irgendwie kam mir der Gedanke, dass es vielleicht besser ist, wenn ich Ihnen das alles sage. Dass das der sicherste Beweis ist, dass ich es wirklich ehrlich meine und keine Hintergedanken habe.«

»Ich habe Sie da draußen stehen sehen«, sagte Rakel.

»Ja, ich musste erst ziemlich lange nachdenken. Und mir Mut zusprechen.«

Rakel spürte, dass ihre Wut auf das verwirrte, verliebte Mädchen mit dem viel zu offenen Blick die Richtung wechselte und jetzt auf Harry zielte. Er hatte nicht ein Wort gesagt! Warum nicht?

»Es ist gut, dass Sie gekommen sind, Silje. Aber jetzt sollten Sie auch wieder gehen.«

Silje nickte und stand auf. »Bei mir in der Familie gibt es Schizophrenie«, sagte sie.

»Oh«, antwortete Rakel.

»Ja. Es ist durchaus möglich, dass ich nicht ganz normal bin.« Und dann fügte sie mit einem beinahe altklugen Tonfall hinzu: »Aber das ist schon in Ordnung.«

Rakel begleitete sie zur Tür.

»Sie werden mich nicht mehr sehen«, sagte sie, als sie draußen auf der Treppe stand.

»Viel Glück, Silje.«

Rakel blieb mit verschränkten Armen auf der Treppe stehen und sah ihr nach, als sie über den Vorplatz lief. Hatte Harry ihr nichts gesagt, weil er fürchtete, dass sie ihm nicht glaubte? Dass immer ein Schatten des Zweifels bleiben würde?

Damit kam der nächste Gedanke. Würde es das sein, ein Schatten des Zweifels? Wie gut kannten sie einander? Wie gut *konnte* ein Mensch einen anderen kennen?

Die schwarzgekleidete Gestalt mit dem blonden, tanzenden Pferdeschwanz verschwand aus ihrem Blickfeld, während sie noch lange die Joggingschuhe auf dem Kies hörte.

»Er hat sie ausgegraben«, sagte Bjørn Holm.
Roar Midtstuen saß mit gesenktem Kopf da. Kratzte sich im Nacken, wo seine kurzen Haare wie eine Bürste hochstanden. Die Dunkelheit senkte sich über sie, die Nacht schlich sich lautlos heran, während sie im Lichtkegel der Scheinwerfer von Midtstuens Auto saßen. Als Midtstuen endlich etwas sagte, musste Bjørn sich vorbeugen, um ihn zu verstehen.
»Mein eingeborenes Kind.« Dann folgte ein kurzes Nicken. »Er hat wohl getan, was er tun musste.«
Bjørn glaubte erst, sich verhört zu haben. Dann dachte er, dass Midtstuen einen Fehler gemacht haben musste, dass er ein Wort verwechselt oder an die falsche Stelle des Satzes gestellt hatte. Aber dennoch war der Satz so rein und klar, dass er ganz natürlich klang. Natürlich und wahr. Dass der Polizeischlächter nur tat, was er tun musste.
»Ich hole die restlichen Blumen«, sagte Midtstuen und stand auf.
»Ja, klar«, erwiderte Bjørn und starrte auf den kleinen Strauß, der vor ihm lag, während Midtstuen aus dem Licht trat und um das Auto herumging. Er hörte, dass der Kofferraum geöffnet wurde, während er an das Wort dachte, das Midtstuen gewählt hatte. Mein eingeborenes Kind. Mein einziges Kind. Es erinnerte ihn an seine Konfirmation und daran, dass Aune den Mörder mit Gott verglichen hatte. Ein Gott der Rache. Aber Gott hatte auch Opfer gebracht. Er hatte seinen eigenen Sohn geopfert. Ihn ans Kreuz schlagen lassen und ausgestellt, so dass jeder ihn sehen konnte. Ihn sehen und sich seine Leiden vorstellen konnte. Die des Sohnes und des Vaters.
Bjørn sah Fia Midtstuen auf dem Hocker vor sich. Der eingeborene Sohn. Zwei. Oder drei? Es waren drei gewesen. Wie hatte der Pastor das noch einmal genannt?
Bjørn hörte ein klirrendes Geräusch aus dem Kofferraum und dachte, dass die Blumen offenbar unter etwas Metallenem lagen.
Dreieinigkeit. Das war es. Der dritte war der Heilige Geist.

Das Gespenst. Der Dämon. Der, den sie nie sahen und der nur hier und da in der Bibel auftauchte, um dann immer gleich wieder zu verschwinden. Sie war am Hals an eine Wasserleitung gefesselt worden, damit sie nicht zusammensackte. Die Leiche war zur Schau gestellt worden. Wie der Gekreuzigte.

Bjørn Holm hörte Schritte hinter sich.

Der geopfert wurde, gekreuzigt von seinem eigenen Vater, weil die Geschichte es so wollte. Wie lauteten die Worte?

»Er hat wohl getan, was er tun musste.«

Harry starrte auf Megan Fox. Sie zitterte leicht, hielt seinem Blick aber stand. Auch ihr Lächeln schwand nicht. Wie eine Einladung. Er nahm die Fernbedienung und schaltete den Fernseher aus. Megan Fox verschwand und blieb doch. Ihre Silhouette hatte sich in den Plasmabildschirm eingebrannt.

Weg und doch noch da.

Harry sah sich in Truls Berntsens Schlafzimmer um. Dann trat er an den Schrank, in dem Truls, wie er wusste, seine Süßigkeiten versteckte. Theoretisch hatte darin ein Mann Platz. Harry hielt die Odessa in der Hand, schlich zum Schrank, drückte sich an die Wand und öffnete die Tür mit der linken Hand. Automatisch ging im Inneren das Licht an.

Sonst geschah nichts.

Harry schob den Kopf vor und zog ihn ebenso schnell wieder zurück. Aber er hatte gesehen, was er sehen musste, trat vor und stellte sich vor den offenen Schrank. Es war niemand da.

Truls hatte ersetzt, was Harry bei seinem letzten Besuch hatte mitgehen lassen: die schusssichere Weste, die Gasmaske, die MP5 und die kurzläufige Schrotflinte. Soweit er das beurteilen konnte, hatte Berntsen noch immer die selben Handfeuerwaffen wie beim letzten Mal. Nur in der Mitte der Tafel fehlte eine, was ihm die aufgezeichneten Konturen zeigten.

Hatte Truls Berntsen mitbekommen, dass Harry auf dem Weg war? Wusste er, was er vorhatte, und war deshalb mit einer Pistole bewaffnet aus seiner Wohnung geflohen? Ohne sich die Zeit zu nehmen, die Tür abzuschließen und den Fernseher auszuschalten? Aber warum hatte er sich dann nicht in einen Hinterhalt gelegt?

Harry hatte den Rest der Wohnung durchsucht, um sicherzugehen, dass wirklich niemand dort war. Dann hatte er die Wohnungstür geschlossen und sich mit entsicherter Odessa auf das Ledersofa gesetzt. Von dort hatte er freie Schussbahn zur Schlafzimmertür, ohne dass er durch das Schlüsselloch gesehen werden konnte.

Sollte Truls da drin sein, hatte derjenige von ihnen beiden, der zuerst die Ruhe verlor, die schlechteren Karten. Es war alles bereit für ein Duell im Warten. Und er hatte gewartet, regungslos, ruhig atmend und mit der Geduld eines Leoparden.

Erst als vierzig Minuten vergangen waren, ohne dass etwas geschehen war, hatte er das Schlafzimmer betreten.

Harry setzte sich auf das Bett. Sollte er Berntsen anrufen? Das könnte ihn warnen, andererseits schien er ja bereits zu wissen, dass Harry ihn jagte.

Harry nahm sein Handy und schaltete es ein. Er wartete, bis er Netz hatte, und wählte die Nummer, die er sich gemerkt hatte, bevor er vor zwei Stunden am Holmenkollen losgefahren war.

Nachdem er dreimal angerufen hatte, ohne eine Antwort zu bekommen, gab er es auf.

Dann rief er Thorkild von der Telefongesellschaft an, der sofort antwortete.

»Was wollen Sie, Hole?«

»Eine Basisstationssuche. Ein Truls Berntsen. Er hat einen Dienstanschluss der Polizei, ist also ganz sicher Abonnent bei Ihnen.«

»Das kann so nicht weitergehen.«

»Das ist ein offizieller Polizeiauftrag.«

»Dann befolgen Sie den Dienstweg. Nehmen Sie Kontakt mit dem Staatsanwalt auf, leiten Sie den Auftrag an den

Polizeichef weiter und rufen Sie uns wieder an, wenn Sie die Genehmigung haben.«

»Es eilt.«

»Hören Sie, ich kann Ihnen nicht ...«

»Es geht um die Polizistenmorde, Thorkild.«

»Dann sollte es nur ein paar Sekunden dauern, die Genehmigung des Polizeichefs einzuholen, Harry.«

Harry fluchte leise.

»Tut mir leid, Harry, ich muss an mich selbst denken. Sollte herauskommen, dass ich ohne Autorisierung die Bewegungen von Polizisten überprüft habe ... Warum können Sie sich diese Genehmigung denn nicht holen?«

»Ich melde mich wieder.« Harry legte auf. Es waren zwei Anrufe und drei SMS eingegangen, während sein Telefon ausgeschaltet gewesen war. Er öffnete sie der Reihe nach. Die erste war von Rakel.

Hab versucht, dich anzurufen, bin zu Hause. Mache etwas Leckeres, wenn du sagst, wann du kommst. Habe eine Überraschung mitgebracht. Jemand, der dich gerne in Tetris schlagen möchte.

Harry las die Nachricht noch einmal. Rakel war nach Hause gekommen. Mit Oleg. Sein erster Impuls war, sich auf der Stelle ins Auto zu setzen und das ganze Projekt abzublasen. Es war ein Fehler, er hatte sich geirrt und sollte jetzt nicht hier sein. Aber das war nur der erste Impuls. Der Versuch, vor dem Unausweichlichen zu fliehen. Die andere SMS war von einer Nummer, die er nicht kannte.

Ich muss mit dir reden. Bist du zu Hause? Silje G.

Er löschte die Nachricht. Die Telefonnummer der dritten SMS erkannte er sofort wieder.

Ich glaube, du bist auf der Suche nach mir. Ich habe die Lösung unseres Problems gefunden. Triff mich am Tatort von G., so schnell du kannst. Truls Berntsen.

Kapitel 44

Als Harry den Parkplatz überquerte, bemerkte er ein Auto mit kaputtem Seitenfenster. Das Licht der Laternen glitzerte auf den Scherben, die auf dem Asphalt lagen. Es war ein Suzuki Vitara. Berntsen fuhr so einen. Harry wählte die Nummer der Kriminalwache.

»Harry Hole. Ich brauche eine Halterfeststellung.«

»Hole, das kann heute doch jeder direkt im Netz machen.«

»Dann können Sie das doch ganz leicht für mich erledigen, oder?«

Er bekam ein Grunzen als Antwort und gab das Kennzeichen durch. Die Antwort kam nach drei Sekunden.

»Ein Truls Berntsen, wohnhaft in ...«

»Danke, das reicht schon.«

»Wollen Sie eine Anzeige machen?«

»Was?«

»Ist er in irgendwas verwickelt? Oder haben Sie den Eindruck, dass der Wagen gestohlen oder aufgebrochen wurde?«

Pause.

»Hallo?«

»Nein, nein, alles in Ordnung. Bloß ein Missverständnis.«

»Miss...«

Harry legte auf. Warum hatte Truls Berntsen nicht seinen Wagen genommen? Kein Mensch mit Polizistengehalt fuhr Taxi. Harry ging in Gedanken das U-Bahn-Netz durch. Der Bahnhof Ryen war vielleicht hundert Meter entfernt. Aber einen Zug hatte er nicht gehört. Vermutlich fuhr die Bahn hier unterirdisch. Harry blinzelte in die Dunkelheit. Er hatte gerade etwas anderes gehört. Das Knistern seiner Nackenhaare, die sich langsam aufrichteten. Natürlich wusste er, dass man das nicht hören konnte, trotzdem war es das einzige Geräusch, das er wahrnahm. Er holte wieder sein Telefon heraus. Tippte K und dann Anruf.

»Endlich«, antwortete Katrine.

»Endlich?«

»Du siehst doch, dass ich dich angerufen habe?«

»Ja doch. Du klingst außer Atem.«

»Ich war joggen, Harry. Silje Gravseng.«

»Was ist mit ihr?«

»In ihrer ganzen Wohnung hängen Zeitungsausschnitte über die Polizistenmorde. Sie hat einen Schlagstock in ihrem Zimmer, und der Hausmeister sagt, dass sie damit potentielle Vergewaltiger verprügelt. Und sie hat einen Bruder, der im Irrenhaus hockt, seit er von zwei Polizisten zusammengeschlagen wurde. Sie ist verrückt, Harry. Komplett verrückt!«

»Wo bist du?«

»Im Vaterlandsparken. Sie ist nicht hier, ich finde, wir sollten eine Fahndung rausgeben.«

»Nein.«

»Nein?«

»Sie ist nicht die, nach der wir suchen.«

»Wie meinst du das? Motiv, Gelegenheit, Rahmenbedingungen. Alles vorhanden, Harry.«

»Vergiss Silje Gravseng. Ich will, dass du eine Statistik für mich überprüfst.«

»Statistik?« Sie schrie so laut, dass die Membran des Telefons knackte. »Ich stehe hier knietief in den Akten der Sitte und suche in all dem Dreck nach dem möglichen Polizeischlächter, und du bittest mich, eine Statistik zu überprüfen? Verdammt, Hole!«

»Check mal in der FBI-Statistik, wie viele Zeugen in der Zeit zwischen der offiziellen Vorladung und dem Beginn des Verfahrens gestorben sind.«

»Was hat das mit unserem Fall zu tun?«

»Gib mir einfach die Zahlen, okay?«

»Nicht okay!«

»Nun, dann kannst du das als Befehl auffassen, Bratt.«

»Aha, aber ... he, Moment mal! Wer von uns ist hier eigentlich der Chef?«

»Wenn du fragen musst, bestimmt nicht du.«

Harry hörte, wie sie in ihrem Bergenser Dialekt fluchte, bevor er die Verbindung beendete.

Mikael Bellman saß auf dem Sofa. Der Fernseher lief. Es war gegen Ende der Nachrichten, sie waren beim Sport, als Mikael Bellmans Blick vom Fernseher nach draußen wanderte. Zur Stadt, die in dem schwarzen Kessel tief unter ihm lag. Der Beitrag über den Senat hatte gerade einmal zehn Sekunden gedauert. Der Senatsleiter hatte gesagt, dass personelle Veränderungen im Senat ganz normal seien und es dieses Mal mit der ungewöhnlich hohen Arbeitsbelastung gerade in diesem Ressort zu erklären sei, dass der Staffelstab weitergegeben worden sei. Isabelle Skøyen würde in ihre alte Stellung als Senatssekretärin zurückkehren, und der Senat rechnete damit, ihre Kompetenz auch an dieser Stelle gut nutzen zu können. Skøyen selbst sei nicht zu einem Kommentar bereit, hieß es.

Seine Stadt glitzerte wie ein Juwel.

Er hörte die Tür eines der Kinderzimmer weich ins Schloss fallen, und kurz darauf kroch sie zu ihm aufs Sofa und schmiegte sich an ihn.

»Schlafen sie?«

»Wie Steine«, sagte sie und er spürte ihren Atem am Hals.

»Lust fernzusehen?« Sie biss ihm ins Ohrläppchen. »Oder ...?«

Er lächelte, rührte sich aber nicht. Genoss die Sekunde und spürte, wie perfekt es war, genau jetzt an diesem Ort zu sein.

Oben auf dem Berg. Das Alphamännchen mit den Frauen zu seinen Füßen. Die eine in seinen Armen, die andere neutralisiert und unschädlich gemacht. Desgleichen die Männer, Asajev war tot, Truls wieder sein Handlanger, der frühere Polizeipräsident eine Figur in ihrem Spiel, die spuren würde, sollte Mikael ihn noch einmal brauchen. Und Mikael wusste, dass er jetzt das Vertrauen des Senats hatte, selbst wenn sie Zeit bräuchten, den Polizeischlächter zu stellen.

Es war lange her, dass er sich so gut gefühlt hatte, so entspannt. Er spürte ihre Hände. Wusste, was sie tun würden, bevor sie es selbst wusste. Sie konnte ihn entfachen, wenn auch nicht so lichterloh wie andere. Zum Beispiel die, die er gefällt hatte, oder der, der in der Hausmanns gate gestorben war. Aber sie geilte ihn genug auf, damit er es ihr gleich besorgen konnte. Das war Ehe. Und das war gut so. Mehr als genug, außerdem gab es im Leben wichtigere Dinge.

Er zog sie an sich und schob seine Hand unter ihren grünen Pullover. Nackte Haut, warm wie eine Kochplatte. Sie seufzte leise und beugte sich zu ihm vor. Er mochte eigentlich keine Zungenküsse von ihr. Das war früher vielleicht einmal anders gewesen, aber diese Zeiten waren vorbei. Er hatte ihr das nie gesagt, warum sollte er, solange sie sich das wünschte und er es irgendwie ertrug? Ehe. Trotzdem empfand er es als Erleichterung, als das schnurlose Festnetztelefon, das auf dem Tisch am Ende des Sofas lag, zu zwitschern begann.

Er nahm es. »Ja?«

»Hallo, Mikael.«

Die Stimme nannte seinen Vornamen auf eine so selbstverständliche Weise, dass er davon überzeugt war, den Anrufer zu kennen.

»Hallo«, antwortete er deshalb und stand vom Sofa auf und ging zur Terrasse. Weg vom Fernseher. Weg von Ulla. Diesen Automatismus hatte er sich im Laufe der Jahre angewöhnt. Halb aus Rücksicht auf sie, halb aus Rücksicht auf seine eigenen Geheimnisse.

Die Stimme am anderen Ende lachte leise. »Du kennst mich nicht, Mikael, entspann dich.«

»Danke, ich bin entspannt«, sagte Mikael. »Zu Hause, deshalb wäre es nett, wenn Sie zur Sache kommen könnten.«

»Ich bin Krankenpfleger im Reichshospital.«

Mikael Bellman zog die Terrassentür auf und trat nach draußen auf die kalten Steinfliesen, ohne das Telefon vom Ohr zu nehmen.

»Ich war der Pfleger von Rudolf Asajev. Du erinnerst dich doch an ihn, Mikael? Klar, natürlich tust du das. Ihr beiden habt ja Geschäfte miteinander gemacht. Er hat sich mir anvertraut, in den Stunden nachdem er aus dem Koma aufgewacht war. Er hat mir gesagt, was du gemacht hast.«

Wolken waren aufgezogen, die Temperatur war gefallen, und die Steinfliesen brannten kalt unter seinen Socken. Trotzdem spürte Mikael Bellman, wie seine Schweißdrüsen arbeiteten.

»Apropos Geschäfte«, sagte die Stimme. »Vielleicht sollten du und ich auch mal darüber reden?«

»Was wollen Sie?«

»Nun, du scheinst keine Umschreibungen zu mögen. Sagen wir also, dass ich Geld möchte, um dichtzuhalten.«

Das musste der Pfleger aus Enebakk sein, den Isabelle angeheuert hatte, um Asajev aus dem Weg zu räumen. Sie hatte behauptet, dass er sein Honorar liebend gern in Form von Sex angenommen hätte, aber allem Anschein nach hatte das nicht gereicht.

»Wie viel?«, fragte Bellman versuchsweise direkt, aber längst nicht so cool, wie er wollte.

»Nicht viel. Ich bin ein Mann mit einfachen Gewohnheiten. Zehntausend.«

»Zu wenig.«

»Zu wenig?«

»Das hört sich nach einer ersten Rate an.«

»Wir können auch gerne hunderttausend sagen.«

»Warum sagen Sie das dann nicht?«
»Weil ich das Geld heute Abend brauche, die Banken sind schon zu und mehr als zehntausend kriegst du an einem Bankautomaten nicht.«
Verzweifelt. Das waren gute Neuigkeiten. Oder? Mikael Bellman trat an den Rand der Terrasse, sah auf seine Stadt hinunter und versuchte, sich zu konzentrieren. Eigentlich war er in Situationen, in denen alles im Pott lag und ein einziger Fehltritt fatale Konsequenzen haben konnte, am besten.
»Wie heißen Sie?«
»Tja. Nenn mich Dan. Wie in Danuvius.«
»Okay, Dan, damit das klar ist. Die Tatsache, dass ich jetzt mit Ihnen verhandele, bedeutet in keinster Weise, dass ich irgendetwas eingestehe. Es kann durchaus sein, dass ich Sie in eine Falle locke und wegen Erpressung verhafte.«
»Das sagst du jetzt doch nur, weil du Schiss hast, ich könnte ein Journalist sein, der ein Gerücht gehört hat und dich nun dazu bringen will, irgendetwas preiszugeben.«
Verdammt.
»Wo?«
»Ich habe Dienst, du musst also herkommen. Ich schlage vor, wir treffen uns an einem diskreten Ort. In der noch nicht eröffneten Abteilung, in der jetzt ja niemand mehr ist. In einer Dreiviertelstunde in Asajevs Zimmer.«
Fünfundvierzig Minuten. Er schien es wirklich eilig zu haben. Oder wollte auf Nummer sicher gehen und verhindern, dass Mikael ihm eine Falle stellte. Aber Mikael war ein Freund einfacher Erklärungen. Zum Beispiel, dass er es mit einem drogenabhängigen Anästhesiepfleger zu tun hatte, dessen Vorräte zur Neige gegangen waren. Auf jeden Fall würde das die Sache vereinfachen. Vielleicht gäbe ihm das sogar die Möglichkeit, den Sack ein für alle Mal zuzumachen.
»Okay«, sagte Mikael und legte auf. Sog den ekligen Geruch ein, der aus dem Beton der Terrasse zu kommen schien. Dann ging er ins Wohnzimmer und schob die Tür hinter sich zu.

»Ich muss noch mal weg«, sagte er.

»Jetzt?«, fragte Ulla und sah ihn mit dem verletzten Blick an, der ihn sonst immer zu ärgerlichen Kommentaren verleitete.

»Jetzt.« Er dachte an die Pistole, die er im Kofferraum seines Wagens hatte. Eine Glock 22, ein Geschenk von einem amerikanischen Kollegen. Unbenutzt, nicht registriert.

»Wann bist du wieder da?«

»Ich weiß es nicht. Warte nicht auf mich.«

Er ging auf den Flur, spürte ihren Blick im Rücken, blieb aber nicht stehen, bevor er an der Tür war.

»Nein, es ist nicht sie, die ich treffen muss, okay?«

Ulla antwortete nicht. Sie drehte ihr Gesicht zum Fernseher und tat so, als interessierte sie sich für den Wetterbericht.

Katrine fluchte. Sie schwitzte in der feuchten Wärme des Heizungsraums, tippte aber weiter.

Wo zum Henker versteckte sich die FBI-Statistik über die toten Zeugen? Und was wollte Harry damit?

Sie sah auf die Uhr. Seufzte und wählte seine Nummer.

Keine Antwort. Natürlich nicht.

Dann teilte sie ihm per SMS mit, dass sie mehr Zeit bräuchte. Sie sei im Heiligsten des FBI, aber diese Statistik müsse entweder *top secret* sein, oder er habe etwas missverstanden. Schließlich warf sie ihr Handy auf den Schreibtisch und dachte, dass sie eigentlich Lust hatte, Leif Rødbekk anzurufen. Nein, nicht ihn. Irgendeinen anderen Idioten, der sich die Mühe machen würde, sie heute Abend mal richtig durchzuvögeln. Die erste Person, die ihr in den Sinn kam, ließ sie die Stirn runzeln. Wo kam der denn jetzt her? Süß, aber ... aber was? Dachte sie schon länger darüber nach, ohne sich dessen bewusst zu sein?

Sie verdrängte den Gedanken und konzentrierte sich wieder auf den Bildschirm.

Vielleicht war die Statistik ja gar nicht vom FBI, sondern von der CIA?

Sie tippte die neuen Suchworte ein. *Central Intelligence Agency*, *witness*, *trial* und *death*. Return. Die Maschine arbeitete, und die ersten Treffer wurden angezeigt.

Hinter ihr ging die Tür, und sie spürte einen kühlen Luftzug vom Kellerflur.

»Bjørn?«, sagte sie, ohne den Blick vom Bildschirm zu nehmen.

Harry parkte den Wagen vor der Jakobskirche und ging von dort hoch zur Hausmanns gate 92.

Er sah an der Fassade empor.

In der zweiten Etage brannte Licht. Die Fenster hatten Gitter bekommen. Allem Anschein nach war der neue Besitzer die ständigen Einbrüche über die Feuertreppe auf der Rückseite des Hauses leid.

Harry hatte gedacht, dass er mehr empfinden würde. Schließlich war dies der Ort, an dem Gusto getötet worden war und an dem er selbst um ein Haar sein Leben gelassen hätte.

Er legte die Hand auf die Klinke. Es war alles wie früher, die Tür war offen, freier Eintritt.

Am Fuß der Treppe nahm er seine Odessa, entsicherte sie und sah am Treppengeländer nach oben. Er lauschte, während ihm der Geruch von Urin und vollgekotztem Holz in die Nase stieg. Es war still, total still.

Er bewegte sich so lautlos vorwärts, wie er konnte, und stieg über feuchtes Zeitungspapier, Milchkartons und benutzte Spritzen. Als er die zweite Etage erreichte, blieb er vor der Tür stehen. Sie war neu. Eine Stahltür mit Mehrfachschloss. Nur extrem motivierte Einbrecher ließen sich von so etwas nicht abschrecken.

Harry sah keinen Grund anzuklopfen. Warum sollte er ein mögliches Überraschungsmoment aus der Hand geben? Als er die Klinke nach unten drückte und spürte, dass die Federn der Tür Widerstand leisteten, sie aber nicht verschlossen war, legte er beide Hände um die Odessa und trat die schwere Tür mit seinem rechten Fuß auf.

Er stürmte in den Raum und duckte sich nach links weg, um nicht wie eine Silhouette in der Türöffnung zu stehen. Die Federn zogen die Tür zurück, und sie fiel mit einem lauten Knall ins Schloss.

Dann war es still. Bis auf ein leises Ticken.

Harry blinzelte überrascht.

Abgesehen von einem kleinen Reisefernseher im Stand-by, auf dessen schwarzem Bildschirm weiße Ziffern die falsche Uhrzeit anzeigten, war hier drinnen nichts verändert worden. Es war noch immer ein heruntergekommenes Drogennest mit Matratzen auf dem Boden und Müll überall. Ein Stück Müll saß auf einem Stuhl, in halbwegs sitzender Position.

Truls Berntsen.

Er glaubte jedenfalls, dass es Truls Berntsen war.

Truls Berntsen gewesen war.

KAPITEL 45

Der Stuhl stand mitten im Raum unter einer zerfetzten Reispapierlampe.
 Harry dachte, dass sowohl die Lampe als auch der Stuhl und der Fernseher, aus dem das Ticken eines sterbenden Elektrogeräts kam, Siebziger-Jahre-Produkte sein mussten.
 Wie auch das, was auf dem Stuhl hockte.
 Dabei war schwer zu sagen, ob das wirklich Truls Berntsen war, geboren Mitte der Siebziger, gestorben heute, der da mit Klebeband an den Stuhl gefesselt worden war. Dem Mann fehlte nämlich das Gesicht. Wo früher Nase und Mund gewesen waren, klaffte jetzt eine Art Hackfleischkrater aus relativ frischem hellrotem Blut, schwarzem, bereits trockenem Schorf und weißen Knochensplittern. Der Brei wäre sicher langsam der Schwerkraft gefolgt, wäre nicht Klarsichtfolie stramm um den Kopf gewickelt worden. Ein Knochensplitter ragte durch das Plastik. Sonderangebot, dachte Harry. Wie das frisch eingeschweißte Hackfleisch aus dem Supermarkt.
 Harry zwang sich wegzusehen und versuchte, die Luft anzuhalten, während er den Rücken an die Wand drückte. Mit halb angehobener Waffe scannte er den Raum von links nach rechts.
 Starrte in die Küchenecke. Der alte Kühlschrank und die Arbeitsplatte waren noch immer da, aber dahinter im Halbdunkel konnte sich jemand verstecken.
 Kein Laut, keine Bewegung.

Harry wartete. Dachte nach. Wenn es eine Falle war, in die ihn jemand gelockt hatte, müsste er bereits tot sein.

Er holte tief Luft. Hatte den Vorteil, dass er schon einmal hier gewesen war und wusste, dass es außer Küche und Toilette keine Versteckmöglichkeiten gab. Dumm war nur, dass er einem der beiden Räume den Rücken zudrehen musste, wollte er einen Blick in den anderen werfen.

Er fasste einen Entschluss, huschte zu dem Durchgang in die Küche, sah kurz um die Ecke, zog den Kopf ebenso rasch wieder zurück und ließ das Hirn die Informationen verarbeiten, die es bekommen hatte. Herd, Pizzakartons und Kühlschrank. Sonst nichts.

Er ging zur Toilette. Es gab keine Tür mehr, und das Licht war aus. Er stellte sich neben die Türöffnung und drückte den Lichtschalter. Zählte bis sieben. Kopf vor und wieder zurück. Leer.

Mit dem Rücken an der Wand ließ er sich nach unten sinken und spürte erst jetzt, wie wild sein Herz gegen die Rippen hämmerte.

Ein paar Sekunden blieb er so sitzen. Dann rappelte er sich auf und ging zu dem Toten auf dem Stuhl. Hockte sich vor ihn hin und starrte auf die rote Masse hinter dem Plastik. Kein Gesicht, aber die vorstehende Stirn, der Unterbiss und die billige Frisur ließen keinen Zweifel offen. Das war Truls Berntsen.

Harrys Hirn arbeitete bereits an der Erkenntnis, dass es sich geirrt hatte. Truls Berntsen war nicht der Polizeischlächter.

Gleich darauf folgte der nächste Gedanke: jedenfalls nicht der einzige.

Konnte es sein, dass das, was er hier vor sich hatte, der Mord an einem Mitschuldigen war? Hatte hier ein Mörder seine Spuren beseitigt? Hatte Truls »Beavis« Berntsen mit einer Seele zusammengearbeitet, die ebenso krank war wie er selbst und das hier getan hatte? Hatte Valentin mit Berechnung im Blickfeld einer Überwachungskamera im Ullevål-Stadion gesessen, während Berntsen den Mord im Maridalen verübt hatte? Aber wie hatten sie die Morde untereinander aufgeteilt, wenn dem tatsächlich so war? Für welche Morde hatte sich dann Berntsen ein Alibi verschafft?

Harry richtete sich auf und sah sich um. Und warum war er hierhergelockt worden? Die Leiche wäre auch so bald entdeckt worden. Eine ganze Reihe von Dingen passte hier nicht zusammen. Truls Berntsen war zu keinem Zeitpunkt an den Ermittlungen zum Mordfall Gusto Hanssen beteiligt gewesen. Das war eine kleine Ermittlergruppe gewesen, bestehend aus Beate, ein paar weiteren Kriminaltechnikern und einigen wenigen taktischen Ermittlern, die nicht viel Arbeit gehabt hatten, da Oleg schon Minuten nach der Tat als mutmaßlicher Täter verhaftet worden war und das Beweismaterial diesen Verdacht stützte. Der Einzige …

In der Stille hörte Harry noch immer das leise Ticken. Gleichmäßig wie ein Uhrwerk. Er dachte den Gedanken zu Ende.

Der Einzige, der sich die Mühe gemacht hatte, in diesem unbedeutenden Drogenmord wirklich zu ermitteln, stand hier in diesem Raum. Er selbst.

Er war – wie die anderen Polizisten – herbestellt worden, um an dem Tatort seines nicht gelösten Mordes zu sterben.

In der nächsten Sekunde war er an der Tür und drückte die Klinke nach unten. Sie gab, wie er befürchtet hatte, widerstandslos nach. Er rüttelte an der Tür, ohne dass diese sich auch nur einen Millimeter bewegte. Sie war wie die Tür eines Hotelzimmers, für die er keine Schlüsselkarte hatte. Nicht einmal Scharniere gab es, die er losschrauben konnte.

Harrys Blick schweifte wieder durch den Raum.

Dicke, vergitterte Glasscheiben. Eine Eisentür, die von selbst ins Schloss gefallen war. Er war von seiner Jagd so berauscht gewesen, dass er wie ein Idiot direkt in die Falle getappt war.

Das Ticken war nicht lauter geworden, es wirkte nur so.

Harry starrte auf den Reisefernseher. Und auf die davontickenden Sekunden. Das war keine falsche Uhrzeit, die da angezeigt wurde, wie er anfangs gedacht hatte. Das war überhaupt keine Uhrzeit, denn die Uhr lief rückwärts.

Bei seinem Kommen hatte da noch 00:06:10 gestanden, jetzt las er 00:03:51.

Das war ein Countdown.

Harry trat einen Schritt näher, legte seine Hände um den Fernseher und versuchte, ihn anzuheben. Vergeblich. Er war am Boden festgeschraubt. Er trat gegen den oberen Teil des Geräts, und die Plastikverkleidung löste sich mit einem Krachen. Drinnen sah er Metallröhren, Glastuben, Leitungen. Harry war definitiv kein Experte, aber er hatte genug Fernseher von innen gesehen, um zu erkennen, dass das Innenleben von diesem hier viel zu üppig war. Und genug Bilder von improvisierten Sprengkörpern, um eine Rohrbombe zu erkennen.

Er warf einen Blick auf die Kabel und ließ den Gedanken gleich wieder fallen. Ein Bombenexperte von Delta hatte ihm erklärt, dass das mit den roten oder blauen Drähten, die man durchschneiden musste, um die Dinger außer Gefecht zu setzen, längst nicht mehr aktuell war. Der Teufel war mittlerweile im Digitalzeitalter angekommen und sandte seine Signale drahtlos über Bluetooth, Codewort oder Safeguards, die das Zählwerk sofort auf null setzten, wenn man an der Bombe herumzufingern begann.

Harry nahm Anlauf und warf sich gegen die Tür. Vielleicht hatte der Rahmen ja irgendwelche Schwachpunkte.

Er hatte keine.

Und die Gitter vor den Fenstern auch nicht.

Schultern und Rippen schmerzten, als er wieder auf die Beine kam. Er brüllte in Richtung Fenster.

Aber wo kein Laut reinkam, kam auch kein Laut raus.

Dann nahm er sein Handy. Die Kriminalwache. Delta. Sie konnten die Tür sprengen. Er sah auf die Uhr des Fernsehers. Drei Minuten und vier Sekunden. Sie würden kaum die Adresse weitergeben können. Zwei Minuten und neunundfünfzig Sekunden. Er starrte auf das Kontaktverzeichnis. R.

Rakel.

Sie anrufen. Abschied nehmen. Von ihr und Oleg. Ihr sagen, wie sehr er sie liebte. Und dass sie leben sollten. Ein besseres Leben, als er es ihnen hätte geben können. Die letzten zwei Minuten mit ihnen zusammen sein. Nicht allein sterben. Gesellschaft haben, das letzte traumatische Erlebnis mit ihnen teilen, sie den Tod schmecken lassen, ihnen einen letzten Alptraum mit auf den Weg geben.

»Verdammte Scheiße!«

Harry ließ das Handy wieder in seine Tasche gleiten. Und sah sich um. Die Türen waren entfernt worden, damit es kein Versteck gab, wo er sich in Sicherheit bringen konnte.

Zwei Minuten und vierzig Sekunden.

Harry trat in die Küche, die den kurzen Teil der L-förmigen Wohnung ausmachte. Sie war nicht tief genug, eine Rohrbombe dieser Größe würde auch hier alles zerschmettern.

Dann fiel sein Blick auf den Kühlschrank. Er öffnete ihn. Ein Milchkarton, zwei Flaschen Bier und eine Dose Leberwurst. Einen Moment lang wog er die Alternativen Bier oder Panik ab, ehe er sich für die Panik entschied, die Ablageflächen, Glasplatten und Gemüsefächer herausriss. Es schepperte hinter ihm auf dem Boden. Er kauerte sich zusammen und versuchte, in den Kühlschrank zu kriechen. Stöhnte. Konnte den Nacken nicht genug beugen, um ganz hineinzupassen. Versuchte es noch einmal. Verfluchte seine langen Glieder, während er sie so volumensparend wie nur möglich zusammenzufalten versuchte.

Es ging nicht. Verdammt!

Er sah auf die Uhr des Fernsehers. Zwei Minuten und sechs Sekunden. Er bekam den Kopf hinein, zog die Knie unter sich, aber jetzt war es der Rücken, der sich nicht genug beugen ließ. Verdammt, verdammt! Er lachte laut. Hätte er in Hongkong doch die Yogastunden wahrgenommen, die ihm gratis angeboten worden waren. Sollte er wegen dieses Versäumnisses jetzt sterben?

Houdini. Er erinnerte sich an etwas über das Aus- und Einatmen und das Entspannen.

Er atmete tief aus, versuchte an nichts zu denken und konzentrierte sich auf die Entspannung. Nicht an die Sekunden denken, nur spüren, wie Muskeln und Gelenke weicher wurden, flexibler.

Es ging.

Verdammt! Natürlich! Es musste gehen! Er saß in einem Kühlschrank. Einem alten Teil mit genug Metall und Isolation, um ihn zu retten. Vielleicht. Wenn die Rohrbombe nicht wirklich ein Gruß aus der Hölle war.

Er legte die Hand um den Rand der Tür, warf einen letzten Blick auf den Fernseher, bevor er die Tür schließen wollte. Eine Minute siebenundvierzig Sekunden.

Er wollte die Tür zuziehen, aber seine Hand gehorchte ihm nicht. Sie weigerte sich, weil sein Gehirn nicht verdrängen konnte, was seine Augen gesehen hatten, trotz aller Bemühungen seiner Vernunft, es zu ignorieren. Ignorieren, weil es keine Relevanz für das Einzige hatte, das jetzt noch zählte. Zu überleben. Die eigene Haut zu retten. Zu ignorieren, weil er es sich nicht leisten konnte, keine Zeit dafür hatte, nicht genug Mitgefühl.

In der Hackfleischmasse auf dem Stuhl.

Waren zwei weiße Flecken.

Weiß wie das Weiß von Augäpfeln.

Die ihn durch die Frischhaltefolie anstarrten.

Der Kerl war noch am Leben.

Harry schrie auf, drückte sich wieder aus dem Kühlschrank heraus. Lief zu dem Stuhl, die Augen seitlich auf den Fernseher gerichtet. Eine Minute einunddreißig. Er riss das Plastik vom Gesicht. Die Augen im Hackfleisch blinzelten, und er hörte Atem. Er musste durch das Loch, das die Knochen in das Plastik gestochen hatten, genug Luft bekommen haben.

»Wer war das?«, fragte Harry.

Er bekam nur ein Atmen als Antwort. Das Hackfleisch vor

ihm begann langsam nach unten zu sacken wie geschmolzenes Wachs.

»Wer ist der Polizeischlächter?«

Wieder nur Atmen.

Harry sah auf die Uhr. Eine Minute sechsundzwanzig. Es würde Zeit brauchen, sich wieder da reinzuzwängen.

»Komm schon, Truls, ich kann ihn kriegen!«

Eine Blase aus Blut blies sich da auf, wo Harry den Mund vermutete, und als sie platzte, kam ein kaum hörbares Flüstern. »Eine Maske, hat nichts gesagt.«

»Was für eine Maske?«

»Grün, ganz grün.«

»Grün?«

»Chi...rurg...«

»Eine Chirurgenmaske?«

Ein schwaches Nicken, dann schlossen die Augen sich wieder. Eine Minute fünf.

Mehr war hier nicht zu holen. Er ging zurück zum Kühlschrank. Dieses Mal ging es schneller. Er warf die Tür zu, und das Licht ging aus.

Zitternd zählte er die Sekunden. Neunundvierzig.

Der Kerl wäre so oder so gestorben.

Achtundvierzig.

Besser, jemand anders machte den Job.

Siebenundvierzig.

Grüne Maske. Truls Berntsen hatte Harry gesagt, was er wusste, ohne um eine Gegenleistung zu bitten. Ein bisschen etwas von einem Polizisten steckte also doch noch in ihm.

Sechsundvierzig.

Nicht dran zu denken, mehr als einer hatte hier drin sowieso nicht Platz.

Fünfundvierzig.

Außerdem reichte die Zeit nicht, um ihn von dem Stuhl loszubinden.

Vierundvierzig.

Selbst wenn er es gewollt hätte, es war zu spät.
Dreiundvierzig.
Viel zu spät.
Zweiundvierzig.
Verdammte Scheiße!
Einundvierzig.
Verdammt, verdammt!
Vierzig.

Harry trat die Kühlschranktür mit einem Fuß auf und drückte sich mit dem anderen aus dem Kühlschrank. Er riss die Schublade unter der Arbeitsfläche auf, packte eine Art Brotmessser, stürzte zu dem Stuhl und begann das Klebeband an den Armlehnen durchzuschneiden.

Er achtete darauf, nicht zu dem Fernseher zu blicken, hörte aber das Ticken.

»Der Teufel soll dich holen, Berntsen!«

Er rannte um den Stuhl herum und durchtrennte das Klebeband an Beinen und Rücken.

Legte die Arme um seine Brust und hob ihn an.

Der Kerl war natürlich auch noch schwer.

Harry zerrte, zog und fluchte und hörte längst nicht mehr, was aus seinem Mund kam. Er hoffte jedoch, dass sein Fluchen Himmel oder Hölle genug provozierte, damit einer von beiden eingriff und diesen idiotischen, aber unausweichlichen Handlungsverlauf änderte.

Er zielte auf die geöffnete Kühlschranktür. Beschleunigte und bugsierte Truls Berntsen durch die Öffnung, doch der blutige Körper rutschte gleich wieder heraus.

Harry versuchte, ihn hineinzudrücken, aber es nützte nichts. Er zog Berntsen vom Kühlschrank weg und zeichnete rote Streifen auf das Linoleum. Dann ließ er ihn los, zerrte den Kühlschrank von der Wand weg, hörte den Stecker aus der Wand schnacken und kippte den Schrank zwischen Arbeitsplatte und Herd auf den Rücken. Er packte Berntsen, drückte ihn von oben hinein, kroch hinterher und drückte ihn mit den

Beinen so weit wie nur möglich nach unten in Richtung Kühlschrankmotor. Dann legte er sich auf Berntsen und sog den Geruch von Blut, Schweiß und Pisse ein. Wenn man auf einem Stuhl saß und wusste, dass man ermordet werden würde, nässte man sich ein.

Harry hatte gehofft, es wäre genug Platz für sie beide, da das Problem in erster Linie in Höhe und Breite des Schrankes bestanden hatte, nicht aber in der Tiefe.

Doch jetzt war die Tiefe das Problem.

Er bekam die Tür nicht zu.

Harry zog mit aller Kraft, aber es ging nicht. Es fehlten weniger als zwanzig Zentimeter, aber wenn die Tür nicht hermetisch geschlossen war, hatten sie keine Chance. Die Druckwelle würde ihnen Leber und Milz zerreißen und die Hitze ihnen die Augäpfel wegbrennen. Jeder lose Gegenstand im Raum würde zur Gewehrkugel beschleunigen, der reinsten, alles zerfetzenden Maschinengewehrsalve.

Er brauchte nicht einmal mehr einen Entschluss zu fassen, es war zu spät.

Was auch bedeutete, dass er nichts mehr zu verlieren hatte.

Harry trat die Tür des Kühlschranks noch einmal auf, sprang heraus, stellte sich hinter den Kühlschrank, kippte ihn wieder in aufrechte Position und sah über den Rand, dass Truls langsam nach unten rutschte, wobei sein Blick unweigerlich auch auf den Fernseher fiel. 00:00:12. Zwölf Sekunden.

»Sorry, Berntsen«, sagte Harry.

Er packte Truls um die Brust, zog ihn wieder hoch und drückte sich rückwärts in den stehenden Kühlschrank. Er schob seine Hand an Truls vorbei zur Tür, zog sie halb zu und begann zu wippen. Der schwere Kühlschrankmotor war so hoch platziert, dass der Schwerpunkt des Schrankes weit oben lag, was ihm hoffentlich half.

Der Kühlschrank schwankte nach hinten und verharrte auf dem Balancepunkt.

In die Richtung durften sie nicht fallen!

Harry versuchte gegenzusteuern und auch Truls nach vorne gegen die Tür zu drücken.

Dann gab der Kühlschrank nach und kippte in die gewünschte Richtung.

Harry erhaschte einen letzten Blick auf den Fernseher, als der Kühlschrank Übergewicht bekam und auf die Tür fiel.

Es verschlug ihm den Atem, als sie auf den Boden knallten, und er spürte die Panik, als der Sauerstoff aus seinem Körper gepresst wurde. Aber es war dunkel, ganz dunkel. Das Gewicht des Motors und des Kühlschranks hatten bewirkt, was er erhofft hatte. Die Tür war geschlossen.

Da explodierte die Bombe.

Harrys Hirn implodierte, schaltete sich aus.

Harry blinzelte ins Dunkel.

Er musste ein paar Sekunden lang weg gewesen sein.

In seinen Ohren piepste es frenetisch, und es fühlte sich an, als hätte ihm jemand Säure ins Gesicht geschüttet. Aber er war am Leben.

Noch.

Er brauchte Luft. Harry presste die Hände zwischen sich und Truls, der unter ihm auf der Kühlschranktür lag, und stemmte den Rücken mit aller Kraft gegen die Rückwand. Der Kühlschrank drehte sich über die Türscharniere auf die Seite.

Harry schob Berntsen nach draußen, rollte sich heraus und stand auf.

Der Raum sah aus wie dystopisches Brachland aus einem Science-Fiction, eine graue Staub- und Rauchhölle ohne einen einzigen identifizierbaren Gegenstand. Nicht einmal das, was einmal ein Kühlschrank gewesen war, sah noch aus wie ein Kühlschrank. Die Metalltür zum Flur war aus den Angeln gerissen.

Harry ließ Berntsen liegen. Er hoffte, dass der verfluchte Kerl endlich tot war, und taumelte die Treppe hinunter nach draußen.

Als er unten auf der Hausmanns gate stand, starrte er auf den Asphalt. Er sah das Blaulicht der Polizeiwagen, hörte aber nur ein Pfeifen in seinen Ohren. Es klang wie ein Drucker ohne Papier, ein Alarm, den endlich jemand abschalten sollte.

Und während er dort stand und die lautlosen Polizeiwagen anstarrte, dachte er das Gleiche, das er gedacht hatte, als er auf die Bahn in Manglerud gelauscht hatte. Dass er nichts hörte, dass er nicht hörte, was er hören sollte. Weil er nicht nachgedacht hatte. Jedenfalls nicht, bevor er in Manglerud gestanden hatte und in Gedanken durchgegangen war, wie das Osloer U-Bahn-Netz verlief. Erst da war ihm endlich bewusst geworden, was im Verborgenen lag und nicht an die Oberfläche wollte. Der Wald. Im Wald fuhr keine U-Bahn.

Kapitel 46

Mikael Bellman war stehen geblieben.
Er starrte lauschend den leeren Flur hinunter.
Wie in einer Wüste, dachte er. Nichts, woran man den Blick heften konnte, nur das vibrierende weiße Licht, das alle Konturen verwischte.
Dieses surrende Flirren der Neonröhren wie Wüstenhitze, das Vorspiel zu etwas, das nie eintreffen würde. Nur ein leerer Krankenhausflur, an dessen Ende nichts war. Vielleicht war das Ganze eine Fata Morgana, Isabelle Skøyens Lösung des Problems Asajev, der Anruf vor einer Stunde, die Tausender, die der Geldautomat im Zentrum gerade ausgespuckt hatte, dieser verlassene Krankenhausflügel.
Lass das Ganze eine Luftspiegelung sein, einen Traum, dachte Mikael und setzte sich in Bewegung. Mit der Hand überprüfte er, ob die Glock 22, die er in der Manteltasche hatte, auch entsichert war. In der anderen Tasche hatte er das Geld. Falls die Situation sich so entwickelte, dass er tatsächlich zahlen musste. Vielleicht waren es mehrere. Was er eigentlich nicht glaubte. Der Betrag war zu klein zum Teilen. Das Geheimnis zu groß.
Er passierte den Kaffeeautomaten, bog um die Ecke und schaute den ebenso flachen und weißen Flur hinunter. Dort stand der Stuhl, auf dem Asajevs Polizeiwache gesessen hatte. Er war nicht entfernt worden.
Er machte lange Schritte, setzte die Schuhsohlen weich, fast

lautlos auf und überprüfte alle Türen, an denen er vorbeikam. Sie waren abgeschlossen.

Dann stand er vor der Tür neben dem Stuhl. Einer Eingebung folgend, legte er die linke Hand auf das Sitzpolster. Es war kalt.

Er holte tief Luft und nahm die Pistole aus der Tasche. Sah auf seine Hand. Sie zitterte nicht, oder doch?

Nicht, wenn es darauf ankam.

Er steckte die Waffe wieder ein und drückte die Klinke langsam nach unten. Die Tür war nicht abgeschlossen.

Es gab keinen Grund, das Überraschungsmoment nicht zu nutzen, dachte Mikael Bellman, drückte die Tür auf und trat ein.

Der Raum badete in Licht, war aber abgesehen von dem Bett, in dem Asajev gelegen hatte, fast leer. Es stand mitten im Raum unter einer Lampe. Auf einem metallenen Bettschränkchen daneben wurde das Licht von ein paar glänzend scharfen Instrumenten reflektiert. Es sah fast so aus, als hätten sie diesen Raum in einen OP umgewandelt.

Mikael bemerkte eine Bewegung hinter dem einen Fenster, legte die Finger um den Schaft der Waffe und versuchte zu erkennen, was los war. Brauchte er eine Brille?

Als er das Bild endlich scharfgestellt und erkannt hatte, dass es eine Spiegelung und die Bewegung hinter ihm war, war es längst zu spät.

Er spürte eine Hand auf der Schulter und reagierte blitzartig, aber der Stich in den Hals schien augenblicklich die Verbindung zu seiner Pistolenhand zu kappen. Und bevor das Dunkel sich ganz über ihn senkte, sah er das Gesicht des Mannes dicht neben seinem Spiegelbild auf der schwarzen Scheibe. Er trug eine grüne Haube und einen grünen Mundschutz. Wie ein Chirurg. Ein Chirurg unmittelbar vor einer Operation.

Katrine war viel zu sehr von dem PC-Bildschirm absorbiert, um sich zu wundern, dass sie von der Person, die hinter ihr den Raum betreten hatte, keine Antwort bekam. Erst als die Tür ins Schloss gefallen war und alle Geräusche aus dem Tunnel verstummt waren, fragte sie noch einmal:

»Wo bist du gewesen, Bjørn?«

Sie spürte eine Hand auf Schulter und Nacken. Ihr erster Gedanke war, dass sie es gar nicht so unangenehm fand, eine warme, freundliche Männerhand auf der nackten Haut zu spüren.

»Ich war an einem Tatort und habe Blumen niedergelegt«, sagte die Stimme hinter ihr.

Katrine zog verwundert die Stirn in Falten.

No files found, stand auf dem Bildschirm. Wirklich? Gab es wirklich nirgendwo Dokumente über die Statistik der Todesfälle von Kronzeugen? Sie wählte Harrys Nummer. Die Hand begann ihre Nackenmuskeln zu massieren. Katrine stöhnte, in erster Linie, um zu zeigen, dass ihr das gefiel. Sie schloss die Augen und beugte den Kopf nach vorn. Hörte es am anderen Ende klingeln.

»Ein bisschen weiter unten. An welchem Tatort?«

»Eine Landstraße. Ein Mädchen, das überfahren wurde. Der Fall ist nie aufgeklärt worden.«

Harry antwortete nicht. Katrine nahm den Hörer vom Ohr und tippte eine SMS. *Keine Statistik gefunden*. Dann schickte sie die SMS ab.

»Du warst lange weg«, sagte Katrine. »Hast du danach noch was anderes gemacht?«

»Mich um den anderen gekümmert, der da war«, sagte die Stimme. »Er ist zusammengebrochen.«

Katrine war fertig mit ihrem Teil der Arbeit und erst jetzt drangen die anderen Dinge im Raum zu ihrem Gehirn durch. Die Stimme, die Hand, der Geruch. Sie drehte sich langsam auf dem Stuhl um und blickte nach oben.

»Wer sind Sie?«, fragte sie.

»Wer ich bin?«
»Ja, Sie sind nicht Bjørn.«
»Nicht?«
»Nein, Bjørn Holm ist Ballistik, Blut und Fingerabdrücke. In seinen Händen wird man nicht zu Wachs, also, was wollen Sie?«
Sie sah, wie das blasse, runde Gesicht über ihr rot wurde. Die Dorschaugen quollen noch mehr als gewöhnlich hervor. Bjørn nahm schnell seine Hand weg und kratzte sich frenetisch die Koteletten auf der einen Wange.
»Also, ich ... Tut mir leid, ich wollte das nicht ... Ich, ich ... es ist einfach so ...« Die Röte und das Stottern wurden so intensiv, dass er irgendwann nur noch die Hände sinken ließ und mit einem verzweifelten Blick kapitulierte. »Verdammt, Katrine, jetzt lass mich nicht so hängen.«
Katrine sah ihn an. Und hätte fast gelacht. Verdammt, wie süß er in diesen Momenten war.
»Hast du ein Auto?«, fragte sie.

Truls Berntsen kam zu Bewusstsein.
Er starrte vor sich hin. Um ihn herum war weißes Licht. Und er spürte keine Schmerzen mehr. Im Gegenteil, es ging ihm gut. Weiß und gut. Er musste tot sein. Natürlich war er tot. Merkwürdig. Noch merkwürdiger aber war, dass sie sich in der Adresse geirrt hatten. Er war am guten Ort.
Er spürte seinen Körper etwas zur Seite kippen. Vielleicht freute er sich zu früh, das fühlte sich noch nach Transport an. Und dann hörte er plötzlich Geräusche. Ein entfernt klagendes Nebelhorn, das sich hob und senkte. Das Signal des Fährmanns?
Etwas tauchte vor ihm auf und nahm ihm das Licht.
Ein Gesicht.
Eine Stimme: »Er ist bei Bewusstsein.«
Ein weiteres Gesicht kam dazu. »Geben Sie ihm mehr Morphium, wenn er zu schreien anfängt.«

In diesem Moment spürte Truls die Schmerzen zurückkommen. Sein Körper brannte wie Feuer, und sein Kopf fühlte sich an, als müsste er zerspringen.

Wieder wurde sein Körper zur Seite gedrückt. Krankenwagen. Er war in einem Krankenwagen, der mit Blaulicht und Sirenen unterwegs war.

»Mein Name ist Ulsrud, ich bin von der Kriminalpolizei«, sagte das Gesicht über ihm. »Ihr Ausweis sagt, dass Sie Polizeikommissar Truls Berntsen sind?«

»Was ist passiert?«, flüsterte Truls.

»Eine Explosion, eine Bombe. Die Fenster in der ganzen Nachbarschaft sind zu Bruch gegangen. Wir haben Sie oben in der Wohnung neben einem Kühlschrank gefunden. Was war da los?«

Truls schloss die Augen und hörte, dass die Frage wiederholt wurde. Dann hörte er den anderen, vermutlich einen Sanitäter. Er bat den Polizisten, keinen Druck auszuüben. Außerdem hätten sie dem Patienten Morphium gegeben, so dass er alles Mögliche antworten könne.

»Wo ist Hole?«, flüsterte Truls.

Ein Schatten schob sich vor das Licht vor seinem Kopf.
»Was haben Sie gesagt, Berntsen?«

Truls versuchte, seine Lippen zu benetzen, aber da waren keine Lippen mehr.

»Wo ist der andere?«

»Da waren nur Sie, Berntsen.«

»Aber er war da, er … hat mir das Leben gerettet.«

»Wenn jemand anderes in der Wohnung gewesen ist, fürchte ich, dass er jetzt an den Wänden klebt. Das kann niemand überleben. Von dem Kühlschrank, in dem Sie gesteckt haben, ist nicht mehr viel zu erkennen. Sie sollten froh sein, dass Sie leben. Wenn Sie mir sagen können, wer diese Bombe gelegt hat, könnten wir uns direkt auf die Jagd nach dem Täter machen.«

Truls schüttelte den Kopf. Er glaubte jedenfalls, dass er den

Kopf schüttelte. Er hatte ihn nicht gesehen, er hatte die ganze Zeit über hinter ihm gestanden. Von dem fingierten Autoeinbruch bis zu dem anderen Auto, in dem er sich auf die Rückbank gesetzt und Truls hatte fahren lassen. In die Hausmanns gate 92. Eine Adresse, die derart mit Drogenkriminalität in Verbindung gebracht wurde, dass er fast vergessen hatte, dass auch dies der Tatort eines Mordes war. Gusto. Natürlich. In diesem Moment wusste er, was er bis dato verdrängt hatte. Dass er sterben sollte. Dass es der Polizeischlächter war, der hinter ihm die Treppe hochging, ihn durch die Metalltür führte und an den Stuhl fesselte, während er ihn durch den Spalt der grünen Chirurgenmaske musterte. Truls hatte ihn um den Reisefernseher herumlaufen und mit einem Schraubenzieher herumfingern sehen. Dann hatte er bemerkt, dass die Zahlen, die beim Zuknallen der Tür zu laufen begonnen hatten, wieder auf sechs Minuten standen. Eine Bombe. Schließlich hatte der Grüngekleidete einen schwarzen Schlagstock hervorgenommen, genau das Modell, das er selbst benutzt hatte, und begonnen, Truls ins Gesicht zu schlagen. Konzentriert und ohne sichtbaren Genuss oder andere Gemütsbewegungen. Leichte Schläge, nichts, womit man Knochen brach. Aber genug, damit Blutgefäße und Adern platzten, sein Gesicht anschwoll und sich das Gewebe unter der Haut mit Flüssigkeit füllte. Irgendwann waren die Schläge härter geworden. Truls hatte das Gefühl in der Haut verloren und nur noch gespürt, wenn sie platzte und das Blut an seinem Hals und seiner Brust nach unten rann, und er hatte bei jedem Schlag den dumpfen, pochenden Schmerz in seinem Kopf vernommen, im Gehirn – nein, noch tiefer als im Gehirn. Der Grüngekleidete war ein pflichtbewusster Glöckner, der überzeugt von der Wichtigkeit seiner Arbeit mit dem Schlegel gegen die Bronze der Glocke schlug, während die feinen roten Blutspritzer Rorschach-Bilder auf seinen grünen Kittel zeichneten. Er hörte das Knacken von Nasenbein und Knorpeln, spürte die Zähne brechen und wie der Kiefer sich ausrenkte und schließlich nur noch an Sehnen und Nerven hing, bis endlich ... endlich alles schwarz geworden war.

Irgendwann war er in einer Hölle aus Schmerz wieder wach geworden und hatte ihn ohne Kittel und Maske gesehen. Harry Hole stand aufrecht vor dem Kühlschrank.

Zuerst war er verwirrt gewesen.

Dann war ihm alles ganz logisch erschienen. Hole wollte jemanden loswerden, der sein Strafregister ganz genau kannte, und er wollte das als eine Tat des Polizeischlächters tarnen.

Aber Hole war größer als der andere. Er hatte einen anderen Blick. Und Hole war im Begriff, in diesen blöden Kühlschrank zu klettern. Verzweifelt. Er saß im gleichen Boot. Zwei Polizisten an einem Tatort, die gemeinsam sterben sollten. Ausgerechnet sie beide, welche Ironie des Schicksals! Hätte er nicht solche Schmerzen gehabt, er hätte gelacht.

Dann kam Hole wieder aus dem Kühlschrank heraus, machte ihn los und schleppte auch ihn zu dem Ding. Etwa da hatte er das Bewusstsein verloren.

»Kann ich mehr Morphium bekommen?«, flüsterte Truls und hoffte, durch das Heulen der Sirenen gehört zu werden. Er wartete ungeduldig auf die Welle des Wohlseins, von der er wusste, dass sie durch seinen Körper rauschen und die entsetzlichen Schmerzen wegwaschen würde. Und er dachte, dass es die Drogen sein mussten, die ihn denken ließen, was er dachte. Denn eigentlich passte ihm das Ganze doch perfekt. Trotzdem wurde er den Gedanken nicht los, dass es eine verfluchte Scheiße war, dass ausgerechnet Harry Hole so starb.

Als Held.

Dass er seinen Platz geräumt hatte, um sich für einen Feind zu opfern.

Und dass der Feind jetzt damit leben musste, am Leben zu sein, weil ein besserer Mann sich für ihn geopfert hatte.

Truls spürte, wie es sich von der Wirbelsäule kommend ausbreitete. Die Kälte, die der Schmerz vor sich her schob. Stirb für etwas, egal, wofür, nur nicht für dein jämmerliches Ich.

Vielleicht ging es letzten Endes genau darum. Falls es wirklich so war, sollte Hole der Teufel holen.

Er sah zu dem Pfleger und realisierte, dass die Scheibe nass war. Es musste zu regnen begonnen haben.

»Mehr Morphium, verdammt!«

Kapitel 47

Der Polizist mit dem Zungenbrechernamen Karsten Kaspersen saß im Wachraum der PHS und starrte raus in den Regen. Es schüttete, trommelte auf den schwarzen Asphalt und tropfte vom Tor.

Er hatte das Licht ausgemacht, damit niemand sah, dass die Wache so spät noch besetzt war. Mit »niemand« meinte er die Leute, die Schlagstöcke oder anderes Material stahlen. Auch einige Rollen Absperrband, die für die Ausbildung der Studenten gebraucht wurden, waren verschwunden. Und da es keine Einbruchspuren gegeben hatte, musste es jemand sein, der Zugang zum Gebäude hatte. Es ging weniger um die Tatsache, dass Schlagstöcke oder Absperrband verschwanden, als darum, dass sie Diebe in ihrer Mitte hatten. Diebe, die in Kürze womöglich als Polizisten herumlaufen würden. Und so etwas ging nun wirklich nicht, nicht in seinem Korps.

Jetzt sah er, wie sich jemand vom Slemdalsveien unter den Laternen vor dem Chateau Neuf durch den Regen näherte. Am Gang war die Person nicht zu erkennen. Das war eher ein Taumeln. Die Gestalt hatte kräftig Schlagseite, als kämpfte sie gegen einen Sturm an.

Der Mann steckte eine Schlüsselkarte in das Schloss und war im nächsten Augenblick in der Schule. Kaspersen, der alle, die in diesem Teil des Gebäudes arbeiteten, am Gang erkannte, sprang auf und verließ die Pförtnerloge. Das ging so nicht. Entweder man hatte hier Zutritt oder man hatte ihn nicht, basta.

»He, Sie!«, rief Kaspersen und trat aus dem Wachraum. Er hatte sich bereits aufgeplustert, eine Fähigkeit aus dem Tierreich, um möglichst groß zu wirken, wusste aber nicht, ob das Wirkung zeigte. »Was tun Sie hier? Woher haben Sie die Schlüsselkarte?«

Das gebeugte, klitschnasse Individuum vor ihm richtete sich auf. Das Gesicht lag im Schatten der Kapuze seines Pullis, aber sein Blick bohrte sich brennend in Kaspersens. Er rang nach Atem und wurde sich bewusst, dass er unbewaffnet war. Verflucht, warum hatte er nicht daran gedacht, etwas mitzunehmen, womit er die Diebe in Schach halten konnte?

Das Individuum setzte die Kapuze ab.

Vergiss *in Schach halten*, dachte Kaspersen. Ich brauche etwas, womit ich mich verteidigen kann.

Das Wesen vor ihm war nicht von dieser Welt. Seine Jacke war zerrissen und hatte große Löcher und das Gleiche galt für sein Gesicht.

Kaspersen wich ein Stück in Richtung Wachraum zurück und fragte sich, ob der Schlüssel noch immer innen in der Tür steckte.

»Kaspersen.«

Diese Stimme.

»Ich bin es, Kaspersen.«

Kaspersen blieb stehen. Neigte den Kopf. Konnte das wirklich …?

»Mein Gott, Harry, was ist passiert?«

»Bloß eine Bombe. Sieht schlimmer aus, als es ist.«

»Schlimmer? Du siehst aus wie so eine mit Nelken gespickte Orange.«

»Das ist nur …«

»Ich meine, eine Blutorange, Harry. Du blutest überall. Warte hier, ich hole den Verbandskasten.«

»Kannst du nach oben in Arnolds Büro kommen? Ich muss ein paar sehr eilige Sachen erledigen.«

»Arnold ist nicht da.«

»Das weiß ich.«

Karsten Kaspersen holte den Verbandskasten aus dem Wachraum. Und während er Pflaster, Mull, Verbände und eine Schere zusammensuchte, bemühte sich sein Unterbewusstsein, noch einmal das Gespräch durchzugehen, blieb aber immer an einem Punkt hängen. An der Art, wie Harry Hole *Das weiß ich* gesagt hatte. Mit welcher Schwere. Als hätte er das gar nicht zu ihm, Karsten Kaspersen, gesagt, sondern zu sich selbst.

Mikael Bellman wachte auf, öffnete die Augen und kniff sie gleich wieder zu, als das Licht auf die Linsen und Netzhäute seiner Augen fiel. Es brannte, als dränge es direkt in seine Nerven ein.

Er konnte sich nicht rühren. Drehte den Kopf und blinzelte. Er befand sich noch immer in diesem Raum. Sah nach unten. Er war mit weißem Tape ans Bett gefesselt. Die Arme rechts und links am Körper, die Beine zusammengedrückt. Wie eine lebende Mumie.

Hinter sich hörte er Metall klirren und drehte den Kopf in die andere Richtung. Die Person, die neben ihm stand, legte sich ein paar Instrumente zurecht. Sie trug einen grünen Anzug und eine Maske vor dem Mund.

»Oje«, sagte der Grüngekleidete. »Lässt die Narkose schon nach? Tja, ich bin wirklich kein Spezialist für Anästhesie. Eigentlich für nichts, was so ein Krankenhaus betrifft.«

Mikael versuchte, nachzudenken und einen Weg aus seiner Verwirrung zu finden. Was zum Henker ging hier vor?

»Ich habe übrigens das Geld gefunden, das Sie mitgebracht haben. Nett von Ihnen, aber ich brauche es nicht. Und was Sie getan haben, Mikael, können Sie ohnehin nicht wiedergutmachen.«

Wenn dieser Mann kein Anästhesiepfleger war, woher wusste er dann von seiner Verbindung zu Asajev?

Der Grüngekleidete hielt ein Instrument ins Licht.

Mikael spürte die Furcht in sich aufkeimen. Er fühlte noch nichts, sein Hirn war noch von den Drogen benebelt, aber wenn der Schleier der Betäubung sich erst lüftete, würde sichtbar, was dahinter wartete: Schmerz und Angst. Und der Tod. Denn Mikael hatte längst verstanden, was er hätte verstehen müssen, bevor er von zu Hause aufgebrochen war. Er befand sich an dem Tatort eines nicht aufgeklärten Mordes.

»Du und Truls Berntsen.«

Truls? Glaubte er wirklich, dass Truls etwas mit dem Mord an Asajev zu tun hatte?

»Aber der hat seine Strafe schon bekommen. Was meinst du, was nimmt man am besten, um ein Gesicht abzutrennen? Griff drei mit Klinge Nummer zehn ist für Haut und Muskeln. Oder dieses hier? Griff sieben mit Klinge fünfzehn?« Der Grüngekleidete hob zwei gleich aussehende Skalpelle hoch. Das Licht wurde so reflektiert, dass sich ein heller Streifen quer über das Gesicht und das eine Auge des Mannes legte. Und in diesem Auge sah Mikael etwas, das er wiedererkannte.

»Der Lieferant hat nicht gesagt, wofür man die verwendet, verstehst du?«

Auch die Stimme kam ihm bekannt vor.

»Tja, aber wir werden schon mit dem klarkommen, was wir hier haben. Ich muss jetzt deinen Kopf festkleben, Mikael.«

Der Nebel hatte sich inzwischen vollständig gelichtet, und er blickte der Angst direkt ins Gesicht. Sie stürzte sich auf ihn und ging ihm an die Kehle.

Mikael schluchzte auf, als er spürte, dass sein Kopf auf die Matratze gedrückt und ein Streifen Klebeband über seine Stirn gezogen wurde. Das Gesicht des anderen war jetzt direkt über seinem. Der Mundschutz war nach unten gerutscht. Aber Mikael brauchte eine Weile, ehe er das auf dem Kopf stehende Bild drehen konnte und es wiedererkannte. Ihn wiedererkannte.

Plötzlich wusste er, warum.

»Erinnerst du dich an mich, Mikael?«, fragte er.

Er war es tatsächlich. Der Schwule. Der Mann, der Mikael zu küssen versucht hatte, als er noch beim Kriminalamt gearbeitet hatte. Auf der Toilette. Jemand war hereingekommen. Truls hatte ihn unten in der Tiefgarage grün und blau geschlagen, und er war daraufhin nie wieder zurückgekommen. Weil er wusste, was ihn erwartete. Genau wie Mikael das jetzt wusste.

»Gnade.« Mikaels Augen füllten sich mit Tränen. »Ich war es, der damals Truls gestoppt hat. Er hätte dich umgebracht, wenn ich ihn nicht ...«

»... gestoppt hätte, damit du deinen eigenen Arsch retten und Polizeipräsident werden konntest.«

»Hör zu, ich bin bereit zu zahlen, was immer du willst ...«

»Oh, du wirst schon Gelegenheit bekommen, diese Rechnung zu begleichen, Mikael. Du wirst großzügig für das zahlen, was ihr mir genommen habt.«

»Genommen ...? Was haben wir dir genommen?«

»Ihr habt mir die Rache genommen, Mikael. Die Strafe für den, der René Kalsnes getötet hat. Ihr habt den Täter entkommen lassen.«

»Nicht alle Fälle können aufgeklärt werden. Das weißt du doch ...«

Gelächter. Kalt und kurz. »Ihr habt es ja nicht einmal versucht, Mikael. Es war euch aus zweierlei Gründen scheißegal. Zum einen wurde ganz in der Nähe ein Schlagstock gefunden, und ihr hattet Schiss, dass womöglich einer aus den eigenen Reihen diesen widerlichen Homo umgebracht hat. Und dann gab es noch den zweiten Grund, nicht wahr, Mikael? René war nicht so hetero, wie die Polizei uns gerne hätte, nicht wahr, Mikael? Aber ich habe René geliebt. Geliebt, hörst du. Ich sage ganz offen, dass ich – ein Mann – diesen Jungen geliebt habe. Ich wollte ihn küssen, ihm über die Haare streichen, ihm meine Liebe ins Ohr flüstern. Findest du das abstoßend? Dabei verstehst du mich tief in deinem Inneren ganz genau, nicht wahr? Es ist eine Gabe, einen anderen Mann lieben zu können. Das hättest du dir längst eingestehen sollen, Mikael, denn jetzt ist es zu spät für dich. Du wirst niemals mehr erleben, was ich dir angeboten habe, als wir im Kriminalamt zusammengearbeitet haben. Du hattest eine solche Angst vor deinem anderen Gesicht, dass du es grün und blau schlagen musstest. Dass du es aus dir herausprügeln musstest. *Mich.*«

Er war mit jedem Wort lauter geworden, senkte jetzt aber wieder die Stimme, bis er nur noch flüsterte.

»Dabei ist das eine dumme Furcht, Mikael. Die habe ich selbst gehabt, und allein für diese Furcht würde ich dich niemals so hart bestrafen. Du und all die anderen sogenannten Polizisten, die in Renés Fall ermittelt haben, haben sich selbst zum Tode verurteilt, weil sie den einzigen Menschen, den ich jemals wirklich geliebt habe, besudelt haben. Weil sie seine Menschenwürde in den Dreck getreten haben. Weil sie gesagt haben, dass der Tote diesen Ermittlungsaufwand eigentlich gar nicht wert ist. Ihr habt den Eid, der Gesellschaft und der Gerechtigkeit zu dienen, mit Füßen getreten und damit uns alle betrogen. Ihr habt die Gemeinschaft entehrt, Mikael. Die Gemeinschaft ist das Einzige, was wirklich heilig ist. Sie und die Liebe. Ergo müsst ihr beseitigt werden. Wie ihr meinen Augenstern beseitigt habt. Aber genug geredet, ich muss mich jetzt darauf konzentrieren, alles richtig zu machen. Zum Glück für dich und mich gibt es im Internet Instruktionsvideos. Was hältst du davon?«

Er hielt Mikael ein Bild hin.

»Eigentlich sollte das einfache Chirurgie sein, oder? Mikael, jetzt sei doch ruhig! Es kann dich niemand hören, aber wenn du brüllst, muss ich dir auch den Mund verkleben.«

Harry ließ sich auf Arnold Folkestads Stuhl fallen. Er gab ein langgezogenes, hydraulisches Fauchen von sich und sank unter Harrys Gewicht etwas nach unten. Dann schaltete er den Computer ein. Der Bildschirm erhellte den Raum. Und während der Rechner knisternd hochfuhr, Programme aktivierte und sich für den Einsatz bereitmachte, las er noch einmal die SMS von Katrine.

Keine Statistik gefunden.

Arnold hatte ihm erzählt, dass es beim FBI eine Statistik gäbe, die besagte, dass vierundneunzig Prozent der Todesfälle von Kronzeugen als verdächtige Todesfälle eingestuft werden müssten. Diese Statistik hatte Harry dazu veranlasst, den Tod von Asajev näher zu untersuchen. Dabei gab es diese Statistik gar nicht. Es war wie mit dem Witz von Katrine, der ihm irgendwie nicht mehr aus dem Kopf gegangen war.
In zweiundsiebzig Prozent der Fälle, in denen sich Menschen auf die Statistik berufen, haben sie sie gerade erst erfunden.
Der Gedanke musste schon lange in Harrys Kopf gearbeitet haben. Der Verdacht, dass auch Arnold seine Statistik ganz spontan erfunden hatte.
Aber warum?
Die Antwort lag auf der Hand. Um Harry dazu zu bringen, sich Asajevs Tod genauer anzusehen. Weil Arnold etwas wusste, was er nicht sagen konnte, ohne seine Quelle preiszugeben. Denn das hätte ihn entlarvt. Aber als der ehrgeizige Polizist, der er war, krankhaft besessen davon, dass Morde auch aufgeklärt wurden, war er trotzdem bereit gewesen, dieses Risiko einzugehen und Harry indirekt auf die Spur zu setzen.
Denn Arnold Folkestad war klar, dass Harry möglicherweise nicht nur herausfinden würde, dass Asajev ermordet worden war und wer das getan hatte, sondern dass ihn diese Spur auch zu ihm selbst, Arnold Folkestad, und zu einem anderen Mord führen könnte. Denn der Einzige, der wissen konnte, was dort oben im Krankenhaus passiert war, und der vielleicht auch das Bedürfnis gehabt hatte, sich das alles von

der Seele zu reden, war Anton Mittet. Der Polizist, der versagt hatte. Und es gab nur einen Grund, wieso Arnold Folkestad und Anton Mittet – die sich komplett fremd waren – plötzlich Kontakt zueinander hatten.

Ein Schauer lief Harry über den Rücken.

Mord.

Der PC war bereit zur Suche.

Kapitel 48

Harry starrte auf den Bildschirm und rief noch einmal Katrine an. Er wollte schon wieder auflegen, als er ihre Stimme hörte.
»Ja?«
Sie war außer Atem, als wäre sie gelaufen. Die Akustik ließ aber vermuten, dass sie irgendwo drinnen war. In diesem Moment dachte er wieder, dass er es hätte hören müssen, als er Arnold Folkestad mitten in der Nacht angerufen hatte. Die Akustik. Er war draußen gewesen, nicht drinnen.
»Bist du im Fitnessstudio oder so was?«
»Fitnessstudio?«, fragte sie, als würde sie nicht wissen, was das ist.
»Ja, weil du nicht drangegangen bist.«
»Nein, ich bin zu Hause. Was ist denn los?«
»Okay, atme erst mal tief durch, damit dein Puls ein bisschen runterkommt. Ich sitze in der PHS. Ich habe mir gerade das Logfile eines Computers angeschaut, um zu wissen, was der Betreffende im Netz gesucht hat. Aber ich komme nicht weiter.«
»Was meinst du?«
»Arnold Folkestad war auf den Webseiten eines Anbieters für medizinische Geräte. Ich will wissen, warum.«
»Arnold Folkestad? Was ist denn mit ihm?«
»Ich glaube, er ist unser Mann.«
»Arnold Folkestad soll der Polizeischlächter sein?«

Während Katrines Ausruf hörte er ein Geräusch, das er sofort als Bjørn Holms Raucherhusten identifizierte. Und etwas, das sich wie das Knirschen einer Matratze anhörte.

»Seid ihr im Heizungsraum, Bjørn und du?«

»Nein, habe ich doch ges... Äh, ja, wir sind im Heizungsraum.«

Harry dachte nach und kam zu dem Schluss, dass er in seiner Zeit als Polizist noch nie eine schlechtere Lüge gehört hatte.

»Wenn du da, wo du bist, Zugang zu einem Computer hast, überprüf bitte mal Folkestad auf dieses Material. Und auf die Tatorte und die Morde. Und dann rufst du mich wieder an. Und jetzt gib mir bitte Bjørn.«

Er hörte, dass sie die Hand auf die Sprechmuschel legte und etwas sagte, dann war Bjørns belegte Stimme zu hören.

»Ja?«

»Zieh dich an und sieh zu, dass du in den Heizungsraum kommst. Besorg dir über einen Staatsanwalt eine Genehmigung, Arnold Folkestads Handy anzupeilen. Wir müssen wissen, wo er ist. Und dann überprüfst du, welche Nummern Truls Berntsen heute Abend angerufen hat, okay? In der Zwischenzeit hole ich mir bei Bellman grünes Licht für einen Delta-Einsatz. In Ordnung?«

»Ja, ähm ... wir ... also, verstehst du ...«

»Ist das wichtig, Bjørn?«

»Nein.«

»Okay.«

Harry beendete das Gespräch, als Karsten Kaspersen zur Tür hereinkam.

»Ich habe etwas Jod und Mullbinden gefunden. Und auch eine Pinzette, damit wir die Splitter herausziehen können.«

»Danke, Kaspersen. Aber die Splitter halten mich wenigstens ein bisschen zusammen. Leg die Sachen einfach auf den Tisch.«

»Aber du musst doch ...«

Er wedelte einen protestierenden Kaspersen aus dem Raum,

während er Bellmans Handynummer wählte. Nach sechsmaligem Klingeln landete er beim Anrufbeantworter. Fluchte. Dann suchte er Ulla Bellmans Festnetznummer in Høyenhall heraus. Gleich darauf hörte er eine weiche, melodische Stimme den Familiennamen sagen.

»Hier ist Harry Hole, ist Ihr Mann zu Hause?«
»Nein, er ist gerade weg.«
»Es ist ziemlich wichtig, wo ist er?«
»Das hat er nicht gesagt.«
»Wann ...?«
»Das hat er auch nicht gesagt.«
»Wenn ...«
»... er auftaucht, bitte ich ihn, Sie zurückzurufen, Harry Hole.«
»Danke.«

Er legte auf.

Zwang sich zu warten. Er saß vornübergebeugt da, hatte die Ellenbogen auf den Tisch gestemmt und lauschte dem Blut, das auf die nicht korrigierten Tests tropfte. Er zählte die Tropfen wie Sekunden, die langsam wegtickten.

Wald. Wald. Im Wald fährt keine U-Bahn.

Und die Akustik, es hatte sich angehört, als wäre er draußen gewesen, nicht drinnen.

Dabei hatte Arnold Folkestad behauptet, zu Hause zu sein.

Trotzdem hatte Harry im Hintergrund die U-Bahn gehört.

Es konnte natürlich einen harmlosen Grund dafür geben, dass Arnold Folkestad ihn an jenem Abend belogen hatte. Eine Frauengeschichte, die er für sich behalten wollte. Zum Beispiel. Und natürlich konnte es ein Zufall sein, dass zum Zeitpunkt von Harrys Anruf gerade das Mädchen auf dem Friedhof ausgegraben wurde, an dem die U-Bahn direkt vorbeiführte. Zufälle. Aber Grund genug, auch andere Dinge an die Oberfläche zu schwemmen. Die Statistik.

Harry sah wieder auf die Uhr.

Er dachte an Rakel und Oleg. Sie waren zu Hause.

Zu Hause. Dort wollte er auch sein. Dort sollte er auch sein. Dort würde er nie sein. Nie ganz, nie voll, nicht so, wie er sich das wünschte. Denn es stimmte, er hatte es nicht in sich. Stattdessen war dieses andere in ihm, das wie ein fleischfressendes Bakterium das wahre Leben in ihm auffraß und das nicht einmal der Alkohol ganz im Zaum hatte halten können. Dabei wusste er auch nach so vielen Jahren nicht genau, was es war. Nur dass es in gewisser Weise dem ähnelte, was in Arnold Folkestad wütete. Ein Imperativ, der so stark und allumfassend war, dass er niemals alles erklärte, was er zerstörte.

Dann – endlich – rief sie an.

»Er hat vor ein paar Wochen eine ganze Reihe chirurgischer Instrumente und einen Chirurgenkittel bestellt. Dafür braucht man keine Autorisierung.«

»Sonst noch was?«

»Nein. Er scheint nicht viel im Netz gewesen zu sein. Sieht eher so als, als wäre er bewusst vorsichtig gewesen.«

»Sonst noch was?«

»Ich habe eine Querverbindung zwischen ihm und Verletzungen durch eine Schlägerei gesucht, um zu überprüfen, ob es da etwas gibt. Ich bin dabei auf eine Krankenhausakte von vor vielen Jahren gestoßen. Seine eigene.«

»Oh?«

»Ja. Er wurde mit Verletzungen eingeliefert, die der Arzt als stumpfe Gewalt durch Schläge eingestuft hat, während er selbst angegeben hat, auf einer Treppe gefallen zu sein. Der Arzt weist das als Ursache zurück und verweist auf die zahllosen Verletzungen am ganzen Körper, andererseits betont er, dass der Patient Polizist sei und selbst in der Lage zu entscheiden, was angezeigt werden soll und was nicht. Weiter bezweifelt der Arzt, dass das Knie des Patienten jemals wieder richtig funktionsfähig sein wird.«

»Dann ist er selbst geschlagen worden. Und was ist mit den Tatorten des Polizeischlächters?«

»Da habe ich keinerlei Verbindung gefunden. Er scheint

während seiner Zeit beim Kriminalamt an keiner dieser Ermittlungen beteiligt gewesen zu sein. Ich habe aber einen Link zu einem der Opfer gefunden.«

»Aha?«

»René Kalsnes. Erst tauchte sein Name nur einmal kurz auf, woraufhin ich eine Kombinationssuche gemacht habe. Die zwei hatten viel miteinander zu tun. Flugreisen ins Ausland, die Folkestad für beide bezahlt hat, Doppelzimmer und Suiten, registriert auf sie beide in diversen europäischen Großstädten. Schmuck, der in Rom und Barcelona gekauft wurde, von dem ich aber bezweifle, dass Folkestad ihn getragen hat. Kurz gesagt, es sieht so aus, als wären die beiden ...«

»... ein Paar gewesen«, sagte Harry.

»Ich würde eher von heimlichen Geliebten ausgehen«, sagte Katrine. »Wenn sie aus Norwegen abgereist sind, haben sie nie nebeneinandergesessen, manchmal haben sie sogar verschiedene Flüge gebucht. Und wenn sie in Norwegen in einem Hotel waren, haben sie immer Einzelzimmer gebucht.«

»Arnold ist Polizist«, sagte Harry. »Er ist lieber auf Nummer sicher gegangen.«

»Er war aber nicht der Einzige, der René mit Reisen und Geschenken den Hof gemacht hat.«

»Sicher nicht, und ebenso sicher ist, dass die Ermittlungen sich schon früher darauf hätten konzentrieren müssen.«

»Jetzt bist du aber streng, Harry. Die haben doch gar nicht meine Suchmöglichkeiten.«

Harry fuhr sich mit der Hand vorsichtig über das Gesicht. »Vielleicht nicht. Möglich, dass du recht hast. Vielleicht bin ich ungerecht, wenn ich finde, dass der Mord an einem Stricher bei den Zuständigen nicht gerade den größten Arbeitseifer ausgelöst hat.«

»Ja, das bist du.«

»Okay, sonst noch was?«

»Vorläufig nicht.«

»In Ordnung.«

Er ließ das Telefon in seine Tasche gleiten und sah auf die Uhr.

Ein Satz, den Arnold einmal gesagt hatte, ging ihm durch den Kopf.

Jeder, der sich nicht für die Gerechtigkeit einsetzt, sollte ein schlechtes Gewissen haben.

Sah Folkestad seine Rachemorde so? Als seinen Einsatz für die Gerechtigkeit?

Und das, was er gesagt hatte, als sie über Silje Gravsengs mögliche OKS gesprochen hatten, eine Persönlichkeitsstörung bei Menschen, die keine Mittel oder Konsequenzen scheuen.

Ich habe eine gewisse Erfahrung mit OKS.

Er hatte direkt vor Harry gesessen und Klartext über sich geredet.

Es dauerte sieben Minuten, bis Bjørn anrief.

»Die haben das Logfile von Truls Berntsens Handy überprüft. Er ist in letzter Zeit überhaupt nicht angerufen worden.«

»Hm, dann ist Folkestad also direkt zu ihm nach Hause gegangen und hat ihn geholt. Was ist mit Folkestads Telefon?«

»Laut der Signale, die bei den Basisstationen eingehen, ist das Telefon eingeschaltet. Es befindet sich irgendwo zwischen Slemdalsveien, Chateau Neuf und ...«

»Scheiße!«, sagte Harry. »Leg auf und wähl seine Nummer.«

Harry wartete ein paar Sekunden. Dann hörte er ein Summen aus einer der Schubladen. Bis auf die unterste, aus der Harry ein Display entgegenleuchtete, als er sie öffnete, waren alle andern verschlossen. Er nahm das Gespräch entgegen.

»Gefunden«, sagte er.

»Hallo?«

»Hier ist Harry, Bjørn. Folkestad ist klug, er hat das Handy, das auf ihn angemeldet ist, hier deponiert. Ich denke, es wird bei allen Morden hier gelegen haben.«

»Damit der Teleoperator es nicht zurückverfolgen und seine Bewegungen rekonstruieren kann.«

»Und als Beweis, dass er wie gewöhnlich hier war und gearbeitet hat, falls er ein Alibi braucht. Da er es nicht einmal eingeschlossen hat, gehe ich davon aus, dass wir auf diesem Telefon nichts Verdächtiges finden.«

»Du meinst, er hat noch eins?«

»Ja, irgendein Prepaidhandy. Damit hat er die Opfer angerufen.«

»Und da das Telefon heute Abend da liegt ...«

»Ist er wieder unterwegs, ja.«

»Aber wenn er das Handy als Alibi nutzen will, ist es seltsam, dass er es nicht geholt hat. Es müsste doch bei ihm zu Hause sein. Wenn der Teleoperator nachweisen kann, dass es die ganze Nacht in der PHS war ...«

»Wäre das kein plausibles Alibi, nein. Es gibt noch eine andere Möglichkeit.«

»Und die wäre?«

»Dass er mit seinem heutigen Job noch nicht fertig ist.«

»Oh verdammt. Glaubst du ...?«

»Ich glaube gar nichts. Ich kann Bellman nicht erreichen. Kannst du Hagen anrufen, ihm die Situation erklären und ihn bitten, einen Delta-Einsatz zu genehmigen? Ihr schlagt dann bei Folkestad zu Hause zu.«

»Du glaubst, er ist zu Hause?«

»Nein, aber wir ...«

»... fangen da an zu suchen, wo Licht ist«, vollendete Bjørn.

Harry legte wieder auf. Schloss die Augen. Das Piepsen in seinen Ohren war inzwischen fast weg. Stattdessen hörte er einen anderen Laut. Ein Ticken. Den Countdown der Sekunden. Verdammt, verdammt! Er drückte sich die Zeigefinger auf die Augen.

Hatten heute Abend noch andere einen anonymen Anruf erhalten? Aber wer? Und von wo? Von einem Prepaidhandy, aus einer Telefonzelle oder aus einer großen Telefonzentrale, bei der die gewählte Nummer nicht gespeichert wurde?

Harry saß ein paar Sekunden still da.

Dann nahm er die Hände weg.

Sah auf das große schwarze Festnetztelefon, das auf dem Schreibtisch stand. Zögerte. Dann nahm er den Hörer ab. Bekam das Freizeichen der Zentrale. Drückte die Wahlwiederholungstaste, und mit leisen Piepstönen begann das Telefon die zuletzt gewählte Nummer anzurufen.

Er hörte das Freizeichen und dass der Hörer abgenommen wurde.

Die gleiche weiche, melodische Stimme.

»Bellman.«

»Oh, tut mir leid, da habe ich mich verwählt«, sagte Harry und legte auf. Schloss die Augen.

Verdammt, verdammt.

Kapitel 49

Kein Wie oder Warum.

Harrys Hirn sortierte alles Unnötige aus, um sich auf das einzig Wesentliche zu konzentrieren. Wo?

Wo zum Henker befand sich Arnold Folkestad?

An einem Tatort.

Mit chirurgischer Ausrüstung.

Als Harry die Idee kam, verblüffte ihn vor allem, dass er nicht gleich darauf gekommen war. Es war so offensichtlich, dass selbst ein Erstsemester mit mittlerer Phantasie genug Kombinationsgabe gehabt hätte, um den Gedankenbahnen des Täters zu folgen. Tatort. Ein Tatort, an dem ein wie ein Chirurg gekleideter Mann nicht sonderlich auffallen würde.

Es waren etwa zwei Minuten mit dem Auto von der PHS zum Reichshospital.

Das könnte er schaffen. Delta nicht.

Harry brauchte fünfundzwanzig Sekunden zum Verlassen des Gebäudes. Dreißig, um zum Auto zu kommen, es anzulassen und auf den Slemdalsveien zu fahren, der ihn fast bis ans Ziel brachte.

Eine Minute und fünfundvierzig Sekunden später fuhr er vor dem Haupteingang der Klinik vor.

Zehn Sekunden danach hatte er die Schwingtür hinter sich gebracht und rannte an der Rezeption vorbei. Er hörte ein »He, Sie«, rannte aber weiter. Seine Schritte hallten wie Stakkatoschläge zwischen Wänden und Decke des Flurs wider.

Noch im Laufen griff er in seinen Rücken und bekam die Odessa zu fassen, die er sich hinter den Gürtel geschoben hatte. Er spürte, wie sein Puls immer schneller sank, sah den Kaffeeautomaten und wurde langsamer, um nicht zu viel Lärm zu machen. An dem Stuhl vor der Tür blieb er stehen. Es war allgemein bekannt, dass dort drinnen ein russischer Drogenbaron gestorben war, aber nur wenige wussten, dass der Mann umgebracht worden war und der Raum der Tatort eines unaufgeklärten Mordes war. Zu diesen wenigen gehörte Arnold Folkestad.

Harry ging langsam zur Tür. Lauschte.

Überprüfte, ob seine Waffe entsichert war.

Seine Pulsfrequenz hatte den niedrigsten Punkt erreicht.

Etwas weiter hinten im Flur hörte er laufende Schritte. Sie wollten ihn aufhalten. Und bevor Harry im nächsten Moment lautlos die Tür öffnete und in den Raum schlüpfte, hatte er noch einen Gedanken: Was für ein verdammt beschissener Traum, in dem sich alles immer wiederholte, irgendwann musste doch mal Schluss sein. Irgendwann musste er doch mal aufwachen. Die Augen aufschlagen und einen sonnigen Morgen begrüßen, unter einer kühlen weißen Decke, in ihren Armen, die ihn festhielten und ihn nie, nie wieder losließen.

Harry schloss die Tür hinter sich und starrte auf den grüngekleideten Rücken, der sich über ein Bett beugte, in dem ein Mann lag, den er kannte.

Mikael Bellman.

Harry hob die Pistole. Drückte den Abzug nach hinten. Sah bereits vor sich, wie die Salve den grünen Stoff zerfetzte, Nerven und Knochenmark durchbohrte, bevor der Rücken in sich zusammensackte und nach vorn kippte. Aber Harry wollte das nicht. Er wollte diesem Mann nicht in den Rücken schießen, sondern ins Gesicht.

»Arnold«, sagte Harry mit belegter Stimme. »Dreh dich zu mir um.«

Es klirrte auf dem Metalltisch, als der Grüngekleidete ein

blankes Skalpell ablegte. Dann drehte er sich langsam um. Zog den Mundschutz herunter. Sah Harry an.

Harry starrte zurück. Der Finger straffte sich um den Abzug.

Die Schritte draußen waren näher gekommen. Es waren mehrere. Er musste sich beeilen, wenn er das ohne Zeugen erledigen wollte. Er spürte den Widerstand des Abzugs nachgeben, er war jetzt im Auge des Sturms, in dem alles ganz still war. Die Ruhe vor der Explosion. Jetzt. Nein. Nicht jetzt. Der Finger wich einen Millimeter zurück. Und noch einen. Das war nicht Arnold Folkestad. Hatte er sich geirrt? Hatte er sich wieder geirrt? Das Gesicht vor ihm war glattrasiert, der Mund stand offen, die schwarzen Augen eines Unbekannten. War das der Polizeischlächter? Er sah so ... perplex aus. Als verstünde er nichts. Der Grüngekleidete trat einen halben Schritt zur Seite, und erst jetzt sah Harry die Person, die der Grüngekleidete verdeckt hatte. Eine Frau, auch sie in Grün.

Im selben Augenblick flog die Tür auf, und er wurde von zwei weiteren grüngekleideten Personen zur Seite geschoben.

»Status quo?«, fragte einer der neuen mit hoher, aber respekteinflößender Stimme.

»Bewusstlos«, antwortete die Frau. »Niedriger Puls.«

»Blutverlust?«

»Auf dem Boden ist nicht viel Blut, aber es kann in seinen Magen gelaufen sein.«

»Bestimmen Sie die Blutgruppe und bestellen Sie drei Konserven.«

Harry ließ die Pistole sinken.

»Ich bin von der Polizei«, sagte er. »Was ist passiert?«

»Raus mit Ihnen, wir versuchen hier, ein Leben zu retten«, sagte die hohe Stimme.

»Ich auch«, sagte Harry und hob die Pistole wieder an. Der Mann starrte ihn an. »Ich versuche einen Mörder zu stoppen, und wir wissen noch nicht, ob er für heute mit seiner Arbeit fertig ist, okay?«

Der Mann wandte sich wieder von Harry ab. »Wenn es nur diese Wunde ist, wird der Blutverlust bis jetzt nicht so groß sein, dann ist auch nichts in seinem Magen. Steht er unter Schock? Karen, hilf du dem Polizisten.«

Die Frau redete durch den Mundschutz, ohne vom Bett wegzugehen. »Jemand an der Rezeption hat einen Mann mit blutigem Chirurgenkittel und Mundschutz aus dem leeren Flügel kommen und nach draußen verschwinden sehen. Das war so ungewöhnlich, dass er jemanden geschickt hat, um den Flur zu kontrollieren. Der Patient hier wäre verblutet, wenn wir ihn nicht gefunden hätten.«

»Weiß jemand, wohin der Mann verschwunden ist?«, fragte Harry.

»Sie haben gesagt, er wäre einfach nach draußen gegangen.«

»Wann kommt der Patient wieder zu Bewusstsein?«

»Wir wissen noch nicht mal, ob er überlebt. Sie sehen übrigens so aus, als könnten Sie selbst einen Arzt gebrauchen.«

»Wir können im Augenblick nicht viel mehr machen, als die Blutung zu stoppen«, sagte die hohe Stimme.

Mehr Informationen bekam er nicht. Trotzdem blieb Harry stehen und trat schließlich zwei Schritte vor. Hielt an. Starrte in Mikael Bellmans weißes Gesicht. War er bei Bewusstsein? Schwer zu sagen.

Das eine Auge starrte ihn direkt an.

Das andere war weg.

Dort war nur noch ein schwarzes Loch mit blutigen Sehnen und weißen, heraushängenden Fasern.

Harry drehte sich um und ging nach draußen. Nahm das Handy aus seiner Tasche, während er auf der Jagd nach frischer Luft zum Ausgang lief.

»Ja?«

»Ståle?«

»Du hörst dich angespannt an, Harry.«

»Der Polizeischlächter hat sich Bellman geholt.«

»Geholt?«

»Er hat ihn operiert.«

»Wie meinst du das?«

»Er hat ihm ein Auge rausgeschnitten. Und ihn so zurückgelassen, dass er ohne fremde Hilfe verblutet wäre. Und der Polizeischlächter steht auch hinter der Explosion heute Abend, von der du sicher in den Nachrichten gehört hast. Er hat zwei Polizisten zu töten versucht, einer davon war ich. Ich muss wissen, was er denkt, ich bin mit meinem Latein echt am Ende.«

Es wurde still. Harry wartete, hörte Ståle Aunes schweren Atem. Und dann endlich seine Stimme.

»Ich weiß wirklich nicht ...«

»Das will ich nicht hören, Ståle. Tu so, als wüsstest du was, okay?«

»Okay, okay, Harry. Was ich sagen kann, ist, dass er die Kontrolle verloren hat. Der emotionale Druck ist eskaliert, er kocht jetzt über, deshalb folgt er auch nicht mehr seinen Mustern. Von jetzt ab kann er auf alle möglichen Ideen kommen.«

»Du sagst also, dass du keine Ahnung hast, wie sein nächster Zug aussieht?«

Erneutes Schweigen.

»Danke«, sagte Harry und legte auf. Das Telefon begann gleich darauf wieder zu klingeln. B für Bjørn.

»Ja?«

»Delta ist auf dem Weg zu Folkestads Adresse.«

»Gut! Sag ihnen, dass es sein kann, dass er im Moment auf dem Weg dorthin ist. Und dass wir ihnen eine Stunde geben, bevor wir offiziell die Fahndung rausgeben, damit er nicht vorher durch den Polizeifunk oder irgendwie sonst gewarnt werden kann. Ruf Katrine an und bitte sie, in den Heizungsraum zu kommen. Ich bin auf dem Weg.«

Als Harry an den Empfang kam, registrierte er, wie die Leute ihn anstarrten und vor ihm zurückwichen. Eine Frau schrie, und jemand tauchte hinter einem Tisch ab. Harry sah sich selbst im Spiegel hinter der Pforte.

Fast zwei Meter ausgebombter Mann, in der Hand noch immer die hässlichste Waffe der Welt.

»Tut mir leid, Leute«, murmelte Harry und ging durch die Schwingtür nach draußen.

»Was war los?«, fragte Bjørn.

»Nicht viel«, sagte Harry und streckte sein Gesicht in den Regen, der für einen Moment das Brennen auf seiner Haut löschte. »Du, ich bin nur fünf Minuten von zu Hause entfernt und mache einen Schlenker da vorbei, um kurz zu duschen, mich zu verpflastern und mir heile Klamotten anzuziehen.«

Sie legten auf, und Harry bemerkte den Ordnungsbeamten, der mit gezücktem Block neben seinem Wagen stand.

»Wollen Sie mir einen Strafzettel geben?«, fragte Harry.

»Sie versperren den Zugang zu einem Krankenhaus, da können Sie aber verflucht sicher sein, dass ich Sie aufschreibe«, sagte der Mann, ohne aufzublicken.

»Vielleicht sollten Sie besser einen Schritt zur Seite treten, damit ich das Auto wegfahren kann«, sagte Harry.

»Passen Sie auf, was Sie sagen, ich bin schließlich kein ...«, begann der Mann, hob den Blick und erstarrte, als er Harry und die Odessa sah. Er stand noch immer wie eine Salzsäule da, als Harry sich in den Wagen setzte, die Pistole wieder in seinem Rücken hinter den Gürtel schob, den Schlüssel umdrehte, die Kupplung kommen ließ und davonraste.

Harry bog auf den Slemdalsveien, gab Gas, fuhr an einer entgegenkommenden U-Bahn vorbei und schickte ein stilles Stoßgebet zum Himmel, dass Arnold Folkestad jetzt auf dem Weg nach Hause war.

Als er in den Holmenkollveien einbog, hoffte er, dass Rakel nicht durchdrehte, wenn sie ihn sah. Und dass Oleg ...

Mein Gott, wie er sich freute, sie zu sehen. Selbst jetzt, selbst so. Gerade jetzt.

Er bremste ab, um in die Einfahrt einzubiegen.

Und machte eine Vollbremsung. Setzte zurück. Starrte auf

die Autos, die am Bürgersteig parkten, hielt an und atmete durch die Nase aus.

Arnold Folkestad war tatsächlich auf dem Weg nach Hause gewesen. Genau wie er.

Zwischen zwei Autos, die etwas typischer für die Wohngegend waren – ein Audi und ein Mercedes – parkte ein Fiat unbestimmbaren Baujahres.

Kapitel 50

Harry stand ein paar Sekunden unter den Bäumen und beobachtete das Haus. Von seinem Platz aus konnte er keine Spuren eines Einbruchs erkennen, weder an der Tür mit den drei Schlössern noch an den Gittern der Fenster.

Er konnte natürlich nicht sicher sein, dass es Folkestads Fiat war, der unten auf der Straße stand. Viele fuhren Fiat. Aber die Motorhaube war noch warm gewesen. Seinen eigenen Wagen hatte er mitten auf der Straße stehen lassen.

Harry lief im Schutz der Bäume um das Haus herum.

Wartete, lauschte, konnte aber nichts hören.

Er schlich zur Hauswand. Streckte sich und schaute durch ein Fenster hinein. Alles war dunkel.

Er lief weiter und sah schließlich, dass in Küche und Wohnzimmer Licht brannte.

Wieder stellte er sich auf die Zehenspitzen und sah kurz hinein, bevor er den Kopf wieder einzog. Er drückte den Rücken an die schwarzen Balken und konzentrierte sich auf seinen Atem. Denn atmen musste er, sein Gehirn brauchte Sauerstoff, sonst konnte es nicht schnell genug denken.

Eine verdammte Festung. Und was hatte das genützt?

Er hatte sie.

Sie waren da.

Arnold Folkestad. Rakel. Und Oleg.

Harry konzentrierte sich und ging durch, was er gesehen hatte.

Sie saßen auf dem Flur, direkt hinter der Eingangstür.

Oleg auf einem Holzstuhl mitten im Raum, Rakel direkt hinter ihm. Sie stand. Er hatte einen weißen Knebel im Mund, und Rakel war dabei, ihn an den Stuhl zu fesseln. Ein paar Meter dahinter saß Arnold Folkestad in einem Sessel. Er hatte die Waffe auf sie gerichtet und gab Rakel allem Anschein nach Befehle.

Details. Folkestads Pistole war eine Heckler & Koch, die Standard-Polizeiwaffe. Verlässlich, die würde nicht patzen. Rakels Handy lag auf dem Wohnzimmertisch. Keiner von beiden sah bis jetzt verletzt aus. Bis jetzt.

Warum …?

Harry blieb bei dem Gedanken hängen. Er hatte keine Zeit, keinen Raum für das *Warum*, nur das *Wie* konnte Folkestad noch stoppen.

Von seiner jetzigen Position aus konnte Harry unmöglich schießen, wollte er nicht riskieren, Oleg oder Rakel zu treffen.

Harry reckte den Kopf über das Fensterbrett und tauchte gleich wieder ab.

Rakel war gleich mit ihrer Arbeit fertig.

Dann würde Folkestad mit seiner beginnen.

Er hatte den Schlagstock gesehen, der neben dem Sessel am Regal lehnte. Als Nächstes würde Folkestad Olegs Gesicht zertrümmern. Das Gesicht eines Jungen, der noch nicht einmal Polizist war. Dabei musste Folkestad doch eigentlich davon ausgehen, dass Harry tot war, da war die Rache doch vollkommen überflüssig, warum also …? Stopp!

Er musste Bjørn anrufen und Delta hierher umdirigieren. Aber sie waren im Wald auf der falschen Seite der Stadt. Das dauerte sicher eine Dreiviertelstunde. Verdammt, verdammt! Er musste das selber machen.

Harry redete sich selbst ein, dass er Zeit hatte.

Dass ihm viele Sekunden blieben, vielleicht eine Minute.

Auf ein Überraschungsmoment konnte er nicht hoffen, nicht bei drei Schlössern, die geöffnet werden mussten. Folkestad würde ihn hören und einem der beiden die Waffe an den Kopf halten, lange bevor er im Haus war.

Schnell, schnell! Eine andere Lösung, Harry!

Er nahm das Handy heraus. Wollte Bjørn eine SMS schicken. Aber seine Finger gehorchten ihm nicht, sie waren steif, gefühllos, als würden sie nicht mehr durchblutet.

Nicht jetzt, Harry, nicht einfrieren. Das ist ein ganz normaler Job, das sind nicht sie, das sind ... Opfer. Gesichtslose Opfer. Es sind ... die Frau, die du heiraten willst, und der Junge, der dich Papa genannt hat, als er klein war. Der Junge, den du nie enttäuschen wolltest und dessen Geburtstag du doch vergessen hast, und das – schon das – konnte dich in Panik versetzen, wenn du verzweifelt irgendetwas aus dem Hut zaubern musstest. Immer wieder.

Harry blinzelte.

Verdammter Falschspieler.

Das Handy auf dem Wohnzimmertisch. Er konnte sie anrufen und hoffen, dass Folkestad von seinem Platz aufstand, so dass Rakel und Oleg nicht mehr in der Schusslinie waren. Vielleicht konnte er ihn treffen, wenn er das Gespräch entgegennahm.

Aber wenn er es nicht tat, sondern einfach sitzen blieb?

Harry warf noch einen Blick hinein. Tauchte ab und hoffte, dass Folkestad die Bewegung nicht gesehen hatte. Der war nämlich mit dem Schlagstock in der Hand aufgestanden und hatte Rakel zur Seite geschoben. Sie stand noch immer im Weg. Aber selbst wenn er freie Schussbahn gehabt hätte, wäre es mehr als unwahrscheinlich, dass er aus zehn Metern Entfernung so gut traf, dass er Folkestad damit unmittelbar stoppen konnte. Dafür brauchte es eine präzisere Waffe als die rostige Odessa mit dem Riesenkaliber. Er musste näher ran. Wenn möglich weniger als zwei Meter.

Er hörte Rakels Stimme durch das Fenster.

»Nehmen Sie mich, bitte!«

Harry presste den Hinterkopf an die Wand und kniff die

Augen zu. Etwas tun, etwas tun, aber was? Mein Gott, was? Gib einem verdammten Falschspieler einen Tipp, er wird es dir danken mit ... was auch immer du willst. Harry holte tief Luft und flüsterte ein Versprechen.

Rakel starrte den Mann mit dem roten Bart an. Er stand direkt hinter Olegs Stuhl und hatte das Ende des Schlagstocks auf seine Schulter gelegt. In der anderen Hand hielt er die auf sie gerichtete Pistole.

»Es tut mir wirklich leid, Rakel, aber ich kann Ihren Sohn nicht verschonen, verstehen Sie. Er ist das eigentliche Ziel.«

»Aber warum?« Rakel merkte nicht, dass sie weinte, spürte nur die warmen Tränen auf ihren Wangen. Sie waren wie eine physische Reaktion, losgelöst von dem, was sie fühlte. Oder nicht fühlte. Taubheit. »Warum tun Sie das, Arnold? Das ist doch ... ist doch ...«

»Krank?« Arnold verzog das Gesicht zu einem bedauernden Lächeln. »Das hättet ihr wohl gerne, was? Dass wir alle uns mit grandiosen Rachephantasien herumschlagen, aber niemand von uns imstande ist, sie auch auszuführen.«

»Aber warum?«

»Weil ich in der Lage bin zu lieben, bin ich auch in der Lage zu hassen. Das heißt, inzwischen kann ich wohl nicht mehr lieben. Deshalb ist an diese Stelle jetzt ...«, er hob den Schlagstock leicht an, »... das hier getreten. Ich räche meinen Geliebten. René war für mich mehr als eine flüchtige Liebschaft. Er war mein ...«

Er stellte den Schlagstock auf den Boden, lehnte ihn an den Stuhl und griff in seine Tasche, ohne die Pistole auch nur einen Millimeter zu senken.

»... Augenstern. Der mir genommen wurde. Ohne dass irgendjemand etwas getan hätte.«

Rakel starrte auf das, was er ihr hinhielt. Sie wusste, dass sie schockiert sein sollte, gelähmt, ängstlich. Aber sie fühlte nichts, ihr Herz war längst eingefroren.

»Er hatte so schöne Augen, dieser Mikael Bellman. Deshalb habe ich ihm genommen, was er mir genommen hat. Das Beste, was er hatte.«

»Die Augen. Aber warum Oleg?«

»Verstehen Sie das wirklich nicht, Rakel? Er ist ein Samenkorn. Harry hat mir erzählt, dass er Polizist werden will. Und schon jetzt hat er seine Pflicht vernachlässigt, und das macht ihn zu einem von ihnen.«

»Pflicht? Was für eine Pflicht?«

»Die Pflicht, Mörder zu fassen und sie zu verurteilen. Er weiß, wer Gusto Hanssen getötet hat. Sie sehen überrascht aus, Rakel. Ich habe mir den Fall angesehen, und eine Sache ist klar: Wenn Oleg ihn nicht selbst umgebracht hat, weiß er zumindest, wer der Schuldige ist. Etwas anderes ist logisch betrachtet nicht möglich. Hat Harry Ihnen das nicht erzählt? Oleg war da, als Gusto ermordet wurde, Rakel. Und wissen Sie, was ich dachte, als ich Gusto auf den Tatortfotos gesehen habe? Wie schön er war. Er und René, das waren junge Menschen, die ihr Leben noch vor sich hatten.«

»Das gilt für meinen Jungen auch! Bitte, Arnold, Sie müssen das nicht tun.«

Als sie einen Schritt auf ihn zuging, hob er die Pistole an. Und zielte nicht auf sie, sondern auf Oleg.

»Machen Sie sich keine Sorgen, Rakel, Sie werden auch sterben. Sie sind selbst kein Ziel, aber eine Zeugin, die ich beseitigen muss.«

»Harry wird Sie entlarven. Und er wird Sie töten.«

»Es tut mir leid, Ihnen so viel Schmerz zufügen zu müssen, Rakel, ich mag Sie wirklich. Aber ich denke, ich sollte Ihnen sagen, dass Harry niemanden mehr entlarven wird. Ich fürchte, er ist bereits tot.«

Rakel starrte ihn ungläubig an. Es tat ihm wirklich leid. Das Telefon auf dem Tisch leuchtete plötzlich auf und gab einen einzelnen Pfeifton von sich. Sie warf einen Blick darauf.

»Sieht so aus, als würden Sie sich irren«, sagte sie.

Arnold Folkestad runzelte die Stirn. »Geben Sie mir das Telefon.«

Rakel nahm es und reichte es ihm. Er drückte den Lauf der Pistole in Olegs Nacken, während er sich das Handy schnappte. Er las schnell, bevor sein Blick wieder zu Rakel zuckte.

Lass Oleg das Geschenk nicht sehen.

»Was soll das denn heißen?«

Rakel zuckte mit den Schultern. »Auf jeden Fall, dass er lebt.«

»Unmöglich. Sie haben im Radio gesagt, dass meine Bombe hochgegangen ist.«

»Wollen Sie nicht lieber abhauen, Arnold? Bevor es zu spät ist?«

Folkestad blinzelte nachdenklich, während er sie anstarrte. Durch sie hindurchstarrte.

»Verstehe. Jemand ist Harry zuvorgekommen. Ist in die Wohnung gegangen, und dann ... *Kaboom*. Klar.« Er lachte kurz. »Harry kommt jetzt von da, oder? Er ahnt nichts Böses. Ich kann euch vorher erschießen und dann einfach darauf warten, dass er zur Tür hereinkommt.«

Er sah aus, als ginge er diese Gedanken noch einmal durch, und nickte. Dann richtete er die Waffe auf Rakel.

Oleg zerrte auf dem Stuhl an seinen Fesseln, versuchte sich zu befreien und stöhnte verzweifelt in den Knebel. Rakel starrte in die Mündung der Pistole. Spürte, dass ihr Herz aussetzte. Als hätte ihr Kopf das Unausweichliche akzeptiert und würde langsam abschalten. Sie hatte keine Angst mehr. Sie wollte sterben. Für Oleg. Vielleicht war Harry ja hier, bevor ... Vielleicht konnte er Oleg ja noch retten. Denn sie wusste etwas. Sie schloss die Augen. Wartete auf etwas, von dem sie nicht wusste, was es war. Ein Schlag, ein Stich, ein Schmerz. Das Dunkel. Sie hatte keine Götter, zu denen sie beten konnte.

Schlüssel klirrten im Schloss.
Sie öffnete die Augen.
Arnold hatte die Waffe gesenkt und starrte auf die Tür.
Eine kleine Pause. Dann begannen die Schlüssel erneut zu klirren.
Arnold trat einen Schritt zurück, nahm die Decke vom Sessel und warf sie über Oleg, so dass er und der Stuhl verdeckt waren.
»Lass dir nichts anmerken«, flüsterte er. »Ein Wort, und ich schieße deinem Sohn eine Kugel in den Nacken.«
Es klirrte zum dritten Mal. Arnold hatte hinter dem Stuhl Stellung bezogen, so dass die Pistole vom Hauseingang aus nicht zu sehen war.
Dann ging die Tür auf.
Und da stand er. Groß, mit breitem Lächeln, offener Jacke und kaputtem Gesicht.
»Arnold!«, rief er freudestrahlend. »Wie nett, dich zu sehen!«
Arnold antwortete mit einem Lachen. »Wie siehst du denn aus, Harry? Was ist passiert?«
»Der Polizeischlächter. Eine Bombe.«
»Wirklich?«
»Nichts Ernstes. Was führt dich her?«
»Ach, ich war einfach in der Gegend. Und da kam mir in den Sinn, dass wir noch ein paar Termine absprechen sollten. Vielleicht kannst du dir das gerade mal eben anschauen?«
»Nicht bevor ich diese Dame da richtig in die Arme genommen habe«, sagte er und breitete die Arme aus, in die Rakel sich warf. »Wie war dein Flug, Liebste?«
Arnold räusperte sich. »Wäre nett, wenn Sie ihn wieder loslassen würden, Rakel, ich habe heute Abend noch andere Dinge vor.«
»Jetzt bist du aber streng, Arnold«, sagte Harry lachend, ließ Rakel los, schob sie von sich weg und zog seine Jacke aus.
»Komm her«, sagte Arnold.

»Hier ist besseres Licht, Arnold.«
»Mein Knie tut weh, komm du her.«
Harry beugte sich runter und schnürte seine Schuhe auf. »Ich habe heute eine heftige Explosion miterlebt, da verzeihst du mir doch wohl, dass ich mir erst die Schuhe ausziehen will. Wenn du gehst, musst du dein Knie ja doch bewegen, also komm mit deinem Zeitplan her, wenn es so dringend ist.«

Harry starrte auf seine Schuhe. Der Abstand von der Stelle, wo er kniete, bis zu Arnold und dem Stuhl mit der Decke betrug vielleicht sechs oder sieben Meter. Zu weit für jemanden, der Harry erst vor kurzem erzählt hatte, dass seine Sehfähigkeit und sein Zittern so stark waren, dass er ein Ziel schon einen halben Meter vor sich haben musste, um zu treffen. Und jetzt war das Ziel auch noch kleiner geworden, weil es sich hingehockt und nach unten gebeugt hatte, um mit den Schultern den Oberkörper zu schützen.

Er zupfte an den Schnürsenkeln herum, als wollten sie nicht aufgehen.

Er musste es schaffen, Arnold zu sich zu locken.

Denn sie hatten nur eine Chance. Und vielleicht war es genau das, was ihn mit einem Mal so unglaublich ruhig und entspannt werden ließ. *All in.* Der Einsatz war gemacht. Der Rest oblag dem Schicksal.

Vielleicht war es diese Ruhe, die Arnold spürte.

»Wie du willst, Harry.«

Harry hörte Arnold näher kommen. Er konzentrierte sich weiter auf seine Schnürbänder. Wusste, dass Oleg auf dem Stuhl saß. Der Junge war vollkommen still, als wüsste er genau, was vor sich ging.

Jetzt ging Arnold an Rakel vorbei.

Damit war der Augenblick gekommen.

Harry blickte auf. Starrte in das schwarze Auge der Pistolenmündung, das ihn aus zwanzig, dreißig Zentimeter Entfernung anstarrte.

Seit er das Haus betreten hatte, wusste er, dass der geringste Fehler, eine noch so kleine Bewegung, Arnold dazu verleiten konnte zu schießen. Zuerst auf den, der ihm am nächsten war. Oleg. Wusste Arnold, dass Harry bewaffnet war? Dass er zu dem fingierten Treffen mit Truls Berntsen eine Pistole mitgenommen hatte?

Vielleicht, vielleicht auch nicht.

Aber das war ohnehin gleichgültig. Harry würde es nicht mehr schaffen, eine Waffe zu ziehen, wo auch immer er sie hatte.

»Arnold, warum ...?«

»Leb wohl, mein Freund.«

Harry sah, wie Arnold Folkestads Finger sich um den Abzug legte und krümmte.

Und er wusste, dass er nicht kommen würde, der klare Moment, die Einsicht, die wir am Ende unserer Reise erwarten. Weder die große Erkenntnis, warum wir geboren wurden und starben, noch was der Sinn der Zeit dazwischen war. Noch nicht einmal die kleinste Erkenntnis, die erklärte, was einen Menschen wie Folkestad dazu brachte, sein eigenes Leben zu opfern, um das von anderen zu zerstören. Stattdessen war da die immer gleiche Synkope, der schnelle Tod, diese banale, aber logisch platzierte Pause inmitten des Wortes: Wa-rum.

Das Pulver entzündete sich mit – buchstäblich – explosionsartiger Wucht, und der dabei entstehende Druck schleuderte das Projektil mit einer Geschwindigkeit von rund dreihundertsechzig Metern pro Sekunde aus seiner Messinghülse. Das weiche Blei verformte sich durch die Ritzen und Kerben im Lauf, die die Kugel in eine Drehbewegung versetzten, so dass sie stabiler durch die Luft flog. Was in diesem Fall nicht nötig war. Denn schon nach wenigen Zentimetern drang das Blei in den Schädel ein und bremste auf dem Weg durch den Knochen ab. Als die Kugel das Gehirn erreichte, betrug die Geschwindigkeit noch dreihundert Kilometer in der Stunde. Das Projektil passierte und zerstörte zuerst die Hirnrinde und lähmte damit alle Bewegungen, danach durchschlug es den Schläfenlappen, setzte alle Funktionen von *Lobus dexter* und *Lobus frontalis* außer Kraft, streifte den Sehnerv und traf die Innenseite des Schädels auf der gegenüberliegenden Seite. Der Auftreffwinkel und die geringere Geschwindigkeit bewirkten, dass die Kugel, statt auszutreten, zurückgeworfen wurde und andere Teile des Schädelinneren traf, wobei sie immer langsamer wurde, bis sie schließlich stoppte. Zu diesem Zeitpunkt hatte sie bereits so viel Schaden angerichtet, dass das Herz zu schlagen aufgehört hatte.

Kapitel 51

Katrine schauderte und suchte Schutz in Bjørns Arm. Es war kalt in dem großen Kirchenraum. Ebenso kalt wie draußen, sie hätte sich definitiv wärmer anziehen sollen.

Sie wartete. Wie alle anderen in der Kirche von Oppsal. Es wurde gehustet. Warum mussten die Menschen immer husten, wenn sie in eine Kirche kamen? Schnürten Kirchenräume den Menschen den Hals zu? Oder wurde ihre Angst, Geräusche zu machen, die durch die Akustik verstärkt werden würden, zu einem Motor für eine Art Zwangshandlung? Vielleicht war es auch nur ein natürlicher Reflex, aufgestaute Gefühle loszuwerden, sie auszuspucken, statt unter Tränen oder Lachen zusammenzubrechen.

Katrine sah sich um. Es waren nicht viele gekommen, nur die Allernächsten. So wenige wie mit ihrem ersten Buchstaben in Harrys Handy gespeichert waren. Sie sah Ståle Aune. Ausnahmsweise einmal mit Schlips. Seine Frau. Gunnar Hagen, auch mit Frau.

Sie seufzte. Sie hätte sich wirklich was Wärmeres anziehen sollen. Bjørn in seinem dunklen Anzug schien nicht zu frieren. Sie hatte nicht gewusst, dass er in einem Anzug so gut aussah. Sie wischte über seinen Kragen. Nicht weil dort etwas gewesen wäre, sondern weil sie die Geste mochte. Eine intime Liebesbekundung. Wie Affen, die sich gegenseitig lausen.

Der Fall war gelöst.

Einen Moment lang hatten sie gefürchtet, ihn verloren zu haben, dass Arnold Folkestad – jetzt auch bekannt als der Polizeischlächter – entkommen war, sich ins Ausland abgesetzt oder irgendeinen Unterschlupf auf dem Land gefunden hatte. Aber das hätte schon ein tiefes, dunkles Loch sein müssen, da im Laufe von nur vierundzwanzig Stunden die Fahndungsmeldung so gründlich über alle Medien verbreitet worden war, dass es niemanden im ganzen Land gab, der nicht wusste, wer Arnold Folkestad war und wie er aussah. Katrine erinnerte sich daran, wie nah sie ihm im Laufe der Ermittlungen gekommen waren, als Harry sie gebeten hatte, alle Verbindungen von René Kalsnes mit Polizisten herauszusuchen. Hätte sie damals die Suche auf *ehemalige* Polizisten ausgeweitet, hätte sie Arnold Folkestads Beziehung zu dem jungen Mann entdeckt.

Sie beendete das Wischen auf Bjørns Kragen, und er lächelte sie dankbar an. Ein schnelles, verkrampftes Lächeln. Nur ein leichtes Zittern der Kinnpartie. Gleich würde er zu weinen anfangen. An diesem Tag würde sie Bjørn Holm zum ersten Mal weinen sehen. Sie hustete.

Mikael Bellman setzte sich auf den äußersten Platz der Reihe. Sah auf die Uhr.

In einer Dreiviertelstunde hatte er das nächste Interview. *Stern*. Eine Million Leser. Wieder ein ausländischer Journalist, der die Geschichte hören wollte, wie der junge Polizeipräsident Woche um Woche, Monat um Monat unermüdlich gearbeitet hatte, um den Mörder zu fassen, und dann am Ende selbst Opfer des Polizeischlächters wurde. Und Mikael würde wieder diese kleine Pause einlegen, bevor er sagte, dass das Auge, das er geopfert hatte, ein kleiner Preis für das war, was er erreicht hatte: Er hatte den irren Mörder daran gehindert, noch weitere seiner Männer zu töten.

Mikael Bellman zog den Ärmel seines Hemdes über die Uhr. Sie hätten längst anfangen sollen, worauf warteten sie? Er hatte sich lange überlegt, was er an diesem Tag anziehen sollte. Schwarz, passend zur Gelegenheit und der Augenklappe? Diese Klappe war ein Glücksfall, sie erzählte seine Geschichte nach außen so dramatisch und effektiv, dass er laut *Aftenposten* in diesem Jahr der im Ausland am häufigsten abgelichtete Norweger war. Oder sollte er sich für etwas Dunkles, Neutraleres entscheiden, das in dem anschließenden Interview nicht so auffallen würde? Außerdem musste er ja direkt vom Interview zur Senatssitzung, weshalb Ulla den neutraleren Anzug vorgezogen hatte.

Mist, wenn die jetzt nicht anfingen, würde er zu spät kommen. Er horchte in sich hinein. Fühlte er etwas? Nein. Was sollte er fühlen? Schließlich ging es um Harry Hole, nicht gerade sein engster Freund, ja nicht einmal ein Mitarbeiter des Polizeidistrikts Oslo. Da aber draußen die Presse warten konnte, machte es sich PR-mäßig gut, in der Kirche gewesen zu sein. Schließlich war nicht wegzudiskutieren, dass Hole als Erster seinen Finger auf Folkestad gerichtet hatte, und das war nun unweigerlich eine Verbindung zwischen Harry und ihm. Die PR würde von nun an noch wichtiger sein. Er wusste bereits, worum es in der Sitzung mit dem Senat gehen würde. Die Partei hatte mit Isabelle Skøyen eine profilierte Persönlichkeit verloren und war auf der Suche nach Ersatz. Eine populäre, respektierte Gestalt, die sie gerne in ihrem Team hätten, um die Geschicke der Stadt zu lenken. Bei seinem Anruf hatte der Senatsleiter ihn zuerst nur gelobt und darauf hingewiesen, wie sympathisch und reflektiert er in dem Porträt im Magazin gewirkt habe. Und dann hatte er ihn gefragt, ob das politische Programm der Partei weitestgehend mit Mikael Bellmans eigenen politischen Standpunkten harmonierte.

Harmonierte.
Die Geschicke der Stadt.
Mikael Bellmans Stadt.
Jetzt fangt doch endlich mit dem Orgelvorspiel an.

Bjørn Holm spürte Katrine in seinem Arm zittern, den kalten Schweiß unter seinem Anzug, und dachte, dass es ein langer

Tag werden würde. Ein langer Tag, bis er und Katrine die Kleider ablegen und ins Bett kriechen konnten. Gemeinsam. Ihr Leben weiterleben. Wie das Leben für alle weiterging, die noch da waren, ob sie nun wollten oder nicht. Und als er seinen Blick über die Bankreihen schweifen ließ, dachte er an all jene, die *nicht* mehr da waren. An Beate Lønn. An Erlend Vennesla, Anton Mittet, an die Tochter von Roar Midtstuen, und an Rakel und Oleg Fauke, die auch nicht anwesend waren. Sie hatten einen hohen Preis dafür bezahlt, sich mit dem Mann verbunden zu haben, der jetzt vorne vor dem Altar platziert worden war. Harry Hole.

Und auf seltsame Weise war es, als ob der da vorn weiterhin das war, was er immer gewesen war, ein schwarzes Loch, das alles Gute, das ihn umgab, in sich saugte und die Liebe verzehrte. Die Liebe, die ihm gegeben wurde, ebenso wie die, die ihm verwehrt wurde.

Katrine hatte ihm gestern, nachdem sie ins Bett gegangen waren, erzählt, dass auch sie einmal in Harry Hole verliebt gewesen war. Nicht weil er es verdient hatte, sondern weil es unmöglich gewesen war, ihn nicht zu lieben. Ebenso unmöglich, wie ihn einzufangen, zu behalten und mit ihm zu leben. Ja, doch, sie hatte ihn geliebt. Aber die Liebe war vorübergegangen, das Begehren etwas abgekühlt. Die kleine Narbe, die von dem Liebeskummer geblieben war, den sie mit vielen Frauen teilte, würde aber immer da sein. Er war einer, der ihnen für eine kurze Zeit geliehen worden war. Und jetzt war es vorbei. Bjørn hatte sie an diesem Punkt gebeten, nicht weiterzusprechen.

Die Orgel setzte ein. Bjørn hatte schon immer eine Schwäche für Orgeln gehabt. Mutters Heimorgel zu Hause in Skreia, die B3-Orgel von Gregg Allman, die knarrenden Blasebälge alter Orgeln, die einen Psalm spielten. Das war, wie in einer mit warmen Tönen gefüllten Badewanne zu sitzen und zu hoffen, dass die Tränen nicht die Überhand gewannen.

Sie hatten Arnold Folkestad nicht gefasst, das hatte er selbst erledigt.

Vermutlich hatte er das Gefühl gehabt, seinen Auftrag vollendet zu haben, und damit auch sein Leben, weshalb er das einzig Logische getan hatte. Drei Tage hatte es gedauert, bis sie ihn gefunden hatten. Drei Tage der verzweifelten Suche. In dieser Zeit schien das ganze Land auf den Beinen gewesen zu sein. Vielleicht war es deshalb wie eine Antiklimax gewesen, als die Meldung kam, dass sie ihn in einem Wald im Maridalen entdeckt hatten, nur hundert Meter von der Stelle entfernt, an der Erlend Vennesla gefunden worden war. Mit einem kleinen, beinahe diskreten Loch im Kopf und einer Pistole in der Hand. Sein Wagen hatte sie auf die Spur gebracht, der alte Fiat war auf einem Wanderparkplatz entdeckt worden.

Bjørn selbst hatte die Spurensicherung geleitet. Arnold Folkestad hatte im Heidekraut auf dem Rücken gelegen und dabei so unschuldig ausgesehen. Er lag unter einem kleinen Stück offenem Himmel, ungeschützt von den umstehenden Bäumen. In seinen Taschen hatten sie Schlüssel gefunden, unter anderem für den Fiat und das Schloss der gesprengten Wohnung in der Hausmanns gate 92, eine ziemlich verbreitete Glock 17, vielleicht als Alternative zu der Waffe, die er in der Hand gehalten hatte, und ein Portemonnaie, in dem unter anderem das abgegriffene Foto eines jungen Mannes steckte, in dem Bjørn sogleich René Kalsnes erkannt hatte.

Da es seit mindestens einem Tag ununterbrochen geregnet und die Leiche schon drei Tage unter offenem Himmel gelegen hatte, waren nicht mehr viele Spuren zu finden gewesen. Aber das machte nichts, sie hatten, was sie brauchten. An der Haut rund um das Einschussloch waren Schmauchspuren, und die Ballistik ergab, dass die Kugel in seinem Kopf aus der Waffe stammte, die er in der Hand hielt.

Deshalb hatte man sich bei den Ermittlungen nicht darauf konzentriert, sondern auf sein Haus, in dem sie so gut wie alles gefunden hatten, um die Polizistenmorde endgültig aufzuklären. Schlagstöcke mit Blut und Haaren von den Ermordeten, eine Säbelsäge mit Beate Lønns DNA, einen Spaten mit

Erd- und Lehmresten, die zu der Erde auf dem Friedhof Vestre Gravlund passten, Kabelbinder, Polizeiabsperrband, wie es am Tatort in Drammen gefunden worden war, und Stiefel mit dem Profil, das sie am Tryvann aufgenommen hatten. Sie hatten alles. Keine offenen Fragen. An diesem Punkt hatte nur noch der Bericht ausgestanden. Der Fall war abgeschlossen. Danach folgte, wovon Harry so oft gesprochen hatte, was Bjørn Holm bis dahin aber noch nie erlebt hatte – die Leere.

Weil es plötzlich keine Fortsetzung mehr gab.

Nicht, wie wenn man ein Ziel erreicht hatte, in einen Hafen oder Bahnhof eingefahren war.

Sondern so, als würden die Schienen, der Asphalt, die Brücke plötzlich unter einem verschwinden. Als ob der Weg mit einem Mal zu Ende und vor einem nichts als Leere war.

Abgeschlossen. Er hasste dieses Wort.

Deshalb hatte er sich aus purer Verzweiflung noch mehr in die Ermittlung der urspünglichen Morde verbissen. Und das gefunden, wonach er gesucht hatte, den Link zwischen dem Mord an dem Mädchen am Tryvann, Judas Johansen und Valentin Gjertsen. Ein Viertel-Fingerabdruck, der nicht zugewiesen werden konnte, mit dreißigprozentiger Wahrscheinlichkeit aber passte, was nicht zu verachten war. Nein, die Sache war nicht abgeschlossen. Sie war nie abgeschlossen.

»Jetzt fangen sie an.«

Es war Katrine. Ihre Lippen berührten fast sein Ohr. Die Orgel schwoll an, wurde zu Musik, einem Lied, das er kannte. Bjørn schluckte beklommen.

Gunnar Hagen schloss für einen Moment die Augen und lauschte nur der Musik. Er wollte nicht denken, aber die Gedanken ließen sich nicht ausblenden. Der Fall war beendet. Alles war beendet. Sie hatten begraben, was begraben werden musste. Aber trotzdem war da etwas, das er nicht greifen und wohl niemals unter die Erde bringen konnte. Er hatte mit niemandem darüber gesprochen, es nie auch nur erwähnt, weil man es jetzt für nichts mehr gebrauchen konnte. Die Worte, die Asajev ihm mit heiserer Stimme zugeflüstert hatte, als er die wenigen Sekunden in seinem Krankenzimmer gewesen war: »Was können Sie mir anbieten, wenn ich Ihnen anbiete, eine Aussage gegen Isabelle Skøyen zu machen?« Und: »Ich weiß nicht, wer es ist, aber ich weiß, dass sie mit einem hohen Tier bei der Polizei zusammengearbeitet hat.«

Die Worte waren das Echo eines toten Mannes. Nicht zu beweisende Behauptungen, die jetzt, da Skøyen nicht mehr im Amt war, mehr schaden als nutzen konnten.

Deshalb hatte er sie für sich behalten.

Und deshalb würde er sie auch weiterhin für sich behalten.

Wie Anton Mittet diesen verfluchten Schlagstock.

Die Entscheidung war gefallen, hielt ihn nachts aber noch immer wach. *Ich weiß, dass sie mit einem hohen Tier bei der Polizei zusammengearbeitet hat.*

Gunnar Hagen öffnete die Augen wieder.

Ließ den Blick langsam über die Versammlung gleiten.

Truls Berntsen saß bei heruntergelassenem Fenster in seinem Suzuki Vitara, so dass er die Orgelmusik aus der kleinen Kirche hörte. Die Sonne schien von einem wolkenlosen Himmel. Es war warm und unangenehm. Oppsal hatte ihm noch nie gefallen. Nur Pöbel. Außerdem hatte er hier reichlich Prügel bezogen. Wenn auch nicht so viel wie in der Hausmanns gate. Zum Glück hatte es schlimmer ausgesehen, als es war. Und im Krankenhaus hatte Mikael ihn damit getröstet, dass das mit dem Gesicht ja nicht so schlimm sei, wenn man vorher schon so hässlich wie er gewesen sei, und wo kein Hirn sei, könne eine Gehirnerschütterung ja auch keinen Schaden anrichten.

Natürlich war das ein Witz gewesen, und Truls hatte sich auch an seinem Schnauben versucht, um ihn zu honorieren, aber der gebrochene Kiefer und das zerschmetterte Nasenbein hatten zu weh getan.

Er nahm noch immer starke Schmerzmittel, sein ganzer Kopf war verpflastert, und natürlich durfte er noch nicht Auto fahren, aber was sollte er tun? Er konnte doch nicht einfach zu Hause rumsitzen und darauf warten, dass der Schwindel verschwand und seine Wunden verheilt waren. Megan Fox hatte begonnen, ihn zu langweilen, und eigentlich hatte der Arzt ihm auch das Fernsehen verboten. Da konnte er doch ebenso gut hier sitzen. In einem Auto vor einer Kirche, um ... Ja, um was zu tun? Um einem Mann Respekt zu erweisen, für den er nie Respekt empfunden hatte? Eine leere Geste für einen verdammten Idioten, der nicht wusste, was für ihn selbst das Beste war, sondern stattdessen das Leben desjenigen rettete, an dessen Tod man nur verdienen konnte? Verdammt, wenn er nur wüsste. Wenn er nur wüsste, ob er wieder zurück in seinen Job konnte, wenn es ihm wieder besserging. Denn dann würde die Stadt wieder seine Stadt werden.

Rakel atmete ein und aus. Ihre klammen, kalten Finger hielten den Blumenstrauß. Sie starrte auf die Tür. Dachte an die Menschen, die dort drinnen saßen. Freunde, Familie, Bekannte. Der Pastor. Nicht, dass es so viele waren, aber sie warteten. Konnten ohne sie nicht anfangen.
»Versprichst du mir, nicht zu weinen?«, fragte Oleg.
»Nein«, sagte sie, lächelte ihn an und streichelte ihm über die Wange. Er war so groß geworden. Ein hübscher Kerl. Größer als sie. Sie hatte ihm einen dunklen Anzug kaufen müssen, und als sie im Laden gestanden und Maß genommen hatten, war ihr bewusst geworden, dass ihr eigener Sohn im Begriff war, zu Harrys 193 Zentimetern aufzuschließen. Sie seufzte.
»Wir sollten reingehen«, sagte sie und hakte sich bei ihm ein.
Oleg öffnete die Tür, der Kirchendiener, der dahinter stand, nickte ihm zu, und dann machten sie sich auf den Weg über den Mittelgang. Und während Rakel die Gesichter sah, die alle ihr zugewandt waren, spürte sie ihre Nervosität schwinden. Es war nicht ihre Idee gewesen, sie wollte das eigentlich nicht,

aber schließlich hatte Oleg sie überredet. Er meinte, es sei vollkommen richtig, dass es so endete. Genau das waren seine Worte gewesen, dass es so endete. Dabei war es doch eigentlich ein Anfang. Der Beginn eines neuen Kapitels in ihrem Leben. Auf jeden Fall fühlte es sich so an. Und plötzlich empfand sie es als vollkommen richtig, hier zu sein.

Sie spürte, wie sich das Lächeln auf ihrem Gesicht ausbreitete und das Lächeln all der anderen erwiderte. Noch breiter durften die Gäste und sie nicht lächeln, wenn es kein Unglück geben sollte. Sie dachte an das Geräusch zerreißender Gesichter, aber statt zu schaudern, begann es in ihrem Bauch zu glucksen. Jetzt bloß nicht lachen, sagte sie zu sich selbst. Nicht jetzt. Sie merkte, dass Oleg, der sich bis jetzt darauf konzentriert hatte, im Takt mit der Orgelmusik zu gehen, die Vibration in ihr spürte und sie ansah. Sie begegnete seinem warnenden Blick. Der nichts nützte. Seine Mutter begann zu lachen, hier und jetzt. Was er dermaßen unpassend fand, dass auch er fast lachen musste.

Um die Gedanken auf etwas anderes zu lenken, auf das, was gleich geschehen sollte, auf den Ernst der Situation, heftete sie ihren Blick auf den, der vorne am Altar wartete. Harry. In Schwarz.

Er stand ihnen zugewandt, und in seinem hübschen, potthässlichen Gesicht prangte ein idiotisches Grinsen. Aufrecht und stolz wie ein Hahn. Als Oleg und er Rücken an Rücken bei Gunnar Øye gestanden hatten, hatte der Verkäufer festgestellt, dass sie nur noch drei Zentimeter trennten, zu Harrys Gunsten. Die beiden großen Jungs hatten natürlich nichts Besseres zu tun gehabt, als ihre Handflächen zusammenzuklatschen, als wäre auch das irgendein Wettkampf zwischen ihnen, dessen Ergebnis sie glücklich machte.

Doch jetzt, in diesem Moment, sah Harry ziemlich erwachsen aus. Die Strahlen der Junisonne fielen durch das farbige Glasmosaik und hüllten ihn in ein himmlisches Licht, so dass er größer als sonst wirkte. Und dabei so entspannt wie immer.

Erst hatte sie nicht verstanden, wie er nach all dem, was passiert war, so entspannt sein konnte. Doch dann hatte diese Entspannung auch auf sie abgefärbt, seine Ruhe, sein unerschütterlicher Glaube, dass jetzt endlich alles geregelt war. In den ersten Wochen nach der Begegnung mit Arnold Folkestad hatte sie nicht schlafen können, obwohl Harry dicht neben ihr gelegen und ihr ins Ohr geflüstert hatte, dass alles vorbei war. Dass alles gut war. Dass sie außer Gefahr waren. Er hatte die gleichen Worte Abend für Abend wiederholt, wie ein einschläferndes Mantra, das aber trotzdem keinen Schlaf gebracht hatte. Aber irgendwann hatte sie dann doch begonnen, ihm zu glauben. Und nach ein paar weiteren Wochen hatte sie gewusst, dass es stimmte, dass wirklich alles geregelt war. Ab da hatte sie schlafen können. Tief und ohne Träume, an die sie sich erinnern konnte, bis sie davon aufwachte, dass er im Morgenlicht aus dem Bett aufstand. Sie hatte so getan, als merkte sie es nicht. Sie wusste, wie stolz und zufrieden er war, wenn sie erst wach wurde, wenn er mit dem Frühstückstablett vor dem Bett stand und sie mit einem Räuspern weckte.

Oleg hatte es aufgegeben, mit Mendelssohn und dem Organisten Schritt halten zu wollen, und für Rakel war das in Ordnung, sie musste bei jedem seiner Schritte ohnehin zwei machen. Sie hatten beschlossen, dass Oleg eine Doppelfunktion haben sollte. Eigentlich eine vollkommen logische Entscheidung. Oleg sollte sie zum Altar führen, sie Harry übergeben und dann als ihr Trauzeuge fungieren.

Harry selbst hatte niemanden. Das heißt, er hatte die, für die er sich am Anfang entschieden hatte. Der Stuhl des Trauzeugen auf seiner Seite des Altars war leer, aber auf der Sitzfläche stand ein Bild von Beate Lønn.

Jetzt waren sie angekommen. Und Harry hatte sie auf dem ganzen Weg nicht eine Sekunde aus den Augen gelassen.

Sie hatte nie verstanden, wie ein Mann mit einem derart niedrigen Ruhepuls, der tagelang in seiner eigenen Welt versunken sein konnte, ohne zu reden und ohne dass etwas geschah, einfach einen Schalter umlegen konnte, so dass plötzlich alles – jede tickende Sekunde – ganz scharfe Konturen bekam, und man jede Zehntel-, Hundertstelsekunde mit ihm unendlich intensiv erlebte. Wie er mit ruhiger, rauer Stimme und ganz wenigen Worten im Laufe eines siebengängigen Menüs mehr Emotionen, Informationen, Verwunderung, Bosheit und Intelligenz ausdrückte als all die Schwätzer, die sie kannte.

Und dann war da dieser Blick. Der sie auf seine empfindsame, fast schüchterne Art einfach nur festhielt und zwang, da zu sein.

Rakel Fauke würde den Mann heiraten, den sie liebte.

Harry sah sie an. Sie war so schön, dass ihm die Tränen kamen. Das hatte er wirklich nicht erwartet. Nicht dass sie schön war; es verstand sich von selbst, dass Rakel Fauke in einem weißen Brautkleid atemberaubend gut aussehen würde. Aber dass er so reagieren würde. Er hatte sich am meisten davor gefürchtet, dass es zu lange dauern oder der Pastor zu vergeistigt oder fromm daherreden würde. Dass er wie üblich bei Anlässen, die an die wirklich großen Gefühle appellierten, immun war, taub, ein kühler, etwas enttäuschter Beobachter der Gefühlsregungen der anderen und seiner eigenen Nüchternheit. Aber er hatte sich fest vorgenommen, seine Rolle so gut wie möglich zu spielen. Schließlich hatte er selbst auf dieser kirchlichen Trauung bestanden. Und jetzt stand er hier und hatte Tränen in den Augen. Echte, dicke, salzige Tränen. Harry kniff die Augen zusammen, und Rakel sah ihn an. Nicht mit einem Jetzt-sehe-ich-dich-an-und-alle-Gäste-sehen-dass-ich-dich-ansehe-und-deshalb-versuche-ich-glücklich-auszusehen-Blick.

Sondern mit dem Blick eines Mannschaftskameraden.

Dem Blick eines Menschen, der dir sagt, das kriegen wir hin, du und ich. *Let's put on a show.*

Dann lächelte sie. Und Harry bemerkte, dass auch er lächelte, ohne zu wissen, wer von ihnen beiden damit angefangen hatte. Sie zitterte leicht, ein innerliches Lachen, das immer stärker wurde, bis es irgendwann rausmusste. Ernste Situationen hatten bei ihr häufig diese Wirkung. Wie auch bei ihm, weshalb er, um nicht zu lachen, zu Oleg sah. Aber auch von dort war keine Hilfe zu erwarten, da auch er aussah, als würde er jeden Moment losprusten. Harry rettete sich für den Moment, indem er den Blick niederschlug und die Augen zukniff.

Was für eine Mannschaft, dachte Harry stolz und richtete seinen Blick auf den Pastor.

Diese Mannschaft hatte den Polizeischlächter besiegt.

Rakel hatte die SMS verstanden. *Lass Oleg das Geschenk nicht sehen.* Vertraut und simpel genug, damit Arnold Folkestad kein Misstrauen schöpfte. Und klar genug, damit Rakel verstand, was er wollte. Der alte Geburtstagstrick.

Als er ins Haus gekommen war, hatte sie ihn umarmt und sich das geschnappt, was hinter seinem Rücken unter dem Gürtel klemmte. Danach war sie mit den Händen vor dem Körper einen Schritt zurückgetreten, so dass der, der hinter ihr stand, nicht sehen konnte, dass sie etwas in den Händen hielt. Eine geladene, entsicherte Odessa.

Erstaunlicher war, dass auch Oleg verstanden hatte. Er war still gewesen, wusste, dass er nicht stören durfte, was gerade ablief. Was nur bedeuten konnte, dass er diesen Geburtstagstrick schon immer durchschaut hatte, ohne jemals ein Wort gesagt zu haben. Was für eine Mannschaft.

Sie hatten Arnold dazu gebracht, zu Harry zu treten, so dass Rakel blitzschnell hinter ihm war und aus nächster Nähe den Schuss auf Folkestads Schläfe abfeuern konnte, als dieser Harry erschießen wollte.

Eine verdammt unüberwindliche Siegertruppe, anders konnte man das nicht nennen.

Harry zog die Nase hoch und fragte sich, ob die Riesentropfen in seinen Augenwinkeln hängenbleiben würden oder ob er sie wegwischen musste, bevor sie sich auf den Weg über die Wangen machten.

Sie hatte ihn gefragt, warum er darauf bestand, kirchlich zu heiraten, wo er doch ungefähr so religiös wie eine chemische Formel sei. Das Gleiche galt für sie, trotz der katholischen Erziehung, die sie genossen hatte. Harry hatte geantwortet, dass er vor ihrem Haus einem fiktiven Gott versprochen hatte, dieses idiotische Ritual über sich ergehen und ihre Ehe im Namen Gottes weihen zu lassen, falls das alles gut ausging. Rakel hatte laut gelacht und gesagt, das sei kein Gottvertrauen, sondern eine avancierte Form von Knochenpoker, Kindereien, dass sie ihn aber liebte und natürlich in einer Kirche heiraten würde.

Nachdem sie Oleg befreit hatten, hatten sie sich in einer einzigen Umarmung wiedergefunden. Eine lange, stille Minute, in der sie drei einfach nur dagestanden und sich gedrückt und gestreichelt hatten, um sicherzugehen, dass keiner verletzt war. Der Knall und der Geruch des Schusses hingen noch immer in der Luft, sie mussten warten, bis das weg war, ehe sie weitermachen konnten. Anschließend hatte Hole sie alle an den Küchentisch gebeten und ihnen Kaffee aus der Maschine eingeschüttet, die noch lief.

Er hatte sich hingesetzt, einen Schluck aus seiner Tasse genommen und einen Blick auf den Toten geworfen, der nur wenige Meter entfernt auf dem Flur lag. Als er sich wieder umgedreht hatte, war ihm Rakels fragender Blick begegnet: Warum hatte er nicht längst die Polizei gerufen?

Harry hatte einen Schluck getrunken, in Richtung der Odessa genickt, die auf dem Tisch lag, und sie angesehen. Sie war eine intelligente Frau. Er musste ihr nur Zeit geben. Dann würde sie zur gleichen Schlussfolgerung kommen. Wenn er die Polizei anrief, schickte er Oleg damit direkt ins Gefängnis.

Irgendwann hatte Rakel verstanden und langsam genickt. Wenn die Kriminaltechniker die Odessa untersuchten, um sicherzugehen, dass das Projektil in Folkestads Kopf auch aus dieser Waffe stammte, würden sie sofort die Verbindung zu dem alten Mord an Gusto Hanssen herstellen, bei dem die

Mordwaffe nie gefunden worden war. Schließlich wurde nicht jeden Tag jemand mit einer 9x18 mm Makarov-Kugel getötet. Und wenn diese Waffe mit Oleg in Verbindung gebracht werden konnte, würde er wieder festgenommen und verurteilt werden. Das Gericht würde das unwiderruflich als entscheidenden Beweis werten.

»Tut, was ihr tun müsst«, sagte Oleg. Er hatte die Situation längst durchschaut.

Harry hatte genickt, den Blick aber nicht von Rakel genommen. Es musste vollkommene Einigkeit herrschen. Ein gemeinsamer Entschluss sein. Wie jetzt.

Der Pastor war mit seiner Bibelstelle fertig, die Anwesenden setzten sich, und der Geistliche räusperte sich. Harry hatte ihn gebeten, die Predigt kurz zu halten. Er sah, wie seine Lippen sich bewegten, sah die Ruhe in seinem Gesicht und erinnerte sich, dass Rakel an jenem Abend die gleiche Ruhe ausgestrahlt hatte. Sie hatte die Augen fest geschlossen, und als sie sie wieder geöffnet hatte, war diese Ruhe da gewesen. Als hätte sie sich erst vergewissern müssen, dass es kein Alptraum war, aus dem man einfach aufwachen konnte. Schließlich hatte sie seufzend gefragt:

»Was können wir tun?«

»Brennen?«, sagte Harry.

»Brennen?«

Harry hatte genickt. Brennen und Beweise vernichten. Wie Truls Berntsen das immer machte. Der Unterschied war, dass Brenner wie Berntsen dafür Geld bekamen. Das war alles. Einen weiteren Unterschied gab es nicht.

Und dann hatten sie losgelegt.

Er hatte getan, was er tun musste. *Sie* hatten getan, was sie tun mussten. Oleg hatte Harrys Wagen von der Straße in die Garage gefahren, während Rakel die Leiche in Plastiksäcke gewickelt und Harry aus einer Persenning, Seilen und zwei Aluminiumrohren eine provisorische Bahre gebaut hatte. Nachdem sie die Leiche in den Kofferraum verfrachtet hatten, hatte Harry die Schlüssel des Fiats mit raus auf die Straße genommen. Harry und Oleg waren mit beiden Wagen ins Maridalen gefahren. Rakel hatte unterdessen alle Spuren im Haus beseitigt.

Am Grefsenkollen war bei dem Regen und der Dunkelheit wie vermutet keine Menschenseele unterwegs gewesen. Trotzdem hatten sie einen der kleineren Wege genommen, um sicher zu sein, auf niemanden zu stoßen.

Der Regen hatte den Transport des Leichnams erschwert, andererseits wusste Harry, dass so alle ihre Spuren gleich wieder verwischt wurden. Und hoffentlich auch die Spuren an der Leiche, die darauf hindeuteten, dass der Tote transportiert worden war.

Sie hatten mehr als eine Stunde gebraucht, bis sie einen passenden Platz gefunden hatten, an dem die Leiche nicht gleich entdeckt werden würde, an dem aber in nicht allzu ferner Zukunft die Hunde irgendwelcher Wanderer auf sie stoßen würden. Bis dahin war hoffentlich so viel Zeit vergangen, dass die technischen Spuren zerstört oder wenigstens unbrauchbar waren. Andererseits sollte auch nicht zu viel Zeit vergehen, um nicht zu viele Steuergelder auf die Fahndung nach Folkestad zu verschwenden. Harry hatte fast lachen müssen, als ihm klargeworden war, wie wichtig ihm dieser letzte Punkt war. Er war trotz allem ein Produkt seiner Erziehung, hatte die sozialdemokratische Gehirnwäsche hinter sich und war zu einem Rudeltier mutiert, dem es fast physisches Unwohlsein verursachte, nachts das Licht brennen zu lassen oder Plastik in die Natur zu werfen.

Der Pastor war mit seiner Predigt fertig, und ein Mädchen – eine Freundin von Oleg – sang von der Galerie Dylans »Boots of Spanish Leather«. Harrys Wunsch, Rakels Segen. Die Ansprache des Pastors hatte mehr von der Bedeutung der Zusammenarbeit in einer Ehe gehandelt und weniger von der Anwesenheit Gottes. Und Harry dachte daran, wie sie Folkestad aus den Abfallsäcken gewickelt und ihn so hingelegt hatten, wie es natürlich für einen Mann war, der sich im Wald stehend eine Kugel in die Schläfe gejagt hatte. Harry würde Rakel niemals fragen, warum sie die Pistolenmündung auf Arnolds rechte Schläfe gedrückt hatte, statt ihm in den Hinterkopf oder Rücken zu schießen. Neun von zehn anderen hätten das sicher so gemacht.

Vielleicht hatte sie Angst gehabt, dass die Kugel seinen Körper durchschlug und auch noch Harry traf, der hinter ihm auf dem Boden hockte.

Aber vielleicht hatte ihr blitzgescheites, praktisch veranlagtes Gehirn schon in diesem Moment berücksichtigt, was hinterher geschehen musste. Dass sie den Vorfall kaschieren mussten, wenn sie davonkommen wollten. Die Wahrheit umschreiben. Zu einem Selbstmord. Es *konnte* sein, dass die Frau an Harrys Seite zu der Erkenntnis gekommen war, dass Selbstmörder sich nicht aus einem halben Meter Entfernung in den Hinterkopf schossen. Wohl aber – wenn man wie Folkestad Rechtshänder war – in die rechte Schläfe.

Was für eine Frau. Über die er so viel wusste. Und auch wieder nicht. Das hatte er realisiert, als er sie in Aktion gesehen hatte. Nachdem er Monate mit Arnold Folkestad zugebracht hatte und mehr als vierzig Jahre mit sich selbst. Wie gut *kann* man einen Menschen eigentlich kennen?

Das Lied war zu Ende, und der Pastor hatte mit dem Wesentlichen begonnen. »Willst du sie lieben und ehren …?«, aber er und Rakel ignorierten die Regieanweisungen und standen noch immer einander zugewandt da. Harry wusste, dass er sie nie wieder loslassen würde, wie verlogen das jetzt auch sein mochte und wie unmöglich, einen Menschen bis zum Tode zu lieben. Er hoffte, dass der Pastor bald die Klappe hielt, damit er endlich das Ja aussprechen konnte, das schon so lange in seiner Brust jubelte.

Ståle Aune zog das Taschentuch aus seiner Brusttasche und reichte es seiner Frau.

Harry hatte gerade »Ja« gesagt, und der Klang seiner Stimme hallte noch unter dem Kirchengewölbe wider.
»Was soll ich damit?«, flüsterte Ingrid.
»Du weinst, Liebling«, flüsterte er.
»Nein, *du* weinst.«
»Wirklich?«
Ståle Aune legte einen Finger auf seine Wange. Verdammt, er weinte tatsächlich. Nicht viel, aber genug, um nasse Flecken im Taschentuch zu hinterlassen. Er weinte keine richtigen Tränen, sagte Aurora immer, nur dünnes, unsichtbares Wasser, das plötzlich an seinen Nasenflügeln herunterlief, ohne dass jemand um ihn herum den Auslöser dafür mitbekommen hätte, den Punkt in dem Film oder Gespräch, der ihn so angerührt hatte. Es war, als brenne in ihm unvermittelt eine Sicherung durch, woraufhin es kein Halten mehr gab. Ohne dass er etwas dagegen tun konnte. Er hätte jetzt gerne Aurora an seiner Seite, aber sie nahm an einem zweitägigen Turnier in der Nadderud-Halle teil und hatte ihm gerade eine SMS geschickt, dass sie das erste Spiel gewonnen hatten.

Ingrid zog Ståles Schlips zurecht und legte ihm die Hand auf die Schulter. Er strich über ihre Finger und wusste, dass sie wie er an ihre eigene Hochzeit dachte.

Der Fall war abgeschlossen, und er hatte sein psychologisches Gutachten verfasst. Er hatte sich darin über die Tatsache ausgelassen, dass die Waffe, mit der Arnold Folkestad sich erschossen hatte, dieselbe war, die auch bei dem Mord an Gusto Hanssen zur Anwendung gekommen war. Und dass es etliche Übereinstimmungen zwischen Gusto Hanssen und René Kalsnes gab. Beide waren jung, bildhübsch und hatten keine Skrupel, sexuelle Dienste an Männer jeden Alters zu verkaufen. Genau darauf schien Folkestad angesprungen zu sein, wenn er sich verliebt hatte. Von daher war es nicht abwegig, dass jemand mit Folkestads paranoid schizophrenen Zügen Gusto aus Eifersucht oder einer Reihe anderer auf Zwangsvorstellungen beruhender Gründe getötet hatte. Zugrunde lag eine tiefe, für seine Umwelt nicht notwendigerweise sichtbare Psychose. An diesem Punkt hatte Ståle die Notizen angefügt, die er sich gemacht hatte, als Arnold Folkestad in seiner Zeit beim Kriminalamt zu ihm gekommen war, weil er Stimmen hörte. Auch wenn sich die Psychologen längst einig geworden waren, dass Stimmen im Kopf nicht gleichbedeutend mit Schizophrenie waren, hatte Aune in Folkestads Fall zu dieser Auffassung geneigt und eine Diagnose vorzubereiten begonnen, die Folkestads Karriere als Mordermittler beendet hätte. Es war aber nicht nötig gewesen, den Bericht weiterzugeben, weil Folkestad von sich aus den Entschluss gefasst hatte zu kündigen, nachdem er Aune von dem Annäherungsversuch an einen nicht namentlich genannten Kollegen erzählt hatte. Er hatte auch die Behandlung abgebrochen und war damit von Aunes Radar verschwunden. Aber es war offensichtlich, dass es Gründe gab, warum sich sein Zustand verschlechtert hatte. Dazu zählte sicher die Kopfverletzung, die ihm zugefügt worden war und wegen der er eine längere Zeit im Krankenhaus gelegen hatte. Zahlreiche Forschungsergebnisse zeigten, dass schon leichte Schlagverletzungen zu Verhaltensänderungen, verstärkter Aggression und geringerer Impulskontrolle führen können. Diese Verletzung ähnelte noch dazu denen, die er später seinen eigenen Opfern zugefügt hatte. Der andere war der Verlust von René Kalsnes, in den er Zeugenaussagen zufolge wirklich sehr, fast schon manisch verliebt gewesen war. Dass Folkestad das, was er allem Anschein nach als seinen Auftrag empfunden hatte, mit seinem Freitod beendet hatte, war nicht verwunderlich. Lediglich, dass er weder schriftlich noch mündlich etwas hinterlassen hatte. Größenwahn dieser Art ging gewöhnlich einher mit dem Drang, in Erinnerung zu bleiben, verstanden zu werden, verehrt und bewundert, und einen Platz in den Geschichtsbüchern zu bekommen.

Sein psychologischer Bericht war gut aufgenommen worden. Es war das letzte, noch fehlende Puzzleteilchen, um das Bild zu vervollständigen, hatte Mikael Bellman gesagt.

Ståle Aune hatte allerdings den Verdacht, dass ihnen ein anderer Aspekt viel wichtiger war. Dass er nämlich mit seiner Diagnose all jene mundtot machte, die die problematische Frage stellen könnten, wie es angehen konnte, dass jemand aus den Reihen der Polizei hinter diesem Massaker stand. Folkestad war zwar nur ein Expolizist, aber trotzdem. Was sagte das über die Polizei als Berufsgruppe aus? Über die Kultur der Polizei?

Jetzt konnten sie diese Debatte ad acta legen, schließlich war ein Psychologe zu dem Schluss gekommen, dass Arnold Folkestad verrückt gewesen war. Und für Geisteskrankheit gab es keine Begründung. Sie war einfach da, wie eine aus dem Nichts kommende Naturkatastrophe. Danach musste man einfach weiterleben, denn was konnte man schon tun?

Genau so dachten Bellman und die anderen.

Ståle Aune dachte aber nicht so.

Doch er würde es trotzdem nicht weiterverfolgen. Ståle arbeitete jetzt wieder Vollzeit in der Praxis, aber Gunnar Hagen hatte gesagt, dass er die Gruppe aus dem Heizungsraum fest als mobiles Team einrichten wollte, vergleichbar mit Delta. Katrine war bereits eine feste Stelle im Dezernat für Gewaltverbrechen angeboten worden, die sie angenommen hatte. Sie gab an, mehrere gute Gründe zu haben, aus ihrem erhabenen, schönen Bergen in die jämmerliche kleine Hauptstadt zu ziehen.

Der Organist gab Gas, Ståle hörte das Knarren der Pedale, und dann kamen die Töne. Gefolgt von dem Brautpaar. Jetzt Ehepaar. Sie mussten nicht nach links und rechts nicken, so viele waren nicht in der Kirche. Ein Blick in die Runde reichte.

Das anschließende Fest wollten sie im Schrøder feiern. Harrys Stammlokal war natürlich nicht gerade das, was man mit einer Hochzeitsfeier verband, aber laut Harry war das Rakels Wahl gewesen, nicht seine.

Die Anwesenden drehten sich zu Rakel und Harry um, die vorbei an den leeren hinteren Bankreihen auf die Tür zugingen. Auf die Junisonne, dachte Ståle. Auf den Tag, auf die Zukunft zu dritt: Oleg, Rakel und Harry.

»Mensch, Ståle«, sagte Ingrid, zog das Taschentuch aus seiner Brusttasche und reichte es ihm.

Aurora saß auf der Bank und hörte an dem Jubel, dass ihre Mannschaftskameradinnen wieder getroffen hatten.
Es war das zweite Spiel, das sie heute gewinnen sollten, und sie ermahnte sich, Papa eine SMS zu schicken. Ihr selbst war es nicht so wichtig, ob sie siegten oder nicht, und Mama war das vollkommen egal. Aber Papa reagierte immer so, als wäre sie Weltmeisterin geworden, wenn sie einen Sieg in der D-Jugend der Mädchen-Kreismeisterschaft verkündete.
Da Emilie und Aurora beinahe das ganze erste Spiel gespielt hatten, durften sie im zweiten größtenteils pausieren. Aurora hatte begonnen, die Zuschauer auf der gegenüberliegenden Tribüne zu zählen, und es fehlten ihr nur noch zwei Bankreihen. Die meisten waren natürlich Eltern und Spielerinnen der anderen am Turnier teilnehmenden Mannschaften. Da fiel ihr plötzlich ein bekanntes Gesicht auf.
Emilie stieß sie an. »Guckst du dir eigentlich gar nicht das Spiel an?«
»Doch, schon, ich hab nur ... Siehst du den Mann da oben in der dritten Reihe? Der ein bisschen für sich sitzt? Hast du den schon mal gesehen?«
»Keine Ahnung, zu weit weg. Wärst du jetzt gerne bei dieser Hochzeit?«
»Nö, das ist doch bloß Erwachsenenkram. Kommst du mit? Ich muss aufs Klo.«
»Jetzt, mitten im Spiel? Und wenn wir eingewechselt werden?«
»Charlotte und Katinke sind an der Reihe. Komm schon mit!«
Emilie sah sie an. Und Aurora wusste, dass sie sich wunderte, schließlich bat sie sonst nie um Gesellschaft, wenn sie mal musste. Eigentlich bat sie nie jemanden, irgendwohin mitzukommen.

Emilie zögerte. Drehte sich zum Spielfeld um. Sah zum Trainer, der mit verschränkten Armen an der Seitenlinie stand. Schüttelte den Kopf.

Aurora horchte in sich hinein, ob sie bis zum Ende des Spiels warten konnte, wenn alle in Richtung Garderobe strömten.

»Ich bin gleich wieder da«, flüsterte sie, stand auf und lief zu der Tür, hinter der die Treppe nach unten führte. Bevor sie hindurchschlüpfte, drehte sie sich noch einmal um und sah zur Tribüne. Suchte nach dem Gesicht, das sie erkannt zu haben glaubte, fand es aber nicht.

Mona Gamlem stand allein auf dem Friedhof der Bragernes-Kirche. Sie war von Oslo nach Drammen gefahren und hatte einige Zeit gebraucht, um die Kirche zu finden. Auch nach dem Grabstein hatte sie fragen müssen. Das Sonnenlicht ließ die Kristalle rund um seinen Namen glitzern. Anton Mittet. Jetzt glänzte er mehr als im Leben, dachte sie. Aber er hatte sie geliebt, da war sie sich sicher. Und dafür hatte sie ihn geliebt. Sie steckte sich einen Minzkaugummi in den Mund. Dachte an das, was er gesagt hatte, als er sie zum ersten Mal nach ihrer Schicht im Reichshospital nach Hause gefahren hatte und sie sich geküsst hatten. Dass er den Minzgeschmack ihrer Zunge mochte. Und an das dritte Mal, als sie vor ihrem Haus geparkt hatten und sie sich über ihn gebeugt und seinen Hosenschlitz geöffnet hatte und – bevor sie begonnen hatte – den Kaugummi diskret unter seinen Sitz geklebt hatte. Um sich gleich anschließend einen neuen Kaugummi in den Mund zu schieben, ehe sie sich wieder geküsst hatten. Denn sie musste nach Minze schmecken, das war der Geschmack, den er mochte. Sie vermisste ihn. Ohne das Recht zu haben, ihn zu vermissen, und das machte die Sache noch schlimmer. Mona Gamlem hörte knirschende Schritte hinter sich auf dem Weg. Vielleicht war das die andere. Laura. Mona Gamlem ging weiter, ohne sich umzudrehen. Sie blinzelte die Tränen aus den Augen und versuchte auf dem Weg zu bleiben.

Die Tür der Kirche ging auf, aber Truls sah noch niemanden herauskommen.

Er blickte auf die Zeitung, die neben ihm auf dem Beifahrersitz lag. Das Magazin mit Mikaels Porträt. Der glückliche Familienmensch, abgebildet mit Frau und drei Kindern. Der ergebene, kluge Polizeipräsident, der sagte, dass die Aufklärung des Polizeischlächter-Falls ohne die Unterstützung seiner Frau Ulla an der Heimatfront gar nicht möglich gewesen wäre. Und ohne all seine hervorragenden Mitarbeiter im Präsidium. Und dass mit der Überführung von Folkestad auch ein anderer Fall aufgeklärt werden konnte. Der Bericht der Ballistik zeigte nämlich, dass die Odessa, mit der Folkestad sich erschossen hatte, dieselbe war, mit der Gusto Hanssen ermordet worden war.

Truls hatte bei dem Gedanken nur breit gegrinst. Das stimmte niemals. Harry Hole hatte da garantiert seine Finger im Spiel und irgendwie rumgetrickst. Truls wusste nicht, wie oder an welcher Stelle, aber das bedeutete auf jeden Fall, dass Oleg Fauke jetzt für immer außer Verdacht war und sich nicht mehr ständig umdrehen musste. Wenn es so weiterging, kriegte Hole diesen Jungen tatsächlich noch auf die Polizeihochschule.

Aber okay, Truls würde sich nicht in den Weg stellen, er hatte Respekt vor dem Brennerjob, den der Kerl gemacht hatte. Außerdem hatte er die Zeitung weder wegen Harry und Oleg noch wegen Mikael aufgehoben.

Ihm ging es nur um das Bild von Ulla.

Ein vorübergehender Rückfall, er würde die Zeitung schon noch entsorgen. Und sie gleich mit.

Er dachte an die Frau, die er tags zuvor in einem Café getroffen hatte. Ein Blind Date. Sie hatte natürlich nicht das Format von Ulla oder Megan Fox. Ein bisschen zu alt und obenrum etwas vertrocknet, außerdem redete sie zu viel. Aber abgesehen davon hatte sie ihm gefallen. Auch wenn er sich natürlich gefragt hatte, wie gut eine Frau mit Abstrichen in Alter, Aussehen, Figur *und* der Fähigkeit, den Mund zu halten, überhaupt sein konnte.

Er wusste es nicht. Nur dass sie ihm gefallen hatte.

Oder besser gesagt, es hatte ihm gefallen, dass *er* ihr allem Anschein nach gefallen hatte.

Vielleicht lag das einfach an seinem kaputten Gesicht, vielleicht tat er ihr leid. Oder Mikael hatte recht, dass sein von Natur aus wenig attraktives Gesicht durch die Ummöblierung gar keinen Nachteil erfahren hatte.

Vielleicht hatte er sich aber auch sonst irgendwie verändert. Inwiefern und wieso, wusste er nicht, doch manchmal wachte er auf und fühlte sich ganz neu. Auch seine Gedanken waren irgendwie neu. Er konnte sogar mit den Menschen, die ihn umgaben, reden. Und sie schienen das zu merken und ihn anders zu behandeln als vorher. Freundlicher. All das hatte ihn ermutigt, diesen kleinen Schritt in die neue Richtung zu gehen, von der er nicht wusste, wohin sie führte. Nicht dass er irgendwie bekehrt worden wäre. So weit ging es nun auch wieder nicht. Und manchmal war er ja auch noch der Alte.

Er wollte sie trotzdem zurückrufen.

Ein Knacken kam aus dem Funkgerät. Er erkannte gleich an der Stimme, dass es etwas Wichtiges war. Etwas anderes als die ewigen Staumeldungen, Kellereinbrüche, Schlägereien und Besoffenen. Eine Leiche.

»Sieht es nach Mord aus?«, fragte der Mann in der Kriminalwache.

»Das will ich meinen.« Die Antwort kam in dem lakonisch coolen Tonfall, der bei den Jüngeren jetzt so populär war. Das war Truls aufgefallen. Dabei gab es durchaus Vorbilder in der älteren Garde. Auch wenn Hole nicht mehr zu ihnen gehörte, war seine Ausdrucksweise noch höchst lebendig. »Ihre Zunge ist ... ich glaube, es ist ihre Zunge. Sie ist abgetrennt und ihr in den Hals ...« Die Stimme des jungen Polizisten versagte.

Truls spürte Gelassenheit und Ruhe über sich kommen. Das Herz schlug seine lebensspendenden Schläge etwas schneller.

Das hörte sich hässlich an. Juni. Sie hatte schöne Augen. Und er tippte darauf, dass unter all ihren Kleidern ziemlich dicke Brüste waren. Doch, das konnte ein schöner Sommer werden.
»Adresse?«
»Alexander Kiellands plass zweiundzwanzig. Verdammt, sind hier viele Haie.«
»Haie?«
»Ja, auf so kleinen Surfbrettern, das ganze Zimmer ist voll davon.«
Truls legte den Gang ein. Setzte die Sonnenbrille auf, drückte auf das Gas und ließ die Kupplung kommen. Manche Tage waren neu, andere nicht.

Die Mädchentoilette war am Ende des Flurs. Als die Tür hinter Aurora zuschlug, dachte sie zuerst, wie still es war. Die Laute all der Menschen dort oben waren verstummt, hier unten war nur sie.

Sie schlüpfte in eine der Toilettenkabinen, zog die kurze Hose und den Slip herunter und setzte sich auf den kalten Plastiksitz.

Sie dachte an die Hochzeit. Eigentlich wäre sie lieber dorthin mitgefahren. Sie war noch nie auf einer richtigen Hochzeit gewesen. Und sie fragte sich, ob sie selbst jemals heiraten würde. Sie versuchte, sich das vorzustellen: Sie draußen vor einer Kirche, lachend, während der Reis auf sie niederprasselte und sie sich duckte, ein weißes Kleid, ein Haus und eine Arbeit, die ihr Spaß machte. Ein Mann, mit dem sie ein Kind haben wollte. Auch diesen Mann versuchte sie sich vorzustellen.

Die Tür ging auf, und jemand kam in die Toilette.

Aurora saß auf einer Schaukel im Garten, die Sonne schien ihr direkt ins Gesicht, so dass sie den Mann nicht erkennen konnte. Sie hoffte, dass er nett war. Ein Mann, der sie verstand. Ein bisschen wie Papa, nur nicht so zerstreut. Doch, *genau* so zerstreut.

Die Schritte waren für eine Frau verdammt schwer.

Aurora streckte die Hand nach dem Toilettenpapier aus, hielt dann aber inne.

Sie wollte die Luft anhalten, doch es war keine da. Keine Luft. Ihr Hals schnürte sich zu.

Zu schwer für eine Frau.

Jetzt hatten sie angehalten.

Sie sah nach unten. Hinter dem hohen Spalt zwischen Boden und Kabine sah sie einen Schatten. Und ein paar lange, schmale Schuhspitzen. Wie von Cowboystiefeln.

Aurora wusste nicht, ob es die Hochzeitsglocken oder ihr Herz war, das Sturm läutete.

Harry trat nach draußen auf die Treppe. Kniff die Augen in der hellen Junisonne zusammen. Einen Moment lang blieb er mit geschlossenen Augen stehen und lauschte den Kirchenglocken, die über ganz Oppsal hallten. Er spürte, wie alles in Harmonie war, im Lot, in Ordnung. So sollte es enden, genau so.

ENDE

Personenverzeichnis der Harry-Hole-Krimis

Rudolf Asajev Drogenkönig in Oslo, der mit Violin eine neue synthetische Heroinvariante auf den Markt gebracht hat. Wird unterstützt von Bellman und Skøyen.

Sigurd Altmann Anästhesiepfleger mit eigenwilligen sexuellen Gelüsten, der von Harry verhaftet und bloßgestellt worden ist und in *Koma* nach Abbüßung einer Haftstrafe noch einmal in Erscheinung tritt.

Ståle Aune Psychologe, der Harry über die Jahre immer wieder wegen seiner Alkoholsucht betreut hat und zu einem Freund geworden ist. Mit der Zeit wurde Aune auch immer häufiger als Experte in die polizeilichen Ermittlungen einbezogen.

Mikael Bellman Polizeipräsident, nachdem er zuvor führender Mitarbeiter beim Kriminalamt (Kripos) war. Gegenspieler von Harry und Hagen. Mit Drogenboss Asajev im Bunde.

Ulla Bellman Frau von Mikael Bellman.

Truls »Beavis« Berntsen Alter Schulfreund und Polizeikollege von Mikael Bellman, der für ihn die Drecksarbeit macht und später als »Brenner« auch im Drogenmilieu aktiv wird.

Katrine Bratt Kollegin von Harry, arbeitet abwechselnd am Polizeipräsidium Bergen und in Oslo. Spezialistin für Internetdatenrecherche. Gute Freundin von Harry.

Øystein Eikeland Einziger Jugendfreund von Harry. Fährt Taxi.

Oleg Fauke Rakels Sohn, für den Harry so etwas wie ein Vater geworden ist.

Rakel Fauke Harrys große Liebe, er lernt sie am Ende von *Rotkehlchen* als Tochter des Täters kennen. Ihre Beziehung leidet immer wieder unter Harrys Besessenheit und Alkoholsucht. Mehrere Trennungen.

Ellen Gjelten Harrys Kollegin und enge Vertraute in der Oslo-Trilogie (*Rotkehlchen*, *Die Fährte*, *Das fünfte Zeichen*). Sie stirbt im Dienst.

Gunnar Hagen Leiter des Dezernats für Gewaltverbrechen. Chef und Freund von Harry.

Gusto Hanssen Freund von Oleg. Dealer und Drogensüchtiger, der Oleg zu Asajev und in die Drogensucht führt und später erschossen wird.

Harry Hole Hauptkommissar im Dezernat für Gewaltverbrechen des Polizeipräsidiums Oslo. Sensibler Alkoholiker mit ausgeprägtem Gerechtigkeitssinn und der Gabe, sein Leben immer dann in den Sand zu setzen, wenn es gerade bergauf zu gehen scheint.

Olav Hole Vater von Harry, zeitweise eine enge Bezugsperson, wobei Harry und er kaum miteinander reden. Olav Hole stirbt in *Leopard* an Krebs.

Søs Hole Schwester von Harry. Leidet am Down-Syndrom.

Bjørn Holm Kriminaltechniker, Kollege von Beate Lønn. Hillbilly mit Rastamütze, fährt einen Volvo Amazon und ist ein treuer Freund und Kollege, erster Auftritt im *Schneemann*.

Holzschuh Etwas zurückgebliebener Schulkamerad von Harry und Øystein, der von beiden immer mal wieder ausgenutzt wurde.

Beate Lønn Leiterin der Kriminaltechnik. Gute Freundin von Harry. Witwe des ermordeten Polizisten Jack Halvorsen, alleinerziehende Mutter. Verfügt über die Fähigkeit, alle Gesichter zu erkennen, die sie schon einmal gesehen hat.

Bjørn Møller Vorgänger von Gunnar Hagen als Leiter des Dezernats für Gewaltverbrechen im Polizeipräsidium Oslo. Vertrauter von Harry, der immer wieder schützend seine Hand über ihn gehalten hat.

Chris Reddy Genannt Adidas. Drogendealer, spielt in *Die Larve* und *Koma* eine Rolle.

Isabelle Skøyen Sozialsenatorin, Geliebte von Bellman und Gusto Hanssen. In Asajevs Drogengeschäfte verwickelt. Verfolgt skrupellos ihre Karriereziele.

Kaja Solness Junge Polizistin, Freundin von Bellman und Kollegin von Harry, die ihm im *Leopard* recht nahekommt.

Tom Waaler Korrupter Polizist und Gegenspieler von Harry in der *Oslo-Trilogie*.

Dank an Erlend O. Nødtvedt und Siv Helen Andersen.